MW00721127

FOLIO POLICIER

Jo Nesbø

Rouge-Gorge

Une enquête
de l'inspecteur Harry Hole

Traduit du norvégien
par Alex Fouillet

Gallimard

Titre original :

RØDSTRUPE

Né en 1960, d'abord journaliste économique, musicien, auteur interprète et leader de l'un des groupes pop les plus célèbres de Norvège, Jo Nesbø a été propulsé sur la scène littéraire en 1997 avec la sortie de *L'homme chauve-souris*, récompensé en 1998 par le Glass Key Prize attribué au meilleur roman policier nordique de l'année. Il a depuis confirmé son talent en poursuivant les enquêtes de Harry Hole, personnage sensible, parfois cynique, profondément blessé, toujours entier et incapable de plier. On lui doit notamment *Rouge-Gorge*, *Rue Sans-Souci* ou *Les cafards* initialement publiés par Gaïa Éditions, mais aussi *Le sauveur*, *Le bonhomme de neige*, *Chasseurs de têtes* et *Le léopard* disponibles au catalogue de la Série Noire.

Finalement, il s'arma de courage, vola jusqu'à lui et retira de son bec une épine qui avait pénétré dans le front du crucifié.
Mais ce faisant, une goutte de sang du crucifié tomba sur la gorge de l'oiseau.
Elle tomba rapidement et s'étala en colorant les petites plumes fragiles.
Le crucifié entrouvrit alors la bouche et murmura à l'oiseau :
« Pour ta miséricorde, reçois maintenant ce à quoi ta famille a toujours aspiré depuis la création du monde. »

SELMA LAGERLÖF,
Légendes du Christ
(trad. Aude Girard)

PREMIÈRE PARTIE

DE LA TERRE

1

Péage d'Alnabru, 1ᵉʳ novembre 1999

Un oiseau gris passa dans le champ de vision de Harry, qui tambourinait sur le volant. Temps ralenti. La veille au soir, quelqu'un à la télé avait parlé du temps ralenti. C'en était un exemple. Comme le 24 décembre au soir, lorsqu'on attend le Père Noël. Ou sur la chaise électrique, avant la décharge.

Il tambourina de plus belle.

Ils étaient garés sur le parking découvert, derrière les cabines du péage. Ellen augmenta d'un cran le volume de l'autoradio. Le reporter parlait d'une voix solennelle et recueillie :

« L'avion a atterri il y a cinquante minutes, et le Président a posé le pied sur le sol norvégien à 6 h 38 exactement. C'est le porte-parole de la commune de Jevnaker qui lui a souhaité la bienvenue. C'est une belle journée d'automne, ici à Oslo, un joli cadre norvégien à cette rencontre au sommet. Écoutons à nouveau ce que le Président a dit à la presse, il y a une demi-heure. »

C'était la troisième rediffusion. Harry imagina encore une fois les journalistes qui se pressaient devant les barrages en criant. Les types en costume gris, de l'autre côté, qui essayaient sans conviction de ne pas ressembler à des agents des Services Secrets, qui haussaient les épaules et les laissaient retomber, tandis qu'ils scannaient la foule, vérifiaient pour la douzième fois que leur récepteur était bien placé dans l'oreille, scannaient la foule, rajustaient leurs lunettes de soleil, scannaient la foule, laissaient leur regard s'attarder un peu sur un photographe utilisant un téléobjectif un peu long, continuaient à scanner, vérifiaient pour la treizième fois que le récepteur était bien en place. Quelqu'un souhaita la bienvenue en anglais et il y eut un moment de silence avant qu'un micro ne crachote.

« *Laissez-moi tout d'abord vous dire que je suis ravi d'être ici…* » dit le Président pour la quatrième fois, dans un américain épais et rauque.

« J'ai lu qu'un psychologue américain très connu soutient que le président souffre de MPD, dit Ellen.

— MPD ?

— Syndrome de dédoublement de personnalité. Dr Jekyll et Mr Hyde. Ce psychologue est d'avis que sa personnalité normale n'avait pas conscience que l'autre, la bête de sexe, avait couché avec ces femmes. Et c'est pour ça que la Haute Cour ne pouvait pas le condamner pour avoir menti là-dessus pendant qu'il était sous serment.

— Eh bien ! » fit Harry en jetant un coup d'œil à l'hélicoptère qui tournait, très haut au-dessus.

Une voix ayant l'accent norvégien prit la parole à la radio :

« Monsieur le Président, ceci est la première visite en Norvège d'un président américain en exercice. Que ressentez-vous ? »

Pause.

« C'est très agréable d'être de retour ici. Et que les leaders de l'État d'Israël et le peuple palestinien puissent se rencontrer ici me paraît encore plus important. La clé de…

— Vous souvenez-vous de votre dernière visite ici, monsieur le Président ?

— Bien sûr. Au cours des discussions, aujourd'hui, j'espère que nous pourrons…

— Quelle signification ont Oslo et la Norvège pour la paix mondiale, monsieur le Président ?

— La Norvège a joué un rôle important. » Une voix sans accent norvégien :

« D'après le Président, quels résultats concrets est-il réaliste d'attendre ? »

L'enregistrement fut interrompu et une voix prit le relais depuis le studio :

« Nous avons bien entendu, donc ! Le Président pense que la Norvège a eu un rôle capital dans, euh… la paix au Moyen-Orient. En ce moment même, le Président est en route pour… »

Harry gémit et éteignit l'autoradio.

« Qu'est-ce qui se passe, en réalité, dans ce pays, Ellen ? »

Elle haussa les épaules.

« Point 27 dépassé », crachota le talkie-walkie sur le tableau de bord.

Harry jeta un rapide coup d'œil à sa collègue.

« Tout le monde à son poste ? » demanda-t-il.

Elle acquiesça.

« Alors ça ne va pas tarder », dit-il. Elle leva les yeux au ciel. C'était la cinquième fois qu'il disait ça depuis que le cortège avait quitté l'aéroport de Gardermoen. D'où ils étaient, ils pouvaient voir l'autoroute déserte s'étirer depuis le péage jusqu'à Trosterud et Furuset.

Le gyrophare tournait paresseusement sur le toit. Harry baissa sa vitre et passa la main au-dehors pour enlever une feuille jaune fané qui s'était coincée sous l'un des essuie-glaces.

« Rouge-gorge, dit Ellen en tendant un doigt. Rare, en automne.

— Où ça ?

— Là-bas, sur le toit de la cabine. »

Harry se pencha en avant et regarda à travers le pare-brise.

« Ah oui ? Alors tu crois que c'est un rouge-gorge ?

— Ouais. Mais je suppose que tu ne fais pas la différence avec un mauvis…

— Bien vu. » Harry mit sa main en visière. Devenait-il myope ?

« C'est un oiseau bizarre, le rouge-gorge, dit Ellen en revissant le bouchon du thermos.

— Pas de doute, répondit Harry.

— Quatre-vingt-dix pour cent d'entre eux migrent vers le sud, et il y en a quelques-uns qui tentent leur chance et qui restent, en quelque sorte.

— Ils restent en *quelque sorte* ? »

La radio grésilla de nouveau :

« Poste 62 à QG. Une voiture non identifiée est garée près de la route, deux cents mètres avant la sortie de Lørenskog. »

Une voix grave répondit en dialecte de Bergen, depuis le quartier général :

« Un instant, 62. Nous vérifions. »

Silence.

« Avez-vous vérifié les toilettes ? demanda Harry en faisant un signe de tête vers la station Esso.

— Oui. La station est vide de clients et d'employés. Hormis le chef. Lui, il est bouclé dans son bureau.

— Les cabines aussi ?

— Vérifiées. Détends-toi, Harry, tous les points de contrôle ont été cochés. Oui, ceux qui restent prennent le pari que l'hiver va être doux, tu vois ? Ça peut bien se passer, mais s'ils se trompent, ils meurent. Alors tu te demandes peut-être pourquoi ils ne partent pas vers le sud, histoire d'être sûrs ? Est-ce qu'ils sont simplement paresseux, ceux qui restent ? »

Harry jeta un coup d'œil dans le rétroviseur et aperçut les deux gardes de part et d'autre du pont de chemin de fer. De noir vêtus, casqués, chacun avec son pistolet automatique MP-5 en bandoulière. Même d'où il était, il pouvait voir à quel point ils étaient tendus.

« Ce qu'il y a, c'est que si l'hiver est doux, ils pourront se choisir les meilleures places dans les haies *avant* que les autres ne reviennent, expliqua Ellen en essayant de pousser le thermos dans la boîte à gants archi-pleine. C'est un risque calculé, tu comprends ? Tu peux tirer le super gros lot ou bien en chier dans les grandes largeurs. Parier ou ne pas parier. Si tu paries, tu vas peut-être tomber de ta branche, une nuit, congelé, et tu ne dégèleras pas avant le printemps. Si tu te dégonfles, tu ne pourras peut-être pas tirer ton coup en revenant. C'est en quelque sorte les éternels dilemmes, ceux que l'on rencontre sans arrêt.

— Tu as ton gilet pare-balles, hein ? » Harry tourna la tête et regarda Ellen.

Ellen ne répondit pas, se contentant de remonter la route du regard en secouant lentement la tête.

« Tu l'as, oui ou non ? »

De ses phalanges elle donna un coup sur sa poitrine en guise de réponse.

« Légère ? »

Elle acquiesça.

« Et merde, Ellen ! J'ai donné l'ordre d'utiliser des gilets pare-balles. Pas ces gilets à la Mickey Mouse !

— Tu sais ce que les mecs des Services Secrets utilisent, non ?

— Laisse-moi deviner. Des vestes légères.

— Tout juste.

— Et tu sais de quoi je me contrefous ?

— Laisse-moi deviner. Des Services Secrets ?

— Tout juste. »

Elle s'esclaffa. Harry aussi sourit. La radio grésilla.

« QG à poste 62. Les Services Secrets disent que c'est leur voiture qui est garée près de la sortie de Lørenskog.

— Poste 62. Bien reçu.

— Là, tu vois, dit Harry en abattant une main irritée sur le volant. Aucune communication, les mecs des Services Secrets font tout dans leur coin. Qu'est-ce qu'elle fait là-bas, cette voiture, sans qu'on ait été informés, hein ?

— Elle vérifie qu'on fait bien notre travail.

— Comme *ils* nous ont appris à le faire.

— Tu as quand même un tout petit pouvoir de décision, alors arrête de râler, dit-elle. Et laisse ce volant tranquille. »

Les mains de Harry sautèrent bien gentiment sur ses genoux. Elle sourit. Il expira en un long chuintement.

« Ouiouioui. »

Ses doigts trouvèrent la crosse de son revolver de service, un Smith & Wesson calibre 38 à six coups. Il avait en outre à sa ceinture deux chargeurs rapides de six coups chacun. Il tapota le revolver, parfaitement conscient qu'il n'avait pour l'heure pas tout à fait le droit de porter ce genre d'armes. Peut-être était-il réellement aux portes de la myopie, car au terme de quarante heures de cours, l'hiver précédent, il s'était ramassé à l'épreuve de tir. Même si ce n'était vraiment pas inhabituel dans la maison, c'était la première fois que ça lui arrivait, et il l'avait vécu on ne peut plus mal. Bien sûr, il aurait pu se présenter à la session suivante, il y en avait beaucoup qui avaient besoin de quatre ou cinq tentatives, mais Harry, sans trop savoir pourquoi, avait systématiquement reporté l'échéance.

D'autres grésillements.

« Point 28 dépassé.

— C'était l'avant-dernier point du district du Romerike, dit Harry. Le prochain, c'est Karihaugen, et ensuite, ils sont à nous.

— Pourquoi est-ce qu'ils ne peuvent pas faire ça comme nous, dire simplement où est le cortège, au lieu d'utiliser ces numéros à la con ? demanda Ellen d'un ton plaintif.

— Devine.

— Services Secrets ! » répondirent-ils en chœur avant d'éclater de rire.

« Point 29 dépassé. »

Il regarda l'heure.

« O.K., on les a dans trois minutes. Je vais changer la fréquence du talkie pour celle du district d'Oslo. Fais les dernières vérif. »

La radio hurla et siffla tandis qu'Ellen, les yeux fermés, se concentrait sur les confirmations qui arrivaient les unes derrière les autres. Elle raccrocha le micro.

« Tous en place, parés.

— Merci. Mets ton casque.

— Hein ? Sincèrement, Harry.

— Tu as très bien entendu.

— Mets le tien, alors !

— Il est trop petit. »

Une nouvelle voix : « Point 1 dépassé. »

« Merde, des fois, tu es tellement… amateur. » Ellen enfonça son casque, attacha la bride et fit une grimace dans le rétroviseur.

« Moi aussi, je t'aime », répondit Harry tout en exa-
minant la route devant eux, à travers ses jumelles. « Je
les vois. »

La lumière se refléta dans du métal, tout en haut de la
côte de Karihaugen. Harry ne voyait encore que la première voiture de la colonne, mais il connaissait l'ordre :
six motards de la garde mobile norvégienne, spécialement formés, deux voitures d'escorte norvégiennes, une
voiture des Services Secrets, puis deux Cadillac
Fleetwood similaires, voitures spéciales des Services Secrets qui étaient arrivées par avion, et le Président se
trouvait dans l'une d'entre elles. On ne savait pas laquelle. Ou bien peut-être est-il dans les deux à la fois, se
dit Harry. Une pour Jekyll, et une pour Hyde. Venaient
ensuite les grosses voitures : ambulance, voiture de com-
munications, et d'autres voitures des Services Secrets.

« Tout a l'air calme », dit Harry. Ses jumelles balayè-
rent lentement le tableau, de droite à gauche. Même
par cette fraîche matinée de novembre, l'air tremblait
au-dessus de l'asphalte.

Ellen vit les contours de la première voiture. Dans
trente secondes, ils auraient franchi le péage, et la moitié du travail serait faite. Et dans deux jours, quand les
mêmes voitures auraient franchi le péage dans l'autre
sens, elle et Harry pourraient retourner à leurs travaux
habituels. Elle préférait la fréquentation des défunts de
la brigade criminelle à se trouver à trois heures du
matin dans une Volvo glaciale en compagnie d'un
Harry irritable, manifestement accablé par la responsabilité qu'on lui avait confiée.

Exception faite de la respiration régulière de Harry,
un silence absolu régnait dans la voiture. Elle vérifia
que les témoins des deux radios étaient allumés. La
colonne de voitures était presque au pied de la côte.
Elle prit la décision d'aller se saouler à mort chez

Tørst[*], après le boulot. Il y avait là-bas un type avec qui elle avait échangé un regard, il avait des boucles noires et des yeux bruns quelque peu inquiétants. Maigre. Il avait l'air un peu bohème, intellectuel. Peut-être…

« Nom de D… »

Harry avait déjà arraché le micro.

« Il y a quelqu'un dans la troisième cabine en partant de la gauche. Est-ce que quelqu'un peut l'identifier ? »

Un silence grésillant fut la seule réponse de la radio, et le regard d'Ellen fila sur la rangée de cabines. Là ! Elle vit le dos d'un homme à travers le verre brun — à seulement quarante ou cinquante mètres d'eux. La silhouette se détachait bien nettement à contre-jour. Comme le faisaient le court canon et son guidon qui pointaient au-dessus de l'épaule de l'homme.

« Une arme ! cria-t-elle. Il a un pistolet automatique !

— Merde ! » Harry ouvrit la portière d'un coup de pied, attrapa l'encadrement des deux mains et sauta de la voiture. Ellen ne quittait pas la colonne de voitures des yeux. Elle n'était plus qu'à quelques centaines de mètres. Harry passa la tête dans la voiture.

« Ce n'est personne de chez nous, mais ça peut être quelqu'un des Services Secrets, dit-il. Appelle le Q.G. » Il avait déjà son revolver en main.

« Harry…

— Maintenant ! Et écrase le klaxon si le Q.G. te dit que c'est un mec de chez eux. »

Harry se mit à courir vers la cabine et le dos en costume. Ça ressemblait au canon d'un Uzi. L'air brut du matin lui brûlait les poumons.

« Police ! cria Harry. Police ! »

Aucune réaction, l'épaisse paroi vitrée était étudiée pour maintenir le vacarme de la circulation au dehors.

[*] Tørst : (la) soif.

L'homme avait maintenant tourné la tête vers la colonne de véhicules, et Harry vit une paire de Ray Ban sombres. Service Secrets. Ou quelqu'un qui voulait leur ressembler.

Encore vingt mètres.

Comment avait-il pu entrer dans une cabine fermée, si ce n'était pas l'un d'entre eux ? Flûte ! Harry entendait déjà les motos. Il n'arriverait pas à la cabine.

Il ôta la sécurité et visa tout en priant pour que le klaxon déchire le silence de cette étrange matinée, sur une autoroute fermée à la circulation où il n'avait jamais, à aucun moment, souhaité se trouver. Les instructions étaient claires, mais il n'arrivait pas à faire abstraction de ces pensées :

Veste légère. Aucune communication. Tire, ce n'est pas de ta faute. Est-ce qu'il a une famille ?

Le cortège arriva juste derrière les cabines, et il arrivait vite. Deux secondes, et la première Cadillac serait à la hauteur de la cabine. Du coin de l'œil gauche, il perçut un mouvement, un petit oiseau qui s'envolait du toit.

Parier ou ne pas parier... les éternels dilemmes, en quelque sorte.

Il pensa à l'encolure de la veste assez échancrée et baissa d'un demi-pouce son revolver. Le rugissement des motos était assourdissant.

2

Oslo, mardi 5 octobre 1999

« C'est ça, la grande trahison », dit l'homme rasé en baissant les yeux vers son manuscrit. Sa tête, ses sourcils, ses avant-bras musculeux, même ses grandes mains qui tenaient la rambarde de la tribune : tout était rasé de frais, bien propre. Il se pencha vers le micro.

« Après 1945, les ennemis du national-socialisme ont été les maîtres et se sont développés en mettant en œuvre leurs principes démocratiques et économiques. Par conséquent, le monde n'a pas vu une seule fois le soleil se coucher sans qu'il y ait de fait de guerre. Même en Europe, nous avons connu la guerre et les génocides. Des millions de personnes meurent de faim dans le tiers-monde... et l'Europe est menacée d'une immigration massive avec ce que celle-ci entraînerait de chaos, de détresse et de lutte pour la survie. »

Il s'arrêta un moment et regarda autour de lui. La pièce était plongée dans un silence total, et seul un auditeur applaudit prudemment derrière lui. Lorsqu'il poursuivit, s'emballant dans le feu de l'action, une petite lumière rouge s'alluma avec indignation sous le micro pour lui signifier que le magnétophone recevait un signal saturé.

« Il en faudrait peu pour passer de notre opulence insouciante à une situation où nous n'aurions plus qu'à compter sur nous-mêmes et la collectivité environnante. Une guerre, une catastrophe économique ou écologique... et tout cet écheveau de lois qui ont si rapidement fait de nous tous des clients sociaux passifs disparaîtra brusquement. La précédente grande trahison date du 9 avril 1940, quand nos soi-disant dirigeants nationaux se sont tirés face à l'ennemi pour sauver leur peau. En emportant avec eux les réserves d'or pour pouvoir vivre dans le luxe, à Londres. L'ennemi est de nouveau là. Et ceux qui devaient défendre nos intérêts nous trahissent à nouveau. Ils laissent l'ennemi construire des mosquées chez nous, le laissent dévaliser nos vieillards et mêler son sang à celui de nos femmes. Ce n'est rien d'autre que notre devoir de Norvégiens que de protéger notre race et d'éliminer nos propres traîtres. »

Il passa à la page suivante, mais un raclement de gorge de l'estrade située en face de lui le fit s'arrêter et lever les yeux.

« Merci, je pense que nous en avons assez entendu, dit le juge en regardant par-dessus les verres de ses lunettes. Le parquet a-t-il d'autres questions à poser au prévenu ? »

Le soleil entrait de biais dans la salle 17 du palais de justice d'Oslo, et faisait au rasé une auréole illusoire. Il portait une chemise blanche et une cravate fine, vraisemblablement sur le conseil de son avocat, Johan Krohn, qui était pour l'heure renversé sur sa chaise, faisant tournicoter un stylo entre son majeur et son index. Krohn n'appréciait que très peu de choses dans cette situation. Il n'aimait ni le tour pris par l'interrogatoire du procureur, ni l'ouverte déclaration de programme de son client, Sverre Olsen, ni que ce dernier ait jugé bon de retrousser ses manches de sorte que le juge et ses assesseurs puissent contempler les toiles d'araignées et la rangée de croix gammées tatouées respectivement sur ses coudes et son avant-bras gauche. Sur le gauche était tatouée toute une série de symboles tirés du Moyen Âge scandinave et VALKYRIA en caractères gothiques noirs. Valkyria était le nom d'un des groupes qui avait fait partie du milieu néo-nazi localisé autour de Saeterkrysset, à Norstrand.

Mais ce qui chiffonnait le plus Johan Krohn, c'était que quelque chose sonnait faux, quelque chose qui concernait le déroulement de toute l'affaire, il ne voyait simplement pas quoi.

Le procureur, un petit homme répondant au nom d'Herman Groth, courba le micro vers lui d'un auriculaire orné d'une bague marquée du logo des avocats.

« Juste quelques questions pour conclure, monsieur le Juge. » Sa voix était douce et bien tempérée. La lampe sous le micro était verte.

« Quand vous êtes entré au Dennis Kebab, dans Dronningens gate, le 3 janvier à neuf heures, c'était donc avec la ferme intention d'accomplir votre part de ce devoir de défendre notre race que vous évoquez ? »

Johan Krohn se jeta sur le micro :

« Mon client a déjà répondu qu'il est advenu une querelle entre lui-même et le propriétaire vietnamien du lieu. » Lumière rouge. « On l'a provoqué. Il n'y a absolument aucune raison de suggérer qu'il ait pu y avoir préméditation. »

Groth ferma complètement les yeux.

« Si ce que dit votre avocat est vrai, Olsen, c'est donc tout à fait par hasard que vous vous promeniez avec une batte de base-ball ?

— Pour son autodéfense, s'écria Krohn en faisant un geste de découragement des deux bras. Monsieur le Juge, mon client a déjà répondu à ces questions. »

Le juge se gratta le menton en observant l'avocat de la défense. Il était de notoriété publique que Johan Krohn Jr. était une étoile montante du barreau, non moins que Johan Krohn lui-même, et ce fut sans doute à cause de cela qu'il dut admettre avec une certaine irritation :

« Je suis d'accord avec l'avocat de la défense. Si le procureur ne souhaite pas aborder les choses sous un angle différent, je propose que nous poursuivions. »

Groth leva les paupières de telle sorte qu'une mince bande de blanc fut visible au-dessus et au-dessous des pupilles. Il hocha la tête. Puis il brandit un journal, d'un geste las.

« Voici *Dagbladet* du 25 janvier. Dans une interview page huit, un des alliés du prévenu déclare…

— Je proteste… » commença Krohn.

Groth soupira.

« Un individu de sexe masculin exprimant des points de vue racistes, si vous préférez. »

Le juge acquiesça, mais lança en même temps un regard d'avertissement à Krohn. Groth poursuivit :

« Cet homme dit dans un commentaire sur l'attaque contre le Dennis Kebab que nous avons besoin de davantage de racistes comme Sverre Olsen pour pouvoir retrouver la Norvège. Dans cette interview, le mot "raciste" est employé dans un sens honorifique. Le prévenu se considère-t-il comme raciste ?

— Oui, je suis raciste, répondit Olsen avant que Krohn n'ait eu le temps d'intervenir. Selon le sens que je donne à ce mot.

— Et qui est ? » demanda Groth avec un sourire.

Krohn serra les poings sous la table et leva les yeux vers l'estrade, vers les deux assesseurs qui encadraient le juge. Ces trois-là étaient ceux qui devaient décider de ce que seraient les années à venir pour son client, et de son propre statut au Torstrupkjeller pour les mois à venir. Deux représentants banals du peuple, pour l'esprit de justice. « Juges-jurés », les avait-on appelés autrefois, mais ils avaient peut-être découvert que ça rappelait un peu trop « juges-jouets ». Celui assis à la droite du juge était un jeune homme vêtu d'un costume de travail simple et bon marché, qui osait à peine lever les yeux. La jeune femme grassouillette à sa gauche paraissait ne suivre que distraitement ce qui se passait, en s'appliquant à dresser fièrement la tête de sorte que son début de double menton ne soit pas visible depuis la salle. Des Norvégiens moyens. Que savaient-ils de gens comme Sverre Olsen ? Et que voulaient-ils savoir ?

Huit témoins avaient vu Sverre Olsen entrer dans ce

fast-food avec une batte de base-ball sous le bras, et après un bref échange d'invectives, en donner un coup sur la tête du propriétaire, Ho Dai, un Vietnamien d'une quarantaine d'années arrivé en Norvège en 1978 avec les boat people. Si fort que Ho Dai ne remarcherait jamais plus. Quand Olsen prit la parole, Johan Krohn Jr. s'était déjà mis à réfléchir à ce qu'il dirait en appel.

« Le *race-isme*, lut Olsen quand il eut trouvé ce qu'il cherchait dans ses papiers, est un combat permanent contre les maladies génétiques, la dégénérescence et l'extermination, en même temps qu'un rêve et un espoir d'une société plus saine avec une meilleure qualité de vie. Le mélange des races est une forme de génocide bilatéral. Dans un monde où il est prévu d'établir des banques génétiques pour préserver le moindre coléoptère, il est communément admis qu'on puisse mélanger et détruire des races humaines qui se sont développées sur des millénaires. Dans un article de l'éminente revue *American Psychologist* de 1972, cinquante scientifiques américains et européens ont mis en garde contre les omissions volontaires de l'argumentation théorique sur la génétique. »

Olsen s'arrêta, balaya d'un regard la salle 17 et leva l'index droit. Il s'était tourné vers le procureur, de sorte que Krohn pouvait voir le pâle tatouage « Sieg Heil » sur le bourrelet rasé qui joignait l'arrière de la tête à la nuque, un cri muet en contraste étrange et grotesque avec la calme rhétorique. Dans le silence qui s'ensuivit, Krohn entendit que la salle 18 avait décrété la pause déjeuner. Les secondes passèrent. Krohn se souvint de quelque chose qu'il avait lu : Hitler, pendant ses discours, pouvait faire des pauses durant trois minutes. Quand Olsen poursuivit, il marqua la mesure avec son doigt, comme s'il voulait enfoncer chaque mot et chaque phrase dans le crâne de ses auditeurs :

« Ceux d'entre vous qui essaient de faire croire qu'il n'y a pas de lutte des races sont ou des aveugles, ou des traîtres. »

Il but une gorgée du verre que le greffier avait placé devant lui.

Le procureur intervint :

« Et dans cette lutte des races, vous et vos partisans, dont une bonne partie sont présents dans cette salle, devriez être les seuls à avoir le droit d'attaquer ? »

Sifflets de la part des skinheads assis dans le public.

« Nous n'attaquons pas, nous nous défendons, dit Olsen. C'est le droit et le devoir de toutes les races. »

Dans le public, quelqu'un cria quelque chose qu'Olsen saisit et retransmit avec un sourire :

« Une personne de race différente peut se trouver être un national-socialiste soucieux des questions raciales. »

Rires et applaudissements épars dans le public. Le juge réclama le silence avant d'interroger le procureur du regard.

« Ce sera tout, dit Groth.

— La défense souhaite-t-elle poser des questions ? » Krohn secoua la tête.

« Alors je demanderai au premier témoin de l'accusation de venir à la barre. »

Le procureur fit un signe de tête à un greffier qui ouvrit une porte tout au fond de la salle, passa la tête dans l'entrebâillement et dit quelque chose. On entendit le bruit d'une chaise qu'on tire, la porte s'ouvrit complètement et un grand type entra rapidement. Krohn remarqua que cet homme portait une veste de costume un peu trop petite, un jean noir et de grosses Dr. Martens de la même couleur. Les cheveux coupés hypercourt et la silhouette mince et athlétique indiquaient un début de trentaine. Mais les yeux injectés de sang, les poches qui apparaissaient dessous et la peau pâle parsemée de fins vaisseaux qui s'étendaient çà et là en petits deltas rouges allaient plutôt vers la cinquantaine.

« Inspecteur Harry Hole ? demanda le juge quand l'homme eut pris place dans le box des témoins.

— Oui.

— Votre adresse personnelle ne figure pas, à ce que je vois…

— Confidentielle. » Hole pointa un pouce par-dessus son épaule. « Ils ont essayé d'entrer chez moi. »

Encore des sifflets.

« Avez-vous déjà prêté serment, Hole ? Sur l'honneur, je veux dire ?

— Oui. »

La tête de Krohn partit vers le haut comme celle des chiens en plastique que certains propriétaires de voitures se plaisent à avoir sur la plage arrière. Il se mit à chercher fébrilement dans ses documents.

« Vous travaillez comme inspecteur à la brigade criminelle, c'est bien ça, Hole, dit Groth. Pourquoi vous a-t-on confié cette affaire ?

— Parce que nous avons commis une erreur d'appréciation, répondit Hole.

— Ah ?

— Nous n'avons pas pensé que Ho Dai survivrait. Ce n'est généralement pas le cas quand on a le crâne ouvert et une partie du contenu à l'extérieur. »

Krohn vit les assesseurs faire involontairement la grimace. Mais ça n'avait plus d'importance. Il avait trouvé la feuille sur laquelle étaient inscrits les noms des assesseurs. Et c'est là qu'elle était : l'erreur.

3.

Karl Johans gate, 5 octobre 1999

« Tu vas mourir. »

Ces mots résonnaient encore dans les oreilles du vieil homme au moment où il sortit et se retrouva sur les marches, aveuglé par le soleil acéré de l'automne. Il respira profondément, lentement, en se cramponnant à la rampe tandis que ses pupilles se rétrécissaient lentement. Il écouta la cacophonie de voitures, de tramways, la pulsation aiguë des feux de signalisation. Et des voix… des voix excitées et heureuses qui passaient à toute vitesse, dans des chaussures qui claquaient. Et la musique ; avait-il déjà entendu autant de musique ? Mais rien ne parvenait à couvrir le son de ces mots : « Tu vas mourir. »

À combien de reprises s'était-il trouvé là, sur les marches du cabinet du docteur Buer ? Deux fois par an depuis quarante ans, ce qui devait faire quatre-vingts. Quatre-vingts jours banals comme celui-ci, mais jamais auparavant il n'avait remarqué à quel point la rue regorgeait de vie, d'allégresse et du désir gourmand de vivre. On était en octobre, mais ça aurait aussi bien pu être une journée de mai. Le jour où la paix avait éclaté. Exagérait-il ? Il entendait la voix de la femme, il voyait sa silhouette sortir en courant du soleil, et les contours de son visage qui disparaissaient dans une auréole de lumière blanche.

« Tu vas mourir. »

Tout le blanc se colora et devint Karl Johans gate. Il descendit les marches, s'arrêta pour regarder à droite et à gauche, comme s'il ne savait pas dans quelle direction partir, et se plongea dans ses pensées. Puis il sursauta comme si quelqu'un l'avait réveillé et se mit en marche vers le Palais Royal. Son pas était hésitant, ses yeux baissés, et sa silhouette maigre recroquevillée dans ce manteau de laine un peu trop grand.

« Le cancer a gagné du terrain, avait dit le docteur Buer.

— Bon », avait-il répondu en regardant Buer, et en se demandant si le fait qu'un médecin retire ses lunettes pour annoncer quelque chose de sérieux était un geste qu'on leur apprenait à l'école de médecine, ou bien si c'était le geste d'un médecin myope qui voulait éviter de voir l'expression que le patient avait dans les yeux. Il commençait à ressembler à son père, le docteur Konrad Buer, maintenant que la racine des cheveux avait amorcé un repli et que les poches qu'il avait sous les yeux lui donnaient un peu de l'aura d'inquiétude de son père.

« En clair ? » avait demandé le vieux de la voix de quelqu'un qu'il n'avait pas entendu depuis plus de cinquante ans. Le son caverneux et rauque émis par le gosier d'un homme dont la peur fait frémir les cordes vocales.

« Eh bien, c'est donc une question de…

— S'il vous plaît, docteur. J'ai déjà vu la mort de très près. »

Il avait haussé le ton, marqué le vouvoiement, choisi les mots qui obligeaient sa voix à être ferme, telle qu'il voulait que le docteur Buer l'entendît. Telle que lui-même voulait l'entendre.

Le regard du médecin avait parcouru le plateau de son bureau, le parquet fatigué et le paysage qui s'étendait de l'autre côté des vitres sales. Il s'y était caché un moment avant de revenir et de rencontrer celui de l'autre. Ses mains avaient trouvé un chiffon qui essuyait ses lunettes, encore et encore.

« Je sais ce que tu…

— Vous ne savez rien, docteur. » Le vieux s'était entendu émettre un petit rire sec. « Ne le prenez pas mal, Buer, mais ça, je peux vous le garantir : vous ne savez rien. »

Il avait vu la confusion s'emparer de Buer, et remarqué au même instant que le robinet au-dessus du lavabo sur le mur opposé fuyait, un son nouveau, comme s'il avait de façon aussi soudaine qu'incompréhensible retrouvé une perception de jeune adulte.

Buer avait alors remis ses lunettes, levé un papier devant lui comme si les mots qu'il allait prononcer y étaient écrits, s'était éclairci la voix avant de dire :

« Tu vas mourir. »

Le vieil homme aurait préféré qu'il lui dise « vous ».

Il s'arrêta à proximité d'un attroupement, entendit la guitare et une voix qui chantait une chanson certainement vieille pour tout le monde, sauf pour lui. Il l'avait déjà entendue, sûrement vingt-cinq ans auparavant, mais il lui semblait que c'était la veille. Tout lui faisait cette impression… Plus ça se trouvait loin dans le passé, plus ça lui semblait proche et récent. Il était capable de se remémorer des choses dont il ne s'était pas souvenu depuis des années, et peut-être même jamais. Ce qu'il lui avait fallu relire dans ses journaux intimes datant des années de guerre, il lui suffisait de fermer les yeux pour le voir défiler comme un film projeté sur sa rétine.

« Il devrait au moins te rester un an. »

Un printemps et *un* été. Il voyait chaque feuille dorée dans les arbres de Studenterlunden, comme s'il avait de nouvelles lunettes, plus puissantes. Ces mêmes arbres étaient déjà là en 1945, non ? Ils n'avaient pas été particulièrement nets, ce jour-là, rien ne l'avait été.

Les visages souriants, les visages écumant de rage, les cris qui l'atteignaient tout juste, la portière qui claquait, et il avait peut-être eu les larmes aux yeux, car quand il se remémorait les drapeaux avec lesquels couraient les gens, ils étaient rouges et flous. Leurs cris : *Le prince héritier est de retour !*

Il remonta la côte vers le Palais Royal, devant lequel des gens s'étaient réunis pour assister à la relève de la garde. L'écho des cris de la garde, le claquement des crosses de fusils et des talons de bottes résonnaient contre la façade jaune pâle. Des caméscopes bourdonnaient, et il saisit quelques mots en allemand. Deux jeunes Japonais enlacés regardaient la scène d'un œil légèrement amusé. Il ferma les yeux, essaya de sentir l'odeur des uniformes et de l'huile pour les armes. Sornettes, rien ici n'avait l'odeur de sa guerre à lui.

Il ouvrit de nouveau les yeux. Que savaient-ils, ces petits soldats vêtus de noir qui étaient le corps de parade de la monarchie sociale, et qui effectuaient des mouvements symboliques qu'ils étaient trop innocents pour comprendre et trop jeunes pour pouvoir ressentir. Il repensa à ce jour, à ces jeunes Norvégiens habillés en soldats, ou en soldats suédois, comme il les avait appelés. Dans ses yeux, ils avaient été des petits soldats de plomb, qui ne savaient pas comment porter un uniforme, et encore moins comment manipuler un prisonnier de guerre. Apeurés et brutaux, le clope au coin du bec et la casquette de traviole, ils avaient étreint leurs armes nouvellement acquises et essayé de dominer leur peur en mettant des coups de crosse dans les lombaires d'une personne qu'ils avaient arrêtée.

« Enculé de nazi ! » avaient-ils dit en frappant, comme pour obtenir le pardon immédiat de leurs péchés.

Il inspira, goûta cette chaude journée automnale,

mais au même moment surgit la douleur. Il fit un pas chancelant en arrière. De l'eau dans les poumons. Dans douze mois, peut-être avant, l'inflammation et l'infection produiraient de l'eau qui s'accumulerait dans ses poumons. Ils avaient dit que c'était ça, le pire.

« Tu vas mourir. »

La toux vint alors, si violente que ceux qui se trouvaient à proximité immédiate s'écartèrent inconsciemment.

4

Ministère des Affaires étrangères, Victoria Terrasse 5 octobre 1999

Le conseiller aux Affaires étrangères Bernt Brandhaug allongea le pas dans le couloir. Il y avait trente secondes qu'il avait quitté son bureau, il serait à la salle de réunions au plus tard dans quarante-cinq secondes. Il haussa les épaules dans sa veste, sentit qu'elles l'emplissaient bien, sinon trop, et il perçut une contraction des muscles de son dos. *Latissimus dorsi* — muscles profonds. Il avait soixante ans, mais ne semblait pas en avoir dépassé cinquante d'un seul jour. Non qu'il fût soucieux de son apparence, mais il était conscient d'être un homme agréable à regarder. Sans qu'il eût besoin de faire grand-chose d'autre que poursuivre l'entraînement que par ailleurs il adorait, faire quelques pauses au solarium, en hiver, et épiler à intervalles réguliers les poils blancs dans ses sourcils devenus broussailleux avec les années.

« Salut, Lise ! » cria-t-il en passant devant la photocopieuse ; la jeune stagiaire sursauta et eut tout juste le temps de lui retourner un pâle sourire avant qu'il n'ait passé le coin suivant. Lise était juriste fraîche émoulue, et fille d'un camarade d'études. Il n'y avait que trois semaines qu'elle avait commencé. Et à partir de cet instant, elle sut que le conseiller aux AE, le plus haut gradé dans la maison, savait qui elle était. Pouvait-il se la faire ? Vraisemblablement. Sans que ça *doive* arriver. Pas forcément.

Il entendit le bourdonnement des voix avant même d'arriver à la porte ouverte. Il regarda l'heure. Soixante-quinze secondes. Il entra, fit rapidement du regard le tour de la pièce, constata que toutes les instances convoquées étaient présentes.

« Bien, donc, vous êtes Bjarne Møller ? » cria-t-il en souriant largement et en tendant la main par-dessus la table à un grand type mince, à côté de la chef de la police, Anne Størksen.

« Vous êtes CdP, c'est ça, Møller ? J'ai entendu dire que vous participez au cross par équipes de Holmenkollen ? »

Ça, c'était un des trucs de Brandhaug. Trouver une info sur les gens qu'il rencontrait pour la première fois. Quelque chose qui ne figurait pas dans leur CV. Ça leur faisait perdre leurs moyens. L'expression CdP — l'abréviation interne de Capitaine de Police — créait chez lui une fierté particulière. Brandhaug s'assit, fit un clin d'œil à son vieux camarade Kurt Meirik, directeur du service de surveillance policière, et étudia les autres personnes autour de la table.

Personne ne savait encore qui dirigerait les discussions, étant donné que c'était une réunion entre des représentants, en théorie de même rang, du cabinet du Premier ministre, de la police d'Oslo, des services du contre-espionnage, des troupes en état d'alerte préventive et de son service, les Affaires étrangères. C'était le CPM — le cabinet du Premier ministre — qui avait lancé les convocations, mais il ne faisait aucun doute que ce serait la police d'Oslo, représentée par la chef de police Anne Størksen, et le service de surveillance de la police — le SSP — de Kurt Meirik qui seraient opérationnellement responsables le moment venu. Le secrétaire d'État du cabinet du Premier ministre se voyait bien prendre la direction des opérations.

Brandhaug ferma les yeux et écouta.

Les échanges de banalités s'interrompirent, le bourdonnement des voix se tut lentement, un pied de table racla le sol. Pas encore. Des pages froufroutèrent, des stylos cliquetèrent... Lors des discussions de cette importance, les différents responsables venaient avec leurs secrétaires personnels pour pouvoir se rejeter mutuellement la faute si les choses ne fonctionnaient pas comme prévu. Quelqu'un s'éclaircit la voix, mais au mauvais endroit de la pièce, et pas de la façon dont on le fait avant de prendre la parole. Quelqu'un d'autre prit son souffle pour parler.

« Alors allons-y », dit Bernt Brandhaug en ouvrant les yeux.

Les têtes se tournèrent vers lui. C'était à chaque fois la même chose. Une bouche entrouverte, celle du secrétaire d'État, un sourire en coin de la part d'Anne Størksen qui montrait qu'elle avait compris ce qui s'était passé... mais à part ça : des visages vides qui le regardaient sans se douter que le plus dur était déjà passé.

« Bienvenue à la première réunion de coordination. Notre tâche consiste à faire entrer et sortir de Norvège quatre des personnalités les plus importantes au monde, en veillant à ce qu'elles restent à peu près vivantes. »

Petits rires polis autour de la table.

« Lundi 1ᵉʳ octobre, le leader de l'O.L.P. Yasser Arafat doit venir, ainsi que le Premier ministre israélien Ehud Barak, le Premier ministre russe Vladimir Poutine et, pour finir, cerise sur le gâteau : à six heures quinze, dans exactement cinquante-neuf jours, Air Force One atterrira à l'aéroport d'Oslo-Gardermoen avec à son bord le président américain. »

Le regard de Brandhaug fit le tour de la table. Il s'arrêta sur le nouveau, Bjarne Møller.

« S'il n'y a pas de brouillard, s'entend », dit-il, déclenchant les rires et remarquant avec un certain soulagement que Møller oubliait un instant sa nervosité et riait avec les autres. Brandhaug sourit à son tour, exhiba ses dents solides qui étaient encore un soupçon plus blanches depuis sa dernière visite cosmétique chez le dentiste.

« Nous ne savons pas encore exactement combien de personnes viendront, dit Brandhaug. En Australie, le Président avait une suite de deux mille personnes, et de mille sept cents à Copenhague. »

Des murmures se firent entendre autour de la table.

« Mais mon expérience me dit qu'on peut certainement faire une estimation plus réaliste d'environ sept cents. »

En disant ça, Brandhaug avait l'intime conviction que son « estimation » serait bientôt vérifiée, étant donné qu'il avait reçu une heure auparavant un fax lui donnant la liste des sept cent douze personnes qui viendraient.

« Certains d'entre vous se demandent certainement ce que le Président fabrique avec autant de monde autour de lui pour un sommet de seulement deux jours. La réponse est simple. Il est question de cette bonne vieille rhétorique du pouvoir. Sept cents, si mon estimation est juste, c'est exactement le nombre de personnes que l'empereur Frédéric III avait avec lui quand il est allé à Rome, en 1468, pour expliquer au Pape qui était l'homme le plus puissant au monde. »

Encore des rires. Brandhaug fit un clin d'œil à Anne Størksen. Il avait trouvé la formule dans *Aftenposten*. Il frappa dans ses mains.

« Je n'ai pas besoin de vous préciser à quel point c'est court, deux mois, mais ça veut dire que nous aurons des réunions de coordination tous les jours à dix heures, dans cette pièce. Jusqu'à ce que ces quatre garçons soient hors de notre aire de responsabilité, vous n'avez qu'à laisser tomber tout ce que vous faites en ce moment. Vacances et congés compensatoires sont interdits. Congés maladie itou. Des questions, avant de poursuivre ?

— Eh bien, nous pensions… commença le secrétaire d'État.

— Dépressions comprises, l'interrompit Brandhaug, ce qui fit rire Møller plus fort que celui-ci ne l'aurait souhaité.

— Eh bien, nous… commença derechef le secrétaire d'État.

— S'il te plaît, Meirik ! cria Brandhaug.

— Hein ? »

Le chef du SSP Kurt Meirik leva son crâne lisse et regarda Brandhaug.

« Tu voulais nous parler de l'estimation que fait le SSP des menaces potentielles ?

— Ah, ça… dit Meirik. Nous avons apporté des documents. »

Meirik était originaire de Tromsø et parlait un curieux mélange sans queue ni tête de dialecte du Troms et de riksmål*. Il fit un signe de tête à l'adresse de la femme qui était assise à côté de lui. Le regard de

---

* Le riksmål est la langue officielle la plus courante en Norvège, devant l'autre langue officielle, le nynorsk.

Brandhaug s'attarda un instant sur elle. Il est vrai qu'elle n'était pas maquillée, et que ses courts cheveux bruns étaient coupés au carré et retenus par une barrette peu seyante. Et sa tenue, un truc en laine bleue, était ouvertement rébarbative. Mais en dépit du fait qu'elle s'était composé une de ces expressions de gravité exagérée qu'il rencontrait si souvent chez les femmes qui craignaient de ne pas être prises au sérieux, il apprécia ce qu'il voyait. Ses yeux étaient bruns et doux, et les pommettes hautes lui conféraient un air aristocratique, presque étranger. Il l'avait déjà vue, mais elle avait changé de coupe de cheveux. Comment s'appelait-elle, déjà… Quelque chose à voir avec la Bible… Rakel ? Elle était peut-être récemment divorcée, sa nouvelle coupe pouvait le suggérer. Elle se pencha vers l'attaché-case posé entre elle et Meirik, et le regard de Brandhaug scruta automatiquement son décolleté, mais son chemisier était boutonné trop haut pour révéler quoi que ce soit d'intéressant. Avait-elle des enfants en âge d'aller à l'école ? Aurait-elle une objection contre un détour par une chambre d'hôtel du centre, en journée ? Le pouvoir l'excitait-elle ?

Brandhaug :

« Fais-nous simplement un court résumé oral, Meirik.

— Bon.

— Je veux juste dire une chose, avant… dit le secrétaire d'État.

— On laisse Meirik terminer, et tu pourras parler autant que tu voudras ensuite, d'accord, Bjørn ? »

C'était la première fois que Brandhaug appelait le secrétaire d'État par son prénom.

« Le SSP estime que les risques d'attentat ou d'autre acte de malveillance justifient une présence sur place », dit Meirik.

Brandhaug sourit. Du coin de l'œil, il vit la chef de la police en faire autant. Une fille intelligente, maîtrise de droit et casier bureaucratique vierge. Peut-être devrait-il l'inviter avec son mari à manger la truite, un soir ? Brandhaug et sa femme vivaient dans une spacieuse villa en rondins, à l'orée des bois de Nordberg. Il n'y avait qu'à chausser les skis devant le garage. Bernt Brandhaug adorait cette villa. Sa femme la trouvait trop sombre, disait que tous ces rondins noirs lui faisaient craindre l'obscurité, et elle n'aimait pas non plus les bois environnants. Oui, une invitation à dîner. Il y avait des signaux clairs à envoyer.

« J'ose vous rappeler que quatre présidents américains sont décédés des suites d'attentats. Abraham Lincoln en 1865, James Garfield en 1881, John F. Kennedy en 1963 et… »

Il se tourna vers la femme aux hautes pommettes, qui lui articula muettement le nom.

« Ah, oui, William McKinley en…

— 1901, dit Brandhaug avec un sourire chaleureux, avant de regarder l'heure.

— C'est ça. Mais il y a eu beaucoup plus d'attentats au fur et à mesure que les années ont passé. Harry Truman, Gerald Ford et Ronald Reagan ont été victimes de sérieux attentats durant leur mandat. »

Brandhaug toussota :

« Tu oublies que le président actuel a essuyé des coups de feu, il y a quelques années. Ou en tout cas son domicile.

— Pas faux. Mais on ne prend pas ce genre d'incidents en compte, ça en ferait vraiment un sacré paquet. Or, j'ose affirmer que sur ces vingt dernières années, aucun président américain n'a traversé son mandat sans qu'au moins dix attentats ne soient découverts et que leurs commanditaires soient pris sans que ça parvienne jusqu'aux médias.

— Pourquoi ? »

Le capitaine de police Bjarne Møller croyait qu'il n'avait fait que penser sa question, et il fut donc aussi surpris que les autres d'entendre sa propre voix. Il déglutit en sentant les regards se tourner vers lui, et tenta de garder les yeux rivés sur Meirik, mais il ne put s'empêcher de regarder Brandhaug. Le conseiller aux AE lui fit un clin d'œil rassurant.

« Oui, comme vous le savez, il est courant qu'on tienne secrets les attentats déjoués... » dit Meirik en ôtant ses lunettes. Elles ressemblaient à celles de Horst Tappert[*], un modèle particulièrement prisé dans les catalogues de vente par correspondance, et qui noircissent quand vous arrivez au soleil.

« ... Étant donné que les attentats se sont révélés être aussi contagieux que les suicides. Et de plus, dans notre branche, nous ne souhaitons pas que nos méthodes de travail soient dévoilées.

— Quels projets avez-vous en matière de surveillance ? » intervint le secrétaire d'État.

La femme aux pommettes tendit une feuille à Meirik, et il remit ses lunettes pour la lire.

« Huit hommes des Services Secrets arrivent jeudi, et on commencera alors à passer en revue les hôtels et les itinéraires, à donner l'agrément à tous ceux qui se trouveront à proximité du Président et à donner des cours aux policiers norvégiens dont nous utiliserons les services. Nous allons appeler des renforts supplémentaires du Romerike, d'Asker et de Bærum.

— Et à quoi vont-ils servir ? demanda le secrétaire d'État.

---

[*] Le célèbre « inspecteur Derrick ».

— Principalement à faire de la surveillance. Autour de l'ambassade américaine, autour de l'hôtel qu'occupera la délégation, autour des lieux de stationnement des voitures...

— En un mot, partout où ne sera pas le Président ?

— Ça, c'est nous, le SSP, qui nous en occuperons. Et les Services Secrets.

— Je ne pensais pas que vous aimiez monter la garde, Kurt ? » dit Brandhaug avec un petit sourire.

L'allusion provoqua un sourire crispé chez Meirik. Lors de la conférence sur les mines, à Oslo, en 1998, le SSP avait refusé de fournir des gardes compte tenu de sa propre évaluation de la menace qui concluait à « un risque pour la sécurité moyen à peu élevé ». Le deuxième jour de la conférence, la direction des services de l'immigration avait fait savoir aux Affaires étrangères qu'un homme agréé par le SSP en tant que chauffeur de la délégation croate était un Musulman bosniaque. Il était arrivé en Norvège dans les années 70 et avait la nationalité norvégienne depuis longtemps. Mais en 1993, son père, sa mère et quatre de ses frères et sœurs avaient été massacrés par les Croates à Mostar, en Bosnie-Herzégovine. En fouillant l'appartement de ce type, on avait retrouvé deux grenades et une lettre de suicide. La presse n'avait évidemment jamais eu vent de l'affaire, mais le nettoyage qui s'en était suivi avait gagné jusqu'au gouvernement, et la carrière potentielle de Meirik n'avait tenu qu'à un cheveu jusqu'à ce que Bernt Brandhaug lui-même se jette dans la mêlée. L'affaire avait été étouffée après que l'inspecteur principal qui était responsable des agréments eut rédigé sa propre lettre de licenciement. Brandhaug ne se rappelait plus le nom de cet inspecteur, mais par la suite, la collaboration avec Meirik avait fonctionné à la perfection.

« Bjørn ! cria Brandhaug en claquant à nouveau des mains. Nous attendons maintenant tous avec impatience ce que tu as à nous dire. Vas-y ! »

Le regard de Brandhaug passa sur la collaboratrice de Meirik, rapidement, mais lui laissa le temps de voir qu'elle le regardait. C'est-à-dire, elle avait les yeux tournés vers lui, mais ils étaient dénués d'expression et absents. Il pensa soutenir son regard, pour voir quelle expression apparaîtrait lorsqu'elle se rendrait compte qu'il la regardait aussi, mais il abandonna cette idée. C'était bien Rakel, son nom ?

5

Parc du Palais Royal, 5 octobre 1999

« Tu es mort ? »

Le vieil homme ouvrit les yeux et vit le contour d'une tête penchée sur lui, mais le visage disparaissait dans une auréole de lumière blanche. Était-ce elle, venait-elle déjà le chercher ?

« Tu es mort ? » répéta la voix claire.

Il ne répondit pas, car il ne savait pas si ses yeux étaient ouverts ou s'il rêvait. Ou s'il était mort, comme la voix le lui demandait.

« Comment t'appelles-tu ? »

La tête disparut, et il vit à la place la cime des arbres, et du ciel bleu. Il avait rêvé. Quelque chose, dans un poème. « Les bombardiers allemands sont passés. » Nordahl Grieg. À propos du roi qui fuit vers l'Angleterre. Ses pupilles se réadaptèrent à la lumière, et il se rappela s'être laissé tomber sur l'herbe du parc du Pa-

lais Royal pour se reposer un instant. Il avait dû s'endormir. Un petit garçon était accroupi à côté de lui, et
deux yeux marron le regardaient sous une frange noire.

« Je m'appelle Ali », dit le garçon.

Un petit Pakistanais ? Le garçonnet avait un étrange
nez retroussé.

« Ali, ça veut dire Dieu, dit-il. Et ton nom à toi,
qu'est-ce qu'il veut dire ?

— Je m'appelle Daniel, répondit le vieil homme avec
un sourire. C'est un nom biblique. Ça veut dire "Dieu
est mon juge". »

Le garçon le regarda.

« Alors tu es Daniel ?

— Oui. »

Le garçonnet continuait à le regarder, et le vieux se
sentit gêné. Le gamin pensait peut-être avoir affaire à
un SDF qui dormait là tout habillé, avec un manteau
de laine en guise de couverture sous le cagnard.

« Où est ta mère ? demanda le vieil homme pour
échapper à l'examen minutieux auquel se livrait l'enfant.

— Là-bas », répondit ce dernier en pointant un doigt.
Deux solides bonnes femmes basanées étaient assises
dans l'herbe, non loin. Quatre enfants s'ébattaient en
riant autour d'elles.

« Alors, je suis ton juge, moi, dit le gamin.

— Quoi ?

— Ali, c'est Dieu, non ? Et Dieu est le juge de Daniel. Et je m'appelle Ali et tu t'appelles... »

Le vieux tendit la main et attrapa Ali par le nez. Le
gosse hurla de peur. Il vit les deux femmes tourner la
tête, l'une d'entre elles se levait déjà, et il lâcha prise.

« Ta mère, Ali », dit-il avec un mouvement de tête
vers la femme qui approchait.

« Maman ! cria le garçonnet. Tu sais, je suis le juge
du monsieur. »

La femme cria quelque chose en ourdou au gamin. Le vieil homme sourit à la femme, mais elle évita son regard et ne quitta pas son fils des yeux. Il finit par obéir et alla lentement vers elle. Lorsqu'ils se retournèrent, le regard de la mère passa sur le vieil homme comme s'il était transparent. Il avait envie de lui expliquer qu'il n'était pas un clochard, qu'il avait participé à la construction de cette société. Il avait avancé de l'argent, vidé ses poches, avait donné tout ce qu'il avait jusqu'à ce qu'il ne lui reste plus rien à laisser, hormis sa place, au moment de renoncer, d'abandonner. Mais il n'en avait pas la force, il était fatigué et voulait rentrer chez lui. Se reposer, et puis on verrait. C'était maintenant à d'autres de payer.

Il n'entendit pas le petit garçon l'appeler lorsqu'il s'en alla.

6

Hôtel de police, Grønland
10 octobre 1999

Ellen Gjelten leva rapidement les yeux sur l'homme qui venait d'entrer en trombe dans son bureau.

« Bonjour, Harry.

— Merde ! »

Harry donna un coup de pied dans sa poubelle de bureau, et elle alla claquer contre le mur à côté de la place d'Ellen avant de continuer à rouler en étalant son contenu sur le lino : des brouillons de rapports (le meurtre d'Ekeberg), un paquet de cigarettes vide (Camel, tax free), un pot de yaourt vert Salut, *Dagsavisen*,

un billet de cinéma oblitéré (théâtre filmé, « Fear &
Loathing in Las Vegas »), un bulletin de loterie inuti-
lisé, une peau de banane, un magazine musical *(MOJO*,
n° 69, février 1999, avec Queen en couverture), une
bouteille de Coca (plastique, 1/2 litre) et un post-it
jaune marqué d'un numéro de téléphone qu'il eut un
instant envie d'appeler.

Ellen leva les yeux de son PC et observa les objets
qui jonchaient le sol.

« Tu bazardes *MOJO*, Harry ?

— Merde ! » répéta Harry en arrachant son étroite
veste en jean avant de la lancer à l'autre bout du bureau de vingt mètres carrés qu'il partageait avec l'inspecteur Ellen Gjelten. La veste atteignit le perroquet,
mais glissa au sol.

« Qu'est-ce qui se passe ? demanda Ellen en tendant la main pour immobiliser le perroquet chancelant.

— J'ai trouvé ça dans ma boîte à lettres, répondit-il
en agitant un document devant lui.

— On dirait une décision de justice.

— Ouais.

— L'affaire Dennis Kebab ?

— Tout juste.

— Et ?

— Sverre Olsen prend plein pot. Trois ans et demi.

— Fichtre ! Alors tu devrais être d'une humeur radieuse ?

— Je l'ai été pendant une minute. Jusqu'à ce que je
lise ça. »

Harry lui montra un fax.

« Oui ?

— Quand Krohn a reçu son exemplaire du jugement,
ce matin, il a répondu en nous prévenant qu'il allait invoquer un vice de procédure. »

Ellen fit la même tête que si on lui avait glissé quelque chose de pas bon dans la bouche.

« Eh ben !

— Il veut que tout le jugement soit annulé. Tu ne le croiras jamais, mais ce finaud de Krohn nous a coincés sur la prestation de serment.

— Où vous a-t-il coincés, tu dis ? »

Harry alla se placer devant la fenêtre.

« Les assesseurs n'ont besoin de prêter serment que la première fois qu'ils sont nommés, mais il faut que ce soit fait dans la salle d'audience avant que l'audience ne démarre. Krohn a remarqué qu'un des deux assesseurs était nouveau. Et que le juge ne l'avait pas laissée prêter serment dans la salle d'audience.

— Ça s'appelle une déclaration.

— Kif-kif. Il ressort de la décision de justice que le juge s'était occupé de la déclaration de la nénette en coulisse, juste avant que les débats ne commencent. Il rejette la faute sur l'urgence et sur un changement de règles. »

Harry froissa le fax et l'envoya en un long arc de cercle qui manqua la poubelle d'Ellen de cinquante centimètres.

« Résultat ? demanda Ellen en renvoyant d'un coup de pied le fax dans la partie de bureau appartenant à Harry.

— Tout le jugement va être caduc, et Sverre Olsen est un homme libre pour au moins six mois, jusqu'à ce que l'affaire ne soit reprise. Et à ce moment-là, la coutume veut que la peine soit bien moins lourde en raison de l'épreuve que l'attente constitue pour le prévenu bla, bla, bla. Compte tenu des huit mois qu'Olsen a déjà passés en préventive, il y a fort à parier pour qu'il soit d'ores et déjà un homme libre. »

Harry ne parlait pas à Ellen, qui connaissait déjà

tous les détails de l'affaire. Il parlait à son propre reflet dans la vitre, en disant les mots tout haut pour voir si ça leur donnait davantage de sens. Il passa ses deux mains sur un crâne en sueur d'où les courts cheveux blonds avaient pointé perpendiculairement jusqu'à récemment. Car il avait fait couper le peu qu'il lui restait : la semaine précédente, il avait été reconnu. Un jeune vêtu d'un bonnet noir, de baskets Nike et d'un falzar si grand que le fond lui arrivait entre les genoux était venu vers lui, pendant que ses copains ricanaient derrière, et lui avait demandé s'il était « ce Bruce Willis en Australie ». Ça faisait trois ans — trois ans ! — qu'il avait fait la une des journaux et qu'il était allé déconner dans des shows télévisés pour y parler de ce tueur en série qu'il avait descendu à Sydney*. Harry était illico allé se faire raser. Ellen avait suggéré la moustache.

« Le pire, c'est que je peux jurer que cet avocaillon a pigé le truc avant que le verdict ne tombe, et qu'il aurait pu le dire pour que la prestation de serment se fasse à ce moment-là. Mais il s'est contenté d'attendre en se frottant les mains. »

Ellen haussa les épaules.

« Ce sont des choses qui arrivent. Bon boulot de la part de l'avocat de la défense. Remets-toi, Harry. »

Elle parlait avec un mélange de sarcasme et d'impartialité dans son appréciation.

Harry appuya son front contre la vitre rafraîchissante. Encore une de ces chaudes journées d'octobre que personne n'attendait. Il se demanda où Ellen, le nouvel inspecteur au visage pâle et doux de poupée, avec sa petite bouche et ses yeux tout ronds, avait pu

---

* Voir *L'homme chauve-souris*, du même auteur, Folio Policier n° 366.

apprendre à être aussi sûre d'elle. De famille bourgeoise, elle était selon son propre aveu une fille unique gâtée qui était même allée en pensionnat de jeunes filles en Suisse. Qui sait, c'était peut-être une éducation suffisamment dure.

Harry rejeta la tête en arrière et expira. Il dégrafa le premier bouton de sa chemise.

« Encore, encore, chuchota Ellen en battant doucement des mains en une sorte de standing ovation.

— Dans le milieu nazi, on appelle ce type Batman.

— Pigé. Batte de base-ball. *Bat*.

— Pas le nazi... l'avocat.

— D'accord. Intéressant. Ça veut dire qu'il est beau, riche, complètement citronné, qu'il a des abdos en tablette de chocolat et une voiture cool ? »

Harry s'esclaffa.

« Tu devrais te dégoter ton propre show télévisé, Ellen. C'est parce qu'il gagne à chaque fois qu'il défend l'un d'entre eux. Et puis, il est marié.

— C'est le seul bémol ?

— Ça... et qu'il nous baise à chaque fois », dit Harry en se versant un peu de ce café maison qu'Ellen avait apporté avec elle quand elle avait emménagé dans ce bureau il y avait bientôt deux ans. L'inconvénient, c'est que le bec de Harry ne supportait plus l'habituelle lavasse.

« Avocat à la cour suprême ? demanda-t-elle.

— Avant d'avoir quarante ans.

— Mille couronnes ?

— Tope-là. »

Ils éclatèrent de rire et trinquèrent dans leurs gobelets en carton.

« Je peux peut-être récupérer ce *MOJO*, moi ?

— Il y a les photos des dix pires poses de Freddy

Mercury en pages centrales. Torse-poil, cambré et toutes dents dehors. La totale. Je t'en prie.

— J'aime bien Freddy Mercury, moi. J'aimais bien.

— Je n'ai jamais dit que je ne l'aimais pas. »

Le fauteuil de bureau crevé de Harry qui s'était depuis longtemps mis au repos sur le cran le plus bas hurla une protestation lorsque son occupant se rejeta pensivement vers l'arrière. Il attrapa un papier jaune collé à son téléphone, devant lui, et y vit l'écriture d'Ellen.

« Qu'est-ce que c'est que ça ?

— Tu sais lire, non ? Møller veut te voir. »

Harry partit au trot dans le couloir, imaginant déjà la bouche pincée et les deux rides de profonde inquiétude que le chef aurait entre les deux yeux en apprenant que Sverre Olsen était à nouveau libre. À la photocopieuse, une jeune femme aux joues rouges leva brusquement les yeux et sourit au moment où Harry passa. Il n'eut pas le temps de lui retourner son sourire. Sûrement une des nouvelles secrétaires. Son parfum était doucereux et lourd, et ne fit que l'irriter. Il jeta un œil à la trotteuse de sa montre.

Donc, les parfums commençaient à l'irriter. Qu'est-ce qui lui était arrivé, exactement ? Ellen lui avait dit qu'il manquait d'ambition personnelle, celle qui fait que la plupart des gens remontent la pente. À son retour de Bangkok*, il avait traversé une période tellement noire qu'il envisageait d'abandonner l'espoir de remonter un jour à la surface. Tout était froid et sombre, et toutes ses impressions comme étouffées. Comme s'il était loin sous l'eau. Quel silence béni ça avait été ! Quand des gens lui parlaient, les mots qu'ils prononçaient étaient comme des bulles d'air qui

* Voir *Les cafards*, du même auteur, Folio Policier n° 418.

s'échappaient de leur bouche pour remonter à toute vitesse vers la surface. Alors, c'est ça, se noyer, avait-il pensé, en attendant. Mais il ne s'était rien passé. Juste le vide. Ce n'était pas si mal. Il s'en était sorti.

Grâce à Ellen.

Elle avait débarqué dans les premières semaines qui avaient suivi son retour, quand il avait dû jeter l'éponge et rentrer chez lui. Et elle avait veillé à ce qu'il ne mette pas les pieds au bar, lui avait ordonné de lui faire sentir son haleine quand il arrivait tard au boulot, et le déclarait apte ou non pour la journée. Elle l'avait renvoyé chez lui à deux ou trois reprises, et avait en dehors de ça fermé sa gueule. Ça avait pris du temps, mais Harry n'était pas pressé. Et Ellen avait hoché la tête avec satisfaction le premier vendredi où ils avaient pu noter que Harry s'était présenté à jeun une semaine complète.

Il avait fini par lui demander ouvertement pourquoi elle, avec ses études à l'École de Police et à la fac de droit derrière elle et tout l'avenir devant elle, s'était délibérément attaché cette meule au cou. Ne comprenait-elle pas qu'il n'apporterait rien de bon à sa carrière ? Avait-elle des difficultés à se faire des amis normaux, qui avaient réussi ?

Elle l'avait regardé avec gravité et lui avait répondu qu'elle ne le faisait que pour parasiter son expérience à lui, qu'il était l'enquêteur le plus doué de la brigade criminelle. Des conneries, bien entendu, mais il s'était en tout cas senti flatté qu'elle prenne la peine de le flatter. Elle était de plus une enquêtrice tellement enthousiaste et ambitieuse qu'il avait été impossible de ne pas se laisser contaminer. Durant les six mois qui avaient suivi, Harry s'était même remis à faire du bon boulot. Et parfois sacrément bon. Comme en ce qui concernait Sverre Olsen.

Là-bas, devant, il y avait la porte de Bjarne Møller. En passant, Harry fit un signe de tête à un policier en uniforme qui ne sembla pas le voir.

Harry pensa que s'il avait fait partie de l'expédition Robinson[*], il n'aurait pas fallu plus d'une journée pour que tous remarquent son mauvais karma et ne le renvoient à ses pénates après la première réunion du conseil. Réunion du conseil ? Seigneur, il commençait à penser selon la terminologie de ces émissions de merde, sur TV3. C'est ce qui arrivait quand on passait cinq heures chaque soir devant la télé. L'idée, derrière tout ça, c'était certainement que tant qu'il était assis devant la boîte, chez lui à Sofies gate, il n'était en tout cas pas devant un verre chez Schrøder.

Il frappa deux coups juste sous le panonceau de Bjarne Møller, CdP.

« Entrez ! »

Harry regarda sa montre. Soixante-quinze secondes.

7

Bureau de Møller, 9 octobre 1999

L'inspecteur principal Bjarne Møller était plus étendu qu'assis dans son fauteuil, et une paire de longues jambes pointaient entre les pieds de la table. Il avait les mains jointes derrière la tête, un magnifique exemple de ce que les premiers anthropologues appelaient un crâne dolichocéphale, et un téléphone était coincé entre son oreille et son épaule. Ses cheveux

---

[*] Version norvégienne de « Koh-Lanta ».

étaient coupés court, en une espèce de bol que Harry avait récemment comparé à la coupe de Kevin Costner dans *Bodyguard*. Møller n'avait pas vu *Bodyguard*. Il n'était pas allé au cinéma depuis quinze ans. Parce que le destin avait doté ses journées de légèrement trop peu d'heures, et l'avait doté lui d'un peu trop de sens des responsabilités, de deux enfants et une femme qui ne le comprenaient que partiellement.

« D'accord, c'est entendu », dit Møller en raccrochant. Il regarda Harry par-dessus un bureau surchargé de documents, de cendriers archi-pleins et de gobelets en carton. La photo de deux garçonnets au visage barbouillé de peintures de guerre constituait une sorte de centre logique au chaos général de son plan de travail.

« Te voilà, Harry.

— Me voilà, chef.

— Je suis allé à une réunion au ministère des Affaires étrangères, en rapport avec le sommet qui doit avoir lieu en novembre, ici, à Oslo. Le président américain vient… Oui, c'est vrai que tu lis les journaux. Café, Harry ? »

Møller s'était levé et quelques pas de sept lieues l'avaient déjà conduit devant un placard à archives où une cafetière se balançait au sommet d'une pile de papiers et crachait à grand-peine une matière visqueuse.

« Merci, chef, mais je… »

Il était trop tard, et Harry prit la tasse fumante.

« J'attends avec une impatience toute particulière la visite des Services Secrets, avec qui je suis sûr que nous pourrons avoir d'excellents rapports au fur et à mesure que nous apprendrons à nous connaître. »

Møller ne s'en sortait pas, avec l'ironie, il s'y empêtrait. Ce n'était qu'une chose parmi d'autres que Harry appréciait chez son supérieur.

Møller ramena les genoux à lui jusqu'à ce qu'ils tapent sous le plan de travail. Harry se renversa en arrière pour extraire un paquet froissé de Camel de sa poche de pantalon et leva un sourcil interrogateur à l'attention de Møller, qui hocha brièvement la tête et poussa un cendrier plein à ras bord dans sa direction.

« Je vais être responsable de la sécurité des routes autour de Gardermoen. En plus du Président, tu sais que Barak doit venir...

— Barak ?

— Ehud Barak. Le Premier ministre israélien.

— Pétard, est-ce qu'un nouvel et splendide accord d'Oslo serait en route ? »

Møller regarda avec découragement le nuage de fumée bleue qui s'élevait vers le plafond.

« Ne viens pas me dire que tu n'as pas encore pigé, Harry, ça ne fera que m'inquiéter encore un peu plus. C'était en une de tous les quotidiens, la semaine dernière. »

Harry haussa les épaules.

« On ne peut décidément pas compter sur les livreurs de journaux. Ça fait des gros trous dans ma culture générale. Un handicap sérieux pour ma vie sociale. »

Il essaya une nouvelle gorgée prudente de café, mais renonça et posa la tasse.

« Et sentimentale.

— Ah oui ? » Møller regarda Harry avec l'expression de quelqu'un qui ne sait pas s'il doit se réjouir ou se désoler de ce qu'il entend.

« Indéniablement. Qui pense que c'est sexy d'être avec un type au milieu de la trentaine qui connaît la bio de tous les participants à l'expédition Robinson, mais qui connaît à peine le nom d'un seul ministre ? Ou du président israélien ?

— Premier ministre.

— Tu vois ce que je veux dire ? »

Møller se retint de rire. Un rien le faisait rire. Et un rien lui faisait apprécier l'inspecteur légèrement blessé par balle, avec ses deux grandes oreilles qui partaient comme des ailes de papillons colorées de son crâne pratiquement rasé. Même si Harry avait causé à Møller plus de problèmes que de raison. En tant que jeune capitaine, il avait appris que la règle numéro un d'un fonctionnaire ayant des projets de carrière est de rester couvert. Quand Møller s'éclaircit la voix avant de poser les questions qui le tarabustaient, qu'il avait décidé de poser mais qui le faisaient frémir, il fronça d'abord les sourcils pour montrer à Harry que l'inquiétude qu'il éprouvait était de nature professionnelle et non amicale.

« J'ai appris que tu es toujours régulièrement chez Schrøder, Harry ?

— Je n'y ai jamais passé aussi peu de temps, chef. Il y a tant de bonnes choses à voir à la télé !

— Mais tu y passes du temps ?

— Ils n'aiment pas qu'on passe en coup de vent.

— Arrête. Tu t'es remis à boire ?

— Un minimum.

— Quel genre de minimum ?

— Ils vont me lourder si je bois moins. »

Cette fois-ci, Møller ne put s'empêcher de rire.

« J'ai besoin de trois officiers de liaison pour garantir la sécurité de l'itinéraire, dit-il. Chacun disposera de dix hommes venant des différents districts de l'Akershus, plus quelques cadets de la section supérieure de l'École de Police. J'avais pensé à Tom Waaler… »

Waaler. Raciste, salopard et tout destiné au poste d'inspecteur principal dont la vacance serait bientôt annoncée. Harry en avait entendu assez sur les accomplissements professionnels de Waaler pour savoir qu'il confirmait tous les préjugés, plus quelques autres, que les gens doivent avoir à l'égard des policiers, à l'exception d'un : Waaler n'était malheureusement pas bête. Les résultats qu'il avait obtenus en tant qu'enquêteur étaient si remarquables que même Harry devait reconnaître qu'il méritait son inévitable avancement.

« Et Weber...

— Le vieux grincheux ?

—... et toi, Harry.

— *Say again ?*

— Tu as très bien entendu. »

Harry fit la grimace.

« Tu as quelque chose contre ? demanda Møller.

— Bien sûr, que j'ai quelque chose contre !

— Pourquoi ça ? C'est une sorte de mission honorifique, Harry. Une tape sur l'épaule.

— Ah oui ? » Harry éteignit sa cigarette en un geste énergique et irrité au fond du cendrier. « Ou bien est-ce l'étape suivante du processus de réhabilitation ?

— Qu'est-ce que tu veux dire ? » Møller avait l'air blessé.

« Je sais que tu es passé outre de bons conseils et que tu t'es chamaillé avec pas mal de monde quand tu m'as remis au chaud, à mon retour de Bangkok. Et je t'en serai éternellement reconnaissant. Mais qu'est-ce que c'est que ce nouveau truc ? *Officier de liaison ?* Ça ressemble à une tentative de ta part de montrer aux sceptiques que tu avais raison, et qu'eux se trompaient. Que Hole est parfaitement en état de se lever, qu'on peut lui confier des responsabilités, etc.

— Alors ? »

Bjarne Møller avait de nouveau joint les mains derrière son crâne dolichocéphale.

« Alors ? le singea Harry. C'est ça, le lien ? Je ne suis de nouveau plus qu'une brique dans l'ensemble ? »

Møller poussa un soupir de découragement.

« On est tous des briques, Harry. Il y a toujours un agenda secret. Celui-ci n'est certainement pas plus mauvais qu'un autre. Fais du bon boulot, et ce sera une bonne chose aussi bien pour toi que pour moi. Est-ce que ça, c'est si difficile à piger ? »

Harry renâcla, faillit dire quelque chose, s'arrêta, voulut recommencer, mais renonça. Il donna une pichenette à son paquet de cigarettes pour en faire sortir une.

« C'est juste que je me sens comme un de ces foutus chevaux de course. Et que je ne supporte pas les responsabilités. »

Harry laissa pendouiller la cigarette entre ses lèvres, sans l'allumer. Il devait ce service à Møller, mais s'il merdait ? Est-ce que Møller y avait pensé ? *Officier de liaison.* Il était au régime sec depuis un bon moment, mais il fallait qu'il fasse attention, un jour après l'autre. Merde, est-ce que ce n'était pas une des raisons qui l'avaient poussé à devenir enquêteur, n'avoir personne sous ses ordres ? Et le minimum au-dessus de lui. Harry mordit dans le filtre de sa cigarette.

Ils entendirent parler quelqu'un dans le couloir, près de la machine à café. Ça ressemblait à Waaler. Puis un rire féminin pétilla. Peut-être la nouvelle secrétaire. Il avait toujours l'odeur de son parfum dans les narines.

« Merde », dit Harry. *Mer-de*, avec deux syllabes qui firent tressauter deux fois la cigarette qu'il avait entre les lèvres.

Møller avait fermé les yeux pendant que Harry réfléchissait, et il les rouvrit à demi.

« Puis-je considérer ça comme un "oui" ? »

Harry se leva et sortit sans rien ajouter.

8

Péage d'Alnabru, 1ᵉʳ novembre 1999

L'oiseau gris entra et ressortit du champ de vision de Harry. Il appuya le doigt sur la détente de son Smith & Wesson calibre 38, en fixant le dos immobile derrière la vitre par-dessus le bord de son guidon. La veille, à la télé, quelqu'un avait parlé du temps ralenti.

Le klaxon, Ellen. Appuie sur ce putain de klaxon, ça doit être un agent des Services Secrets.

Temps ralenti, comme le 24 décembre au soir, avant la venue du Père Noël.

La première moto était arrivée à la hauteur de la cabine, et le rouge-gorge faisait toujours une tache noire à l'extrême périphérie du champ de vision de Harry. Le temps sur la chaise électrique avant que le courant...

Harry pressa la détente sur toute sa course. Une, deux, trois fois.

Et le temps s'accéléra violemment. Le verre coloré blanchit avant d'asperger l'asphalte en une pluie de cristal, et il eut à peine le temps de voir disparaître un bras sous le bord de la cabine avant que le chuchotement des coûteuses voitures américaines ne se fasse entendre... et disparaisse.

Il fixa la guérite du regard. Quelques feuilles jaunies que le cortège avait soulevées tournoyèrent encore en l'air avant d'aller s'immobiliser sur le talus d'herbe gris sale. Il ne quittait pas la guérite des yeux. Le silence était revenu, et l'espace d'un instant, sa seule pensée fut qu'il se trouvait sur un péage tout à fait banal, par une journée d'automne tout à fait banale, avec dans le fond une station Esso tout à fait banale. Même l'odeur de l'air froid du matin était banale : feuilles en décomposition et gaz d'échappement. Et une idée le frappa : peut-être que rien de tout ça n'était arrivé.

Il avait toujours les yeux rivés sur la cabine quand le son plaintif et insistant du klaxon de la Volvo scia le jour en deux derrière lui.

DEUXIÈME PARTIE

GENÈSE

9

1942

Les feux éclairaient le ciel nocturne gris et le faisaient ressembler à une toile de tente sale tendue au-dessus de ce paysage lugubre et nu qui les entourait implacablement. Les Russes avaient peut-être lancé une offensive, peut-être faisaient-ils semblant, c'était le genre de choses que l'on ne savait qu'après coup. Gudbrand était étendu au bord de la tranchée, les jambes groupées sous lui, tenant son fusil des deux mains, et il écoutait le grondement sourd et lointain en regardant mourir les feux. Il savait qu'il n'aurait pas dû regarder ces feux, qui aveuglaient et empêchaient de voir les tireurs d'élite russes rampant là-bas, dans la neige du no man's land. Mais il ne pouvait de toute façon pas les voir, il n'en avait jamais vu un seul, se contentant de tirer en suivant les indications des autres. Comme maintenant.

« Il est là-bas ! »

C'était Daniel Gudeson, le seul citadin de l'équipe. Les autres venaient d'endroits dont les noms se termi-

naient en -dal*. Des vallées larges et des vallées profondes, ombragées et désertes, telles que celle dont était
originaire Gudbrand. Mais pas Daniel. Pas Daniel Gudeson et son front haut et lisse, ses yeux bleus étincelants et son sourire blanc. Il semblait avoir été découpé
dans l'une des affiches de recrutement. Il avait déjà vu
d'autres choses que les flancs d'une vallée.

« À deux heures, à gauche du buisson », dit Daniel.

Buisson ? Il ne devait pas y avoir de buisson dans ce
paysage ravagé par les bombes. Si, peut-être, malgré
tout, car les autres firent feu. Boum, pan, fjjjt. Une
balle sur cinq fusait comme une luciole décrivant une
parabole. Balle traçante. La balle partait à toute vitesse
dans l'obscurité, mais on avait l'impression qu'elle se
fatiguait brusquement avant que sa vitesse ne décroisse
et qu'elle n'atterrisse doucement quelque part au loin.
C'est en tout cas à cela que ça ressemblait. Gudbrand
pensait qu'une balle aussi lente n'était pas en mesure
de tuer quelqu'un.

« Il s'échappe ! » cria une voix pleine de haine et
d'amertume. C'était Sindre Fauke. Son visage ne faisait
pratiquement plus qu'un avec sa tenue de camouflage,
et ses petits yeux rapprochés regardaient droit dans les
ténèbres. Il venait d'une ferme retirée dans le Gudbrandsdal, assurément un endroit encaissé que le soleil
n'atteignait jamais, à en juger par son extrême pâleur.
Gudbrand ne savait pas pourquoi Sindre s'était engagé
volontairement dans l'armée allemande, mais il avait
entendu dire que ses parents et ses deux frères faisaient
partie du Rassemblement National**, qu'ils se prome-
naient avec des brassards et balançaient les villageois
qu'ils soupçonnaient être des patriotes. Daniel lui avait

* Donc des noms de vallées.
** Nasjonalsamling, parti nazi norvégien (1933-1945).

dit qu'un jour, ils tâteraient à leur tour du fouet, les donneurs et tous ceux qui ne faisaient que profiter de la guerre pour les avantages qu'elle leur procurait.

« Oh non, dit Daniel tout bas en collant sa joue contre la crosse de son arme. Aucun enfoiré de bolchevik ne se sauvera.

— Il a pigé qu'on l'avait vu, dit Sindre. Il va descendre dans ce creux.

— Oh non », répondit Daniel en visant.

Gudbrand scruta l'obscurité gris-blanc. Neige blanche, tenues de camouflage blanches, feux blancs. Le ciel s'éclaira à nouveau. Des ombres de toutes sortes coururent sur la neige tôlée. Gudbrand leva à nouveau les yeux. Des éclats rouges et jaunes sur l'horizon, suivis de plusieurs détonations dans le lointain. C'était aussi irréel qu'au cinéma, si ce n'est qu'il faisait moins trente et qu'on n'avait personne à enlacer. C'était peut-être véritablement une offensive, cette fois ?

« Tu es trop lent, Gudeson, il s'est taillé. » Sindre cracha dans la neige.

« Oh non », répondit Daniel encore plus calmement, sans lâcher sa ligne de mire. C'était tout juste si des nuages de vapeur s'échappaient encore de sa bouche.

Puis : un sifflement aigu et plaintif, un cri d'avertissement, et Gudbrand se jeta dans le fond couvert de glace de la tranchée, les deux mains sur la tête. Le sol trembla. Il se mit à pleuvoir des mottes de terre brunes et congelées dont l'une atteignit le casque de Gudbrand et le fit basculer sur ses yeux. Il attendit d'être sûr que rien d'autre ne venait du ciel, puis redressa son casque d'un geste brusque. Le silence était revenu, et un voile fin de particules de neige se colla à son visage. On dit que personne n'entend jamais la grenade qui va le frapper, mais Gudbrand avait vu le résultat de suffisamment de grenades sifflantes pour savoir que ce n'était pas vrai. Une lueur éclaira le puits, et il vit les visages blancs des autres et leurs ombres qui semblaient venir à croupetons vers lui tandis que la flamme diminuait d'intensité. Mais où était Daniel ? Daniel !

« Daniel !

— J'l'ai eu », dit ce dernier, toujours allongé au bord de la tranchée. Gudbrand n'en croyait pas ses oreilles.

« Qu'est-ce que tu dis ? »

Daniel se glissa dans la fosse et se débarrassa de la neige et des mottes de terre qu'il avait sur lui. Un sourire réjoui lui barrait la face.

« Aucun popov ne butera notre éclaireur ce soir. Tormod est vengé. » Il planta ses talons dans la paroi de la fosse pour ne pas glisser sur la glace.

« Mon cul ! » C'était Sindre. « Mon cul, que tu as fait mouche, Gudeson. J'ai vu le Russe disparaître dans le creux. »

Ses petits yeux sautaient de l'un à l'autre comme pour demander si l'un d'entre *eux* croyait aux fanfaronnades de Daniel.

« C'est juste, dit Daniel. Mais le jour se lève dans deux heures, et il savait qu'il lui faudrait en être sorti à ce moment-là.

— C'est ça, et donc, il a tenté sa chance un peu trop tôt, se hâta de dire Gudbrand. Il est ressorti par l'autre côté, c'est ça, Daniel ?

— Tôt ou pas tôt, dit Daniel avec un sourire, je l'aurais eu de toute façon.

— Allez, ferme ta grande gueule, maintenant, Gudeson », siffla Sindre.

Daniel haussa les épaules, vérifia la chambre et rechargea. Puis il se tourna, passa son fusil à l'épaule, donna un coup de botte dans la paroi et se hissa de nouveau sur le bord de la fosse.

« Passe-moi ta baïonnette, Gudbrand. »

Daniel prit la baïonnette et se redressa complètement. Dans son uniforme blanc, il se détachait clairement sur le ciel noir et la lueur qui faisait comme une auréole autour de sa tête.

On dirait un ange, se dit Gudbrand.

« Mais qu'est-ce que tu fous, bon Dieu ? ! » C'était Edvard Mosken, leur chef d'équipe, qui criait. Cet homme réfléchi, originaire du Mjøndal, haussait rarement le ton envers des vétérans tels que Daniel, Sindre et Gudbrand. C'étaient surtout les nouvelles recrues qui en prenaient un maximum quand ils faisaient ce qu'il ne fallait pas. L'engueulade reçue avait sauvé la vie de beaucoup d'entre eux. Edvard Mosken fixait à présent Daniel de cet œil tout rond qu'il ne fermait jamais. Pas même quand il dormait, Gudbrand avait pu s'en rendre compte de visu.

« Mets-toi à couvert, Gudeson ! » cria le chef d'équipe.

Mais Daniel se contenta de sourire, et l'instant d'après, il avait disparu, ne laissant derrière lui qu'un petit nuage de vapeur qui se dissipa en une minuscule seconde. Puis la lueur disparut derrière l'horizon et il fit de nouveau noir.

« Gudeson ! cria Edvard en grimpant sur le bord. Merde !

— Tu le vois ? demanda Gudbrand.

— Barre-toi.

— Qu'est-ce qu'il voulait faire avec ta baïonnette, ce timbré ? demanda Sindre en regardant Gudbrand.

— Aucune idée. Forcer les barbelés, peut-être.

— Pourquoi veut-il forcer les barbelés ?

— Aucune idée. » Gudbrand n'aimait pas le regard fixe de Sindre, il lui rappelait un autre paysan. Il avait fini par péter les plombs, avait pissé dans ses chaussures, une nuit avant son tour de garde, et il avait fallu

ensuite l'amputer de tous les orteils. Mais il était à présent en Norvège, et il n'était peut-être pas devenu fou en fin de compte. En tout cas, il avait eu le même regard fixe.

« Il veut peut-être aller faire un tour dans le no man's land, dit Gudbrand.

— Je sais ce qu'il y a de l'autre côté des barbelés, je demande ce qu'il va y faire.

— Peut-être que la grenade l'a touché à la tête, dit Hallgrim Dale. Il est peut-être devenu idiot. »

Hallgrim Dale était le benjamin de l'équipe, avec seulement dix-huit ans. Personne ne savait exactement pourquoi il s'était engagé. La soif d'aventures, pensait Gudbrand. Dale prétendait admirer Hitler, mais il ne connaissait rien à la politique. Daniel disait savoir qu'il avait fui une fille enceinte.

« Si le Russe est vivant, Gudeson va se faire allumer avant d'avoir fait cinquante mètres, dit Edvard Mosken.

— Daniel a fait mouche, chuchota Gudbrand.

— Si c'est le cas, c'est un des autres qui va descendre Gudeson, dit Edvard en plongeant une main dans sa veste de camouflage et en extrayant une fine cigarette de sa poche de poitrine. Ils sont partout, cette nuit. »

Il garda l'allumette cachée dans sa main tandis qu'il la frottait rudement contre la boîte rugueuse. Le soufre prit feu à la seconde tentative et Edvard put allumer sa cigarette, il tira dessus et la fit circuler sans un mot. Chacun des gars tirait doucement dessus avant de la passer rapidement au voisin. Personne ne parlait, chacun semblait perdu dans ses pensées. Mais Gudbrand savait qu'ils écoutaient, tout comme lui.

Dix minutes s'écoulèrent sans qu'ils entendissent quoi que ce fût.

« Ils vont certainement bombarder le lac Ladoga », dit Hallgrim Dale.

Tous avaient entendu les rumeurs disant que les Russes fuyaient Leningrad en traversant le Ladoga gelé. Mais il y avait pire, la glace signifiait aussi que le général Tsjukov pourrait ravitailler la ville assiégée.

« Ils doivent tomber de faim, dans les rues, là-dedans », dit Dale en faisant un signe de tête vers l'est.

Mais Gudbrand entendait ça depuis qu'on l'avait envoyé là, presque un an auparavant, et ils étaient encore tapis à proximité et vous allumaient dès que vous passiez la tête hors de votre trou. L'hiver précédent, il en était venu chaque jour vers leurs tranchées, les mains derrière la tête, de ces déserteurs russes qui en avaient assez et choisissaient de changer de camp pour un peu de nourriture et de chaleur. Mais les déserteurs aussi se faisaient attendre, et les deux pauvres diables aux yeux enfoncés que Gudbrand avait vus venir à lui la semaine passée les avaient regardés avec incrédulité en constatant qu'ils étaient aussi maigres qu'eux.

« Vingt minutes. Il ne reviendra pas, dit Sindre. Il est mort. Comme un hareng mariné.

— Ta gueule ! » Gudbrand fit un pas vers Sindre, qui se redressa immédiatement. Mais même s'il faisait au minimum une tête de plus, il était évident qu'il n'avait pas tellement envie de se battre. Il se rappelait certainement le Russe que Gudbrand avait tué quelques mois auparavant. Qui aurait cru que le gentil et prudent Gudbrand disposait en lui d'une telle sauvagerie ? Le Russe avait réussi à venir jusqu'à leur tranchée sans être vu, entre deux postes d'écoute, et avant d'arriver dans leur bunker, il avait massacré tous ceux qui dormaient dans les deux autres bunkers les plus proches, respectivement des Hollandais et des Australiens. C'étaient les poux qui avaient sauvés les Norvégiens.

Il y avait des poux partout, mais surtout où il faisait chaud, comme sous les bras, sous la ceinture, à l'entrejambe et autour des chevilles. Gudbrand, qui se trouvait le plus près de la porte, n'avait pu dormir en raison de ce qu'ils appelaient des plaies de poux sur les jambes, des plaies ouvertes qui pouvaient atteindre la taille d'une pièce de 5 øre autour desquelles les poux s'amassaient pour se régaler. Gudbrand avait attrapé sa baïonnette en une tentative dérisoire pour les enlever, quand le Russe s'était présenté dans l'ouverture pour ouvrir le feu. Il avait suffi à Gudbrand de voir sa silhouette pour comprendre que c'était l'ennemi en voyant les contours du Mosin-Nagant que l'autre brandissait. Rien qu'avec sa baïonnette émoussée, Gudbrand avait dépecé le Russe si soigneusement que celui-ci s'était entièrement vidé de son sang lorsqu'ils le sortirent ensuite dans la neige.

« Relax, les gars, dit Edvard en écartant Gudbrand. Tu devrais aller dormir un peu, Gudbrand, tu as été relevé il y a une heure.

— Je vais le chercher, dit Gudbrand.

— Non, certainement pas !

— Si, je…

— C'est un ordre ! » Edvard lui secoua l'épaule. Gudbrand tenta de se libérer, mais le chef d'équipe tint bon.

« Il est peut-être blessé ! dit Gudbrand d'une voix blanche et tremblante de désespoir. Il est peut-être juste coincé dans les barbelés ! »

Edvard lui donna une tape sur l'épaule.

« Il fera bientôt jour, dit-il. À ce moment-là, on saura ce qui s'est passé. »

Il jeta un rapide coup d'œil aux autres types, qui avaient suivi l'incident sans un mot. Ils recommencèrent à piétiner dans la neige en se murmurant des choses les uns aux autres. Gudbrand vit Edvard aller jusqu'à Hallgrim Dale et lui chuchoter quelques mots à l'oreille. Dale écouta et lança un rapide coup d'œil par en dessous à Gudbrand. Celui-ci savait bien de quoi il était question. De la consigne de le tenir à l'œil. Quelque temps auparavant, la rumeur avait couru que lui et Daniel étaient plus que de bons amis. Et qu'il ne fallait pas leur faire confiance. Mosken avait demandé sans détour : avaient-ils décidé de déserter ensemble ? Bien sûr, ils avaient nié, mais Mosken devait penser que Daniel avait profité de l'occasion pour se tailler ! Et que Gudbrand allait maintenant « chercher » son collègue comme ils l'avaient prévu dans leur plan pour passer ensemble de l'autre côté. Gudbrand fut pris d'une envie de rire. C'est vrai qu'il pouvait être agréable de rêver aux belles promesses de nourriture, de chaleur et de femmes que les haut-parleurs russes crachaient sur le champ de bataille stérile dans un allemand sournois, mais de là à y *croire* ?

« On parie qu'il va revenir ? » C'était Sindre. « Trois rations alimentaires, qu'en dis-tu ? »

Gudbrand laissa de nouveau pendre ses bras, et sentit sa baïonnette à l'intérieur de sa tenue de camouflage.

« *Nicht schießen, bitte ! (Ne tirez pas, s'il vous plaît !)* »

Gudbrand fit volte-face et là, juste au-dessus de lui, il vit un visage couvert de taches de rousseur sous une casquette d'uniforme russe, qui lui souriait depuis le bord de la tranchée. Puis l'homme sauta et atterrit sur la glace à la manière d'un sauteur à ski qui se réceptionne.

« Daniel ! cria Gudbrand.

— Hoï, dit Daniel en levant sa casquette. *Dobrji vjet-cher*[*]. »

Les gars le regardaient, comme congelés.

« Edvard, cria Daniel, tu devrais secouer un peu nos Hollandais. Il y a au moins cinquante mètres entre leurs postes d'écoute, là-bas. »

---

[*] Bonsoir.

Edvard était muet et aussi médusé que les autres.

« Tu as enterré le Russe, Daniel ? demanda Gudbrand, le visage brillant d'excitation.

— Si je l'ai enterré ? Je lui ai même lu le Notre-Père et j'ai chanté à sa mémoire. Vous êtes durs de la feuille ? Je suis sûr que vous l'avez entendu, de l'autre côté. »

Puis il bondit sur le bord de la tranchée, s'y assit et leva les bras en entonnant d'une voix chaude et profonde :

« Notre Dieu est solide comme un roc... »

Les gars crièrent leur contentement et Gudbrand rit aux larmes.

« T'es un vrai démon, Daniel ! s'exclama Dale.

— Pas Daniel. Appelez-moi... » Il enleva sa casquette et regarda à l'intérieur de la coiffe. «... Urias. Mazette, il savait aussi écrire. Oui, oui, c'était quand même un bolchevik. »

Il sauta du bord et regarda autour de lui.

« Personne n'a rien contre un nom juif qui se respecte, j'espère ? »

Il y eut un instant de silence total avant que les rires ne se déchaînent. Les premiers gars s'approchèrent alors d'Urias pour lui donner des tapes dans le dos.

10

Leningrad, 31 décembre 1942

Il faisait froid dans le nid de mitrailleuse. Gudbrand portait tout ce qu'il possédait de vêtements, mais il claquait pourtant des dents et avait perdu toute sensibilité des doigts et des orteils. C'était encore pire dans les jambes. Il les avait enroulées dans ses nouvelles bandes molletières, mais ce n'était pas d'un grand secours.

Il fixa les ténèbres. Ils n'avaient pas beaucoup entendu parler d'Ivan, peut-être fêtait-il le nouvel an. Il mangeait peut-être quelque chose de bon. Ragoût d'agneau au chou. Ou bien des côtes d'agneau. Bien sûr, Gudbrand savait que les Russes n'avaient pas de viande, mais il n'arrivait pourtant pas à s'empêcher de penser à la nourriture. Eux-mêmes n'avaient rien eu d'autre que leur pain et leur soupe de lentilles habituels. Le pain avait un net reflet vert, mais ils s'y étaient habitués. Et s'il moisissait au point de se désagréger, ils se contentaient d'en faire de la soupe.

« Le 24, on a quand même eu une saucisse, dit Gudbrand.

— Chut, dit Daniel.

— Il n'y a personne dehors, ce soir, Daniel. Ils mangent leur médaillon de cerf. Avec une sauce gibier brun clair bien épaisse et des airelles. Et de la grenaille.

— Tu ne vas pas te remettre à parler de bouffe. Tais-toi et guette.

— Je ne vois rien, Daniel. Rien. »

Ils s'accroupirent, la tête basse. Daniel portait la casquette russe. Son casque en acier de la Waffen-S.S. était posé à côté de lui. Gudbrand comprenait pourquoi. Quelque chose dans le casque moulé faisait que cette sempiternelle neige glaciale passait sous le bord en produisant un petit sifflement régulier et horripilant à l'intérieur du casque, ce qui était particulièrement malvenu quand on était en poste d'écoute.

« Qu'est-ce qui ne va pas, avec ta vue ? demanda Daniel.

— Rien. J'ai simplement une vision nocturne assez mauvaise.

— C'est tout ?

— Et je suis un peu daltonien.

— *Un peu* daltonien ?

— Entre le rouge et le vert. Je n'arrive pas à faire la différence, c'est comme si les couleurs s'emmêlaient. Par exemple, je ne voyais pas les fruits quand on allait chercher les airelles dans les bois, pour le rôti du dimanche...

— Assez parlé de bouffe, j'ai dit ! »

Ils se turent. Une salve de mitrailleuse retentit au loin. Le thermomètre indiquait moins vingt-cinq. L'hiver précédent, ils avaient eu plusieurs nuits d'affilée à moins quarante-cinq. Gudbrand se consolait en se disant que les poux se tenaient tranquilles, par ce froid, et les démangeaisons ne reprendraient pas avant qu'il ne soit relevé et puisse se glisser à nouveau sous la couverture de laine. Mais elles supportaient mieux le froid que lui, aucun doute, ces satanées bestioles. Il avait fait une expérience en laissant son caleçon dans la neige, par grand froid, pendant trois jours. Quand il avait récupéré son caleçon, celui-ci n'était plus qu'un bloc de glace. Mais quand il l'avait mis à réchauffer devant le four, une vie grouillante et rampante s'était éveillée dans le sous-vêtement, et il l'avait jeté dans les flammes, par pur dégoût.

Daniel se racla la gorge :

« Et d'ailleurs, comment vous l'avez mangé, ce rôti ? »

Gudbrand ne se le fit pas demander deux fois :

« Papa a d'abord coupé la viande, avec un recueillement de prêtre, tandis que nous autres, les gosses, on regardait sans dire un mot. Maman a ensuite posé deux tranches sur chaque assiette avant de les recouvrir de sauce brune qui était si épaisse qu'elle devait bien veiller à la remuer pour qu'elle ne durcisse pas complètement. Et il y avait plein de choux de Bruxelles frais et croquants. Tu devrais mettre ton casque, Daniel. Imagine, si tu ramassais un éclat de grenade dans la tête.

— Imagine, si je ramassais une grenade dans la tête. Continue. »

Gudbrand ferma les yeux et un sourire apparut sur ses lèvres.

« Crème fouettée en dessert. Ou brownies. Ce n'était pas une nourriture habituelle, c'était quelque chose que maman avait rapporté de Brooklyn. »

Daniel cracha dans la neige. Les gardes duraient normalement une heure, en hiver, mais Sindre Fauke et Hallgrim Dale avaient été terrassés par la fièvre, et Edvard Mosken, le chef d'équipe, avait donc décidé de rallonger les gardes à deux heures jusqu'à ce qu'ils tournent de nouveau à effectif complet.

Daniel posa une main sur l'épaule de Gudbrand.

« Elle te manque, hein ? Ta mère ? »

Gudbrand rit, cracha dans la neige au même endroit que Daniel et leva les yeux vers le ciel et les étoiles congelées. Il entendit bruire dans la neige, et Daniel leva la tête.

« Un renard », dit-il simplement.

C'était incroyable, mais même à cet endroit, où chaque mètre carré avait été bombardé et où les mines étaient plus près les unes des autres que les pavés de Karl Johans gate, on trouvait une vie animale. Pas beaucoup, mais ils avaient quand même vu des lièvres et des renards. Plus un ou deux putois. Ils essayaient naturellement de tirer ce qu'ils voyaient, tout était bienvenu dans la marmite. Mais après qu'un Allemand s'était fait descendre en allant chercher un lièvre, les supérieurs avaient percuté que les Russes lâchaient des lièvres devant leurs tranchées pour appâter l'ennemi dans le no man's land. Comme si les Russes allaient délibérément leur faire cadeau d'un lièvre !

Gudbrand sentit ses lèvres gercées et regarda l'heure. Encore une heure avant la relève. Il soupçonnait Sindre de s'être flanqué du tabac dans le rectum pour avoir de la fièvre. Il en était bien capable.

« Pourquoi vous avez quitté les États-Unis ? demanda Daniel.

— Le krach boursier. Mon père a perdu son boulot au chantier naval.

— Tu vois, dit Daniel. C'est ça, le capitalisme. Les petits se crèvent à la tâche pendant que les riches engraissent, que la conjoncture soit bonne ou mauvaise.

— Oui, en fin de compte, c'est comme ça.

— Jusqu'à maintenant, c'était comme ça, oui. Mais les choses changent. Quand on aura gagné la guerre, Hitler aura certainement une petite surprise en réserve pour ces gens-là. Et ton père n'aura plus besoin de s'en faire quant au chômage. Tu devrais adhérer au Rassemblement National, toi aussi.

— Tu crois vraiment à tout ça ?

— Pas toi ? »

Gudbrand n'aimait pas contredire Daniel, et il tenta donc sa chance en haussant les épaules, mais Daniel répéta sa question.

« Bien sûr, que j'y crois, dit Gudbrand. Mais pour l'instant, je pense davantage à la Norvège. Qu'il ne faut pas qu'on laisse entrer les bolcheviks dans le pays. Si ça se produit, on retournera aux États-Unis.

— Dans un pays capitaliste ? » La voix de Daniel s'était faite plus tranchante. « Une démocratie aux mains des riches, abandonnée aux aléas et aux dirigeants corrompus ?

— Mieux vaut ça que le communisme.

— Les démocraties ont fait leur temps, Gudbrand. Regarde l'Europe. L'Angleterre et la France étaient tombées plus bas que terre bien avant le début de la guerre, le chômage et l'exploitation étaient omniprésents. Il n'y a que deux personnes capables d'éviter à l'Europe de plonger dans le chaos, et ce sont Hitler et Staline. Voilà notre choix. Un peuple frère ou des barbares. Chez nous, pratiquement personne ne semble avoir compris à quel point ça a été une chance que ce soient les Allemands qui arrivent les premiers, et pas les équarrisseurs de Staline. »

Gudbrand acquiesça. Ce n'était pas seulement ce que disait Daniel, c'était la façon dont il le disait. Avec une telle conviction…

Il y eut tout à coup un vacarme épouvantable, le ciel devant eux devint tout blanc, le sol trembla et les traits de lumière jaune furent suivis de terre brune et de neige qui semblèrent partir d'eux-mêmes vers le ciel lorsque la grenade toucha le sol.

Gudbrand était déjà couché au sol, les mains sur la tête lorsque tout s'arrêta aussi vite que ça avait commencé. Il leva les yeux et vit Daniel étendu, riant à gorge déployée sur le bord de la fosse, derrière la mitrailleuse.

« Qu'est-ce que tu fabriques ? ! cria Gudbrand. Sers-toi de la sirène, réveille tout le monde ! »

Mais Daniel ne fit que rire de plus belle :

« Mon cher, très cher ami, cria-t-il, des larmes de rire dans les yeux. Bonne année ! »

Daniel lui montra l'heure, et Gudbrand pigea. Daniel n'avait vraisemblablement fait qu'attendre les vœux de nouvel an des Russes, car il plongea la main dans la neige qui avait été amassée devant le poste de garde pour dissimuler la mitrailleuse.

« Brandy, cria-t-il en brandissant triomphalement une bouteille contenant une gorgée de liquide brun. Ça fait plus de trois mois que je réserve ça. Attrape ! »

Gudbrand s'était redressé sur les genoux, et il rit à son tour.

« Vas-y d'abord ! cria-t-il.

— Sûr ?

— Tout à fait sûr, vieille branche, c'est toi qui as économisé. Mais ne bois pas tout ! »

Daniel donna un coup sur le côté du bouchon pour le faire tourner, et le tira vers le haut.

« Contre Leningrad, et au printemps, nous trinquerons dans le Palais d'Hiver, proclama-t-il en ôtant la casquette russe. Et cet été, nous serons de retour chez nous, acclamés en héros dans notre Norvège bien-aimée. »

Il porta le goulot à ses lèvres et renversa la tête. Le liquide brun dansa en glougloutant dans le col de la bouteille. Le verre refléta les feux qui mouraient, et durant les années qui suivirent, Gudbrand devait à maintes reprises se demander si c'était ce que le tireur d'élite russe avait vu : le reflet dans la bouteille. L'instant d'après, Gudbrand entendit un pop ! puissant, et la bouteille explosa dans la main de Daniel. Des tessons et du brandy se mirent à pleuvoir, et Gudbrand ferma automatiquement les yeux. Il sentit que son visage était mouillé, que ça coulait le long de ses joues, et il tira machinalement la langue pour attraper quelques gouttes. Ça n'avait pratiquement aucun goût, juste celui de l'alcool et de quelque chose d'autre... quelque chose de doucereux et métallique. C'était légèrement visqueux, probablement à cause du froid, pensa Gudbrand en ouvrant de nouveau les yeux. Il ne vit pas Daniel sur le bord. Il avait dû plonger derrière la mitrailleuse quand il avait compris qu'on les avait vus, pensa Gudbrand en sentant malgré tout son cœur battre plus vite.

« Daniel ! »

Pas de réponse.

« Daniel ! »

Gudbrand se releva et escalada la pente. Daniel était étendu sur le dos, sa cartouchière sous la tête et la casquette sur le visage. La neige était aspergée de sang et de brandy. Gudbrand tira doucement la casquette à lui. Daniel avait les yeux grands ouverts sur le ciel étoilé. Il avait un gros trou noir au milieu du front. Gudbrand avait toujours ce goût doucereux et métallique sur les lèvres, et il sentit monter la nausée.

« Daniel. »

Ce ne fut qu'un murmure entre ses lèvres desséchées. Gudbrand trouva qu'il ressemblait à un petit garçon qui voulait dessiner des anges dans la neige, mais qui s'était brusquement endormi. Avec un sanglot, il se rua sur la sirène et se mit à tourner la manivelle, et tandis que les feux descendaient et disparaissaient, le son plaintif et déchirant de la sirène s'éleva vers le ciel.

Ce n'était pas comme ça que ça devait se passer, fut tout ce que Gudbrand parvint à penser.

Ouiiiiiiiii-ouiiiiiiiiii… !

Edvard et les autres étaient sortis et se tenaient derrière lui. Quelqu'un cria son nom, mais Gudbrand n'entendit pas, il tournait la manivelle, encore et encore. Edvard finit par s'approcher et posa une main sur la manivelle. Gudbrand lâcha prise, ne se retourna pas, regardant simplement le bord de la fosse et le ciel pendant que les larmes gelaient sur ses joues. Le chant de la sirène décrut progressivement.

« Ce n'était pas comme ça que ça devait se passer », chuchota-t-il.

11

Leningrad, 1er janvier 1943

Daniel avait déjà des cristaux de glace sous le nez, aux coins des yeux et de la bouche lorsqu'ils l'emportèrent. Ils les laissaient souvent dans le froid en attendant qu'ils se rigidifient, car ils étaient alors plus faciles à transporter. Mais Daniel était sur le chemin de ceux qui devaient se charger de la mitrailleuse. Deux hommes l'avaient donc porté sur un éperon de la tranchée, à quelques mètres de là, et l'avaient étendu sur deux caisses de munitions vides qu'ils avaient planquées pour faire du feu. Hallgrim Dale avait noué un sac de toile autour de la tête du défunt pour leur éviter de contempler ce masque mortuaire et son affreux sourire. Edvard avait passé un coup de fil aux responsables des charniers de la division Nord, en leur expliquant où trouver Daniel. Ils avaient promis d'envoyer deux croque-morts dans le courant de la nuit. Le chef d'équipe avait alors ordonné à Sindre de quitter son lit d'infirmerie pour prendre le reste de la garde avec Gudbrand. La première chose à faire, ce fut de nettoyer la mitrailleuse éclaboussée.

« Ils ont bombardé Cologne, il n'en reste rien », dit Sindre.

Ils étaient étendus côte à côte sur le bord de la tranchée, dans l'étroit renfoncement depuis lequel ils avaient vue sur le no man's land. Gudbrand réalisa subitement qu'il n'aimait pas se trouver aussi près de Sindre.

« Et Stalingrad tombe en morceaux », poursuivit Sindre.

Gudbrand ne sentait absolument plus le froid, c'était comme si sa tête et son corps étaient pleins d'ouate et que plus rien ne le concernait. Tout ce qu'il ressentait, c'était le métal glacé qui lui brûlait la peau, et ses doigts engourdis qui ne voulaient pas obéir. Il essaya encore une fois. La crosse et le mécanisme de la mitrailleuse étaient déjà sur la couverture, à côté de lui dans la neige, mais il était plus difficile de démonter la culasse. À Sennheim, on leur avait appris à démonter et à remonter la mitrailleuse les yeux bandés. Sennheim, dans cette belle et chaude Alsace allemande. C'était autre chose quand vous ne sentiez plus vos doigts.

« Tu n'es pas au courant ? dit Sindre. Les Russes vont nous prendre. Exactement comme ils ont pris Gudeson. »

Gudbrand se souvenait de ce capitaine allemand de la Wehrmacht qui s'était tant amusé avec Sindre quand celui-ci lui avait dit être originaire d'une ferme non loin d'un patelin nommé Toten[*].

« *Toten ? Wie im Totenreich (Comme au royaume des morts) ?* » avait demandé le capitaine en riant[**].

La main qui tenait la culasse ripa.

« Merde ! fit Gudbrand d'une voix tremblante. C'est tout ce sang, ça a gelé les pièces entre elles. »

Il retira ses moufles, posa le bout de la petite pipette d'huile sur la culasse et pressa. Le froid avait rendu le liquide jaunâtre épais et visqueux, mais il savait que l'huile dissolvait le sang. Il s'en était instillé dans l'oreille quand il avait eu une otite.

Sindre se pencha soudain vers Gudbrand et gratta d'un ongle l'une des cartouches.

---

[*] Sur les bords du lac Mjøsa, dans l'Oppland, non loin de Hamar.
[**] *Toten* signifie « défunts » en allemand.

« Au nom du ciel ! » dit-il. Il leva les yeux sur Gudbrand et lui fit un grand sourire dans lequel le brun et
le blanc alternaient. Son visage pâle et barbu était si
proche que Gudbrand sentit l'haleine pourrie qu'ils fi-
nissaient tous par avoir au bout d'un moment. Sindre
lui montra son doigt.

« Qui aurait cru que Daniel avait autant de cervelle,
hein ? »

Gudbrand se détourna.

Sindre étudia le bout de son doigt. « Mais il ne s'en
est pas beaucoup servi. Sinon, il ne serait jamais revenu
du no man's land, cette nuit-là. Je vous ai entendus parler de passer de l'autre côté. Oui, c'est vrai que vous
étiez... très bons amis, tous les deux. »

Gudbrand n'entendit tout d'abord pas, les mots venaient de très loin. Puis leur écho lui parvint, et il sentit
subitement que la chaleur revenait dans son corps.

« Les Allemands ne nous permettront jamais de nous
replier, dit Sindre. On va mourir ici, tous autant qu'on
est. Vous auriez dû partir. Les bolcheviks ne doivent
pas être aussi durs qu'Hitler envers des gens comme
Daniel et toi. D'aussi bons amis, je veux dire. »

Gudbrand ne répondit pas. Il sentait que la chaleur
était arrivée jusqu'au bout de ses doigts.

« On a pensé qu'il fallait se tailler cette nuit, dit Sindre.
Hallgrim Dale et moi. Avant qu'il ne soit. trop tard. »

Il se tortilla dans la neige et regarda Gudbrand.

« Ne prends pas cet air de pucelle effarouchée, Johansen, dit-il avec un large sourire. Pourquoi tu crois
qu'on a dit qu'on était malades ? »

Gudbrand recroquevilla les orteils dans ses bottes.
En fait, il les sentait, ils étaient bien là. C'était chaud et
agréable. Il y avait aussi autre chose.

« Tu veux venir avec nous, Johansen ? » demanda
Sindre.

Les poux ! Il avait chaud, mais il ne sentait pas les poux ! Même le sifflement dans son casque avait disparu.

« Alors comme ça, c'est toi qui avais fait courir ces rumeurs, dit Gudbrand.

— Hein ? Quelles rumeurs ?

— Daniel et moi parlions de partir en Amérique, pas de passer chez les Russes. Et pas maintenant, mais *après* la guerre. »

Sindre haussa les épaules, regarda l'heure et se remit à genoux.

« Je t'abats si tu essaies, dit Gudbrand.

— Avec quoi ? » demanda Sindre en faisant un signe de tête vers les éléments de l'arme sur la couverture. Leurs fusils étaient au bunker, et tous deux savaient que, le temps d'aller jusque là-bas et d'en revenir, Sindre aurait disparu.

« Reste ici et crève, si tu veux, Johansen. Tu diras à Dale qu'il peut venir. »

Gudbrand plongea la main dans son uniforme et en tira sa baïonnette. Le clair de lune fit scintiller la lame d'acier mat.

« Les types comme Gudeson et toi sont des rêveurs. Laisse ce couteau et viens plutôt avec nous. Les Russes se font ravitailler par le Ladoga, en ce moment même. De la viande fraîche.

— Je ne suis pas un traître », dit Gudbrand.

Sindre se leva.

« Si tu essaies de me tuer avec cette baïonnette, les postes d'écoute des Hollandais vont nous entendre et donner l'alarme. Sers-toi de ta tête. D'après toi, qui, de nous deux, sera soupçonné d'avoir essayé d'empêcher l'autre de fuir ? Toi, sur le compte de qui des rumeurs courent déjà, disant que tu avais l'intention de te faire la belle, ou bien moi, qui suis membre du parti ?

— Rassieds-toi, Sindre Fauke. » Sindre éclata de rire.

« Tu es tout sauf un meurtrier, Gudbrand. Allez, je me sauve. Donne-moi cinquante mètres avant de sonner le tocsin, pour être tranquille. »

Ils se fixèrent un moment. De petits flocons de neige duveteux s'étaient mis à tomber entre eux. Sindre sourit :

« Clair de lune et neige en même temps ; une vision rare, hein ? »

12

Leningrad, 2 janvier 1943

La tranchée dans laquelle se trouvaient les quatre hommes était située à deux kilomètres au nord de leur secteur de front, à l'endroit précis où la tranchée repartait vers l'arrière et faisait pratiquement une boucle. L'homme aux galons de capitaine trépignait devant Gudbrand. Il neigeait, et une fine couche blanche s'était formée sur le dessus de la casquette du capitaine. Edvard Mosken se tenait à côté et regardait Gudbrand en ouvrant tout grand un œil et en fermant à demi l'autre.

« *So*, dit le capitaine, *er ist hinüber zu den Russen geflohen (Alors, il s'est sauvé chez les Russes) ?*

— *Ja (Oui)*, répéta Gudbrand.

— *Warum (Pourquoi) ?*

— *Das weiß ich nicht (Je ne sais pas).* »

Le capitaine regarda en l'air, aspira entre ses dents serrées et se remit à piétiner. Puis il fit un signe de tête à Edvard, murmura deux-trois mots à son *Rotten-*

*führer**, le caporal allemand qui l'accompagnait, et ils se saluèrent. La neige crissa lorsqu'ils s'en allèrent.

« Et voilà », dit Edvard. Il regardait toujours Gudbrand.

« Eh oui, dit Gudbrand.

— Ce n'était pas une grosse enquête.

— Non.

— Qui l'eût cru... » L'œil grand ouvert fixait toujours Gudbrand d'un regard mort.

« Les types désertent sans arrêt, ici, dit Gudbrand. Ils ne peuvent certainement pas faire une enquête à chaque fois que...

— Je veux dire, qui l'eût cru de la part de Sindre ? Qu'il allait se mettre quelque chose comme ça dans le crâne ?

— Hmm, on peut le dire.

— Et de façon aussi peu préméditée. Se lever, et partir, comme ça.

— Bien sûr.

— Dommage pour la mitrailleuse. » La voix d'Edvard était glaciale de sarcasme.

« Oui.

— Et tu n'as pas non plus eu le temps de prévenir les gardes des Hollandais ?

— J'ai crié, mais il était trop tard. Il faisait sombre.

— Il faisait un beau clair de lune », dit Edvard. Ils se fixèrent mutuellement.

« Tu sais ce que je crois ? demanda Edvard.

— Non.

— Si, tu le sais, je le vois sur toi. Pourquoi, Gudbrand ?

— Je ne l'ai pas tué. » Le regard de Gudbrand était rivé sur l'œil de cyclope d'Edvard. J'ai essayé de lui parler. Il ne voulait pas m'écouter. Alors il est parti, c'est tout. « Qu'est-ce que je pouvais faire ? »

---

* Chef de peloton.

Ils poussèrent tous les deux un gros soupir, penchés l'un vers l'autre dans le vent qui eut vite fait d'emporter la vapeur s'échappée de leurs gueules.

« Je me rappelle la dernière fois que tu as fait cette tronche, Gudbrand. C'était la nuit où tu as tué le Russe, au bunker. »

Gudbrand haussa les épaules. Edvard posa une moufle gelée sur le bras de Gudbrand.

« Écoute. Sindre était loin d'être un bon soldat. Et peut-être même un bon gars. Mais nous sommes des personnes douées de morale, et nous devons essayer de maintenir une certaine dignité dans tout ça, tu comprends ?

— Je peux y aller, maintenant ? »

Edvard regarda Gudbrand. Les rumeurs selon lesquelles Hitler ne dominait plus sur tous les fronts étaient arrivées jusqu'à eux. Le flux de volontaires grossissait pourtant encore, et Daniel et Sindre avaient déjà été remplacés par des gars de Tynset. De nouveaux visages jeunes, tout le temps. Certains se fixaient, d'autres étaient oubliés sitôt partis. Daniel faisait partie de ceux dont Edvard se souviendrait, il le savait. Tout comme il savait que dans peu de temps, le visage de Sindre s'effacerait. Il s'effacerait. Edvard Jr aurait deux ans dans quelques jours. Il ne poursuivit pas cette idée. « Oui, vas-y, dit-il. Et garde la tête baissée.

— Bien sûr. Ne t'en fais pas, je resterai le dos voûté.

— Tu te souviens de ce que disait Daniel ? demanda Edvard avec une sorte de sourire. Qu'ici, on marche tellement courbés qu'on sera tous bossus au moment de rentrer en Norvège ? »

Une mitrailleuse crépita de rire dans le lointain.

13

Leningrad, 3 janvier 1943

Gudbrand s'éveilla en sursaut. Il cligna plusieurs fois des yeux dans le noir et ne vit que la rangée de planches qui soutenait la couchette du dessus. Ça sentait le bois âcre et la terre. Avait-il crié ? Les autres gars prétendaient ne plus se réveiller à ses cris. Il sentit son pouls se calmer lentement. Il se gratta le flanc, la vermine ne dormait probablement jamais.

C'était le même rêve qui le tirait toujours du sommeil, et il pouvait encore sentir les pattes sur sa poitrine, voir les yeux jaunes dans le noir, les dents blanches de prédateurs qui puaient le sang et la bave qui coulait. Et entendre une respiration sifflante, terrorisée. Était-ce la sienne ou celle de l'animal ? Son rêve était ainsi : il était endormi et éveillé en même temps, mais il ne pouvait pas bouger. La mâchoire de l'animal allait se refermer sur sa gorge lorsqu'un pistolet automatique l'éveilla en crépitant près de la porte, et il eut tout juste le temps de voir l'animal voltiger jusqu'au mur de terre du bunker, soulevé par la couverture, et se faire tailler en pièce par les balles. Le silence s'abattit, et il ne resta sur le sol qu'une masse informe et poilue. Un putois. L'homme entra alors dans l'entrebâillement de la porte qu'éclairait un mince rai de lune, si mince qu'il n'éclairait qu'une moitié du visage de l'homme. Mais cette nuit, il y avait eu quelque chose de différent dans son rêve. Il est vrai que le canon du pistolet fumait et que l'homme souriait, comme toujours, mais il avait un grand cratère noir dans le front. Et quand il se tourna vers Gudbrand, ce

dernier put voir la lune à travers le trou qu'il avait dans
la tête.

Lorsque Gudbrand sentit le courant d'air froid qui
venait de la porte ouverte, il tourna la tête et se figea
en voyant la silhouette sombre qui emplissait l'ouverture. Rêvait-il toujours ? La silhouette fit un pas dans
la pièce, mais il y faisait trop sombre pour que Gudbrand pût voir qui c'était.

La silhouette pila.

« Tu es réveillé, Gudbrand ? » La voix était forte et
claire. C'était Edvard Mosken. Des murmures mécontents s'élevèrent des autres couchettes. Edvard vint
jusqu'à celle de Gudbrand.

« Debout, dit-il.

— Tu t'es trompé en lisant la liste, gémit Gudbrand.
Je viens de finir ma garde. C'est Dale…

— Il est revenu.

— Comment ça ?

— Dale vient de me réveiller. Daniel est revenu.

— Mais de quoi tu parles ? »

Gudbrand ne vit que la vapeur blanche que faisait
Edvard en respirant. Puis il balança les jambes hors de
sa couchette et sortit ses bottes de sous la couverture. Il
avait l'habitude de les garder là pour que la semelle
mouillée ne gèle pas. Il enfila le manteau qu'il avait
étendu sur la fine couverture de laine et suivit Edvard
au dehors. Les étoiles scintillaient au-dessus d'eux,
mais le ciel nocturne avait commencé à blanchir par
l'est. Un sanglot douloureux lui parvint d'un endroit in-
déterminé, mais hormis cela, il régnait un étrange silence.

« Les petits nouveaux hollandais, dit Edvard. Ils sont
arrivés hier, et viennent de rentrer de leur premier
voyage dans le no man's land. »

Dale était au centre de la tranchée, dans une posture

curieuse : la tête basculée d'un côté et les bras en croix. Il avait noué son écharpe autour de sa mâchoire inférieure, et son visage émacié dans lequel les yeux étaient profondément enfoncés le faisait beaucoup ressembler à un tigre.

« Dale ! » dit Edvard d'un ton sec. Dale s'éveilla.

« Montre-nous. »

Dale ouvrit la marche. Gudbrand sentit son cœur se mettre à battre plus vite. Le froid lui mordait les joues, mais n'avait pas réussi à effacer toute l'onirique sensation de chaleur qu'il avait emportée de sa couchette. La tranchée était si étroite qu'il leur fallut avancer en file indienne, et il sentit soudain le regard d'Edvard dans son dos.

« Ici », dit Dale en pointant un doigt.

Le vent siffla une note râpeuse sous le bord du casque. Un cadavre était posé sur les caisses de munitions, les membres pointant sur les côtés. La neige qui avait tourbillonné dans la tranchée s'était déposée en une fine couche sur son uniforme. Un sac de toile était noué autour de sa tête.

« Bordel », dit Dale. Il secoua la tête et battit la semelle.

Edvard ne dit rien, et Gudbrand comprit qu'il attendait que ce soit lui qui parle.

« Pourquoi est-ce que les croque-morts ne l'ont pas emporté ? finit par demander Gudbrand.

— Ils l'*ont* emporté, répondit Edvard. Ils étaient là hier après-midi.

— Alors pourquoi l'ont-ils rapporté ? » Gudbrand remarqua le regard que lui lançait Edvard.

« Personne de l'équipe n'a entendu l'ordre de le rapporter.

— Une méprise, peut-être ? suggéra Gudbrand.

— Peut-être. » Edvard tira une fine cigarette à demi

consumée de sa poche, se détourna du vent et l'alluma en tenant son briquet dans le creux de sa main. Il la fit passer après quelques bouffées et dit :

« Ceux qui sont venus le chercher prétendent qu'il a été mis dans un des charniers de la section nord.

— Si c'est vrai, il aurait bien dû être enterré ? » Edvard secoua la tête.

« On ne les enterre pas avant de les avoir brûlés. Et on ne les brûle que pendant la journée, afin que les Russes n'aient aucun point de repère lumineux pour viser. En plus, la nuit, les nouveaux charniers sont ouverts et pas surveillés. Quelqu'un a dû aller y chercher Daniel cette nuit.

— Bordel, répéta Dale en attrapant la cigarette et en tirant avidement dessus.

— Alors, c'est bien vrai qu'ils brûlent les cadavres ? dit Gudbrand. Pourquoi, dans ce froid ?

— Je sais, dit Dale. Terre gelée. Le changement de température fait que les corps ressortent de terre, au printemps. » Il fit passer la cigarette à contrecœur. « On a enterré Vorpenes juste derrière nos lignes, l'hiver dernier. Au printemps, on a trébuché sur lui. Enfin, sur ce que les renards avaient laissé de lui, plutôt.

— La question, dit Edvard, c'est : comment Daniel s'est-il retrouvé ici ? »

Gudbrand haussa les épaules.

« C'est toi qui a été de garde en dernier. » Edvard avait fermé un œil et posé son œil de cyclope sur lui. Gudbrand prit tout son temps avec la cigarette. Dale se racla la gorge.

« Je suis passé ici quatre fois, dit Gudbrand en tendant la cigarette au suivant. Il n'était pas là.

— Tu as eu le temps d'aller jusqu'à la section nord, pendant ta garde. Et là-bas, dans la neige, il y a des traces de traîneau.

— Ça peut être celles des croque-morts.

— Ces traces-ci recouvrent les précédentes. Et tu dis que tu es passé ici quatre fois.

— Putain, Edvard, moi aussi, je vois bien que Daniel est là ! s'écria Gudbrand. Bien sûr, que quelqu'un l'a amené ici, et selon toute vraisemblance sur un traîneau. Mais si tu écoutes ce que je te dis, tu dois bien saisir que quelqu'un est venu avec lui *après* mon dernier passage. »

Edvard ne répondit pas, mais arracha avec irritation le dernier morceau de cigarette de la bouche de Dale et jeta un œil suspicieux aux traces d'humidité qui marquaient le papier. Dale enleva des fibres de tabac de sa langue et lui jeta un regard par en dessous.

« Au nom du ciel, pourquoi je ferais un truc pareil ? demanda Gudbrand. Et comment j'aurais réussi à trimballer un cadavre depuis la section nord jusqu'ici sans que les gardes m'arrêtent ?

— En passant par le no man's land. »

Gudbrand hocha la tête, incrédule.

« Tu crois que j'ai perdu les pédales, Edvard ? Et qu'est-ce que je ferais du cadavre de Daniel ? »

Edvard tira deux dernières bouffées sur la cigarette, lâcha le mégot dans la neige et posa sa botte dessus. Il faisait toujours ça, il ne savait pas pourquoi, mais il ne supportait pas de voir des mégots fumants. La neige grinça lorsqu'il fit pivoter son talon.

« Non, je ne crois pas que tu as trimballé Daniel jusqu'ici, dit Edvard. Car je ne crois pas que ce soit Daniel. »

Dale et Gudbrand sursautèrent.

« Bien sûr, que c'est Daniel, dit Gudbrand.

— Ou bien quelqu'un qui avait la même carrure, dit Edvard. Et les mêmes insignes sur son uniforme.

— Le sac de toile… commença Dale.

— Alors comme ça, tu fais la différence entre les sacs de toile, toi ? demanda Edvard avec hargne, mais en gardant les yeux braqués sur Gudbrand.

— C'est Daniel, déglutit Gudbrand. Je reconnais ses bottes.

— Alors selon toi, on n'aurait qu'à appeler les croque-morts et leur demander de le remporter ? demanda Edvard. Sans chercher à y voir plus clair ? C'est ça que tu escomptais, n'est-ce pas ?

— Le diable t'emporte, Edvard !

— Je ne suis pas sûr que ce soit après moi qu'il en a, cette fois-ci, Gudbrand. Enlève ce sac, Dale. »

Dale regarda sans comprendre ces deux-là qui s'observaient l'un l'autre comme deux taureaux prêts au combat.

« Tu m'entends ? cria Edvard. Coupe-lui ce sac.

— Je préférerais éviter…

— C'est un ordre ! Maintenant ! »

Dale hésita encore, regarda l'un, puis l'autre, et le corps raidi sur ses caisses de munitions. Puis il haussa les épaules, déboutonna sa veste de treillis et passa la main à l'intérieur.

« Attends ! fit Edvard. Demande à Gudbrand de te prêter sa baïonnette. »

Dale avait à présent l'air totalement déboussolé. Il interrogea Gudbrand du regard, mais celui-ci secoua la tête.

« Qu'est-ce que tu veux dire, demanda Edvard, qui n'avait pas quitté Gudbrand des yeux. Vous avez reçu l'ordre de toujours avoir votre baïonnette, et tu ne l'as pas sur toi ? »

Gudbrand ne répondit pas.

« Toi qui es une véritable machine à tuer avec cet outil, Gudbrand, tu ne l'as quand même pas tout bonnement perdue ? »

Gudbrand ne répondait toujours pas.

« Voyez-vous ça… Bon, il va sûrement falloir que tu utilises la tienne, Dale. »

Gudbrand avait surtout envie d'arracher ce gros œil scrutateur de la tête du chef d'équipe. *Rottenführer*, voilà ce qu'il était ! Un rat avec des yeux de rat et une cervelle de rat. Ne comprenait-il donc rien ?

Ils entendirent un son déchirant derrière eux au moment où la baïonnette entama le sac de toile, puis un halètement de Dale. Ils firent volte-face tous les deux. Là, dans la lumière rouge naissante du jour qui se levait, un visage blanc les fixait en exhibant un sourire horrible sous un troisième œil noir et béant au milieu du front. C'était Daniel, aucun doute là-dessus.

14

Ministère des Affaires étrangères
4 novembre 1999

Bernt Brandhaug jeta un coup d'œil à sa montre et plissa le front. Quatre-vingt-deux secondes, sept de plus que prévu. Puis il passa le seuil de la salle de réunions, chanta un « Bonjour » du Nordmark[*] plein de vitalité et exhiba son célèbre sourire blanc aux quatre visages qui se tournaient vers lui.

D'un côté de la table, Kurt Meirik, du SSP, était assis en compagnie de Rakel, celle qui avait la barrette peu

[*] Petite région de basse montagne, à une vingtaine de kilomètres au nord-nord-ouest d'Oslo.

seyante, la tenue ambitieuse et une expression de sévérité sur le visage. Il remarqua tout à coup que cette tenue avait en réalité l'air un peu trop coûteuse pour une secrétaire. Il se fiait toujours à son intuition, qui lui disait qu'elle était divorcée, mais peut-être avait-elle été mariée à un homme fortuné. Ou bien ses parents étaient riches ? Le fait qu'elle se soit présentée à nouveau, à une réunion dont Brandhaug avait dit qu'elle devait se dérouler dans la plus grande confidentialité, indiquait qu'elle occupait un poste plus important au SSP que ce qu'il avait d'abord supposé. Il décida d'en découvrir davantage sur elle.

De l'autre côté de la table, Anne Størksen était assise en compagnie de ce grand et mince capitaine je-ne-sais-plus-qui. Il lui avait d'abord fallu plus de quatre-vingts secondes pour se rendre à la salle de réunion, et voilà qu'il n'arrivait pas à se souvenir d'un nom… vieillissait-il ?

À peine eut-il le temps d'y penser que ce qui s'était passé la veille au soir refit surface. Il avait invité Lise, la jeune stagiaire aux AE, à ce qu'il avait appelé un petit dîner en heures sup. Il l'avait ensuite priée de venir prendre un verre à l'Hôtel Continental où il disposait en permanence, grâce aux AE, d'une chambre destinée aux rencontres qui exigeaient une discrétion maximale. Lise n'avait pas été difficile à convaincre, c'était une fille pleine d'ambition. Mais les choses ne s'étaient pas bien passées. Vieux ? Un cas isolé, un verre de trop, peut-être, mais pas trop vieux. Brandhaug remisa cette idée au fond de son crâne et s'assit.

« Merci d'avoir pu venir aussi vite, commença-t-il. Je n'ai naturellement pas besoin d'insister sur la nature confidentielle de cette réunion, mais je le fais quand même puisque tous les présents n'ont peut-être pas la même expérience en la matière. »

Il leur jeta à tous un regard rapide, sauf à Rakel, signalant ainsi que le message lui était destiné. Puis il fit face à Anne Størksen.

« Et d'ailleurs, comment va votre homme ? »

La chef de la police le regarda, un peu perdue.

« Votre *policier*, dit Brandhaug précipitamment. Hole, ce n'est pas comme ça qu'il s'appelle ? »

Elle fit un signe de tête à Møller qui dut se racler la gorge à deux reprises avant de pouvoir commencer à parler.

« Plutôt bien. Il est secoué, naturellement, mais… Oui. » Il haussa les épaules comme pour signaler qu'il n'y avait pas grand-chose d'autre à dire sur le sujet.

Brandhaug leva un sourcil épilé de frais.

« Pas secoué au point de représenter un risque de fuite, j'espère ?

— Eh bien… » commença Møller. Il vit du coin de l'œil que la chef de la police se tournait vivement vers lui. « Je ne crois pas. Il est parfaitement conscient de la nature délicate de l'affaire. Et on lui a bien entendu expliqué qu'il était tenu au devoir de réserve le plus complet quant à ce qui s'est passé.

— Il en va de même pour les autres officiers de police qui étaient sur place, ajouta sur-le-champ Anne Størksen.

— Alors nous espérons que les choses sont sous contrôle, dit Brandhaug. Laissez-moi maintenant vous donner une courte mise à jour concernant la situation. Je viens d'avoir une longue conversation avec l'ambassadeur des États-Unis, et je crois pouvoir dire que nous sommes tombés d'accord sur les points essentiels de cette affaire tragique. »

Il passa en revue tous les participants. Ils le regardaient dans une attente inquiète. Attente de ce que lui, Bernt Brandhaug, pourrait leur dire. Il n'en fallut pas davantage pour que le découragement qu'il avait ressenti quelques secondes plus tôt ne s'envole.

« L'ambassadeur a pu me dire que l'état de santé de l'agent des Service Secrets, que votre homme... » Il fit un signe de tête en direction de Møller et de la chef de la police « ... a abattu au péage, s'est stabilisé et que ses jours ne sont plus en danger. Il a été atteint à une vertèbre dorsale et a fait une hémorragie interne, mais sa veste pare-balles l'a sauvé. Je regrette que nous n'ayons pas pu obtenir cette information plus tôt, mais ils essaient pour des raisons facilement compréhensibles de réduire au maximum la communication sur cette affaire. Seules des informations nécessaires ont été échangées entre un petit nombre de personnes concernées.

— Où est-il ? » C'était Møller qui se renseignait.

« Ça, vous n'avez absolument pas besoin de le savoir, Møller. »

Il regarda Møller, qui fit une drôle de bobine. Pendant une seconde, le silence fut oppressant. C'était toujours pénible de devoir rappeler aux gens qu'ils n'en sauraient pas plus que nécessaire pour leur travail. Brandhaug sourit et s'excusa en un large geste des bras, comme pour dire : *Je comprends bien que tu poses la question, mais c'est comme ça.* Møller hocha la tête et baissa les yeux sur la table.

« O.K., dit Brandhaug. Tout ce que je peux vous dire, c'est qu'à l'issue de son opération, il a été évacué sur un hôpital militaire en Allemagne.

— Fort bien. » Møller se gratta l'occiput. « Euuh... » Brandhaug attendit.

« Je suppose que ça ne pose pas de problème si Hole l'apprend ? Que l'agent des Services Secrets s'en sort, je veux dire. Ça rendra la situation... euh... plus supportable pour lui. »

Brandhaug regarda Møller. Il avait des difficultés à bien comprendre le capitaine de police.

« C'est bon, dit-il.

— Sur quoi vous êtes-vous mis d'accord avec l'ambassadeur ? » C'était Rakel.

« J'y reviens dans un instant », dit Brandhaug d'un ton léger. En réalité, c'était le point suivant, mais il n'aimait pas être interrompu de cette façon. « D'abord, je voudrais louer Møller et la police d'Oslo pour avoir si rapidement nettoyé les lieux. Si les rapports sont exacts, il n'a fallu que douze minutes pour que l'agent soit pris en charge par le corps médical.

— Hole et sa collègue, Ellen Gjelten, l'ont conduit à l'hôpital d'Aker, dit Anne Størksen.

— Réaction étonnamment rapide, dit Brandhaug. Et c'est un sentiment partagé par l'ambassadeur des États-Unis. »

Møller et la chef de la police échangèrent un regard.

« L'ambassadeur a aussi parlé aux Services Secrets, et il n'est pas question de poursuites de la part des Américains. Naturellement.

— Naturellement, entonna Meirik.

— Nous sommes également d'accord sur le fait que la faute repose essentiellement sur les Américains. L'agent qui se trouvait dans la guérite du péage n'aurait jamais dû y être. C'est-à-dire... Si... Mais l'agent de liaison norvégien aurait évidemment dû être tenu informé. Le policier norvégien qui était en poste sur la zone dans laquelle l'agent est entré et qui aurait dû — excusez-moi, *pu* — tenir informé l'officier de liaison s'en est tenu à la carte que lui a montrée l'agent. Il avait été décidé que les agents des Services Secrets auraient accès à toutes les zones sécurisées, et le policier n'a par conséquent vu aucune raison de transmet-

tre l'information. Rétrospectivement, on peut quand
même dire qu'il aurait *dû* le faire. »

Il regarda Anne Størksen, qui ne manifesta aucune
velléité de protestation. « La bonne nouvelle, c'est que
pour l'instant, rien ne semble avoir filtré. Je ne vous ai
pourtant pas convoqués pour discuter de ce qu'on doit
tirer d'un scénario idéal qui est tout autre chose que de
rester silencieux. Car il est probable qu'on puisse écarter un scénario idéal. Ce serait faire preuve d'une
grande naïveté que de croire que cette fusillade ne va
pas filtrer, un jour ou l'autre. »

Bernt Brandhaug leva et abaissa ses mains ouvertes
à la façon des plateaux d'une balance, comme s'il voulait découper les phrases en bouchées de taille raisonnable.

« En plus de la vingtaine — à la louche — d'hommes
du SSP, des AE et du groupe de coordination qui sont
au courant de cette affaire, environ quinze policiers ont
été témoins au péage même. Ce sont tous de braves types, ils respecteront sans aucun doute leur devoir de réserve courant, dans les grandes lignes. Mais vous êtes
des policiers courants, sans aucune expérience du degré
de confidentialité que cette affaire requiert. Sans
compter les employés de l'hôpital civil, de l'aviation ci-
vile, de la société routière Fjellinjen AS et de l'Hôtel
Plaza qui ont tous, à un degré plus ou moins élevé, des
raisons de se douter de ce qui a pu se passer. Nous
n'avons en outre aucune garantie que personne n'ait
suivi le cortège aux jumelles depuis l'un des bâtiments
situés à proximité du péage. Un seul mot de l'un d'entre eux ayant saisi le moindre élément de la scène,
et… »

Il gonfla les joues pour illustrer une explosion.

Le silence fut total autour de la table jusqu'à ce que
Møller ne toussote :

« Et pourquoi serait-ce si... euh... grave, si ça fil-
trait ? »

Brandhaug hocha la tête comme pour signifier que
c'était la question la plus idiote qu'il ait jamais entendue, ce qui fit tout naturellement sentir à Møller que
c'était exactement le cas.

« Les États-Unis d'Amérique sont un peu plus qu'un
allié », commença Brandhaug avec un sourire invisible.
Il dit cela sur le ton de quelqu'un qui raconte à un
étranger que la Norvège a un roi et que sa capitale est
Oslo.

« En 1920, la Norvège était l'un des pays les plus
pauvres d'Europe, et elle le serait sans doute encore
sans l'aide des USA. Oubliez la rhétorique des hommes politiques. L'émigration, le plan Marshall, Elvis et
le financement de l'aventure pétrolière ont fait de la
Norvège le pays qui est probablement le plus pro-amé-
ricain au monde. Nous qui sommes réunis ici, nous
avons travaillé longtemps pour atteindre la position
que nous occupons dans notre carrière. Mais si certains
de nos politiques apprenaient que des gens dans cette
pièce sont responsables de la mise en danger de la vie
du Président américain... »

Brandhaug laissa le reste de la phrase en suspens
tandis que son regard errait autour de la table.

« Heureusement pour nous, dit-il, les Américains
semblent préférer admettre une défaillance de certains
de leurs agents des Services Secrets, plutôt que d'admettre un manque fondamental de coopération avec
l'un de leurs plus proches alliés.

— Ce qui veut dire, dit Rakel sans regarder autre
chose que son bloc, que nous n'avons pas besoin d'un
quelconque bouc émissaire norvégien. »

Elle leva alors les yeux et regarda Bernt Brandhaug
bien en face.

« Au contraire, nous avons plutôt besoin d'un héros norvégien, non ? »

Brandhaug la regarda avec dans les yeux un mélange d'ébahissement et d'intérêt. Ébahissement parce qu'elle avait compris aussi rapidement où il voulait en venir, intérêt parce qu'il était dorénavant clair pour lui qu'elle était quelqu'un avec qui il faudrait compter.

« C'est juste. Nous devons avoir notre version fin prête pour le jour où une fuite révélera qu'un policier norvégien a descendu un agent des Services Secrets, dit-il. Et cette version doit stipuler qu'il ne s'est rien passé d'anormal de notre côté, que notre officier de liaison alors sur place a agi conformément aux instructions reçues, et que la faute revient dans son entier à l'agent des Services Secrets. C'est une version qui nous contente au même titre que les Américains. Le défi, à présent, c'est de faire admettre cette version aux médias. Et c'est dans cet ordre d'idées…

— … que nous avons besoin d'un héros », dit la chef de la police. Elle acquiesça, comprenant maintenant elle aussi ce qu'il avait derrière la tête.

« Sorry, dit Møller. Suis-je le seul ici à ne rien comprendre à l'histoire ? » Il fit une tentative assez malheureuse pour ponctuer sa phrase d'un petit rire.

« L'officier a fait preuve d'initiative dans une situation qui représentait une menace potentielle pour le Président, dit Brandhaug. Si la personne présente dans la guérite avait été un terroriste, ce qu'il était tenu de supposer d'après les instructions données pour la situation qui nous intéresse, le policier aurait sauvé la vie du Président. Le fait qu'après vérification, la personne ne soit pas un terroriste, ne change rien à rien.

— Exact, dit Anne Størksen. Dans une situation comme celle-là, les instructions passent avant l'appréciation personnelle. »

Meirik resta coi, mais hocha la tête en signe d'accord.

« Bien, dit Brandhaug. L'"histoire", comme tu dis, Bjarne, c'est de convaincre la presse, nos supérieurs et tous ceux qui s'occupent de l'affaire que nous ne doutons pas un seul instant que l'officier de liaison ait fait son boulot correctement. L'"histoire" veut que nous agissions dès maintenant comme s'il avait accompli un acte héroïque. »

Il s'aperçut de la stupéfaction de Møller. « Si nous oublions de récompenser l'officier, nous admettons déjà à moitié qu'il a commis une erreur d'appréciation en tirant, et conséquemment que l'organisation de la sécurité pendant la visite du président a connu des ratés. »

Hochements de têtes autour de la table.

« Ergo », dit Brandhaug. Il adorait ce mot. C'était un mot en armure, presque invincible parce qu'il revendiquait l'autorité même de la logique. *Il en résulte que.*

« Ergo on lui donne une médaille ? » C'était de nouveau Rakel.

Brandhaug sentit l'irritation l'aiguillonner. C'était la façon dont elle avait dit « médaille ». Comme s'ils étaient sur le point d'écrire le manuscrit d'une comédie dans laquelle toutes sortes de propositions amusantes seraient les bienvenues. Que *son* organisation était une comédie.

« Non, dit-il lentement, catégoriquement. Pas une médaille. Les médailles et les distinctions sont trop superficielles et ne nous donneront pas la vraisemblance que nous recherchons. » Il se rejeta en arrière sur sa chaise et joignit les mains derrière la tête. « Offrons-lui une promotion. Offrons-lui un poste d'inspecteur principal. »

Un long silence s'ensuivit.

« Inspecteur principal ? » Bjarne Møller fixait toujours Brandhaug, incrédule. « Pour avoir allumé un
agent des Services Secrets ?

— Ça a peut-être un petit côté macabre, mais pen-
ses-y un peu.

— Ça... » Møller cligna des yeux et sembla avoir
tout un tas de chose à raconter, mais il choisit de la
boucler.

« Il n'a peut-être pas besoin de se voir attribuer toutes
les fonctions qui relèvent habituellement d'un inspecteur
principal », entendit Brandhaug, de la bouche de la chef.
Les mots arrivaient avec précaution. Comme si elle essayait de passer un fil dans le chas d'une aiguille.

« Nous y avons aussi songé, Anne », répondit-il en
insistant légèrement sur le nom. C'était la première fois
qu'il l'appelait par son prénom. Ses sourcils frémirent
imperceptiblement, mais hormis cela, rien ne laissait
suggérer que ça lui déplaisait. Il poursuivit :

« Le problème, c'est que si tous les collègues de
votre officier de liaison à la gâchette facile trouvent
que cette nomination est étonnante et comprennent
petit à petit que ce titre n'a servi qu'à sauver les appa-
rences, on sera bien avancés. En fait, on ne l'est déjà
pas trop. S'ils en viennent à soupçonner une opération
de couverture, les rumeurs vont commencer à circuler
instantanément, et les gens auront l'impression que
nous avons volontairement essayé de dissimuler que
nous — vous — ce policier — a gaffé. En d'autres termes : nous devons lui offrir un poste qui rende plausible le fait que personne ne s'intéresse de trop près à ce
qu'il fait. Dit encore autrement : une promotion combi-
née à une délocalisation vers un endroit protégé.

— Endroit protégé. À l'abri des regards indiscrets. »
Rakel fit un sourire narquois. « On dirait que vous avez
pensé l'envoyer dans notre giron, Brandhaug.

— Qu'en dis-tu, Kurt ? » demanda Brandhaug.

Kurt Meirik se gratta derrière l'oreille en pouffant de rire.

« Oh oui, dit-il. On trouvera toujours à justifier le poste d'un inspecteur principal, si tu veux mon avis. »

Brandhaug acquiesça.

« Ça nous aiderait bien.

— Oui, c'est vrai qu'il faut qu'on s'aide les uns les autres, quand on le peut.

— Bien », dit Brandhaug en faisait un grand sourire avant de jeter un coup d'œil à l'horloge murale pour signifier la fin de la réunion. Des chaises raclèrent le sol.

15

Sankthanshaugen, 4 novembre 1999

« *Tonight we're gonna party like it's nineteen-ninety-nine !* »

Ellen jeta un coup d'œil à Tom Waaler qui venait d'insérer une cassette dans le lecteur et de monter à tel point le son que le tableau de bord trembla. La pénétrante voix de fausset du chanteur fut comme un coup de couteau pour les tympans d'Ellen.

« Est-ce que ça te va ? » cria Tom par-dessus la musique. Ellen ne voulait pas le blesser, et c'est pourquoi elle hocha simplement la tête. Non qu'elle se soit figurée que Tom Waaler était facile à blesser, mais elle avait pensé le caresser dans le sens du poil aussi longtemps que possible. Au moins, espérait-elle, jusqu'à ce que l'équipe Ellen Gjelten-Tom Waaler soit dissoute. Le capitaine, Bjarne Møller, avait en tout cas précisé qu'elle était de nature purement provisoire. Tout le monde savait que Tom décrocherait au printemps le nouveau poste d'inspecteur principal.

« Pédé de nègre ! » cria Tom *hyper*-fort.

Ellen ne répondit pas. Il pleuvait si fort que même avec les essuie-glace à toute berzingue, l'eau formait comme un filtre sur le pare-brise de la voiture de police et faisait ressembler les bâtiments d'Ullevålsveien à des maisons de contes de fées dont les doux contours ondulaient d'avant en arrière. Møller les avait dépêchés le matin même pour trouver Harry. Ils avaient déjà sonné à son appartement dans Sofies gate et constaté qu'il ne s'y trouvait pas. Ou qu'il ne voulait pas ouvrir. Ou qu'il *n'était pas en état* d'ouvrir. Ellen craignait le pire. Elle regarda les gens qui passaient à toute vitesse sur le trottoir, dans les deux sens. Eux aussi avaient des formes bizarres, tordues, comme à travers les miroirs déformants d'une fête foraine.

« Tourne à gauche et arrête-toi, dit-elle. Tu peux attendre dans la voiture, pendant que j'entre.

— Volontiers, dit Waaler. Je ne connais rien de pire que les pochetrons. »

Elle le regarda, mais son expression ne révélait pas s'il faisait allusion à la clientèle matinale de chez Schrøder de façon générale, ou à Harry en particulier. Il gara la voiture sur l'arrêt de bus qui se trouvait là, et lorsque Ellen descendit, elle s'aperçut qu'ils avaient ouvert une brûlerie de l'autre côté de la rue. Ou bien peut-être était-elle là depuis longtemps, et elle ne l'avait jamais remarquée. Sur les tabourets de bar qui bordaient la fenêtre, des jeunes gens en pull à col cheminée lisaient des journaux étrangers ou regardaient simplement tomber la pluie avec de grandes tasses de café entre les mains, en se demandant probablement s'ils avaient choisi le bon cursus, le bon canapé de designer, la bonne petite copine, le bon club du livre ou la bonne ville d'Europe.

À la porte de chez Schrøder, elle manqua d'entrer en collision avec un homme vêtu d'un pull en grosse laine. L'alcool avait pratiquement délavé tout le bleu de ses iris, et ses mains larges comme des poêles à frire étaient noires de crasse. Ellen perçut l'odeur douce-reuse de transpiration et de biture passée lorsqu'il la croisa. À l'intérieur régnait une ambiance tranquille de matinée. Seules quatre des tables étaient occupées. Ellen était déjà venue, longtemps auparavant, et à ce qu'elle pouvait voir, rien n'avait changé. Des photos du vieil Oslo ornaient les murs et contribuaient, avec les murs bruns et la verrière au centre du plafond, à donner à cet endroit une petite touche de pub anglais. *Toute* petite, pour être honnête. Les tables en formica et les banquettes le faisaient plutôt ressembler à un salon pour fumeurs d'un ferry de la côte du Møre. À l'autre bout de la pièce, une serveuse en tablier, appuyée sur un comptoir, fumait en regardant Ellen avec un intérêt tout relatif. Harry était assis complètement dans le coin, près de la fenêtre, la tête penchée en avant. Il avait un baron vide sur la table devant lui.

« Salut », dit Ellen en s'asseyant sur la chaise qui lui faisait face.

Harry leva les yeux et hocha la tête. Comme s'il n'avait fait que l'attendre. Sa tête glissa de nouveau.

« On a essayé de te joindre. On est allés sonner chez toi.

— Il y avait quelqu'un ? » Il le dit sur un ton neutre, sans sourire.

« Je ne sais pas. Il y a quelqu'un, Harry ? » Elle désigna le verre d'un signe de tête.

Harry haussa les épaules.

« Il survivra, dit-elle.

— C'est ce qu'on m'a dit. Møller a laissé un message sur mon répondeur. » Son élocution était étonnamment claire. « Il n'a rien dit quant à la gravité de ses blessures. Il y a des tas de nerfs et de trucs comme ça, dans le dos, pas vrai ? »

Il pencha la tête de côté, mais Ellen ne répondit pas.

« Peut-être qu'il restera simplement paralysé, dit-il en donnant une chiquenaude contre le verre. Skål.

— Ton arrêt maladie expire demain, dit-elle. On espère bien te revoir au boulot, à ce moment-là. »

Il leva tout juste la tête.

« J'ai un arrêt maladie ? »

Ellen poussa vers lui une pochette en plastique. À l'intérieur, on voyait le verso d'un papier rose.

« J'ai discuté avec Møller. Et avec le docteur Aune. Prends cette copie de ton arrêt maladie. Møller dit qu'il n'y a rien d'exceptionnel à prendre quelques jours de repos quand on a descendu quelqu'un en service. Reviens demain, c'est tout. »

Harry regarda par la fenêtre, à travers le verre coloré et inégal. Probablement par discrétion, du fait que les gens d'ici n'aimaient pas qu'on les voie du dehors. Contrairement aux clients de la brûlerie, pensa Ellen.

« Alors ? Tu viendras ? demanda-t-elle.

— Eh bien… dit-il en posant sur elle ce regard voilé qui lui rappelait les matins qui avaient suivi son retour de Bangkok. Je ne miserais pas d'argent là-dessus…

— Viens quand même. Il y a quelques surprises amusantes qui t'attendent.

— Des surprises ? » Il rit doucement. « De quel genre ? Retraite anticipée ? Des adieux honorables ? Est-ce que le Président veut me décerner le Purple Heart ? »

Il leva suffisamment la tête pour qu'Ellen puisse voir ses yeux injectés de sang. Elle poussa un soupir et se tourna vers la fenêtre. Des voitures informes passaient derrière le verre rugueux, comme dans un film psychédélique.

« Pourquoi tu te fais ça, Harry ? Tu sais — je sais — *tout le monde* sait que ce n'était pas ta faute ! Même les Services Secrets reconnaissent que c'était de leur faute si on n'a pas été informés. Et que nous — que tu as agi comme il fallait.

— Tu crois que sa famille le verra comme ça quand il rentrera chez lui en fauteuil roulant ? demanda Harry tout bas, sans la regarder.

— Bon sang, Harry ! » Ellen avait haussé le ton, et elle vit du coin de l'œil que la fille du bar les regardait avec un intérêt croissant ; elle prévoyait apparemment une grosse engueulade.

« Il y en a toujours qui n'ont pas de chance, qui ne s'en sortent pas, Harry. C'est comme ça, c'est tout, ce n'est la faute de personne. Tu savais que chaque année, soixante pour cent des fauvettes meurent ? Soixante pour cent ! Si on devait s'arrêter pour ruminer le sens que ça peut bien avoir, on se retrouverait soi-même dans les soixante pour cent avant d'en avoir conscience. »

Harry ne répondit pas, mais hocha la tête vers la nappe à carreaux marquée de brûlures de cigarettes.

« Je vais me haïr pour t'avoir dit ça, Harry, mais je considérerais comme un service personnel que tu viennes demain. Contente-toi de te pointer, je n'irai pas te parler et tu n'auras pas à me faire sentir ton haleine. O.K. ? »

Harry passa son petit doigt dans l'un des trous noirs de la nappe. Puis il déplaça son verre pour lui faire recouvrir un des autres trous. Ellen attendit.

« Est-ce que c'est Waaler, qui est dans la voiture, dehors ? » demanda Harry.

Ellen acquiesça. Elle avait une idée précise de l'inimitié qui régnait entre ces deux-là. Elle eut une idée, hésita, mais tenta sa chance :

« D'ailleurs, il a parié deux cents balles que tu ne te pointerais pas. »

Harry partit à nouveau de son petit rire. Puis il leva la tête, l'appuya dans ses mains et regarda sa collègue.

« Tu mens vraiment très mal, Ellen. Mais merci d'essayer.

— Va te faire voir. »

Elle prit une inspiration, faillit dire quelque chose, mais se ravisa. Elle regarda longuement Harry. Puis elle prit une nouvelle inspiration :

« Et puis zut. En fait, c'était Møller qui devait te dire ça, mais je vais le faire : ils veulent te nommer inspecteur principal au SSP. »

Le rire de Harry ronronna comme le moteur d'une Cadillac Fleetwood :

« O.K., avec un peu d'entraînement, tu ne seras peut-être pas une si mauvaise menteuse.

— Mais c'est vrai !

— C'est impossible. » Son regard erra de nouveau par la fenêtre.

« Pourquoi ça ? Tu es l'un de nos meilleurs enquêteurs, tu viens de montrer que tu es un policier sacrément énergique, tu as fait du droit, tu...

— C'est impossible, je te dis. À supposer que quelqu'un ait pu avoir une idée aussi farfelue.

— Mais pourquoi ?

— Pour une raison hyper simple. C'était soixante pour cent des oiseaux, que tu as dit, c'est bien ça ? »

Il promena la nappe et son verre sur la table.

« Ça s'appelle des fauvettes, dit-elle.

— D'accord. Et de quoi meurent-elles ?

— Qu'est-ce que tu veux dire ?

— Elles ne se couchent quand même pas comme ça, tout simplement ?

— La faim. Les prédateurs. Le froid. L'épuisement. Elles iront peut-être se crasher sur une vitre. Toutes sortes de choses.

— O.K. Parce que je suppose qu'aucune d'entre elles ne se fait tirer dans le dos par un policier norvégien qui a interdiction de porter une arme après s'être planté à son épreuve de tir. Qui sera mis en examen dès que ça se saura, et qui risque entre un et trois ans d'emprisonnement. Un bien mauvais inspecteur principal potentiel, tu ne trouves pas ? »

Il souleva son verre et le posa sur le formica de la table avec un bruit sec.

« Quelle épreuve de tir ? » demanda-t-elle d'un ton des plus légers.

Il lui jeta un regard acéré. Elle croisa son regard avec une expression pleine de sérieux.

« Qu'est-ce que tu veux dire ?

— Je ne vois absolument pas de quoi tu parles, Harry.

— Tu sais au contraire foutrement bien que…

— À ce que je sais, tu as réussi ton épreuve de tir cette année. Et Møller est du même avis. Il est même allé faire un tour au bureau de tir, ce matin, pour vérifier ça avec l'instructeur. Ils sont allés vérifier sur informatique, et à ce qu'ils ont pu voir, tu avais obtenu plus que ce qui était nécessaire. On ne bombarde pas inspecteur principal quelqu'un qui tire sur des agents des Services Secrets sans avoir sa licence de tir sur lui, tu sais. »

Elle fit un grand sourire à Harry, qui avait l'air plus abasourdi que saoul.

« Mais je n'ai pas de licence !

— Mais si, tu l'as simplement égarée. Tu vas la retrouver, Harry, tu vas la retrouver.

— Écoute-moi, maintenant, je… »

Il se tut brusquement et son regard fixa la pochette, sur la table devant lui. Ellen se leva.

« Alors on dit neuf heures, inspecteur principal ? »

Un hochement de tête muet fut la seule réponse dont Harry fut capable.

16

Radisson SAS, Holbergs plass
5 novembre 1999

Betty Andresen avait ce genre de cheveux blonds et bouclés à la Dolly Parton qui font penser à une perruque. Ce n'en était pas une, et toute ressemblance avec Dolly Parton s'arrêtait aux cheveux. Betty Andresen était grande et maigre, et lorsqu'elle souriait, comme maintenant, ses lèvres s'écartaient tout juste assez pour qu'on vît ses dents. Ce sourire était destiné au vieil homme, de l'autre côté du comptoir de l'Hôtel Radisson SAS situé sur Holbergs plass. Ce n'était pas une réception au sens courant du terme, mais l'un des petits « îlots » multifonctions équipés d'écrans d'ordinateurs qui permettaient de s'occuper de plusieurs clients en même temps.

« Bonne matinée », dit Betty Andresen. C'était quelque chose qu'elle avait chipé à l'École Hôtelière de Stavanger, de distinguer les différentes parties de la journée quand elle saluait les gens. En conséquence, elle avait cessé de dire « bon matin » une heure plus tôt, dirait « bonjour » une heure plus tard, « bon après-midi » dans six heures et « bonsoir » encore deux heures après. Puis elle regagnerait ses pénates dans son F2 de Torshov et regretterait qu'il n'y ait personne à qui dire « bonne nuit ».

« J'aimerais voir une chambre située aussi haut que possible. »

Betty Andresen regarda les épaules mouillées du vieil homme. Il tombait des cordes. Une goutte d'eau se cramponnait en tremblant au bord du chapeau du vieillard.

« Vous voulez *voir* une chambre ? »

Le sourire de Betty Andresen ne disparaissait pas. On lui avait appris — et c'était un principe auquel elle tenait — que chacun doit être considéré comme un client jusqu'à ce que le contraire soit irréfutablement prouvé. Mais elle savait tout aussi bien que ce qu'elle avait devant elle était un exemple de la catégorie vieil-homme-en-visite-dans-la-capitale-qui-aimerait-bien-voir-la-vue-depuis-l'hôtel-SAS-sans-payer. Il en venait continuellement, surtout l'été. Et ce n'était pas seulement pour jouir de la vue. Un jour, une bonne femme lui avait demandé à voir la suite Palace, au vingt et unième étage, de sorte qu'elle puisse la décrire à ses amis en leur disant l'avoir occupée. Elle avait même proposé cinquante couronnes à Betty pour pouvoir signer dans le registre et s'en servir comme preuve.

« Simple ou double ? demanda Betty. Fumeur, non fumeur ? »

La plupart se mettaient à bredouiller dès ce tout premier stade.

« Ce n'est pas très important, dit le vieux. L'essentiel, c'est la vue. Je veux en voir une orientée sud-ouest.

— D'accord, pour avoir vue sur l'ensemble de la ville.

— Exactement. Quelle est la meilleure que vous ayez ?

— La meilleure, c'est bien sûr la suite Palace, mais un instant, je vais voir si nous n'avons pas une chambre classique de libre. »

Elle se mit à tapoter sur son clavier, en attendant qu'il morde à l'hameçon. Ce ne fut pas long.

« J'aimerais voir cette suite. »

Un peu, que tu veux, pensa-t-elle. Elle regarda le vieil homme. Betty Andresen était tout sauf une femme d'excès. Si le vœu le plus cher d'un vieil homme était de profiter de la vue depuis l'hôtel SAS, elle ne le lui refuserait pas.

« Allons jeter un coup d'œil », dit-elle en se fendant de son plus étincelant sourire, qui était habituellement réservé aux clients réguliers de l'hôtel.

« Vous êtes peut-être venu à Oslo pour rendre visite à quelqu'un ? demanda-t-elle avec un détachement poli.

— Non », répondit le vieux. Il avait des sourcils blancs et broussailleux tels qu'en avait eu le père de Betty.

Elle appuya sur le bouton, les portes se refermèrent et l'ascenseur se mit en mouvement. Betty ne s'y attendait jamais, c'était comme se faire aspirer dans le ciel. Puis les portes se rouvrirent, et comme à son habitude, elle s'attendait à moitié à se retrouver dans un monde nouveau et différent, un peu comme cette petite fille dans l'histoire de la trombe. Mais c'était toujours la même chose. Ils parcoururent des couloirs tapissés de papier peint assorti aux tapis, et dont les murs étaient garnis d'œuvres d'art coûteuses et barbantes. Elle introduisit la clé dans la serrure de la suite, dit « je vous en prie » et tint la porte ouverte pour le vieux qui se faufila devant elle avec sur le visage ce qu'elle interpréta comme une expression pleine d'expectative.

« La suite Palace fait cent cinq mètres carrés, dit Betty. Elle compte deux chambres à coucher équipées de lits extra-larges et deux salles de bains, comptant toutes deux bains à remous et téléphone. »

Elle alla au salon où le vieux s'était déjà mis en position aux fenêtres.

« Les meubles ont été dessinés par le designer danois Poul Henriksen, dit-elle en passant la main sur le verre hyper-fin de la table basse. Vous désirez peut-être voir les salles de bains ? »

Le vieux ne répondit pas. Il avait toujours son chapeau trempé sur la tête, et dans le silence qui suivit, Betty entendit une goutte atteindre le parquet en merisier. Elle alla se placer à côté de lui. D'où ils étaient, ils pouvaient voir tout ce qui en valait la peine : l'hôtel de ville, le Palais Royal, le Parlement et Akershus festning. À leurs pieds s'étendait le parc du château d'où les arbres pointaient leurs doigts noirs et crochus vers un ciel gris plomb.

« Il aurait mieux valu venir ici par une belle journée de printemps », dit Betty.

Le vieux se retourna et la regarda sans comprendre, et Betty se rendit compte de ce qu'elle avait dit. Elle aurait tout aussi bien pu ajouter : *Puisque de toute façon, vous n'êtes venu que pour la vue.*

Elle sourit du mieux qu'elle put.

« Quand l'herbe est verte et qu'il y a des feuilles aux arbres du parc. À ce moment-là, c'est vraiment très beau. »

Il la regarda, mais ses pensées semblaient être très, très loin.

« Vous avez raison, dit-il néanmoins. Les arbres font des feuilles, je n'y avais pas pensé. »

Il montra la fenêtre du doigt.

« Peut-on l'ouvrir ?

— Juste un peu, dit Betty, soulagée que la discussion ait dévié. Il faut tourner cette poignée, ici.

— Pourquoi juste un peu ?

— Au cas où quelqu'un aurait des idées stupides.

— Des idées stupides ? »

Elle le regarda rapidement. Était-il un chouïa sénile, le vieil homme ?

« Sauter, dit-elle. Se suicider, en fait. Vous savez qu'il y a beaucoup de gens malheureux qui... »

Elle fit un geste de la main pour illustrer ce que font ces gens malheureux.

« Alors c'est une idée stupide, ça ? » Le vieux se frotta le menton. Décelait-elle un sourire, dans toutes ces rides ? « Même si on est malheureux ?

— Oui, dit Betty d'un ton ferme. En tout cas dans mon hôtel. Et quand je suis de garde.

— Quand je suis de garde. » Le vieux eut un petit rire, bouche fermée. « Elle est bonne, Betty Andresen. »

Elle sursauta en entendant son nom. Bien entendu il l'avait lu sur son badge. Il n'y avait en tout cas rien à redire sur son acuité visuelle, les lettres de son nom étaient aussi petites que celles du mot RÉCEPTIONNISTE étaient grandes. Elle fit mine de regarder discrètement sa montre.

« Oui, dit-il. Vous devez avoir autre chose à faire que montrer la vue.

— Effectivement.

— Je la prends, dit le vieux.

— Je vous demande pardon ?

— Je prends la chambre. Pas pour cette nuit, mais...

— Vous prenez la chambre ?

— Oui. Elle est disponible, non ?

— Euh, oui, mais... elle est très chère.

— J'aimerais payer à l'avance. »

Le vieux tira un portefeuille de sa poche intérieure et en sortit une liasse de billets.

« Non, non, ce n'est pas ce que je voulais dire, mais sept mille couronnes la nuit... Vous ne voulez pas plutôt voir...

— J'aime bien cette chambre, dit le vieux. Recomptez-les, pour être sûre, s'il vous plaît. »

Betty ne quittait pas des yeux les billets de mille qu'il lui tendait.

« Nous pourrons nous occuper du règlement quand vous reviendrez, dit-elle. Euh... Quand voulez-vous...

— Comme vous me l'avez conseillé, Betty. Un jour au printemps.

— Bien. Une date particulière ?

— Évidemment. »

17

Hôtel de police, 5 novembre 1999

Bjarne Møller poussa un soupir et regarda par la fenêtre. Ses idées partirent à la dérive, comme elles avaient eu tendance à le faire ces derniers temps. La pluie avait momentanément cessé, mais le ciel grisplomb était toujours bas au-dessus de l'hôtel de police de Grønland. Un chien parcourait à pas feutrés la pelouse brune et sans vie, au-dehors. Un poste de capitaine était vacant à Bergen. Le dépôt de candidature devait être effectué avant sept jours. Il avait entendu un collègue de là-bas dire qu'à Bergen il ne pleuvait en général que deux fois chaque automne. De septembre à novembre, et de novembre au nouvel an. Ils exagéraient toujours, les gens de Bergen. Il y était allé et avait apprécié la ville. Petite et loin des politicards d'Oslo. Il aimait ce qui était petit.

« Quoi ? » Møller se retourna et croisa le regard résigné de Harry.

« Tu étais en train de m'expliquer que ça me ferait du bien de bouger un peu.

— Ah ?

— Selon tes propres termes, chef.

— Ah, oui. Si. On doit prendre garde à ne pas s'encroûter dans de vieilles habitudes et de vieilles routines. À avancer, à s'ouvrir. À se tirer.

— Se tirer, se tirer... Le SSP se trouve trois étages plus haut, dans ce bâtiment.

— Se tirer de tout le reste, bon... Le chef du SSP, Meirik, pense que tu correspondrais admirablement à ce poste, là-haut.

— On ne doit pas annoncer la vacance de ce genre de poste ?

— N'y pense pas, Harry.

— Non, d'accord, mais je peux quand même penser à la raison aussi sotte que grenue qui fait que vous voulez me voir au SSP ? J'ai une tête d'espion potentiel ?

— Non, non.

— Non ?

— Je veux dire, si. Enfin, non, mais enfin... pourquoi pas ?

— Pourquoi pas ? »

Møller se gratta rudement l'occiput. Son visage avait viré à la colère.

« Bon Dieu, Harry, on te propose un boulot d'inspecteur principal, cinq échelons au-dessus, fini les gardes tardives, et un tant soit peu de respect de la part de ces jeunes connards. Ce n'est pas de la merde, Harry.

— J'aime bien les gardes nocturnes.

— Personne n'aime ça.

— Pourquoi ne pas me donner le poste d'inspecteur principal qui est libre *ici* ?

— Harry ! Rends-moi service, et dis oui. »

Harry joua un moment avec son gobelet en carton.

« Chef, dit-il. Depuis combien de temps on se connaît, tous les deux ? »

Møller leva un index en guise d'avertissement.

« Pas de ça. N'essaie pas de me la jouer on-en-a-vu-de-toutes-les-couleurs-ensemble…

— Sept ans. Et au cours de ces sept années, j'ai interrogé les personnes probablement les plus tarées allant sur deux jambes dans cette ville, sans jamais tomber sur quelqu'un d'aussi peu doué pour le mensonge que toi. Je suis peut-être crétin, mais il me reste quelques neurones qui font leur maximum. Et ils me disent que ce n'est certainement pas mon casier judiciaire qui m'a fait accéder à ce poste. Ni que je me retrouve tout à coup et à la plus grande surprise générale avec l'un des meilleurs scores du service au test de tir de cette année. Mais que ça a quelque chose à voir avec l'agent des Services Secrets que j'ai dézingué. Et tu n'as pas besoin de dire quoi que ce soit, chef. »

Møller, qui venait d'ouvrir la bouche, la referma avec un claquement sec et croisa ostensiblement les bras. Harry poursuivit :

« J'ai bien compris que ce n'est pas toi qui tires les ficelles, dans cette histoire. Et même si je n'ai pas une vue d'ensemble, j'ai quand même de l'imagination et je peux deviner deux ou trois trucs. Si je ne m'abuse, ça veut dire que mes aspirations personnelles en ce qui concerne ma carrière à venir passent au second plan. Alors réponds-moi juste là-dessus. Est-ce que j'ai le choix ? »

Møller cligna des yeux, plusieurs fois. Il repensa à

Bergen. Aux hivers sans neige. Aux balades dominica-
les avec femme et enfants sur le mont Floyen. Un
endroit où il était possible de grandir. Quelques espiè-
gleries bon enfant des gosses de Bergen et un peu de
shit, pas de criminalité organisée ni d'ados de quatorze
ans qui se filent des overdoses. Le siège de la police locale, à Bergen. Oui oui.

« Non, dit-il.

— Bien. C'est bien ce qu'il me semblait. » Il fit une
boule de son gobelet et visa la corbeille à papiers.
« Cinq échelons, tu as dit ?

— Et ton bureau personnel.

— Bien à l'abri du regard des autres, je suppose. »
Il jeta un bras en un geste lent, soigneusement préparé.

« Heures supplémentaires payées ?

— Pas dans cet échelon de salaires, Harry.

— Alors il faudra que je me dépêche de rentrer chez
moi, à quatre heures. » Le gobelet en carton toucha le
sol à cinquante centimètres de la corbeille à papiers.

« Ça se passera certainement très bien », dit Møller
avec un tout petit sourire.

18

Parc du Palais Royal,
10 novembre 1999

La soirée était froide et claire. La première chose qui
frappa le vieil homme lorsqu'il sortit de la station de

métro, ce fut le nombre de personnes qui allaient et venaient encore dans les rues. Il s'était figuré que le centre-ville serait pratiquement désert à cette heure tardive, mais les taxis filaient sous les néons de Karl Johan, et des gens parcouraient les trottoirs dans les deux sens. Il attendit le bonhomme vert près d'un passage clouté en compagnie d'un groupe de jeunes noirauds qui discutaient dans un curieux idiome caquetant. Il devina qu'ils étaient pakistanais. Ou arabes, peut-être. Le changement de feux interrompit le cours de ses pensées, et il traversa d'un pas décidé avant de poursuivre vers le haut de la butte et la façade illuminée du Palais Royal. Même ici, il y avait du monde, pour la plupart des jeunes, venant de et allant Dieu sait où. Il s'arrêta pour reprendre son souffle sur la butte, au pied de la statue de Karl Johan, assis sur son cheval, un regard rêveur perdu sur le Parlement et le pouvoir qu'il avait essayé de transférer au Palais qui se trouvait juste derrière lui.

Il n'avait pas plu depuis plus d'une semaine, et les feuilles sèches bruirent lorsque le vieil homme vira sur la droite, entre les arbres du parc. Il renversa la tête en arrière et observa les branches nues qui se dessinaient sur le ciel étoilé. Un vers lui revint en mémoire :

> *Orme et peuplier, bouleau et chêne,*
> *Complètement noir, mort et blême.*

Il pensa qu'il aurait mieux valu que la lune fût visible. D'un autre côté, il lui fut facile de trouver ce qu'il cherchait : le gros chêne contre lequel il avait appuyé sa tête le jour où il avait appris que sa vie courait à son terme. Il suivit le tronc des yeux, jusqu'à la cime. Quel âge pouvait-il avoir ? Deux cents ans ? Trois cents ? L'arbre était peut-être déjà bien grand quand Karl

Johan s'était laissé acclamer en tant que roi de Norvège. Quoi qu'il en soit : toute vie doit prendre fin. La
sienne, celle de l'arbre, oui, même celle des rois. Il
passa derrière le chêne, pour ne pas être vu depuis le
chemin, et se défit de son sac à dos. Puis il s'accroupit,
ouvrit son sac et en sortit le contenu. Trois flacons
d'une solution de glyphosate que le vendeur du Jernia
de Kirkeveien avait appelé Roundup, et une seringue
pour chevaux munie d'une solide aiguille d'acier, qu'il
s'était procurée à la pharmacie du Sphinx. Il avait dit
qu'il comptait utiliser la seringue en cuisine, pour injec-
ter de la graisse dans la viande, mais ça avait été superflu, car le vendeur l'avait regardé sans aucune trace
d'intérêt et l'avait probablement oublié avant même
qu'il ne passe la porte dans l'autre sens.

Le vieil homme regarda rapidement autour de lui
avant de planter l'aiguille à travers le bouchon d'une
des bouteilles et de tirer lentement le piston pour que
le liquide clair remplisse la seringue. Il chercha à tâtons
une fente entre deux morceaux d'écorce, et y planta
l'aiguille. Ce ne fut pas aussi facile qu'il se l'était ima-
giné, il dut pousser fort pour faire pénétrer l'aiguille
dans le bois dur. L'effet serait nul s'il injectait le produit dans les couches superficielles de l'arbre, il devait
accéder au cambium, à l'intérieur de l'arbre, aux organes vitaux. Il pesa plus lourdement sur la seringue.
L'aiguille vibra. Zut ! Il ne fallait pas qu'il la casse, il
n'avait que celle-là. La pointe glissa encore un peu,
mais elle s'immobilisa tout à fait au bout de quelques
courts centimètres. En dépit du froid, il transpirait
abondamment. Il changea de prise et s'apprêtait à
pousser encore davantage sur la seringue lorsqu'il entendit crisser les feuilles près du sentier. Il lâcha la seringue. Le bruit se rapprocha. Il ferma les yeux et retint

son souffle. Les pas le frôlèrent. Lorsqu'il rouvrit les yeux, il distingua deux silhouettes qui disparaissaient derrière les buissons, à la pointe vers Frederiks gate. Il souffla et s'attaqua derechef à la seringue. Il décida de jouer le tout pour le tout et poussa de toutes ses forces. Et au moment précis où il s'attendait à entendre le claquement de l'aiguille qui cassait, elle glissa vers l'intérieur de l'arbre. Le vieil homme s'épongea. Le reste ne posait pas de problème.

Au bout de dix minutes, il avait injecté deux bouteilles de produit et avait déjà bien entamé la troisième lorsqu'il entendit des voix se rapprocher. Deux silhouettes contournèrent les buissons, à la pointe, et il supposa que c'étaient les deux qu'il avait vus disparaître un peu plus tôt.

« Hé ! » C'était une voix d'homme.

Le vieux réagit instinctivement, se releva et se plaça devant le tronc de sorte que les longues basques de son manteau couvrent la seringue qui était toujours plantée dans le tronc. L'instant suivant, il fut aveuglé par le faisceau d'une lampe. Il leva les mains devant son visage.

« Écarte cette lampe, Tom. » Une femme.

Le faisceau l'abandonna et il le vit danser entre les arbres du parc.

Ils étaient arrivés jusqu'à lui et l'un des deux, une femme d'une trentaine d'années au visage d'une beauté classique, leva une carte devant son visage, si près que, malgré l'éclairage minimaliste que procurait la lune, il put voir la photo de sa titulaire, visiblement plus jeune et arborant une expression sérieuse. Et un nom. Ellen quelque-chose.

« Police, dit-elle. Désolé si nous vous avons fait peur.

— Qu'est-ce que tu fais ici en pleine nuit, grand-père ? » demanda l'homme. Ils étaient tous les deux en civil, et il put voir sous le bonnet un beau jeune homme dont les yeux bleus et froids le regardaient attentivement.

« Je suis juste sorti me promener, dit le vieux en espérant que le tremblement qu'il ressentait dans sa voix ne s'entendrait pas.

— C'est ça, dit celui qui s'appelait Tom. Derrière un arbre dans le parc, avec un grand manteau. Tu sais comment on appelle ça ?

— Arrête, Tom ! » C'était la femme. « Désolé, dit-elle à nouveau au vieux. Il y a eu une agression dans ce parc, il y a quelques heures. Un jeune garçon s'est fait passer à tabac. Avez-vous vu ou entendu quelque chose ?

— Je viens d'arriver, dit le vieux en se concentrant sur la femme afin d'éviter de rencontrer le regard inquisiteur de l'homme. Je n'ai rien vu. Hormis la Grande Ourse ou le Chariot. » Il pointa un doigt vers le ciel. « Navré. Est-ce qu'il a été sérieusement blessé ?

— Assez. Désolés pour le dérangement, dit-elle en souriant. Passez une bonne fin de soirée. »

Ils disparurent, et le vieux ferma les yeux et s'appuya sur le tronc, derrière lui. Un instant après, il sentit que quelqu'un le tirait par le col et lui soufflait son haleine chaude contre l'oreille. Puis la voix du jeune homme :

« Si je te prends un jour en flagrant délit, je te la coupe. Tu as pigé ? Je déteste les mecs comme toi. »

Les mains lâchèrent son col et il s'en alla.

Le vieux se laissa tomber à terre, et sentit l'humidité du sol s'infiltrer dans ses vêtements. Au fond de son crâne, une voix chantonnait la même strophe, sans relâche.

Orme et peuplier, bouleau et chêne,
Complètement noir, mort et blême.

19

Herbert's Pizza, Youngstorget
12 novembre 1999

Sverre Olsen entra, fit un signe de tête aux gars qui occupaient la table du coin, se commanda une bière au comptoir et l'emporta à la table. Pas celle du coin, mais la sienne propre. Ça faisait maintenant plus d'un an que c'était sa table, depuis qu'il avait fait sa fête à cette face de citron du Dennis Kebab. Il était venu tôt, et il n'y avait encore personne d'autre, mais la petite pizzeria au coin de Torggata et de Youngstorget ne tarderait pas à être pleine. En effet, le versement des allocations devait tomber ce jour. Il jeta un coup d'œil aux gars assis dans le coin. Trois représentants du noyau dur y étaient assis, mais il ne leur parlait pas. Ils étaient membres du nouveau parti — l'Alliance Nationale — et il était survenu un désaccord idéologique, pouvait-on dire. Il les connaissait du temps des jeunesses du Parti de la Patrie, patriotes bon teint, mais ils étaient pour l'heure en train de glisser progressivement vers les rangs des dissidents. Roy Kvinset, au crâne irréprochablement rasé, était vêtu comme à l'accoutumée d'un jean étroit et usé, de rangers et d'un T-shirt blanc portant le logo rouge, blanc et bleu de l'Alliance Nationale. Mais Halle avait fait peau neuve. Il s'était teint les cheveux en noir et mettait du gel pour que sa frange reste bien plaquée sur son crâne. Sa moustache était à l'évidence ce qui provoquait le plus les gens : une brosse noire minutieusement taillée, copie exacte de celle du Führer. Et il avait laissé tomber les pantalons larges et les bottes d'équitation pour les remplacer par un pantalon de treillis. Gregersen était le seul qui ressemblait à un jeune standard : blouson, barbiche et lunettes de soleil au sommet du crâne. Il était sans nul doute le plus futé des trois.

Sverre laissa son regard errer dans la salle. Une fille et un type engloutissaient une pizza. Il ne les avait jamais vus, mais ils ne ressemblaient pas à des taupes. Ni à des journalistes, d'ailleurs. Ils étaient peut-être de Monitor ? Il avait démasqué un type de Monitor, cet hiver, un gars au regard apeuré qui était venu ici un peu trop souvent jouer les éméchés et lier conversation avec certains d'entre eux. Sverre avait flairé l'arnaque, et ils l'avaient sorti avant de lui arracher son pull. Il avait un micro et un magnétophone fixés sur le ventre par du sparadrap. Il avait avoué être de Monitor sans qu'ils aient besoin de faire autre chose que poser la main sur lui. Quels idiots, ces mecs de Monitor. Ils pensaient que ces enfantillages, cette surveillance volontaire des milieux nazis était quelque chose d'important et de dangereux, qu'ils étaient des agents secrets en constant danger de mort. Ouais, vu comme ça, il y avait bien quelques cas similaires dans ses propres rangs, il devait le reconnaître. Le mec n'avait en tout cas eu aucun doute sur leur intention de le tuer et avait eu si peur qu'il s'était pissé dessus. Littéralement. Sverre avait remarqué la bande sombre qui s'étendait de sa jambe de pantalon sur l'asphalte. C'était ce dont il se souvenait le mieux de toute cette soirée. La lumière faible de cette cour intérieure s'était reflétée dans ce filet d'urine qui cherchait le point le plus bas du sol.

Sverre Olsen décréta que le couple ne se composait que de deux jeunes affamés qui avaient découvert une pizzeria en passant. La vitesse à laquelle ils mangeaient semblait indiquer qu'ils avaient aussi découvert quel genre de clientèle y avait ses habitudes, et ne voulaient plus qu'une chose : sortir au plus vite. Un vieil homme portant manteau et chapeau était assis près de la fenêtre. Peut-être un soiffard, bien que ses vêtements n'aillent pas dans ce sens. Mais ils avaient souvent cette apparence juste après que l'Armée du Salut d'Elevator les avait habillés... en manteaux de qualité qui n'avaient pas énormément servi et en costumes qui n'étaient que légèrement démodés. Tandis qu'il le regardait, le vieux leva brusquement la tête et soutint son regard. Ce n'était pas un ivrogne. L'homme avait des yeux bleus étincelants, et Sverre détourna automatiquement les yeux. Bon Dieu, c'était fou, la force qui émanait du vieux !

Sverre se concentra sur son demi-litre de bière. Il était temps de se trouver un peu d'argent frais. Se laisser pousser les cheveux afin qu'ils recouvrent le tatouage qu'il avait sur la nuque, mettre des chemises à manches longues et commencer à se chercher un boulot. Il y avait suffisamment de boulot. Des boulots de merde. Les boulots sympa, bien payés, avaient déjà été pris par les bougnoules. Les pédés, les athées et les bougnoules.

« Puis-je m'asseoir ? »

Sverre leva les yeux. C'était le vieux, il était penché sur lui. Sverre ne l'avait même pas vu approcher. « C'est ma table, dit-il d'un ton mauvais.

— Je veux juste te parler un peu. » Le vieux posa un journal sur la table entre eux deux et s'assit sur la chaise d'en face. Sverre ne le quittait pas des yeux.

« Détends-toi, je suis un des vôtres.

— De qui ?

— Vous qui avez l'habitude de venir ici. Les national-socialistes.

— Ah oui ? »

Sverre s'humecta les lèvres et porta son verre à sa bouche. Le vieux le regardait, immobile. Calmement, comme s'il avait l'éternité devant lui. Et ce devait être le cas, il avait l'air d'avoir soixante-dix ans. Au moins.

Pouvait-il être l'un des vieux types de Zorn 88 ? L'un de ces tireurs de ficelles méfiants dont il avait déjà entendu parler, mais qu'il n'avait jamais vus ?

« J'ai besoin que tu me rendes un service. » Le vieux parlait à voix basse.

« Ah oui ? » Mais il avait tempéré un soupçon son attitude ouvertement méprisante. On ne sait jamais.

« Arme, dit le vieux.

— Quoi, arme ?

— J'ai besoin de quelque chose. Est-ce que tu peux m'aider ?

— Pourquoi le devrais-je ?

— Jette un coup d'œil dans le journal. Page vingt-huit. »

Sverre tira le journal à lui et garda un œil sur le vieux tout en tournant les pages. Page vingt-huit, il trouva un article sur les néo-nazis en Espagne. Du patriote Even Juul, tiens, tiens… La grande photo d'un jeune homme brandissant un tableau représentant le generalissimo Franco était partiellement cachée par un billet de mille.

« Si tu peux m'aider… » dit le vieux.

Sverre haussa les épaules.

« … neuf mille suivront.

— Ah oui ? » Sverre but une nouvelle gorgée. Regarda autour de lui dans la salle. Le jeune couple était parti, mais Halle, Gregersen et Kvinset étaient toujours assis dans leur coin. Et les autres ne tarderaient pas à arriver, rendant impossible toute conversation un tant soit peu discrète. Dix mille couronnes.

« Quel genre d'arme ?

— Un fusil.

— Ça doit pouvoir se faire. »

Le vieux secoua la tête.

« Un fusil Märklin.

— Märklin ? »

Le vieux acquiesça.

« Comme les trains électriques ? » demanda Sverre.

Une fente s'ouvrit dans le visage ridé, sous le chapeau. Le vieux souriait certainement.

« Si tu ne peux pas m'aider, alors dis-le tout de suite. Tu pourras garder le billet de mille couronnes, on ne parlera plus de ça, je sortirai d'ici et on ne se reverra plus jamais. »

Sverre sentit une brève décharge d'adrénaline. Il ne s'agissait pas de la discussion quotidienne autour de haches, de fusils de chasse ou de bâtons de dynamite ; ça, c'était du sérieux. Ce mec, c'était du sérieux.

Quelqu'un passa la porte. Sverre jeta un coup d'œil par-dessus l'épaule du vieux. Ce n'était pas l'un des gars, juste le pochard au pull en laine rouge. Il pouvait être gonflant quand il essayait de taper des bières, mais à part ça, il était inoffensif.

« Je vais voir ce que je peux faire », dit Sverre en posant la main sur le billet.

Il n'eut pas le temps de voir ce qui se passait, la main s'abattit sur la sienne comme la serre d'un aigle, la clouant à la table.

« Ce n'est pas ce que je t'ai demandé. » La voix était froide et cassante comme un banc de glace.

Sverre essaya de dégager sa main, mais il n'y parvint pas. Il n'arrivait pas à se libérer de l'étreinte d'un vieillard !

« Je t'ai demandé si tu pouvais m'aider, et je veux un oui ou un non. Compris ? »

Sverre sentit que la fureur, cette vieille ennemie et amie, s'éveillait. Mais elle n'avait pas encore effacé l'autre pensée : dix mille couronnes. Il y avait un homme qui pouvait l'aider, un homme tout à fait particulier. Ça ne serait pas donné, mais il avait le sentiment que le vieux ne marchanderait pas sur la commission.

« Je… je peux t'aider.

— Quand ?

— Dans trois jours. Même heure.

— Foutaises ! Tu ne trouveras pas un fusil de ce genre en trois jours. » Le vieux lâcha prise. « Mais cours voir celui qui peut t'aider, et demande-lui de courir voir celui qui peut l'aider, et tu me retrouves ici dans trois jours pour qu'on puisse convenir d'un endroit et d'une date de livraison. »

Sverre arrachait cent vingt kilos en développé-couché, comment ce fossile maigrichon avait-il pu…

« Dis que l'arme sera réglée comptant en couronnes norvégiennes lors de la livraison. Tu auras le reste de ton argent dans trois jours.

— Ah oui ? Et si je me contente de prendre l'argent…

— Alors je reviens et je te tue. »

Sverre se frotta le poignet. Il ne demanda pas de précisions supplémentaires.

Un vent glacial balayait le trottoir devant la cabine téléphonique près de Torggata Bad lorsque Sverre Olsen composa le numéro d'une main tremblante. Putain, ce qu'il faisait froid ! Les bouts de ses rangers étaient trouées. On décrocha.

« Oui ? »

Sverre Olsen déglutit. Pourquoi cette voix le mettait-elle toujours aussi foutrement mal à l'aise ?

« C'est moi. Olsen.

— Parle.

— Il y a quelqu'un qui veut se procurer un fusil. Un Märklin. »

Pas de réponse.

« Exactement comme les trains électriques, ajouta Sverre.

— Je sais ce qu'est un Märklin, Olsen. » À l'autre bout du fil, la voix était neutre et posée, mais Sverre ne put éviter de remarquer le mépris qu'elle véhiculait. Il ne dit rien, car même s'il haïssait l'homme qu'il appelait, la peur était encore plus grande, il l'admettait sans aucune gêne. On le disait dangereux. Seul un nombre très réduit de personnes du milieu avaient entendu parler de lui, et Sverre lui-même ne connaissait pas le véritable nom de cet homme. Mais grâce à ses relations, il avait plus d'une fois tiré Sverre et ses copains des ennuis. Ça avait bien sûr été au service de la Cause, pas parce qu'il éprouvait une affection particulière pour Sverre Olsen. Si ce dernier avait connu d'autres personnes susceptibles de lui fournir ce qu'il cherchait, il aurait pris bien plus volontiers contact avec eux.

La voix : « Qui demande, et à quoi va-t-il utiliser l'arme ?

— Un vieux type, je ne l'avais jamais vu. Il a dit qu'il était l'un des nôtres. Et je ne lui ai pas spécialement demandé qui il allait seringuer, pour dire ça comme ça. Personne, peut-être. Peut-être qu'il le veut juste pour...

— Ta gueule, Olsen. Est-ce qu'il avait l'air d'avoir de l'argent ?

— Il était bien habillé. Et il m'a filé mille couronnes rien que pour savoir si je pouvais l'aider.

— Il t'a filé mille couronnes pour que tu la boucles, pas pour répondre.

— Bon.

— Intéressant.

— Je dois le revoir dans trois jours. À ce moment-là, il voudra savoir si on peut le faire.

— *On ?*

— Oui, enfin…

— Si *je* peux le faire, tu veux dire.

— Bien sûr. Mais…

— Qu'est-ce qu'il te paie pour le reste du boulot ? »

Sverre hésita.

« Dix mille.

— Je t'en donne autant. Dix. Si on fait affaire. Pigé ?

— Pigé.

— Les dix, c'est pour quoi ?

— Pour la fermer. »

Les orteils de Sverre avaient perdu toute sensibilité au moment où il raccrocha. Il avait besoin de nouvelles rangers. Il resta un instant à contempler un veule paquet de chips vide, que le vent avait soulevé et envoyait maintenant entre les voitures en direction de Storgata.

20

Herbert's Pizza, 15 novembre 1999

Le vieil homme lâcha la porte vitrée qui se referma sans bruit derrière lui. Il attendit un instant sur le trottoir. Une Pakistanaise, la tête enroulée dans un châle, passa en poussant un landau. Des voitures défilaient en trombe devant lui, et il pouvait voir dans leurs vitres vaciller son propre reflet et celui des grandes fenêtres du restaurant, derrière lui. À gauche de la porte, le carreau était partiellement recouvert par une grosse croix de ruban adhésif, comme si quelqu'un avait essayé de le fracasser. Le réseau de fissures blanches dans le verre ressemblait à une toile d'araignée. Derrière, il voyait Sverre Olsen, toujours assis à la table où ils s'étaient mis d'accord sur les détails. Dock de Bjørvika, dans trois semaines. Quai 4. Deux heures du matin. Mot de passe : *Voice of an Angel.* C'était certainement le nom d'une chanson pop. Il ne l'avait jamais entendue, mais le titre convenait assez bien. Le prix, malheureusement, n'avait pas été aussi convenable. Sept cent cinquante mille. Mais il n'avait pas pensé le discuter. La question, maintenant, c'était juste de savoir s'ils allaient respecter leur part du marché, ou s'ils allaient le détrousser sur le dock. Il avait fait appel à la loyauté quand il avait dit au jeune nazi qu'il avait été volontaire dans l'armée allemande, mais il n'était pas sûr que l'autre l'ait cru. Ou que ça changerait quoi que ce soit. Il avait même inventé une histoire disant où il avait servi, au cas où le jeune se serait mis à poser des questions. Mais il ne l'avait pas fait.

Plusieurs voitures passèrent. Sverre Olsen était resté assis, mais quelqu'un d'autre s'était levé, et se dirigeait vers la porte à pas mal assurés. Le vieux se souvenait de lui, il avait été là la fois précédente aussi. Et aujourd'hui, il les avait constamment tenus à l'œil. La porte s'ouvrit. Il attendit. Il y eut une pause dans la circulation, et il entendit que l'autre s'était arrêté juste derrière lui. Et puis :

« Oui oui, c'est bien ce gars-là ! »

C'était une de ces voix particulières, râpeuses, que seules de longues années trop pleines d'alcool et de tabac et trop vides de sommeil peuvent donner.

« Nous connaissons-nous ? demanda le vieux sans se retourner.

— Il me semble bien, oui. »

Le vieux tourna la tête, l'étudia une courte seconde et se tourna à nouveau.

« Je ne peux pas dire qu'il y ait quelque chose de connu en vous.

— Non mais ! Tu n'reconnais pas un vieux camarade de la guerre ?

— Quelle guerre ?

— On s'est battu pour la même cause, toi et moi.

— Si tu le dis. Qu'est-ce que tu veux ?

— Hein ? demanda l'ivrogne en mettant une main en cornet derrière l'oreille.

— Je te demande ce que tu veux, répéta le vieux plus fort.

— Ce que je veux… C'est quand même courant, de discuter avec une vieille connaissance, non ? Surtout quand on ne l'a pas vue depuis longtemps. Et surtout quand on la croyait morte. »

Le vieux se retourna.

« Ai-je l'air mort ? »

L'homme au pull rouge posa sur lui des yeux d'un bleu si clair qu'on eût dit des billes turquoise. Il était complètement impossible de déterminer son âge. Quarante ou quatre-vingts. Mais le vieil homme savait quel âge avait l'ivrogne. En se concentrant, il pourrait peut-être même se souvenir de sa date de naissance. Ils avaient soigneusement veillé à fêter les anniversaires, pendant la guerre.

Le pochard se rapprocha d'un pas.

« Non, tu n'as pas l'air mort. Malade, oui, mais pas mort. »

Il tendit une énorme patte sale, et le vieux sentit immédiatement cette odeur doucereuse, un mélange de transpiration, d'urine et de vinasse.

« Quessiya ? Tu ne veux pas serrer la main d'un vieux camarade ? » demanda-t-il d'une voix qui ressemblait à un râle d'agonisant.

Le vieux serra légèrement et rapidement la main tendue, sans quitter son gant.

« Là, dit-il. On s'est serré la main. S'il n'y a rien d'autre qui te chagrine, je dois y aller.

— Si ça me chagrine… » L'éponge oscillait d'avant en arrière en essayant de faire la mise au point sur le vieux. « Je me demande juste ce que peut faire un type comme toi dans un trou comme celui-là. C'est pas étonnant qu'on s'pose ce genre de questions, si ? *Il s'est trompé, c'est tout*, c'est ce que j'ai pensé la première fois que je t'ai vu là. Mais tu discutais avec ce vilain type dont on dit qu'il tabasse les gens à coups de batte de base-ball. Et quand je t'ai vu aujourd'hui encore…

— Oui ?

— Je me suis dit que je devais demander à l'un de ces journalistes qui viennent de temps en temps, tu sais. S'ils savent ce qu'un type qui a l'air aussi respectable que toi vient faire dans ce milieu. Ils savent tout, tu sais. Et ce qu'ils savent pas, ils l'apprennent ailleurs. Comme par exemple comment ça se fait qu'un mec que tout le monde croyait mort à la guerre ressuscite d'un seul coup. Ils trouvent des infos à toute vitesse, tu sais. Comme ça ! »

Il fit une vaine tentative pour claquer des doigts.

« Et pis c'est dans le journal, tu vois. »

Le vieux poussa un soupir.

« Y a-t-il quelque chose que je puisse faire pour toi ?

— C'est l'impression que ça donne ? » Le pochard fit un large geste des bras et exhiba une dentition éparse, dans un grand sourire.

« Je comprends, dit le vieux en regardant autour de lui. Marchons un peu. Je n'aime pas les spectateurs.

— Hein ?

— Je n'aime pas les spectateurs.

— Non, quel intérêt ? »

Le vieux posa légèrement une main sur l'épaule de l'autre.

« On va entrer ici.

— *Show me the way*, camarade », fredonna l'ivrogne d'une voix rauque, en riant.

Ils entrèrent sous le porche qui jouxtait Herbert's Pizza, où de grandes poubelles de plastique gris pleines à ras bord formaient une rangée qui masquait la vue depuis la rue.

« Tu n'aurais pas déjà dit à quelqu'un que tu m'avais vu, hein ?

— T'es fou ? J'ai d'abord cru que j'avais des hallus. Un fantôme en plein jour ! Chez Herbert's ! »

Il partit d'un rire bruyant qui se changea bien vite en une quinte de toux humide et gargouillante. Il se pencha en avant et resta appuyé au mur jusqu'à ce que sa toux se fût calmée. Il se redressa alors et essuya la bave qu'il avait aux coins de la bouche.

« Non, je préfère… de toute façon, ils m'auraient flanqué au trou.

— Que considères-tu comme un prix raisonnable pour ton silence ?

— Raisonnable, raisonnable… J'ai bien vu cet affreux chiper le billet de mille que tu avais sur ton journal…

— Oui ?

— Quelques-uns comme ça auraient bien fait l'affaire, un moment, c'est sûr.

— Combien ?

— Combien en as-tu ? »

Le vieux soupira, regarda encore une fois autour de lui pour s'assurer qu'il n'y avait pas de témoins. Puis il déboutonna son manteau et plongea la main à l'intérieur.

Sverre Olsen traversa Youngstorget à grands pas en balançant le sac en plastique vert. Vingt minutes plus tôt, il était chez Herbert's, fauché, dans des rangers troués, et il portait maintenant des Combat Boots rutilantes à douze paires de trous, qu'il avait achetées chez Top Secret, dans Henrik Ibsens gate. Sans compter une enveloppe qui contenait huit billets de mille couronnes flambant neufs. Et dix autres étaient prévus. C'était bizarre, la vitesse à laquelle les choses pouvaient tourner. À l'automne dernier, trois ans de taule lui pendaient au nez quand son avocat avait remarqué que la grosse gonzesse qui faisait office d'assesseur avait prêté serment au mauvais endroit !

Sverre était d'humeur si radieuse qu'il envisageait d'inviter Halle, Gregersen et Kvinset à sa table. De leur payer une bière. Rien que pour voir leur réaction. Oui, foutredieu !

Il traversa Pløens gate devant une nana paki poussant un landau, et lui sourit par pur vice. Il se dirigeait vers la porte de chez Herbert's lorsqu'il lui vint à l'esprit que ça ne servait à rien de se trimballer avec un sac en plastique contenant une paire de rangers hors d'usage. Il entra sous le porche, souleva le couvercle de l'une des énormes poubelles et posa le sac sur le dessus. En ressortant, il remarqua des jambes qui dépassaient entre deux poubelles, un peu plus loin sous le porche. Il regarda autour de lui. Personne dans la rue. Personne dans la cour. Qu'est-ce que c'était, un soûlard, un junkie ? Il s'approcha. Les poubelles étaient montées sur roulettes, et elles avaient été poussées l'une tout contre l'autre à l'endroit où émergeaient les jambes. Il sentit son pouls s'accélérer. Certains junkies s'énervaient, quand on les dérangeait. Sverre se tint à distance raisonnable en donnant un coup de pied dans une des jambes qui roula légèrement de côté.

« Bordel ! »

Il était étrange que Sverre Olsen, qui avait manqué de peu de tuer un homme, n'ait jamais vu de défunt. Et ce fut tout aussi étrange que cette vision manque le faire tomber à genoux. L'homme qui était assis contre

le mur et dont les yeux regardaient chacun dans une direction, était aussi mort que faire se peut. La cause du
décès était flagrante. La large fente souriante dans son
cou montrait où la gorge avait été tranchée. Même si le
sang ne faisait plus que perler, il avait probablement
commencé par jaillir énergiquement, car le pull en
laine rouge du bonhomme était poisseux et trempé de
sang. La puanteur des ordures et de l'urine le terrassa,
et Sverre eut tout juste le temps de sentir un goût de
bile dans la bouche avant que tout ne remonte : deux
bières et une pizza. Il s'appuya sur l'une des poubelles
et vomit encore et encore sur l'asphalte. Le bout de ses
rangers était jaune de vomi, mais il n'y prêta pas attention. Il fixait simplement le petit filet rouge qui brillait
dans la lumière faible, en cherchant le point le plus bas
du sol.

21

Leningrad, 17 janvier 1944

Un chasseur russe YAK-1 passa avec fracas au-dessus de la tête d'Edvard Mosken qui courait dans la
tranchée, plié en deux.

Ils ne parvenaient généralement pas à faire de gros
dégâts, car il semblait que les Russes étaient tombés en
panne de bombes. À ce qu'il avait entendu dernièrement, ils équipaient leurs pilotes de grenades à main
avec lesquelles ils essayaient d'atteindre les positions
ennemies en les survolant !

Edvard était allé à la division nord pour y chercher le
courrier de ses gars et les dernières nouvelles.

L'automne n'avait été qu'une longue succession de messages démoralisants où il était question de défaites et de repli tout le long du front est. Dès le mois de novembre, les Russes avaient repris Kiev, et en octobre, il s'en était fallu de peu que l'armée allemande du sud ne fût encerclée au nord de la mer Noire. Et le fait qu'Hitler ait affaibli le front est en redirigeant ses troupes sur le front ouest n'avait pas arrangé les choses. Mais le plus troublant, c'était ce qu'Edvard avait entendu aujourd'hui. Deux jours auparavant, le lieutenant-général Gusev avait lancé une violente offensive depuis Oranienbaum, sur la rive sud du Golfe de Finlande. Edvard se souvenait d'Oranienbaum parce que ce n'était qu'une petite tête de pont devant laquelle ils étaient passés en marchant sur Leningrad. Ils avaient laissé les Russes la conserver car elle n'avait aucun intérêt stratégique ! Et à présent, Ivan avait réussi à rassembler dans le plus grand secret une armée entière autour du fort de Kronstadt, les rapports disaient que les canons Katusha bombardaient sans discontinuer les positions allemandes et qu'il ne restait que du petit bois de la forêt de sapins qui se dressait jadis là dans toute sa densité. Bien sûr, ça faisait plusieurs nuits qu'ils entendaient au loin la musique des orgues de Staline, mais que la situation fût aussi critique, il ne s'en était pas douté.

Edvard avait profité de sa tournée pour passer à l'hôpital militaire voir l'un de ses gars qui avait perdu un pied sur une mine du no man's land ; mais l'infirmière, une toute petite Estonienne aux yeux maladifs perdus dans des orbites à ce point cyanosées qu'on eût dit qu'elle portait un masque, s'était contentée de secouer la tête en prononçant le mot allemand qu'elle manipulait probablement le plus souvent : « *tot (mort)* ».

Edvard avait dû avoir l'air particulièrement triste, car elle avait fait une espèce de tentative pour lui remonter le moral en lui désignant un lit occupé manifestement par un autre Norvégien.

« *Leben (vivant)* », lui avait-elle dit avec un sourire. Mais ses yeux étaient toujours aussi maladifs.

Edvard ne connaissait pas le dormeur qui occupait ledit lit, mais il comprit de qui il s'agissait en voyant le manteau de cuir blanc brillant posé sur le dossier de la chaise : c'était le chef de compagnie Lindvig lui-même, du Regiment Norge. Une légende. Et il était là ! Il décida d'épargner ses gars en omettant cette nouvelle.

Un autre chasseur rugit à la verticale. D'où pouvaient bien sortir tous ces avions ? À l'automne précédent, on aurait juré qu'Ivan n'en avait plus.

Il passa le coin et vit Dale qui lui tournait le dos, courbé.

« Dale ! »

Dale ne se retourna pas. Après qu'une grenade l'avait fait s'évanouir en novembre, Dale n'entendait plus aussi bien. Il ne parlait plus beaucoup non plus, et son regard avait pris cet aspect vitreux et tourné en dedans qu'ont généralement ceux qui ont été choqués par une grenade. Les premiers temps, il s'était plaint de céphalées, mais le médecin militaire qui l'avait examiné avait déclaré ne pas pouvoir faire grand-chose pour lui, qu'il n'y avait qu'à attendre et voir si ça passait. Le manque de combattants était assez important pour qu'ils n'envoient pas d'hommes en bonne santé à l'hôpital militaire, avait-il dit.

Edvard posa une main sur l'épaule de Dale qui se retourna si vivement et avec une telle violence qu'Edvard dérapa sur la glace rendue lisse et humide par le soleil. En tout cas, on a un hiver doux, pensa Edvard sans pouvoir s'empêcher de rire, étendu sur le dos ; mais il cessa tout net lorsque son regard rencontra le canon de l'arme de Dale.

« *Paßwort (Mot de passe) !* » cria Dale. Dans la ligne de mire, Edvard vit un œil grand ouvert.

« Gare ça. C'est moi, Dale.

— *Paßwort !*

— Écarte ce fusil ! C'est moi, Edvard, nom de Dieu !

— *Paßwort !*

— *Gluthaufen.* »

Edvard sentit la panique l'assaillir en voyant l'index de Dale se crisper sur la détente. N'entendait-il pas ?

« *Gluthaufen !* cria-t-il à pleins poumons. *Gluthaufen*, nom de Dieu !

— *Fehl (Faux) ! Ich schieße (Je tire) !* »

Seigneur ! L'homme avait perdu la raison. Au même instant, Edvard se souvint qu'ils avaient changé de mot de passe le matin même. Après son départ pour la division nord ! Le doigt de Dale pressa la gâchette, mais n'alla pas plus loin. Une ride bizarre apparut entre ses yeux. Puis il déverrouilla la sécurité et reposa son doigt. Était-ce la fin ? Après tout ce à quoi il avait survécu, allait-il être victime d'une balle tirée par un compatriote en état de choc ? Edvard plongea le regard dans le canon et attendit la pluie d'étincelles. Réussirait-il à la voir ? Doux Jésus ! Il leva les yeux au-dessus de l'ouverture, vers le ciel bleu sur lequel se détachait une croix noire, un chasseur russe. Il était trop haut pour qu'il puisse l'entendre. Puis il ferma les yeux.

« *Engelstimme (Voix d'ange) !* » cria quelqu'un tout près.

Edvard ouvrit les yeux et vit Dale cligner par deux fois des yeux derrière le guidon.

C'était Gudbrand. Il avait approché sa tête tout contre celle de Dale et il lui cria dans l'oreille.

« *Engelstimme !* »

Dale baissa son arme. Puis il ricana bêtement en regardant Edvard et hocha la tête. « *Engelstimme* », répéta-t-il.

Edvard ferma de nouveau les yeux et souffla.

« Des lettres ? » demanda Gudbrand.

Edvard se remit péniblement debout et tendit la pile de papiers à Gudbrand. Dale ne s'était pas départi de son sourire débile, mais l'expression de son visage était toujours aussi vide. Edvard bloqua le canon de l'arme de Dale et approcha son visage tout près de celui du jeune homme :

« Il y a quelqu'un, là-dedans, Dale ? »

Il pensait le dire d'une voix normale, mais ce ne fut qu'un chuchotement rauque.

« Il n'entend pas, dit Gudbrand tout en passant en revue le paquet de lettres.

— Je ne savais pas qu'il s'était dégradé à ce point, dit Edvard en agitant une main devant le visage de Dale.

— Il n'aurait pas dû se trouver là. Voilà une lettre de sa famille. Montre-la-lui, et tu comprendras ce que je veux dire. »

Edvard prit la lettre et la tint devant le visage de Dale, mais constata que ça n'éveillait aucune réaction chez lui hormis un sourire rapide avant qu'il ne retombe en contemplation de l'éternité, ou de ce que son regard avait bien pu rencontrer là-bas.

« Tu as raison, dit-il. Il est cuit. »

Gudbrand tendit une lettre à Edvard.

« Comment ça va, chez toi ? demanda-t-il.

— Oh, tu sais… » répondit Edvard en regardant longuement la lettre. Gudbrand ne savait pas, car Edvard et lui avaient parlé de peu de choses depuis l'hiver précédent. C'était bizarre, mais même ici et dans ce type de relation, deux individus pouvaient parfaitement réussir à s'éviter l'un l'autre, à condition d'y mettre suffisamment de conviction. Non pas que Gudbrand n'appréciait pas Edvard, bien au contraire, il avait du respect pour ce gars du Mjøndal, qu'il tenait à la fois pour un homme intelligent, un soldat courageux et un bon soutien pour les jeunes recrues de l'équipe. À l'automne, Edvard avait été promu *Scharführer*, ce qui correspondait au grade de sergent dans l'armée norvégienne, mais ses attributions étaient restées les mêmes. Edvard avait dit sur le ton de la plaisanterie qu'il avait été promu parce que tous les autres sergents étaient morts et qu'ils avaient tout un stock de casquettes de ce grade dont ils ne savaient que faire.

Gudbrand avait pensé à plusieurs reprises que dans d'autres circonstances, ils auraient pu devenir bons amis. Mais ce qui s'était passé l'hiver précédent, avec la disparition de Sindre et la réapparition mystérieuse du cadavre de Daniel, les avait depuis tenus éloignés.

Le bruit sourd d'une lointaine explosion brisa le silence, suivi du crépitement des mitrailleuses qui conversaient.

« Ça se gâte, dit Gudbrand, plus sur le ton de la question que sur celui de l'assertion.

— Oui, dit Edvard. C'est à cause de cette saloperie de temps doux. Nos véhicules de ravitaillement se sont enlisés dans la boue.

— Est-ce qu'il va falloir qu'on se replie ? »

Edvard haussa les épaules.

« De quelques dizaines de kilomètres, peut-être. Mais on reviendra. »

Gudbrand mit sa main en visière et regarda vers l'est. Il n'avait pas la moindre envie de revenir. Il avait envie de rentrer chez lui et de voir s'il y trouvait une vie pour lui.

« Tu as vu le panneau indicateur norvégien, au carrefour devant l'hôpital militaire, celui avec la roue solaire[*] ? demanda-t-il. Et une flèche qui indique la route qui part vers l'est, avec écrit "Leningrad 5 km" dessus ? »

Edvard acquiesça.

« Tu te rappelles ce qui est écrit sur la flèche qui pointe vers l'ouest ?

— Oslo, répondit Edvard. 2 611 km.

— Ça fait loin.

— Oui, ça fait loin. »

Dale avait laissé son fusil à Edvard, et il était assis par terre, les mains enfouies dans la neige. Sa tête pendait comme celle d'un pissenlit brisé entre ses frêles épaules. Ils entendirent une nouvelle explosion, plus près, cette fois-ci.

« Je te remercie pour…

— … de rien, se hâta de dire Gudbrand.

— J'ai vu Olaf Lindvig, à l'hôpital », dit Edvard. Il ne savait pas pourquoi il disait ça. Peut-être parce que Gudbrand, en plus de Dale, était le seul de l'équipe qui était là depuis aussi longtemps que lui-même.

« Est-ce qu'il était… ?

— Juste légèrement blessé, je crois. J'ai vu sa tunique blanche.

— C'est un type bien, à ce qu'on m'a dit.

— Oui, nous avons beaucoup de types bien. »

Ils restèrent un instant silencieux, face à face. Edvard toussota et plongea la main dans sa poche.

« J'ai pris quelques cibiches russes, à la division. Si tu as du feu… »

Gudbrand acquiesça, déboutonna sa veste de treillis, en sortit sa boîte d'allumettes et frotta l'un des bâtonnets contre le papier rugueux. Lorsqu'il releva les yeux,

---

* Aussi traduisible par « croix solaire », symbole médiéval scandinave utilisé par les nazis norvégiens.

il ne vit d'abord que l'œil de cyclope d'Edvard, tout grand ouvert, qui fixait un point par-dessus son épaule. Puis il entendit le sifflement.

« À terre ! » cria Edvard.

Un instant après, ils étaient étendus sur la glace, et le ciel s'ouvrit au-dessus d'eux avec un bruit déchirant. Gudbrand n'eut que le temps de voir que la dérive du chasseur russe qui survolait leur tranchée, si bas que la neige était soulevée du sol. Puis il disparut et tout redevint calme.

« Nom de Dieu de... chuchota Gudbrand.

— Doux Jésus, gémit Edvard avant de rouler sur le côté et de se mettre à rire en regardant Gudbrand. J'ai pu voir le pilote, il avait tiré sa verrière vers l'arrière, et il était penché hors du cockpit. Ivan est devenu dingue. » Il riait tellement qu'il en avait des hoquets. « Tu parles d'une journée ! »

Gudbrand regarda l'allumette cassée qu'il tenait encore à la main. Puis il se mit lui aussi à rire.

« Hé hé », fit Dale, assis dans la neige au bord de la tranchée, en regardant les deux autres. « Hé hé. »

Gudbrand regarda Edvard un instant, puis ils se mirent à rire aux éclats, à tel point qu'ils en hoquetèrent et n'entendirent tout d'abord pas l'étrange bruit qui se rapprochait.

Clac, clac...

On eût dit que quelqu'un piochait lentement dans la glace.

Clac...

Il y eut ensuite un claquement de métal contre métal, et Gudbrand et Edvard se tournèrent vers Dale qui s'effondra lentement dans la neige.

« Bon sang de... commença Gudbrand.

— Grenade ! » hurla Edvard.

Gudbrand réagit d'instinct au cri d'Edvard, et se

roula en boule, mais il vit la baguette qui tournoyait
sans arrêt sur la glace, à un mètre de lui. Un bloc métallique était fixé à l'un des bouts. Lorsqu'il comprit ce
qui se passait, il eut l'impression que son corps se sou-
dait à la glace.

« Casse-toi ! » cria Edvard derrière lui.

C'était vrai, les pilotes russes balançaient vraiment des
grenades à main depuis leurs avions ! Gudbrand, allongé
sur le dos, essayait de se traîner hors de portée, mais ses
bras et ses jambes dérapaient sur la glace mouillée.

« Gudbrand ! »

Le curieux bruit avait été celui de la grenade qui rebondissait sur la glace, au fond de la tranchée. Elle
avait dû atteindre Dale en plein dans le casque !

« Gudbrand ! »

La grenade tournoyait sans arrêt, rebondissait et
dansait sur la glace, et Gudbrand n'arrivait pas à en dé-
tacher son regard. Quatre secondes entre le déclenche-
ment et l'explosion, ce n'est pas ça, qu'ils avaient
appris à Sennheim ? Les Russes avaient peut-être
d'autres types de grenades, c'était peut-être six ? Ou
huit ? La grenade tournicotait toujours, comme l'une
de ces grosses toupies ronflantes que son père lui avait
confectionnées à Brooklyn. Gudbrand la faisait tourner, et Sonny et son petit frère comptaient le temps
pendant lequel elle tournait. « *Twenty-one, twenty-
two...* » La mère cria depuis la fenêtre du deuxième
que le dîner était prêt, qu'il devait rentrer, que son
père arriverait d'une minute à l'autre. « Attends un
peu, lui cria-t-il, la toupie tourne ! » Mais elle n'entendit pas, elle avait déjà refermé la fenêtre. Edvard ne
criait plus, et le silence était soudain revenu.

22

Salle d'attente du docteur Buer
22 décembre 2000

Le vieux regarda l'heure. Ça faisait un quart d'heure qu'il était dans cette salle d'attente. Il n'avait jamais attendu, au temps de Konrad Buer. Konrad ne prenait pas davantage de patients que ne le permettait son planning.

Un homme était assis à l'autre bout de la pièce. Basané, africain. Il feuilletait un magazine, et le vieux constata que même à cette distance, il pouvait lire chaque caractère de la première page. Quelque chose sur la famille royale. C'était ça, que cet Africain était en train de lire ? Quelque chose sur la famille royale de Norvège ? Cette idée était absurde.

L'Africain tourna quelques pages. Il avait ce genre de moustache qui descend de part et d'autre de la bouche, exactement comme le messager que le vieux avait rencontré la nuit précédente. L'entrevue avait été courte. Le messager était arrivé au dock dans une Volvo, certainement une voiture de location. Il s'était arrêté, le carreau était descendu en bourdonnant et le type avait dit le mot de passe : *Voice of an Angel*. Et il avait exactement le même genre de moustache, donc. Et des yeux tristes. Il avait immédiatement dit qu'il n'avait pas l'arme avec lui dans la voiture, pour des raisons de sécurité, et qu'ils devaient aller la chercher ailleurs. Le vieux avait hésité, mais s'était dit que s'ils avaient voulu le détrousser, ils l'auraient fait sur place, sur le dock. Il s'était installé dans la voiture et ils étaient allés — oh surprise ! — à l'hôtel Radisson SAS, Holbergs plass. Il avait vu Betty Andresen derrière son comptoir tandis qu'ils traversaient le hall, mais elle n'avait pas regardé dans leur direction.

Le messager avait recompté l'argent dans la valise en murmurant les chiffres en allemand. Le vieux lui avait donc posé la question. Le messager avait répondu que ses parents venaient d'un patelin en Alsace, et le vieux s'était souvenu qu'il devait lui dire qu'il y était allé, à Sennheim. Une idée comme ça.

Après avoir lu autant de choses concernant le fusil Märklin sur Internet, à la bibliothèque de l'université, l'arme elle-même avait été une petite déception. On eût dit un fusil de chasse banal, juste un peu plus gros. Le messager lui avait montré comment monter et démonter l'arme, en l'appelant « Monsieur Urias ». Le vieux avait ensuite mis l'arme démontée dans une grande besace et était descendu en ascenseur à la réception. Pendant un court instant, il avait eu l'idée d'aller trouver Betty Andresen pour lui demander de lui appeler un taxi. Encore une idée comme ça.

« Ohé ! »

Le vieux leva les yeux.

« Je crois bien qu'il faudra te faire passer un test auditif, aussi. »

Le docteur Buer se tenait dans l'ouverture de la porte et tentait un sourire jovial. Il fit entrer le vieux dans son cabinet. Les poches que le docteur avait sous les yeux s'étaient encore alourdies.

« J'ai crié ton nom trois fois. »

J'ai oublié mon nom, se dit le vieux. J'oublie tous mes noms.

Il comprit à la main secourable du docteur que celui-ci avait de mauvaises nouvelles.

« Oui, j'ai eu le résultat d'analyse des prélèvements

que nous avions effectués », dit-il. Rapidement, avant de s'être installé confortablement dans son fauteuil. Comme pour expédier le plus rapidement possible les nouvelles du jour.

« Et ça s'est malheureusement étendu.

— Bien sûr, que ça s'est étendu, dit le vieux. N'est-ce pas l'essence des cellules cancéreuses ? De s'étendre ?

— Hé, hé. Eh si. » Buer balaya un invisible grain de poussière du dessus de la table.

« Le cancer est comme nous, dit le vieux. Il ne fait que ce qu'il doit faire.

— Oui », répondit le docteur. Il affichait une décontraction crispée, avachi dans son fauteuil.

« Et toi aussi, tu ne fais que ce que tu dois faire, docteur.

— Tu as raison, tellement raison… » Le docteur Buer sourit et ôta ses lunettes. « Nous envisageons toujours une chimiothérapie. C'est vrai que ça t'affaiblirait, mais ça peut prolonger… euh…

— La vie ?

— Oui.

— Combien de temps me reste-t-il sans chimio ? » La pomme d'Adam de Buer fit un bond.

« Un peu moins que ce que nous avions initialement calculé.

— Ce qui veut dire ?

— Ce qui veut dire que le cancer s'est étendu à partir du foie en passant par les voies sanguines…

— Écrase, et donne-moi une échéance. »

Le docteur Buer posa sur lui un regard vide.

« Tu détestes ce boulot, n'est-ce pas ? dit le vieux.

— Pardon ?

— Rien. Une date, s'il te plaît.

— Il est impossible de… »

Le docteur Buer sursauta de sa posture alanguie

quand le poing du vieux atteignit la table avec assez de puissance pour faire sauter le combiné du téléphone de son support. Il ouvrit la bouche pour dire quelque chose, mais s'arrêta en voyant l'index tremblant que le vieux pointait sur lui. Il soupira, ôta ses lunettes et passa une main fatiguée sur son visage.

« L'été. Juin. Peut-être plus tôt. Août, dernier carat.

— Bien, dit le vieux. Ça ira juste. Des douleurs ?

— Elles peuvent venir à n'importe quel moment. Tu vas avoir des médicaments.

— Serai-je opérationnel ?

— Difficile à dire. Ça dépend des douleurs.

— Il me faut des médicaments qui me permettent d'être opérationnel. C'est important. Tu comprends ?

— Tous les antalgiques…

— Je suis dur au mal. Il me faut juste quelque chose qui m'aide à rester conscient, qui fait que je peux penser, agir de façon rationnelle. »

Joyeux Noël. C'était la dernière chose que le docteur Buer avait dite. Le vieux était sur les marches. Il n'avait tout d'abord pas compris pourquoi il y avait tant de monde dans les rues, mais maintenant qu'on lui avait rappelé cette fête imminente, il voyait bien la panique dans les yeux de ceux qui chassaient les derniers cadeaux le long des trottoirs. Sur Egertorget, les gens s'étaient attroupés autour d'un orchestre de variétés en pleine prestation. Un homme vêtu de l'uniforme de l'Armée du Salut circulait avec une tirelire. Un junkie piétinait dans la neige, le regard vacillant comme une bougie prête à s'éteindre. Deux adolescentes, amies bras dessus, bras dessous, passèrent à sa hauteur, les joues rouges et prêtes à éclater sous la pression des secrets de garçons et des attentes de cette vie à venir. Et les lumières. Chaque putain de fenêtre était éclairée. Il leva le visage vers le ciel d'Oslo, une coupole jaune et chaude de lumière qui se reflétait de la ville. Seigneur, comme elle lui manquait. Le Noël prochain, pensa-t-il. Nous fêterons ensemble le Noël prochain, ma bien-aimée.

TROISIÈME PARTIE

URIAS

23

Hôpital Rudolph II, Vienne, 7 juin 1943

Helena Lang marchait à grands pas en poussant la table roulante vers la salle 4. Les fenêtres étaient ouvertes, et elle inspira profondément, emplissant ses poumons et sa tête du parfum vif de l'herbe fraîchement coupée. Pas d'odeur de destruction ni de mort aujourd'hui. Ça faisait un an que Vienne avait été bombardée pour la première fois. Au cours des dernières semaines, ils avaient bombardé chaque nuit, quand le temps était clair. Même si l'hôpital Rudolph II était à plusieurs kilomètres du centre, très haut au-dessus de la guerre, dans la verte forêt viennoise, l'odeur de la fumée des incendies en ville avait étouffé celle de l'été.

Helena tourna au coin et fit un sourire au docteur Brockhard qui sembla vouloir s'arrêter pour faire un brin de causette, mais elle poursuivit rapidement son chemin. Derrière ses lunettes, Brockhard avait un regard fixe et perçant qui la rendait toujours nerveuse et qui la mettait mal à l'aise lorsqu'ils se rencontraient. De temps à autre, elle avait le sentiment que ce n'était pas fortuit, ces rencontres avec Brockhard dans le couloir. Sa mère aurait certainement éprouvé des difficultés à respirer en voyant comment Helena évitait ce jeune médecin prometteur, d'autant plus qu'il appartenait à une famille viennoise extrêmement sérieuse. Mais Helena n'aimait ni Brockhard, ni sa famille, ni les efforts que sa mère déployait pour l'utiliser comme un billet retour vers la bonne société. Sa mère rendait la guerre responsable de tout ce qui s'était passé. C'était la faute de la guerre si le père d'Helena, Henrik Lang, avait perdu ses prêteurs juifs aussi brusquement et n'avait en conséquence pas pu payer ses autres créanciers comme prévu.

Mais la crise monétaire l'avait contraint à improviser en demandant à ses banquiers juifs de lui céder leurs portefeuilles d'obligations, que l'État autrichien avait confisqués. Et maintenant, Henrik Lang était en prison pour avoir conspiré avec l'ennemi public, les forces juives.

Contrairement à sa mère, c'était son père qui manquait à Helena, bien plus que l'ancienne position sociale de leur famille. Elle ne regrettait par exemple absolument pas les grands banquets, les conversations superficielles d'adolescents et les tentatives répétées pour lui faire rencontrer l'un de ces riches gamins gâtés.

Elle regarda sa montre et pressa le pas. Un petit oiseau était apparemment entré par l'une des fenêtres ouvertes, et il chantait avec insouciance, perché sur l'une des lampes qui pendait du haut plafond. Certains jours, il semblait complètement inconcevable à Helena qu'une guerre pût faire rage au-dehors. Ça venait peut-être de ce que la forêt, ces rangs serrés de sapins, masquait ce qu'ils ne voulaient pas voir de là-haut. Mais en entrant dans l'une des salles, on comprenait vite que c'était une paix illusoire. Avec leurs membres estropiés

et leurs âmes en lambeaux, les soldats blessés ame-
naient la guerre ici aussi. Au début, elle avait écouté
leurs récits, bien convaincue qu'elle, avec sa force et sa
foi, pourrait les aider à échapper à la perdition. Mais
on eût dit que tous racontaient la même histoire inin-
terrompue et cauchemardesque de ce qu'un individu
peut et doit endurer sur cette terre, des humiliations
qui accompagnent si souvent le désir de vivre. Que
seuls les morts s'en sortent indemnes. Helena avait
donc cessé d'écouter. Elle faisait seulement semblant,
en changeant leurs pansements, en prenant leur température, en leur distribuant leurs médicaments et leur re-
pas. Elle pouvait lire la souffrance sur ces pâles figures
enfantines, la cruauté dans ces visages endurcis et fermés, et le désir d'en finir dans les traits déformés par la
douleur de quelqu'un à qui on vient d'apprendre qu'il
faut amputer un pied.

Et pourtant, elle allait aujourd'hui d'un pas vif et léger. Peut-être était-ce dû à l'été, peut-être était-ce
parce qu'un médecin lui avait dit à quel point elle était
belle ce matin-là. Ou peut-être était-ce dû à ce patient
norvégien de la salle 4 qui lui sourirait bientôt en lui disant « *Guten Morgen* » dans son drôle d'allemand. Il
avalerait ensuite son petit déjeuner en la regardant lan-
goureusement aller de lit en lit pour servir les autres
malades et dire à chacun quelques mots apaisants. Tous
les cinq ou six lits, elle se retournerait pour le regarder
et, s'il lui souriait, lui sourire rapidement à son tour et
continuer comme si de rien n'était. Rien. Et pourtant,
tout. C'était l'idée de ces petits instants qui lui permettait de traverser les journées, qui la rendait capable de
rire quand le capitaine Hadler, vilainement brûlé, et
qui occupait le lit près de la porte, demandait en plai-
santant si on ne lui renverrait pas bientôt ses parties gé-
nitales, perdues au front.

Elle ouvrit à la volée la porte à tambour de la salle 4. Le soleil qui pénétrait dans la pièce faisait briller tout ce qui était blanc : les murs, le plafond, les draps. Ce devait être comme ça, d'entrer au Paradis, se dit-elle.

« *Guten Morgen, Helena.* »

Elle lui sourit. Il lisait un livre, assis sur une chaise près de son lit.

« Bien dormi, Urias ? demanda-t-elle d'un ton badin.

— Comme une marmotte.

— Une marmotte ?

— Oui. Dans son... comment dit-on en allemand, l'endroit où elles hibernent ?

— Ah, son terrier.

— Oui, terrier. »

Ils rirent tous les deux. Helena savait que les autres patients suivaient la conversation, et qu'elle ne devait pas passer plus de temps avec lui qu'elle en passerait avec les autres.

« Et cette tête ? Elle va de mieux en mieux chaque jour, non ?

— Oui, ça va de mieux en mieux. Un jour, je serai aussi beau qu'avant, tu verras. »

Elle se souvenait du jour où ils l'avaient amené. Ça avait paru complètement aberrant que quelqu'un puisse survivre avec le trou qu'il avait dans le front. Elle bouscula sa tasse de thé avec son récipient et manqua de la renverser.

« Aïe ! fit-il en riant. Dis-moi, tu as dansé jusque tard, hier au soir ? »

Elle le regarda, et il lui fit un clin d'œil.

« Oui, répondit-elle, ahurie de constater qu'elle mentait pour quelque chose d'aussi idiot.

— Qu'est-ce que vous dansez, à Vienne ?

— Je veux dire... non, je n'ai absolument pas dansé. Je me suis juste couchée tard.

— Vous devez danser la valse. Ces valses viennoises.

— Oui, on peut le dire, dit-elle en se concentrant sur le thermomètre.

— Comme ça », dit-il en se levant. Puis il se mit à chanter. Les autres levèrent les yeux, depuis leur lit. Les paroles étaient en une langue étrangère, mais il avait une voix si chaude, si belle… Les plus frais des patients l'encouragèrent en riant lorsqu'il se mit à tourner sur lui-même en petits pas de valse prudents qui firent pointer vers l'extérieur le bout libre de la ceinture de son peignoir.

« Reviens ici, Urias, ou je te renvoie immédiatement sur le front est », cria-t-elle d'une voix ferme.

Il revint docilement et s'assit. Il ne s'appelait pas Urias, mais c'était le nom qu'il leur avait instamment demandé d'utiliser.

« Tu connais la rheinlender ?

— Rheinlender ?

— C'est une danse que l'on a empruntée au Rheinland. Tu veux que je te montre ?

— Tu restes assis ici jusqu'à ce que tu sois rétabli !

— Et à ce moment-là, je t'emmène dans Vienne et je t'apprends la rheinlender ! »

Les heures qu'il avait passées ces derniers jours au soleil estival sous la véranda lui avaient déjà donné un teint mat, et ses dents brillaient dans son visage heureux.

« Je trouve que tu as l'air suffisamment d'attaque pour qu'on te renvoie dès maintenant, moi », riposta-t-elle, mais elle ne parvint pas à contenir le rouge qui s'étendait déjà rapidement sur ses joues. Elle se leva pour poursuivre sa tournée, lorsqu'elle sentit la main d'Urias contre la sienne.

« Dis oui », chuchota-t-il.

Elle repoussa sa main avec un rire clair et alla au lit voisin, son cœur chantant comme un petit oiseau dans sa poitrine.

« Oui ? » demanda le docteur Brockhard en levant les yeux de ses papiers lorsqu'elle entra dans le bureau, et comme d'habitude, elle ne sut pas si ce « oui » était une question, une introduction à une question plus longue ou simplement une expression figée. « Vous avez demandé à me voir, docteur ?

— Pourquoi persistes-tu à me vouvoyer, Helena ? soupira Brockhard avec un sourire. Seigneur, on s'est connus gamins.

— Que me vouliez-vous ?

— J'ai pris la décision de déclarer guéri le Norvégien de la salle 4.

— Bien. »

Elle resta impassible, quelle raison de ne pas l'être ? Les gens étaient ici pour se refaire, après quoi ils repartaient. L'autre possibilité, c'était qu'ils meurent. C'était la vie, à l'hôpital.

« J'ai transmis le message à la Wehrmacht il y a cinq jours. Nous avons déjà reçu son nouveau commandement.

— Ça a été rapide. » Sa voix était calme et assurée.

« Oui, ils ont un besoin très urgent d'hommes. Nous livrons une guerre, comme tu le sais.

— Oui », dit-elle. Et pas ce qu'elle pensait : nous livrons une guerre et toi, à vingt-deux ans, tu es ici, à mille kilomètres du front, et tu fais ton boulot comme un septuagénaire. Grâce à monsieur Brockhard senior.

« J'ai pensé que je devais te demander de lui délivrer le message, puisque vous avez l'air de si bien vous entendre. »

Elle remarqua qu'il l'observait attentivement.

« Et d'ailleurs, qu'est-ce que tu apprécies tant, chez lui, Helena ? Qu'est-ce qui le distingue des quatre cents autres soldats que nous avons dans cet hôpital ? »

Elle allait protester, mais il la devança :

« Excuse-moi, Helena, ce n'est évidemment pas mes affaires. C'est simplement parce que je suis curieux. Je... »

Il attrapa un porte-plume qu'il tint du bout de ses index, et se retourna vers la fenêtre.

« Je me demande juste ce que tu vois dans un arriviste étranger comme ça, qui trahit sa propre patrie pour s'attirer les bonnes grâces des vainqueurs. Si tu vois ce que je veux dire ? À propos, comment va ta mère ? »

Helena déglutit avant de répondre :

« Vous n'avez pas besoin de vous faire du souci pour ma mère, docteur. Si vous me donnez ce commandement, je le lui transmettrai. »

Brockhard lui fit de nouveau face. Il prit une lettre sur le bureau devant lui.

« Il part dans la troisième division de Panzers, en Hongrie. Tu sais de quoi ça résulte ? »

Elle plissa le front.

« La troisième division de Panzers ? Il est volontaire dans la Waffen-S.S. Pourquoi devrait-il être enrôlé dans l'armée régulière de la Wehrmacht ? »

Brockhard haussa les épaules.

« En ce moment, il faut faire de son mieux et résoudre les problèmes qui nous sont soumis. Tu n'es pas d'accord, Helena ?

— Que voulez-vous dire ?

— Il est dans l'infanterie, non ? Ça veut dire qu'il va cavaler derrière ces chars, pas être dedans. Un ami qui est allé en Ukraine m'a raconté qu'ils allument des Russes à longueur de journée jusqu'à ce que les mitrailleuses soient chaudes, que les cadavres font des piles, mais qu'il en vient encore et encore, comme si ça devait ne jamais s'arrêter. »

Elle parvint tout juste à se maîtriser et à ne pas arracher la lettre des mains de Brockhard pour la déchirer en petits morceaux.

« Une jeune femme comme toi devrait peut-être voir les choses avec réalisme et ne pas trop s'attacher à un homme qu'elle ne reverra selon toute vraisemblance jamais. D'ailleurs, ce châle te va à ravir, Helena. C'est un objet de famille ?

— Je suis surprise et heureuse de votre sollicitude, docteur, mais je vous assure qu'elle est des plus superflues. Je n'éprouve pas de sentiment particulier pour ce patient. Il faut maintenant servir le dîner ; si vous voulez bien m'excuser, docteur...

— Helena, Helena... dit Brockhard avec un sourire en secouant la tête. Tu crois vraiment que je suis aveugle ? Crois-tu que c'est avec le cœur léger que je vois quel chagrin tout ceci te cause ? La proche amitié entre nos familles me fait sentir les liens qui nous unissent, Helena. Sans quoi je ne t'aurais pas parlé aussi confidentiellement. Il faut me pardonner, mais tu as sûrement remarqué que je nourris des sentiments pleins de chaleur à ton égard, et...

— Stop !

— Quoi ? »

Helena avait fermé la porte derrière elle, et elle haussa le ton :

« Je suis ici de mon plein gré, Brockhard, je ne suis pas l'une de vos infirmières, avec lesquelles vous pouvez jouer selon votre bon vouloir. Donnez-moi cette lettre et dites-moi ce que vous voulez, ou je m'en vais à l'instant.

— Chère Helena... » Brockhard arborait une expression soucieuse. « Tu ne comprends donc pas que c'est toi qui choisis ?

— C'est moi ?

— Un bulletin de sortie, c'est subjectif. Surtout quand il s'agit d'une telle blessure à la tête.

— Je comprends bien.

— Je pourrais le garder encore trois mois, et qui sait s'il y aura encore un front de l'est dans trois mois ? »

Elle regarda Brockhard, sans comprendre.

« Tu lis assidûment la Bible, non ? Tu connais l'histoire du roi David, qui désire Bethsabée bien qu'elle soit mariée à l'un de ses soldats, n'est-ce pas ? Ce qui lui fait ordonner à ses généraux d'envoyer cet homme en première ligne, de sorte qu'il meure. Et le roi David peut faire librement la cour à sa femme.

— Quel rapport cela a-t-il ?

— Aucun, aucun, Helena. Je ne songerais pas à envoyer l'élu de ton cœur au front s'il n'était pas suffisamment en forme. Ni personne d'autre, en fait. Je ne veux dire que ceci. Et puisque tu connais le dossier médical de ce patient au moins aussi bien que moi, je me suis dit que je devais peut-être te demander ton point de vue avant de prendre une décision. Si tu penses qu'il n'est pas assez bien remis, je devrais peut-être envoyer un nouveau bulletin à la Wehrmacht. »

La réalité lui apparaissait lentement.

« Tu ne crois pas, Helena ? »

Elle arrivait tout juste à y croire : il voulait se servir d'Urias comme d'un otage pour l'avoir, elle. Avait-il mis longtemps à élaborer tout ça ? Avait-il passé des semaines à n'attendre que le moment propice ? Et comment exactement la voulait-il ? Comme épouse, ou comme maîtresse ?

— Alors ? » demanda Brockhard.

Les pensées d'Helena tournaient à toute vitesse dans sa tête, tentaient de trouver la sortie de ce labyrinthe. Mais il avait bloqué toutes les issues. Évidemment. Il était loin d'être bête. Aussi longtemps que Brockhard

gardait Urias en arrêt ici à sa demande, elle devrait
céder sur tout ce que Brockhard exigerait. Le commandement ne serait qu'ajourné. Ce ne serait que quand
Urias serait parti que Brockhard n'aurait plus aucun
pouvoir sur elle. Du pouvoir ? Seigneur, elle ne connaissait qu'à peine ce Norvégien. Et elle n'avait aucune
idée de ce qu'il éprouvait pour elle.

« Je... commença-t-elle.

— Oui ? »

L'intérêt l'avait fait se pencher en avant. Elle voulait
poursuivre, dire ce qu'elle savait devoir dire pour se libérer, mais quelque chose l'arrêtait. Elle mit une seconde à comprendre ce que c'était. C'étaient les
mensonges. C'étaient des mensonges, qu'elle serait libre, qu'elle ne savait pas ce qu'Urias ressentait pour
elle, que les gens devaient se soumettre et se rabaisser
pour survivre, rien que des mensonges. Elle se mordit
la lèvre inférieure quand elle sentit que celle-ci commençait à trembler.

24

Bislett, 31 décembre 1999

Il était midi lorsque Harry Hole quitta le tram à l'hôtel Radisson SAS, dans Holbergs gate, et remarqua que
le soleil bas du matin se reflétait fugitivement dans les
vitres de l'Hôpital Civil avant de disparaître à nouveau
derrière les nuages. Il était allé une dernière fois au bureau. Pour faire le ménage, pour vérifier qu'il avait tout
pris, s'était-il raconté. Mais le peu d'affaires lui ayant
appartenu tenaient dans le sac en plastique de chez

Kiwi qu'il avait emporté la veille. Les couloirs étaient déserts. Ceux qui n'étaient pas de garde étaient rentrés chez eux pour préparer la toute dernière fête du millénaire. Il restait un serpentin sur un dossier de chaise, comme un souvenir de la petite fête d'adieu qui avait eu lieu la veille, sur l'initiative d'Ellen, naturellement.

Les mots impartiaux de Bjarne Møller n'avaient pas trop bien cadré avec les ballons bleus et le gâteau orné de bougies d'Ellen, mais le petit discours avait été suffisamment sympathique, lui. Le capitaine savait probablement que Harry ne lui pardonnerait jamais d'être emphatique ou sentimental. Harry devait pourtant reconnaître qu'il ne s'était pas senti peu fier quand Møller l'avait remercié en le nommant inspecteur principal, et lui avait souhaité bonne chance au SSP. Et le sourire sarcastique de Tom Waaler, qui secouait imperceptiblement la tête depuis son poste d'observation tout au fond de la pièce, dans l'embrasure de la porte, n'y avait rien changé.

Il était sûrement revenu aujourd'hui pour s'asseoir une dernière fois dans ce fauteuil grinçant et mort, dans ce bureau qu'il avait occupé pendant presque sept ans. Harry chassa cette idée. Toute cette sensiblerie, était-ce un nouveau signe de l'âge qui le guettait ?

Harry remonta Holbergs gate et prit à gauche dans Sofies gate. La plupart des immeubles de l'étroite rue étaient d'anciens logements ouvriers datant du début du XXᵉ siècle, et donc mal entretenus. Mais après la hausse des prix de l'immobilier et l'arrivée des jeunes de la classe moyenne qui n'avaient pas les moyens de vivre à Majorstua, le coin s'était fait faire un lifting. Il n'y avait maintenant plus qu'un immeuble dont la façade n'avait pas été ravalée ces dernières années : le numéro huit. Chez Harry. Ça lui faisait quelque chose.

Il entra et ouvrit sa boîte aux lettres, au pied de l'escalier. Une pub pour des pizzas et une enveloppe de la perception d'Oslo. Il devina immédiatement que c'était le rappel de l'amende pour stationnement interdit du mois dernier. Il monta l'escalier en jurant. Il avait acheté une Ford Escort vieille de quinze ans pour un prix dérisoire à un oncle qu'il ne connaissait pour ainsi dire pas. Un truc rouillé à l'embrayage fatigué, soit, mais avec un chouette toit ouvrant. C'est vrai, jusqu'à présent, il y avait eu davantage de contraventions pour stationnement interdit et de factures de garagistes que de vent dans les cheveux. En plus, cette merde avait beaucoup de mal à démarrer, et il devait veiller à la garer le nez tourné vers le bas de façon à pouvoir la mettre en route en la laissant rouler.

Il pénétra dans son appartement. C'était un deux-pièces équipé de façon spartiate. Ordonné, propre et sans tapis sur le parquet poncé. Le seul ornement mural était une photo de sa mère et de la Frangine, et une affiche du *Parrain* qu'il avait chipée au cinéma de Symra, quand il avait seize ans. Il n'y avait ici aucune plante, pas de bougies allumées, aucun bibelot. Il avait un jour accroché un panneau d'affichage destiné à recevoir les cartes postales, les photos et les maximes sur lesquelles il tombait. Il en avait vu chez les autres. Lorsqu'il avait découvert qu'il ne recevait jamais rien, qu'il n'avait dans le fond jamais pris de photos, il avait découpé une citation de Bjørneboe[*] :

Et cette accélération de la production des chevaux-vapeur n'est à nouveau qu'une expression de l'accélération

---

[*] Jens Bjørneboe (1920-1976), auteur norvégien de romans dénonçant tous la cruauté ou l'oppression, ayant connu un grand succès dans les années 70.

de notre connaissance des soi-disant lois de la nature.
Cette connaissance = angoisse.

Harry constata en un coup d'œil qu'il n'y avait pas de message sur le répondeur (encore un investissement superflu), déboutonna sa chemise, la mit au linge sale et en prit une propre sur la pile bien nette, dans le placard.

Harry laissa le répondeur allumé (quelqu'un appellerait peut-être de chez Norsk Gallup[*]) et ressortit.

Il acheta sans pincement au cœur particulier les derniers journaux du millénaire à l'échoppe d'Ali, puis remonta Dovregata. Dans Waldemar Thranes gate, les gens se hâtaient de rentrer chez eux après avoir fait les derniers achats en vue de la grande soirée du millénaire. Harry frissonna dans son manteau jusqu'à ce qu'il passe la porte de chez Schrøder, et la chaleur humide de la clientèle l'assaillit. L'endroit était assez plein, mais il vit que sa table préférée se libérait, et il s'y rendit. Le vieil homme qui s'était levé mit son chapeau, jeta de sous ses sourcils blancs et broussailleux un rapide coup d'œil à Harry et hocha silencieusement la tête avant de s'en aller. La table se trouvait près de la fenêtre, et c'était l'une des rares qui permît en plein jour de lire le journal dans le local peu éclairé. Il eut tout juste le temps de s'asseoir que Maja était déjà là.

« Salut, Harry. » Elle fit claquer un torchon gris sur la nappe. « Plat du jour ?

— Si le cuistot est à jeun, aujourd'hui.

— Il l'est. À boire ?

— Nous y voilà, dit-il en levant les yeux. Qu'est-ce que tu me conseilles, aujourd'hui ?

[*] Institut de sondage et d'études économiques norvégien, appartenant au groupe international Taylor Nelson Sofres.

— Alors. » Elle posa un poing sur sa hanche et pro-
clama à voix haute et distincte : « Bien au contraire de
ce que croient les gens, cette ville a en réalité l'eau po-
table la plus pure de tout le pays. Et les canalisations
les moins toxiques, tu les trouves dans les immeubles
du début du siècle, comme celui-ci.

— Et qui est-ce qui t'a raconté ça, Maja ?

— Il se pourrait bien que ce soit toi, Harry. » Son
rire était rauque et sincère. « L'abstinence te va bien,
d'ailleurs. » Elle dit cela suffisamment bas, nota sa
commande et disparut.

Les autres journaux étant pleins de trucs sur le changement de millénaire, Harry se lança dans la lecture de
Dagsavisen. Page six, son regard tomba sur une grande
photo représentant un panneau indicateur rudimen-
taire en bois orné de la roue solaire. *Oslo 2 611 km* figurait sur l'une des flèches, *Leningrad 5 km* sur l'autre.

L'article qui suivait était signé Even Juul, professeur
d'histoire. Le texte d'appel était court : *Les conditions
du fascisme à la lumière du chômage croissant en Europe de l'Ouest.*

Harry avait déjà vu le nom de Juul dans les journaux,
il était une sorte de sommité en matière d'Occupation
norvégienne et de Rassemblement Norvégien. Harry
parcourut rapidement le reste du journal, mais ne
trouva rien qui fût digne d'intérêt. Il revint donc à l'article de Juul. C'était un commentaire d'un précédent
article sur la position de force du nazisme en Suède.
Juul décrivait comment le nazisme, qui avait été en
forte régression dans toute l'Europe durant la période
de prospérité des années 90, revenait à présent avec
des forces nouvelles. Il écrivait par ailleurs que l'une
des caractéristiques de cette nouvelle vague était un
fondement idéologique plus fort. Alors que le néo-na-
zisme des années 80 avait davantage été une question

de mode et d'appartenance à un groupe, d'uniformisation vestimentaire, de têtes rasées et d'anciens slogans comme « sieg heil », la nouvelle vague était plus puissamment organisée. Elle bénéficiait d'un appareil de soutien économique et ne dépendait plus autant des ressources de quelques leaders et sponsors. De plus, le nouveau mouvement n'était pas uniquement une réaction contre des phénomènes sociaux tels que le chômage ou l'immigration, écrivait Juul. Il souhaitait également proposer une alternative à la démocratie sociale. Le maître mot était réarmement — moral, militaire et racial. Le déclin du christianisme servait d'exemple au délabrement moral, au même titre que le VIH et la toxicomanie croissante. Et le portrait de l'ennemi était partiellement nouveau : les défenseurs de l'Union Européenne qui détruisaient les frontières nationales et raciales, l'OTAN qui tendait la main aux sous-hommes russes et slaves, ainsi qu'à la nouvelle noblesse asiatique, à qui était revenu le rôle de banquiers mondiaux tenu naguère par les Juifs.

Maja arriva avec le dîner.

« Boulettes de pommes de terre ? » demanda Harry en plongeant le regard sur les paquets gris disposés sur un lit de laitue romaine généreusement aspergée de sauce Thousand Island.

« Schrøder-style, répondit-elle. Restes d'hier. Bonne année. »

Harry leva son journal pour pouvoir manger, à peine avait-il eu le temps d'ingérer le premier morceau de la boulette cellulosique qu'une voix résonna derrière son journal :

« C'est vraiment dégueulasse, voilà ce que je dis. »

Harry jeta un œil de côté. Assis à la table voisine, le Mohican le regardait bien en face. Il était peut-être là depuis le début ; Harry ne s'était en tout cas pas rendu compte de son arrivée. On l'appelait le Mohican parce qu'il était sans doute le dernier de son espèce. Il avait été dans la marine marchande pendant la guerre, s'était fait torpiller deux fois et tous ses copains étaient morts depuis longtemps, à ce que Maja avait raconté à Harry. Sa longue barbe clairsemée trempait dans son verre de bière, et il était assis là dans son manteau, comme à son habitude, été comme hiver. Son visage, si maigre que ses contours étaient ceux d'un crâne, présentait un réseau de vaisseaux sanguins qui se détachaient comme des éclairs rouges sur sa peau d'un blanc neigeux. Ses yeux rouges et vacillants regardaient Harry à travers une couche de plis de peau molle.

« Vraiment dégueulasse ! » répéta-t-il.

Harry avait entendu suffisamment d'élucubrations éthyliques dans sa vie pour ne pas prêter d'attention particulière aux messages des habitués de chez Schrøder, mais cette fois-ci, c'était différent. De toutes les années durant lesquelles il avait fréquenté l'établissement, c'étaient les premières paroles intelligibles qu'il entendait de la bouche du Mohican. Même après cette nuit, l'hiver dernier, quand Harry l'avait retrouvé endormi contre un mur d'immeuble dans Dovregata et avait selon toute vraisemblance sauvé le vieillard d'une mort par hypothermie, le Mohican n'avait jamais gratifié Harry d'autre chose qu'un hochement de tête lorsqu'ils se voyaient. Et il semblait maintenant que le Mohican avait dit ce qu'il avait sur le cœur, car il serra énergiquement les lèvres et se concentra de nouveau sur son verre. Harry regarda autour de lui avant de se pencher vers la table voisine.

« Tu te souviens de moi, Konrad Åsnes ? »

Le vieux grogna et leva les yeux en l'air, sans répondre.

« Je t'ai retrouvé endormi dans un tas de neige, dans la rue, l'année dernière. Il faisait moins dix-huit. » Le Mohican leva les yeux au ciel.

« Il n'y a pas d'éclairage public, à cet endroit-là, et il s'en est fallu de peu que je ne te voie pas. Tu aurais pu y laisser ta peau, Åsnes. »

Le vieux ferma un œil rouge et jeta un regard mauvais à Harry avant de lever son demi-litre.

« Oui, alors merci, merci et encore merci. »

Il but lentement. Puis il reposa calmement le verre, en visant, comme s'il était important que le verre occupe une place bien déterminée sur la table.

« On devrait abattre ces salauds, dit-il.

— Ah oui ? Qui ça ? »

Le Mohican pointa un index crochu vers le journal de Harry. Harry le retourna. La première page présentait une grande photo d'un néo-nazi suédois, au crâne pratiquement rasé.

« Ces mecs-là, contre le mur ! » Il abattit une paume sur la table, et quelques visages se tournèrent vers eux. Harry lui fit signe de se modérer.

« Ce ne sont que des mômes, Åsnes. Essaie de profiter de la vie. On est le 31 décembre.

— Des mômes ? Qu'est-ce que tu crois qu'on était, nous ? Ça n'a pas arrêté les Allemands. Kjell avait dix-neuf ans. Oscar en avait vingt-deux. Abattez-les avant que ça ne se répande, voilà ce que je dis. C'est une maladie, il faut s'en occuper dès le début. »

Il pointa un index tremblant sur Harry.

« L'un d'entre eux était assis où tu es en ce moment. Ils ne canent pas, ces enfoirés ! Toi qui es policier, tu dois aller les choper !

— Comment sais-tu que je suis policier ? demanda Harry, comme deux ronds de flan.

— Je lis les journaux, tiens ! Tu as descendu un

gonze, quelque part dans un pays du Sud. Pas mal, mais si tu en descendais aussi quelques-uns par ici ?

— Tu es bavard, aujourd'hui, Åsnes. »

Le Mohican referma la bouche, envoya un dernier regard courroucé à Harry et se tourna vers le mur pour commencer l'étude du tableau représentant Youngstorget. Harry comprit que la conversation avait atteint son terme, fit signe à Maja qu'elle pouvait lui apporter son café et regarda l'heure. Un nouveau millénaire attendait au coin. À quatre heures, Schrøder ferma, en vertu du « réveillon privé » qu'annonçait l'affiche fixée sur la porte. Harry fit le tour des visages connus. À ce qu'il put voir, tous les clients étaient arrivés.

25

Hôpital Rudolph II, Vienne, 8 juin 1944

La salle 4 était pleine de bruits du sommeil. La nuit était plus calme que d'habitude, personne ne gémissait de douleur, personne ne s'éveillait d'un cauchemar en hurlant. Helena n'avait pas non plus entendu les sirènes anti-aériennes de Vienne. S'ils ne bombardaient pas cette nuit, on pouvait espérer que les choses seraient plus simples. Elle s'était glissée dans la salle, s'était approchée du pied du lit, et l'avait regardé. Il lisait dans le faisceau de sa lampe, si absorbé par son livre qu'il ne faisait attention à rien d'autre. Et elle était là, dans l'obscurité. Avec tout le savoir des ténèbres.

Il remarqua sa présence au moment de tourner la page. Il sourit et posa immédiatement son livre.

« Bonsoir, Helena. Je ne pensais pas que tu étais de garde, ce soir. »

Elle posa un doigt sur ses lèvres et s'approcha.

« Qu'est-ce que tu en sais, de qui est de garde ? » chuchota-t-elle.

Il sourit.

« Je ne sais rien des autres. Je sais seulement quand toi, tu es de garde.

— Ah oui ?

— Mercredi, vendredi et dimanche, puis lundi et jeudi. Puis mercredi, vendredi et dimanche à nouveau. N'aie pas peur, c'est un compliment. Et puis, ici, il n'y a pas grand-chose d'autre pour s'occuper les méninges. Je sais aussi quand Hadler doit se frotter au clystère. »

Elle rit tout bas.

« Mais tu ne sais pas qu'on a signé ton bulletin de sortie, quand même ? »

Il leva sur elle un regard étonné.

« Tu es envoyé en Hongrie, murmura-t-elle. Dans la troisième division de Panzers.

— Division de Panzers ? Mais c'est la Wehrmacht, ça. Ils ne peuvent pas m'y enrôler, je suis norvégien.

— Je sais.

— Et qu'est-ce que je vais faire en Hongrie, je...

— Chht, tu vas réveiller les autres, Urias. J'ai lu le commandement. Je ne suis pas sûre qu'on puisse y faire grand-chose.

— Mais ça ne peut être qu'une erreur. Ça... »

Il balaya le livre qui tomba avec un bruit sourd. Helena se pencha et le ramassa. Un garçon en guenilles sur un radeau de bois était dessiné sur la couverture, sous le titre *The adventures of Huckleberry Finn*. Urias était visiblement en colère.

« Ce n'est pas ma guerre, dit-il sans desserrer les lèvres.

— Ça aussi, je sais, dit-elle en glissant le livre dans la serviette, sous la chaise.

« Qu'est-ce que tu fais ? chuchota-t-il.

— Il faut que tu m'écoutes, Urias, le temps presse.

— Le temps ?

— La personne de garde commence sa ronde dans une demi-heure. Il faut que tu te sois décidé d'ici là. »

Il tira l'abat-jour de la liseuse vers le bas pour mieux voir Helena dans l'ombre.

« Qu'est-ce qui se passe, Helena ? »

Elle déglutit.

« Et pourquoi ne portes-tu pas ton uniforme, aujourd'hui ? »

C'était ça, qu'elle avait redouté par-dessus tout. Pas de mentir à sa mère en lui disant qu'elle partait passer quelques jours chez sa tante à Salzbourg. Pas de convaincre le fils du garde forestier de la conduire à l'hôpital et de l'attendre sur la route devant le portail. Pas même de se séparer de ses affaires, de l'église et de la vie sûre dans la forêt viennoise. Mais de tout lui dire, qu'elle l'aimait et qu'elle jouait volontairement sa vie et son avenir. Parce qu'elle pouvait s'être trompée. Pas sur ce qu'il éprouvait pour elle, elle était tranquille là-dessus. Mais sur son caractère. Aurait-il le courage et l'énergie de faire ce qu'elle allait proposer ? En tout cas, il avait au moins compris que ce n'était pas sa guerre qu'ils livraient dans le sud contre l'Armée Rouge.

« En réalité il nous aurait fallu du temps pour nous connaître davantage, nous deux », dit-elle en posant une main sur la sienne. Il la saisit et ne la lâcha plus.

« Mais nous n'avons pas ce luxe, dit-elle en étreignant à son tour la main de l'homme. Il y a un train qui part pour Paris dans une heure. J'ai pris deux billets. Mon professeur y habite.

— Ton professeur ?

— C'est une histoire longue et compliquée, mais il nous recevra.

— C'est-à-dire, nous recevoir ?

— Nous pouvons loger chez lui. Il vit seul. Et à ma connaissance, il n'a pas de fréquentations. Tu as ton passeport ?

— Quoi ? Oui... »

Il avait l'air totalement ahuri, comme s'il pensait s'être endormi sur cette histoire de petit garçon en guenilles et rêver tout ça.

« Oui, bien sûr, j'ai mon passeport.

— Bien. Le voyage prend deux jours, nous avons des places réservées et j'ai pris largement de quoi manger. »

Il prit une profonde inspiration :

« Pourquoi Paris ?

— C'est une grande ville, une ville dans laquelle il est possible de disparaître. Écoute, j'ai quelques vêtements de mon père qui attendent dans la voiture, tu pourras t'habiller en civil. Il chausse du...

— Non. » Il leva une main, et la logorrhée sourde et intense d'Helena cessa sur-le-champ. Elle retint son souffle, les yeux braqués sur son visage pensif.

« Non, murmura-t-il à nouveau. C'est une bêtise, c'est tout.

— Mais... » Il lui sembla tout à coup qu'elle avait un morceau de glace dans l'estomac.

« Il vaut mieux voyager en uniforme, dit-il. Un jeune homme en civil ne fera qu'éveiller l'attention. »

Elle fut si heureuse que les mots lui manquèrent et qu'elle serra encore davantage sa main. Son cœur se mit à chanter si fort et si sauvagement qu'elle dut le faire taire.

« Et encore une chose, dit-il en posant les pieds par terre.

— Oui ?

— Tu m'aimes ?

— Oui.

— Bien. »

Il avait déjà enfilé sa veste.

26

SSP, hôtel de police, 21 février 2000

Harry regarda autour de lui. Les étagères claires et bien ordonnées sur lesquelles les classeurs étaient soigneusement alignés par ordre chronologique. Les murs ornés de diplômes et de distinctions acquis au cours d'une carrière en progrès constant. La photo en noir et blanc d'un jeune Kurt Meirik en uniforme militaire de major saluant le Roi Olav, placardée juste derrière le bureau, bien en évidence pour tous ceux qui entraient. C'est cette photo que Harry contemplait lorsque la porte s'ouvrit derrière lui.

« Je suis désolé que tu aies dû attendre, Hole. Reste assis. »

C'était Meirik. Harry n'avait donné aucun signe de vouloir se lever.

« Alors, dit Meirik en s'asseyant de l'autre côté du bureau. Comment cette première semaine chez nous a-t-elle été ? »

Meirik, assis le dos bien droit, exhiba une rangée de grandes dents jaunes qui trahissait un cruel manque d'hygiène.

« Assez barbante, dit Harry.

— Ho, ho. » Meirik eut l'air surpris. « Pas si mauvaise que ça, quand même ?

— Eh bien, vous avez du meilleur café filtre que chez nous.

— Qu'à la criminelle, tu veux dire ?

— Désolé, dit Harry. Ça prend du temps, de s'y faire. Que c'est du SSP qu'on parle quand on dit "nous", maintenant.

— Oui, oui, il faut juste un peu de patience. Ça vaut aussi bien pour l'un que pour l'autre. N'est-ce pas, Hole ? »

Harry acquiesça. Aucune raison de se battre contre des moulins. Pas dès la fin du premier mois, en tout cas. Comme il s'y attendait, il avait récupéré un bureau tout au fond d'un long couloir, en conséquence de quoi il ne voyait qu'en cas d'absolue nécessité ceux qui travaillaient dans ce service. Sa mission consistait à lire des rapports provenant des bureaux régionaux du SSP et à estimer brièvement si c'étaient des affaires qui devaient être transmises plus haut dans la hiérarchie. Et les instructions de Meirik avaient été assez claires : si ce n'étaient pas purement et simplement des conneries, il fallait faire suivre. En d'autres termes, Harry avait décroché un poste de filtre à déchets. Cette semaine-là, trois rapports étaient arrivés. Il avait essayé de les lire lentement, mais il y avait eu des limites à sa faculté à les faire durer. L'un d'entre eux venait de Trondheim et traitait du nouveau matériel d'écoute dont personne ne comprenait le fonctionnement après le départ des experts. Harry avait fait suivre. Le second parlait d'un homme d'affaires allemand de Bergen qu'ils déclaraient désormais au-dessus de tout soupçon puisqu'il avait livré le lot de tringles à rideaux qui selon lui justifiaient sa visite. Harry avait fait suivre. Le troisième venait de l'Østland, de la police de Skien. Ils avaient reçu des plaintes de quelques propriétaires de chalets de Siljan qui avaient entendu des coups de feu le week-end précédent. Puisqu'on était hors période de chasse, un agent était allé enquêter et avait trouvé sur place des douilles de marque inconnue. Ils les avaient envoyées à la scientifique de KRIPOS[*], dont le rapport précisait qu'il s'agissait probablement de munitions pour un fusil Märklin, une arme on ne peut plus rare.

Harry avait fait suivre, mais s'en était fait au préalable une copie à usage personnel.

« Oui, ce dont je voulais te parler, c'est un tract sur lequel nous avons mis la main. Les néo-nazis prévoient de faire du tapage autour des mosquées d'Oslo, le 17 mai[**]. Il y a un jour de fête mobile pour les Musulmans qui tombe le 17 mai, cette année, et pas mal de parents étrangers interdisent à leurs enfants de défiler parce qu'ils doivent aller à la mosquée.

— Eid.

— Pardon ?

— Eid. Cette fête. C'est le Noël musulman.

— Tu es là-dedans ?

— Non. Mais j'ai été invité à dîner chez les voisins, l'année dernière. Ils sont pakistanais. Ils se sont dit que c'était vraiment triste que je me retrouve tout seul pour Eid.

— Ah oui ? Hmm. » Meirik mit ses lunettes à la Horst Tappert. « J'ai apporté ce tract. Il y est écrit que c'est faire insulte à l'Østland que de fêter autre chose que la fête nationale norvégienne, le 17. Et que les négros touchent les allocs, mais se débinent devant les devoirs de chaque citoyen norvégien.

— Comme crier hourra pour la Norvège pendant le défilé », dit Harry en sortant son paquet de cigarettes.

---

[*] KRIminalPOlitiSentralen, Centrale de Police Criminelle.
[**] Jour de la fête nationale, qui commémore la naissance de l'État norvégien, par la constitution d'Eidsvoll, le 17 mai 1814.

Il avait remarqué un cendrier tout en haut sur une étagère, et Meirik hocha la tête en réponse au regard interrogateur que Harry lui lança. Il alluma sa cigarette, inspira la fumée et essaya de se représenter comment les globules gourmands aspiraient la nicotine le long de la voie pulmonaire. Son espérance de vie diminua, et l'idée qu'il n'arrêterait jamais l'emplit d'une étrange satisfaction. Se foutre d'un message de prévention inscrit sur un paquet de cigarettes n'était peut-être pas la révolte la plus extravagante qu'on pouvait s'accorder, mais c'en était au moins une qu'il pouvait se payer.

« Vois ce que tu peux trouver, dit Meirik.

— Bien. Mais je te préviens que je maîtrise mal mes impulsions quand des crânes rasés sont dans le coup.

— Ho, ho. » Meirik montra de nouveau ses grandes dents jaunes, et Harry trouva ce à quoi l'autre le faisait penser : à un cheval bien dressé.

« Ho, ho.

— Il y a autre chose, dit Harry. Ça concerne ce rapport sur les munitions qui ont été trouvées à Siljan. Pour le fusil Märklin.

— J'ai bien l'impression d'avoir entendu quelque chose là-dessus, oui.

— J'ai fait quelques vérifications, de mon côté.

— Ah ? »

Harry remarqua ce que le ton avait de frisquet.

« J'ai vérifié dans le registre des armes, pour l'année passée. Aucun fusil Märklin n'est enregistré en Norvège.

— Ça ne m'étonne pas. D'ailleurs, cette liste a déjà été vérifiée par d'autres personnes du SSP après que tu as transmis le rapport, Hole. C'est pas ton boulot, ça, tu sais.

— Peut-être pas. Mais je voulais juste être sûr que la personne concernée a fait le lien avec le rapport d'Interpol sur le trafic d'armes.

— Interpol ? Pourquoi on ferait ça ?

— Personne n'importe ces fusils en Norvège. Elle est donc entrée illégalement. »

Harry tira une copie d'écran de sa poche de poitrine.

« Voici une liste d'objets expédiés, qu'Interpol a trouvée au cours d'une razzia chez un trafiquant d'armes à Johannesburg, au mois de novembre. Regarde. Fusil rayé Märklin. Et voici la destination. Oslo.

— Hmm. Où as-tu trouvé ça ?

— Le fichier Interpol, sur Internet. Accessible à tout membre du SSP. À tous ceux qui s'en donnent la peine.

— Ah oui ? » Meirik regarda une bonne seconde Harry avant de s'intéresser davantage à la copie. « Tout ça, c'est bien joli, mais ce n'est pas notre rayon, Hole. Si tu savais combien d'armes illégales le service des armes confisque chaque année…

— 611.

— 611 ?

— À ce jour, pour l'année. Et ça ne concerne que le district d'Oslo. Deux sur trois viennent de la criminelle, principalement des armes de poings légères, des fusils à pompe et des fusils à canons sciés. En moyenne, une confiscation par jour. Le nombre a pratiquement doublé dans les années 90.

— Bien. Tu comprends donc qu'au SSP, on ne peut pas donner la priorité à un fusil non enregistré dans le Buskerud. »

Meirik parlait avec un calme conservé de haute lutte. Harry expira la fumée par la bouche et l'étudia tandis qu'elle montait vers le plafond.

« Siljan, c'est dans le Telemark », dit-il.

Les muscles jouèrent sur la mâchoire de Meirik.

« Est-ce que tu as appelé les services des douanes, Hole ?

— Non. »

Meirik jeta un œil à sa montre, un machin en acier mastoc et inélégant dont Harry devina qu'il l'avait reçu pour ses bons et loyaux services.

« Alors je propose que tu le fasses. C'est une affaire pour eux. J'ai pour l'instant plus urgent…

— Tu sais ce que c'est qu'un fusil rayé Märklin, Meirik ? »

Harry vit bondir les sourcils du chef du SSP et se demanda s'il n'était pas déjà trop tard. Il se voyait déjà se battre contre ses vieux moulins.

« D'ailleurs, pas mon rayon non plus, Hole. Il faudra voir ça avec… »

Kurt Meirik sembla percuter qu'il était l'unique supérieur de Hole.

« Un fusil rayé Märklin est un fusil de chasse semi-automatique produit en Allemagne, qui tire des projectiles de seize millimètres de diamètre, plus gros que n'importe quel autre fusil. Il est conçu pour la chasse au gros, type buffles d'eau et éléphants. Le premier exemplaire date de 1970, mais il n'en a été fabriqué qu'environ trois cents jusqu'à ce que les pouvoirs publics allemands en interdisent la vente en 1973. La raison en était que ce fusil, après quelques réglages simplets et l'adjonction d'une lunette Märklin, est un outil de mort purement professionnel, et qu'en 1973, il avait déjà eu le temps de devenir l'arme pour attentats la plus demandée au monde. Des trois cents fusils, on en trouve en tout cas une centaine dans les mains de tueurs à gages et d'organisations terroristes comme la bande de Baader-Meinhof et les Brigades Rouges.

— Hmm. Cent, dis-tu ? fit Meirik en rendant la feuille à Harry. Ça veut dire que deux sur trois sont utilisés pour leur dessein initial, donc. La chasse.

— Ce n'est pas une arme pour la chasse à l'élan ou

pour n'importe quelle autre espèce de chasse en Norvège, Meirik.

— Ah non ? Pourquoi pas ? »

Harry se demanda ce qui faisait que Meirik tenait, et
qu'il ne lui demandait pas de foutre le camp. Et pourquoi lui-même brûlait à ce point de provoquer ce genre
de réaction. Ce n'était peut-être rien, il était peut-être
simplement en train de devenir un vieux grincheux.
Néanmoins, Meirik se comportait en garde-chiourme
bien payé qui n'osait pas passer un savon au chiard.
Harry étudia la longue carotte de cendre qui se cour-
bait vers la moquette.

« Pour commencer, la chasse n'est pas traditionnelle-
ment un sport de millionnaire, en Norvège. Un fusil
Märklin équipé d'une lunette de visée coûte environ
cent cinquante mille deutsche marks, c'est-à-dire
autant qu'une Mercedes neuve. Et chaque cartouche
coûte quatre-vingt-dix deutsche marks. En second lieu,
un élan qui a été touché par un projectile de seize millimètres de diamètre donne l'impression qu'il s'est payé
un train. Quelque chose de vraiment pas propre.

— Ho, ho. » Meirik avait visiblement décidé de changer de tactique ; il se rejeta en arrière sur sa chaise en
joignant les mains derrière son crâne lisse, comme pour
signifier qu'il n'avait rien contre le fait de laisser Hole
le divertir encore un moment. Harry se leva, attrapa le
cendrier sur son étagère et se rassit.

« Il se peut évidemment que les cartouches viennent
d'un quelconque barjo collectionneur d'armes qui a
juste voulu tester son nouveau fusil, et que celui-ci se
trouve dorénavant derrière une vitrine, dans une villa
quelque part en Norvège, et qu'il ne servira jamais
plus. Mais oserons-nous supposer ça ? »

Meirik dodelina du chef.

« Tu proposes donc qu'on parte du principe qu'un

tueur professionnel se trouve en ce moment même en Norvège ? »

Harry secoua la tête.

« Je propose juste d'aller faire un tour à Skien, jeter un coup d'œil sur place. En plus, je doute fort que ce soit le fait d'un pro.

— Ah bon ?

— Les pro nettoient derrière eux. Laisser une douille, c'est comme laisser une carte de visite. Mais si c'est un amateur qui possède ce fusil Märklin, ça ne me tranquillise pas des masses. »

Meirik fit plusieurs « hmm ». Puis il acquiesça.

« C'est d'accord. Et tiens-moi au courant si tu trouves quelque chose concernant les projets de nos néo-nazis. »

Harry écrasa sa cigarette. *Venice, Italy* était inscrit sur le côté du cendrier en forme de gondole.

27

Linz, 9 juin 1944

La famille de cinq personnes descendit du train, et ils eurent tout à coup le compartiment pour eux deux. Lorsque le train se remit lentement en mouvement, Helena avait déjà pris place près de la fenêtre, mais elle ne voyait pas grand-chose dans le noir, seulement les contours des bâtiments qui longeaient la voie ferrée. Il était assis en face d'elle, et la regardait avec un petit sourire.

« Vous êtes doués pour la défense passive, en Autriche, dit-il. Je ne vois pas la moindre lumière.

— Nous sommes doués pour faire ce qu'on nous dit de faire », soupira-t-elle.

Il regarda sa montre. Il était bientôt deux heures.

« La prochaine ville, c'est Salzbourg, dit-elle. C'est tout près de la frontière allemande. Et puis…

— Munich, Zurich, Bâle, la France et Paris. Tu l'as déjà dit trois fois. »

Il se pencha en avant et serra sa main.

« Ça va bien se passer, tu verras. Viens t'asseoir ici. »

Elle changea de place sans lâcher la main de l'homme et appuya doucement sa tête sur son épaule. Il avait eu l'air si différent, en uniforme.

« Donc, ce Brockhard a envoyé un nouveau bulletin de maladie, qui est valable une semaine ?

— Oui, il a dit qu'il allait l'envoyer par courrier, hier après-midi.

— Pourquoi une aussi courte rallonge ?

— Oh, pour mieux pouvoir contrôler la situation… et pour mieux pouvoir me contrôler moi. Chaque semaine, il aurait fallu que je lui donne des raisons valables pour prolonger ton arrêt maladie, tu vois ?

— Oui, je vois, dit-il en sentant les muscles de sa mâchoire se contracter.

— Mais ne parlons plus de Brockhard, maintenant, dit-elle. Raconte-moi plutôt une histoire. » Elle lui caressa la joue, et il poussa un gros soupir. « Laquelle veux-tu ?

— N'importe laquelle. »

Les histoires. C'est comme ça qu'il avait capté son attention à l'Hôpital Rudolph II. Elles étaient si différentes de celles des autres soldats. Les histoires d'Urias traitaient de courage, de camaraderie et d'espoir. Comme cette fois où il était rentré de garde et avait vu un putois sur la poitrine d'un des camarades qu'il appréciait le plus, prêt à lui ouvrir la gorge. Il était à une dizaine de mètres, et il faisait noir comme dans un four dans ce bunker aux murs de terre. Mais il n'avait pas eu le choix, avait épaulé à la hâte et tiré jusqu'à ce que son chargeur fût vide. Ils avaient mangé le putois au dîner suivant.

Il y avait eu d'autres histoires de ce genre. Helena ne se les rappelait pas toutes, mais elle se souvenait avoir commencé à écouter. Ses histoires étaient riches et drôles, et quelques-unes d'entre elles lui paraissaient légèrement sujettes à caution. Mais elle les croyait volontiers, car elles étaient un antidote contre les récits des autres, ceux traitant d'âmes sans destin et de morts absurdes.

Tandis que le train avançait en tremblant dans la nuit sur des rails récemment réparés, Urias parla de la fois où il avait abattu un tireur d'élite russe dans le no man's land, avant d'aller chercher le bolchevik athée et de lui donner un enterrement chrétien, avec psaumes et tout.

« Je les entendais applaudir, du côté russe, dit Urias. Tellement je chantais bien, ce soir-là.

— Vraiment ? demanda-t-elle en riant.

— C'était plus beau que toutes les chansons que tu as pu entendre à l'Opéra.

— Menteur ! »

Urias l'attira à lui et chantonna tout bas dans son oreille :

Viens dans le cercle du feu de camp, regarde les flammes de sang et d'or,
Qui nous exhortent à la victoire, exigent la foi dans la vie et la mort.
Dans la lumière des flammes du bûcher, tu verras la Norvège depuis la première heure,
Tu verras les gens cheminant vers leur but, tes concitoyens dans la lutte et le labeur.

Tu verras le combat de nos pères pour notre liberté,
  exiger sacrifice de femmes et d'hommes,
Tu verras des milliers et des milliers qui ont consacré
  leur vie entière à combattre pour notre pays,
Tu verras des hommes dans leur labeur quotidien, dans
  ce pays tourné vers le nord, au climat rigoureux,
Où le travail éreintant donne la force de défendre la
  terre de nos aïeux.

Tu verras des Norvégiens dont le nom est écrit dans
  notre saga en lettres d'or,
Dont la mémoire survivra encore des siècles, au sud
  comme au nord,
Mais tu trouveras le grand des grands, celui qui a hissé
  le drapeau fauve,
Et pour toujours, notre feu de camp nous rappelle
  Quisling, notre guide, aujourd'hui.*

Urias se tut et son regard se perdit à l'extérieur. Helena comprit que ses pensées étaient loin, et elle l'y laissa. Elle passa un bras autour de sa poitrine.

Rattel — rattel — rattel.

On eût dit quelque chose qui courait derrière eux sur les rails, quelque chose qui essayait de les rattraper.

Elle avait peur. Pas tant de l'inconnu qui les attendait que de l'inconnu contre qui elle se serrait. À ce moment-là, alors qu'il était si proche, c'était comme si

---

* Vidkun Abraham Lauritz Quisling, militaire et homme politique norvégien, ministre de la défense entre 1931 et 1933, fondateur du Nasjonal Samling (Alliance nationale, 1933), s'autoproclame Premier ministre en avril 1940 et met en place un gouvernement de collaboration en septembre 1940. Se livre à la police après la capitulation et est exécuté le 24 octobre 1945. « Quisling » s'est substantivé et désigne aujourd'hui un collaborateur norvégien du régime nazi.

tout ce qu'elle avait vu et ce à quoi elle s'était habituée avec une certaine distance disparaissait.

Elle chercha à entendre les battements du cœur de l'homme, mais le vacarme des rails était trop puissant, et elle dut se contenter de supposer qu'il y avait un cœur là-dedans. Elle sourit d'elle-même et un frisson de joie la traversa. Quelle folie divine ! Elle ne savait absolument rien de lui, il avait dit tellement peu de choses le concernant, rien que ces histoires.

Son uniforme sentait le moisi, et elle imagina un instant que ce devait être exactement l'odeur de l'uniforme d'un soldat mort qui a passé un moment sur le champ de bataille. Ou qui a été enterré. Mais d'où lui venaient des idées pareilles ? Elle avait été si longtemps sous pression qu'elle n'avait pas encore remarqué à quel point elle était épuisée.

« Dors, dit-il en réponse à ses réflexions.

— Oui. » Elle crut entendre une alarme aérienne, dans le lointain, au moment où le monde disparaissait autour d'elle.

« Quoi ? »

Elle entendit sa propre voix, sentit qu'Urias la secouait et se redressa. Sa première pensée en voyant l'homme en uniforme qui se tenait dans l'ouverture fut qu'ils étaient perdus, qu'on avait réussi à les reprendre.

« Billets, s'il vous plaît.

— Ah », fit-elle involontairement. Elle essaya de se ressaisir, mais ne put ignorer le regard scrutateur du contrôleur tandis qu'elle fouillait dans son sac. Elle finit par retrouver les coupons jaunes qu'elle avait achetés à la gare de Vienne et les tendit au contrôleur. Il étudia les billets tout en oscillant d'avant en arrière, en rythme avec les mouvements du train. Il prit plus de temps qu'Helena l'aurait souhaité.

« Vous allez à Paris ? demanda-t-il. Ensemble ?

— En effet », dit Urias.

Le contrôleur était un homme d'âge moyen. Il leva les yeux sur eux.

« Vous n'êtes pas autrichien, à ce que j'entends.

— Non. Norvégien.

— Ah, la Norvège. On dit que c'est très beau.

— Oui, merci. Ce n'est pas faux.

— Vous vous êtes donc librement engagé aux côtés d'Hitler ?

— Oui. J'étais sur le front est. Au nord.

— Ah bon ? Où ça, au nord ?

— Près de Leningrad.

— Hmm. Et maintenant, vous allez à Paris, avec votre...

— Amie.

— Amie, c'est ça. En permission, donc ?

— Oui. »

Le conducteur poinçonna les billets.

« De Vienne ? » demanda-t-il à Helena en lui rendant les billets. Elle acquiesça.

« Je vois que vous êtes catholique », dit-il en montrant du doigt la croix qu'elle portait au bout d'une chaîne, par-dessus son corsage. « Ma femme l'est aussi. »

Il se pencha en arrière et jeta un œil dans le couloir. Puis il demanda au Norvégien :

« Votre amie vous a-t-elle montré *Stephansdom*, à Vienne ?

— Non. J'étais à l'hôpital, ce qui fait que je n'ai malheureusement pas vu grand-chose de la ville.

— D'accord. Un hôpital catholique, alors, peut-être ?

— Oui. L'hôp...

— Oui, l'interrompit Helena. Un hôpital catholique.

— Hmm. »

Pourquoi le contrôleur ne voulait-il pas s'en aller ? se demanda Helena.

Il se racla à nouveau la gorge.

« Oui ? finit par dire Urias.

— Ce n'est pas mon affaire, mais j'espère que vous avez pensé à prendre les papiers qui justifient votre permission.

— Les papiers ? » demanda Helena. Elle était déjà allée deux fois en France avec son père, et il ne lui était pas venu à l'idée qu'ils puissent avoir besoin d'autres papiers que leur passeport.

« Oui, pour vous, ce ne sera sûrement pas un problème, *Fräulein*, mais pour votre ami en uniforme, il est absolument indispensable qu'il ait des papiers indiquant où il est stationné, et où il va.

— Mais évidemment, nous avons ces papiers, s'écria-t-elle. Vous ne croyez tout de même pas que nous voyageons sans eux ?

— Oh non, oh non, s'empressa de dire le contrôleur. Je voulais simplement vous le rappeler. Voilà seulement quelques jours… »

Il déplaça son regard sur le Norvégien.

« … ils ont pris un jeune homme qui n'avait manifestement pas de commandement pour l'endroit où il allait, ce qui faisait de lui un déserteur supposé. Ils l'ont fait descendre sur le quai et l'ont abattu.

— Vous plaisantez ?

— Malheureusement pas. Je ne veux pas vous faire peur, mais une guerre est une guerre. Et pour vous, tout est en ordre, vous n'aurez donc pas à vous inquiéter quand nous arriverons à la frontière allemande, juste après Salzbourg. »

Le wagon fit un petit écart, et le contrôleur dut s'agripper à l'huisserie. Les trois personnes se regardèrent en silence.

« C'est donc le premier contrôle, demanda finalement Urias. Après Salzbourg. »

Le contrôleur acquiesça.

« Merci, dit Urias. »

Le contrôleur s'éclaircit la voix :

« J'avais un fils de votre âge. Il est tombé sur le front
est, près du Dniepr.

— Je suis désolé.

— Eh bien, navré de vous avoir réveillée, Fräulein.
Mein Herr. »

Il leva une main à sa casquette et disparut.

Helena vérifia que la porte était complètement fermée.

« Comment ai-je pu être aussi naïve ? ! hoqueta-
t-elle.

— Là, là, dit-il en passant un bras autour d'elle. C'est
moi, qui aurais dû penser à ces papiers. Je savais bien
que je ne pouvais pas me déplacer librement.

— Mais si tu leur parles de ton arrêt maladie et que
tu leur dis que tu as eu envie d'aller à Paris ? Ça fait
bien partie du Troisième Reich, c'est…

— Alors ils téléphoneront à l'hôpital et Brockhard
leur dira que je me suis enfui. »

Elle se colla contre lui et sanglota sur ses genoux. Il
passa sa main sur ses cheveux bruns et lisses.

« En plus, j'aurais dû savoir que c'était trop fantastique pour être vrai. Je veux dire… Sœur Helena et moi,
à Paris ? »

Elle entendit le sourire dans sa voix :

« Non, je vais sûrement me réveiller dans mon lit
d'hôpital et me dire que c'était un foutu rêve. Et me réjouir à l'idée que tu vas venir avec le petit déjeuner. En
plus, tu es de garde, demain soir, tu n'as pas oublié ? Je
te raconterai alors comment Daniel a chipé vingt rations alimentaires à un groupe de Suédois. »

Elle leva vers lui un visage baigné de larmes.
« Embrasse-moi, Urias. »

28

Siljan, Telemark, 22 février 2000

Harry jeta un coup d'œil à sa montre et appuya un tout petit peu plus sur la pédale d'accélérateur. Ils avaient dit quatre heures, et il était quatre heures et demie. S'il arrivait au crépuscule, le voyage n'aurait servi à rien. Ce qu'il restait de clous sur les pneus s'enfonçait dans la glace en crissant. Même s'il n'avait parcouru que quarante kilomètres sur cette route forestière tordue et glacée, Harry avait la sensation que ça faisait des heures qu'il avait quitté la route principale. Les lunettes de soleil qu'il avait achetées pour une bouchée de pain à la station Shell ne lui avaient pas été d'un grand secours, et ses yeux étaient meurtris par la lumière vive de la neige.

Il aperçut néanmoins la voiture de police portant des plaques de Skien, en bordure de la route. Il freina avec précaution, se gara juste derrière et descendit ses skis de la galerie. Ils lui venaient d'un producteur de Trondheim qui avait fait faillite quinze ans auparavant. Ça avait dû arriver à peu près au moment où il appliquait le fart qui constituait maintenant une masse grise et visqueuse sous les skis. Il trouva la trace qui reliait la route à la cabane, telle qu'on la lui avait décrite. Ses skis étaient comme collés dans les traces, il n'aurait pas pu déraper même s'il l'avait voulu. Le soleil était bas au-dessus des sapins lorsqu'il trouva la cabane. Deux hommes en anorak et un garçon dont Harry, qui ne connaissait aucun adolescent, supposa qu'il devait avoir entre douze et seize ans, étaient assis sur les marches d'une cabane en rondins passés au brou de noix.

« Ove Bertelsen ? » demanda Harry, pendu à ses bâtons. Il était à bout de souffle.

« Ici, dit l'un des hommes avant de se lever et de tendre la main. Et voici l'inspecteur Folldal. »

L'autre homme lui fit un signe de tête mesuré.

Harry comprit que le garçonnet devait être celui qui avait trouvé les douilles.

« C'est chouette, de s'extraire de l'air d'Oslo, me semble-t-il », dit Bertelsen.

Harry sortit son paquet de cigarettes.

« Encore plus chouette de s'extraire de celui de Skien, me semble-t-il. »

Folldal ôta sa casquette et raidit le dos.

« Contrairement à ce que pensent les gens, l'air de Skien est plus propre que dans n'importe quelle autre ville de Norvège », dit Bertelsen avec un sourire.

Harry abrita l'allumette avec sa main et alluma sa cigarette.

« Ah oui ? Il faudra que je m'en souvienne, la prochaine fois. Vous avez trouvé quelque chose ?

— C'est juste à côté, par là. »

Les trois autres chaussèrent leurs skis et partirent en poussant sur leurs bâtons, Folldal en tête, sur une piste qui les conduisit jusqu'à une clairière dans la forêt.

Folldal pointa l'un de ses bâtons vers une pierre noire qui dépassait d'une vingtaine de centimètres au-dessus de la fine couche de neige.

« Le gamin a trouvé les douilles dans la neige, contre la pierre. Je parie que c'est un chasseur qui est venu s'exercer ici. Tu vois des traces de skis juste à côté. Ça fait plus d'une semaine qu'il n'a pas neigé, et ça pourrait donc bien être les siennes. On dirait qu'il a utilisé ce genre de skis larges de telemark. »

Harry s'accroupit. Il passa un doigt le long de la pierre, à l'endroit où une large trace de ski la frôlait.

« Hmm. Ou de vieux skis en bois.

— Ah oui ? »

Harry brandit un minuscule fragment de bois clair.

« Okkesom », dit Folldal en jetant un regard à Bertelsen.

Harry se retourna vers le gosse. Celui-ci portait un pantalon bouffant en toile couvert de poches et un bonnet de laine soigneusement enfoncé sur son crâne.

« De quel côté de la pierre as-tu trouvé les douilles ? »

L'adolescent indiqua un endroit du doigt. Harry quitta ses skis, fit le tour de la pierre et s'étendit sur le dos dans la neige. Le ciel était bleu clair, tel qu'il l'est juste avant le coucher du soleil par les journées claires d'hiver. Puis il se tourna sur le côté et plissa les yeux au-dessus de la pierre. Il regarda hors de la clairière dans laquelle ils se trouvaient. Dans l'ouverture, il vit quatre souches.

« Est-ce que vous avez retrouvé les balles, ou des traces consécutives aux coups de feu ? »

Folldal se gratta la nuque.

« Tu veux dire, est-ce qu'on a été inspecter chaque tronc d'arbre dans un rayon de cinq cents mètres ? »

Bertelsen mit discrètement une moufle devant sa bouche. Harry fit tomber la cendre de sa cigarette et observa l'extrémité rougeoyante.

« Non, je veux dire, est-ce que vous avez inspecté ces souches, là-bas ?

— Et pourquoi devrait-on les inspecter, celles-là en particulier ? demanda Folldal.

— Parce que Märklin fabrique les fusils de chasse les plus lourds au monde. Une arme pesant quinze kilos n'incite pas à tirer debout, et on peut donc supposer qu'il l'a appuyée sur la pierre. Le fusil Märklin rejette les douilles vides du côté droit. Puisqu'elles étaient de ce côté-ci de la pierre, il a tiré vers l'endroit par où nous sommes arrivés. Dans ce cas, il n'est pas impossible qu'il ait placé une cible quelconque sur l'une de ces souches, n'est-ce pas ? »

Bertelsen et Folldal s'entre-regardèrent.

« Oui, on ferait peut-être bien d'aller jeter un coup d'œil », dit Bertelsen.

« Si ceci n'est pas un foutrement gros scolyte... » dit Bertelsen trois minutes plus tard. « C'est un foutrement gros impact de balle. »

À genoux dans la neige, il enfonça un doigt dans l'une des souches.

« Putain, elle est allée loin, cette balle. Je ne la touche même pas.

— Regarde dans le trou, dit Harry.

— Pourquoi ça ?

— Pour voir si elle n'est pas passée au travers.

— À travers cette grosse souche de sapin ?

— Contente-toi de regarder si tu vois le jour à travers. » Harry entendit Folldal renâcler derrière lui. Bertelsen colla son œil au trou. « Nom de Dieu de...

— Tu vois quelque chose ? cria Folldal.

— Un peu, que je vois quelque chose ! Je vois tout le bassin hydrographique de Siljan. »

Harry se retourna vers Folldal qui s'était détourné pour cracher.

Bertelsen se releva. « À quoi ça sert d'avoir un gilet pare-balles si tu te fais tirer dessus avec une saloperie de cet acabit ? gémit-il.

— À rien, répondit Harry. La seule chose qui puisse aider, c'est un blindage. » Il écrasa sa cigarette sur la souche desséchée et corrigea : « Un *gros* blindage. »

Il frotta un instant ses skis contre la neige.

« On va aller discuter un peu avec les habitants du chalet voisin, dit Bertelsen. Peut-être que quelqu'un a vu quelque chose. Ou voudra bien admettre que c'est lui qui possède ce bon sang de fusil.

— Après avoir accordé l'amnistie sur les armes, l'année dernière... » commença Folldal, mais il changea d'avis quand Bertelsen le regarda.

« Autre chose qu'on puisse faire ? demanda Bertelsen à Harry.

— Eh bien... commença Harry en jetant un coup d'œil triste vers la route. Ça vous ennuierait, de pousser un peu une voiture ? »

29

Hôpital Rudolph II, Vienne,
23 juin 1944

Helena Lang avait eu une impression de déjà-vu. Les fenêtres étaient ouvertes et le chaud matin estival emplissait les couloirs de l'odeur de l'herbe fraîchement coupée. Il y avait eu des bombardements chaque nuit durant ces deux dernières semaines, mais elle ne prit pas garde à l'odeur de la fumée. Elle avait une lettre à la main. Une lettre merveilleuse ! Même la sœur supérieure aigrie ne put s'empêcher de sourire en entendant Helena chanter son *guten Morgen*.

Le docteur Brockhard leva un regard étonné de ses papiers lorsqu'elle entra en trombe dans son bureau, sans frapper.

« Oui ? » fit-il.

Il ôta ses lunettes et posa un regard fixe sur elle. Elle vit briller la langue humide qui attrapait la branche de lunettes. Elle s'assit.

« Christopher », commença-t-elle. Elle ne l'avait pas appelé par son prénom depuis qu'ils étaient petits.

« J'ai quelque chose à te dire.

— Bien, dit-il. C'est exactement ce que j'attendais. »

Elle savait ce qu'il attendait : qu'elle lui explique pourquoi elle n'avait pas encore satisfait le désir que Brockhard avait de la voir venir chez lui, dans le bâtiment principal du complexe hospitalier, bien qu'il eût prolongé la permission maladie d'Urias par deux fois. Helena en avait rejeté la faute sur les bombardements, disant qu'elle n'osait pas sortir. Il lui avait donc proposé de venir la retrouver dans la maison de campagne de sa mère, ce qu'elle avait refusé tout net.

« Je vais tout te raconter, dit-elle.

— Tout ? » répéta-t-il avec un petit sourire.

Non, pensa-t-elle. *Presque* tout.

« Le matin où Urias…

— Il ne *s'appelle* pas Urias, Helena.

— Le matin où il n'était plus là, et où vous avez sonné le tocsin, tu t'en souviens ?

— Évidemment. »

Brockhard posa ses lunettes à côté de la feuille qui était devant lui, de telle sorte que la branche soit parallèle au bord de la page.

« J'ai pensé rapporter cette disparition à la police militaire. Mais il est réapparu et a prétendu qu'il avait passé la moitié de la nuit dans la forêt.

— Ce n'était pas le cas. Il est revenu par le train de nuit de Salzbourg.

— Ah oui ? » Brockhard se renversa sur sa chaise avec l'expression figée de quelqu'un qui n'aime pas montrer qu'il est surpris.

« Il a pris le train de nuit à Vienne avant minuit, est descendu à Salzbourg où il a attendu une heure et demie le train de nuit qui repartait dans l'autre sens. À neuf heures, il était à Hauptbahnhof.

— Hmm. »

Brockhard se concentra sur la plume qu'il tenait du bout des doigts.

« Et quelle raison a-t-il donnée pour une excursion aussi idiote ?

— Eh bien, dit Helena sans avoir conscience qu'elle souriait. Tu te rappelles peut-être que moi aussi, je suis arrivée tard, ce matin-là.

— Ouiii…

— Moi aussi, je venais de Salzbourg.

— C'est bien vrai ?

— C'est bien vrai.

— Je crois qu'il faut que tu m'expliques ça, Helena. »

Elle le lui expliqua en gardant les yeux rivés sur les doigts de Brockhard. Une tache de sang s'était formée juste sous le bec de la plume.

« Je comprends, dit Brockhard lorsqu'elle eut fini. Vous comptiez aller à Paris. Et combien de temps pensiez-vous pouvoir vous y cacher ?

— Il faut croire qu'on n'a pas beaucoup réfléchi. Mais Urias pensait qu'on devait aller en Amérique. À New York.

— Tu es vraiment une fille pleine de bon sens, Helena, dit Brockhard avec un petit rire sec. Je comprends que ce traître à la patrie ait pu t'aveugler avec ses doux mensonges d'Amérique. Mais tu sais quoi ?

— Non.

— Je te pardonne. »

Et il continua en voyant son visage médusé :

« Oui, je te pardonne. Tu devrais peut-être être punie, mais je sais à quel point les cœurs de jeunes filles peuvent ne pas tenir en place.

— Ce n'est pas le pardon que je…

— Comment va ta mère ? Ce doit être dur, pour elle, maintenant qu'elle est seule. Ce n'est pas trois ans, que ton père a pris ?

— Quatre. Aurais-tu l'amabilité de m'écouter, Christopher ?

— Je te prie de ne rien faire que tu puisses regretter par la suite, Helena. Ce que tu as dit jusqu'à présent ne change rien, le marché tient comme avant.

— Non ! » Helena se leva si vivement que la chaise bascula derrière elle et elle jeta sur le bureau la lettre qu'elle avait serrée si fort dans sa main.

« Regarde ! Tu n'as plus aucun pouvoir sur moi. Ni sur Urias. »

Brockhard regarda le pli. L'enveloppe brune ouverte ne lui disait rien. Il prit la feuille qu'elle contenait, mit ses lunettes et commença à lire :

Waffen-S.S. Berlin,
21 juin

Nous avons reçu du commandant en chef de la police norvégienne, Jonas Lie, une requête visant à ce que vous soyez immédiatement transféré à la police d'Oslo pour y poursuivre votre service national. Étant donné que vous êtes citoyen norvégien, nous ne voyons aucune raison de ne pas accéder à cette requête. Cette affectation remplace par conséquent l'affectation antérieure qui vous transférait dans la

Wehrmacht. Vous recevrez de plus amples détails concernant le lieu et la date de rendez-vous dans un prochain courrier de la brigade de police.

HEINRICH HIMMLER,
Commandement en chef
de la Schutzstaffel (S.S.)

Brockhard dut regarder deux fois la signature. Heinrich Himmler en personne ! Puis il tint la feuille à contre-jour devant lui.

« Tu peux appeler pour te renseigner, si tu veux, mais crois-moi : elle est authentique. »

Elle entendit par la fenêtre ouverte un oiseau qui chantait dans le jardin. Brockhard se racla deux fois la gorge avant de parler.

« Vous avez donc écrit une lettre au chef de la police en Norvège ?

— Pas moi. Urias. Je me suis contentée de trouver l'adresse exacte et de poster la lettre.

— Tu l'as postée ?

— Oui. Ou plutôt, non, pas vraiment. Je l'ai télégraphiée.

— Une requête complète ?

— Oui.

— Bien, bien. Ça a dû coûter... pas mal.

— Oui, en effet, mais il y avait urgence.

— Heinrich Himmler... dit-il, davantage pour lui que pour elle.

— Je suis désolée, Christopher. » À nouveau ce petit rire sec.

« C'est vrai ? N'as-tu pas obtenu exactement ce que tu voulais, Helena ? »

Elle méprisa la question et se força à lui faire un sourire aimable.

« J'ai un service à te demander, Christopher.

— Ah ?

— Urias veut que je l'accompagne en Norvège. J'ai besoin d'une lettre de recommandation de l'hôpital pour pouvoir demander mon visa de sortie.

— Et maintenant, tu as peur que je te mette des bâtons dans les roues pour cette lettre de recommandation ?

— Ton père est membre du directoire.

— Oui, je pourrais te poser quelques problèmes. » Il se frotta le menton. Son regard fixe s'était posé quelque part sur son front.

« Tu ne pourras pas nous arrêter, quoi que tu fasses, Christopher. Urias et moi, nous nous aimons. Tu comprends ?

— Pourquoi devrais-je rendre service à une putain à soldats ? »

Helena en resta bouche bée. Même de la part de quelqu'un qu'elle méprisait et qui parlait manifestement sous le coup de l'émotion, le mot l'atteignit comme une gifle. Mais avant qu'elle ait eu le temps de répondre, Brockhard contracta le visage comme si c'était lui qui avait été frappé.

« Pardonne-moi, Helena. Je... Merde ! » Il lui tourna brusquement le dos.

Helena avait plutôt envie de se lever et de s'en aller, mais elle ne trouvait pas les mots qui la libéreraient. La voix de Brockhard était crispée lorsqu'il poursuivit :

« Je ne voulais pas te faire de mal, Helena.

— Christopher...

— Tu ne comprends pas. Je ne dis pas ça par arrogance, mais j'ai des qualités que tu apprendrais à apprécier avec le temps, je le sais. Je suis peut-être allé un peu loin, mais n'oublie pas que je n'ai jamais pensé qu'à ton bien. »

Elle regarda son dos. Sa blouse était une taille trop

grande pour les épaules étroites et tombantes. Elle se mit à penser au Christopher qu'elle avait connu enfant. Il avait de jolies boucles noires et des costumes comme il fallait, bien qu'il n'eût que douze ans. L'espace d'un été, elle avait même été amoureuse de lui, si sa mémoire était bonne.

Il poussa un long soupir frémissant. Elle fit un pas dans sa direction, mais se ravisa. Pourquoi devrait-elle éprouver de la compassion pour cet homme ? Oh, elle savait bien pourquoi. Parce que son propre cœur débordait de joie sans qu'elle eût fait grand-chose pour. Tandis que Christopher Brockhard, qui essayait de forcer la main au bonheur chaque jour de sa vie, serait toujours un homme solitaire.

« Christopher, il faut que je m'en aille, maintenant.

— Oui. Bien sûr. Fais ce que tu dois faire, Helena. » Elle se leva et gagna la porte.

« Et moi, ce que je dois faire », dit-il.

30

Hôtel de police, 24 février 2000

Wright jura. Il avait essayé tous les boutons du rétro-projecteur pour obtenir une image plus nette, en vain.

Quelqu'un s'éclaircit la voix.

« Je crois que c'est peut-être la photo, qui est floue, Wright. Ça ne vient pas du rétro, donc.

— Bon, voici en tout cas Andreas Hochner », dit Wright en mettant sa main en écran devant ses yeux pour voir son public. La pièce était aveugle, ce qui fait que le noir avait été total lorsqu'on avait éteint la lumière. Wright croyait savoir qu'elle était aussi à l'abri des écoutes, Dieu sait ce que ça pouvait vouloir dire.

Hormis lui, Andreas Wright, lieutenant dans les services de renseignement de l'armée, seules trois autres personnes étaient présentes : le commandant Bård Ovesen, des services de Renseignement de l'armée, Harry Hole, le nouveau au SSP, et le chef du SSP en personne, Kurt Meirik. C'était Hole qui lui avait faxé le nom de ce marchand d'armes à Johannesburg. Et l'avait ensuite relancé pour les informations promises, chacun des jours suivants. C'est vrai, il y avait un bon paquet de gens au SSP qui semblaient penser que les services de Renseignement de l'armée n'étaient qu'une annexe du SSP, mais ils n'avaient manifestement pas lu les instructions stipulant que c'étaient deux organisations de niveau égal qui devaient coopérer. Ça, Wright l'avait fait. Il avait donc fini par expliquer au nouveau que les affaires qui n'avaient pas la priorité devraient attendre. Une demi-heure plus tard, Meirik lui-même avait appelé pour dire que l'affaire était prioritaire. Pourquoi ne l'avaient-ils pas dit plus tôt ?

La photo floue en noir et blanc sur l'écran représentait un homme sortant d'un restaurant, et semblait avoir été prise à travers une vitre de voiture. L'homme avait un visage large et grossier, des yeux sombres et un gros nez épaté surmontant une épaisse moustache noire en crocs.

« Andreas Hochner, né en 1954 au Zimbabwe, de parents allemands, lut Wright sur les copies qu'il avait apportées. Anciennement mercenaire au Congo et en Afrique du Sud, trempe vraisemblablement dans le trafic d'armes depuis le milieu des années quatre-vingts. À dix-neuf ans, il a été l'un des sept accusés du meurtre d'un gamin noir à Kinshasa, mais a été acquitté pour défaut de preuve. Marié et divorcé deux fois. Son employeur à Johannesburg est soupçonné d'être derrière le trafic d'armes antiaériennes en Syrie et l'achat d'armes chimiques en provenance d'Irak. On prétend qu'il aurait vendu des fusils spéciaux à Karadzic pendant la guerre de Bosnie et qu'il aurait formé des snipers durant le siège de Sarajevo, mais ces derniers points n'ont pas été confirmés.

— Passe-nous les détails, s'il te plaît », dit Meirik en jetant un œil à la pendule. Elle allait trop lentement, mais portait une sympathique inscription du commandement en chef de la Défense à son verso.

« Bien, dit Wright en avançant de quelques pages. Bon. Andreas Hochner est l'une des quatre personnes arrêtées au cours d'une razzia opérée en décembre chez un marchand d'armes de Johannesburg. Suite à cela, on a découvert une commande codée dont l'un des éléments, un fusil rayé de marque Märklin, était mentionné "Oslo". Et une date, le 21 décembre. C'est tout. »

Le ronronnement de la ventilation du rétroprojecteur fut pendant un moment tout ce qu'il y eut à entendre.

« Comment savons-nous que c'est justement Hochner qui est la personne-clé de cette affaire ? » demanda Ovesen.

La voix de Harry Hole se fit entendre dans l'obscurité :

« J'ai discuté avec l'inspecteur de police Esaias Burne, à Hillbrow, Johannesburg. Il a pu me raconter qu'à la suite de ces arrestations, ils avaient perquisitionné les appartements des personnes incriminées, et qu'ils avaient trouvé un passeport intéressant chez Hochner. Avec sa photo, mais un tout autre nom.

— Un trafiquant d'armes avec un faux passeport, ce n'est pas vraiment… sensationnel, dit Ovesen.

— Je pensais plus à l'un des tampons qu'on a trouvé dedans. Oslo, Norway. Le 10 décembre.

— Bon, il est venu à Oslo, dit Meirik. Sur la liste des clients de la compagnie, ils ont un Norvégien, et on a trouvé des douilles vides correspondant à ce super fusil. On peut donc supposer qu'Andreas Hochner est venu en Norvège et qu'une transaction y a été effectuée. Mais qui est le Norvégien sur la liste des clients ?

— La commande n'est malheureusement pas une commande par correspondance ordinaire, avec noms et adresses. » La voix de Harry. « Le client d'Oslo est inscrit sous le nom d'Urias, sans aucun doute un nom de code. Et d'après Burne, à Johannesburg, Hochner n'a pas spécialement envie de raconter quoi que ce soit.

— Je croyais que la police de Johannesburg avait des méthodes d'interrogatoire efficaces, dit Ovesen.

— C'est bien possible, mais Hochner risque probablement davantage en l'ouvrant qu'en la fermant. Cette liste de clients est longue...

— J'ai entendu dire qu'ils utilisent le courant, en Afrique du Sud, dit Wright. Sous les pieds, sur les tétons, et... oui. Saloperies. À propos, est-ce que quelqu'un peut allumer, ici ? »

Harry : « Dans une affaire qui fait intervenir des ventes d'armes chimiques provenant de chez Saddam, un voyage d'affaire avec un fusil à Oslo ne représente pas grand-chose. Je crois malheureusement que les Sud-Africains économisent leur électricité pour des choses plus importantes, pour dire ça comme ça. En plus, il n'est pas sûr qu'Hochner sache qui est Urias. Et tant qu'on ne sait pas qui il est, on doit poser la question suivante : quels sont ses projets ? Attentat ? Terrorisme ?

— Ou braquages.

— Avec un fusil Märklin ? dit Ovesen. Ça revient à écraser une mouche au marteau-pilon.

— Un narco-attentat, peut-être, proposa Wright.

— Bon, dit Harry. Un pistolet suffit à abattre la personne la mieux protégée de Suède. Et le meurtrier de Palme n'a jamais été pris. Alors pourquoi un fusil de plus d'un demi-million de couronnes pour descendre quelqu'un ici ?

— Que proposes-tu, Harry ?

— Ce n'est peut-être pas un Norvégien, la cible, mais quelqu'un d'extérieur. Une cible constante d'actes terroristes, mais qui est trop bien protégée dans son pays pour qu'un attentat y ait lieu. Une personne qu'ils pensent pouvoir tuer plus facilement dans un petit pays paisible où les dispositifs de sécurité sont supposés être à l'avenant.

— Qui ? demanda Ovesen. Aucun étranger n'est supposé faire l'objet de menaces sérieuses en Norvège, en ce moment.

— Et pas dans un avenir proche, ajouta Meirik.

— C'est peut-être plus loin dans le temps, dit Harry.

— Mais n'oublions pas que l'arme est arrivée il y a un mois, dit Ovesen. C'est complètement absurde que des terroristes viennent en Norvège plus d'un mois avant d'y commettre des exactions.

— Ce n'est peut-être pas un étranger, mais un Norvégien.

— Personne en Norvège ne peut accomplir une mission comme celle dont tu parles, dit Wright tout en cherchant à tâtons un interrupteur au mur.

« Exact, dit Harry. Et c'est ça, qui est important.

— C'est-à-dire ?

— Imaginez un terroriste étranger qui veut assassiner quelqu'un dans son propre pays, et que cette personne doive aller en Norvège. Les services du contre-espionnage du pays dans lequel il vit le suivent comme une ombre, donc au lieu de prendre le risque de franchir la frontière, il prend contact avec un milieu en Norvège qui peut avoir les mêmes motifs que lui. Que ce milieu soit composé d'amateurs, c'est en réalité un avantage, car à ce moment-là, le terroriste sait que les personnes concernées ne seront pas sous les feux du contre-espionnage.

— Les douilles peuvent faire penser qu'il s'agit d'amateurs, oui, dit Meirik.

— Le terroriste et l'amateur conviennent que le terroriste finance l'achat d'une arme coûteuse avant de rompre toute relation, il n'y a rien qui permette de remonter jusqu'au terroriste. Comme ça, il a mis un processus en route sans prendre lui-même de risque autre que financier.

— Mais si l'amateur n'est pas en mesure d'accomplir sa mission ? demanda Ovesen. Ou s'il choisit au contraire de revendre l'arme et de se tirer avec la caisse ?

— Il y a bien sûr un certain risque, mais nous devons partir du principe que le commanditaire considère l'amateur comme très motivé. Lui aussi a peut-être une bonne raison de risquer volontairement sa vie pour accomplir sa mission.

— Amusante hypothèse, dit Ovesen. Comment prévois-tu de la mettre à l'épreuve ?

— Ça ne marche pas. Je parle de quelqu'un dont nous ne savons rien, dont nous ne connaissons pas le mode de pensée, et dont nous ne pouvons pas préjuger qu'il agit de façon rationnelle.

— Sympathique, dit Meirik. Avons-nous d'autres théories expliquant pourquoi cette arme s'est retrouvée en Norvège ?

— Des tas, dit Harry. Mais celle-ci, c'est la plus inimaginable.

— Oui, oui, soupira Meirik. C'est vrai que notre boulot, c'est de chasser les fantômes, et on va donc voir si on peut échanger quelques mots avec ce Hochner. Je vais passer deux ou trois coups de fil à… Ouille ! »

Wright avait trouvé l'interrupteur, et la pièce baignait dans une dure lumière blanche.

31

Résidence d'été de la famille Lang, Vienne 25 juin 1944

Helena s'étudiait dans le miroir de sa chambre à coucher. Elle aurait préféré que sa fenêtre fût ouverte, pour pouvoir écouter les bruits de pas dans l'allée de graviers qui montait jusqu'à la maison, mais sa mère ne badinait pas avec la défense passive. Elle regarda la photo de son père, sur la coiffeuse devant le miroir. Elle fut frappée par la jeunesse et l'innocence qu'il dégageait.

Elle s'était attaché les cheveux au moyen d'une unique barrette, comme à son habitude. Devait-elle faire autrement ? Beatrice avait repris la robe de mousseline rouge de la mère pour l'adapter à la silhouette longiligne d'Helena. Sa mère portait cette robe lorsqu'elle avait rencontré celui qui allait devenir son mari. C'était une idée bizarre, lointaine et d'une certaine façon, un peu douloureuse. Peut-être parce que quand sa mère parlait de cet épisode, elle le faisait comme s'il s'agissait de deux autres personnes — deux personnes belles et heureuses qui croyaient savoir où elles allaient.

Helena défit sa barrette et secoua la tête, et sa chevelure brune lui tomba devant le visage. On sonna à la

porte. Elle entendit les pas de Beatrice dans le vesti-
bule. Helena se laissa tomber à la renverse sur le lit, et
sentit un frisson dans son ventre. Elle n'y pouvait
rien... C'était comme avoir quatorze ans et redécouvrir
les amourettes d'été ! Une conversation étouffée lui
parvint d'en dessous, la voix nasale, perçante de sa
mère, le tintement des cintres quand Beatrice suspendit
le manteau dans le vestiaire. Un manteau ! pensa Helena. Il avait mis un manteau bien que ce fût une soirée
estivale, chaude et enflammée, qu'ils n'avaient généralement pas avant le mois d'août.

Elle attendit, attendit, puis entendit sa mère qui
criait :

« Helena ! »

Elle se leva du lit, agrafa sa barrette, regarda ses
mains et se répéta : je n'ai pas de grandes mains, je n'ai
pas de grandes mains. Puis elle jeta un dernier coup
d'œil dans le miroir — elle était délicieuse ! —, poussa
un soupir tremblant et sortit.

« Hele... »

Le cri de la mère se tut brusquement lorsque Helena
apparut au sommet de l'escalier. Elle posa prudemment un pied sur la première marche, les talons hauts
avec lesquels elle descendait d'habitude les escaliers en
courant lui paraissant soudain peu stables et branlants.

« Ton invité est arrivé », dit la mère.

Ton invité. Dans d'autres circonstances, cette façon
de souligner que ce simple soldat étranger n'était pas
un invité de la maison aurait pu irriter Helena. Mais
c'étaient des temps d'exception, et elle aurait embrassé
sa mère de ne pas avoir fait plus de difficultés, d'être
en tout cas sortie pour l'accueillir avant qu'Helena elle-
même ne fasse son apparition.

Helena regarda Beatrice. La vieille employée de
maison sourit, mais ses yeux exprimaient la même mé-

lancolie que ceux de la mère. Helena Le regarda. Son regard étincelait au point qu'elle avait l'impression de sentir sa chaleur brûler contre sa joue, et elle dut baisser les yeux sur son cou brun rasé de frais, sur le col marqué des deux S et l'uniforme vert si froissé dans le train, mais qui avait entre-temps été repassé. Il avait un bouquet de roses à la main, et elle savait que Beatrice avait déjà proposé de les mettre dans un vase, mais qu'il avait décliné en lui demandant d'attendre qu'Helena les voie.

Elle descendit une autre marche. Sa main reposait avec légèreté sur la rampe. Ça allait mieux, à présent. Elle leva la tête et les prit tous les trois dans son champ de vision. Et curieusement elle sut que c'était le plus bel instant de sa vie. Car elle comprenait ce qu'ils voyaient et l'image qu'elle leur retournait.

La mère se voyait, elle voyait ses propres rêves perdus et sa jeunesse descendre l'escalier, Beatrice voyait la jeune fille qu'elle avait élevée comme sa propre fille, et Il voyait la femme qu'il aimait avec tant d'ardeur qu'il ne pouvait le dissimuler derrière de bonnes manières et une timidité toute scandinave.

« Tu es délicieuse », articula muettement Beatrice. Helena lui fit un clin d'œil. Elle fut en bas.

« Tu as trouvé ton chemin dans cette obscurité totale ? demanda-t-elle à Urias avec un sourire.

— Oui », répondit-il d'une voix haute et claire, et sa réponse résonna dans ce grand hall dallé comme dans une église.

La mère parlait de sa voix perçante et légèrement criarde, tandis que Beatrice entrait et sortait en voletant de la salle à manger à l'instar d'un fantôme amical. Helena ne pouvait détourner son regard de la chaîne de diamants que sa mère portait autour du cou, son bijou le plus coûteux, qu'elle ne sortait que dans les grandes occasions.

Sa mère avait fait une exception en laissant la porte du jardin entrebâillée. La couche nuageuse était si basse qu'il n'y aurait peut-être pas de bombardement ce soir. L'air qui passait par la porte faisait vaciller les bougies, et les ombres dansaient sur les portraits de ces hommes et femmes qui avaient tous porté le nom de Lang. La mère avait expliqué en détail qui était qui, ce qu'ils avaient fait et dans quelles familles ils avaient choisi leurs conjoints. Urias avait écouté avec ce qui selon Helena ressemblait à un petit sourire sarcastique, mais la pénombre empêchait d'être catégorique. La mère avait expliqué qu'ils ressentaient comme leur responsabilité d'économiser l'électricité maintenant que c'était la guerre. Elle ne mentionna évidemment rien de leur nouvelle situation économique, ni le fait que Beatrice fût la seule rescapée d'un service de quatre personnes.

Urias posa sa fourchette et s'éclaircit la voix. La mère les avait placés à l'extrémité sud de la grande table, les deux jeunes face à face et elle en bout de table.

« C'était très bon, madame Lang. »

Ça avait été un dîner tout simple. Pas au point de pouvoir en être insultant, mais en aucun cas somptueux au point qu'il se sente un invité d'honneur.

« C'est Beatrice, dit Helena avec enthousiasme. Elle fait les meilleures *Wienerschnitzel* de toute l'Autriche. Vous en aviez déjà mangé ?

— Une seule fois, à mon souvenir. Et ça n'arrivait pas à la hauteur de celles-ci.

— *Schwein*, dit la mère. Celle que vous aviez mangée avait sûrement été faite avec du porc. Ici, nous n'utilisons que du veau. Ou de la dinde, au besoin.

— Je ne me souviens pas qu'il y ait eu de la viande,

dit-il en souriant. Je crois que c'était plutôt des œufs et des miettes de pain. »

Helena laissa échapper un petit rire et s'attira un regard rapide de sa mère.

La conversation s'était essoufflée plusieurs fois au cours du dîner, mais les longs silences avaient été aussi souvent rompus par Urias que par Helena ou sa mère. Helena avait décrété avant de l'inviter à dîner qu'elle ne se soucierait pas de ce que sa mère penserait. Urias était poli, mais il venait d'un milieu paysan simple, sans le raffinement dans l'attitude et les manières qu'on a quand on a été élevé dans une maison aussi somptueuse. Mais elle n'avait pas eu à s'en faire. Helena fut purement et simplement soufflée en voyant l'aisance et la bienséance avec lesquelles Urias se comportait.

« Vous avez peut-être prévu de trouver un travail, quand la guerre sera terminée ? » demanda la mère en portant à sa bouche son dernier morceau de pomme de terre.

Urias hocha la tête et attendit patiemment la question suivante, inévitable, pendant que madame Lang mâchait.

« Et quel genre de travail est-ce, si je puis me permettre ?

— Facteur. On m'avait en tout cas promis un emploi quand la guerre a commencé.

— Porter le courrier ? Les gens ne sont-ils pas affreusement loin les uns des autres, dans votre pays ?

— Ce n'est pas si fâcheux. Nous nous établissons où c'est possible. Le long des fjords, dans les vallées ou dans d'autres endroits à l'abri du vent et des intempéries. Et puis, nous avons aussi des villes et de gros bourgs.

— Vraiment ? Intéressant. Oserai-je vous demander si vous avez du bien ?

— Mère ! » Helena regarda sa mère, incrédule.

« Oui, chérie ? » La mère s'essuya la bouche avec sa serviette et fit signe à Beatrice qu'elle pouvait desservir.

« On dirait que tu fais passer un interrogatoire. » Les sourcils sombres d'Helena dessinaient deux V sur son front blanc.

« Oui », répondit la mère avec un grand sourire à l'adresse d'Urias, en levant son verre. « C'est un interrogatoire. »

Urias leva son verre et lui retourna son sourire.

« Je vous comprends, madame Lang. C'est votre fille unique. Vous êtes pleinement dans votre droit, oui, je dirais même que c'est votre *devoir* que de découvrir quel genre d'homme elle s'est trouvé. »

Les lèvres minces de madame Lang s'étaient déjà entrouvertes pour boire, mais le verre de vin s'immobilisa brusquement en l'air.

« Je ne suis pas fortuné, poursuivit Urias, mais j'ai du cœur à l'ouvrage, une tête qui fonctionne et j'arriverai bien à nourrir Helena, moi-même et certainement quelques autres. Je vous promets de m'occuper d'elle de mon mieux, madame Lang. »

Helena ressentit simultanément une irrésistible envie de céder au fou rire et une curieuse excitation.

« Voyez-vous ça ! s'exclama la mère en reposant son verre. N'allez-vous pas un peu vite, jeune homme ?

— Si. » Urias but une bonne gorgée et regarda longuement son verre. « Et je dois répéter que ceci est vraiment un excellent vin, madame Lang. »

Helena essaya de lui envoyer un coup de pied dans les jambes, mais la table de chêne était trop large.

« Mais nous vivons une période étrange. Et si courte. » Il reposa son verre mais ne le quitta pas des yeux. Le zéphyr de sourire qu'Helena pensait avoir vu avait disparu.

« J'ai passé des soirées comme celle-ci à discuter avec des camarades soldats, madame Lang. De tout ce que nous ferions plus tard, de ce à quoi la nouvelle Norvège devait ressembler, de tous les rêves que nous allions concrétiser. Des grands et des petits. Et quelques heures plus tard, ils étaient morts, privés d'avenir, sur le champ de bataille. » Il leva les yeux et regarda madame Lang bien en face. « Je vais vite parce que j'ai trouvé une femme dont je veux, et qui veut de moi. Une guerre fait rage, et tout ce que je peux vous dire de mes projets d'avenir n'est que tromperie. J'ai une heure pour vivre ma vie, madame Lang. Et c'est peut-être tout ce que vous avez aussi. »

Helena regarda rapidement sa mère. Elle était comme pétrifiée.

« J'ai reçu aujourd'hui une lettre de la police norvégienne. Je suis tenu de me présenter à l'hôpital militaire de l'école de Sinsen, à Oslo, pour des examens médicaux. Je pars dans trois jours. Et j'ai pensé emmener votre fille avec moi. »

Helena retint son souffle. Le tic-tac de la pendule murale tonnait dans la pièce. Les diamants de la mère scintillaient de leur mieux tandis que les muscles se contractaient et se relâchaient sous la peau ridée de son cou. Un courant d'air subit en provenance du jardin coucha les flammes des bougies, et les ombres bondirent entre les meubles sombres, sur le papier peint argenté. Seule l'ombre de Beatrice près de la porte de la cuisine sembla rester tout à fait immobile.

« *Strudel* », dit la mère en faisant signe à Beatrice. Une spécialité de Vienne.

— Je veux seulement que vous sachiez que j'attends ça avec beaucoup d'impatience, dit Urias.

— Oui, c'est compréhensible, dit la mère en affichant

un sourire sardonique. Il a été fait avec les pommes du jardin. »

32

Johannesburg, 28 février 2000

Le commissariat de Hillbrow se trouvait au centre de Johannesburg, et faisait penser à une forteresse, avec ses barbelés au sommet des murs et son treillis d'acier devant des fenêtres si petites qu'elles ressemblaient à des meurtrières.

« Deux hommes, noirs, assassinés cette nuit, rien que dans ce district, dit l'inspecteur Esaias Burne en précédant Harry dans un labyrinthe de couloirs aux murs blancs pelés et au lino usé. Tu as vu le Grand Hôtel Carlton ? Fermé. Les Blancs ont déserté il y a longtemps, direction la banlieue, et on n'a plus que les uns les autres sur qui tirer. »

Esaias remonta son pantalon. Il était noir, grand, il avait les genoux cagneux et accusait légèrement plus qu'une infime surcharge pondérale. Sa chemise en nylon blanc avait de grandes auréoles de transpiration sous les bras.

« Andreas Hochner est normalement dans une prison que nous appelons Sin City*, à l'extérieur de la ville, dit-il. Nous l'avons fait amener ici aujourd'hui pour ces interrogatoires.

— Il y en a d'autres à part le mien ? demanda Harry.

— Nous y voici », dit Esaias en poussant une porte.

---

* Soit *la ville du péché*.

Ils pénétrèrent dans une pièce occupée par deux hommes, les bras croisés, qui regardaient à travers une vitre brunâtre dans le mur.

« Sans tain, chuchota Esaias. Il ne peut pas nous voir. »

Les deux types devant la vitre hochèrent la tête à l'attention des nouveaux arrivants et leur cédèrent la place.

Ils avaient vue sur une petite pièce faiblement éclairée meublée en son centre d'une petite table et d'une chaise. Un cendrier plein de mégots et un micro sur pied occupaient la table. L'homme qui y était assis avait des yeux noirs et une épaisse moustache qui pendait de part et d'autre de sa bouche. Harry le reconnut instantanément d'après la photo floue de Wright.

« Le Norvégien ? » murmura l'un des deux hommes en faisant un mouvement de tête vers Harry. Esaias Burne acquiesça.

« O.K., dit l'homme à Harry, mais sans quitter une seule seconde des yeux celui qui se trouvait dans la pièce. Il est à toi, le Norvégien. Tu as vingt minutes.

— Le fax disait…

— On se fout du fax, viking. Tu sais combien de pays voudraient entendre ce type, ou plutôt le voir extradé ?

— Bon. Non.

— Estime-toi heureux de pouvoir ne serait-ce que lui parler.

— Pourquoi accepte-t-il de me parler ?

— Comment on le saurait ? Demande-lui. »

Harry essaya de respirer avec le ventre lorsqu'il entra dans la petite salle d'interrogatoire. Une pendule était accrochée au mur sur lequel des coulures de rouille formaient un treillis rouge. Elle indiquait onze heures trente. Harry pensa aux policiers qui le fixaient d'un œil acéré, c'est peut-être ce qui faisait qu'il avait les mains si moites. L'individu assis sur la chaise était recroquevillé, et ses yeux à moitié fermés.

« Andreas Hochner ?

— Andreas Hochner », murmura à son tour le type sur sa chaise, avant de lever les yeux et d'afficher l'expression de quelqu'un qui a envie d'écraser du talon ce qu'il vient d'apercevoir. « Non, il est chez lui, et il y baise ta mère. »

Harry s'assit précautionneusement et il lui sembla entendre de grands éclats de rire depuis l'autre côté du miroir sans tain.

« Je suis Harry Hole, de la police norvégienne. Tu as accepté de nous parler.

— La Norvège ? » dit Hochner, sceptique. Il se pencha en avant et étudia en détail la carte que Harry lui montrait. Puis il exhiba un sourire légèrement niais :

« Excuse-moi, Hole. Ils ne m'ont pas dit que c'était la Norvège, aujourd'hui, tu comprends. Je vous attendais.

— Où est ton avocat ? » Harry posa sa serviette sur la table, l'ouvrit et en sortit la feuille sur laquelle étaient écrites ses questions, et un bloc-notes.

« Oublie-le, je ne compte pas sur ce mec. Est-ce que le micro est branché ?

— Je ne sais pas. As-tu quelque chose à dire ?

— Je ne veux pas que les Nègres écoutent. J'ai l'intention de conclure un marché. Avec toi. Avec la Norvège. »

Harry leva les yeux de sa feuille. La pendule émettait un petit bruit au-dessus de la tête d'Hochner. Trois minutes s'étaient écoulées. Quelque chose lui disait qu'il n'était absolument pas sûr qu'il pût bénéficier de tout le temps imparti.

« Quel genre de marché ?

— Est-ce que le micro est branché ? feula Hocher entre ses dents.

— Quel genre de marché ? » Hochner leva les yeux au ciel. Puis il se pencha par-dessus la table et chuchota rapidement :

« En Afrique du Sud, on condamne les gens à mort pour les choses qu'ils pensent que j'ai faites. Tu vois où je veux en venir ?

— Peut-être. Continue.

— Je peux te dire certains trucs sur ce type, à Oslo, si tu peux me garantir que ton gouvernement demandera ma grâce à ce gouvernement de Nègres. Parce que je vous ai aidés, tu vois ? Votre Premier ministre est bien venue, elle et Mandela n'arrêtaient pas de se tripoter. Les pontes de l'ANC, qui décident, maintenant, ils aiment la Norvège. Vous les avez soutenus, vous nous avez boycottés quand ces cocos de Nègres voulaient qu'on nous boycotte. Ils vous écouteront, tu comprends ?

— Pourquoi ne peux-tu pas faire cet échange en aidant la police locale ?

— Bordel ! Tu ne piges vraiment rien, flicard de mes deux ? ! Ils croient que j'ai tué ce négrillon ! »

Ses mains se contractèrent sur le bord de la table, et il posa sur Harry deux yeux grand ouverts. Puis ce fut comme si son visage crevait, se ratatinait comme un ballon de football percé. Il l'enfouit dans ses mains.

« Ils veulent me voir au bout d'une corde, c'est tout ! »

Un douloureux sanglot lui échappa. Harry l'observa. Dieu seul savait combien d'heures déjà les deux autres avaient tenu Hochner éveillé par des interrogatoires. Il inspira profondément. Puis il se pencha par-dessus la table, attrapa le micro d'une main et arracha le fil de l'autre.

« *Deal*, Hochner. Il nous reste dix secondes. Qui est Urias ? »

Hochner le regarda entre ses doigts.

« Quoi ?

— Vite, Hochner, ils seront là d'un instant à l'autre !

— C'est... C'est un vieux type, sûrement plus de soixante-dix ans. Je ne l'ai rencontré qu'une fois, à la livraison.

— Comment était-il ?

— Vieux, comme je t'ai dit...

— Signalement !

— Il portait un manteau et un chapeau. Et c'était au milieu de la nuit, sur un dock mal éclairé. Des yeux bleus, je crois, taille moyenne... euh...

— De quoi avez-vous parlé ? Vite !

— De tout et de rien. On a d'abord parlé en anglais, mais on a changé quand il a compris que je parlais allemand. Je lui ai dit que mes parents étaient originaires d'Alsace. Il m'a dit qu'il y était allé, à un endroit qui s'appelait Sennheim.

— Quelle est sa mission ?

— Sais pas. Mais c'est un amateur, il parlait beaucoup, et quand il a eu le fusil en main, il a dit que c'était la première fois qu'il prenait une arme depuis plus de cinquante ans. Il a dit qu'il hait... »

La porte s'ouvrit à la volée.

« Qu'il hait quoi ? » cria Harry.

Au même instant, il sentit une grosse patte se poser sur sa clavicule et serrer. Une voix siffla tout près de son oreille :

« Bon Dieu de merde, qu'est-ce que tu fabriques ? ! »

Harry soutint le regard d'Hochner tandis qu'ils le traînaient vers la porte. Les yeux d'Hochner étaient vitreux, et sa pomme d'Adam tressautait. Harry vit ses lèvres bouger, mais il n'entendit pas ce que l'autre disait. La porte claqua devant lui.

Harry se frottait la nuque sur le chemin de l'aéro-port, où Esaias le reconduisait. Ils roulèrent vingt mi-nutes avant que ce dernier n'ouvre la bouche.

« Ça fait six ans qu'on bosse sur cette affaire. Cette liste de livraisons d'armes couvre plus de vingt pays. Nous avons craint exactement ce qui s'est passé aujourd'hui, que quelqu'un le tente avec une aide di-plomatique pour obtenir des informations. »

Harry haussa les épaules.

« Et après ? Vous l'avez arrêté, vous avez fait votre boulot, Esaias, il n'y a plus qu'à aller chercher les mé-dailles. Si quelqu'un doit passer des accords avec Hoch-ner et le gouvernement, ça ne vous concerne pas.

— Tu es policier, Harry, tu sais ce que ça fait de voir des criminels aller et venir librement, des gens qui ne sourcillent même pas quand il s'agit de prendre une vie, et qui continueront dès qu'ils seront ressortis, tu le sais pertinemment. »

Harry ne répondit pas.

« Tu le sais, n'est-ce pas ? Bien. Parce qu'à ce mo-ment-là, j'ai une proposition. On dirait que tu as eu ce que tu voulais de ton marché avec Hochner. Ce qui veut dire que c'est de ta responsabilité de tenir tes en-gagements. Ou de ne pas le faire. *Understand… izzit ?*

— Je fais juste mon boulot, Esaias. Et je peux avoir l'utilité d'Hochner, plus tard, comme témoin. Désolé. »

Esaias frappa si fort sur le volant que Harry sursauta.

« Laisse-moi te raconter quelque chose, Harry. Avant les élections de 1994, alors qu'on était encore gouvernés par une minorité de Blancs, Hochner a buté deux jeunes Noires de onze ans, depuis un château d'eau devant la cour de leur école, dans un *township* qu'on appelle Alexandra. Nous pensons que quelqu'un de l'Afrikaner Volkswag, le parti pro-apartheid, était derrière. L'école était sujette à controverse parce que trois élèves blancs y allaient. Il a utilisé des balles Singapour, du même type que celles utilisées en Bosnie. Elles s'ouvrent au bout de huit cents mètres et s'enfoncent comme une mèche dans tout ce qu'elles touchent. Toutes les deux ont été touchées à la gorge, et pour une fois, ça n'a pas fait de différence que les ambulances mettent plus d'une heure à se pointer dans les *townships*, comme à leur habitude. »

Harry ne répondit pas.

« Mais tu te trompes si tu crois que c'est une vengeance, que nous visons, Harry. Nous avons compris qu'on ne peut pas bâtir une société nouvelle sur la vengeance. C'est pour ça que les premiers gouvernements de majorité noire ont établi une commission d'enquête sur les exactions qui ont été commises durant l'apartheid. Il ne s'agit pas de vengeance, mais de confessions et de pardon. Ça a pansé pas mal de plaies et ça a fait du bien à la société tout entière. Mais dans le même temps, on perd le combat contre la criminalité, et particulièrement ici à Joburg, où les choses sont complètement incontrôlables. Nous sommes une nation jeune et vulnérable, Harry, et si nous voulons progresser, nous devons montrer que l'ordre et la loi ont une signification, que le chaos ne peut pas servir de prétexte à des crimes. Tout le monde se rappelle les meurtres de 1994, tout le monde suit aujourd'hui l'affaire dans les journaux. C'est pour ça que c'est plus important que nos agendas personnels, Harry. »

Il serra le poing et l'abattit de nouveau sur le volant.

« Il n'est pas question que nous nous posions en juge pour décider du droit de vie et de mort, mais que nous redonnions à des gens ordinaires la conviction qu'il existe une justice. Et dans certains cas, la peine de mort est nécessaire pour leur redonner cette conviction. »

Harry fit sortir une cigarette de son paquet, entrouvrit la vitre et se mit à regarder les tas de scories jaunes
qui brisaient la monotonie de ce paysage sec.

« Qu'est-ce que tu en dis, Harry ?

— Qu'il faut que tu écrases le champignon si je dois
attraper mon avion, Esaias. »

Esaias frappa si fort que Harry fut surpris que la colonne de direction tienne le choc.

33

Lainzer Tiergarten, Vienne,
27 juin 1944

Helena était assise seule à l'arrière de la Mercedes
noire d'André Brockhard. La voiture oscillait lentement entre les grands marronniers qui bordaient l'allée
des deux côtés. Ils allaient aux écuries des Lainzer
Tiergarten.

Elle regarda les vertes clairières. Un nuage de poussière s'élevait derrière eux sur l'allée de graviers secs,
et même en ayant baissé la vitre, il régnait une chaleur
pratiquement insupportable dans la voiture.

Un groupe de chevaux qui paissaient dans l'ombre à
l'orée de la forêt de hêtres levèrent la tête lorsque la
voiture passa.

Helena adorait les Lainzer Tiergarten. Avant la
guerre, elle avait passé bon nombre de dimanches dans
cette grande zone boisée du sud de la forêt viennoise,
en pique-nique avec ses parents, oncles et tantes, ou en
promenade à cheval avec ses amies.

Elle s'attendait à peu près à tout lorsque l'intendante de l'hôpital lui avait dit le matin même qu'André Brockhard voulait s'entretenir avec elle et qu'il enverrait une voiture dans la matinée. Dès l'instant où elle avait eu sa lettre de recommandation de la direction de l'hôpital et son visa de sortie, il lui avait semblé qu'elle ne touchait plus le sol, et elle avait immédiatement pensé profiter de l'occasion pour remercier le père de Christopher pour l'aide que la direction lui avait apportée. En second lieu, elle avait pensé qu'il y avait peu de chances qu'André Brockhard l'ait convoquée pour qu'elle le remercie.

Calme-toi, Helena, pensa-t-elle. Ils ne peuvent plus nous arrêter, maintenant. Demain matin, nous serons partis.

La veille, elle avait emballé quelques vêtements et ses effets personnels dans deux valises. Le crucifix accroché au-dessus du lit avait été la dernière chose qu'elle avait empaquetée. La boîte à musique que son père lui avait offerte était encore sur sa coiffeuse. Des choses dont elle n'avait jamais cru pouvoir se défaire volontairement, c'était étonnant de constater le peu d'importance qu'elles avaient maintenant. Beatrice l'avait aidée, et elles avaient parlé du bon vieux temps en écoutant les pas de la mère qui marchait de long en large au rez-de-chaussée. Les adieux allaient être pénibles et délicats. Mais pour l'heure, elle ne faisait que se réjouir en prévision de la soirée à venir. En effet, Urias avait dit que c'était une véritable honte qu'il n'ait rien vu de Vienne avant de partir, et il l'avait donc invitée à dîner. Elle ne savait pas où, il s'était contenté de lui faire un clin d'œil sibyllin en lui demandant si d'après elle, il pourrait emprunter la voiture du forestier.

« Nous sommes arrivés, *Fräulein* Lang », dit le chauffeur en désignant la fontaine au bout de l'allée. Au-dessus de l'eau, une statue dorée représentait un petit Amour se tenant sur une jambe, au sommet d'un globe terrestre en stéatite. Une maison cossue en pierre grise trônait derrière. Deux bâtiments bas allongés peints en rouge, situés de part et d'autre de la maison, et une maison de pierre toute simple formaient une cour de ferme derrière le bâtiment principal.

Le chauffeur arrêta la voiture, descendit et ouvrit la portière à Helena.

André Brockhard les avait attendus à la porte de la grande maison. Il venait à présent vers eux, et ses bottes d'équitation luisantes étincelaient au soleil. André Brockhard était au milieu de la cinquantaine, mais ses pas étaient élastiques comme ceux d'un jeune homme. La chaleur lui avait fait déboutonner sa veste de laine rouge, et il avait parfaitement conscience que son torse athlétique était davantage mis en valeur comme ça. Son pantalon de cheval moulait ses cuisses bien entraînées. Brockhard senior ne pouvait pas moins ressembler à son fils.

« Helena ! » Sa voix avait exactement la chaleur et la convivialité de quelqu'un qui est suffisamment puissant pour décider quand une situation donnée doit être chaleureuse et conviviale. Il y avait longtemps qu'elle l'avait vu, mais il sembla à Helena qu'il n'avait absolument pas changé : chenu, de haute stature, avec des yeux bleus qui la regardaient de part et d'autre d'un grand nez majestueux. Il est vrai que sa bouche en forme de cœur révélait qu'il pouvait avoir des aspects plus doux, mais la plupart des gens ne les avaient encore jamais vus.

« Comment va ta mère ? J'espère que je n'ai pas été trop effronté de t'enlever comme ça à ton labeur », dit-il en lui tendant la main et en serrant sèchement la sienne. Il poursuivit sans attendre la réponse :

« Il faut que nous parlions, et j'ai pensé que ça ne pouvait pas attendre. » Il fit un geste en direction de la maison. « Oui, tu es déjà venue ici, c'est vrai.

— Non, répondit Helena en souriant et en plissant les yeux vers lui.

— Ah non ? Je croyais que Christopher t'avait amenée ici, vous étiez comme les doigts de la main, quand vous étiez jeunes.

— Votre mémoire doit vous jouer un petit tour, *Herr* Brockhard. Christopher et moi nous connaissions, c'est vrai, mais…

— C'est vrai ? Dans ce cas, il faut que je te fasse visiter. Descendons aux écuries. »

Il posa doucement une main dans le dos d'Helena et la mena vers l'une des constructions de bois. Leurs pas firent crisser le gravier.

« C'est triste, ce qui est arrivé à ton père, Helena. Vraiment déplorable. J'aurais aimé pouvoir faire quelque chose pour toi et ta mère. »

Tu aurais pu nous inviter pour Noël, cet hiver, comme tu avais l'habitude de le faire, pensa Helena, mais elle ne dit rien. Elle en avait d'ailleurs pris son parti : elle avait au moins évité d'entendre sa mère faire des histoires parce qu'elle ne voulait pas y aller.

« Janjic ! cria Brockhard à un garçon brun qui brossait des accessoires d'équitation. Va chercher Venezia. »

Le garçon disparut à l'intérieur de l'écurie, et Brockhard commença à se balancer sur les talons en se frappant doucement un genou avec sa cravache. Helena jeta un œil à sa montre.

« J'ai peur de ne pas pouvoir rester très longtemps, *Herr* Brockhard. Ma garde…

— Non, bien sûr. Je comprends. Venons-en aux faits. » Ils entendirent des hennissements irrités et des sabots qui frappaient les planches.

« Il se trouve que ton père et moi avions fait quelques affaires ensemble. Avant cette faillite tragique, bien entendu.

— Je sais.

— Oui, et tu dois aussi savoir que ton père a laissé de nombreuses dettes. C'est en fait indirectement la raison pour laquelle les choses se sont passées comme ça. Je veux dire, cette malheureuse… » Il chercha le mot adéquat, et le trouva : « … *affinité* avec les requins juifs de la finance a été on ne peut plus dangereuse pour lui.

— Vous voulez parler de Joseph Bernstein ?

— Je ne me souviens plus des noms de ces individus.

— Vous devriez, puisqu'il est venu chez vous pour Noël.

— Joseph Bernstein ? » André Brockhard rit, mais le cœur n'y était pas. « Ça doit faire pas mal d'années.

— Noël 1938. Juste avant la guerre. »

Brockhard acquiesça et jeta un regard impatient vers la porte de l'écurie.

« Tu as bonne mémoire, Helena. C'est bien. Christopher peut avoir besoin de quelqu'un qui ait une bonne tête. Étant donné qu'il perd la sienne, de temps en temps, je veux dire. En dehors de ça, c'est un garçon bien, tu le remarqueras sans doute. »

Helena sentit son cœur battre plus violemment. Est-ce que quelque chose clochait, malgré tout ? Brockhard lui parlait effectivement comme à une future bru. Mais elle se rendit compte qu'au lieu de la peur, c'était la colère qui prenait le commandement. Lorsqu'elle prit la parole, elle pensait le faire d'un ton aimable, mais la colère l'avait saisie à la gorge comme une main d'étrangleur, et elle rendit sa voix dure et métallique :

« J'espère qu'il n'y a pas eu de malentendu, *Herr* Brockhard. »

Brockhard dut remarquer la façon dont sonnait cette

voix, il n'y avait en tout cas plus grand-chose de la chaleur avec laquelle il l'avait accueillie lorsqu'il dit :

« Si c'est le cas, il faut balayer ces malentendus.
J'aimerais que tu voies ça. »

Il tira une feuille de la poche intérieure de sa veste
rouge, la déplia et la lui tendit.

Bürgschaft était écrit tout en haut du document, qui
ressemblait à un contrat. Ses yeux parcoururent les lignes serrées. Elle ne comprenait pas grand-chose à ce
qu'il y avait d'écrit, si ce n'est que la maison de la forêt
viennoise était mentionnée et que les noms de son père
et d'André Brockhard y figuraient, accompagnés de
leurs signatures. Elle le regarda sans comprendre.

« On dirait une caution, dit-elle.

— C'est une caution, acquiesça-t-il. Quand ton père
a compris que les avoirs des juifs allaient être confisqués, et donc les siens, il est venu me trouver pour me
demander de me porter caution pour un assez gros
plan de refinancement en Allemagne. Ce que j'ai malheureusement été assez faible pour faire. Ton père
était un homme fier, et pour que cette caution ne ressemble pas à de la charité pure, il a insisté pour que la
résidence d'été dans laquelle ta mère et toi vivez en ce
moment soit prise comme garantie.

— Pourquoi pour la caution, et pas pour le prêt ? »
Brockhard la regarda avec étonnement.

« Bonne question. La réponse, c'est que la valeur de
la maison n'était pas suffisante en regard du prêt dont
ton père avait besoin.

— Mais la signature d'André Brockhard a suffi ? »

Il sourit et passa une main sur sa puissante nuque de
taureau que la chaleur avait recouverte d'une couche
luisante de sueur.

« Je possède deux ou trois choses à Vienne. »

Une litote grossière. Tout le monde savait qu'André

Brockhard possédait une grosse partie des parts dans deux des plus grandes compagnies industrielles d'Autriche. Après l'*Anschluß* — l'« occupation » par Hitler en 1938 — ces deux entreprises avaient délaissé la production d'outils et de machines pour celle d'armes visant à équiper les forces de l'axe, et Brockhard était devenu multimillionnaire. Et Helena savait à présent qu'il possédait également la maison dans laquelle elle vivait. Elle sentit un gros poids commencer à grossir dans son ventre.

« Mais n'aie pas l'air si soucieuse, ma chère Helena, s'exclama Brockhard d'une voix soudain pleine d'une chaleur retrouvée. Je n'ai quand même pas pensé prendre sa maison à ta mère, tu penses bien. »

Mais le poids que Helena avait dans le ventre ne cessait de grossir. Il aurait aussi bien pu ajouter : « ou à ma belle-fille. »

« Venezia ! » s'exclama-t-il.

Helena se retourna vers la porte de l'écurie, et vit le lad sortir de l'ombre en tenant un cheval blanc étincelant par la bride. Même si les idées faisaient rage dans sa tête, cette vision lui fit tout oublier pendant une seconde. C'était le plus beau cheval qu'elle ait jamais vu, une créature céleste.

« Un Lipizzan, dit Brockhard. La meilleure race de chevaux de dressage. Importée d'Espagne en 1562, par Maximilien II. Toi et ta mère êtes bien sûr allées les voir dans leur programme de dressage de *Die Spanische Reitschule (L'école d'équitation espagnole)*, en ville, non ?

— Oui, bien sûr.

— C'est comme un ballet, n'est-ce pas ? »

Helena acquiesça. Elle n'arrivait pas à arracher son regard de l'animal.

« Ils sont en vacances jusqu'à la fin du mois d'août, ici, aux Lainzer Tiergarten. Malheureusement, personne d'autre que les cavaliers de l'école d'équitation espagnole n'a le droit de les monter. Les cavaliers mal entraînés pourraient leur donner de mauvaises habitudes. Des années de dressage minutieux pourraient être perdues. »

Le cheval était sellé. Brockhard saisit la bride et le garçon d'écurie se retira. L'animal était parfaitement calme.

« Certains prétendent que c'est horrible d'apprendre des pas de danse à des chevaux, que l'animal souffre de devoir faire des choses qui sont contraires à sa nature. Ceux qui disent ça n'ont pas vu les chevaux à l'entraînement, mais moi, je les ai vus. Et crois-moi : les chevaux adorent ça. Et tu sais pourquoi ? »

Il caressa le cheval sur la bouche.

« Parce que c'est dans l'ordre des choses. Dieu, dans son infinie sagesse, a fait en sorte que la créature inférieure ne soit jamais aussi heureuse que lorsqu'elle peut servir un être supérieur et lui obéir. Il n'y a qu'à regarder les enfants et les adultes. L'homme et la femme. Même dans les prétendues démocraties, les faibles abandonnent volontairement le pouvoir à une élite qui est plus forte et plus intelligente qu'eux. C'est comme ça, tout simplement. Et parce que nous sommes tous des créatures de Dieu, il est de notre responsabilité de créatures supérieures de veiller à ce que les créatures inférieures se soumettent.

— Pour les rendre heureuses ?

— Exactement, Helena. Tu comprends beaucoup de choses, pour… une si jeune femme. »

Elle ne put déterminer quel était le mot sur lequel il insistait le plus.

« C'est important de comprendre où est sa place, pour les grands comme pour les petits. En regimbant, on n'est jamais heureux, sur la durée. »

Il flatta l'encolure du cheval et plongea son regard dans les grands yeux bruns de Venezia.

« Tu n'es pas de celles qui regimbent, n'est-ce pas ? »

Helena comprit que c'était à elle qu'il parlait, et elle ferma les yeux en essayant de respirer calmement, à fond. Elle comprit que ce qu'elle dirait ou ne dirait pas serait décisif pour le restant de sa vie, et qu'elle ne pouvait pas laisser la colère de l'instant décider.

« N'est-ce pas ? »

Tout à coup, Venezia hennit et jeta la tête de côté si bien que Brockhard glissa sur le gravier, perdit l'équilibre et se retrouva suspendu à la bride, sous la gorge du cheval. Le garçon d'écurie se précipita mais n'eut pas le temps d'arriver que Brockhard, dont le visage était rouge et trempé de sueur, s'était remis sur ses jambes, et il le renvoya d'un geste indigné. Helena ne parvint pas à réprimer un sourire, et il se put que Brockhard le vît. Il leva en tout cas sa cravache vers le cheval, mais se ressaisit et la laissa retomber. Il articula quelques mots de sa bouche en forme de cœur, ce qui amusa encore plus Helena. Puis il vint vers elle, posa une main légère mais impérieuse dans son dos :

« Nous en avons assez vu, et un travail important t'attend, Helena. Laisse-moi te raccompagner à la voiture. »

Ils attendirent sur les marches pendant que le chauffeur s'installait dans la voiture pour l'avancer.

« J'espère sincèrement que nous te reverrons bientôt, Helena, dit-il en lui prenant la main. Mon épouse m'a du reste demandé de transmettre ses meilleures salutations à ta mère. Je crois même qu'elle prévoit de vous inviter à dîner l'un des prochains week-ends. Je ne me souviens pas quand, mais elle vous préviendra sans doute. »

Helena attendit que le chauffeur soit arrivé et qu'il lui ait ouvert la portière avant de dire :

« Savez-vous pourquoi ce cheval a manqué de vous envoyer par terre, *Herr* Brockhard ? »

Elle le regarda, vit la température plonger à nouveau dans ses yeux.

« Parce que vous l'avez regardé droit dans les yeux, *Herr* Brockhard. Les chevaux perçoivent ce contact comme une provocation, comme une preuve de non-respect envers le cheval et sa position dans le groupe. S'il ne parvient pas à éviter ce contact, il doit réagir autrement, en se révoltant, par exemple. Sans preuve de respect, vous n'arrivez également à rien dans le dressage, quelle que soit la supériorité de votre race, n'importe quel dresseur d'animaux vous le dira. Pour certaines espèces, il est intolérable de ne pas être respecté. Sur les hauts plateaux d'Argentine, on trouve un cheval sauvage qui se jette dans le premier précipice venu si quelqu'un essaie de le monter. Adieu, *Herr* Brockhard. »

Elle s'assit à l'arrière de la Mercedes et poussa un long soupir frémissant au moment où la portière se referma doucement. Lorsqu'ils descendirent l'allée des Lainzer Tiergarten, elle ferma les yeux et vit la silhouette pétrifiée d'André Brockhard disparaître dans le nuage de poussière, derrière eux.

34

Vienne, 28 juin 1944

« Bonsoir, *meine Herrschaften.* »

Le petit maître d'hôtel maigrichon s'inclina profondément et Helena pinça au bras Urias, qui ne pouvait pas s'empêcher de rire. Ils avaient ri depuis leur départ de l'hôpital à cause du ramdam dont ils avaient été la cause. Helena, en voyant quel chauffeur déplorable était Urias, lui avait demandé de s'arrêter à chaque fois qu'ils croisaient une voiture sur la route étroite qui descendait à Hauptstraße. Au lieu de cela, Urias avait écrasé l'avertisseur, si bien que les voitures rencontrées s'étaient ou bien écartées sur le bas côté, ou bien arrêtées totalement. Il n'y avait heureusement plus beaucoup de voitures en circulation à Vienne, et ils étaient arrivés sains et saufs jusqu'à Weihburggaße, dans le centre-ville, avant sept heures et demie.

Le maître d'hôtel jeta un rapide coup d'œil à l'uniforme d'Urias avant de regarder dans son registre de réservations, une ride profonde et soucieuse sur le front. Helena regarda par-dessus son épaule. Le bourdonnement des voix et des rires sous les lustres en cristal suspendus aux plafonds voûtés et dorés que soutenaient des colonnes corinthiennes blanches était à peine couvert par les mélodies de l'orchestre.

Voici donc « Drei Husaren », pensa-t-elle avec joie. C'était comme si les trois marches au-dehors les avaient magiquement conduits hors d'une ville marquée par la guerre, dans un monde où les bombes et ce genre d'anicroches n'avaient pas une importance capitale. Richard Strauß et Arnold Schönberg avaient sans doute été des clients assidus de l'endroit, car c'était là que les Viennois riches, cultivés et larges d'esprit se rencontraient. Si larges d'esprit qu'il n'était jamais venu à l'idée du père d'Helena d'y emmener sa famille.

Le maître d'hôtel se racla la gorge. Helena comprit que les galons de caporal-chef d'Urias ne l'avaient pas impressionné et qu'il tiquait peut-être aussi sur le curieux nom étranger qu'il avait dans son registre.

« Votre table est prête », dit-il en attrapant deux

menus et en leur faisant un pâle sourire avant de partir en trottinant. Le restaurant était plein comme un œuf.

« Je vous en prie. »

Urias regarda Helena avec un petit sourire un peu découragé. On leur avait donné une table non dressée près de la porte battante des cuisines.

« Votre serveur est là dans un instant », dit le maître d'hôtel avant de filer.

Helena regarda autour d'elle et se mit à rire.

« Regarde, dit-elle. C'est la table qu'on nous avait prévue. »

Urias se retourna. Et effectivement : devant l'estrade de l'orchestre, un serveur était déjà occupé à débarrasser une table libre dressée pour deux personnes.

« Désolé, dit-il. Je crois que j'ai dit "commandant" devant mon nom, quand j'ai appelé. J'espérais que ta beauté compenserait le grade d'officier qui me manque. »

Elle prit sa main, et au même moment, l'orchestre entonna une *csardas* enjouée.

« Ils jouent certainement pour nous, dit-il.

— Peut-être. » Elle baissa les yeux. « Si ce n'est pas le cas, ça ne fait rien. Cette musique, que tu entends, c'est de la musique tzigane. C'est bien quand elle est jouée par des Tziganes. Est-ce que tu en vois ? »

Il secoua la tête sans cesser d'observer son visage, comme s'il était important d'assimiler chaque trait, chaque pli de peau, chaque cheveu.

« Ils sont tous partis, dit-elle. Les Juifs aussi. Tu crois que les rumeurs disent vrai ?

— Quelles rumeurs ?

— Sur les camps de concentration. »

Il haussa les épaules.

« Toutes sortes de rumeurs circulent en temps de guerre. Pour ma part, je me sentirais relativement en sécurité dans les geôles d'Hitler. »

L'orchestre se mit à chanter une chanson à trois voix dans une langue étrangère, et quelques personnes dans le public se mirent à chanter avec eux.

« Qu'est-ce que c'est ? demanda Urias.

— Un *Verbunkos*, répondit Helena. Une sorte de chanson de soldat, exactement comme la chanson norvégienne que tu m'as chantée dans le train. Les chansons étaient censées recruter de jeunes Hongrois pour la guerre de Rácóczi. Qu'est-ce qui te fait rire ?

— Tout ce que tu sais d'étrange. Est-ce que tu comprends aussi ce qu'ils chantent ?

— Un peu. Arrête de rire. » Elle pouffa de rire. « Beatrice est hongroise, et elle chantait souvent pour moi, ce qui fait que j'ai appris quelques mots. Il est question de héros oubliés, d'idéaux, de choses comme ça.

— Oubliés. » Il serra sa main. « Exactement comme le sera un jour cette guerre. »

Le serveur était arrivé à leur table sans qu'ils le remarquent, et il toussota discrètement pour leur signaler sa présence.

« Est-ce que *meine Herrschaften* ont fait leur choix ?

— Je crois, dit Urias. Que nous conseillez-vous, aujourd'hui ?

— *Hähnchen*.

— Du coquelet ? Appétissant. Nous choisirez-vous également le vin ? Helena ? »

Les yeux d'Helena dévalèrent le menu.

« Pourquoi n'y a-t-il aucun prix inscrit ? demanda-t-elle.

— La guerre, *Fräulein*. Ils changent d'un jour sur l'autre.

— Et combien coûtent les coquelets ?

— Cinquante schillings. »

Du coin de l'œil, elle vit Urias blêmir.

« Goulasch, dit-elle. Nous venons de manger, et j'ai entendu dire que vous aviez un talent particulier pour les plats hongrois. Tu ne veux pas essayer aussi, Urias ? Deux dîners le même jour, ce n'est pas très bon…

— Je… commença Urias.

— Et un vin léger, dit Helena.

— Deux goulasch et un vin léger ? demanda le serveur en haussant un sourcil.

— Vous comprenez sûrement ce que je veux dire, lui dit-elle en lui rendant les menus avec un sourire radieux. S'il vous plaît ! »

Ils ne se quittèrent pas des yeux jusqu'à ce que le serveur ait disparu aux cuisines, et éclatèrent de rire.

« Tu es folle ! dit-il en riant.

— Moi ? Ce n'est pas moi qui ai lancé une invitation à dîner au "Drei Husaren" avec moins de cinquante schillings en poche ! »

Il sortit un mouchoir et se pencha par-dessus la table.

« Savez-vous quoi, Fräulein Lang ? demanda-t-il en essuyant précautionneusement les larmes de rire qu'elle avait sur le visage. Je vous aime. De tout mon cœur. »

Au même instant retentit l'alarme anti-aérienne.

Quand par la suite Helena repensa à cette soirée, elle dut toujours se demander quelle était la véracité de ses souvenirs, si les bombes étaient tombées aussi serrées qu'elle se rappelait, si tous s'étaient réellement retournés tandis qu'ils remontaient l'allée centrale de la cathédrale Saint Stéphane. Mais même si leur dernière nuit ensemble à Vienne avait été recouverte d'un voile d'irréalité, son souvenir ne lui en réchauffait pas moins le cœur par les journées froides. Et elle pouvait penser à l'instant précis de cette nuit d'été qui un jour ferait naître le rire et le lendemain les larmes, sans qu'elle sût jamais pourquoi.

Lorsque l'alarme retentit, tous les autres bruits se turent. Pendant l'espace d'une seconde, le restaurant tout entier se figea comme une photographie avant que ne fusent les premiers jurons sous les dômes dorés.

« *Hunde !*

— *Scheiße !* Mais il n'est que huit heures ! »

Urias secoua la tête.

« Les Anglais sont fous, dit-il. Il ne fait même pas nuit. »

Les serveurs se ruèrent soudain autour des tables, sous les ordres que criait le maître d'hôtel.

« Regarde, dit Helena. Ce restaurant sera peut-être bientôt en ruines, et la seule chose à laquelle ils pensent, c'est à veiller à ce que les clients paient avant de prendre la poudre d'escampette. »

Un homme en costume sombre bondit sur l'estrade où les membres de l'orchestre s'apprêtaient à remballer leurs affaires.

« Écoutez ! cria-t-il. Nous prions tous ceux qui ont payé de se diriger sans tarder vers l'abri le plus proche, soit la station de métro devant Weihburggaße 20. S'il vous plaît, taisez-vous et écoutez ! Tournez à droite en sortant, puis descendez la rue sur deux cents mètres. Cherchez les hommes portant un brassard rouge, ils vous diront où aller. Et restez calme, il reste encore un moment avant l'arrivée des premiers avions. »

Au même instant, on entendit la première détonation du bombardement. L'homme sur l'estrade tenta de dire autre chose, mais les cris et les voix dans le restaurant couvrirent sa voix ; il renonça, se signa, sauta de l'estrade et disparut.

La foule se pressa vers la sortie où s'étaient déjà amoncelés des clients épouvantés. Au vestiaire, une femme cria « *Mein Regenschirm !* — Mon parapluie », mais il n'y avait aucun préposé en vue. Nouvelle détonation, plus proche cette fois. Helena regarda la table voisine abandonnée, sur laquelle deux verres de vin à moitié vides tintèrent l'un contre l'autre au moment où la pièce frémit. Un son aigu, à deux voix, se fit entendre. Deux femmes sur la fin de la trentaine halaient vers la sortie un homme à l'allure de morse, qui semblait tenir une cuite phénoménale. Sa chemise était retroussée, et il avait un sourire béat sur les lèvres.

En deux minutes, le restaurant fut tout à fait vide, et un silence étrange s'abattit sur les locaux. Tout ce qu'ils entendirent, ce furent des sanglots provenant du vestiaire, où la femme avait cessé de réclamer son parapluie et avait appuyé son front sur le comptoir. Il restait des plats à moitié mangés et des bouteilles ouvertes sur les nappes blanches. Urias n'avait pas lâché la main d'Helena. Une nouvelle détonation fit trembler les lustres, et la bonne femme sortit au pas de course en hurlant.

« Enfin seuls », dit Urias.

Le sol trembla sous leurs pieds, et une fine pluie de crépi doré scintilla dans l'air. Urias se leva et offrit son bras.

« Notre meilleure table vient de se libérer, Fräulein. S'il vous plaît… »

Elle lui prit le bras, se leva et ils s'avancèrent majestueusement vers l'estrade. Elle prit à peine garde au sifflement. Le fracas de l'explosion qui suivit fut assourdissant et vaporisa le crépi des murs en une tempête de sable tandis que toutes les vitres éclataient. La lumière s'éteignit.

Urias alluma les bougies du chandelier qui se trouvait sur la table, tira une chaise, prit la serviette pliée entre le pouce et l'index et la secoua sèchement pour la déplier avant de la déposer délicatement sur les genoux d'Helena.

« *Coquelet et vin allemand haut-de-gamme ?* » demanda-t-il en époussetant discrètement les fragments de verre de la table, des couverts et des cheveux d'Helena.

C'était peut-être les bougies et la poussière dorée qui scintillait dans l'air tandis que l'obscurité tombait au-dehors, c'était peut-être le courant d'air rafraîchissant qui entrait par les fenêtres ouvertes et offrait un répit à ce chaud été pannonien. Ou c'était peut-être simplement son cœur, son sang qui semblait se déchaîner dans ses veines pour vivre si possible cet instant encore plus intensément. Car elle se souvenait de la musique, ce qui était impossible puisque l'orchestre avait remballé et déguerpi. Était-ce simplement un rêve, cette musique ? Ce ne fut que de nombreux mois plus tard, juste avant qu'elle ne donne naissance à une fille, qu'elle comprit par hasard ce qui lui avait fait penser à de la musique. Au-dessus du berceau qu'ils avaient acheté, le père de sa fille avait suspendu un mobile de billes de verre multicolores, et un soir, lorsqu'il passa la main dans le mobile, elle reconnut immédiatement la musique. Elle avait compris ce que c'était. C'étaient les lustres de cristal du « Drei Husaren » qui avaient joué pour eux. Un joli petit carillon tandis qu'ils se balançaient au rythme des tremblements du sol, et qu'Urias sortait au pas des cuisines avec des *Salzburger Nockerl* et trois bouteilles de vin nouveau qu'il avait trouvées à la cave, dans un coin de laquelle il avait aussi trouvé l'un des cuisiniers occupé avec une bouteille. Celui-ci n'avait absolument pas tenté de dissuader Urias de se servir, mais avait au contraire opiné du chef quand Urias lui avait montré la bouteille qu'il venait de dégoter.

Il posa donc ses quarante schillings sous le chandelier, et ils sortirent dans la douce soirée de juin. Weih-

burggaße était tout à fait calme, mais l'air était plein
d'odeurs de fumée, de poussière et de terre.

« Promenons-nous un peu », dit Urias.

Sans qu'aucun n'ait dit quoi que ce soit sur la direction à suivre, ils tournèrent à droite dans Kärntner
Straße et se retrouvèrent tout à coup sur une Stephans-
platz obscure et déserte.

« Seigneur », dit Urias. Devant eux, l'énorme cathédrale remplissait cette jeune nuit.

« La cathédrale Saint-Stéphane ? demanda-t-il.

— Oui. » Helena renversa la tête en arrière et suivit
des yeux *Südturm*, la flèche vert foncé, vers le ciel où
les premières étoiles avaient rampé hors des ténèbres.

Ce dont elle se souvenait ensuite, c'est qu'ils étaient
à l'intérieur de la cathédrale. Elle se rappelait les visages blancs des personnes qui y avaient trouvé refuge,
les pleurs des enfants et l'orgue qui jouait. Ils marchè-
rent vers l'autel, bras dessus, bras dessous, ou bien
était-ce aussi seulement quelque chose qu'elle avait
rêvé ? N'était-ce pas arrivé, qu'il l'avait tout à coup serrée contre lui en lui disant qu'elle devait être sienne,
qu'elle avait chuchoté oui, oui, oui et que l'intérieur de
l'église prenait ces mots et les projetait vers la voûte, la
colombe et le crucifié où les mots étaient répétés, encore et encore, jusqu'à ce qu'il devienne impossible de
ne pas y croire ? Que ça se soit produit ou non, ces
mots étaient néanmoins plus vrais que ceux qu'elle
avait nourris depuis sa conversation avec André Brockhard :

« Je ne peux pas venir avec toi. »

Ça avait aussi été dit, mais où, et quand ?

Elle l'avait dit à sa mère l'après-midi même —
qu'elle n'allait pas partir, mais ne donnait aucune raison. Sa mère avait tenté de la réconforter, mais Helena
n'avait pas supporté la voix perçante et péremptoire de

sa mère et s'était enfermée dans sa chambre. Puis Urias
était arrivé, avait frappé à la porte, et elle avait décidé
de ne plus penser, mais de tomber sans avoir peur, sans
imaginer autre chose qu'un gouffre sans fond. Peut-
être l'avait-il vu dès l'instant où elle avait ouvert la
porte, peut-être avaient-ils conclu sur ce pas de porte le
marché implicite de vivre le restant de leur vie pendant
les heures qui leur restaient avant le départ du train.

« Je ne peux pas venir avec toi. »

Le nom d'André Brockhard avait eu un goût de bile
sur sa langue, et elle l'avait recraché. En même temps
que le reste : la caution, la mère qui risquait d'être jetée
à la rue, le père qui n'aurait pas une vie décente au retour, Beatrice qui n'avait pas de famille vers qui se tourner. Oui, tout ça avait été dit, mais quand ? Dans la
cathédrale ? Ou après leur course à travers les rues vers
Filharmonikerstraße, où le trottoir était couvert de briques et de débris de verre, où les flammes orange qui
sortaient des fenêtres de l'ancienne pâtisserie leur montraient la voie tandis qu'ils se précipitaient vers la réception somptueuse mais pour l'heure déserte et plongée
dans les ténèbres, et qu'ils craquaient une allumette, chi-
paient une clé au hasard sur le mur et montaient en
trombe l'escalier couvert de tapis si épais qu'ils n'avaient
pas réussi à produire le moindre son, à l'instar de deux
fantômes voletant dans le couloir à la recherche de la
chambre 342. Puis ils furent dans les bras l'un de l'autre,
s'arrachèrent mutuellement leurs vêtements comme si
eux aussi étaient la proie des flammes, et quand son
souffle lui brûla la peau, elle le griffa jusqu'au sang et
appliqua ensuite ses lèvres sur les égratignures. Elle répéta ces mots jusqu'à ce qu'ils sonnent comme un exor-
cisme : « Je ne peux pas venir avec toi. »

Lorsque l'alarme retentit de nouveau pour signifier
que le bombardement était fini pour cette fois, ils

étaient enchevêtrés l'un dans l'autre, sur des draps en-
sanglantés, et elle pleurait sans pouvoir s'arrêter.

Tout s'était ensuite mélangé en un tourbillon de
corps, de sommeil et de rêves. Quand avaient-ils fait
l'amour, et quand avait-elle simplement rêvé qu'ils faisaient l'amour, elle ne le savait pas. La pluie l'avait réveillée au milieu de la nuit, et elle avait instinctivement
su qu'il était parti, elle était allée à la fenêtre et avait
regardé dans la rue nettoyée des cendres et de la terre.
L'eau débordait déjà des caniveaux, et un parapluie
ouvert, sans maître, descendait la rue en direction du
Danube. Elle était alors retournée se coucher. Mais
quand elle s'était réveillée, il faisait jour, les rues
étaient sèches et il était allongé près d'elle, retenant
son souffle.

Elle regarda le réveil, sur la table de chevet. Deux
heures encore avant le départ du train. Elle le caressa
sur le front.

« Pourquoi ne respires-tu pas ? murmura-t-elle.

— Je viens de me réveiller. Et toi non plus, tu ne res-
pires pas. »

Elle se serra contre lui. Il était nu, mais chaud et en
nage.

« Alors on doit être morts.

— Oui, dit-il simplement.

— Tu étais parti.

— Oui. »

Elle sentit qu'il tremblait.

« Mais tu es revenu », dit-elle.

QUATRIÈME PARTIE

LE SUPPLICE

35

Dock de Bjørvika, 29 février 2000

Harry se gara à côté d'une baraque en préfabriqué, sur la seule pente qu'il trouva dans cette zone portuaire plus plate qu'un miroir de télescope spatial. Un soudain vent doux avait fait fondre la neige, le soleil brillait, et c'était en deux mots une journée délicieuse. Il passa entre les containers empilés les uns sur les autres au soleil, tels de gigantesques briques de Lego jetant leur ombre anguleuse sur l'asphalte. Les lettres et les signes indiquaient qu'ils venaient de contrées aussi lointaines que Taïwan, Buenos Aires et Cape Town. Harry, debout au bord du quai, ferma les yeux et s'imagina là-bas tout en respirant le mélange d'eau salée, de goudron chauffé au soleil et de mazout. Lorsqu'il les rouvrit, le bateau qui assurait la liaison avec le Danemark entra dans son champ de vision. Il ressemblait à un réfrigérateur. Un réfrigérateur qui emmenait et ramenait les mêmes personnes, dans un mouvement de navette divertissant.

Il savait qu'il était trop tard pour trouver des traces

de la rencontre entre Hochner et Urias, il n'était même pas sûr qu'ils se soient rencontrés sur ce dock, ça pouvait aussi bien s'être passé à Filipstad. Mais il avait malgré tout espéré que cet endroit pourrait lui inspirer quelque chose, lui donner le coup de pouce nécessaire à son imagination.

Il shoota dans un pneu qui bascula du quai. Peut-être devait-il se procurer un bateau pour pouvoir emmener son père et la Frangine en mer, un été ? Son père avait besoin de sortir ; cet homme jadis si sociable s'était transformé en ermite après la mort de sa mère, huit ans auparavant. Et la Frangine ne sortait pas beaucoup de sa propre initiative, même si ça ne se voyait pas tant que ça qu'elle souffrait du syndrome de Down.

Un oiseau plongea avec ravissement entre les containers. La mésange bleue vole à vingt-huit kilomètres par heure. C'est ce qu'Ellen lui avait dit. Le col-vert à soixante-deux. Ils s'en sortaient à peu près aussi bien l'un que l'autre. Non, ce n'était pas grave, pour la Frangine, il s'en faisait plus pour son père.

Harry essaya de se concentrer. Tout ce que Hochner lui avait dit avait été consigné dans son rapport, mot pour mot, mais il invoquait maintenant son visage pour essayer de se souvenir de ce que l'autre n'avait pas dit. À quoi ressemblait Urias ? Hochner n'avait pas eu le temps de dire grand-chose, mais quand il faut décrire une personne, on commence en général par ce qui saute d'abord aux yeux, ce qui est différent. Et la première chose qu'avait dite Hochner à propos d'Urias, c'est qu'il avait les yeux bleus. À moins qu'Hochner trouve très spécial d'avoir les yeux bleus, ça pouvait vouloir dire qu'Urias n'avait aucun handicap, ne parlait pas ou ne marchait pas d'une façon particulière. Il parlait allemand et anglais, et était allé à un endroit en Allemagne qui s'appelait Sennheim. Harry regarda

fixement le bateau qui assurait la liaison avec le Danemark glisser lentement vers Drøbak. Il avait beaucoup
voyagé. Et si Urias avait été marin ? Harry était allé
voir dans un atlas, même dans un atlas allemand, mais
n'avait pas trouvé de Sennheim. C'était peut-être une
trouvaille de Hochner. Et qui n'avait sans doute
aucune espèce d'importance.

Hochner avait dit qu'Urias haïssait. Il était donc
peut-être possible qu'il ait deviné juste, que la personne qu'ils recherchaient ait un motif personnel. Mais
détestait quoi ?

Le soleil disparut derrière Hovedøya et la brise qui
venait du fjord d'Oslo se fit immédiatement plus mor-
dante. Harry serra son manteau et retourna vers la voiture. Et ce demi-million, Urias l'avait-il reçu d'un
commanditaire, ou était-ce une course en solo, sur ses
fonds propres ?

Il sortit son téléphone mobile. Un Nokia, minuscule,
vieux de seulement deux semaines. Il avait longtemps
résisté, mais Ellen avait fini par le persuader de s'en
procurer un. Il composa le numéro de sa collègue.

« Salut, Ellen, c'est Harry. Tu es seule ? O.K. Je voudrais que tu te concentres. Oui, on va s'amuser un peu.
Tu es prête ? »

Ils avaient déjà fait ça de nombreuses fois. « Le
jeu » consistait en une suite de mots-clés qu'il lui donnait. Pas d'informations de fond, pas d'indication concernant ce sur quoi il séchait, juste des fragments
d'informations de un à cinq mots, dans un ordre aléa-
toire. Ils avaient développé la méthode au fur et à mesure que le temps passait. La règle absolue, c'était
qu'il fallait qu'il y ait au moins cinq éléments, mais
pas plus de dix. C'était Harry qui avait eu l'idée après
avoir parié une garde nocturne qu'Ellen ne pourrait
pas se rappeler l'ordre des cartes d'un paquet en ne

les ayant regardées que deux minutes, soit deux secondes par carte. Il avait perdu trois fois avant de déposer les armes. Elle lui avait ensuite révélé la méthode qu'elle utilisait pour mémoriser. Elle ne pensait pas aux cartes en tant que telles, mais avait à l'avance relié chaque carte à une personne ou à un événement pour ensuite constituer une histoire à mesure que les cartes sortaient. Il avait depuis essayé d'appliquer les talents d'Ellen à établir des combinaisons dans le cadre professionnel. Le résultat avait été stupéfiant à plusieurs reprises.

« Homme, soixante-dix ans, dit lentement Harry. Norvégien. Un demi-million de couronnes. Amer. Yeux bleus. Fusil rayé Märklin. Parle allemand. Aucune infirmité. Trafic d'armes sur le dock. Exercices de tir près de Skien. Et voilà. »

Il s'assit dans la voiture.

« Rien ? Je m'en doutais. O.K. J'ai pensé que ça valait le coup d'essayer. Merci quand même. Salut. »

Harry était arrivé à l'échangeur devant le central des mandats postaux quand il pensa subitement à quelque chose et rappela.

« Ellen ? C'est encore moi. Oui, j'ai oublié quelque chose. Tu suis ? *N'a pas pris d'arme en main depuis plus de cinquante ans.* Je répète : *N'a pas pris...* Oui, je sais, que ça fait plus de quatre mots. Toujours rien ? Merde, et maintenant, j'ai loupé ma sortie ! À plus tard, Ellen. »

Il posa son mobile sur le siège passager et se concentra sur la route. Il venait de s'extraire d'un rond-point lorsque le téléphone sonna.

« Harry. Quoi ? Comment diable as-tu fait pour penser à ça ? Oui, oui, ne te fâche pas, j'oublie simplement que de temps en temps, tu ne sais pas ce qui se passe dans ta caboche. Cerveau. Ton gros et merveilleux cerveau débordant. Et oui, maintenant que tu le dis, c'est évident. Merci. »

Il raccrocha et se souvint au même instant qu'il lui devait toujours les trois gardes. Maintenant qu'il n'était plus à la brigade criminelle, il fallait qu'il trouve autre chose. Il chercha autre chose pendant approximativement trois secondes.

36

Irisveien, 1ᵉʳ mars 2000

La porte s'ouvrit, et Harry plongea le regard dans une paire d'yeux bleus, dans un visage ridé.

« Harry Hole, police, dit-il. C'est moi qui ai appelé ce matin.

— Exact. »

Les cheveux gris-blanc du vieil homme étaient plaqués vers l'arrière sur son front haut, et il portait une cravate sous son cardigan d'intérieur. « Even & Signe Juul » pouvait-on lire sur la boîte à lettres, à l'extérieur du portail de cette maison mitoyenne située dans un quartier paisible de villas, au nord du centre-ville.

« Je vous en prie, entrez, monsieur Hole. »

Sa voix était calme et assurée, et quelque chose dans son maintien lui faisait paraître moins âgé qu'il l'était nécessairement. Harry s'était renseigné, et avait entre autres découvert que le professeur d'histoire avait fait partie de la Résistance. Et même si Even Juul était à la retraite, il était toujours considéré comme le principal expert en ce qui concernait l'Occupation norvégienne et l'Alliance Nationale.

Harry se pencha pour ôter ses chaussures[*]. De vieux clichés en noir et blanc, légèrement défraîchis, étaient suspendus au mur devant lui, dans de petits cadres. L'un d'entre eux représentait une jeune femme en tenue d'infirmière. Un autre, un jeune homme vêtu d'un manteau blanc.

Ils entrèrent au salon, où un Airedale terrier grisonnant cessa d'aboyer et se mit à renifler consciencieusement l'entrecuisse de Harry avant d'aller s'allonger à côté du fauteuil de Juul.

« J'ai lu quelques-uns de vos articles parus dans *Dagsavisen*, sur le fascisme et le national-socialisme, commença Harry lorsqu'ils se furent assis.

— Ça par exemple, j'ai des lecteurs ! fit Juul avec un sourire.

— Vous semblez très investi dans la prévention du nazisme d'aujourd'hui ?

— Je ne préviens pas, je mets juste en évidence quelques parallèles historiques. La responsabilité d'un historien, c'est de mettre au jour, pas de juger. »

Juul s'alluma une pipe.

« Beaucoup de gens pensent que le bien et le mal sont des absolus immuables. Ce n'est pas vrai, ils évoluent au fil du temps. La mission de l'historien est en premier lieu d'établir la vérité historique, de retrouver ce que nous apprennent les sources, et de l'exposer de façon objective et impartiale. Si l'historien devait se poser en juge de la folie humaine, notre travail deviendrait avec les années comme des fossiles — des empreintes de l'orthodoxie d'une époque. »

Un nuage de fumée bleue s'éleva dans l'air.

---

[*] Bien plus qu'en France, il est de bon ton lorsqu'on entre chez quelqu'un de retirer ses chaussures. Les Norvégiens ont d'ailleurs souvent une paire de grosses chaussettes dans une poche, en prévision.

« Mais ce n'est certainement pas ça que vous êtes venu me demander.

— Nous nous demandons si vous pouvez nous aider à retrouver un homme.

— Vous en avez parlé au téléphone. Qui est-ce ?

— On n'en sait rien. Mais nous supposons qu'il a les yeux bleus, qu'il est norvégien et qu'il a plus de soixante-dix ans. Et aussi qu'il parle allemand.

— Et ?

— Et c'est tout. »

Juul s'esclaffa.

« Oui, ça vous fait pas mal de candidats.

— Eh bien... Il y a 158 000 hommes de plus de soixante-dix ans dans ce pays, et j'imagine qu'environ 100 000 d'entre eux ont les yeux bleus et parlent allemand. »

Juul haussa un sourcil. Harry lui fit un sourire niais.

« Bulletin annuel de statistiques. J'ai regardé, histoire de m'amuser.

— Alors qu'est-ce qui vous fait croire que je peux vous aider ?

— J'y viens. Cette personne est supposée avoir dit qu'elle n'avait pas eu de fusil en main depuis plus de cinquante ans. J'ai pensé — enfin, ma collègue a pensé — que plus que cinquante, c'est moins de soixante.

— Logique.

— Oui, elle est très... euh... logique. Alors supposons que ce soit cinquante-cinq ans. On tombe en pleine Seconde Guerre mondiale. Il a environ vingt ans et tient un fusil dans les mains. Tous les Norvégiens ayant disposé d'une arme à usage privé ont dû la remettre aux Allemands ; alors où est-il ? »

Harry leva trois doigts :

« Eh bien, ou il est dans la Résistance, ou il a fui en Angleterre, ou il est au front, au service des Alle-

mands. Il parle mieux allemand qu'anglais. Par conséquent...

— Donc, votre collègue s'est dit qu'il avait dû être
volontaire dans l'armée allemande, c'est ça ? dit Juul.

— C'est ça. »

Juul caressa sa pipe.

« De nombreux résistants ont également dû apprendre l'allemand, dit-il. Pour s'infiltrer, procéder à des
écoutes, etc. Et vous oubliez les Norvégiens qui étaient
dans les forces de police suédoises.

— Notre conclusion ne tient donc pas ?

— Mmouais, laissez-moi penser un peu tout haut ;
autour de quinze mille Norvégiens se sont enrôlés volontairement pour aller combattre au front, mais sept mille
ont été admis et se sont donc retrouvés avec une arme.
C'est bien plus qu'il n'en est parti en Angleterre pour y
servir. Et même s'il y avait davantage de Norvégiens
dans la Résistance à la fin de la guerre, très peu d'entre
eux avaient eu un jour une arme entre les mains. »

Juul sourit.

« Imaginons provisoirement que vous ayez raison.
Ces anciens soldats ne sont évidemment pas répertoriés
dans l'annuaire en tant qu'anciens de la Waffen-S.S.,
mais j'imagine que vous savez déjà où il vous faut chercher ? »

Harry acquiesça.

« Archives des traîtres à la patrie. Mises à jour, avec
les noms et tous les éléments du procès. J'y ai jeté un
œil hier, j'espérais que suffisamment d'entre eux seraient morts et qu'on arriverait à un nombre raisonnable. Mais je me suis trompé.

— Oui, ils ont la peau dure, ces enfoirés, dit Juul en
riant.

— Et on en arrive au pourquoi de mon coup de fil.
Vous connaissez l'histoire de ces soldats volontaires

mieux que personne. Je voudrais que vous m'aidiez à comprendre comment pense un type de cet acabit, ce qui l'anime.

— Merci pour cette confiance, Hole, mais je suis historien, et je n'en sais pas plus que d'autres sur les motifs qui font agir telle ou telle personne. Comme vous le savez peut-être, j'étais à Milorg, et ça ne me rend pas spécialement apte à me mettre dans la peau d'un engagé pour les Allemands.

— Je crois malgré tout que vous en savez assez long, Juul.

— Ah oui ?

— Je pense que vous voyez ce que je veux dire. J'ai fait des recherches archéologiques assez poussées. »

Juul caressa sa pipe et regarda Harry. Dans le silence qui suivit, Harry prit conscience que quelqu'un se tenait à la porte du salon. Il se retourna et vit une femme d'âge mûr. Elle regardait Harry de ses yeux doux et calmes.

« Nous sommes en pleine conversation, Signe », dit Even Juul.

Elle fit un signe de tête enjoué à Harry, ouvrit la bouche comme pour dire quelque chose, mais s'interrompit quand son regard croisa celui d'Even Juul. Elle hocha de nouveau la tête, referma la porte sans bruit et disparut.

« Alors vous le savez ? demanda Juul.

— Oui. Elle était infirmière sur le front est, n'est-ce pas ?

— Près de Leningrad. De 1942 à la retraite, en mars 1943. » Il posa sa pipe. « Pourquoi êtes-vous en chasse après cet homme ?

— Pour être parfaitement honnête, nous non plus, nous ne le savons pas. Mais il pourrait être question d'un attentat.

— Hmm.

— Alors que devons-nous chercher ? Un original ? Un type qui est toujours un nazi convaincu ? Un criminel ? »

Juul secoua la tête.

« La plupart des soldats qui s'étaient engagés dans les troupes allemandes ont purgé leur peine et se sont ensuite réinsérés dans la société. Beaucoup d'entre eux s'en sont étonnamment bien sortis, même en étant marqués du sceau de traître à la patrie. Ce n'est peut-être pas si étonnant, on constate souvent que ce sont les débrouillards qui prennent position dans des situations critiques, comme les guerres.

— Celui qu'on recherche peut donc être quelqu'un qui s'est bien débrouillé dans la vie ?

— Absolument.

— Une personne importante dans la société ?

— La porte des postes importants dans l'économie et la politique était plutôt fermée.

— Mais il a pu être un indépendant, un créateur. En tout cas quelqu'un qui a gagné suffisamment d'argent pour pouvoir s'acheter une arme d'un demi-million. Mais après qui peut-il bien en avoir ?

— Est-ce qu'il faut obligatoirement que ça ait un lien avec son passé d'engagé pour les Allemands ?

— Quelque chose me dit que c'est le cas.

— Une vengeance, donc.

— Est-ce si aberrant ?

— Non, certainement pas. Beaucoup de ces gens-là se considèrent comme les authentiques patriotes de la guerre et pensent qu'ils ont agi dans l'intérêt de la patrie, compte tenu de ce à quoi ressemblait le monde en 1940. Qu'on les ait condamnés comme traîtres à la nation a constitué selon eux une véritable erreur judiciaire.

— Alors ? »

Juul se gratta derrière l'oreille.

« Mouais. Les juges qui ont participé à ce règlement de comptes judiciaire sont sûrement presque tous morts. De même pour les politiques qui ont jeté les bases de ces règlements de comptes. La théorie de la vengeance ne pèse pas lourd. »

Harry soupira.

« Vous avez raison. J'essaie seulement de composer une image avec le peu de pièces de puzzle dont je dispose. » Juul jeta un rapide coup d'œil à la pendule.

« Je vous promets d'y réfléchir, mais je ne sais vraiment pas si je peux vous aider.

— Merci, en tout cas », dit Harry en se levant. Puis il eut une idée et sortit un paquet de feuilles pliées de la poche de sa veste.

« D'ailleurs, j'ai pris une copie du rapport d'audition du témoin que j'ai interrogé à Johannesburg. Si vous pouviez voir si vous trouvez quelque chose d'intéressant... »

Juul dit oui, mais secoua la tête comme pour répondre par la négative.

Juste avant de remettre ses chaussures, dans le couloir, Harry montra la photo représentant un jeune homme en manteau blanc :

« C'est vous ?

— Au milieu du siècle dernier, oui, répondit Juul en riant. Ça a été pris en Allemagne, avant la guerre. Il fallait que je marche dans les traces de mon père et de mon grand-père en allant y étudier la médecine. Quand la guerre a éclaté, je suis rentré, et c'est dans la Résistance que je me suis procuré mes premiers livres d'histoire. Après, il était trop tard. J'étais mordu.

— Vous avez donc laissé tomber la médecine ?

— On peut le voir comme ça. Je voulais essayer de

trouver une explication au fait qu'un homme, qu'une idéologie puisse séduire tant de monde. Et peut-être trouver un remède, par la même occasion. J'étais très, très jeune », conclut-il en riant.

37

Premier étage, Hôtel Continental,
1er mars 2000

« C'est chouette qu'on puisse se voir comme ça », dit Bernt Brandhaug en levant son verre de vin.

Ils trinquèrent et Aud Hilde sourit au conseiller des Affaires étrangères.

« Et pas seulement au boulot », dit-il en la regardant fixement, jusqu'à ce qu'elle baisse les yeux. Brandhaug l'observa. Elle n'était pas à proprement parler jolie, ses traits étaient un peu trop grossiers, et elle était peut-être un peu rondouillarde. Mais elle était charmante, légèrement aguicheuse, et potelée de façon juvénile.

Elle avait appelé du service du personnel, le matin même, pour discuter d'une affaire qu'ils ne savaient pas comment traiter, mais avant qu'elle ait pu en dire davantage, il lui avait demandé de monter à son bureau. Et quand elle était arrivée, il lui avait immédiatement déclaré qu'il n'avait pas le temps et qu'ils devraient voir ça au cours d'un dîner, après le travail.

« Il faut bien que nous autres fonctionnaires ayons aussi quelques avantages en nature », avait-il dit. Elle pensait vraisemblablement qu'il parlait du dîner.

Tout s'était jusqu'alors bien passé. Le chef de rang

leur avait dressé la table habituelle, et il n'avait vu presque personne de connu dans la clientèle.

« Oui, c'est cette affaire bizarre que nous avons récupérée hier, dit-elle en laissant le serveur poser la serviette sur ses genoux. Un type relativement âgé est venu nous voir en affirmant que nous lui devions de l'argent. Le ministère des Affaires étrangères, donc. Presque deux millions de couronnes, a-t-il dit en se référant à une lettre qu'il avait envoyée en 1970. »

Elle leva les yeux au ciel. Elle aurait dû un peu moins forcer sur le maquillage, se dit Brandhaug.

« A-t-il dit pourquoi nous lui devions de l'argent ?

— Il a dit qu'il avait été dans la marine, pendant la guerre. Il était question de Nortraship, qu'ils lui avaient gardé sa paie.

— Ah oui, je crois savoir de quoi il s'agit. Qu'est-ce qu'il a dit d'autre ?

— Qu'il ne pouvait plus attendre. Que nous les avions trahis, lui et les autres qui avaient été marins pendant la guerre. Et que Dieu nous jugerait pour nos péchés. Je ne sais pas s'il avait bu ou s'il était malade, mais il avait en tout cas l'air mal fichu. Il avait apporté une lettre signée du consul général norvégien à Bombay en 1944, qui, au nom de l'État norvégien, lui garantissait le rappel de paiement de sa prime de risque liée à la guerre pour les quatre années passées dans la marine marchande norvégienne, en tant qu'officier de pont. S'il n'y avait pas eu cette lettre, nous l'aurions bien évidemment flanqué dehors, et nous ne nous soucierions plus de cette bagatelle.

— Tu peux venir me voir quand tu veux, Aud Hilde », dit-il en sentant instantanément la panique l'aiguillonner : elle s'appelait bien Aud Hilde ?

« Pauvre homme, dit Brandhaug en faisant signe au serveur qu'ils désiraient encore du vin. Ce qu'il y a de triste dans cette histoire, c'est évidemment qu'il a raison. Nortraship a été fondé pour gérer la partie de la marine marchande norvégienne sur laquelle les Allemands n'avaient pas encore mis la main. C'était une organisation dont l'intérêt était en partie politique, et en partie commercial. Les Britanniques payaient par exemple de grosses primes de risques à Nortraship pour pouvoir utiliser des bateaux norvégiens. Mais au lieu de servir à payer l'équipage, cet argent allait directement dans les caisses de l'État et des sociétés de navigation. On parle de plusieurs centaines de millions de couronnes. Les marins concernés ont essayé d'intenter des actions en justice pour récupérer leur argent, mais ils ont perdu devant la Cour Suprême en 1954. Ce n'est qu'en 1972 que le Storting a admis que ces marins avaient droit à leur argent.

— Cet homme n'a certainement rien touché. Parce qu'il était en Mer de Chine et qu'ils ont été torpillés par les Japonais, et pas par les Allemands, a-t-il précisé.

— A-t-il dit comment il s'appelait ?

— Konrad Åsnes. Attends, je vais te montrer la lettre. Il avait établi les calculs des intérêts, et des intérêts des intérêts. »

Elle se pencha sur son sac. Ses avant-bras tremblotèrent. Elle devrait faire plus d'exercice, se dit Brandhaug. Quatre kilos en moins, et Aud Hilde serait plantureuse au lieu d'être… épaisse.

« C'est bon, dit-il, je n'ai pas besoin de la voir. Nortraship relève du ministère du Commerce. »

Elle leva les yeux vers lui.

« Il a insisté sur le fait que c'était nous, qui lui devions de l'argent. Il nous a donné quatorze jours pour le payer. »

Brandhaug s'esclaffa.

« Ah oui ? Et qu'est-ce qui presse tant, aujourd'hui, soixante ans après ?

— Il ne l'a pas dit. Il a juste dit qu'il nous faudrait tirer les conséquences si nous ne payions pas.

— Par exemple ! » Brandhaug attendit que le garçon les ait resservis en vin avant de se pencher en avant.

« J'ai horreur de tirer des conséquences, pas toi ? » Elle rit, ne sachant trop comment réagir.

Brandhaug leva son verre.

« Je me demande juste ce qu'on doit faire de cette affaire, dit-elle.

— L'oublier. Mais moi aussi, je me demande une chose, Aud Hilde.

— Quoi ?

— Si tu as vu la chambre dont nous disposons dans cet hôtel. »

Aud Hilde rit à nouveau et répondit que non, elle ne l'avait pas vue.

38

Centre d'entraînement du SATS*, Ila, 2 mars 2000

Harry transpirait. La salle d'entraînement comptait dix-huit vélos d'appartement hyper-modernes, tous occupés par des citadins relativement beaux qui fixaient les téléviseurs muets accrochés au plafond. Harry regardait Elisa, de l'expédition Robinson, qui mimait

---

* Sport Aerobic Trenings Senter, l'équivalent de nos Gymnase Club.

qu'elle ne pouvait pas encadrer Poppe. Harry le savait. C'était une rediffusion.

« *That don't impress me much !* » gueulaient les enceintes.

Bon, se dit Harry, qui n'aimait ni la musique qui résonnait dans la pièce ni le raclement qui semblait venir de quelque part dans ses poumons. Il pouvait s'entraîner gratuitement à la salle de l'hôtel de police, mais c'était Ellen qui l'avait persuadé de venir s'entraîner au SATS. Il avait accepté, mais avait dit stop quand elle avait essayé de le convaincre de s'inscrire à des cours d'aérobic. Bouger sur de la *jalla* en rythme avec tout un troupeau de personnes qui aimaient ça, devant un moniteur luisant et sec comme un coup de trique qui encourageait leurs efforts au moyen de pensées profondes du style « on n'a rien sans rien » constituait pour Harry une forme incompréhensible d'auto-humiliation. Les principaux avantage du SATS, tel qu'il le voyait, c'était qu'on pouvait s'entraîner et regarder l'expédition Robinson en même temps, sans se trouver dans la même pièce que Tom Waaler, qui semblait passer le plus clair de son temps libre dans la salle de musculation de la police. Harry jeta un rapide coup d'œil autour de lui et constata que ce soir encore, il était le plus vieux. La pièce était en majorité occupée par des jeunes femmes ayant toutes un casque de walkman sur les oreilles, qui regardaient à intervalle régulier dans sa direction. Pas parce qu'elles le regardaient lui, mais parce que le comique le plus populaire de Norvège était installé à côté de lui, vêtu d'un sweat-shirt, sans la moindre goutte de sueur sous sa frange de gosse. Un message clignota sur l'écran de Harry : *Vous vous entraînez bien.*

« *Mais vous vous habillez n'importe comment* », pensa Harry en baissant les yeux sur son pantalon de jogging flasque et délavé qu'il devait remonter sans arrêt à cause du téléphone mobile accroché à sa ceinture. Et ses Adidas usées n'étaient ni assez récentes pour être modernes, ni assez anciennes pour être de nouveau à la mode. Son T-shirt Joy Division, qui avait jadis donné une certaine crédibilité, ne donnait plus à présent que l'information qu'on n'avait pas suivi l'évolution musicale de ces dernières années.

Mais Harry ne se sentait pas à ce point hors du coup jusqu'à ce qu'une sonnerie se fasse entendre et que dix-sept regards lourds de reproches, y compris celui du comique, se tournent vers lui. Il attrapa la petite machine infernale noire à sa ceinture de pantalon.

« Hole. »

Okay, so you're a rocket scientist, that don't impress...

— Ici Juul. Je te dérange ?

— Non, c'est juste la musique.

— Tu souffles comme un phoque. Rappelle-moi quand le moment sera plus opportun.

— Non, ça ne pose pas de problème, maintenant. Je suis juste dans une salle de sport.

— Bien. J'ai de bonnes nouvelles. J'ai lu ton rapport de Johannesburg. Pourquoi tu ne m'as pas dit qu'il était allé à Sennheim ?

— Urias ? C'est capital ? Je n'étais même pas sûr d'avoir bien compris le nom ; il se trouve que je suis allé voir dans un atlas allemand, mais que je n'ai pas trouvé de Sennheim.

— Pour répondre à ta question, oui, c'est capital. Si tu t'es demandé si ce type pouvait s'être engagé dans les troupes allemandes, tu peux arrêter de te poser la question. C'est sûr à cent pour cent. Sennheim est un tout petit patelin, et les seuls Norvégiens qui à ma connaissance y sont allés l'ont fait pendant la guerre. En

camps d'entraînement, avant de partir sur le front est.
Et si tu n'as pas trouvé Sennheim dans un atlas allemand, c'est parce que ça ne se trouve pas en Allemagne, mais en Alsace, en France.

— Mais...

— L'Alsace a été tour à tour allemande et française,
au cours des siècles, et c'est pour ça qu'on y parle allemand. Que notre homme soit allé à Sennheim réduit
considérablement le nombre de candidats. En fait, il
n'y a que des Norvégiens des régiments Nordland et
Norge qui y ont été formés. Et mieux encore... je peux
te donner le nom d'une personne qui est allée à Sennheim et qui acceptera très certainement de collaborer.

— Ah oui ?

— Un engagé du régiment Nordland. Il s'est volontairement inscrit dans la Résistance en 1944.

— Mazette !

— Il a grandi dans une ferme isolée, au milieu de parents et de grands frères qui étaient tous des fanas de
l'Alliance Nationale, et ils ont fait pression sur lui pour
qu'il s'enrôle dans l'armée allemande. Il n'a jamais été
un nazi convaincu, et en 1943, il a déserté près de Leningrad. Il a passé un court séjour dans les geôles russes, et a également combattu peu de temps à leurs
côtés avant de réussir à rentrer en Norvège en passant
par la Suède.

— Vous avez fait confiance à un ex-volontaire de
l'armée allemande ? »

Juul rit.

« Complètement.

— Pourquoi ris-tu ?

— C'est une longue histoire.

— J'ai le temps.

— On lui a donné l'ordre de liquider quelqu'un de sa
propre famille. »

Harry s'immobilisa. Juul s'éclaircit la voix :

« Quand on l'a trouvé dans les Nordmark, un peu au nord d'Ullevålseter, on n'a tout d'abord pas cru à son histoire, on a pensé qu'il essayait de s'infiltrer et on s'apprêtait à le fusiller. Mais grâce à des contacts aux archives de la police d'Oslo, on a pu vérifier son histoire, et il est apparu qu'il avait effectivement été porté disparu au front et soupçonné d'avoir déserté. Ses antécédents familiaux concordaient, et il avait des papiers qui prouvaient qu'il était bien celui qu'il prétendait être. Mais tout ça avait bien entendu pu être fabriqué par les Allemands, alors on a décidé de le tester, d'abord. »

Pause.

« Et ? demanda Harry.

— On l'a caché dans une cabane où il était isolé aussi bien de nous que des Allemands. Quelqu'un a proposé qu'on lui demande de supprimer l'un de ses frères, qui étaient à l'Alliance Nationale. C'était surtout pour voir comment il réagirait. Il n'a pas dit un mot quand on lui a donné l'ordre, mais le lendemain, quand on est arrivés à la cabane, il était parti. On était sûrs qu'il avait fait machine arrière, mais il est réapparu deux jours plus tard. Il a dit qu'il était allé faire un tour jusqu'à la ferme familiale, dans le Gudbrandsdal. Quelques jours après, on a reçu les rapports des hommes qu'on avait là-bas. On avait trouvé l'un des frères dans l'étable, l'autre dans la grange. Les parents étaient dans le salon.

— Seigneur, dit Harry. Ce mec était fou !

— C'est probable. Nous l'étions tous. C'était la guerre. On n'en a jamais parlé, d'ailleurs, ni sur le moment, ni depuis. Toi non plus, tu ne devrais pas…

— Non, bien sûr. Où habite-t-il ?

— Ici, à Oslo. À Holmenkollen, je crois.

— Et il s'appelle ?

— Fauke. Sindre Fauke.

— Bien. Je vais prendre contact avec lui. Merci, Juul. »

Sur l'écran du téléviseur, il vit Poppe, en très gros plan, qui passait un bonjour baigné de larmes aux siens. Harry raccrocha son mobile à l'élastique de son pantalon, le remonta une fois de plus et fila vers la salle de musculation.

… whatever, that don't impress me much…

39

House of Singles, Hegdehaugsveien, 2 mars 2000

« Laine de qualité super 110, dit la vendeuse en aidant le vieil homme à enfiler la veste. La meilleure. Légère, et résistante.

— Elle ne va servir qu'une fois, dit le vieux en souriant.

— Ah, dit-elle, légèrement déstabilisée, nous en avons quelques-unes plus abordables…

— Celle-ci est parfaite. » Il se regarda dans le miroir.

« Coupe classique, l'assura la vendeuse. La plus classique que nous ayons. »

Elle jeta un regard épouvanté au vieux qui venait de plonger en avant et se tenait plié en deux.

« Vous ne vous sentez pas bien ? Est-ce que je dois…

— Non, non… juste un élancement. Ça va passer. » Le vieux se redressa. « Combien de temps vous faut-il pour arranger ce pantalon ?

— Mercredi prochain. S'il n'y a pas urgence. Vous avez peut-être une occasion particulière en vue ?

— Oui. Mais mercredi prochain, ça ira. »

Il la paya en billets de cent couronnes.

« Je peux vous assurer que ce costume, vous le garderez jusqu'à la fin de votre vie », dit-elle en recomptant les billets.

Son rire résonnait encore dans les oreilles de la vendeuse longtemps après qu'il fut parti.

40

Holmenkollåsen, 3 mars 2000

Harry trouva le numéro qu'il recherchait dans Holmenkollveien, près de Besserud ; c'était une grande maison passée au brou de noix, dans la pénombre d'énormes sapins. Une allée de gravier y remontait, et Harry mena la voiture jusque dans la cour où il lui fit faire demi-tour. L'idée était de se garer face à la pente, en haut de l'allée, mais lorsqu'il rétrograda en première, le moteur toussa brusquement et s'arrêta. Harry jura et tourna la clé de contact, avec pour seul effet un cri plaintif du démarreur. Il descendit de voiture et alla vers la maison ; au même moment, une femme en sortit. Elle ne l'avait manifestement pas entendu arriver, et elle s'arrêta en haut des marches avec un sourire interrogateur.

« Bonjour, dit Harry avec un signe de tête vers la voiture. Un peu patraque, il lui faut... ses médicaments.

— Ses médicaments ? » Sa voix était chaude et profonde.

« Oui, je crois qu'elle a eu sa part de l'épidémie de grippe. »

Son sourire s'élargit un peu. Elle semblait avoir environ trente ans, et elle portait un manteau élégant et dé-
contracté dont Harry devina qu'il avait dû coûter les
yeux de la tête.

« Je sortais, dit la femme. C'est ici, que vous alliez ?

— Il me semble. Sindre Fauke ?

— Presque, dit-elle. Mais vous avez quelques mois
de retard. Mon père a déménagé en centre-ville. »

En s'approchant, Harry avait découvert qu'elle était
jolie. Et il y avait quelque chose dans sa façon détendue de parler, et dans sa façon de le regarder dans les
yeux, qui indiquait qu'elle était également sûre d'elle.
Une femme active, se dit-il. Ce qui exigeait un cerveau
froid et rationnel. Agent immobilier, second d'agence
bancaire, politique, ou quelque chose comme ça. Aisée,
en tout cas ; ça, il en était quasiment sûr. Ce n'était pas
seulement son manteau et la maison colossale devant
laquelle ils se trouvaient, mais quelque chose dans son
maintien et dans ses pommettes hautes d'aristocrate.
Elle descendit les marches en posant ses pieds l'un devant l'autre comme si elle marchait sur une corde avec
facilité. Cours de danse, se dit Harry.

« Y a-t-il quelque chose que je puisse faire pour
vous ? »

Les consonnes étaient nettes, et elle insista tellement
sur le « je » que c'en fut presque théâtral.

« Je suis de la police. » Il commença à fouiller dans
ses poches, à la recherche de sa carte, mais elle l'arrêta
d'un geste et sourit.

« Oui, je voulais discuter avec votre père. »

Harry remarqua avec irritation qu'il parlait inconsciemment avec un peu plus de solennité dans la voix
qu'il en avait l'habitude.

« Pourquoi ça ?

— Nous recherchons une personne. Et j'espère que votre père pourra nous aider.

— Qui recherchez-vous ?

— Ça, je ne peux pas vous le dire.

— Bon. » Elle hocha la tête comme si Harry venait de réussir un test.

« Mais si je comprends bien, il n'habite plus ici… » dit Harry en mettant une main en visière au-dessus de ses yeux. Les mains de la femme étaient fines. Cours de piano, pensa Harry. Et elle avait des pattes d'oie au coin des yeux. Peut-être avait-elle malgré tout plus de trente ans ?

« Effectivement, dit-elle. Il a déménagé à Majorstuen. Vibes gate 18. Vous le trouverez ou bien là-bas, ou bien à la bibliothèque de l'université, je pense. »

La bibliothèque de l'université. Elle le prononça si distinctement qu'aucune syllabe ne se perdit.

« Vibes gate 18. Compris.

— Bien.

— Oui. »

Harry acquiesça. Et acquiesça de nouveau. Comme l'un de ces chiens que certains propriétaires de voitures aiment avoir sur la plage arrière de leur véhicule. Elle sourit en serrant les lèvres et haussa les sourcils comme pour signifier que ça y était, que la réunion était terminée si personne n'avait de question.

« Compris », répéta Harry.

Les sourcils de la femme étaient noirs et parfaitement lisses. Épilés, certainement, se dit Harry. Remarquablement épilés.

« Il faut que j'y aille, dit-elle. Mon tram…

— Compris, dit Harry pour la troisième fois, sans donner le moindre signe de vouloir partir.

— J'espère que vous le trouverez. Mon père.

— Oh, certainement.

— Au revoir. » Le gravier crissa sous ses pieds lorsqu'elle se mit en marche.

« J'ai un petit problème… » dit Harry.

« Merci de ton aide, dit Harry.

— Ce n'est rien, dit-elle. Tu es sûr que ça ne fait pas un trop gros détour ?

— Absolument pas, je t'ai dit que j'allais dans cette direction », répondit Harry en jetant un coup d'œil aux gants de peau fins et indubitablement hors de prix qui étaient gris de la crasse recouvrant l'arrière de l'Escort.

« La question, c'est : est-ce que cette voiture tiendra le coup jusque-là ?

— Elle a l'air d'en avoir vu de toutes les couleurs, oui », dit-elle en montrant du doigt un trou dans le tableau de bord d'où s'échappait un enchevêtrement de fils électriques rouges et jaunes, à l'endroit où aurait dû se trouver l'autoradio.

« Effraction, dit Harry. C'est pour ça qu'on ne peut plus verrouiller la porte, ils ont aussi bousillé la serrure.

— Alors elle est ouverte à tous ?

— Eh oui, c'est comme ça, quand on vieillit…

— Ah oui ? » dit-elle en riant.

Il lui jeta un nouveau coup d'œil rapide. Peut-être faisait-elle partie de celles qui ne changent pas avec l'âge, qui semblent avoir trente ans depuis le jour où elles en ont vingt jusqu'à leur cinquantième anniversaire. Il aimait bien son profil et ses traits délicats. Sa peau avait une teinte chaleureuse et naturelle, et pas ce bronzage sec et insipide que les femmes de son âge se paient volontiers en février. Elle avait déboutonné son manteau, révélant un cou long et fin. Il regarda ses mains qui reposaient tranquillement sur ses genoux.

« C'est rouge », dit-elle d'une voix calme.

Harry écrasa la pédale de frein.

« Désolé », dit-il.

Qu'est-ce qu'il était en train de faire ? Regarder ses mains, regarder s'il y voyait une alliance ? Seigneur.

Il regarda autour de lui et réalisa subitement où ils se trouvaient.

« Quelque chose ne va pas ? demanda-t-elle.

— Non, non. » Le feu passa au vert, et il appuya sur l'accélérateur. « J'ai juste un mauvais souvenir de cet endroit.

— Moi aussi, dit-elle. Je suis passée par là en train, il y a quelques années, une voiture de police venait juste de traverser la voie ferrée pour finir sa course dans le mur, là-bas, dit-elle en pointant le doigt. C'était affreux. L'un des policiers était encore accroché au piquet de clôture, comme un crucifié. Ça m'a empêché de dormir pendant plusieurs nuits. Ils ont dit que le policier qui conduisait était saoul.

— Qui a dit ça ?

— Certaines personnes avec qui j'ai étudié. De l'École Supérieure de Police. »

Ils passèrent Frøen. Vindern était derrière eux. Loin derrière, décida-t-il.

« Alors tu as fait l'École Supérieure de Police, demanda-t-il.

— Non, tu es fou ? » Elle rit de nouveau. Harry aimait bien ce son. « J'ai étudié le droit, à l'université.

— Moi aussi, dit-il. Quand y as-tu été ? »

Futé, futé, Hole.

« J'ai terminé en 92. »

Harry additionna et retrancha des années. Au moins trente, donc.

« Et toi ?

— En 90.

— Alors tu te souviens peut-être du concert des Raga Rockers pendant le Judistival de 88 ?

— Bien sûr. J'y étais. Dans la fosse.

— Moi aussi ! C'était super, non ? » Elle le regarda. Ses yeux étincelaient.

Où ? pensa-t-il. *Où étais-tu ?*

« Oui, c'était chouette. » Harry ne se rappelait pas grand-chose du concert. Mais les nanas bien comme il faut du Vestkant qui se pointaient régulièrement quand les Raga jouaient lui revinrent subitement en mémoire.

« Mais si nous avons étudié en même temps, il y a certainement pas mal de personnes que nous connaissons tous les deux, dit-elle.

— J'en doute. J'étais policier, à ce moment-là, et je n'étais pas très proche du milieu étudiant. »

Ils croisèrent Industrigata en silence.

« Tu peux me déposer ici, dit-elle.

— C'est là, que tu vas ?

— Oui, ça ira. »

Il se rapprocha du trottoir, et elle se tourna vers lui. Un cheveu égaré pendait devant son visage. Son regard était doux et courageux en même temps. Des yeux marron. Une idée insensée le frappa de façon aussi soudaine qu'inattendue : il voulait l'embrasser.

« Merci », dit-elle avec un sourire.

Elle tira la poignée de la portière. Rien ne se passa.

« Désolé, dit Harry en se penchant par-dessus elle, en inspirant son odeur. La serrure… » Il donna une bonne bourrade dans la portière qui s'ouvrit à la volée. Il se sentait comme ivre.

« À bientôt, peut-être, dit-elle.

— Peut-être. »

Il avait envie de lui demander où elle allait, où elle travaillait, si elle aimait son travail, ce qu'elle aimait d'autre, si elle avait un cher et tendre, si elle pouvait envisager de venir à quelques concerts, même si ce n'étaient pas les Raga. Mais il était heureusement trop tard, elle s'éloignait déjà à pas légers sur le trottoir de Sporveisgata.

Harry soupira. Il l'avait rencontrée trente minutes plus tôt, et il ne savait même pas comment elle s'appelait. Peut-être n'était-ce qu'un signe d'andropause précoce.

Il regarda alors dans son rétroviseur et fit un demi-tour des moins réglementaires. Vibes gate était toute proche.

41

Vibes gate, Majorstua, 3 mars 2000

Un homme attendait dans l'ouverture de la porte, et fit un grand sourire lorsque Harry arriva en haletant en haut de sa quatrième volée de marches.

« Désolé pour tous ces escaliers, dit l'individu en tendant une grosse patte. Sindre Fauke. »

Ses yeux étaient encore jeunes, mais le reste du visage accusait la traversée de deux guerres mondiales. Au moins. Ce qui restait de cheveux blancs était plaqué en arrière, et il portait une chemise rouge de bûcheron sous son cardigan norvégien ouvert. La poignée de main qu'il lui donna était ferme et chaleureuse.

« Je viens de faire du café, dit-il. Et je sais ce que tu veux. »

Ils entrèrent dans un salon qui semblait faire office de salle de travail, meublé d'un secrétaire sur lequel était posé un PC. Il y avait des papiers partout, et des piles de livres et de revues recouvraient les tables et le sol le long des murs.

« Je n'ai pas complètement fini de mettre de l'ordre ici », expliqua-t-il en libérant de la place sur le canapé pour Harry.

Ce dernier regarda autour de lui. Aucune image aux murs, juste un calendrier de chez RIMI orné de photos des Nordmark.

« Je travaille sur un assez gros projet qui, je l'espère, sera un livre. Une histoire de la guerre.

— Il n'y a personne qui l'ait déjà écrit, ce livre ? » Fauke partit d'un rire de crécelle.

« Si, on peut le dire. C'est juste qu'il y a encore un peu trop d'erreurs. Et là, il s'agit de *ma* guerre.

— Fort bien. Pourquoi fais-tu ça ? »

Fauke haussa les épaules.

« Au risque de paraître prétentieux... Nous qui y étions, nous avons la responsabilité de transmettre nos expériences aux générations à venir avant de passer de vie à trépas. C'est en tout cas comme ça que je vois les choses. »

Fauke disparut à la cuisine et cria :

« C'est Even Juul qui m'a appelé pour me dire que j'allais recevoir de la visite. Services de Surveillance de la Police, si j'ai bien compris.

— Oui. Mais Juul m'a dit que tu habitais à Holmen-kollen.

— Even et moi n'avons pas tant de contacts que ça, et j'ai conservé mon numéro de téléphone, étant donné que ce déménagement n'est que temporaire. Jusqu'à ce que j'aie fini ce livre.

— Bien. Je suis allé là-haut. J'y ai rencontré ta fille, c'est elle qui m'a donné l'adresse d'ici.

— Elle était à la maison ? Oui, elle doit sûrement prendre des jours de RTT. »

De quel boulot ? faillit demander Harry, mais il se dit que sa question surprendrait.

Fauke revint avec une grande cafetière fumante et deux mugs.

« Noir ? demanda-t-il en en posant un devant Harry.

— Parfait.

— Bien. Parce que tu n'as pas le choix. » Fauke rit tant qu'il manqua de renverser du café en les servant.

Harry fut frappé de voir à quel point Fauke était différent de sa fille. Il n'avait ni sa façon cultivée de parler et de se comporter, ni aucun de ce que son physique à elle pouvait avoir de mat et sombre. Seul le front était identique. Haut, barré par une épaisse veine bleue.

« C'est une grande maison que tu as là-haut, dit-il plutôt.

— Rien que du ménage à faire et de la neige à déblayer, répondit Fauke avant de goûter son café et de claquer des lèvres d'un air satisfait. Sombre, triste, et loin de tout. Je ne supporte pas Holmenkollåsen. Il n'y a que des snobs, soit dit en passant. Ce n'est pas pour un immigré du Gudbrandsdal comme moi.

— Pourquoi ne vends-tu pas, alors ?

— Je crois que ma fille l'aime bien. Elle y a grandi, alors… Tu voulais parler de Sennheim, ai-je compris.

— Ta fille y habite seule ? »

Harry aurait pu se sectionner la langue à coups de dents. Fauke but encore une gorgée. Fit rouler le café dans sa bouche. Longtemps.

« Avec un garçon. Oleg. »

Son regard était lointain, et il ne souriait plus.

Harry tira quelques conclusions rapides. Trop rapides, peut-être, mais s'il avait raison, ce pouvait être l'une des raisons qui expliquait que Sindre Fauke habitât à Majorstua. Néanmoins : voilà, elle vivait avec quelqu'un, plus la peine d'y penser. Aussi bien, en fait.

« Je ne peux pas trop t'en raconter, Fauke. Comme tu le comprends certainement, nous travaillons…

— Je comprends.

— Bon. J'aimerais bien que tu me racontes ce que tu sais sur les Norvégiens qui étaient à Sennheim.

— Ouille ! Il y en a eu beaucoup, tu sais.

— Ceux d'entre eux qui sont encore vivants aujourd'hui. »

Fauke sourit.

« Ce n'est pas pour donner dans le macabre, mais je pense que ça me simplifie nettement la tâche. On est tombés comme des mouches, sur le front est. En moyenne, soixante pour cent de ma troupe mourait chaque année.

— Fichtre, le même pourcentage que chez les fauvettes... euh...

— Oui ?

— Désolé. Si tu veux bien continuer... »

Harry plongea un regard honteux au fond de sa tasse.

« Ce qu'il ne faut pas perdre de vue, c'est que la courbe d'apprentissage est raide, à la guerre, dit Fauke. Si tu passes les six premiers mois, tes chances de survie sont tout à coup grandement multipliées. Tu ne marches pas sur des mines, tu gardes la tête baissée dans la tranchée, tu te réveilles au son d'un Mosin-Nagant qu'on recharge. Tu sais qu'il n'y a pas de place pour les héros, et que la peur est ta meilleure amie. Au bout de six mois, on était donc devenu un petit groupe de survivants norvégiens, et on a compris qu'on allait peut-être survivre à la guerre. La plupart d'entre nous étaient allés à Sennheim. Au fur et à mesure que la guerre progressait, ils ont déplacé les centres de formation plus loin en Allemagne. Ou alors, les volontaires venaient directement de Norvège. Ceux qui venaient directement, sans formation... »

Fauke secoua la tête.

« Ils sont morts ? demanda Harry.

— Nous ne prenions même plus la peine de mémoriser leurs noms quand ils arrivaient. Quel intérêt ? C'est difficile à concevoir, mais aussi tard qu'en 1944, les volontaires arrivaient en masse sur le front est, bien après que nous, qui étions déjà là, avions compris où ça menait. Ils pensaient qu'ils allaient sauver la Norvège, les pauvres...

— J'ai cru comprendre que tu n'y étais plus, en 1944 ?

— C'est juste. J'ai déserté. 31 décembre 1943. J'ai trahi ma patrie deux fois. » Fauke sourit. « Et les deux fois, je me suis retrouvé dans le mauvais camp.

— Tu as combattu pour les Russes ?

— Si on veut. J'étais prisonnier de guerre. On a failli mourir de faim. Un matin, ils nous ont demandé en allemand si l'un d'entre nous s'y connaissait en transmissions. J'avais quelques connaissances, alors j'ai levé la main. Il est apparu que tout le personnel des transmissions d'un régiment y était passé. Tous, sans exception ! Le lendemain, je m'occupais du téléphone de guerre pendant qu'on chargeait derrière mes anciens camarades en direction de l'Estonie. C'était près de Narva... »

Fauke prit sa tasse et la tint entre ses deux mains.

« J'étais sur une hauteur, et j'ai vu les Russes prendre d'assaut un nid de mitrailleuse. Les Allemands les ont tout bonnement fauchés. Cent vingt hommes et quatre chevaux gisaient en tas devant eux quand la mitrailleuse a fini par chauffer. Les Russes les ont tués à la baïonnette, pour économiser des munitions. Entre le début et la fin de l'attaque, il s'est passé une demi-heure, tout au plus. Cent vingt morts. Puis le poste suivant. Même chose à cet endroit-là. »

Harry vit la tasse trembler légèrement.

« J'ai compris que j'allais mourir. Pour une cause en laquelle je ne croyais pas. Je ne croyais ni en Staline, ni en Hitler.

— Pourquoi es-tu parti sur le front de l'est si tu n'y croyais pas ?

— J'avais dix-huit ans. J'avais grandi dans une ferme loin dans le Gudbrandsdal, où les voisins les plus proches étaient pratiquement les seules personnes qu'on voyait. On ne lisait pas les journaux, on n'avait pas de livres… Je ne savais rien. Tout ce que je connaissais en politique, c'était ce que mon père racontait. Nous étions les seuls de la famille à être restés en Norvège, les autres avaient émigré aux États-Unis dans les années 20. Mes parents et les fermiers alentours étaient de fervents partisans de Quisling et membres de l'Alliance Nationale. J'avais deux frères aînés que j'estimais en tout point. Ils faisaient partie de la Hird[*] et avaient pour mission de recruter des jeunes pour le parti, et ils s'étaient aussi inscrits pour partir sur le front de l'est. C'est en tout cas ce qu'ils m'ont raconté. Ce n'est que plus tard que j'ai compris que ce qu'ils recrutaient, c'étaient des délateurs. Mais à ce moment-là, il était trop tard, j'étais déjà parti pour le front de l'est.

— Alors tu as été converti sur le front ?

— Je n'appellerais pas ça une conversion. La plupart d'entre nous pensaient en fait davantage à la Norvège qu'à la politique. Le tournant, pour moi, ça a été de comprendre que c'était la guerre d'un autre pays. Aussi simple que ça, en réalité. Et vu comme ça, ce n'était pas mieux de se battre pour les Russes. En juin 1944, j'étais chargé du débarquement des marchandises sur un quai de Tallinn, et j'ai réussi à monter à bord d'un

---

[*] Formation paramilitaire des nazis norvégiens. Le terme de *hird* est repris à l'ancien islandais *hird*, qui désignait une garde royale personnelle.

bateau de la Croix Rouge suédoise. Je me suis enfoui dans la réserve de coke et j'y ai passé trois jours. J'ai été empoisonné à l'oxyde de carbone, mais je suis arrivé en Suède. De là, j'ai gagné la frontière que j'ai passée par mes propres moyens. On était déjà en août.

— Pourquoi par tes propres moyens ?

— Le peu de gens avec qui j'étais en contact en Suède ne me faisaient pas confiance, mon histoire était trop extraordinaire. Mais c'était de bonne guerre, je ne comptais moi non plus sur personne. »

Il éclata de nouveau de rire.

« Alors je me suis fait tout petit et je me suis débrouillé tout seul. Même le passage de la frontière, ça a été du gâteau. Crois-moi, c'était moins dangereux d'aller se chercher des rations alimentaires à Leningrad que de passer de Suède en Norvège pendant la guerre. Du rab ?

— Merci. Pourquoi tu n'es pas resté en Suède ?

— Bonne question. Que je me suis posée maintes fois. »

Il passa une main sur ses fins cheveux blancs.

« Mais j'étais obsédé par la vengeance, tu comprends. J'étais jeune, et quand on est jeune, on vit facilement avec l'illusion de justice, qu'il y a quelque chose qui nous appelle. J'étais un jeune homme plein de conflits intérieurs, quand j'étais sur le front de l'est, et je me suis comporté en véritable salopard envers beaucoup de mes camarades de front. Pourtant, ou plutôt suite à ça, j'ai juré de venger tous ceux qui avaient sacrifié leur vie pour les mensonges dont on nous avait abreuvés au pays. Et de venger ma propre vie détruite, à laquelle je savais qu'il manquerait toujours quelque chose. Mon seul désir, c'était de régler leur compte à ceux qui avaient réellement trahi notre pays. Aujourd'hui, un psychiatre appellerait ça une psychose

de guerre et me ferait interner sans délai. Au lieu de
ça, je suis allé à Oslo sans avoir nulle part où loger ni
quiconque à qui m'adresser, et les seuls papiers dont je
disposais m'auraient fait fusiller sur-le-champ pour désertion. Le jour même où je suis arrivé à Oslo par camion, je suis monté dans le Nordmark. J'ai dormi sous
quelques troncs de sapin et je n'ai mangé que des baies
pendant les trois jours qui ont passé avant qu'on me retrouve.

— La Résistance ?

— J'ai compris qu'Even Juul t'avait raconté le reste.

— Oui. » Harry jouait avec son mug. Liquidation.
C'était une chose incompréhensible, et cette rencontre
n'avait rien changé. Ça avait été là, au premier rang
dans leur tête, depuis l'instant où Harry avait vu Fauke
lui sourire devant sa porte et où ils s'étaient serré la
main. *Cet homme a exécuté ses parents et ses deux frères.*

« Je sais à quoi tu penses, dit Fauke. J'étais un soldat
qui avait reçu l'ordre de liquider. Si je n'en avais pas
reçu l'ordre, je ne l'aurais pas fait. Mais il y a une chose
que je sais : ils faisaient partie de ceux qui nous avaient
trahis. »

Fauke regardait Harry bien en face. Son corps ne
tremblait plus.

« Tu te demandes pourquoi je les ai tous tués alors
que l'ordre ne parlait que d'une personne, dit-il. Le
problème, c'est qu'on ne m'avait pas dit qui. Ils m'ont
laissé être juge, et décider de la vie et de la mort. Et je
n'en ai pas eu la force. Alors je les ai tous tués. Il y
avait un gars, au front, qu'on appelait Rouge-Gorge.
Comme l'oiseau. Il m'avait appris que c'était à la
baïonnette que l'on tuait le plus humainement possible.
L'artère carotide va directement du cœur au cerveau,
et au moment où tu coupes le passage, le cerveau se

vide d'oxygène, la victime est immédiatement en état de mort cérébrale. Le cœur pulse trois, peut-être quatre fois, mais s'arrête très vite de battre. Le problème, c'est que c'est difficile. Gudbrand, c'est comme ça que Rouge-Gorge s'appelait, était un maître, mais moi, je me suis battu pendant vingt minutes avec ma mère sans arriver à lui causer autre chose que des coupures superficielles. Finalement, il a fallu que je l'abatte.

Harry avait la bouche sèche. « Je comprends », dit-il.

Ces mots insensés flottèrent dans l'air. Harry repoussa sa tasse vers le centre de la table et sortit un bloc-notes de sa veste de cuir.

« Peut-être pourrions-nous parler de ceux avec qui tu étais à Sennheim ? »

Sindre Fauke se leva brusquement.

« Désolé, Hole. Ce n'était pas mon intention de présenter les choses de façon aussi froide et cruelle. Laisse-moi juste te dire, avant qu'on aille plus loin : je ne suis pas quelqu'un de cruel, c'est juste la façon que j'ai de considérer ces choses-là. Je n'avais pas besoin de te raconter tout ça, mais je le fais malgré tout. Parce que je ne peux pas me permettre de tourner autour du pot. C'est aussi pour ça que j'écris ce livre. Je dois m'y replonger à chaque fois que le sujet est remis sur le tapis, que ce soit de façon explicite ou par allusion. Pour être tout à fait sûr que je ne fuis pas. Le jour où je fuirai, la peur aura gagné sa première bataille. Je ne sais pas pourquoi c'est comme ça, un psychologue aurait certainement une explication. »

Harry soupira.

« Mais je t'ai dit ce que je voulais sur la question. Et c'est certainement déjà beaucoup trop. Encore un peu de café ?

— Non merci. »

Fauke se rassit. Appuya son menton sur ses poings.

« Donc. Sennheim. Le noyau dur norvégien. Y compris moi, il s'agit en fait seulement de cinq personnes. Et l'une d'entre elles, Daniel Gudeson, est morte la nuit même où j'ai disparu. Quatre, donc. Edvard Mosken, Hallgrim Dale, Gudbrand Johansen et moi. Le seul que j'ai revu après la guerre, c'est Edvard Mosken, notre chef d'équipe. C'était en été 1945. Il a pris trois ans pour trahison à la patrie. Je ne sais même pas si les autres ont survécu. Mais laisse-moi te dire ce que je sais d'eux. »

Harry ouvrit son bloc à une page vierge.

42

SSP, 3 mars 2000

G-u-b-r-a-n-d J-o-h-a-n-s-e-n. Harry tapa les lettres sur son clavier, des deux index. Un gars de la campagne. Selon Fauke un type gentil, un peu mou, pour qui Daniel Gudeson — celui qui s'était fait descendre pendant une garde — était à la fois un modèle et un succédané de grand frère. Harry valida, et le programme se mit à chercher.

Il regarda fixement le mur. Au mur. Une petite photo de la Frangine. Elle faisait la grimace, comme toujours lorsqu'on la prenait en photo. Des vacances d'été, de nombreuses années auparavant. L'ombre du photographe tombait sur son T-shirt blanc. Maman.

Un petit bip du PC l'informa que la recherche était terminée, et il se tourna à nouveau vers son écran.

L'état civil comptait deux Gudbrand Johansen, mais les dates de naissances montraient qu'ils avaient moins de soixante ans. Sindre Fauke avait épelé son nom, peu de chances donc pour qu'il y ait eu une faute de frappe. Ça pouvait par conséquent vouloir dire qu'il avait changé de nom. Qu'il vivait à l'étranger. Ou qu'il était mort.

Harry essaya le suivant. Le chef d'équipe du Mjøndal. Père d'enfants en bas âge.

E-d-v-a-r-d M-o-s-k-e-n. Exclu de la famille parce qu'il s'était engagé sur le front. Double-clic sur « Lancer la recherche ».

Soudain, le plafonnier s'alluma. Harry se retourna.

« Il faut allumer la lumière, quand tu travailles si tard. » Kurt Meirik était à la porte, le doigt sur l'interrupteur. Il approcha et s'assit sur le coin de la table.

« Qu'as-tu découvert ?

— Que nous recherchons un homme qui a largement plus de soixante-dix ans. Qu'il a vraisemblablement été volontaire dans l'armée allemande.

— Je voulais parler de ces nazis et du 17 mai.

— Oh. » Le PC émit un nouveau bip. « Je n'ai pas encore eu le temps de trop m'en occuper, Meirik. »

Il y avait deux Edvard Mosken à l'écran. L'un était né en 1942, l'autre en 1921.

« La section organise une petite fête, samedi, dit Meirik.

— J'ai reçu une invitation dans mon casier. » Harry double-cliqua sur 1921, et l'adresse de l'aîné des Edvard Mosken apparut à l'écran. Il habitait à Drammen.

« Le chef du personnel dit que tu n'as pas encore répondu. Je voulais juste m'assurer que tu venais.

— Pourquoi ça ? »

Harry entra le numéro d'identification nationale d'Edvard Mosken au Casier Judiciaire.

« Nous voulons que les gens puissent se connaître au-delà des frontières inter-services ; jusqu'à présent, je ne t'ai pas vu une seule fois à la cantine.

— Je me plais bien dans mon bureau. »

Pas de résultat. Il passa sur le registre des SRG qui recensait tous ceux qui avaient d'une façon ou d'une autre été en contact avec la police. Pas nécessairement poursuivis, ils pouvaient par exemple avoir été amenés au poste, dénoncés ou avoir eux-mêmes été victimes d'actes criminels.

« C'est bien que tu sois engagé dans ces affaires, mais il ne faut pas que tu te claquemures ici. On te verra, samedi ? »

Entrée.

« Je vais voir. J'ai un autre rendez-vous, pris il y a longtemps », mentit Harry.

De nouveau pas de résultat. Tant qu'il était sur la page des SRG, il tapa le nom du troisième engagé dont lui avait parlé Fauke. H-a-l-l-g-r-i-m D-a-l-e. Un opportuniste, selon Fauke. Comptait sur une victoire d'Hitler, qui les récompenserait après coup d'avoir choisi le bon camp. Avait regretté sitôt leur arrivée à Sennheim, mais il avait alors été trop tard pour faire machine arrière. Harry avait l'impression que ce nom ne lui était pas inconnu quand Fauke le lui avait donné, et cette impression était en train de refaire surface.

« Laisse-moi te le dire d'une manière plus directe, dit Meirik. Je t'ordonne de venir. »

Harry leva les yeux. Meirik souriait.

« Je t'ai eu, dit-il. Mais ça aurait été chouette de te voir. Bonne soirée.

— Bonsoir », murmura Harry en se tournant de nouveau vers son écran. Un seul Hallgrim Dale. Né en 1922. Entrée.

L'écran s'emplit de texte. Encore une page. Puis encore une.

Ils ne s'en étaient donc pas tous aussi bien sortis, pensa Harry. Hallgrim Dale, habitant Schweigaards gate, Oslo, était ce que les journaux aiment appeler une vieille connaissance de la police. Les yeux de Harry coururent sur la liste. Vagabondage, ivresse, tapage nocturne, petit vol à l'étalage, une bagarre. Beaucoup, mais rien de vraiment méchant. Le plus impressionnant, c'est qu'il est toujours en vie, se dit Harry en notant qu'il était passé en cellule de dégrisement pas plus tard que le mois d'août précédent. Il chercha dans l'annuaire le numéro de téléphone de Dale et le composa. En attendant que quelqu'un décroche, il regarda sur la page de l'état civil et trouva l'autre Edvard Mosken, né en 1942.

Lui aussi habitait à Drammen. Il nota son numéro d'identification nationale et passa sur le site du Casier Judiciaire.

« Le numéro que vous avez demandé n'est plus en service actuellement. Veuillez consulter votre annuaire. Le numéro que vous... »

Harry ne fut pas surpris. Il raccrocha.

Edvard Mosken Junior avait eu une condamnation. Pour une lourde peine, il n'était pas encore sorti. Pour quoi ? Drogue, paria Harry en validant. Un tiers de ceux qui sont en prison, quelle que soit l'époque, ont été condamnés pour trafic de stupéfiants. Là. Et voilà. Trafic de haschich. Quatre kilos. Quatre ans ferme.

Harry bâilla et s'étira. Avançait-il, ou bien divaguait-il dans son coin parce que le seul autre endroit où il voulait aller, c'était chez Schrøder, et qu'il ne pouvait pas envisager d'aller y boire un café maintenant ? Quelle journée de merde ! Il résuma : Gudbrand Johansen n'existe pas, en tout cas pas en Norvège. Edvard Mosken habite à Drammen, et il a un fils qui a plongé pour trafic de stup. Et Hallgrim Dale est un pochard, pas vraiment le genre à avoir un demi-million de couronnes à disposition.

Harry se frotta les yeux.

Allait-il chercher les Fauke dans l'annuaire, voir s'il y avait une adresse à Holmenkollen ? Il gémit.

Elle a un concubin. Et elle a de l'argent. Et de la classe. En un mot : tout ce que tu n'as pas.

Il entra le numéro d'identification nationale de Hallgrim Dale dans le moteur de recherche des SRG. Entrée. La machine se mit à ronronner.

Longue liste. Toujours la même chose. Pauvre ivrogne.

Ils ont tous les deux étudié le droit. Et elle aime aussi les Raga Rockers.

Une minute. Sur la dernière affaire, Dale était topé « plaignant ». Quelqu'un lui avait-il fait une grosse tête ? Entrée.

Oublie cette nana. Là, elle était oubliée. Devait-il appeler Ellen pour lui demander si ça la branchait d'aller au cinoche, en lui laissant le choix du film ? Non, il irait plutôt faire un tour au SATS. Se dépenser.

L'écran lui envoya un message :

HALLGRIM DALE. 151199. MEURTRE.

Harry retint sa respiration. Il était surpris, mais pourquoi ne l'était-il pas plus ? Il double-cliqua sur DÉTAILS. Nouveau bourdonnement. Mais pour une fois, ses circonvolutions cérébrales furent plus rapides que celles du PC, et quand la photo apparut, il avait déjà réussi à situer le nom.

43

SATS, 3 mars 2000

« Ellen.

— Salut, c'est moi.

— Qui ?

— Harry. Et ne me fais pas croire que d'autres hommes t'appellent en disant "c'est moi".

— Va te faire voir. Où es-tu ? Qu'est-ce que c'est que cette musique de merde ?

— Je suis au SATS.

— Quoi ?

— Je fais du vélo. Bientôt huit kilomètres.

— Attends, juste histoire de bien tout comprendre, Harry : tu es sur un des vélos du SATS, et en même temps, tu appelles depuis ton mobile ? » Elle appuya les mots *SATS* et *mobile*.

— Ça pose un problème ?

— Bon sang, Harry…

— J'ai essayé de te joindre toute la soirée. Tu te souviens du meurtre que toi et Tom Waaler avez eu en novembre, au nom de Hallgrim Dale ?

— Bien sûr. KRIPOS a pris le relais presque immédiatement. Pourquoi ça ?

— Sais pas trop. Ça pourrait avoir un rapport avec ce volontaire dans l'armée allemande, que je recherche. Qu'est-ce que tu peux me dire de beau ?

— C'est le boulot, ça, Harry. Appelle-moi demain au bureau.

— Juste un peu, Ellen. Allez.

— L'un des cuisiniers de chez Herbert's Pizza a trouvé Dale sous le porche. Il était étendu entre les poubelles, la gorge tranchée. Les TIC ont trouvé *nada*. Le légiste qui s'est occupé de l'autopsie a néanmoins précisé que c'était un foutrement joli coup de couteau. Un geste parfaitement chirurgical, a-t-il dit.

— Qui l'a fait, selon toi ?

— Pas la moindre idée. Ça peut être l'un des néonazis, bien sûr, mais je ne le pense pas.

— Pourquoi ?

— Si tu butes un type juste devant ton QG, c'est que tu es ou bien une tête brûlée, ou bien une tête de con. Mais tout est si propre, si réfléchi, dans ce meurtre... Il n'y a aucune trace de lutte, aucune piste, pas de témoin. Tout semble indiquer que le meurtrier savait ce qu'il faisait.

— Motif ?

— Difficile à dire. Dale avait sûrement des dettes, mais certainement pas d'argent à se faire extorquer. Il n'a à notre connaissance jamais été mêlé à des histoires de stups. On a passé son appartement au peigne fin, et on n'a rien trouvé, hormis des bouteilles vides. On a discuté avec quelques-uns de ses copains de bamboche. Pour une raison qui m'échappe, il avait la cote auprès des pochardes.

— Les pochardes ?

— Oui, celles qui traînent avec les ivrognes. Tu les as vues, tu sais ce que je veux dire.

— Oui, d'accord, mais... les pochardes.

— Tu t'attaches toujours aux trucs sans importance, Harry, et ça peut finir par être assez gonflant, tu sais ? Tu devrais peut-être...

— Sorry, Ellen. Tu as parfaitement raison, et il faut que je m'améliore sérieusement. Où en étais-tu ?

— Il y a pas mal d'échanges de partenaires dans le milieu des ivrognes, ce qui fait qu'on ne peut pas exclure un crime lié à la jalousie. D'ailleurs, tu sais qui on a interrogé ? Ton vieil ami Sverre Olsen. Le cuistot l'a vu chez Herbert's Pizza aux alentours de l'heure du crime.

— Et ?

— Alibi. Il y avait passé toute la journée, et n'était sorti qu'une dizaine de minutes s'acheter quelque chose. La vendeuse du magasin dans lequel il est allé a confirmé.

— Il aurait eu le temps de...

— Oui, tu aurais bien aimé que ce soit lui. Mais dis-moi, Harry...

— Dale avait peut-être autre chose que de l'argent.

— Harry…

— Il avait peut-être des informations. Sur quelqu'un.

— Vous aimez bien les histoires de conspiration, au cinquième, n'est-ce pas ? Mais on peut voir ça demain, Harry ?

— Depuis quand tu es aussi à cheval sur les horaires de bureau ?

— J'étais couchée.

— À dix heures et demie ?

— Je n'étais pas couchée seule. »

Harry cessa de pédaler. Il ne lui était pas venu à l'esprit que des gens autour de lui puissent entendre ce qu'il disait. Il regarda dans la pièce. Il n'y avait heureusement qu'une poignée de personnes qui s'entraînaient si tard.

« C'est l'artiste de Tørst ? chuchota-t-il.

— Hmm.

— Et depuis combien de temps êtes-vous copains de plumard ?

— Un moment.

— Pourquoi tu ne m'as rien dit ?

— Tu ne m'as pas demandé.

— Il est avec toi, en ce moment ?

— Hmm.

— Il est doué ?

— Hmm.

— Est-ce qu'il t'a dit qu'il t'aimait encore ?

— Hmm. »

Pause.

« Tu penses à Freddy Mercury, quand vous… ?

— Bonne nuit, Harry. »

44

Bureau de Harry, 6 février 2000

L'horloge de l'accueil indiquait 8 h 30 lorsque Harry arriva au boulot. Ce n'était pas un accueil en tant que tel, mais plutôt une entrée qui faisait office de sas. Et la chef de sas était Linda, assise devant son PC, qui lui souhaita gaiement une bonne journée. Linda faisait partie du SSP depuis plus longtemps que tous les autres, et c'était en gros la seule personne du service que Harry avait besoin de voir pour ses tâches quotidiennes. En plus de ses fonctions de « chef de sas », la minuscule bonne femme de cinquante ans à la repartie rapide cumulait celles de secrétaire commune, de réceptionniste et de personne à tout faire. Harry avait pensé plusieurs fois que s'il avait été espion pour une puissance étrangère chargé de soutirer des informations à quelqu'un du SSP, il aurait choisi Linda. C'était en plus la seule personne — hormis Meirik — qui savait sur quoi travaillait Harry. Il n'avait pas la moindre idée de ce que pouvaient croire les autres. Au cours des rares passages qu'il avait faits à la cantine pour y acheter des yaourts ou des cigarettes (qu'on n'y vendait pas, avait-il découvert), il avait remarqué les coups d'œil depuis les tables. Mais il n'avait pas essayé de les interpréter, et s'était contenté de remonter sans tarder à son bureau.

« Quelqu'un t'a appelé, dit Linda. Quelqu'un qui parlait anglais. Voyons voir… »

Elle détacha un papier jaune du coin de son moniteur.

« Hochner.

— Hochner ? » s'exclama Harry.

Linda regarda son papier, hésitante.

« Oui, c'est ce qu'elle a dit.

— *Elle ? Il*, tu veux dire ?

— Non, c'était une femme. Elle a dit qu'elle rappellerait... » Linda se retourna et regarda l'horloge derrière elle.

« ... maintenant. J'ai eu l'impression que c'était assez important pour elle. Pendant que je te tiens, Harry... Est-ce que tu as fait ta ronde de salutations ?

— Pas le temps. La semaine prochaine, Linda.

— Ça fait un mois, jour pour jour, que tu es là. Hier, Steffensen m'a demandé qui était le grand type blond qu'il avait vu aux toilettes.

— Ah oui ? Et qu'est-ce que tu lui as répondu ?

— J'ai dit que c'était *confidentiel*, dit-elle en riant. Et il faut que tu viennes à la petite fête, samedi.

— J'avais bien compris », murmura-t-il en prenant deux feuilles dans son casier. L'une était un rappel de ladite fête, l'autre une note interne concernant les élections des délégués. Les deux atterrirent dans la poubelle quand il eut fermé la porte de son bureau.

Il s'assit, appuya sur les touches REC et PAUSE de son répondeur et attendit. Environ trente secondes plus tard, le téléphone sonna.

« *Harry Hole speaking*.

— Hèwi ? Spiking ? » C'était Ellen.

« Sorry. Je croyais que c'était quelqu'un d'autre.

— C'est une bête, dit-elle avant qu'il n'ait le temps d'ajouter autre chose. Feuquing eunbelivebeul, donc.

— Si tu parles de ce à quoi je pense, je préfère que tu t'en tiennes là, Ellen.

— Désolée. Et d'ailleurs, de qui tu attendais un coup de fil ?

— D'une femme.

— Enfin !

— Oublie, c'est vraisemblablement une proche ou la femme d'un mec que j'ai interrogé. »

Elle soupira.

« Quand est-ce que toi aussi, tu rencontreras quelqu'un, Harry ?

— Tu es amoureuse, toi, pas vrai ?

— Un peu ! Pas toi ?

— Moi ? »

Elle poussa un cri perçant rempli de joie qui lui vrilla l'oreille.

« Tu n'as pas répondu ! Tu es grillé, Harry Hole ! Qui, qui ?

— Arrête, Ellen.

— Avoue que j'ai raison !

— Je n'ai rencontré personne, Ellen.

— Ne mens pas à Maman ! »

Harry s'esclaffa. « Parle-moi plutôt de Hallgrim Dale. Où en est l'enquête ?

— Sais pas. Demande à KRIPOS.

— Je vais le faire, mais qu'a dit ton intuition sur le meurtrier ?

— Que c'est un professionnel, pas un sadique. Et bien que j'aie vu que ce meurtre avait l'air propre, je ne crois pas qu'il était prévu.

— Ah bon ?

— Le geste a été efficace, et la personne n'a pas laissé de trace. Mais le lieu était mal choisi, on *aurait* pu le voir depuis la rue ou la cour intérieure.

— Ça sonne sur l'autre ligne, je te rappelle. »

Harry appuya sur la touche REC du répondeur et vérifia que la bande tournait avant de le connecter à l'autre ligne.

« Harry.

— *Hello. My name is Constance Hochner.*

— *How do you do, Mrs Hochner ?*

— Je suis la sœur d'Andreas Hochner.

— Je vois. »

Même sur une mauvaise ligne, Harry sentait la nervosité de son interlocutrice. Elle en vint néanmoins tout de suite à l'essentiel :

« Vous avez conclu un accord avec mon frère, *mister Hole*. Et vous n'avez pas respecté votre part du marché. »

Elle parlait avec un accent curieux, le même que celui d'Andreas Hochner. Harry essaya machinalement de se la représenter, une habitude qu'il avait très vite prise quand il était enquêteur.

« Eh bien, Mrs Hochner, je ne peux rien faire pour votre frère avant d'avoir vérifié les informations qu'il nous a données. Nous n'avons pour l'instant rien trouvé qui confirme ses dires.

— Mais pourquoi mentirait-il, monsieur Hole ? Un homme dans sa situation ?

— Justement, madame Hochner. S'il ne sait rien, il peut être suffisamment désespéré pour faire croire qu'il sait des choses. »

Le silence se fit sur cette ligne crachotante qui le reliait à… Où ça ? Johannesburg ?

Constance Hochner reprit la parole :

« Andreas m'avait prévenue que vous risquiez de dire quelque chose dans le genre. Je vous appelle donc pour vous dire que j'ai d'autres informations, de la part de mon frère, qui pourraient vous intéresser.

— Ah oui ?

— Mais vous n'aurez pas ces informations tant que votre gouvernement n'aura rien fait pour mon frère.

— Nous ferons ce que nous pourrons.

— Je reprendrai contact quand nous aurons la preuve que vous nous aidez.

— Comme vous le comprenez, les choses ne fonction-
nent pas comme ça, madame Hochner. Nous devons
d'abord voir quels résultats donnent les informations
qu'il nous communique avant de pouvoir l'aider.

— Mon frère doit avoir des garanties. Son procès dé-
bute dans deux semaines. »

Sa voix dérapa très légèrement dans la dernière
phrase, et Harry comprit qu'elle était au bord des larmes.

« Tout ce que je peux vous offrir, c'est ma parole que
je ferai de mon mieux, madame Hochner.

— Je ne vous connais pas. Vous ne comprenez pas.
Ils prévoient de condamner Andreas *à mort*. Ils…

— C'est pourtant tout ce que je peux vous proposer. » Elle se mit à pleurer. Harry attendit. Au bout
d'un moment, elle se calma.

« Avez-vous des enfants, madame Hochner ?

— Oui, renifla-t-elle.

— Et vous savez ce qu'on reproche à votre frère ?

— Bien sûr.

— Alors vous comprenez aussi qu'il a grandement
besoin d'absolution. S'il peut à travers vous nous aider
à arrêter un terroriste, il aura fait quelque chose de
bien. Et ce sera aussi votre cas, madame Hochner. »

Elle poussa un gros soupir dans l'appareil. Pendant un
instant, Harry crut qu'elle allait se remettre à pleurer.

« Me promettez-vous de faire tout ce que vous pour-
rez, monsieur Hole ? Mon frère n'a pas fait tout ce
dont on l'accuse.

— Je vous le promets. »

Harry entendit sa propre voix. Calme et assurée.
Mais en même temps, il serrait le combiné.

« O.K., dit Constance Hochner à voix basse. Andreas
dit que la personne qui a reçu l'arme et qui l'a payé
cette nuit-là, au port, n'est pas celui qui avait com-

mandé l'arme. Celui qui avait commandé était plutôt un client habituel, un homme relativement jeune. Il parlait un bon anglais avec l'accent scandinave. Et il a insisté pour qu'Andreas lui donne le nom de code de Prinsen. Andreas a dit que vous devriez commencer par chercher dans les milieux armés.

— C'est tout ?

— Andreas ne l'a jamais vu, mais il dit qu'il reconnaîtrait tout de suite sa voix si vous lui envoyiez un enregistrement.

— Bien », dit Harry en espérant qu'elle ne remarquerait pas sa déception. Il redressa machinalement les épaules, comme pour se blinder avant de lui servir le mensonge suivant :

« Si je découvre quelque chose, je commencerai à tirer les ficelles, ici. »

Ces mots lui brûlèrent la bouche comme de la soude caustique.

« Je vous remercie, monsieur Hole.

— Pas encore, madame Hochner. »

Il répéta sa dernière réponse deux fois pour lui-même après avoir raccroché.

« C'est vraiment dégueulasse, dit Ellen lorsqu'elle eut entendu l'histoire de la famille Hochner.

— Vois si ton cerveau peut oublier un moment tout ce dont il est amoureux, et me faire un de ses tours, dit Harry. En tout cas, maintenant, tu as tous les paramètres.

— Import frauduleux d'armes, client fidèle, Prinsen, milieu armé. Ça ne fait que quatre.

— C'est tout ce que j'ai.

— Pourquoi je dis oui à ça ?

— Parce que tu m'aimes. Il faut que je me sauve.

— Attends. Parle-moi de cette femme que tu...

— J'espère que ton intuition est plus efficace quand il s'agit de crimes, Ellen. Salut. »

Harry composa le numéro à Drammen que les renseignements lui avaient donné.

« Mosken. » Une voix assurée.

« Edvard Mosken ?

— Oui. Qui est à l'appareil ?

— Inspecteur principal Hole, Surveillance de la Police. J'ai quelques questions à vous poser. »

Harry réalisa que c'était la première fois qu'il se présentait comme inspecteur principal. Sans qu'il sût bien pourquoi, ça sonnait déjà comme un mensonge.

« Est-ce que ça concerne mon fils ?

— Non. Est-ce que ça vous convient, si je passe vous voir demain à midi, Mosken ?

— Je suis retraité. Et seul. Difficile donc de trouver un moment qui ne me convienne pas, inspecteur principal. »

Harry appela Even Juul et le mit au courant de ce qui s'était passé.

En descendant se chercher un yaourt à la cantine, Harry pensait à ce qu'Ellen lui avait dit sur le meurtre de Hallgrim Dale. Il voulait appeler KRIPOS pour avoir un compte rendu, mais il avait bien l'impression qu'Ellen lui avait déjà raconté tout ce qu'il était bon de savoir sur cette affaire. Pourtant. La probabilité pour se faire assassiner en Norvège est d'environ zéro virgule un pour mille. Quand une personne que vous recherchez refait surface sous forme de cadavre, dans une affaire de meurtre vieille de quatre mois, il est difficile de croire à une coïncidence. Ce meurtre pouvait-il être lié de quelque façon que ce fût à l'achat du fusil rayé Märklin ? Il était à peine neuf heures, et Harry avait déjà mal à la tête. Il espérait qu'Ellen dégoterait quel-

que chose avec Prinsen. N'importe quoi. En l'absence
d'autres éléments, ce serait toujours un bout par où
commencer.

45

Sogn, 6 mars 2000

En fin de journée, Harry se rendit aux appartements
de Sogn, que louait la Sécurité Sociale. La Frangine
l'attendait sur le pas de sa porte quand il arriva. Elle
avait pris un peu de poids, sur les douze derniers mois,
mais Henrik, son petit ami qui habitait un peu plus loin
dans le même couloir, l'aimait bien comme ça, à ce
qu'il prétendait.

« Mais Henrik est gogol, tu sais. »

C'est ce qu'elle disait lorsqu'il fallait expliquer la
plupart des petites bizarreries d'Henrik. Elle-même
n'était pas gogol. Il y avait certainement quelque
part une ligne de démarcation invisible, mais bien
précise. Et la Frangine expliquait volontiers à Harry
quels habitants l'étaient, et lesquels ne l'étaient pas
tout à fait.

Elle raconta à Harry les mêmes choses que d'habitude, ce qu'avait dit Henrik la semaine passée (ce qui
pouvait de temps en temps être assez sensationnel), ce
qu'ils avaient vu à la télé, ce qu'ils avaient mangé et où
ils comptaient partir en vacances. Ils prévoyaient toujours des vacances. Cette fois-là, c'était Hawaii, et
Harry ne put que sourire à l'idée de la Frangine et
Henrik en chemise hawaïenne sur l'aéroport d'Hono-
lulu.

Il lui demanda si elle avait parlé avec son père, et elle lui dit qu'il était venu la voir deux jours auparavant.

« C'est bien, dit Harry.

— Je crois qu'il a oublié Maman, maintenant, dit-elle. C'est bien. »

Harry réfléchit un bon moment à ce qu'elle avait dit. Puis Henrik frappa et annonça que *Hotel Cæsar* commençait sur TV2 dans trois minutes ; Harry remit donc son manteau en promettant de téléphoner bientôt.

Comme à l'accoutumée, les voitures avançaient lentement aux feux près d'Ullevål Stadion, et Harry se rendit compte trop tard qu'il aurait dû tourner à droite dans Ringveien pour éviter les travaux de voirie. Il pensa à ce que Constance Hochner lui avait dit. Qu'Urias avait fait appel à un intermédiaire, vraisemblablement norvégien. Ce qui voulait dire qu'il y avait quelqu'un, non loin, qui savait qui était Urias. Il avait déjà demandé à Linda de rechercher dans les archives secrètes quelqu'un ayant pour nom de code Prinsen, mais il était à peu près sûr qu'elle ne trouverait rien. Il avait la ferme impression que cet homme était plus malin que le criminel standard. Si ce que disait Andreas Hochner était vrai, que Prinsen était un client habituel, ça voulait dire qu'il avait réussi à se constituer un groupe de clients sans que le SSP ou qui que ce soit d'autre ne l'ait découvert. Ce genre de choses réclame du temps, de la prudence, de la ruse et de la discipline — aucune des caractéristiques que Harry avait l'habitude de rencontrer chez les malfrats qu'il connaissait. Il se pouvait bien entendu qu'il ait eu une veine remarquable, puisqu'il ne s'était pas fait prendre. Ou alors, il pouvait être protégé de par sa position. Constance Hochner avait dit qu'il parlait bien anglais. Il pouvait par exemple être diplomate —

quelqu'un qui pouvait entrer et sortir du pays sans se faire arrêter à la douane.

Harry bifurqua près de Slemdalsveien et remonta vers Holmenkollen.

Devait-il demander à Meirik de faire transférer Ellen au SSP pour une courte mission ? Il rejeta immédiatement cette idée. Meirik avait plus l'air de tenir à ce que Harry dénombre des néo-nazis et vienne aux grands événements sociaux qu'à ce qu'il chasse les fantômes de la dernière guerre.

Harry arriva jusque devant la maison avant de comprendre où il allait. Il arrêta la voiture et scruta entre les arbres. Cinquante ou soixante mètres séparaient la maison de la route. Les fenêtres du rez-de-chaussée étaient éclairées.

« Idiot », dit-il tout haut, et sa propre voix le fit sursauter. Il allait redémarrer lorsqu'il vit la porte s'ouvrir et de la lumière tomber sur les marches. L'idée qu'elle puisse voir et reconnaître sa voiture le fit instantanément céder à la panique. Il passa la marche arrière pour reculer doucement, discrètement vers le haut de la côte, mais il n'appuya pas suffisamment sur l'accélérateur, et le moteur cala. Il entendit des voix. Un grand type vêtu d'un long manteau noir était sorti sur les marches. Il parlait, mais la personne à qui il parlait était dissimulée par la porte. Puis il se pencha vers l'ouverture, et Harry ne put plus les voir.

Ils s'embrassent, pensa-t-il. *Je suis monté à Holmenkollen pour espionner une femme avec qui j'ai discuté pendant un quart d'heure et la voir embrasser son concubin.*

Puis la porte se referma, l'homme s'installa au volant d'une Audi, rejoignit la route et passa devant Harry.

Sur le chemin du retour, Harry se demanda comment il allait se punir. Ce devait être quelque chose de sé-

vère, qui soit dissuasif pour le futur. Un cours d'aérobic
au SATS.

46

Drammen, 7 mars 2000

Harry n'avait jamais compris pourquoi on disait à ce
point pis que pendre de Drammen. D'accord, la ville
n'était pas une beauté, mais qu'est-ce qui était plus laid
dans Drammen que dans la plupart des autres villes-
champignons de Norvège ? Il envisagea de s'arrêter
prendre un café au Børs, mais vit qu'il n'en aurait pas
le temps.

Edvard Mosken habitait dans une maison de bois
peinte en rouge, avec vue sur le champ de courses. Un
break Mercedes d'un certain âge était stationné devant
le garage. Mosken attendait dans l'ouverture de la
porte. Il étudia longuement la carte de Harry avant
d'ouvrir la bouche.

« Né en 1965 ? Tu as l'air plus vieux, Hole.

— Mauvais gènes.

— Dommage pour toi.

— Bof. J'allais voir les films interdits aux moins de
dix-huit ans quand j'en avais quatorze. »

Edvard Mosken ne laissa pas deviner s'il appréciait
ou non la plaisanterie. Il fit signe à Harry d'entrer.

« Tu habites seul ? » demanda Harry tandis que
Mosken le menait au salon. L'appartement était propre
et bien tenu, mais pas surchargé de décorations personnelles et aussi exagérément en ordre que certains hommes le veulent quand ils peuvent, en décider eux-

mêmes. Harry avait l'impression de voir son propre appartement.

« Oui. Ma femme m'a quitté après la guerre.

— Quitté ?

— S'en est allée. S'est tirée. Est partie.

— Compris. Des enfants ?

— J'avais un fils.

— Avais ? »

Edvard Mosken s'arrêta et se retourna.

« M'exprimerais-je de façon peu claire, Hole ? »

Il avait haussé un de ses sourcils, qui dessinait maintenant un angle aigu sur son front haut et lisse.

« C'est moi, dit Harry. Il faut me mâcher le boulot.

— O.K. J'*ai* un fils.

— Merci. Que faisais-tu avant la retraite ?

— J'avais quelques camions. Mosken Transport. J'ai revendu l'affaire il y a sept ans.

— Ça marchait bien ?

— Pas mal. Les successeurs ont gardé le nom. »

Ils s'assirent chacun d'un côté de la table du salon. Harry comprit que le café n'était pas à l'ordre du jour. Edvard était assis dans le canapé, penché en avant et les bras croisés, comme pour dire : *expédions ça.*

« Où étais-tu dans la nuit du 22 décembre ? »

C'était en chemin que Harry avait décidé de commencer avec cette question. En jouant la seule carte qu'il avait avant que Mosken n'ait le temps de sonder le terrain et de comprendre qu'ils n'avaient rien d'autre, Harry pouvait en tout cas espérer susciter une réaction qui lui apprendrait quelque chose. Dans le cas où Mosken aurait eu quelque chose à cacher, s'entend.

« Me soupçonne-t-on de quelque chose ? demanda Mosken, dont le visage ne trahissait rien d'autre qu'un léger étonnement.

« — Ce serait bien si tu pouvais te contenter de répondre à la question, Mosken.

— Comme tu veux. J'étais ici.

— Ç'a été vite fait.

— C'est-à-dire ?

— Tu n'as même pas eu besoin d'y réfléchir. »

Mosken fit une grimace. C'était ce genre de grimace où la bouche affiche une parodie de sourire, mais où les yeux ne font que regarder avec tristesse.

« Quand tu auras mon âge, tu te souviendras des soirs où tu *n'étais pas* seul chez toi.

— Sindre Fauke m'a donné une liste des Norvégiens qui étaient avec toi au camp d'entraînement de Sennheim. Gudbrand Johansen, Hallgrim Dale, toi et Fauke.

— Tu as oublié Daniel Gudeson.

— C'est vrai ? Il n'est pas mort avant la fin de la guerre ?

— Si.

— Alors pourquoi me parles-tu de lui ?

— Parce qu'il était avec nous à Sennheim.

— À ce que Fauke m'a dit, il y avait d'autres Norvégiens à Sennheim, mais vous êtes les quatre seuls à avoir survécu à la guerre.

— C'est exact.

— Alors pourquoi me parler de Gudeson en particulier ? »

Edvard Mosken regarda fixement Harry. Puis il leva les yeux.

« Parce qu'il est resté tellement longtemps... On pensait qu'il survivrait. Oui, on croyait presque que Daniel Gudeson était immortel. Ce n'était vraiment pas quelqu'un de banal.

— Tu savais que Hallgrim Dale est mort ? »

Mosken secoua la tête.

« Tu n'as pas l'air spécialement surpris.

— Pourquoi le serais-je ? Avec le temps, je suis davantage surpris quand j'apprends que certains d'entre eux sont encore vivants.

— Et si je te dis qu'on l'a assassiné ?

— Ah, ça, c'est autre chose. Pourquoi me racontes-tu ça ?

— Qu'est-ce que tu sais sur Hallgrim Dale ?

— Rien. La dernière fois que je l'ai vu, c'était près de Leningrad. Il avait été touché par une grenade.

— Vous n'êtes pas rentrés ensemble au pays ?

— Je n'ai aucune idée de la façon dont sont rentrés Dale et les autres. J'ai été blessé pendant l'hiver 1943-44, par une grenade lancée dans la tranchée depuis un chasseur russe.

— Un chasseur ? Un avion ? »

Mosken acquiesça avec un sourire en coin.

« Quand je me suis réveillé à l'hôpital militaire, la retraite battait son plein. À la fin de l'été 44, je me suis retrouvé à l'hôpital militaire de l'école de Sinsen, à Oslo. Après, ça a été la capitulation.

— Tu n'as donc revu aucun des autres après avoir été blessé ?

— Seulement Sindre. Trois ans après la guerre.

— Après que tu as eu purgé ta peine ?

— Oui. On s'est rencontrés par hasard, dans un restaurant.

— Que penses-tu du fait qu'il ait déserté ? »

Mosken haussa les épaules.

« Il devait bien avoir ses raisons. Il a en tout cas choisi son camp à une période où on ne savait pas encore quelle serait l'issue. C'est plus que ce qu'on peut dire de la plupart des Norvégiens.

— Qu'est-ce que tu veux dire ?

— C'était une devise, pendant la guerre : celui qui

attend pour choisir fera toujours le bon choix. À Noël
1943, nous avons bien vu que nous battions en retraite,
mais nous n'avions pas idée de la gravité de la situation. Par conséquent, personne ne peut taxer Sindre
d'avoir été une girouette. Comme ceux qui, au pays,
étaient restés assis sur leur cul pendant toute la guerre
et s'empressaient tout à coup de s'engager dans la Résistance, pendant les derniers mois qu'a duré la guerre.
Nous les appelions juste *les saints des derniers jours*.
Certains d'entre eux font aujourd'hui partie de ceux
qui revendiquent avoir contribué à l'apport héroïque
des Norvégiens, du bon côté.

— Tu penses à quelqu'un en particulier ?

— On pense toujours à l'un ou l'autre, qui s'est retrouvé après coup avec l'auréole bien astiquée des héros. Mais ce n'est pas si important.

— Et Gudbrand Johansen, est-ce que tu te souviens
de lui ?

— Bien sûr. Il m'a sauvé la vie, sur la fin. Il… » Mosken se mordit la lèvre inférieure. Comme s'il en avait
trop dit, pensa Harry.

« Que lui est-il arrivé ?

— À Gudbrand ? Vraiment, je ne sais pas. Cette grenade… Il y avait Gudbrand, Hallgrim Dale et moi dans
la tranchée, quand elle est arrivée en sautant sur la
glace et a heurté le casque de Dale. Je me souviens
seulement que c'était Gudbrand qui était le plus près
quand elle a explosé. Quand je suis sorti du coma, personne n'a été en mesure de me dire ce qui était arrivé
aussi bien à Gudbrand qu'à Dale.

— Qu'est-ce que tu veux dire ? Ils avaient disparu ? » Les yeux de Mosken cherchèrent la fenêtre.

« Ça s'est passé le jour où les Russes ont vraiment
lancé l'offensive, et les circonstances étaient pour le
moins chaotiques. La tranchée où nous nous trouvions

était depuis longtemps tombée aux mains des Russes quand je me suis réveillé, et le régiment avait fichu le camp. Si Gudbrand avait survécu, il se serait vraisemblablement retrouvé à l'hôpital militaire du régiment Nordland, à la section Nord. Même chose pour Dale, s'il avait été blessé. Je crois que j'y suis aussi allé, mais quand je me suis réveillé, donc, j'étais ailleurs.

— Il n'y a pas de Gudbrand Johansen à l'état civil. » Mosken haussa les épaules.

« Alors il a sûrement été tué par cette grenade. C'est ce que j'ai supposé.

— Et tu n'as donc jamais essayé de le retrouver ? » Mosken secoua la tête.

Harry regarda autour de lui, à la recherche de quelque chose qui puisse rappeler que Mosken avait du café dans la maison — une cafetière, une tasse. Il vit la photo d'une femme, dans un cadre sur la cheminée.

« Est-ce que tu es amer quand tu repenses à ce qui t'est arrivé ainsi qu'aux autres volontaires dans l'armée allemande, après la guerre ?

— En ce qui concerne la peine… non. Je suis réaliste. Le règlement de compte juridique a été ce qu'il a été parce que c'était politiquement nécessaire. J'avais perdu une guerre. Je ne me plains pas. »

Edvard Mosken éclata soudain de rire — on eût dit le jacassement d'une pie — sans que Harry comprît pourquoi. Puis il retrouva son sérieux.

« Ce qui faisait mal, c'était de porter le sceau de traître à la patrie. Mais je me réconforte en me disant que nous avons donné notre vie pour défendre notre patrie.

— Tes points de vue politiques de l'époque…

— Si j'ai les mêmes points de vue aujourd'hui ? » Harry acquiesça, et Mosken lui fit un sourire acerbe.

« C'est une question simple, inspecteur principal. Non. Je me suis trompé. C'est aussi simple que ça.

— Tu n'as eu aucun contact avec les milieux néo-nazis, par la suite ?

— Doux Jésus, non ! Il y a bien eu quelques réunions à Hokksund, il y a quelques années, et l'un de ces imbéciles m'a appelé pour me demander si je voulais parler de la guerre. Je crois qu'ils se nommaient "Blood & Honour". Quelque chose comme ça. »

Mosken se pencha au-dessus de la table basse. Dans un coin, des magazines étaient soigneusement empilés et alignés contre les bords.

« Que recherche en réalité le SSP, cette fois-ci ? Une cartographie des néo-nazis ? Si c'est le cas, vous vous êtes trompé d'adresse. »

Harry ne savait pas trop jusqu'où il était prêt à raconter pour l'instant. Mais sa réponse fut assez honnête : « Je ne sais pas très bien ce qu'on recherche.

— Ça, ça ressemble au SSP tel que je le connais. »

Il partit de nouveau de son rire jacassant. C'était un son puissant et fort désagréable.

Harry devait ultérieurement conclure que c'était sans doute la combinaison de ce rire plein de mépris et du fait qu'il n'avait pas eu de café qui l'avait décidé à poser la question suivante de cette manière.

« À ton avis, ça a été comment, pour tes enfants, de grandir avec un père qui avait un passé de nazi ? Tu crois que ça a pu envoyer Edvard Mosken Junior en prison pour trafic de drogue ? »

Harry le regretta sur-le-champ lorsqu'il vit la colère et la douleur dans les yeux du vieux. Il sut qu'il aurait pu avoir les renseignements qu'il désirait sans devoir frapper sous la ceinture.

« Ce procès était une mascarade ! siffla Mosken. L'avocat de la défense qu'ils ont nommé pour mon fils est le petit-fils du juge qui m'a jugé après la guerre. Je... »

Il se tut brusquement. Harry attendit la suite, mais rien ne vint. Puis, de façon aussi subite qu'involontaire, il sentit la meute de chiens ruer dans les brancards, dans son ventre. Ça faisait un moment qu'ils n'avaient pas fait parler d'eux. Ils avaient besoin de s'en jeter un.

« L'un des *saints des derniers jours ?* » demanda Harry.

Mosken haussa les épaules. Harry comprit que la discussion sur le sujet était close pour cette fois. Mosken regarda l'heure.

« Des projets, malgré tout ?

— Je vais faire un tour au chalet.

— Ah oui ? Loin ?

— Grenland. J'y serai tout juste avant la nuit. »

Harry se leva. Dans l'entrée, alors qu'ils cherchaient les mots adéquats sur lesquels se quitter, Harry pensa à quelque chose :

« Tu as dit que tu avais été blessé près de Leningrad pendant l'hiver 44, et que tu t'étais retrouvé à l'école de Sinsen à la fin de l'été. Où étais-tu entre temps ?

— Qu'est-ce que tu veux dire ?

— Je viens de lire un livre d'Even Juul. Il est historien de guerre.

— Je sais bien qui est Even Juul, dit Mosken avec un sourire impénétrable.

— Il a écrit que le régiment Norge a été dissous près de Krasnoje Selo en mars 1944. Où étais-tu entre le mois de mars et le moment où tu es arrivé à l'école de Sinsen ? »

Mosken regarda longuement Harry. Puis il ouvrit la porte d'entrée et regarda à l'extérieur.

« Presque zéro degrés, dit-il. Il faudra conduire prudemment. »

Harry hocha la tête. Mosken se redressa, mit une main en visière et plissa les yeux vers le champ de course vide, dont la piste de graviers dessinait un ovale gris sur la neige sale.

« J'étais à des endroits qui avaient naguère eu un nom, dit Mosken. Mais qui avaient à ce point changé que personne ne pouvait les reconnaître. Sur nos cartes, il n'y avait que des routes, des cours d'eau, des champs de mines, et aucun nom. Si je te dis que j'étais à Pärnu, en Estonie, c'est peut-être vrai, je ne le sais pas, et probablement personne d'autre ne le sait. Au printemps et à l'été 1944, j'étais sur un brancard, j'écoutais les salves des mitrailleuses et je pensais à la mort. Pas à l'endroit où j'étais. »

Harry longea lentement le fleuve et s'arrêta au feu rouge devant le bybro. L'autre pont, E18, faisait comme un appareil dentaire sur le paysage et bouchait la vue sur le Drammensfjorden. O.K., ils n'avaient pas eu la main aussi heureuse sur tout, à Drammen. Harry avait décidé de s'arrêter pour boire un café au Bers, sur le chemin du retour, mais il se ravisa. Il se souvenait qu'ils y servaient de la bière.

Le feu passa au vert. Harry enfonça l'accélérateur.

Edvard Mosken avait réagi violemment à la question sur son fils. Harry prit la résolution d'enquêter un peu plus avant sur les juges du procès contre Mosken. Puis il jeta un dernier coup d'œil à Drammen, dans son rétroviseur. On trouvait sans problème des villes bien pires.

47

Bureau d'Ellen, 7 mars 2000

Ellen n'était arrivée à rien.

Harry était allé faire un tour à son bureau et s'était

assis dans son vieux fauteuil grinçant. Ils avaient em-
bauché un nouveau type, un jeune de l'administration
locale de Steinkjer, qui devait arriver dans le courant
du mois.

« Je ne suis pas voyante, non plus, dit-elle en lisant la
déception sur le visage de Harry. Et j'ai vérifié avec les
autres pendant la réunion, ce matin, mais personne
n'avait entendu parler d'un quelconque Prinsen.

— Et au bureau des armes ? Ils devraient avoir un
aperçu des trafiquants d'armes.

— Harry !

— Oui ?

— Je ne travaille plus pour toi.

— *Pour* moi ?

— *Avec* toi, bon. C'est juste que ça donnait l'impression de travailler pour toi. Brute. »

Harry donna un coup de pied et tournoya sur sa
chaise. Quatre tours. Il n'avait jamais réussi à tourner
plus que ça. Ellen leva les yeux au ciel.

« O.K., j'ai aussi appelé le bureau des armes, dit-elle.
Eux non plus n'avaient pas entendu parler de Prinsen.
Pourquoi ils ne te donnent pas un assistant, au SSP ?

— L'affaire n'est pas prioritaire. Meirik me laisse sur
le coup, mais en réalité, il voudrait que je découvre ce
que les néo-nazis concoctent pour *eid*.

— L'un de nos termes-clés, c'était milieu armé. J'ai
du mal à m'en imaginer un de plus armé que le néo-
nazi. Pourquoi ne pas commencer par là, et faire d'une
pierre deux coups ?

— J'y ai pensé. »

48

Ryktet, Grensen, 7 mars 2000

Even Juul était sur les marches lorsque Harry arriva devant la maison. Burre était à côté de lui et tirait sur sa laisse.

« Ça a été rapide, dit Juul.

— Je suis parti aussitôt après avoir raccroché, dit Harry. Burre vient avec nous ?

— Je lui faisais juste prendre l'air en attendant. Entre, Burre. »

Le chien leva des yeux suppliants vers Juul.

« Tout de suite ! »

Burre recula brusquement et fila dans la maison. Même Harry sursauta à cet ordre soudain.

« On y va », dit Juul.

Au moment où ils démarraient, Harry entraperçut un visage derrière le rideau de la cuisine.

« Il fait plus clair, dit Harry.

— Ah oui ?

— Les jours, je veux dire. Ils ont rallongé. »

Juul acquiesça sans rien dire.

« Il y a une chose à laquelle j'ai un peu réfléchi, dit Harry. La famille de Sindre Fauke, de quoi est-elle morte ?

— Ça, je te l'ai sûrement raconté. Il les a tués.

— Oui, mais comment ? »

Even Juul regarda longuement Harry avant de répondre.

« Ils ont été abattus. Une balle dans la tête.

— Tous les quatre ?

— Oui. »

Ils finirent par trouver une place de stationnement à Grensen et se rendirent à l'endroit que Juul voulait absolument montrer à Harry.

« Voici donc Ryktet », dit Harry tandis qu'ils entraient dans le café mal éclairé et pratiquement vide, où seules quelques personnes étaient installées à des tables en formica fatiguées. Harry et Juul se commandèrent des cafés et allèrent s'asseoir à l'une des tables près des fenêtres. Deux hommes dans la force de l'âge, assis à une table un peu plus loin dans le bar, cessèrent de parler et les regardèrent par en dessous.

« Ça me rappelle un café où il m'arrive d'aller, dit Harry en faisant un signe de tête vers les deux vieux.

— Les éternels fidèles, dit Juul. Les vieux nazis et les volontaires de l'armée allemande qui pensent toujours qu'ils avaient raison. Ils viennent ici crier leur amertume contre la grande trahison, le gouvernement Nygaard-svold[*] et l'état général des choses. Ceux d'entre eux qui respirent toujours, en tout cas. Leurs rangs s'éclaircissent, à ce que je vois.

— Toujours politiquement engagés ?

— Oh oui, ils sont toujours en colère. Contre l'aide au tiers-monde, les réductions du budget de la défense, les femmes prêtres, le contrat d'union entre homosexuels, nos nouveaux officiers de maintien de l'ordre, toutes les affaires dont tu pourrais parier à l'avance qu'elles vont chatouiller ces mecs-là. Dans leur cœur, ce sont toujours des fascistes.

— Et tu penses qu'Urias pourrait fréquenter cet endroit ?

— Si c'est une expédition punitive contre la société qu'Urias prévoit, il y trouvera en tout cas des gens qui

---

[*] Gouvernement de coalition formé autour de Johan Nygaardsvold, entre le 8 mai et le 25 juin 1945.

ont les mêmes affinités que lui. Il y a bien entendu
d'autres lieux de réunion pour les anciens volontaires
dans l'armée allemande, ils se réunissent par exemple
annuellement entre camarades, ici, à Oslo, et il en vient
de tout le pays, des soldats et d'autres qui étaient sur le
front de l'est. Mais ces réunions n'ont rien à voir avec
ce qui se passe dans ce trou à rat... Ce sont des petites
sauteries tout ce qu'il y a de plus sociales, au cours desquelles on évoque la mémoire de ceux qui sont tombés
et où il est interdit de parler de politique. Non, si je
cherchais un ancien engagé revanchard, c'est par ici
que je commencerais.

— Est-ce que ta femme est déjà allée à quelques-
unes de ces... comment as-tu dit ? *Réunions de camarades ?* »

Juul regarda Harry, désorienté. Puis il secoua lentement la tête.

« Juste une idée, comme ça, dit Harry. Je pensais
qu'elle aurait peut-être quelque chose à me raconter.

— Ce n'est pas le cas, répondit Juul vivement.

— Bien. Existe-t-il des liens entre ceux que tu appelles les éternels fidèles et les néo-nazis ?

— Pourquoi cette question ?

— J'ai eu un tuyau qui semble indiquer qu'Urias a
fait appel à un intermédiaire pour se procurer le fusil
Märklin, une personne qui évolue dans le milieu
armé. »

Juul secoua la tête.

« La plupart des anciens volontaires seraient vexés
de t'entendre les affilier aux néo-nazis. Même si ces
derniers nourrissent généralement un violent respect
pour ces vétérans-là. Pour eux, ils représentent le rêve
ultime... défendre le pays et la race l'arme au poing.

— Donc, si un ancien engagé veut se procurer une
arme, il peut espérer trouver de l'aide chez les néo-nazis ?

— Il y rencontrera certainement de la bonne volonté, oui. Il ne pourra pas se trouver une arme aussi sophistiquée que celle que tu recherches auprès de n'importe qui. Il est par exemple significatif que la police de Hønefoss ait fait dernièrement une descente dans le garage de quelques néo-nazis et y ait trouvé une vieille Datsun rouillée pleine de massues et d'épieux faits maison, et quelques haches émoussées. La majeure partie de ce milieu en est littéralement au niveau de l'âge de pierre.

— Alors où dois-je commencer à chercher quelqu'un du milieu ayant des contacts avec les marchands d'armes internationaux ?

— Le problème, ce n'est pas la taille colossale du milieu. *Parole Libre*, le journal nationaliste, prétend bien qu'il y a environ mille cinq cents national-socialistes et national-démocrates en Norvège, mais si tu appelles Monitor, l'organisation de bénévoles qui garde un œil sur les milieux fascistes, ils te diront qu'il y a tout au plus une cinquantaine d'actifs. Non, le problème, c'est que ceux qui disposent des ressources, ceux qui tirent réellement les ficelles, sont invisibles. Ils ne se baladent pas en rangers et n'ont pas de croix gammées tatouées sur les avant-bras, pour dire ça comme ça. Ils ont peut-être une position dans la société qu'ils peuvent exploiter pour servir la Cause, mais pour pouvoir le faire, ils doivent aussi faire profil bas. »

Une voix grave se fit soudain entendre derrière eux : « Comment oses-tu venir ici, Even Juul ? »

49

Cinéma de Gimle, Bygdøy allé,
7 mars 2000

« Alors, qu'est-ce que je fais ? demanda Harry à Ellen en la poussant dans la file d'attente. J'étais justement en train de peser le pour et le contre pour savoir si j'allais demander à l'un de ces vieux grognons s'il connaissait des personnes ruminant des projets d'attentats après avoir acheté un fusil plus onéreux que la moyenne. Et au même moment, l'un d'entre eux se pointe à notre table et demande d'une voix sépulcrale : *"Comment oses-tu venir ici, Even Juul ?"*

— Qu'est-ce que tu as fait ? demanda Ellen.

— Rien. Je me contente de regarder Even Juul se décomposer. On dirait qu'il a vu un fantôme. Il est évident que ces deux-là se connaissent. D'ailleurs, c'est la deuxième personne que je rencontre aujourd'hui qui connaît Even Juul. Edvard Mosken aussi m'avait dit le connaître.

— Est-ce si surprenant ? Juul écrit pour les journaux, il passe à la télé, c'est quelqu'un de très médiatisé.

— Tu as certainement raison. En tout cas, Juul se lève et sort illico. Il ne me reste qu'à courir derrière. Juul est blanc comme un linge au moment où je le rattrape dans la rue. Mais quand je lui pose la question, il dit ne pas savoir qui était le type chez Ryktet. Je le reconduis chez lui, et c'est tout juste s'il me dit au revoir en descendant de voiture. Il avait l'air complètement retourné. Le dixième rang, ça te paraît bien ? »

Harry se pencha vers le guichet et demanda deux billets.

« Je suis sceptique, dit-il.

— Pourquoi ça ? demanda Ellen. Parce que c'est moi qui ai choisi le film ?

— J'ai entendu une brouteuse de chewing-gum, dans le bus, qui disait à sa copine que *Tout sur ma mère*, c'est chouette. Mais alors, *chouette*...

— Ce qui veut dire ?

— Quand les filles disent qu'un film est *chouette*, j'ai une espèce de sensation à la *Beignets de tomates vertes*. Quand on vous sert une niaiserie sans bornes qui soit un tout petit peu moins idiote que les shows d'Oprah Winter, vous avez l'impression d'avoir vu un film *chaleureux et intelligent*. Pop-corn ? »

Il la poussa devant lui dans la file d'attente.

« Tu es quelqu'un de détruit, Harry. Quelqu'un de détruit. D'ailleurs, tu sais quoi ? Kim a été jaloux quand je lui ai dit que j'allais au cinéma avec un collègue.

— Félicitations.

— Avant d'oublier, dit-elle, j'ai trouvé le nom de l'avocat d'Edvard Mosken Junior, comme tu me l'avais demandé. Et de son grand-père qui avait été juge lors des règlements de compte avec les traîtres à la patrie.

— Oui ? »

Ellen sourit.

« Johan Krohn et Kristian Krohn.

— Wouf.

— J'ai discuté avec le procureur qui a plaidé contre Junior. Mosken Senior a pété les plombs quand la cour a reconnu son fils coupable et il s'en est physiquement pris à Krohn. Il a exprimé son point de vue en termes retentissants, en disant que Krohn et son grand-père avaient conspiré contre la famille Mosken.

— Intéressant.

— J'ai mérité un grand pop-corn, tu ne trouves pas ? »

Tout sur ma mère fut bien meilleur que Harry ne l'avait craint. Mais en plein milieu de la scène de l'enterrement de Rosa, il dut malgré tout déranger une Ellen en larmes pour lui demander où était Grenland. Elle lui répondit que c'était une région autour de Porsgrunn et Skien, et put voir le reste du film tranquille.

50

Oslo, 8 mars 2000

Harry vit que le costume était trop petit. Il le vit, mais ne le comprit pas. Il n'avait pas grossi depuis qu'il avait dix-huit ans, et ce costume tombait parfaitement quand il l'avait acheté chez Dressmann pour la fête de fin d'examens en 1990. Il n'en constata pas moins dans le miroir de l'ascenseur qu'on voyait ses chaussettes entre le bas de son pantalon et ses Dr. Martens noires. Encore l'un de ces mystères insolubles.

Les portes de l'ascenseur s'ouvrirent et Harry entendit de la musique, de bruyantes conversations et des glapissements de femmes déferler par les portes ouvertes de la cantine. Il regarda l'heure. Il était huit heures et quart. Il resterait jusqu'à onze heures, ça devrait leur suffire.

Il prit une inspiration, entra dans la cantine et regarda autour de lui. La cantine était dans le genre traditionnel norvégien — une pièce carrée, un comptoir vitré à un bout duquel on commandait ce qu'on voulait manger, des meubles clairs venant d'un des fjords du Sunnmore et interdiction de fumer. Le comité des fêtes avait fait de son mieux pour camoufler la banalité de l'endroit à force de ballons et de nappes rouges. Même s'il y avait une majorité d'hommes, la gent féminine était bien représentée ; en tout cas mieux que lorsque c'était la Criminelle qui organisait des fêtes. Il semblait que la plupart des présents avaient eu le temps d'ingurgiter de grandes quantités d'alcool. Linda lui avait un peu parlé de certains apéros, et Harry était heureux que personne ne l'ait invité.

« Que tu es beau, en costume, Harry ! »

C'était Linda. Il ne la reconnut presque pas dans cette robe moulante qui soulignait ses kilos superflus, mais aussi sa plantureuse féminité. Elle tenait devant Harry un plateau chargé de verres remplis d'un liquide orange.

« Euh… non merci, Linda.

— Allez, secoue-toi, Harry. C'est la fête ! »

« *Tonight we're gonna party like it's nineteen-ninety-nine…* » hurla Prince.

Ellen se pencha en avant sur le siège conducteur et baissa le volume.

Tom Waaler lui jeta un coup d'œil en coin.

« Juste un peu fort », dit-elle. En pensant qu'il ne restait que trois semaines avant que l'officier du maintien de l'ordre de Steinkjer n'entre en fonction, et qu'elle n'aurait alors plus à travailler avec Waaler.

Ce n'était pas la musique. Il ne l'enquiquinait pas. Et ce n'était assurément pas un mauvais policier.

C'étaient les conversations téléphoniques. Non pas qu'Ellen Gjelten ne puisse comprendre que les gens prennent soin de leur vie sexuelle, mais une fois sur deux lorsque le téléphone sonnait, elle comprenait de la conversation que c'était une femme qui se faisait pla-quer, l'avait déjà été ou n'allait pas tarder à l'être. Les derniers coups de fil avaient été les plus immondes. C'étaient les femmes qu'il n'avait pas encore tombées, et il leur parlait d'une voix tout à fait particulière qui donnait envie à Ellen de crier : Ne fais pas ça ! Il ne te veut aucun bien ! Fous le camp ! Ellen était une per-sonne généreuse qui pardonnait facilement les faibles-ses humaines. Elle n'en avait pas découvert beaucoup chez Tom Waaler, mais elle n'avait pas non plus décou-vert beaucoup d'humanité. Elle ne l'aimait tout simple-ment pas.

Ils passèrent devant Tøyenparken. Waaler avait eu un tuyau : quelqu'un avait vu Ayub, le chef de bande pakistanais qu'ils recherchaient depuis l'agression dans le parc du Palais en décembre, à l'Aladdin, le restau-rant persan de Hausmannsgate. Ellen savait qu'ils arri-veraient trop tard, qu'ils ne feraient que demander à la ronde si quelqu'un savait où se trouvait leur client. Ils n'obtiendraient pas de réponse, mais ils se seraient en tout cas montrés, ils auraient en tout cas démontré qu'ils n'avaient pas prévu de le lâcher.

« Reste dans la voiture, je vais vérifier à l'intérieur, dit Waaler.

— O.K. »

Waaler descendit la fermeture éclair de son blouson de cuir.

Pour exhiber les muscles qu'il a gonflés à la salle de musculation de l'hôtel de police, pensa Ellen. Ou tout juste assez de son holster pour faire comprendre qu'il était armé. Les officiers de la criminelle avaient le droit de porter une arme en permanence, mais elle savait que Waaler portait autre chose que son revolver de service. Un truc de gros calibre, elle n'avait pas eu le courage de lui demander quoi. Après les voitures, les armes de poing étaient le sujet favori de discussion de Waaler, et elle avait à tout prendre une préférence pour les voitures. Elle-même ne portait pas d'arme. À moins d'en avoir reçu l'ordre, comme à l'occasion de la visite présidentielle de l'automne dernier.

Quelque chose lui tournicotait au fond du crâne. Mais elle fut très vite interrompue par une version bip-bip digitale de « Napoleon med sin hær[*] ». C'était le mobile de Waaler. Ellen ouvrit la portière pour l'appeler, mais il entrait déjà à l'Aladdin.

La semaine avait été ennuyeuse. Ellen n'arrivait pas à se rappeler avoir passé une semaine aussi ennuyeuse depuis qu'elle était entrée dans la police. Elle craignait que ce puisse être lié au fait qu'elle avait enfin une vie privée. Il était tout à coup devenu important de rentrer à la maison avant qu'il ne se fasse trop tard, et les gardes du samedi, comme ce soir-là, étaient subitement devenues un sacrifice. Le mobile joua « Napoleon... » pour la quatrième fois.

L'une des éconduites ? Ou une qui ne l'était pas encore ? Si Kim la larguait maintenant... Mais il ne le ferait pas. Elle le savait.

« Napoleon med sin hær », cinquième édition.

Encore deux heures et la garde serait terminée ; elle rentrerait chez elle, prendrait une douche avant de filer chez Kim, dans Helgesens gate, à seulement cinq fiévreuses minutes à pied. Elle pouffa de rire.

Six fois ! Elle empoigna le mobile sous le frein à main.

« Vous êtes sur la messagerie vocale de Tom Waaler. Veuillez laisser un message après le signal sonore. »

C'était supposé être une blague, elle avait en réalité

---

[*] « Napoléon et son armée ». Comptine norvégienne.

pensé dire son nom juste après, mais pour une raison inconnue, elle se tut et écouta le lourd halètement à l'autre bout du fil. Peut-être pour le suspense, peut-être par simple curiosité. Elle venait en tout cas de réaliser que la personne qui appelait pensait être arrivée sur un répondeur, et elle attendait le signal sonore ! Elle enfonça l'une des touches du pavé numérique. Bip.

« Salut, c'est Sverre Olsen. »

« Salut, Harry, c'est… »

Harry se tourna, mais le reste de la phrase de Kurt Meirik disparut au milieu des basses quand le DJ auto-proclamé monta le volume de la musique qui explosa dans les haut-parleurs, juste derrière Harry :

That don't impress me much…

Ça faisait à peine vingt minutes que Harry était arrivé, mais il avait déjà regardé deux fois sa montre et eu le temps de se poser quatre fois les questions suivantes : Est-ce que le meurtre d'un ancien engagé devenu ivrogne a quelque chose à voir avec l'achat d'un fusil rayé Märklin ? Qui pouvait tuer à l'arme blanche de façon aussi rapide et efficace pour se permettre de le faire en plein jour sous une porte cochère du centre d'Oslo ? Qui est Prinsen ? Est-ce que le jugement du fils Mosken avait un lien avec l'affaire ? Qu'était devenu le cinquième volontaire norvégien, Gudbrand Johansen ? Et pourquoi Mosken n'avait-il pas pris la peine de le rechercher après la guerre si l'autre lui avait sauvé la vie, en admettant qu'il dise vrai ?

Il se tenait dans un coin de la pièce avec une bière sans alcool à la main, une Munkholm, dans un verre pour éviter qu'on lui demande pourquoi il ne buvait pas d'alcool, en observant quelques-uns des plus jeunes employés du SSP qui dansaient.

« Pardon ? Je n'ai pas entendu… » dit Harry.

Meirik jouait avec un verre rempli d'une boisson orange. Il avait l'air encore plus guindé que d'habitude, dans son costume rayé bleu. Il lui allait comme un gant, à ce que Harry pouvait voir. Harry tira sur les manches de sa veste, bien conscient que sa chemise était visible en dessous de ses boutons de manchette. Meirik se pencha vers lui.

« J'essayais de dire que c'est la chef de notre service étranger, l'inspectrice… »

Harry prit conscience de la femme à côté de lui. Mince. Robe rouge, simple. Il eut un vague pressentiment.

So you got the looks, but have you got the touch…

Yeux marron. Pommettes hautes. Reflet mat de la peau. Cheveux bruns et courts encadrant son visage. Son sourire se lisait déjà dans ses yeux. Il se souvenait qu'elle était jolie, mais pas aussi… ravissante. C'était le seul mot adéquat qui lui venait à l'esprit : *ravissante*. Il savait que de l'avoir là, devant lui, aurait dû le rendre muet de surprise, mais il y avait en quelque sorte une logique à tout ça, quelque chose qui lui fit intérieurement reconnaître les tenants et aboutissants de la situation.

« … Rakel Fauke, dit Meirik.

— Nous nous sommes déjà rencontrés, dit Harry.

— Ah ? » dit Meirik, surpris.

Ils la regardèrent tous les deux.

« Oui, dit-elle. Mais je ne crois pas que nous étions allés jusqu'à échanger nos noms. »

Elle lui tendit la main, avec cette cassure du poignet qui le fit de nouveau penser à des cours de piano et de danse.

« Harry Hole.

— Ah ah, fit-elle. Bien sûr. De la Criminelle, n'est-ce pas ?

— C'est ça.

— Je ne savais pas que tu étais le nouvel inspecteur principal au SSP quand on s'est rencontrés. Si tu l'avais dit...

— Oui, quoi ? »

Elle pencha un peu la tête de côté.

« Oui, quoi ? » Elle rit. Son rire fit de nouveau jaillir un mot idiot dans le cerveau de Harry : *charmante*.

« Je t'aurais en tout cas dit que nous travaillions au même endroit, dit-elle. Autrement, je n'aime pas bassiner les gens avec ce que je fais. Ça occasionne tellement de questions bizarres. C'est certainement la même chose pour toi.

— Oh là, oui. »

Elle rit de nouveau. Harry se demanda ce qu'il fallait faire pour qu'elle rie comme ça en permanence.

« Comment se fait-il que je ne t'avais jamais vu au SSP, avant ça ? demanda-t-elle.

— Le bureau de Harry est tout au fond du couloir, dit Kurt Meirik.

— Ah ah », acquiesça-t-elle, comme avec compassion, mais toujours avec ce sourire étincelant dans les yeux.

« Le bureau au fond du couloir, hein ? »

Harry acquiesça tristement.

« Bien, bien. Donc, vous vous connaissiez. Nous allions au bar, Harry. »

Harry attendit l'invitation. Elle ne vint pas.

« À plus tard », dit Meirik.

Compréhensible, se dit Harry. Il y en avait certainement beaucoup qui devaient recevoir cette tape sur l'épaule « du chef à ses subordonnés », ce soir. Il s'adossa au haut-parleur, mais leur jeta un regard furtif. Elle l'avait reconnu. Elle se rappelait qu'ils ne s'étaient pas dit leur nom. Il vida son verre d'un trait. Ça n'avait aucun goût.

« *There's something else : the afterworld...* »
Waaler claqua la portière derrière lui.

« Personne n'avait jamais vu ni entendu Ayub, dit-il, et personne ne lui avait parlé. En route.

— Bon, dit Ellen avant de jeter un coup d'œil dans son rétroviseur et de s'éloigner du trottoir.

— Tu commences à aimer Prince, toi aussi, je vois...

— Oui ?

— En tout cas, tu as monté le son pendant que j'étais dehors.

— Oh. » *Il fallait qu'elle appelle Harry.*

« Il y a un problème ? »

Ellen gardait les yeux rivés devant elle, sur l'asphalte humide et noir qui luisait sous les réverbères.

« Un problème ? Ce serait quoi ?

— Je ne sais pas. On dirait juste qu'il s'est passé quelque chose.

— Il ne s'est rien passé, Tom.

— Quelqu'un a appelé ? Hé ! » Tom sursauta sur son siège et planta ses deux paumes sur le tableau de bord. « Tu ne l'avais pas vue, cette voiture, ou quoi ?

— Sorry.

— Tu veux que je reprenne le volant ?

— Le volant ? Pourquoi ?

— Parce que tu conduis comme une...

— Comme quoi ?

— Laisse tomber. Je t'ai demandé si quelqu'un avait appelé.

— Personne n'a appelé, Tom. Si c'était le cas, je te l'aurais dit, non ? »

Il fallait qu'elle appelle Harry. Vite.

« Alors pourquoi as-tu éteint mon mobile ?

— Quoi ? » Ellen planta sur lui un regard terrifié.

« Garde les yeux sur la route, Gjelten. Je t'ai demandé : pourquoi...

— Personne n'a appelé, je te dis. Tu dois l'avoir éteint toi-même ! »

Sans qu'elle le veuille, sa voix était montée jusqu'à lui vriller les oreilles.

« O.K., Gjelten, dit-il. Détends-toi, je me posais juste la question. »

Ellen essaya de faire ce qu'il lui disait. De respirer régulièrement et de ne penser qu'aux voitures devant elle. Elle tourna à gauche au rond-point et s'engagea dans Vahls gate. Samedi soir, mais les rues dans ce quartier étaient pratiquement désertes. Feu vert. À droite dans Jens Bjelkes gate. À gauche pour redescendre Tøyengata. Au parking de l'hôtel de police. Elle sentit le regard scrutateur de Tom pendant tout le chemin.

Harry n'avait pas regardé l'heure une seule fois depuis sa rencontre avec Rakel Fauke. Il avait même accompagné Linda pour une tournée de présentations auprès de quelques collègues. Les conversations avaient été laborieuses. Ils lui demandaient en quoi consistait son travail, et une fois qu'il avait répondu, les choses piétinaient. Vraisemblablement une règle non écrite du SSP stipulant qu'on ne pose pas trop de questions. Ou bien ils s'en foutaient, tout simplement. Pas de problème, il ne s'intéressait pas davantage à eux. Il était revenu à sa place devant le haut-parleur. Il avait entraperçu sa robe rouge à deux ou trois reprises, et à ce qu'il en voyait, elle circulait en n'échangeant que deux ou trois mots çà et là. Elle n'avait pas dansé, il en était pratiquement sûr.

Bon sang, je me conduis comme un ado, se dit-il.

Il regarda pourtant l'heure. Neuf heures et demie. Il pouvait aller la voir, lui dire quelques mots, voir ce qui se passerait. Et si rien ne se passait, il pourrait toujours prendre ses cliques et ses claques, expédier cette danse qu'il avait promise à Linda et rentrer chez lui. *Rien ne se passait ?* Qu'est-ce qu'il imaginait ? Une inspectrice de police pour ainsi dire mariée ? Il avait besoin d'un verre. Non. Il regarda de nouveau l'heure. Il frissonna en repensant à cette danse qu'il avait promise. Retour au bercail. La plupart des présents étaient bien éméchés. Et même en étant à jeun, il y avait peu de chances qu'ils remarquent que le nouvel inspecteur principal au fond du couloir s'en allait. Il n'y avait qu'à passer calmement la porte, prendre l'ascenseur, il avait même l'Escort qui l'attendait fidèlement au-dehors. Et Linda avait l'air de bien s'amuser sur la piste de danse, où elle avait mis le grappin sur un jeune officier qui la faisait tourner avec un sourire légèrement transpirant.

« Ça bougeait plus au concert des Raga Rockers du Juristival, tu ne trouves pas ? »

Il sentit son pouls s'accélérer en entendant la voix grave de la femme à côté de lui.

Tom était venu se placer à côté de la chaise d'Ellen, dans son bureau.

« Désolé si j'ai été un peu maladroit dans la voiture, tout à l'heure », dit-il.

Elle ne l'avait pas entendu venir, et elle sursauta. Elle tenait toujours le combiné, mais n'avait pas encore composé le numéro.

« Bof, ce n'est rien, dit-elle. C'est moi qui suis un peu… tu sais.

— Prémenstruelle ? »

Elle leva les yeux vers lui et comprit que ce n'était pas une blague, qu'il essayait vraiment de se montrer compréhensif.

« Peut-être », dit-elle. Pourquoi était-il venu dans son bureau, il ne le faisait jamais ?

« La garde est terminée, Gjelten. » Il fit un signe de tête vers l'horloge murale. Celle-ci indiquait dix heures. « J'ai ma voiture. Laisse-moi te raccompagner.

— Merci, mais je dois passer un coup de fil, d'abord. Mais tu peux y aller, toi.

— Coup de fil personnel ?

— Oh non, c'est juste…

— Alors je t'attends ici. »

Waaler se laissa tomber sur la vieille chaise de bureau de Harry, qui poussa un cri de protestation. Leurs regards se croisèrent. Et merde ! Pourquoi n'avait-elle pas dit que c'était un coup de fil personnel ? Maintenant, il était trop tard. Comprenait-il qu'elle avait découvert quelque chose ? Elle essaya de lire dans ses yeux, mais ce fut comme si ce don avait disparu quand la panique s'était emparée d'elle. La panique ? Elle savait maintenant pourquoi elle ne s'était jamais sentie à l'aise en compagnie de Tom Waaler. Ce n'était pas à cause de sa froideur, de son point de vue sur les femmes, les basanés, les petits rebelles et les pédés, ou de son penchant à saisir n'importe quelle occasion légale de recourir à la violence. Elle pouvait à la demande énumérer dix autres inspecteurs qui surpassaient Tom Waaler sur ces points, mais elle avait pourtant réussi à trouver en eux quelque chose de positif qui lui avait permis de les fréquenter. Mais c'était différent avec Tom Waaler, et elle savait à présent ce qu'il y avait : elle avait peur de lui.

« D'ailleurs, dit-elle, ça peut attendre lundi.

— Bien. » Il se releva. « Alors on y va. »

Waaler possédait l'une de ces voitures de sport japonaises dont Ellen trouvait qu'elles ressemblaient à des copies de Ferrari au rabais. Celle-ci était équipée de sièges baquets qui serraient les épaules, et de haut-parleurs qui semblaient emplir la moitié de la voiture. Le moteur ronronnait tendrement, et les lumières des réverbères filèrent dans l'habitacle lorsqu'ils remontèrent Trondheimsveien. Une voix de fausset avec laquelle elle s'était peu à peu familiarisée se glissa depuis les enceintes :

… I only wanted to be some kind of a friend, I only wanted to see you bathing…

Prince. Prinsen.

« Tu peux me laisser ici, dit Ellen en tentant de parler d'une voix normale.

— Pas question, dit Waaler en regardant dans son rétroviseur. Livraison à domicile. Où allons-nous ? »

Elle résista à l'envie qu'elle avait d'ouvrir la portière à la volée et de sauter de voiture.

« À gauche, ici », dit-elle en pointant un doigt.

Sois chez toi, Harry.

« Jens Bjelkes gate », lut tout haut Waaler en tournant.

Ici, l'éclairage public était plus tamisé et les trottoirs étaient déserts. Du coin de l'œil, Ellen voyait de petits carrés de lumière glisser sur le visage de son collègue. Savait-il qu'elle savait ? Et voyait-il qu'elle gardait la main dans son sac, comprenait-il qu'elle étreignait la petite bouteille de gaz noire, celle qu'elle avait achetée en Allemagne, qu'elle lui avait montrée à l'automne quand il avait prétendu qu'elle les mettait en danger, elle et ses collègues, en refusant de porter une arme ? Et n'avait-il pas discrètement indiqué qu'il pouvait lui procurer une arme maniable, facile à dissimuler n'importe où sur le corps, qui ne serait pas enregistrée et qui donc ne permettrait pas qu'on la retrouve s'il devait arriver malheur ? Elle ne l'avait alors pas interprété de façon aussi immédiate, elle avait cru à l'une de ses blagues macho à demi morbides et avait répondu par le rire.

« Arrête-toi près de cette voiture rouge, là.

— Mais le numéro quatre, c'est après la rue, non ? »

Lui avait-elle dit qu'elle habitait au numéro quatre ? Peut-être. Elle l'avait peut-être juste oublié. Elle se sentait transparente, comme une méduse, il lui semblait qu'il pouvait voir son cœur battre trop vite.

Le moteur ronronnait au point mort. Il s'était arrêté. Elle chercha fébrilement la poignée. Ces putains d'ingénieurs japonais et leur génie à la con ! Pourquoi ne pouvaient-ils pas mettre des poignées de portes simples ?

« À lundi », dit la voix de Waaler derrière elle au moment où elle trouva la poignée, se jeta dehors et inspira l'air empoisonné de février comme si elle remontait à la surface après un long séjour sous l'eau froide. La dernière chose qu'elle entendit en refermant la lourde porte cochère derrière elle fut le bruit régulier et bien huilé de la voiture de Waaler qui tournait toujours à vide.

Elle monta les escaliers quatre à quatre, en écrasant lourdement ses bottes sur chaque marche et en tenant sa clé devant elle, comme une baguette de sourcier. Puis elle fut chez elle. En composant le numéro de l'appartement de Harry, elle se remémora le message d'Olsen, mot pour mot :

C'est Sverre Olsen. J'attends toujours les dix billets de commission pour la pétoire du vieux. Appelle-moi à la maison.

Puis il avait raccroché.

Il lui avait fallu une nanoseconde pour faire le lien. Le cinquième élément de la devinette, qui était l'intermédiaire dans la transaction du Märklin. Un policier. Tom Waaler. Bien sûr. Dix mille couronnes de commission pour un minus comme Olsen, ça devait être un vache de gros truc. Le vieux. Milieu armé. Sympathie d'extrême droite. Prinsen qui serait bientôt inspecteur principal. C'était limpide, si évident que pendant un moment, elle fut choquée de ne pas l'avoir compris, elle qui avait le don d'enregistrer des nuances qui échappaient aux autres. Elle savait que la paranoïa s'était depuis longtemps emparée d'elle, mais elle n'avait pourtant pas pu s'empêcher de penser à cette idée en attendant qu'il ressorte du restaurant : Tom Waaler avait toutes ses chances pour continuer à progresser, pour tirer les fils depuis des postes de plus en plus importants, dissimulé sous les ailes du pouvoir, et Dieu seul savait avec qui il avait déjà fait alliance au sein de la police. En y réfléchissant, il y en avait plusieurs qu'elle n'aurait jamais pu imaginer mêlés à quelque chose. Mais le seul sur qui elle comptait à cent — *cent* — pour cent, c'était Harry.

Enfin la communication. Pas occupé. Ce n'était jamais occupé, de ce côté-là. Allez, Harry !

Elle savait aussi que ce n'était qu'une question de temps pour que Waaler discute avec Olsen et découvre ce qui s'était passé, et elle ne doutait pas une seule seconde qu'à partir de ce moment-là, elle serait en danger de mort. Elle devait agir vite, mais elle n'avait pas droit au moindre faux pas. Une voix interrompit ses pensées :

« C'est le répondeur de Hole. Parlez-moi. »

Bip.

« Putain de merde, Harry ! C'est Ellen. On le tient ! Je t'appelle sur ton mobile. »

Elle tint le combiné entre son épaule et son menton pendant qu'elle ouvrait son répertoire téléphonique à H, mais le laissa échapper et il tomba avec fracas. Elle jura et finit par trouver le numéro de mobile de Harry. Heureusement, il ne se sépare jamais de ce téléphone, pensa-t-elle en composant le numéro.

Ellen Gjelten habitait au deuxième étage dans un immeuble récemment ravalé, en compagnie d'une mésange apprivoisée répondant au nom de Helge. L'appartement avait des murs épais de cinquante centimètres et était équipé de doubles vitrages. Elle pouvait néanmoins jurer entendre le ronronnement d'une voiture au point mort.

Rakel Fauke rit.

« Si tu as promis une danse à Linda, tu ne t'en tireras pas avec quelques coups de balai à franges nonchalants sur la piste.

— Bon. L'autre possibilité, c'est de se tirer. »

Il se fit une pause au cours de laquelle Harry se rendit compte que ce qu'il venait de dire pouvait être mal interprété. Il se hâta de demander :

« Comment se fait-il que tu sois entrée au SSP ?

— Le russe, dit-elle. J'ai suivi les cours de russe dans l'armée, et j'ai travaillé deux ans comme interprète à Moscou. Kurt Meirik m'a recrutée dès ce stade-là. Après mes études de droit, je suis entrée directement à l'échelon trente-cinq du SSP. J'ai cru avoir pondu un œuf d'or.

— Ce n'est pas ce que tu as fait ?

— Tu rigoles ? Aujourd'hui, ceux avec qui j'ai étudié gagnent trois fois plus que ce que je gagnerai jamais.

— Tu aurais pu arrêter et commencer à faire ce qu'ils font. »

Elle haussa les épaules.

« J'aime bien ce que je fais. Ce n'est pas le cas de tous ces types-là.

— Tu as raison. »

Pause.

Tu as raison. C'était vraiment tout ce qu'il avait trouvé ?

« Et toi, Harry ? Tu apprécies ce que tu fais ? »

Ils étaient toujours tournés vers la piste de danse, mais Harry prit conscience du regard de son interlocutrice, de la façon qu'elle avait de le toiser. Toutes sortes d'idées lui traversaient l'esprit. Qu'elle avait de petites rides près des yeux et autour de la bouche, que le chalet de Mosken se trouvait non loin de l'endroit où ils avaient trouvé les douilles du fusil Märklin, que selon le *Dagblabet*, soixante pour cent des femmes habitant en ville étaient infidèles, qu'il demanderait à la femme d'Even Juul si elle se souvenait de trois soldats du régiment Norge qui avaient été blessés ou tués par une grenade jetée depuis un avion, et qu'il aurait dû se ruer chez Dressmann pour les promotions du nouvel an sur les costumes ; il avait vu de la publicité sur TV3. Mais s'il appréciait ce qu'il faisait ?

« Certains jours, dit-il.

— Qu'est-ce que tu apprécies, là-dedans ?

— Je ne sais pas. Est-ce que ça sonne creux ?

— Je ne sais pas.

— Je ne dis pas ça parce que je n'ai pas réfléchi aux raisons pour lesquelles je suis devenu policier. J'y ai réfléchi. Et je ne sais pas. J'aime peut-être juste enfermer les mauvais garçons et les mauvaises filles.

— Et que fais-tu quand tu ne chasses pas les mauvais garçons et les mauvaises filles ? demanda-t-elle.

— Je regarde l'expédition Robinson. »

Elle rit de nouveau. Et Harry sut qu'il était prêt à dire les choses les plus idiotes pour la voir rire comme ça. Il se ressaisit et parla à peu près sérieusement de sa vie, mais étant donné qu'il veillait à ne pas mentionner les éléments désagréables, il n'eut pas grand-chose à raconter. Puis, comme elle avait toujours l'air de s'intéresser, il poussa un peu plus loin en lui parlant de la Frangine et de son père. Pourquoi finissait-il toujours par parler de la Frangine quand on lui demandait de parler de lui-même ?

« Ça a l'air d'être une chouette fille, dit-elle.

— La plus chouette, répondit-il. Et la plus courageuse. Jamais peur de la nouveauté. Un pilote d'essais de la vie. »

Harry lui parla de la fois où elle avait participé aux enchères pour un appartement dans Jakob Aalls gate dont elle avait vu la photo dans les pages immobilières d'*Aftenposten*. Parce que le papier peint lui rappelait sa chambre d'enfant à Oppsal. Et se l'était vu attribuer pour deux millions de couronnes, prix record du mètre carré à Oslo pour cet été-là. »

Rakel Fauke rit tellement qu'elle renversa un peu de tequila sur la veste de Harry.

« Le mieux, chez elle, c'est que quand elle se crashe, elle se contente d'épousseter ses vêtements, et elle est prête pour la mission-suicide suivante. »

Elle épongea le revers de sa veste avec un mouchoir.

« Et toi, Harry, que fais-tu, quand tu te crashes ?

— Moi ? Bof… Je me tiens tranquille un moment. Et puis je me relève, on n'a pas d'autre choix.

— Tu as raison », dit-elle.

Il leva rapidement les yeux pour voir si elle se moquait de lui. Elle irradiait la force, mais il doutait que les crashes fussent quelque chose dont elle avait une grande expérience.

« À ton tour de raconter quelque chose », dit Harry.

Rakel n'avait pas de sœur à qui faire appel, elle était fille unique. Elle parla donc de son travail.

« Mais c'est rare que nous attrapions quelqu'un, dit-elle. La plupart des affaires s'arrangent à l'amiable au cours d'une conversation téléphonique ou d'un cocktail à l'ambassade. »

Harry lui fit un sourire en coin.

« Et pour l'affaire de cet agent des Services Secrets que j'ai descendu ? Conversation téléphonique ou cocktail ? »

Elle le regarda pensivement tout en plongeant une main dans son verre pour y prendre un glaçon. Elle le leva devant elle, entre deux doigts. Une goutte d'eau fondue coula lentement le long de son poignet, passa sous une fine chaînette en or et poursuivit son chemin vers le coude.

« Tu danses, Harry ?

— Si ma mémoire est bonne, je viens de passer dix minutes à t'expliquer à quel point j'ai horreur de ça. »

Elle pencha de nouveau la tête sur le côté.

« Je veux dire… tu danses avec moi ?

— Sur cette musique ? »

Une version presque stagnante de *Let It Be* à la flûte de Pan dégoulinait des enceintes comme un sirop épais.

« Tu y survivras. Considère ça comme un échauffement avant le grand test Linda. »

Elle posa une main légère sur son épaule.

« On flirte, maintenant ? demanda Harry.

— Que dis-tu, inspecteur principal ?

— Désolé, mais je suis vraiment nul pour décoder ce genre de signaux cachés, alors je t'ai demandé si c'était un flirt.

— Ça m'étonnerait. »

Il posa une main sur ses reins et tenta quelques pas de danse.

« Ça donne l'impression de perdre un pucelage, ça, dit-il. Mais je suppose que c'est inévitable… le genre de choses par lesquelles chaque Norvégien doit passer, tôt ou tard.

— De quoi est-ce que tu parles ? demanda-t-elle en riant.

— De *danser* avec une collègue à une fête de la boîte.

— Je ne te force pas. »

Il sourit. Ça aurait pu être n'importe où, ils auraient pu passer *La danse des canards* à l'envers et au ukulélé… il aurait tué pour cette danse.

— Attends… qu'est-ce que tu as là ?

— Eh bien… ce n'est pas un pistolet, et je suis *vraiment* heureux de te voir. Mais… »

Harry décrocha d'un geste vif le mobile qu'il avait à la ceinture et lâcha Rakel pour aller poser l'appareil sur l'enceinte. Elle leva les bras vers lui lorsqu'il revint.

« J'espère qu'il n'y a pas de voleurs, ici », dit-il. C'était une archi-vieille blague dans la maison, elle devait l'avoir entendue cent fois. Mais elle rit pourtant doucement dans son oreille.

Ellen laissa sonner le mobile de Harry et finit par raccrocher. Puis elle réessaya. Postée près de la fenêtre, elle regardait dans la rue. Pas de voiture. Bien sûr que non, elle était hypertendue. Tom devait être en chemin vers son lit. Ou un autre lit.

Après trois tentatives, elle renonça à appeler Harry et se reporta sur Kim. Il avait l'air fatigué.

« J'ai rendu le taxi à sept heures ce soir, dit-il. J'ai conduit pendant vingt heures.

— Je vais juste prendre une douche, d'abord. Je voulais juste m'assurer que tu étais là.

— Tu as l'air stressée.

— Ce n'est rien. Je suis là dans trois quarts d'heure. J'aurai d'ailleurs besoin d'utiliser ton téléphone. Et je resterai jusqu'à demain.

— Super. Tu pourrais passer au 7-Eleven de Markveien pour me prendre un paquet de clopes ?

— Ça marche. Je prends un taxi.

— Pourquoi ?

— Je t'expliquerai.

— Tu sais qu'on est samedi soir ? Tu peux oublier, tu n'arriveras pas à joindre le central des taxis. Et il te faut quatre minutes pour rappliquer ici. »

Elle hésita.

« Kim ?

— Oui ?

— Tu m'aimes ? »

Elle entendit son gloussement sourd et imagina ses yeux mi-clos ensommeillés et son corps mince, presque maigre, sous sa couette, dans son appartement misérable de Helgesens gate. Il avait vue sur l'Akerselva. Il avait tout. Et pendant un instant, elle oublia presque Tom Waaler. Presque.

« Sverre ! »

Au pied des escaliers, la mère de Sverre Olsen criait de toute la force de ses poumons, ainsi qu'elle l'avait toujours fait, aussi longtemps qu'il se souvienne.

« Sverre ! Téléphone ! »

Elle criait comme si elle avait besoin d'aide, à deux doigts de couler ou quelque chose dans le genre.

« Je prends là-haut, maman ! »

Il descendit ses pieds du lit, attrapa le combiné et attendit le déclic l'informant que sa mère avait raccroché.

« Allô ?

— C'est moi. » Prince en fond. Toujours Prince. « Je m'y attendais, dit Sverre.

— Pourquoi ça ? »

La question ne s'était pas fait attendre. À tel point que Sverre se sentit immédiatement sur la défensive, exactement comme si c'était lui qui devait de l'argent, et pas le contraire.

« Tu dois appeler parce que tu as eu mon message ? dit Sverre.

— J'appelle parce que je regarde la liste des appels entrants sur mon mobile. Je vois que tu as parlé à quelqu'un à vingt heures trente-deux, ce soir. De quel message tu parles ?

— À propos du fric, tiens ! Je commence à être fauché, et tu m'as promis...

— À qui as-tu parlé ?

— Hein ? La fille de ton répondeur, tiens. Assez chouette, c'est une nouvelle que tu as... ? »

Pas de réponse. Juste Prince en sourdine. *You sexy motherfucker...* La musique se tut brusquement. « Répète exactement ce que tu as dit.

— J'ai juste dit que...

— Non. Précisément. Mot pour mot. » Sverre répéta aussi fidèlement qu'il le put.

« J'avais deviné qu'il y avait quelque chose dans ce genre, dit Prinsen. Tu viens de révéler toute notre opération à un élément extérieur, Olsen. Si nous ne colmatons pas cette fuite immédiatement, nous sommes faits. Tu comprends ? »

Sverre Olsen ne comprenait rien.

Prinsen avait l'air toujours aussi calme en expliquant que son mobile était tombé entre les mauvaises mains.

« Ce n'était pas une boîte vocale que tu as entendue, Olsen.

— C'était qui, alors ?

— Appelons ça l'ennemi.

— Monitor ? Quelqu'un t'a filé, ou bien ?

— La personne en question est en route pour aller voir la police. Ça va être ton boulot de l'arrêter.

— Le mien ? Je veux juste mon artiche et...

— Ta gueule, Olsen. »

Olsen ferma sa gueule.

« Il s'agit de la Cause. Tu es un bon soldat, n'est-ce pas ?

— Oui, mais...

— Et un bon soldat nettoie derrière lui, non ?

— J'ai juste transmis les messages entre le vieux et toi, c'est toi qui...

— Surtout quand le soldat a une peine de trois ans qui lui pend au nez, et que cette peine l'est avec sursis pour vice de forme. »

Sverre s'entendit déglutir.

« Comment le sais-tu ? commença-t-il.

— T'occupe. Je veux juste que tu saches que tu as au moins autant à perdre que moi et le reste de la confrérie. »

Sverre ne répondit pas. Ce n'était pas la peine.

« Vois ça du bon côté, Olsen. C'est ça, la guerre. Alors, les poltrons et les traîtres n'ont pas leur place. En plus, la confrérie récompense ses soldats. En plus des dix mille, tu en auras quarante mille quand ce boulot sera fait. »

Sverre réfléchit. À ce qu'il allait porter.

« Où ? demanda-t-il.

— Schous plass, dans vingt minutes. Prends ce dont tu as besoin. »

« Tu ne bois pas ? » demanda Rakel.

Harry regarda autour de lui. Leur dernière danse

avait été si serrée qu'elle avait peut-être suscité quelques haussements de sourcils. Ils s'étaient maintenant retirés à l'une des tables du fond de la cantine.

« J'ai arrêté », dit-il.

Elle acquiesça.

« C'est une longue histoire, ajouta-t-il.

— Le temps ne manque pas.

— Ce soir, j'ai envie de n'entendre que des histoires drôles, dit-il en souriant. Parlons plutôt de toi. As-tu eu une enfance dont tu veuilles bien parler ? »

Harry s'était à moitié attendu à ce qu'elle rie, mais elle n'afficha qu'un sourire sans force.

« Ma mère est morte quand j'avais quinze ans, mais à part ça, je peux parler de presque tout.

— Je suis désolé.

— Pas de quoi être désolé. C'était une femme hors du commun. Mais c'était bien d'histoires drôles, qu'il était question, non ?

— Tu as des frères et sœurs ?

— Non. Il n'y a que moi et papa.

— Alors, il a fallu que tu t'occupes seule de lui ? »

Elle leva un regard surpris.

« Je sais ce que c'est, dit-il. Moi aussi, j'ai perdu ma mère. Mon père est resté assis dans un fauteuil à regarder le mur pendant des années. Il a fallu que je le nourrisse, littéralement.

— Mon père s'occupait d'une grosse chaîne de fournisseurs de matériaux de construction qu'il avait créée de A à Z, et je croyais que c'était toute sa vie. Mais il s'en est complètement désintéressé à partir de la nuit où maman est morte. Il a revendu toutes ses parts avant que ça n'ait le temps de foirer totalement. Et il a envoyé tout le monde bouler. Moi comprise. C'est devenu un vieil homme amer et solitaire. »

Elle fit un geste de la main.

« Je vivais ma vie. J'avais rencontré un homme à Moscou, et papa se sentait trahi parce que je voulais me marier avec un Russe. Quand j'ai ramené Oleg avec moi, en Norvège, les relations entre mon père et moi sont devenues pour le moins épineuses. »

Harry se leva et revint avec une margarita pour elle et un coca pour lui.

« Dommage que nous ne nous soyons jamais rencontrés pendant nos études de droit, Harry.

— J'étais un crétin, à ce moment-là, dit Harry. J'étais agressif contre tous ceux qui n'aimaient pas les mêmes disques et les mêmes films que moi. Personne ne m'appréciait. Moi non plus, d'ailleurs.

— Je n'en crois rien.

— Je l'ai piqué dans un film. Le type qui disait ça draguait Mia Farrow. Dans le film, s'entend. Je n'ai jamais pu vérifier comment ça marchait dans la vraie vie.

— Eh bien, dit-elle en goûtant avec application sa margarita, je crois que c'est un bon début. Mais tu es sûr que tu n'as pas aussi piqué le fait de l'avoir piqué ? »

Ils rirent et parlèrent de bons et de mauvais films, de bons et de mauvais concerts auxquels ils étaient allés, et Harry comprit progressivement qu'il devait réviser sérieusement la première impression qu'il avait eue d'elle. Elle avait par exemple fait le tour du monde par ses propres moyens quand elle avait vingt ans, à un âge où tout ce que Harry pouvait afficher d'expérience adulte, c'était un voyage en inter-rail loupé et un alcoolisme naissant.

Elle regarda l'heure.

« Onze heures. Il y a quelqu'un qui m'attend. »

Harry sentit son cœur couler à pic.

« Moi aussi, dit-il en se levant.

— Ah ?

« — Juste un monstre que j'ai sous mon lit. Laisse-moi te raccompagner.

— Ce n'est pas nécessaire, dit-elle avec un sourire.

— C'est pratiquement sur mon chemin.

— Tu habites aussi à Holmenkollen ?

— Juste à côté. Enfin, à peu près à côté. Bislett. » Elle s'esclaffa.

« À l'autre bout de la ville, donc. Je vois où tu veux en venir. »

Harry lui fit un sourire bête. Elle posa la main sur son bras.

« Un petit coup de main pour mettre ta bagnole en route, c'est ça ? »

« On dirait qu'il est parti, Helge », dit Ellen.

Elle se tenait à la fenêtre, son manteau sur le dos, et regardait entre les rideaux. La rue en dessous était déserte, le taxi qui avait attendu là avait disparu en emmenant trois amies d'humeur plus que festive. Helge ne répondit pas. L'oiseau à une aile se contenta de cligner deux fois des yeux et se gratta le ventre avec sa patte de mésange. Elle essaya encore une fois de joindre Harry sur son mobile, mais la sempiternelle voix de femme lui répéta que le mobile était éteint ou se trouvait dans une zone non couverte.

Ellen posa donc la couverture sur la cage, souhaita bonne nuit et sortit. Jens Bjelkes gate était toujours déserte, et elle pressa le pas vers Thorvald Meyers gate où elle était sûre qu'il y aurait foule à cette heure de la soirée de samedi. Devant Fru Hagen, elle fit signe à quelques personnes avec qui elle avait dû échanger quelques mots lors d'une de ces soirées humides passées sur la piste éclairée de Grünerløkka. Il lui revint subitement en mémoire qu'elle avait promis à Kim d'acheter des cigarettes, et elle fit demi-tour pour aller au 7-eleven de Markveien. Elle vit un nouveau visage dont elle se rappelait vaguement et sourit machinalement quant elle vit qu'il la regardait.

Au 7-eleven, elle mit un moment à se rappeler si Kim fumait des Camel ou des Camel Light, et elle se rendit compte qu'ils étaient en fait ensemble depuis très peu de temps. Et qu'il leur restait encore des tas de choses à apprendre l'un de l'autre. Et que pour la première fois de sa vie, ce n'était pas quelque chose qui la terrifiait, mais plutôt quelque chose qui la réjouissait. Elle était purement et simplement vachement heureuse. L'idée qu'il était couché, nu, à seulement trois pâtés de maisons l'emplit d'un faible désir suave. Elle opta pour les Camel et attendit avec impatience qu'on s'occupe d'elle. Une fois ressortie, elle choisit de couper le long de l'Akerselva.

Elle fut frappée de constater à quel point le fourmillement de la foule peut être proche du vide humain le plus total, même dans une grande ville. En un éclair, le murmure du fleuve et le crissement plaintif de la neige sous ses pieds furent les seuls sons audibles. Et il était trop tard pour changer d'avis sur l'itinéraire quand elle comprit que ce n'étaient pas seulement ses propres pas qu'elle entendait. Elle entendait également une respiration, lourde et haletante. Effrayée et en colère, pensa Ellen qui sut au même moment qu'elle était en danger de mort. Elle ne se retourna pas, se mit juste à courir. Derrière elle, les pas adoptèrent rapidement le même tempo. Elle essaya de courir efficacement et calmement, de ne pas céder à la panique et de ne pas se démener. *Ne cours pas comme une gonzesse*, pensat-elle en attrapant la petite bombe dans la poche de son manteau, mais les pas se rapprochaient inexorablement. Elle se dit que si elle parvenait à la tache de lu-

mière esseulée qui tombait sur la piste piétonne, elle
serait sauvée. Elle sut que ce n'était pas vrai. Ils étaient
juste sous la lumière lorsque le premier coup l'atteignit
à l'épaule et l'envoya en crabe dans la congère. Le second coup lui paralysa le bras et la petite bouteille de
gaz s'échappa de sa main inerte. Le troisième lui brisa
la rotule, mais la douleur bloqua le cri qui se trouvait
encore quelque part dans sa gorge et fit saillir les artè-
res contre la peau pâle de son cou. Elle le vit lever sa
batte dans la lumière jaune du réverbère, elle le reconnut, c'était l'homme qu'elle avait vu en faisant demi-
tour devant Fru Hagen. La femme policier en elle remarqua qu'il portait une courte veste verte, des rangers
noires et une casquette de treillis noire. Le premier
coup à la tête détruisit son nerf optique et elle ne vit
plus qu'un noir d'encre.

*Quarante pour cent des fauvettes survivent, pensa-
t-elle. Je réchapperai de cet hiver.*

Ses doigts cherchèrent à tâtons dans la neige quelque
chose à quoi se raccrocher. Le second coup l'atteignit à
l'arrière de la tête.

*Il n'en reste pas lourd, maintenant, pensa-t-elle. Je
survivrai à cet hiver.*

Harry s'arrêta au chemin qui menait à la villa de
Rakel Fauke, dans Holmenkollveien. Le clair de lune
blanc donnait à sa peau une teinte irréelle et livide, et
même dans la pénombre de l'habitacle, il put lire la fa-
tigue dans ses yeux.

« Et voilà, dit Rakel.

— Voilà.

— Je t'aurais bien invité là-haut, mais… » Harry s'esclaffa.

« Je pense qu'Oleg n'apprécierait pas tellement.

— Oleg dort gentiment, mais je pensais à sa baby-sitter.

— Baby-sitter ?

— La fille qui garde Oleg est la fille de quelqu'un du SSP. Ne te méprends pas, mais je ne supporte pas ce genre de rumeurs au boulot. »

Harry planta son regard sur les instruments de bord. La vitre du compteur de vitesse était fendue, et il soupçonnait le fusible de l'indicateur du niveau d'huile d'avoir grillé.

« Oleg, c'est ton rejeton ?

— Oui, qu'est-ce que tu croyais ?

— Eh bien... Je pensais que tu parlais peut-être de ton concubin.

— Quel concubin ? »

L'allume-cigare avait été ou bien éjecté par la fenêtre, ou bien barboté en même temps que l'autoradio.

« J'ai eu Oleg quand j'étais à Moscou, dit-elle. Son père et moi avons vécu ensemble pendant deux ans.

— Qu'est-ce qui s'est passé ?

— Il ne s'est rien passé. Nous avons tout simplement cessé de nous apprécier l'un l'autre. Et je suis rentrée à Oslo.

— Tu es donc...

— Mère célibataire. Et toi ?

— Célibataire. Juste célibataire.

— Avant que tu ne commences chez nous, quelqu'un a parlé de toi et de la fille avec qui tu partageais ton bureau à la Criminelle.

— Ellen ? Non. On s'entendait bien, c'est tout. On *s'entend* bien. Elle me dépanne toujours, de temps en temps.

— Sur quoi ?

— L'affaire sur laquelle je travaille.

— Ah, oui, cette affaire. »

Elle regarda de nouveau l'heure.

« Veux-tu que je t'aide avec cette portière ? » demanda Harry.

Elle sourit, secoua la tête et donna un coup d'épaule dans la portière. Les gonds crièrent lorsque celle-ci s'ouvrit.

La colline d'Holmenkollen était silencieuse, à l'exception d'un doux bruissement dans les vieux sapins. Elle posa un pied dans la neige.

« Bonne nuit, Harry.

— Juste une chose.

— Oui ?

— Quand je suis venu ici la première fois, pourquoi ne m'as-tu pas demandé ce que je voulais à ton père ? Tu m'as juste demandé si tu pouvais quelque chose pour moi.

— Déformation professionnelle. J'évite de poser des questions sur les affaires qui ne me regardent pas.

— Tu n'es toujours pas curieuse ?

— Je suis toujours curieuse, c'est juste que je ne pose pas de questions. De quoi s'agit-il ?

— Je cherche un engagé dans les troupes allemandes en compagnie de qui ton père pourrait avoir fait la guerre. Ce type s'est acheté un fusil rayé Märklin. D'ailleurs, ton père ne m'a pas donné l'impression d'être quelqu'un d'aigri, quand je l'ai vu.

— On dirait que ce projet littéraire l'a réveillé. Je suis la première surprise.

— Vous vous retrouverez peut-être, un jour.

— Peut-être. »

Leurs regards se croisèrent, semblèrent s'agrafer l'un à l'autre et ne se lâchèrent plus.

« On flirte, maintenant ? demanda-t-elle.

— Ça m'étonnerait. »

Il vit ses yeux rieurs longtemps après s'être garé en stationnement interdit à Bislett, après avoir repoussé le monstre sous le lit et s'être endormi sans prêter attention à la petite lumière clignotante rouge du salon qui l'informait de la présence d'un nouveau message sur son répondeur.

Sverre Olsen ferma la porte silencieusement derrière lui, ôta ses chaussures et monta l'escalier sans bruit. Il enjamba la marche qui grinçait, mais il savait aussi que c'était inutile :

« Sverre ? »

L'appel venait de la porte ouverte de la chambre à coucher.

« Oui, maman ?

— Où étais-tu ?

— Dehors, simplement. Mais je vais me coucher. »

Il ferma les écoutilles aux mots qu'elle dit, il savait en gros lesquels c'était. Ils tombèrent comme de la neige fondue et disparurent aussitôt sur le sol. Puis il ferma la porte de sa chambre, et il fut seul. Il s'allongea sur son lit, fixa son regard au plafond et reprit le cours des événements. C'était comme un film. Il ferma les yeux, essaya de le tenir au-dehors, mais les images continuèrent de défiler.

Il n'avait pas la moindre idée de qui elle était. Prinsen l'avait comme convenu rejoint sur Schous plass, et ils étaient allés en voiture jusqu'à la rue dans laquelle elle habitait. Ils s'étaient garés de telle sorte qu'elle ne puisse pas les voir de son appartement, mais eux pourraient voir si elle sortait. Il avait dit que ça pourrait prendre toute la nuit, lui avait dit de se détendre, avait mis cette satanée musique de nègres et avait fait basculer le dossier de son siège. Mais au bout d'une demi-heure seulement, la porte cochère s'était ouverte, et Prinsen avait dit : « C'est elle. »

Sverre avait trottiné derrière elle, mais il n'avait pu la rejoindre avant qu'ils ne soient sortis de la rue sombre et il y avait alors eu trop de monde autour d'eux. À un moment donné, elle s'était brusquement retournée et l'avait regardé. L'espace d'une seconde, il s'était senti démasqué et il avait pensé qu'elle avait vu la batte qu'il avait dans la manche de sa veste et qui dépassait de son col. Il avait eu si peur qu'il n'avait pas pu maîtriser les tics de son visage, mais plus tard, lorsqu'elle était sortie en courant de 7-Eleven, la peur s'était changée en colère. Il se souvenait et avait oublié en même temps les détails de leur passage sous l'éclairage public de la voie pour piétons. Il savait ce qui s'était passé, mais c'était comme si une partie de tout ça avait disparu, comme dans l'une de ces énigmes de Roald Oyen, à la télé, où on ne montre que partiellement une photo et où il faut deviner ce qu'on voit.

Il ouvrit de nouveau les yeux. Regarda les carreaux de plâtre gondolé au-dessus de la porte. Quand il toucherait son argent, il trouverait un ferblantier-zingueur et ils s'occuperaient de cette fuite contre laquelle sa mère pestait depuis si longtemps. Il essaya de penser à la couverture, mais sut que c'était parce qu'il essayait de repousser l'autre idée. Que quelque chose clochait. Que cette fois-ci, ça avait été différent. Pas comme avec le Jaune du Dennis Kebab. Cette fille avait été une Norvégienne moyenne. Brune, cheveux courts, yeux bleus. Elle aurait pu être sa sœur. Il essaya de se répéter ce que Prinsen lui avait inculqué : qu'il était un soldat, que c'était pour la Cause.

Il regarda la photo qu'il avait affichée au mur sous le drapeau orné de la croix gammée. C'était le *S.S.-Reichsführer und Chef der Deutschen Polizei* Heinrich

Himmler, à la tribune lorsqu'il était venu à Oslo en 1941. Il s'adressait aux Norvégiens volontaires qui prêtaient serment devant la Waffen-S.S. Uniforme vert. Les initiales S.S. sur le col. Vidkun Quisling en arrière-plan. Himmler. Mort avec les honneurs le 23 mai 1945. Suicide.

« Merde ! »

Sverre posa les pieds par terre, se leva et se mit à faire des allers et retours dans sa chambre.

Il s'arrêta devant le miroir près de la porte. Porta une main à sa tête. Puis il chercha dans les poches de sa veste. Bon Dieu, qu'était devenue sa casquette ? La panique s'empara un instant de lui à l'idée qu'elle avait pu rester dans la neige à côté d'elle, mais il se dit qu'il l'avait en retournant à la voiture de Prinsen. Il souffla.

Il s'était débarrassé de la batte comme le lui avait conseillé Prinsen. Il avait essuyé les empreintes digitales qui étaient dessus et l'avait jetée dans l'Akerselva. Il n'y avait plus qu'à filer doux et à attendre la suite des événements. Prinsen avait dit qu'il s'occuperait de tout, comme il l'avait fait auparavant. Sverre ne savait pas où travaillait Prinsen, mais ça ne faisait en tout cas aucun doute qu'il avait de bonnes relations dans la police. Il se déshabilla devant le miroir. Les tatouages paraissaient gris sur sa peau, dans la lumière blanche de la lune qui s'infiltrait entre les rideaux. Il passa les doigts sur la croix de guerre qu'il avait au cou.

« Pute, murmura-t-il. Sale pute communiste. » Lorsqu'il s'endormit enfin, le jour poignait à l'est.

51

Hambourg, 30 juin 1944

Chère, bien-aimée Helena

Je t'aime plus que moi-même, tu le sais, à présent. Même si nous n'avons passé qu'un court instant ensemble, et même si tu as une longue et heureuse vie (je le sais !) devant toi, j'espère que tu ne m'oublieras jamais tout à fait. Le soir est tombé, je suis dans un dortoir du port de Hambourg et les bombes tombent au-dehors. Je suis seul, les autres se sont réfugiés dans les bunkers et les caves, et ici, il n'y a pas d'éclairage, mais les flammes qui font rage au-dehors me donnent plus que la lumière nécessaire pour écrire.

Nous avons dû descendre du train juste avant d'arriver à Hambourg parce que la voie ferrée avait été bombardée la nuit précédente. Nous avons été amenés en centre-ville par camion, et c'est un spectacle épouvantable qui nous attendait. Une maison sur deux semble détruite, des clebs erraient entre les ruines, et je voyais partout des enfants en guenilles qui regardaient nos camions de leurs grands yeux vides. J'étais passé par Hambourg seulement deux ans auparavant pour aller à Sennheim, mais la ville est méconnaissable. J'avais alors pensé que l'Elbe était le plus beau fleuve que j'aie vu, mais l'eau brune et boueuse charrie maintenant des planches et des restes d'épaves, et j'ai entendu quelqu'un dire qu'elle est empoisonnée par tous les cadavres qui se trouvent dedans. On parle également de nouveaux bombardements pour cette nuit, et on dit qu'il n'y a qu'à partir à la campagne. Conformément à

ce qui avait été prévu, je devais continuer jusqu'à Copenhague cette nuit, mais les lignes de chemin de fer
qui partent vers le nord ont elles aussi été bombardées.

Désolé pour mon piètre allemand. Comme tu vois, je
n'ai pas non plus la main très sûre, mais c'est à cause
des bombes qui font trembler le bâtiment. Et pas de la
peur. De quoi aurais-je peur, maintenant ? D'où je suis,
je suis témoin d'un phénomène dont j'avais entendu
parler, mais que je n'avais jamais vu : une tornade de
feu. De l'autre côté du port, les flammes semblent tout
aspirer vers elles. Je vois des bouts de planches et des
toits en fer-blanc entiers s'envoler vers les flammes. Et
la mer… elle bout ! De la vapeur monte de sous les
quais, et si un malheureux essayait de se sauver en sautant à l'eau, il serait frit vivant. J'ai ouvert la fenêtre, et
j'ai eu l'impression que l'air était vidé d'oxygène. J'ai
aussi entendu le vacarme — C'est comme s'il y avait
quelqu'un dans les flammes, qui criait « encore, encore,
encore ». C'est sinistre, effrayant, oui, mais étrangement, c'est aussi séduisant.

Mon cœur déborde à ce point d'amour que je me
sens invulnérable — grâce à toi, Helena. Si un jour tu
as des enfants (je le sais et je le veux !), je veux que tu
leur racontes mon histoire. Raconte-la leur comme des
contes de fées, car c'est ce que c'est… un conte de fées
véridique ! J'ai décidé de sortir dans la nuit pour voir
ce que je trouverai, qui je rencontrerai. Je laisserai
cette lettre dans ma gourde, ici, sur la table. J'y ai gravé
ton nom et ton adresse avec ma baïonnette pour que
ceux qui la trouveront comprennent.

Ton bien-aimé Urias.

CINQUIÈME PARTIE

SEPT JOURS

52

Jens Bjelkes gate, 9 mars 2000

« *Bonjour, vous êtes sur le répondeur d'Ellen et Helge, merci de laisser un message.* »

« Salut Ellen, c'est Harry. Comme tu l'entends, j'ai bu, et j'en suis désolé. Vraiment. Mais si j'étais à jeun, je ne t'appellerais certainement pas. Tu comprendras sans doute. J'étais sur les lieux, aujourd'hui. Tu étais étendue sur le dos, dans la neige, sur un chemin qui borde l'Akerselva. C'est un jeune couple qui allait au café-concert Blå qui t'a retrouvée, juste après minuit. Cause du décès : Blessures importantes à la partie frontale du cerveau dues aux chocs d'un objet contondant. Tu avais également été frappée à l'arrière du crâne et tu avais en tout trois traumatismes crâniens en plus de la rotule gauche brisée et des traces de coups à l'épaule droite. Nous supposons que c'est la même arme qui a causé toutes les blessures. Le docteur Blix fait remonter le moment de la mort entre vingt-trois heures et minuit. Tu avais l'air de… je… une minute.

Excuse-moi. Donc. Les TIC ont trouvé une vingtaine d'empreintes de bottes différentes dans la neige sur le chemin, et quelques-unes dans la neige près de toi, mais ces dernières avaient été balayées à coups de pied, peut-être dans le but d'effacer les traces. Aucun témoin ne s'est présenté pour l'heure, mais nous faisons notre ronde habituelle dans le voisinage. Plusieurs habitations ont vue sur ce chemin, et KRIPOS pense donc qu'il y a une chance que quelqu'un ait aperçu quelque chose. Je crois pour ma part que les chances sont infimes. En effet, il y avait une rediffusion de la version suédoise de l'expédition Robinson à la télé entre onze heures moins le quart et minuit moins le quart. Je déconne. J'essaie d'être drôle, tu entends ? Ah oui, on a trouvé une casquette bleue à quelques mètres de l'endroit où tu étais. Il y avait des taches de sang dessus, et même si tu étais pas mal amochée, le docteur Blix pense que le sang n'a pas pu gicler aussi loin. Si c'est ton sang, la casquette peut — ergo — être celle du meurtrier. On a envoyé le sang aux analyses, et la casquette est au laboratoire de la brigade technique où on y recherche des cheveux et des restes cutanés. Si le mec ne souffrait pas de calvitie, on peut espérer qu'il avait des pellicules. Ha, ha. Tu n'as pas oublié Ekman et Friesen[*], n'est-ce pas ? Je n'ai pas encore d'autres éléments à te soumettre, mais si tu trouves quelque chose, fais-le-moi savoir. Y avait-il autre chose ? Ah oui, Helge a élu domicile chez moi. Je sais que ce n'est pas une amélioration, mais ce n'en est une pour aucun de nous, Ellen. Exception faite peut-être pour toi. Bon, je vais aller m'en jeter une autre et réfléchir un peu à tout ça. »

---

[*] Chercheurs en socio-psychologie, auteurs d'une théorie des émotions, qui ont étudié dans les années 1970 et 1980 les attitudes, la gestuelle et les expressions du visage.

53

Jens Bjelkes gate, 10 mars 2000

« *Bonjour, vous êtes sur le répondeur d'Ellen et Helge, merci de laisser un message.* »

« Salut, c'est encore Harry. Je ne suis pas allé bosser ce matin, mais j'ai au moins pu appeler le docteur Blix. Je suis heureux de pouvoir te dire que tu n'as pas été abusée sexuellement et qu'à ce qu'il pouvait affirmer, tes restes terrestres étaient intacts. Ce qui signifie que nous n'avons pas de motif, même si pour une raison quelconque il n'a pas eu le temps de faire ce qu'il avait initialement prévu. À moins qu'il n'y soit pas arrivé. Aujourd'hui, deux témoins ont dit t'avoir vue devant Fru Hagen. Un paiement avec ta carte bancaire a été enregistré au 7-Eleven de Markveien à 22.55. Ton bonhomme, Kim, a passé la journée en interrogatoire. Il a raconté que tu allais le voir et qu'il t'avait demandé de lui prendre un paquet de cigarettes. L'un des gars de KRIPOS s'acharnait sur le fait que tu avais acheté une autre marque que celles que fume ton bonhomme. Il n'a d'ailleurs pas d'alibi, celui-là. J'en suis désolé, Ellen, mais en ce moment même, c'est lui, leur principal suspect.

À part ça, je viens d'avoir de la visite. Elle s'appelle Rakel et elle bosse au SSP. Elle est passée pour voir comment j'allais, a-t-elle dit. Elle est restée un moment, mais on n'a pas dit grand-chose. Je ne pense pas que ça se soit si bien passé que ça.

Helge te passe le bonjour. »

54

Jens Bjelkes gate, 13 mars 2000

« *Bonjour, vous êtes sur le répondeur d'Ellen et Helge, merci de laisser un message.* »

« C'est le mois de mars le plus froid de mémoire d'homme. Le thermomètre affiche moins dix-huit et les fenêtres de cet immeuble datent du début du siècle. La croyance populaire qui veut qu'on n'ait pas froid quand on est bourré est erronée au dernier degré. Ali, mon voisin, est venu frapper à la porte ce matin. Il apparaît que j'ai pris une méchante gamelle dans l'escalier quand je suis rentré hier, et qu'il m'a aidé à me mettre au lit.

Il devait être midi quand je me suis pointé au boulot, parce que la cantine était pleine comme un œuf quand je suis allé y chercher mon café du matin. J'ai l'impression qu'ils m'ont regardé, mais c'est peut-être moi. Tu ne peux pas savoir à quel point tu me manques, Ellen.

J'ai vérifié le casier judiciaire de ton bonhomme, Kim. Je vois qu'il a écopé d'une peine légère pour détention de hasch. KRIPOS pense toujours que c'est lui. Je ne l'ai jamais rencontré, et Dieu sait que je ne suis pas un fin psychologue. Mais d'après ce que tu m'en as dit, il ne fait pas vraiment l'affaire, tu n'es pas d'accord ? J'ai appelé la Technique, et ils m'ont dit ne pas avoir trouvé le moindre cheveu dans la casquette, rien que ce qui semble être des restes cutanés. Ils envoient ça à l'analyse ADN et pensent que les résultats devraient être connus d'ici quatre semaines. Tu sais combien de cheveux un adulte perd en moyenne chaque jour ? Je suis allé contrôler. Environ cent cinquante. Et donc, pas un seul tif dans la casquette. Après ça, je suis descendu voir Møller et je lui ai demandé de me dresser une liste de tous ceux qui ont été condamnés pour coups et blessures aggravés sur les quatre dernières années et qui ont pour l'heure le crâne rasé.

Rakel est passée me voir à mon bureau avec un bouquin. *Nos petits oiseaux.* Un drôle de livre. Tu crois que Helge aime les épis de millet ? À bientôt. »

55

Jens Bjelkes gate, 14 mars 2000

« *Bonjour, vous êtes sur le répondeur d'Ellen et Helge, merci de laisser un message.* »

« Ils t'ont enterrée aujourd'hui. Je n'y étais pas. Les tiens méritaient un digne instant de recueillement, et je n'étais pas spécialement présentable, aujourd'hui ; je t'ai donc envoyé une pensée de chez Schrøder. À huit heures ce soir, j'ai pris la voiture pour aller à Holmenkollveien. C'était une mauvaise idée. Il y avait un type chez Rakel, celui que j'y avais déjà vu. Il s'est présenté comme je-ne-sais-plus-quoi au ministère des Affaires étrangères, et m'a donné l'impression de se trouver là dans l'exercice de ses fonctions. Je crois qu'il s'appelle Brandhaug. Rakel n'avait pas l'air spécialement ravie de le voir, mais encore une fois… c'est peut-être moi. J'ai donc opéré un repli rapide, avant que les choses ne deviennent par trop pénibles. Rakel a insisté pour que je prenne un taxi. Mais quand je regarde par la fenêtre, je vois l'Escort garée dans la rue, alors une chose est sûre, je n'ai pas suivi ce conseil.

Comme tu le vois, les choses sont un peu chaotiques, pour le moment. Mais en tout cas, aujourd'hui, je suis passé à l'animalerie pour acheter des graines pour oiseaux. La fille m'a conseillé Trill. J'ai pris ça. »

56

Jens Bjelkes gate, 15 mars 2000

« *Bonjour, vous êtes sur le répondeur d'Ellen et Helge, merci de laisser un message.* »

« Aujourd'hui, je suis allé faire un tour au Ryktet. Ça rappelle un peu chez Schrøder. En tout cas, ils ne te regardent pas bizarrement si tu te commandes une binouze le matin. Je me suis assis à la table d'un vieux, et après avoir ramé un peu, j'ai réussi à lancer une espèce de conversation. Je lui ai demandé ce qu'il avait contre Even Juul. Il m'a regardé longtemps sans rien dire, et il était évident qu'il ne se souvenait pas de ma dernière visite. Mais une fois que je lui ai eu payé une bière, j'ai eu droit à l'histoire. Ce type avait été volontaire dans l'armée allemande, ça, je l'avais déjà compris, et il connaissait la femme de Juul, Signe, de quand elle était infirmière sur le front de l'est. Elle s'était engagée volontairement parce qu'elle était amoureuse d'un des soldats norvégiens du régiment Norge. Après qu'elle avait été condamnée pour trahison à la patrie, Juul avait posé les yeux sur elle. Elle avait pris deux ans, mais le père de Juul, un type haut placé au Parti Travailliste, avait fait le nécessaire pour qu'elle soit libérée après seulement quelques mois. Quand j'ai demandé au vieux pourquoi ça le mettait dans un état pareil, il a simplement bougonné que Juul n'était pas le saint pour lequel il essayait de se faire passer. C'est exactement le mot qu'il a employé, "saint". Il a dit que Juul était exactement comme les autres historiens — il écrivait les mythes sur la Norvège pendant la guerre tels que les vainqueurs voulaient qu'ils soient tournés. L'homme ne se souvenait pas du nom du premier homme qu'elle avait aimé, il se rappelait juste qu'il avait été une sorte de héros pour les autres gars du régiment.

Ensuite, je suis allé bosser. Kurt Meirik est passé me voir. Il n'a rien dit. J'ai appelé Møller, et il m'a dit que la liste que je lui avais demandée comptait trente-quatre noms. Les hommes chauves sont-ils plus enclins aux actes de violence, à ton avis ? Møller a en tout cas demandé à un type de passer une série de coups de fil pour vérifier les alibis, histoire de réduire les effectifs. Je vois dans le rapport provisoire que Tom Waaler t'a reconduite chez toi, et que quand il t'a déposée à 22 h 15, tu étais calme. Il a aussi précisé que vous aviez discuté de choses et d'autres. Pourtant, quand tu as appelé mon répondeur à 22 h 16 — selon Telenor — soit immédiatement après avoir passé la porte, tu étais dans un état pas possible parce que tu avais trouvé quelque chose. Je trouve ça étrange. Bjarne Møller, non. C'est peut-être juste moi.

Donne-moi vite des nouvelles, Ellen. »

57

Jens Bjelkes gate, 16 mars 2000

« *Bonjour, vous êtes sur le répondeur d'Ellen et Helge, merci de laisser un message.* »

« Je ne suis pas allé bosser, aujourd'hui. Il fait moins douze, dehors, et à peine plus dans l'appartement. Le téléphone a sonné toute la journée, et quand j'ai fini par me décider à décrocher, c'était le docteur Aune. Pour un psychologue, Aune est un type bien, il ne donne en tout cas pas l'impression d'être moins surpris que nous quand il s'agit de ce qui se passe dans nos cabocHes. Le vieux principe d'Aune qui veut que chez un alcoolique, toute faille commence là où s'est arrêtée la dernière cuite est un bon avertissement, mais pas nécessairement vrai. Il se souvenait de ce qui s'était passé à Bangkok*, et il était surpris que je sois relativement en mesure de me lever ce coup-ci. Tout est relatif. Aune parle aussi d'un psychologue américain qui a conclu que dans une certaine mesure, le cours de la vie d'un individu est héréditaire, que lorsque nous entrons dans nos rôles de parents, les cours de nos vies se mettent à se ressembler. Mon père s'est transformé en ermite à la mort de ma mère, et Aune a peur que je fasse la même chose à cause de quelques expériences pénibles que j'ai eues... ce truc, à Vindern, tu sais. Et à Sydney**. Et maintenant, ça. Bon. Je lui ai parlé de mes journées, mais je n'ai pas pu m'empêcher de rire quand il m'a dit que c'était Helge qui empêchait ma vie de

---

* Voir *Les cafards*, du même auteur, Folio Policier n° 418.
** Voir *L'homme chauve-souris*, du même auteur, Folio Policier n° 366.

suivre son cours normal. La mésange ! Encore une fois, Aune est un type bien, mais il devrait mettre la pédale douce sur tous ces trucs de psychologues.

J'ai appelé Rakel et je lui ai demandé si elle voulait sortir avec moi. Elle m'a dit qu'elle allait y réfléchir et qu'elle me rappellerait. Je ne comprends pas pourquoi je me fais ça. »

58

Jens Bjelkes gate, 17 mars 2000

« ... *our. Ce numéro n'est plus en service actuellement. Telenor, bonjour. Ce numéro...* »

SIXIÈME PARTIE

BETHSABÉE

59

Bureau de Møller, 24 avril 2000

La première offensive du printemps fut tardive. Ce n'est qu'à la fin du mois de mars que les caniveaux commencèrent à bruire et à ruisseler. En avril, toute la neige avait disparu jusqu'à Sognsvann. Mais à ce moment-là, le printemps dut faire une nouvelle retraite. La neige tomba abondamment et s'amassa en gros tas, y compris en centre-ville, et le soleil mit des semaines à la faire fondre de nouveau. Des crottes de chiens et de vieilles ordures de l'an passé empestaient les rues, le vent prenait de la vitesse sur les zones découvertes de Grønlandsleiret et près de Galleri Oslo, soulevait des tourbillons de sable anti-dérapant, et les gens allaient et venaient en se frottant les yeux et en crachant. On parlait de la mère célibataire qui serait peut-être reine un jour, du championnat d'Europe de football et de ce temps inhabituel. À l'hôtel de police, on parlait de ce qu'on avait fait à Pâques et des minables augmentations de salaires, en faisant comme si tout était comme avant.

Tout n'était pas comme avant.

Harry était assis à son bureau, les pieds sur la table, et regardait par la fenêtre cette journée sans nuages, les retraitées affublées de leurs vilains chapeaux, qui emplissaient les trottoirs l'après-midi, les voitures de coursiers qui passaient à l'orange, toutes ces petites choses qui donnaient à la ville le vernis illusoire de la normalité. Il se posait la question depuis longtemps — était-il le seul à ne pas se laisser duper. Ça faisait six semaines qu'ils avaient enterré Ellen, mais quand il regardait dehors, il ne voyait aucun changement.

On frappa à la porte. Harry ne répondit pas, mais la porte s'ouvrit quand même. C'était le capitaine de police Bjarne Møller.

« On m'a dit que tu étais revenu. »

Harry vit l'un des bus rouges arriver à son arrêt. Il avait sur le flanc un placard publicitaire pour les assurances Storebrand.

« Est-ce que tu peux me dire pourquoi, chef, dit-il, pourquoi ils parlent d'assurance-vie alors qu'ils savent pertinemment qu'il est question d'une assurance-mort ? »

Møller soupira et s'assit sur le coin du bureau.

« Pourquoi n'as-tu pas une chaise supplémentaire, Harry ?

— Les gens en viennent plus vite à l'essentiel quand ils ne s'assoient pas. » Il regardait toujours par la fenêtre.

« Tu nous as manqué, à l'enterrement.

— J'étais de garde, répondit-il, plus pour lui-même que pour Møller. En même temps, je suis sûr que j'en ai pris le chemin. Quand j'ai levé les yeux sur cette piteuse assemblée, j'ai même cru un moment que j'étais arrivé. Jusqu'à ce que je voie Maja et son torchon devant moi, qui attendait l'addition.

« — Je me doutais d'un truc dans ce genre », dit Møller.

Un chien rôdait sur la pelouse brune, le nez au ras du sol et la queue en trompette. En tout cas, quelqu'un appréciait le printemps d'Oslo.

« Qu'est-ce qui s'est passé, depuis ? demanda Møller. On ne t'a pas vu pendant un moment. »

Harry haussa les épaules.

« J'étais occupé. J'ai un nouveau locataire... une mésange à une aile. Et j'écoutais les anciens messages sur mon répondeur. Je me suis rendu compte que tous les messages que j'ai eus ces deux dernières années tiennent sur une cassette de trente minutes. Et qu'ils étaient tous d'Ellen. Triste, hein ? Ouais. Peut-être pas tant que ça, en fait. Ce qui est triste, c'est que je n'étais pas chez moi quand elle a appelé pour la dernière fois. Tu savais qu'elle l'avait démasqué ? »

Pour la première fois depuis l'arrivée de Møller, Harry se tourna vers lui.

« Parce que tu te souviens d'Ellen, non ? »

Møller soupira.

« On se souvient tous d'Ellen, Harry. Et je me souviens du message qu'elle t'a laissé sur ton répondeur, et de ce que tu as dit à KRIPOS : tu pensais qu'il s'agissait de l'intermédiaire dans la vente d'arme. Qu'on n'ait pas réussi à trouver qui est cet intermédiaire ne veut pas dire qu'on l'a oubliée, Harry. Ça fait des semaines que les gars de KRIPOS et de la Criminelle sont à pied d'œuvre, et on ne dort presque plus. Si tu t'étais pointé au boulot, tu aurais peut-être vu à quel point on bosse dur. »

Møller eut aussitôt des regrets.

« Je ne voulais pas... Oui, tu l'as fait. Et bien sûr, tu as raison. »

Harry se passa une main sur le visage.

« Hier au soir, j'ai entendu l'un de ses messages. Je n'ai pas la moindre idée de pourquoi elle téléphonait. Le message était bourré de conseils sur ce que je devais manger et se terminait par une injonction de me souvenir de nourrir les petits oiseaux, de faire des étirements après l'entraînement et d'Ekman et Friesen. Tu sais qui sont Ekman et Friesen ? »

Møller secoua derechef la tête.

« Deux psychologues qui ont découvert que quand tu souris, les muscles faciaux déclenchent une réaction chimique dans ton cerveau qui fait que tu es mieux disposé à l'égard de ton environnement et que tu es plus satisfait de ta vie. Ils ont tout bonnement prouvé le vieil adage qui veut que quand tu souris au monde, le monde te sourit à son tour. Pendant un moment, elle avait réussi à m'en convaincre. »

Il leva les yeux vers Møller.

« Triste, hein ?

— Hyper-triste. »

Ils sourirent et restèrent un moment sans rien dire.

« Je vois sur ta trogne que tu es venu me raconter quelque chose, chef. Qu'est-ce que c'est ? »

Møller sauta de son coin de bureau et se mit à faire les cent pas dans la pièce.

« La liste des trente-quatre chauves suspects a été réduite à douze après vérification de leurs alibis. O.K. ?

— O.K.

— On a pu déterminer le groupe sanguin du type à qui appartenait la casquette après avoir fait un test ADN des fragments de peau qu'on a trouvés. Quatre sur les douze sont de ce groupe. On a fait des prises de sang de ces quatre-là, et on a envoyé en test ADN. Les résultats sont tombés aujourd'hui.

— Oui ?

— Nada. »

Le silence se fit dans le bureau, et seules furent audibles les semelles de crêpe de Møller qui couinaient faiblement à chaque fois qu'il faisait demi-tour.

« Et KRIPOS a rejeté la théorie que c'était le petit copain d'Ellen qui avait fait le coup ?

— On a aussi analysé son ADN.

— Alors, retour à la case départ ?

— Plus ou moins… oui. »

Harry se tourna de nouveau vers la fenêtre. Une volée de merles s'envola du grand orme et disparut vers l'ouest, en direction du Plaza.

« La casquette est peut-être une fausse piste ? dit Harry. Je n'ai jamais bien réussi à me figurer l'auteur d'un crime qui ne laisse aucune trace, qui est même assez scrupuleux pour effacer les traces de ses bottes dans la neige, et qui a la maladresse de perdre sa casquette à seulement quelques mètres de sa victime.

— Peut-être. Mais le sang, sur la casquette, c'est celui d'Ellen, on en est sûr. »

Le regard de Harry retomba sur le chien qui rôdait toujours, suivant sa piste dans l'autre sens. À peu près au milieu de la pelouse, il s'arrêta, colla quelques instants au sol une truffe perplexe avant de se décider à prendre sur la gauche où il disparut.

« Il faut suivre cette casquette, dit Harry. En plus de ceux qui ont été condamnés, vois avec tous ceux qui ont été amenés ou appelés à comparaître pour voies de fait. Ces dix dernières années. En comptant aussi l'Akershus. Et en veillant à ce que…

— Harry…

— Oui, quoi ?

— Tu ne travailles pas à la Crim, en ce moment. L'enquête est conduite par KRIPOS. Tu me demandes de marcher sur leurs plates-bandes. »

Harry ne dit rien, mais hocha simplement la tête. Son regard était braqué sur un point à Ekberg.

« Harry ?

— Est-ce que tu t'es jamais dit que tu devrais être à un tout autre endroit, chef ? Je veux dire, regarde ce printemps merdique. »

Møller s'arrêta et sourit.

« Puisque tu poses la question, je te dirai que j'ai toujours pensé que Bergen pouvait être une chouette ville. Pour les jeunes, ce genre de choses, tu sais…

— Mais tu serais toujours policier, non ?

— Bien sûr.

— Parce que des gens comme nous ne sont pas capables de faire autre chose, hein ? »

Møller haussa les épaules.

« Peut-être pas.

— Mais Ellen était capable de faire d'autres choses. J'ai souvent pensé que c'était un vrai gâchis qu'elle soit dans la police, compte tenu de ses capacités humaines. Que son boulot, ça ait été de mettre la main sur des mauvais garçons et des mauvaises filles. C'est assez pour des gens comme nous, Møller, mais ce n'était pas assez pour elle. Tu vois ce que je veux dire ? »

Møller alla à la fenêtre et se posta à côté de Harry.

« Ça sera mieux en mai, tu verras, dit-il.

— Oui. »

L'horloge de Grønland sonna deux coups.

« Je vais voir si je peux mettre Halvorsen sur le coup », dit Møller.

60

Ministère des Affaires étrangères,
27 avril 2000

La longue et vaste expérience de Bernt Brandhaug en matière de femmes lui avait appris certaines choses. Notamment que quand il décidait à de rares occasions qu'il y avait une femme qu'il ne *voulait* pas simplement avoir, mais qu'il *devait* avoir, c'était pour l'une des quatre raisons suivantes : elle était plus belle qu'aucune autre, elle le satisfaisait sexuellement mieux qu'aucune autre, elle le faisait se sentir plus homme qu'aucune autre ou, le plus important, elle désirait quelqu'un d'autre.

Brandhaug avait réalisé que Rakel Fauke était l'une de ces femmes.

Il lui avait téléphoné un jour de janvier, sous prétexte de lui demander son avis sur le nouvel attaché militaire de l'ambassade de Russie à Oslo. Elle lui avait répondu qu'elle pouvait lui envoyer une note, mais il avait insisté pour qu'ils en traitent de vive voix. Puisque c'était un vendredi après-midi, il avait proposé qu'ils se voient autour d'une bière au bar du Continental. C'est ainsi qu'il avait découvert qu'elle était mère célibataire. En effet, elle avait décliné l'invitation en disant qu'elle devait aller chercher son fils au jardin d'enfants, et il lui avait demandé gaiement :« Je suppose qu'une femme de ta génération a un mari qui s'occupe de ce genre de choses ? »

Même si elle ne l'avait pas dit clairement, il avait compris à la réponse qu'il n'y avait pas de mari.

En raccrochant, il était malgré tout content du résultat, même s'il ressentait une certaine irritation d'avoir dit *ta génération*, soulignant du même coup la différence d'âge entre eux deux.

Il téléphona ensuite à Kurt Meirik et lui soutira le plus discrètement possible des informations sur mademoiselle Fauke. Qu'il n'ait pas la discrétion requise pour que Meirik ne le voie pas venir, ça ne le perturbait pas outre mesure.

Comme à son habitude, Meirik était bien informé. Rakel avait servi deux ans dans le propre ministère de Brandhaug, en tant qu'interprète à l'ambassade de Norvège en Russie. Rakel s'était mariée avec un Russe, un jeune professeur de technologie génétique qui l'avait conquise d'emblée et avait illico mis ses théories à l'épreuve en la mettant enceinte. Le fait que ce professeur soit lui-même né avec un gène qui le disposait à l'alcoolisme combiné à un certain goût pour l'argumentation physique avait néanmoins donné un côté temporaire à leur bonheur. Rakel Fauke n'avait pas répété les fautes de ses nombreuses congénères en attendant, en pardonnant ou en essayant de comprendre, mais avait fichu le camp avec Oleg sous le bras aussitôt que le premier coup était tombé. Le mari et sa famille relativement influente avaient revendiqué le droit parental pour Oleg, et sans son immunité diplomatique, elle n'aurait certainement pas pu sortir de Russie avec son fils.

Quand Meirik lui raconta que le mari avait porté l'affaire devant les tribunaux, Brandhaug se souvint vaguement avoir vu passer une assignation à comparaître dans son bureau. Mais elle n'était à l'époque qu'une interprète, et il avait délégué l'affaire sans prendre garde au nom de la femme. Quand Meirik l'informa que l'affaire était toujours en instance entre les pouvoirs publics russes et norvégiens, Brandhaug coupa court à la discussion et appela le bureau des affaires juridiques.

Le coup de téléphone suivant à Rakel était une invitation à dîner, sans prétexte cette fois-ci, et quand elle fut également déclinée de façon aimable mais ferme, il dicta une lettre qui lui était adressée, signée du directeur du département juridique. La lettre informait dans ses grandes lignes que puisque les choses avaient à ce point traîné en longueur, le ministère des Affaires étrangères voulait maintenant arriver à une solution avec les pouvoirs publics russes sur cette affaire de droit parental « par devoir humain envers la famille russe d'Oleg ». Ce qui voulait dire que Rakel Fauke et Oleg devraient se présenter devant un tribunal russe et se conformer à sa décision.

Quatre jours plus tard, Rakel Fauke appela pour lui demander de le rencontrer à propos d'une affaire privée. Il répondit qu'il était occupé pour le moment — ce qui était vrai — et proposa de reporter de quelques semaines. Lorsqu'elle l'implora d'une voix où perçait la panique derrière le ton poli et professionnel, de pouvoir le voir dans les meilleurs délais, il découvrit après quelques instants de réflexion que vendredi soir à dix-huit heures au bar du Continental était la seule possibilité. Il s'y commanda un gin tonic pendant qu'elle lui exposait ses problèmes avec quelque chose dont il ne put que supposer que c'était le désespoir biologiquement inhérent à toute mère. Il acquiesça gravement, fit de son mieux pour exprimer de la compassion et prit finalement le risque de poser une main paternelle et protectrice sur celle de la jeune femme. Elle se raidit, mais il fit comme si de rien n'était et lui expliqua qu'il ne pouvait pas décider à la place de ses supérieurs, mais qu'il ferait bien entendu tout ce qui était en son pou-

voir pour empêcher qu'elle doive comparaître devant
ce tribunal russe. Il souligna également qu'en raison
des influences politiques de la famille de l'ex-époux, il
partageait pleinement son inquiétude de voir la décision de justice jouer en sa défaveur. Comme ensorcelé,
il regardait ses yeux marron baignés de larmes, et il lui
vint à l'esprit qu'il n'avait jamais rien vu de plus beau.
Elle déclina pourtant son offre de poursuivre la soirée
par un dîner au restaurant. Le reste de la soirée, avec
un verre de whisky et les chaînes payantes de la chambre d'hôtel, fut une déception.

Le lendemain matin, Brandhaug appela l'ambassadeur de Russie et lui expliqua que les AE avaient eu
une discussion interne sur l'affaire du droit parental
concernant Oleg Fauke Gosev, et lui demanda de lui
envoyer un courrier pour le tenir au courant des desi-
derata des pouvoirs publics russes à propos de cette
affaire. L'ambassadeur n'avait jamais entendu parler
de cette affaire, mais il promit bien évidemment d'accéder à la demande du chef des AE, ainsi que d'envoyer la lettre sous forme de requête. La lettre
demandant à Rakel et Oleg de se présenter devant les
tribunaux en Russie arriva une semaine plus tard.
Brandhaug en envoya sur-le-champ une copie au chef
des services juridiques et une à Rakel Fauke. Cette
fois-ci, elle téléphona dès le lendemain. Après l'avoir
écoutée, Brandhaug déclara que ce serait contraire à
son action diplomatique que d'essayer d'influer sur
cette affaire, et que c'était en tout cas maladroit d'en
discuter au téléphone.

« Comme tu le sais, je n'ai moi-même pas d'enfants,
dit-il. Mais tel que tu me décris Oleg, ça a l'air d'être
un petit garçon merveilleux.

— Si tu l'avais vu, tu... commença-t-elle.

— Ça ne devrait pas être impossible. J'ai vu par hasard dans la correspondance que tu habites Holmenkollveien, et ce n'est qu'à deux pas de Nordberg. »

Il remarqua l'hésitation à l'autre bout muet du fil, mais sut que les circonstances étaient de son côté. « On dit demain soir, neuf heures ? »

Il y eut un long silence avant sa réponse :

« Aucun enfant de six ans n'est debout à neuf heures. » Ils convinrent donc plutôt de six heures. Oleg avait les mêmes yeux marron que sa mère, et c'était un petit garçon bien élevé. Brandhaug fut néanmoins chagriné que sa mère ne veuille ni parler d'autre chose que de son assignation ni envoyer Oleg se coucher. Oui, on pouvait la soupçonner de garder Oleg comme un otage sur le canapé. Et Brandhaug n'aimait pas non plus que le gamin le regarde aussi fixement. Brandhaug finit par comprendre que Rome non plus ne s'était pas faite en un jour, mais il tenta quand même sa chance au moment de partir, sur les marches :

« Tu n'es pas seulement une belle femme, Rakel, lui dit-il en la regardant droit dans les yeux. Tu es aussi quelqu'un de très courageux. Je voulais juste que tu saches que je t'apprécie énormément. »

Il n'était pas sûr de la façon dont il devait interpréter son regard, mais il prit malgré tout le risque de se pencher vers elle et de l'embrasser sur la joue. Sa réaction fut ambiguë. Elle sourit et remercia pour le compliment, mais son regard était froid lorsqu'elle ajouta :

« Désolée de t'avoir retenu si longtemps, Brandhaug. Ta femme doit t'attendre. »

Son invite avait été assez univoque pour qu'il se décide à lui laisser quelques jours de réflexion, mais Rakel Fauke ne rappela pas. Au contraire, une lettre de l'ambassade de Russie arriva pour demander à nou-

veau une réponse, et Brandhaug comprit qu'il avait par
sa demande redonné vie à l'affaire Oleg Fauke Gosev.
Regrettable, mais maintenant que les choses étaient en
route, il ne voyait aucune raison de ne pas en profiter.
Il appela immédiatement Rakel au SSP et la tint au
courant des dernières péripéties de l'affaire.

Quelques semaines plus tard, il se retrouva de nouveau dans la villa de rondins de Holmenkollveien, qui
était plus grande et encore plus sombre que la sienne.
La *leur*. Cette fois-ci après le coucher. Elle avait l'air
beaucoup plus détendue en sa compagnie que par le
passé. Il avait même réussi à aiguiller la conversation
sur le plan plus personnel, ce qui atténua un peu l'effet
de surprise quand il lui dit combien était devenue pla-
tonique la relation qu'il entretenait avec sa femme, et
combien il était important de savoir de temps en temps
oublier sa tête et de ne penser qu'à son corps et à son
cœur, quand ils furent interrompus par le son aussi soudain qu'importun de la sonnette. Rakel alla ouvrir et
revint avec ce grand type au crâne pratiquement rasé et
aux yeux injectés de sang. Rakel le présenta comme
l'un de ses collègues au SSP, et Brandhaug ne douta
pas d'avoir déjà entendu ce nom, il ne se souvenait
juste pas où et quand. Instinctivement, tout lui déplut
chez ce type. L'intrusion lui déplut, il n'aima pas que
cet homme soit ivre, qu'il s'installe sur le canapé et
que, comme Oleg, il se mette à le regarder sans rien
dire. Mais ce qui lui déplut le plus, ce fut le changement chez Rakel qui s'illuminait, courait chercher du
café et riait follement aux réponses monosyllabiques et
cryptiques de cet individu, comme si elles recelaient
une matière géniale.

Et c'est avec une inquiétude non feinte qu'elle refusa
qu'il rentre chez lui dans sa propre voiture. La seule
chose qui incita Brandhaug à l'indulgence, ce fut le

repli précipité qu'opéra le bonhomme et le fait qu'ils entendirent immédiatement après sa voiture démarrer, ce qui signifiait à l'évidence qu'il avait suffisamment de pudeur pour aller s'envoyer dans le décor. Les dégâts qu'il avait causés sur l'ambiance furent pourtant irréparables, et peu de temps après, Brandhaug se trouvait lui-même dans sa voiture, sur le chemin du retour. C'était à ce moment que son vieux postulat lui avait traversé l'esprit — il y a quatre raisons possibles pour qu'un homme décide parfois qu'il lui *faut* une femme donnée. Et la plus importante, c'est quand il comprend qu'elle lui préfère quelqu'un d'autre.

Le lendemain, quand il appela Kurt Meirik pour lui demander qui était le grand type blond, il fut tout d'abord surpris, puis il faillit se mettre à rire. Parce que c'était cette personne-là, et pas une autre, qu'il avait lui-même fait promouvoir et nommer au SSP. Une ironie du sort, bien sûr, mais le sort est aussi parfois le directeur général tout dévoué du ministère royal des Affaires étrangères. En raccrochant, Brandhaug était déjà de meilleure humeur. Il sifflotait dans les couloirs en allant à la réunion suivante, et y arriva en moins de soixante-dix secondes.

61

Hôtel de police, 27 avril 2000

De la porte de son ancien bureau, Harry regardait un jeune homme blond assis dans le fauteuil d'Ellen. Il était tellement concentré sur son ordinateur qu'il ne remarqua pas la présence de Harry avant que celui-ci ne toussote.

« Alors, c'est toi, Halvorsen ? demanda Harry.

— Oui, dit le jeune homme en levant un regard interrogateur.

— Du bureau du lensmann de Steinkjer ?

— C'est ça.

— Harry Hole. J'ai passé pas mal de temps assis à cet endroit, mais dans l'autre fauteuil.

— Il est bousillé. »

Harry fit un sourire.

« Il l'a toujours été. Bjarne Møller t'a demandé de vérifier deux ou trois bricoles en rapport avec le meurtre d'Ellen Gjelten.

— Deux ou trois bricoles ? répéta Halvorsen, incrédule. Ça fait trois jours que je bosse dessus sans interruption. »

Harry s'assit dans son ancien fauteuil qui avait été placé à la table de travail d'Ellen. C'était la première fois qu'il voyait quel effet faisait son bureau depuis la place de sa collègue.

« Qu'as-tu découvert, Halvorsen ? »

Halvorsen plissa le front.

« Il n'y a pas de problème, dit Harry. C'est moi qui ai demandé ces informations, tu peux voir ça avec Møller si ça te chante. »

Une lumière sembla apparaître pour Halvorsen.

« Bien sûr, tu es Hole, du SSP ! Désolé d'être si lent. » Un grand sourire barrait son visage enfantin. « Je me souviens de cette affaire australienne, ça fait combien de temps ?

— Un certain temps. Je disais donc…

— Ah oui, la liste ! » Il abattit ses phalanges sur une pile de pages imprimées. « Voilà tous ceux qui ont été amenés au poste, appelés à comparaître ou condamnés pour coups et blessures aggravés sur les dix dernières années. Il y a plus de mille noms. Ça, ça a été vite fait ;

le problème, c'est de déterminer lesquels sont rasés, parce qu'on n'a pas de données là-dessus. Ça, ça peut prendre des semaines... »

Harry se reversa dans son fauteuil.

« Je comprends. Mais les SRG utilisent un code pour le type d'arme qui a été utilisé. Cherche par type d'arme, et vois combien il te restera de noms.

— En fait, j'avais pensé proposer ça à Møller quand j'ai vu le paquet de noms que ça faisait. La plupart des gens de cette liste ont utilisé des couteaux, des armes à feu ou simplement leurs poings. Je devrais avoir une nouvelle liste prête dans quelques heures. »

Harry se leva.

« Bien, dit-il. Je ne me souviens pas de mon numéro interne, mais tu le trouveras dans le répertoire. Et la prochaine fois que tu as une bonne proposition, n'hésite pas à le dire. On n'est pas *si* futés que ça, dans la capitale. »

Halvorsen émit un petit rire hésitant.

62

SSP, 2 mai 2000

La pluie avait fouetté les rues toute la matinée quand le soleil creva subitement et violemment la couche nuageuse et balaya en un clin d'œil le ciel de ses nuages. Harry avait les pieds sur son bureau, les mains jointes derrière la tête, et il essayait de se figurer qu'il pensait au fusil rayé Märklin. Mais ses pensées avaient fait un crochet par la fenêtre, le long des rues toutes propres qui sentaient maintenant l'asphalte chaud et

humide, le long des rails de chemin de fer vers le haut
de Holmenkollen où quelques taches de neige grise de-
meuraient à l'ombre du bois de sapins, et où Rakel,
Oleg et lui avaient parcouru les sentiers boueux en sautant pour éviter les flaques les plus profondes. Harry
avait de vagues réminiscences de promenades domini-
cales du même genre, quand il avait l'âge d'Oleg. Si
c'étaient de longues promenades et si Harry et la Frangine s'y étaient joints, leur père avait placé des carrés
de chocolat sur les branches les plus basses. La Frangine était toujours convaincue que le Kvikklunsj poussait sur les arbres.

Oleg n'avait pas dit grand-chose à Harry les deux
premières fois que celui-ci était venu les voir. Mais ça
ne faisait rien, Harry non plus n'avait pas su quoi dire
à Oleg. Leur timidité à tous les deux s'était pourtant
évanouie quand Harry avait découvert qu'Oleg avait
Tetris sur sa Gameboy. Sans pitié ni vergogne, Harry
avait joué de son mieux et battu de plus de quarante
mille points le gamin de six ans. À la suite de ça, Oleg
s'était mis à poser toutes sortes de questions à Harry,
comme par exemple pourquoi la neige est blanche et
d'autres choses qui font que les grandes personnes ré-
fléchissent tant que leur front se plisse et doivent tant
se concentrer qu'elles en oublient d'être embarrassées.
Le dimanche précédent, Oleg avait découvert un lièvre
en livrée hivernale et avait couru devant, tandis
qu'Harry en profitait pour prendre la main de Rakel.
Le dos était froid, mais la paume était chaude. Elle
avait penché la tête de côté et lui avait souri, tout en
balançant très fort le bras d'avant en arrière comme
pour signifier : *on fait juste semblant, ce n'est pas pour
de vrai*. Il avait remarqué qu'elle s'était crispée à l'approche d'autres personnes, et il avait lâché sa main. Ils
étaient ensuite allés boire un chocolat au Frognerseter,

où Oleg lui avait demandé pourquoi il y a un printemps.

Il avait invité Rakel à dîner. C'était la deuxième fois. La première fois, elle avait dit qu'elle allait y réfléchir, avant de rappeler pour décliner. Cette fois-ci, elle avait aussi dit qu'elle allait y réfléchir, mais n'avait pas dit non. Pas encore.

Le téléphone sonna. C'était Halvorsen. Il avait l'air endormi, et il expliqua qu'il sortait à peine de son lit.

« J'en ai vérifié soixante-dix sur les cent dix de la liste des gens soupçonnés d'avoir utilisé un objet contondant pour leurs voies de fait, dit-il. Jusqu'ici, j'en ai trouvé huit qui ont le crâne rasé.

— Comment as-tu fait ?

— Je les ai appelés. C'est incroyable, combien sont chez eux à quatre heures du matin. »

Halvorsen émit un petit rire peu convaincu en entendant le silence de Harry.

« Tu les as appelés l'un après l'autre ? demanda Harry.

— Bien sûr. Ou sur leur mobile. C'est incroyable, combien ont…

— Et tu as demandé à ces auteurs de violence de bien vouloir se décrire à la police, tels qu'ils sont aujourd'hui ?

— Pas exactement. J'ai dit que nous étions à la recherche d'un suspect ayant de longs cheveux roux, et je leur ai demandé s'ils s'étaient teint les cheveux dernièrement, dit Halvorsen.

— Là, je ne te suis plus.

— Si tu étais rasé, qu'est-ce que tu répondrais ?

— Hmm. Vous êtes vraiment des petits malins, à Steinkjer. »

De nouveau ce petit rire peu convaincu.

« Envoie-moi cette liste par fax, dit Harry.

— Tu l'auras dès que je l'aurai récupérée.

— Récupérée ?

— L'un des inspecteurs, dans le service. Il m'attendait, quand je suis arrivé, ça devait être urgent.

— Je croyais qu'il n'y avait pratiquement que des gars de KRIPOS à travailler sur l'affaire Gjelten, dit Harry.

— Manifestement pas.

— Qui est-ce ?

— Je crois qu'il s'appelle Vågen, ou quelque chose comme ça, dit Halvorsen.

— Il n'y a pas de Vågen à la Criminelle. Tu ne veux pas parler de Waaler ?

— C'est ça », dit Halvorsen, avant d'ajouter, penaud : « Il y a tellement de noms *nouveaux*, ces temps-ci... »

Harry avait plutôt envie d'engueuler ce jeune policier pour avoir transmis des éléments de l'enquête à des gens dont il connaissait à peine le nom. Mais l'heure n'était pas aux critiques tonitruantes. Le gamin avait fait trois nuits blanches d'affilée, et il ne tarderait probablement pas à s'effondrer.

« Bon boulot, dit Harry qui s'apprêta à raccrocher.

— Attends ! Ton numéro de fax ? »

Harry regarda par la fenêtre. Les nuages avaient recommencé à se rassembler au-dessus de la colline d'Ekeberg.

« Tu le trouveras dans le répertoire téléphonique. »

Le téléphone sonna à l'instant même où Harry reposait le combiné. C'était Meirik qui lui demandait de venir à son bureau *sur-le-champ*.

« Comment ça va, avec ce rapport sur les néo-nazis ? demanda-t-il dès qu'il vit Harry à la porte de son bureau.

— Mal », répondit Harry en se laissant tomber sur

une chaise. Les époux royaux, au-dessus de la tête de Meirik, le regardaient depuis leur photo. « Le E de mon clavier s'est coincé », ajouta Harry.

Meirik fit un sourire aussi forcé que celui de l'homme sur la photo, et demanda à Harry d'oublier provisoirement ce rapport.

« J'ai besoin de toi pour autre chose. Le chef de l'information de la Confédération Nationale Norvégienne des Travailleurs* vient de m'appeler. La moitié du directoire a reçu des menaces de mort, par fax, aujourd'hui. Signé 88, une abréviation pour Heil Hitler. Ce n'est pas la première fois, mais cette fois-ci, il y a eu des fuites dans la presse. Ils ont déjà commencé à appeler ici. On a réussi à remonter jusqu'à l'expéditeur, un fax ordinaire à Klippan. C'est pour ça qu'on doit prendre cette menace au sérieux.

— Klippan ?

— Un petit patelin à trente kilomètres de Helsingborg. Seize mille habitants et le pire nid de nazis de Suède. Tu y trouveras des familles qui ont été nazies sans interruption depuis les années trente. Une partie des néo-nazis y vont en pèlerinage, pour regarder et apprendre. Je veux que tu te prépares une grosse valise, Harry. »

Harry eut un mauvais pressentiment.

« On t'y envoie comme taupe. Tu vas aller voir ce milieu. Ce que tu devras faire, ton identité et les autres détails, on s'en occupera au fur et à mesure. Prépare-toi à y passer un bon moment. Nos collègues suédois se sont déjà occupés de te trouver un endroit où habiter.

— Taupe », répéta Harry. Il avait du mal à en croire ses oreilles. « Je ne sais absolument rien sur ce boulot,

---

* Landsorganisasjon, LO, principal syndicat de salariés norvégien, l'équivalent de notre CGT ou d'IG-Metall en Allemagne.

Meirik. Je suis enquêteur. Ou bien est-ce que tu l'avais oublié ? »

Le sourire de Meirik s'était dangereusement usé.

« Tu apprendras vite, Harry, ce n'est pas grand-chose. Vois ça comme une nouvelle expérience utile et intéressante.

— Hmm. Combien de temps ?

— Quelques mois. Maximum six.

— Six ? ! s'exclama Harry.

— Sois positif, Harry. Tu n'as pas de famille à prendre en compte, pas de…

— Qui sont les autres gars de l'équipe ? » Meirik secoua la tête.

« Pas d'équipe. Tu es seul, c'est plus crédible comme ça. Et je serai ton interlocuteur direct. »

Harry se frotta la nuque.

« Pourquoi moi, Meirik ? Tu as un service entier d'experts en surveillance des trafics et des milieux d'extrême-droite.

— Il y a un début à tout.

— Et le fusil Märklin ? Nous sommes remontés jusqu'à un vieux nazi, et voilà des menaces signées Heil Hitler. Est-ce que je ne devrais pas plutôt…

— Tu feras ce que je dirai, Harry. » Meirik ne se donnait plus la peine de sourire.

Il y avait quelque chose qui ne collait pas. Harry le sentait à plein nez, mais il ne comprenait pas ce que c'était ni d'où ça venait. Il se leva, et Meirik l'imita.

« Tu pars après le week-end », dit Meirik. Il tendit la main.

Harry réalisa que c'était une chose étrange, et Meirik sembla se dire la même chose au même moment, car une expression de gêne apparut sur son visage. Mais il était trop tard, la main attendait dans le vide, désespérée, les doigts tendus, et Harry la

serra rapidement pour expédier cette situation pénible.

Lorsque Harry passa devant Linda à l'accueil, elle lui
cria qu'un fax attendait dans son casier, et il l'attrapa
sans s'arrêter. C'était la liste de Halvorsen. Son regard
parcourut rapidement les noms tout en trottant dans
les couloirs et en essayant de trouver quelle partie de
lui pouvait bien tirer profit d'un séjour de six mois chez
les néo-nazis dans un trou paumé de Suède méridio-
nale. Pas celle qui essayait de se tenir à jeun. Pas celle
qui attendait la réponse de Rakel à son invitation à dîner. Et en tout cas pas celle qui voulait trouver le
meurtrier d'Ellen. Il pila.

Le dernier nom…

Il n'y avait aucune raison de s'étonner que des noms
d'anciennes connaissances apparaissent sur cette liste,
mais ça, c'était différent. Ça, c'était le bruit qu'il entendait quand il remontait son Smith & Wesson 38 après
l'avoir nettoyé. Ce cliquetis bien net qui l'informait que
tout tombait bien.

Il fut dans son bureau et au téléphone avec Halvorsen en l'espace de quelques secondes. Halvorsen nota
ses questions et promit de rappeler dès qu'il aurait
quelque chose.

Harry se renversa sur son siège. Il entendait son
cœur battre. Ce n'était habituellement pas ce qui faisait
sa force, de combiner de petits fragments d'information
qui n'avaient apparemment rien à voir entre eux. Ça
devait tenir à une inspiration du moment. Lorsque Halvorsen rappela un quart d'heure plus tard, Harry avait
l'impression d'avoir attendu pendant des heures.

« Ça colle, dit Halvorsen. Certaines traces de bottes
que les TIC ont trouvées près du chemin sont celles de
rangers, taille 45. Ils ont pu déterminer la marque

parce que l'empreinte avait été laissée par une ranger à peine usée.

— Et tu sais qui porte des rangers ?

— Oh, ça oui, elles sont agréées par l'OTAN, il y avait un bon paquet d'officiers, à Steinkjer, qui en ont commandé spécialement. Je vois qu'il y a une bonne partie de la racaille du football anglais qui en porte aussi.

— Tout juste. Les skinheads. Les Bootboys. Les néo-nazis. Tu as trouvé des photos ?

— Quatre. Deux de l'Aker Kulturverksted[*] et deux d'une manifestation devant Blitz, en 92.

— Est-ce qu'il porte une casquette, sur certaines ?

— Oui, sur celles de l'Aker Kulturverksted.

— Une casquette militaire ?

— Laisse-moi vérifier. »

Harry entendit la respiration d'Halvorsen crachoter contre la membrane du micro. Harry fit une prière muette.

« Ça ressemble à un béret, dit Halvorsen.

— Tu es sûr ? » demanda Harry sans essayer de dissimuler sa déception.

Halvorsen était relativement sûr, et Harry jura tout fort.

« Mais les bottes peuvent peut-être nous aider ? dit prudemment Halvorsen.

— Le meurtrier les a jetées, ou alors c'est un imbécile. Et le fait qu'il ait balayé ses traces dans la neige tendrait à prouver le contraire. »

Harry hésita. Il reconnaissait cette sensation, cette certitude soudaine de l'identité du meurtrier, et il savait qu'elle était dangereuse. Dangereuse parce qu'à cause d'elle on cessait de laisser sa place au doute, aux

---

[*] Lieu de réunion des néo-nazis et nationalistes de tous poils d'Oslo.

petites voix qui informaient des auto-contradictions, de ce que le tableau avait malgré tout d'imparfait. Le doute, c'est comme de l'eau froide, et on n'en veut pas quand on sent qu'on est sur le point d'arrêter un meurtrier. Oui, Harry avait déjà éprouvé ce genre de certitude. Et s'était trompé.

« L'officier de Steinkjer a acheté ses rangers directement aux USA, dit Halvorsen, et il ne doit donc pas y avoir beaucoup de magasins qui en vendent. Et si ces bottes étaient presque neuves... »

Harry lui emboîta le pas sur-le-champ :

« Bien, Halvorsen ! Trouve qui les vend, commence par ces boutiques de surplus militaire. Ensuite, tu fais une tournée avec les photos en demandant si quelqu'un se souvient avoir vendu une paire de bottes à ce type ces derniers mois.

— Harry... Euh...

— Oui, je sais. Je vais d'abord voir ça avec Møller. »

Harry savait que les chances de trouver un vendeur qui se souvienne de toutes les personnes qui lui achètent des chaussures étaient des plus faibles. Elles l'étaient naturellement un peu moins quand les clients avaient *Sieg Heil* tatoué dans la nuque, mais quoi qu'il en soit... Halvorsen pouvait aussi bien apprendre dès maintenant que quatre-vingt-dix pour cent de toutes les enquêtes sur meurtres consistent à chercher au mauvais endroit. Harry raccrocha et appela Møller. Le capitaine de police écouta ses arguments, et quand Harry eut terminé, il s'éclaircit la voix :

« Ça fait du bien d'entendre que Tom Waaler et toi êtes enfin tombés d'accord sur quelque chose.

— Ah ?

— Il m'a appelé il y a une demi-heure et m'a dit à peu près exactement la même chose que ce que tu viens de me dire. Je lui ai donné l'autorisation d'amener Sverre Olsen pour un interrogatoire.

— Punaise !

— Je ne te le fais pas dire. »

Harry ne savait pas trop quoi répondre. Par conséquent, quand Møller lui demanda s'il avait effectivement quelque chose à ajouter, Harry murmura « salut » et raccrocha. Il se mit à regarder par la fenêtre. L'heure de pointe commençait tout juste dans Schweigaards gate. Il choisit un vieil homme en manteau gris et chapeau à l'ancienne et le regarda avancer lentement jusqu'à ce qu'il disparaisse. Harry sentit que son pouls était revenu à une cadence quasi normale. Klippan. Il l'avait presque oublié, mais ça revenait à présent comme une gueule de bois paralysante. Il envisagea de composer le numéro interne de Rakel, mais rejeta bien vite l'idée.

Il se passa alors quelque chose de curieux.

En périphérie de son champ de vision, il y eut un mouvement qui lui fit automatiquement tourner les yeux vers quelque chose de l'autre côté de la fenêtre. Il ne vit tout d'abord pas ce que c'était, juste que ça se rapprochait à toute vitesse. Il ouvrit la bouche, mais le mot, le cri ou ce que son cerveau pouvait bien essayer de formuler n'eut pas le temps d'arriver jusqu'à ses lèvres. Il y eut un choc sourd, le carreau vibra légèrement et il se mit à contempler une tache humide dans laquelle une plume grise était collée et tremblait dans le vent printanier. Il resta un moment assis. Puis il attrapa sa veste et courut vers l'ascenseur.

63

Krokliveien, Bjerke, 2 mai 2000

Sverre Olsen monta le son de la radio. Il parcourut lentement le dernier *Kvinner & Klær* de sa mère en écoutant le présentateur des nouvelles parler des menaces de mort que les dirigeants de LO avaient reçues. Les gouttes tombaient sans interruption depuis le trou dans la gouttière, juste devant la fenêtre du salon. Il rit. On aurait juré entendre parler d'une des idées de Roy Kvinset. Espérons qu'il y avait eu moins de fautes d'orthographe, cette fois-ci.

Il regarda l'heure. Les discussions seraient vives, dans l'après-midi, autour des tables de chez Herbert's. Il n'avait pas un fifrelin, mais il avait réparé le vieil aspirateur Wilfa cette semaine, et sa mère consentirait peut-être donc à lui prêter cent couronnes. Au diable Prinsen ! Ça faisait quinze jours qu'il avait répété pour la dernière fois que Sverre aurait son argent « dans quelques jours ». Dans l'intervalle, une partie des gens à qui Sverre lui-même devait de l'argent s'étaient faits plus menaçants et moins agréables dans leur façon de lui parler. Et le pire de tout : sa table, chez Herbert's, avait été reprise par d'autres. Le raid du Dennis Kebab commençait à dater.

Ces derniers temps, pendant qu'il était chez Herbert's, il avait à plusieurs reprises ressenti une envie subite, presque incoercible, de se lever et de crier à la cantonade que c'était lui qui avait tué cette fliquette à Grünerløkka. Qu'au dernier coup qu'il avait donné, le sang avait jailli comme un geyser et qu'elle était morte en hurlant. Il n'aurait pas besoin de dire qu'il ne se doutait pas qu'elle était de la police. Ni qu'il s'en était fallu de peu que le sang le fît vomir.

Au diable Prinsen, il savait depuis le début qu'elle était flic !

Sverre avait mérité ses quarante mille, personne ne devait dire le contraire. Mais que pouvait-il faire ? Après ce qui s'était passé, Prinsen avait interdit à Sverre de lui téléphoner. Une précaution jusqu'à ce que l'agitation retombe, avait-il dit.

Les gonds du portail hurlèrent. Sverre se leva, éteignit la radio et sortit en hâte dans le couloir. En montant l'escalier, il entendit les pas de sa mère sur l'allée de graviers. Puis il fut dans sa chambre et entendit les clés dans la serrure. Tandis qu'elle vaquait à ses occupations au rez-de-chaussée, il s'étudia dans son miroir, debout au milieu de sa chambre. Il passa une main sur son crâne et sentit le millimètre de cheveux pointer comme une brosse contre ses doigts. Il s'était décidé. Même s'il touchait les quarante mille, il se trouverait un boulot. Il en avait plus que marre de traîner à la maison, et à vrai dire, il commençait aussi à en avoir plus que marre des « camarades » de chez Herbert's. Marre d'être toujours à la traîne derrière des gens qui n'allaient nulle part. Il avait réparé la ligne à haute tension au lycée professionnel, et il était doué pour réparer les appareils électriques. Beaucoup d'électriciens recherchaient des apprentis et des aides. Dans quelques semaines, ses cheveux auraient suffisamment repoussé pour qu'on ne voie plus le tatouage Sieg Heil qu'il avait dans la nuque.

Les cheveux, oui. Il repensa soudain au coup de téléphone qu'il avait reçu cette nuit-là, de ce policier qui parlait un dialecte du Trondelag et qui lui avait demandé s'il était roux ! En se réveillant ce matin-là, Sverre avait pensé que ça n'avait été qu'un rêve jusqu'à ce que sa mère lui demande lors du petit déjeuner quel genre d'individus appelaient à quatre heures du matin.

Le regard de Sverre quitta le miroir pour faire le tour des murs. La photo du Führer, les affiches de concerts de Burzum, le drapeau orné de la croix gammée, les croix de fer et l'affiche Blood & Honour qui était une copie des vieilles affiches de propagande de Joseph Goebbels. Pour la première fois, il se dit que ça ressemblait à une chambre de gosse. Si quelqu'un avait échangé la bannière Vitt Motstånd contre celle de Manchester United et la photo d'Heinrich Himmler contre celle de David Beckham, on aurait pu croire que c'était un gamin de quatorze ans qui l'habitait.

« Sverre ! » C'était sa mère.

Il ferma les yeux.

« Sverre ! »

Ça ne disparut pas. Ça ne disparaissait jamais.

« Oui ! cria-t-il si fort que le cri emplit sa tête.

— Il y a quelqu'un qui veut te parler ! »

Ici ? À lui ? Sverre rouvrit les yeux et se regarda avec scepticisme dans le miroir. Jamais personne ne venait ici. À ce qu'il en savait, il n'y avait même personne qui savait qu'il habitait ici. Son cœur se mit à battre la chamade. Se pouvait-il que ce soit à nouveau ce policier de Trondheim ?

Il allait vers la porte quand celle-ci s'ouvrit.

« Bonjour, Olsen. »

Parce que le soleil bas du printemps se trouvait exactement dans l'alignement de la fenêtre de l'escalier, il ne vit d'abord qu'une silhouette qui emplissait l'ouverture. Mais il entendit remarquablement bien à qui il avait affaire.

« Tu n'es pas content de me revoir ? » demanda Prinsen en refermant derrière lui. Il promena un regard curieux sur les murs. « C'est une chouette piaule que tu as là.

— Pourquoi t'a-t-elle laissé…

— J'ai montré ceci à ta mère. » Il lui montra une carte ornée des armoiries nationales en or sur fond bleu ciel. L'autre côté portait la mention POLICE.

« Oh merde, déglutit Olsen. Elle est authentique ?

— Qui sait ? Relax, Olsen. Assieds-toi. »

Prinsen montra le lit du doigt et s'assit à l'envers sur la chaise de bureau.

« Qu'est-ce que tu fais là ? demanda Sverre.

— Qu'est-ce que tu crois ? » Il fit un grand sourire à Sverre, qui s'était assis tout au bord du lit. « Temps de régler les comptes, Olsen.

— Temps de régler les comptes ? »

Sverre ne s'était pas encore tout à fait repris. Comment Prinsen savait-il qu'il habitait ici ? Et la carte de police. En le regardant, Sverre se dit que Prinsen pouvait parfaitement être policier… La coupe cool, les yeux froids, le blouson court de cuir noir et doux, et le jean bleu. Bizarre qu'il n'y ait jamais pensé.

« Oui », dit Prinsen sans cesser de sourire. « Le temps de régler les comptes est venu. » Il sortit une enveloppe de sa poche intérieure et la tendit à Sverre.

« Enfin », dit Sverre avec un rapide sourire nerveux, en plongeant la main dans l'enveloppe. Il en sortit une feuille A4 pliée. « Qu'est-ce que c'est ? demanda-t-il.

— C'est la liste des huit personnes que la brigade criminelle va bientôt venir voir et à qui elle va probablement faire une prise de sang pour des tests ADN, pour voir s'ils concordent avec les restes de peau qu'ils ont trouvé sur ta casquette, sur le lieu du meurtre.

— Ma casquette ? Mais tu m'avais dit que tu l'avais retrouvée dans ta voiture et brûlée ! »

Sverre fixa un regard épouvanté sur Prinsen qui secoua la tête en signe d'excuse.

« J'ai l'impression que je suis retourné sur les lieux. Là, il y avait un jeune couple terrorisé qui attendait la police. J'ai dû "perdre" ta casquette à seulement quelques mètres du cadavre. »

Sverre passa plusieurs fois ses deux mains sur son crâne.

« Tu as l'air troublé, Olsen ? »

Sverre acquiesça et tenta de sourire, mais c'était comme si les coins de sa bouche ne voulaient plus obéir.

« Tu veux que je t'explique ? »

Sverre acquiesça de nouveau.

« Quand un policier est retrouvé assassiné, l'affaire a la priorité absolue jusqu'à ce que le meurtrier soit identifié, quel que soit le temps nécessaire. Ce n'est consigné nulle part, mais il n'y a jamais eu aucune discussion concernant l'utilisation des moyens quand la victime faisait partie de la police. C'est ça qui est problématique, quand on tue des policiers… Les enquêteurs n'abandonnent tout bonnement pas avant de tenir… »

Il pointa un doigt vers Sverre.

« … le coupable. Ce n'était qu'une question de temps, alors je me suis permis d'aider les enquêteurs pour que le délai d'attente ne soit pas trop long.

— Mais…

— Tu te demandes peut-être pourquoi j'ai aidé la police à te trouver alors qu'il est plus que probable que tu vas me balancer pour voir ta propre peine réduite ? »

Sverre déglutit. Il essaya de réfléchir, mais ce fut trop et tout se bloqua.

« Je comprends, tout ceci est un sacré problème, dit Prinsen en passant un doigt sur l'imitation de croix de fer qui pendait à un clou au mur. J'aurais évidemment pu te descendre tout de suite après le meurtre. Mais la police aurait compris que tu étais de connivence avec quelqu'un qui voulait effacer ses traces, et elle aurait continué la chasse. »

Il décrocha la chaîne du clou et se l'attacha autour du cou, par-dessus sa veste.

« Une autre possibilité, c'était de "résoudre" rapidement l'affaire de mon côté, de te descendre pendant ton arrestation en faisant croire que tu t'étais rebellé. Le problème, dans cette version, c'est le côté étonnamment malin qu'une personne seule ait résolu cette affaire. Des gens auraient pu se mettre à réfléchir, en particulier puisque j'ai été le dernier à voir Ellen Gjelten avant sa mort. »

Il s'arrêta et se mit à rire.

« Ne prends pas cet air terrorisé, Olsen ! Puisque je te dis que c'est un choix que j'ai écarté. Ce que j'ai fait, c'est me tenir sur la touche, me tenir informé de l'évolution de l'enquête et voir si les filets se refermaient sur toi. Le plan a toujours été de sauter en marche quand ils seraient assez près, de prendre le relais et de m'occuper moi-même de l'étape suivante. D'ailleurs, c'est un pochard qui travaille maintenant au SSP qui a retrouvé ta trace.

— Tu… tu es policier ?

— J'en ai l'air ? demanda Prinsen en montrant la croix de fer du doigt. On s'en fout. Je suis un soldat, comme toi, Olsen. Un bateau doit comporter des cloisons étanches, sinon, la moindre fuite peut tout faire couler. Tu sais ce que ça aurait voulu dire, si je t'avais donné mon identité ? »

La bouche et le gosier de Sverre s'étaient asséchés au point qu'il n'arrivait plus à déglutir. Il avait peur. Horriblement peur.

« Ça aurait voulu dire que je ne pouvais pas me permettre de te laisser sortir vivant de cette pièce. Tu comprends ?

— Oui, répondit Sverre d'une voix rauque. M-mon argent... »

Prinsen plongea la main à l'intérieur de sa veste et en tira un pistolet.

« Reste tranquille. »

Il alla jusqu'au lit, s'assit à côté de Sverre et braqua le pistolet sur la porte, en le tenant des deux mains.

« C'est un pistolet Glock, l'arme de poing la plus sûre au monde. Je l'ai reçu hier d'Allemagne. Le numéro de série a été effacé. Dans la rue, tu le trouves pour environ huit mille couronnes. Considère ça comme un premier versement. »

Sverre sursauta à la détonation. Il ouvrit de grands yeux vers le petit trou, tout en haut de la porte. La poussière dansa dans la lumière qui passait par le trou et traversait la pièce comme un faisceau laser.

« Sens-moi ça », dit Prinsen en laissant tomber l'arme sur les genoux de Sverre. Puis il se leva et alla à la porte. « Tiens-le fermement. Parfaitement équilibré, hein ? »

Sverre referma à contrecœur la main autour de la crosse. Il sentit que l'intérieur de son T-shirt était trempé de sueur. *Il y a des trous dans le toit.* Ce fut tout ce que son cerveau parvint à produire. Que la balle avait fait un nouveau trou, et qu'ils n'avaient toujours pas réussi à trouver un ferblantier-zingueur. Puis vint ce qu'il attendait. Il ferma les yeux.

« Sverre ! »

On eût dit qu'elle était sur le point de se noyer. Il étreignit le pistolet. *On avait toujours l'impression qu'elle était sur le point de se noyer.* Puis il ouvrit de nouveau les yeux et vit Prinsen se retourner près de la porte, comme au ralenti, ses bras qui battaient et le

Smith & Wesson noir et luisant qu'il tenait des deux
mains.

« Sverre ! »

Un jet de flammes jaunes jaillit de la gueule du canon. Il se la représenta, debout au pied de l'escalier. La
balle l'atteignit alors, traversa le front et l'arrière de la
tête en emportant le *Heil* du tatouage, traversa les lam-
bris et l'isolant pour s'immobiliser contre l'arrière d'un
panneau de revêtement sur le mur extérieur. Mais à ce
moment-là, Sverre Olsen était déjà mort.

64

Krokliveien, 2 mai 2000

Harry avait supplié un TIC de lui servir dans un gobelet en carton un peu de café d'un de leurs thermos. Il
était à présent dans la rue devant l'affreuse petite maison de Krokliveien, à Bjerke, et regardait un jeune policier sur une échelle appuyée au mur, pour marquer
l'endroit où la balle avait transpercé le toit. Des spectateurs curieux avaient déjà commencé à se rassembler,
et on avait préventivement tendu de la tresse jaune
tout autour de la maison. L'homme sur l'échelle baignait dans le soleil de l'après-midi, mais la maison se
trouvait dans un creux du terrain et à l'endroit où était
Harry il faisait déjà froid.

« Alors, quand tu es arrivé, ça venait juste de se passer ? » fit une voix derrière lui. Il se retourna. C'était
Bjarne Møller. Il se faisait de plus en plus rare sur les
scènes de crimes, mais Harry avait entendu plusieurs
personnes parler de Møller comme d'un bon enquê-

teur. Certains sous-entendaient même qu'on aurait peut-être dû le laisser poursuivre dans cette voie. Harry lui tendit son gobelet avec une expression interrogatrice, mais Møller secoua la tête.

« Oui, je suis sans doute arrivé seulement cinq minutes après, dit Harry. Qui te l'a dit ?

— Le centre d'alerte. Ils m'ont dit que tu les avais appelés pour demander des renforts juste après que Waaler les a eu informés de la fusillade. »

Harry fit un signe de tête vers la voiture de sport rouge qui était garée devant le portail.

« Quand je suis arrivé, j'ai vu la voiture jap de Waaler. Je savais qu'il était venu, ce n'était donc pas un problème. Mais en sortant de ma voiture, j'ai entendu un vilain hurlement. J'ai d'abord cru que c'était un chien, dans le secteur, mais en remontant l'allée, j'ai réalisé que ça venait de l'intérieur de la maison, et que ce n'était pas un chien, mais une personne. Je n'ai pas pris de risque, et j'ai appelé une voiture du commissariat d'Okern.

— C'était la mère ? »

Harry acquiesça.

« Elle était complètement hystérique. Il leur a fallu presque une demi-heure pour la calmer suffisamment avant qu'elle puisse dire quelque chose de sensé. Weber est en train de lui parler, dans le salon.

— Ce bon vieux Weber et sa psychologie ?

— Il n'y a pas de problème avec Weber. Il est grincheux au boulot, mais il s'en sort en fait pas mal avec les gens qui sont dans ce genre de situation.

— Je sais bien, je plaisante, c'est tout. Comment le prend Waaler ? »

Harry haussa les épaules.

« Compris, dit Møller. Il a le sang froid. C'est bien. On va jeter un coup d'œil à l'intérieur ?

— J'y suis allé.

— Alors fais-moi une visite guidée. »

Tandis qu'ils se frayaient un chemin jusqu'au premier, Møller murmurait des salutations à des collègues qu'il n'avait pas vus depuis longtemps.

La chambre à coucher était pleine de spécialistes d'investigation criminelle, vêtus de blanc, et des flashes partaient çà et là. Une bâche de plastique noir avait été étendue sur le lit et marquée d'un contour blanc.

Møller parcourut les murs des yeux. « Doux Jésus », murmura-t-il.

« Sverre Olsen ne cadrait pas vraiment avec le Parti Travailliste, dit Harry.

— Ne touche à rien, Bjarne, cria un inspecteur principal qu'Harry reconnut comme un des TIC. Tu te rappelles comment ça s'est passé, la dernière fois. »

Møller devait s'en souvenir, il rit en tout cas de bon cœur.

« Sverre Olsen était assis sur le lit quand Waaler est entré, dit Harry. Selon Waaler, il était lui-même près de la porte et il a demandé à Olsen où il se trouvait la nuit où Ellen a été tuée ; Olsen a essayé de faire comme s'il ne se souvenait pas de la date, Waaler lui a donc posé d'autres questions et s'est aperçu petit à petit qu'Olsen n'avait pas d'alibi. Waaler dit avoir demandé à Olsen de le suivre au poste pour y donner des explications, et c'est à ce moment-là qu'Olsen aurait empoigné le revolver qu'il avait certainement sous son oreiller. Il a tiré, et la balle est passée juste au-dessus de l'épaule de Waaler et à travers la porte — le trou est ici — et a poursuivi à travers le plafond du couloir. Waaler dit avoir dégainé son arme de service et tiré avant qu'Olsen ne puisse tirer à nouveau.

— Réaction rapide. Beau coup de fusil, par la même occasion, à ce qu'on m'a dit.

— Pile dans le front.

— Pas si étonnant, peut-être. Waaler a eu les meilleurs résultats à l'épreuve de tir de cet automne.

— Tu oublies les miens, dit sèchement Harry.

— Comment ça se présente, Ronald ? cria Møller à l'adresse de l'inspecteur principal en blanc.

— Pas de problème, je crois. » L'inspecteur principal se releva et se redressa avec un gémissement. « On a retrouvé la balle qui a tué Olsen derrière le panneau qui est ici. Celle qui est passée à travers la porte a continué à travers le toit. On verra si on la retrouve aussi, pour que les gars de la Balistique aient de quoi s'amuser demain. L'angle de tir correspond, en tout cas.

— Hmm. Merci.

— De rien, Bjarne. Comment va ta femme, en ce moment ? »

Møller lui expliqua comment allait sa femme, ne demanda pas comment allait celle de l'inspecteur principal, mais à ce qu'en savait Harry, il n'en avait pas. L'année précédente, quatre gars de la brigade technique avaient divorcé durant le même mois. Des blagues circulaient à la cantine, évoquant l'odeur des cadavres.

En ressortant, ils tombèrent sur Weber. Il était dans son coin, un gobelet de café à la main, et observait le type sur son échelle.

« Ça s'est bien passé, Weber ? » demanda Møller.

Weber plissa les yeux dans leur direction, comme s'il ne s'était pas posé avant la question de savoir s'il allait prendre la peine de répondre.

« Ce ne sera pas un problème, répondit-il en regardant de nouveau l'homme de l'échelle. Elle a bien sûr dit qu'elle ne comprenait pas, que son fils ne supportait pas le sang, et j'en passe, mais on n'aura pas de souci en ce qui concerne l'aspect pratique de ce qui s'est passé ici.

— Hmm. » Møller posa une main sur le coude de Harry. « Faisons quelques pas. »

Ils descendirent la rue tranquillement. C'était un quartier résidentiel fait de petites maisons, de petits jardins et de quelques immeubles modernes dans sa portion inférieure. Quelques jeunes, le visage rouge d'excitation, passèrent en vélo devant eux, remontant la rue vers les voitures de police et leurs gyrophares qui balayaient les alentours. Møller attendit d'être suffisamment loin pour que les autres ne puissent pas les entendre.

« Tu n'as pas l'air spécialement heureux qu'on ait pris celui qui a tué Ellen, dit-il.

— Heureux, heureux… Pour commencer, on ne sait toujours pas si c'est Sverre Olsen. Les analyses ADN…

— Les analyses ADN montreront que c'est lui. Qu'est-ce qui ne va pas, Harry ?

— Rien, chef. »

Møller s'arrêta. « Vraiment ?

— Vraiment. » Møller fit un signe de tête vers la maison :

« Est-ce que c'est parce que tu trouves qu'Olsen s'en est tiré à trop bon compte avec une balle qui l'a tué sur le coup ?

— Il n'y a rien, j'ai dit ! s'emballa Harry.

— Parle ! hurla Møller.

— Je trouve juste que c'est foutrement bizarre. » Møller plissa le front.

« Qu'est-ce qui est bizarre ?

— Un policier aussi expérimenté que Waaler. » Harry avait baissé le ton et parlait lentement, en insistant sur chaque mot. « Qu'il choisisse de partir seul interroger et éventuellement appréhender une personne soupçonnée de meurtre. Ça transgresse toutes les règles, qu'elles soient écrites ou non.

— Alors qu'est-ce que tu es en train de me dire ? Que Tom Waaler a orchestré ça ? Tu crois qu'il a obligé Olsen à dégainer pour pouvoir venger Ellen, c'est ça ? C'est pour ça qu'au premier, tu disais *d'après Waaler* ceci et *Waaler dit* cela, comme si dans la police, on ne comptait pas sur la parole d'un collègue ? Pendant que la moitié des TIC écoutent. »

Ils s'entre-regardèrent. Møller était presque aussi grand que Harry.

« Je dis simplement que c'est foutrement bizarre, dit Harry en faisant volte-face. C'est tout.

— Ça suffit, Harry. Je ne sais pas pourquoi tu es venu après Waaler, et si tu soupçonnais que quelque chose de ce genre pouvait arriver. Mais je sais juste que je ne veux plus rien entendre. Je ne veux surtout pas entendre le moindre mot de ta part qui insinuerait quoi que ce soit. Pigé ? »

Harry regarda la maison jaune de la famille Olsen. Elle était plus petite, et n'était pas entourée d'une haute haie comme les autres maisons de ce quartier respirant le calme de l'après-midi. Les haies des autres donnaient un aspect vulnérable à l'affreux domicile enrobé de plaques de revêtement mural. Exclu par les autres maisons, en quelque sorte. Le vent leur apporta l'odeur âcre des feux de broussailles et la voix lointaine et métallique du commentateur du champ de courses de Bjerke.

Harry haussa les épaules.

« Sorry. Je… tu sais. »

Møller posa une main sur son épaule.

« C'était la meilleure. Ça, je le sais, Harry. »

65

Restaurant Schrøder, 2 mai 2000

Le vieil homme lisait *Aftenposten*. Il avait déjà bien
entamé les tuyaux pour les courses lorsqu'il prit conscience que la serveuse se tenait près de sa table.

« Bonjour », dit-elle en posant le demi-litre devant
lui. Comme à son habitude, il ne répondit pas, mais se
contenta de l'observer pendant qu'elle comptait sa
monnaie. Il était difficile de dire quel âge elle pouvait
bien avoir, mais il l'estima entre trente-cinq et quarante. Et elle semblait avoir vécu les années au moins
aussi durement que ceux qu'elle servait. Mais elle avait
un bon sourire. Elle encaissait bien. Elle disparut et il
but la première gorgée de sa bière, tandis que son regard errait dans la pièce.

Il regarda l'heure. Puis il se leva, alla au téléphone
public qui se trouvait au fond de la pièce, inséra trois
couronnes, composa le numéro et attendit. Après trois
sonneries, on décrocha et il entendit sa voix :

« Juul.

— Signe ?

— Oui. »

Il entendit à sa voix qu'elle avait déjà peur, qu'elle
savait qui appelait. C'était la sixième fois, et elle avait
donc peut-être compris la logique, et savait qu'il rappellerait aujourd'hui ?

« C'est Daniel, dit-il.

— Qui est-ce ? Qu'est-ce que vous voulez ? » Elle
émettait des sifflements rapides en respirant.

« Je te dis que c'est Daniel. Je veux simplement t'entendre répéter ce que tu as dit cette fois-là. Tu te souviens ?

— Ayez l'amabilité d'arrêter ça. Daniel est mort.

— Crois toi-même en la mort, Signe. Pas jusqu'à la mort, mais *dans* la mort.

— J'appelle la police. »

Il raccrocha. Puis il remit son manteau et son chapeau et ressortit lentement au soleil. Sur Sankthanshaugen, les premiers bourgeons avaient commencé à éclore. Ça n'allait pas tarder.

66

Dinner, 5 mai 2000

Le rire de Rakel perçait à travers le vacarme de voix, de couverts et de serveurs qui couraient à travers le restaurant bondé.

« ... et j'ai presque eu peur quand j'ai vu qu'il y avait un message sur le répondeur, dit Harry. Tu sais, au petit œil rouge qui clignote. Et puis ta voix autoritaire qui emplissait le salon. »

Il prit une voix de tête :

« *C'est Rakel. Dinner, vendredi huit heures. N'oublie pas ton beau costume et ton portefeuille.* Tu as terrorisé Helge, il a fallu que je lui serve deux rations de millet avant qu'il se calme.

— Je n'ai *pas* dit ça ! protesta-t-elle entre deux hoquets de rire.

— Ça y ressemblait.

— Non ! Et c'est ta faute, c'est l'annonce que tu as sur ton répondeur. » Elle essaya d'adopter une voix aussi grave que celle de Harry : « *Hole. Parlez.* C'est tellement... tellement...

« — Harry[*] ?

— Exactement ! »

Ça avait été un dîner parfait, une soirée parfaite, et le moment était venu de la saborder, se dit Harry.

« Meirik m'envoie en Suède pour une mission de surveillance de trafics illicites, dit-il en jouant avec son verre d'eau gazeuse. Six mois. Je pars ce week-end.

— Oh. »

Il fut surpris de ne pas voir de réaction sur le visage de son interlocutrice.

« J'ai appelé la Frangine et mon père un peu plus tôt, pour le leur dire, continua-t-il. Mon père parlait. Il m'a même souhaité bonne chance.

— C'est bien. » Elle lui fit un sourire rapide, toute absorbée qu'elle était à étudier la carte des desserts. « Tu vas manquer à Oleg », dit-elle faiblement.

Il la regarda, mais ne parvint pas à capturer son regard.

« Et toi ? » demanda-t-il.

Un sourire en coin passa sur ses lèvres.

« Ils ont des banana split à la Szechuan, dit-elle.

— Commandes-en deux.

— Tu vas me manquer aussi, dit-elle en parcourant des yeux la page suivante de son menu.

— À quel point ? »

Elle haussa les épaules.

Il répéta sa question. Et vit comment elle retenait son souffle, s'apprêtant à parler, mais expira et recommença. Puis ça vint :

« Désolée, Harry, mais pour le moment, il n'y a de place que pour un homme dans ma vie. Un petit homme de six ans. »

---

[*] Jeu de mots, dans le sens où « harry » est aussi un mot que les Norvégiens emploient en tant qu'adjectif et qui signifie à peu près « kitsch » ou « inconvenant, de mauvais goût ».

Il eut l'impression de recevoir un seau d'eau froide sur la tête.

« Allez, dit Harry. Je ne peux pas me tromper *à ce point.* »

Elle leva un regard interrogateur de son menu.

« Toi et moi, dit Harry en se penchant par-dessus la table. Ici, ce soir. On flirte. On passe un bon moment ensemble. Mais nous voulons plus que ça. *Tu* veux plus que ça.

— Peut-être.

— Pas peut-être. C'est tout à fait sûr. Tu veux tout.

— Et alors ?

— *Et alors ?* C'est toi qui vas répondre à ce *et alors*, Rakel. Je pars dans quelques jours pour un trou paumé en Suède. Je ne suis pas un homme gâté, je veux simplement savoir si j'ai quelque chose vers quoi revenir à l'automne. »

Leurs regards se croisèrent, et cette fois-ci, il captura celui de Rakel. Elle finit par poser son menu.

« Je suis désolée. Je ne voulais pas être comme ça. Je sais que ça a l'air bizarre, mais… l'autre possibilité ne tient pas.

— Quelle possibilité ?

— Faire ce que j'ai envie de faire. De t'emmener chez moi, de t'enlever tous tes vêtements et de faire l'amour avec toi toute la nuit. »

Elle prononça les derniers mots rapidement et à voix basse. Comme si elle avait voulu attendre le plus longtemps possible avant de le dire, mais comme si ça devait être dit de cette façon-là. De façon dépouillée et directe.

« Et une autre nuit ? dit Harry. Et plusieurs nuits ? Et la nuit de demain, la nuit suivante et la semaine prochaine et…

— Arrête ! » Une ride de colère était apparue à la

racine de son nez. « Il faut que tu comprennes, Harry. Ça ne se peut pas.

— Bon, bon. » Harry attrapa une cigarette et l'alluma. Il laissa la main de la femme le caresser sur la joue, sur la bouche. Cet attouchement précautionneux eut l'effet de coups sur ses nerfs et laissa une douleur muette derrière lui.

« Ce n'est pas toi, Harry. Pendant un moment, j'ai cru que je pourrais peut-être le faire *une* fois. J'ai passé tous les arguments en revue. Deux adultes. Personne d'autre dans le coup. Sans engagement, simple. Et un homme dont j'ai plus envie qu'aucun autre homme depuis… depuis le père d'Oleg. C'est pour ça que je sais que ça ne se limiterait pas à cette unique fois. Et ça… ça ne se peut pas. »

Elle se tut.

« Est-ce que c'est parce que le père d'Oleg est alcoolique ? demanda Harry.

— Pourquoi tu me demandes ça ?

— Je ne sais pas. Ça pourrait expliquer pourquoi tu ne veux pas aller plus loin avec moi. Non qu'il faille avoir été avec un autre alcoolique pour se rendre compte que je suis un mauvais parti, mais… »

Elle posa une main sur celle de Harry.

« Tu n'es pas un mauvais parti, Harry. Ce n'est pas ça.

— Alors qu'est-ce que c'est ?

— C'est la dernière fois. Voilà ce que c'est. Nous ne nous reverrons pas. »

Elle le regarda longuement. Et il le voyait, à présent. Ce n'étaient pas des larmes de rire qui scintillaient au coin de son œil.

« Et le reste de l'histoire ? demanda-t-il en essayant de sourire. Est-ce que c'est comme tout le reste au SSP, *confidentiel* ? »

Elle acquiesça.

Le serveur vint à leur table, mais dut comprendre que le moment était mal choisi et disparut à nouveau.

Elle ouvrit la bouche pour dire quelque chose. Harry vit qu'elle était au bord des larmes. Elle se mordit la lèvre inférieure. Puis elle posa sa serviette sur la nappe devant elle, repoussa sa chaise, se leva sans un mot et sortit. Harry resta assis, les yeux rivés sur la serviette. Elle avait dû la serrer longtemps dans sa main, pensa-t-il, car elle était complètement roulée en boule. Il resta longtemps à la regarder tandis qu'elle s'ouvrait lentement, comme une fleur de papier blanc.

67

Appartement d'Halvorsen, 6 mai 2000

Lorsque l'agent Halvorsen fut réveillé par la sonnerie de son téléphone, les chiffres lumineux de son réveil digital indiquaient 1.20.

« Hole. Tu dormais ?

— Oh non, répondit Halvorsen sans savoir le moins du monde pourquoi il mentait.

— Je me pose deux ou trois questions sur Sverre Olsen. »

Aux bruits de sa respiration et de la circulation alentour, on pouvait croire que Harry téléphonait tout en se promenant dehors.

« Je sais ce que tu veux me demander, dit Halvorsen. Sverre Olsen s'est payé une paire de Combat Boots à Top Secret, dans Henrik Ibsens gâte. Ils l'ont reconnu d'après la photo et ont même pu nous donner la date.

On a aussi constaté que KRIPOS était passé y vérifier son alibi dans le cadre de l'affaire Hallgrim Dale, avant Noël. Mais je t'avais déjà faxé tout ça à ton bureau.

— Je sais, j'en reviens à l'instant.

— À l'instant ? Tu ne devais pas sortir dîner, ce soir ?

— Mmm. Le dîner a été vite expédié.

— Et ensuite, tu es allé au *bureau* ? demanda Halvorsen, qui n'en croyait pas ses oreilles.

— Oui, on peut le dire. C'est ton fax qui m'a intrigué. Je me demandais si tu pourrais faire deux ou trois autres vérifications pour moi, demain ? »

Halvorsen gémit. En premier lieu, Møller avait dit sans équivoque que Harry Hole ne jouait plus aucun rôle dans l'affaire Ellen Gjelten. En second lieu, demain, c'était samedi et jour non ouvré.

« Tu es là, Halvorsen ?

— Oui, oui.

— Je devine ce que Møller t'a dit. On s'en tamponne. Voici une occasion d'en apprendre un peu plus sur le travail d'investigation.

— Le problème, Harry...

— Ta gueule et écoute, Halvorsen. » Celui-ci jura intérieurement. Et écouta.

68

Vibes gate, 8 mai 2000

L'odeur du café fraîchement torréfié parvenait jusque dans le couloir, où Harry suspendit sa veste à un perroquet surchargé.

« Merci d'avoir pu me recevoir aussi rapidement, Fauke.

— Oh, ce n'est rien, gronda Fauke depuis la cuisine. C'est une joie pour un vieil homme comme moi de pouvoir apporter son aide. *Si* je peux apporter mon aide. »

Il versa le café dans deux grandes tasses et ils s'assirent à la table de la cuisine. Harry caressa du bout des doigts la surface irrégulière de la sombre et lourde table de chêne.

« Ça vient de Provence, dit Fauke spontanément. Ma femme aimait bien les meubles rustiques français.

— Belle table. Ta femme avait bon goût. » Fauke sourit.

« Tu es marié, Hole ? Non ? Et tu ne l'as jamais été ? Tu devrais éviter d'attendre trop longtemps, tu sais. On devient grognon, à force d'être seul comme ça. »

Il s'esclaffa.

« Je sais de quoi je parle. J'avais plus de trente ans quand elle et moi nous sommes mariés. Ça faisait tard, à l'époque. Mai 1955. »

Il montra du doigt l'une des photos qui ornaient le mur au-dessus de la table de la cuisine.

« C'est réellement ta femme ? demanda Harry. J'ai cru que c'était Rakel.

— Ah oui, évidemment, dit-il après avoir regardé Harry avec étonnement. J'oubliais que Rakel et toi, vous vous connaissez du SSP ». Ils allèrent au salon, où les piles de papiers n'avaient fait que croître depuis la dernière fois, et occupaient à présent toutes les chaises à l'exception de celle du bureau. Fauke libéra de la place près de la table surchargée du salon.

« Tu as tiré quelque chose des noms que je t'ai donnés ? » demanda-t-il.

Harry lui fit un bref résumé.

« De nouveaux éléments sont toutefois apparus, dit-il. Une femme policier a été assassinée.

— J'ai lu quelque chose là-dessus dans le journal.

— Cette affaire-là est maintenant éclaircie, nous attendons simplement les résultats d'analyses ADN. Crois-tu aux coïncidences, Fauke ?

— Pas particulièrement.

— Moi non plus. C'est pourquoi je commence à me poser des questions quand les mêmes personnes apparaissent dans des affaires qui n'ont manifestement rien à voir entre elles. Le soir même où Ellen Gjelten, cette femme policier, a été tuée, elle a laissé le message suivant sur mon répondeur : *On le tient*.

— Johan Borgen* ?

— Quoi ? Ah, ça. Je ne crois pas. Elle m'a aidé à chercher la personne qui a été en contact avec le vendeur du fusil Märklin, à Johannesburg. Il n'est évidemment pas obligatoire qu'il y ait un lien entre cette personne et le meurtrier, mais l'idée vient tout naturellement. Surtout puisqu'elle essayait manifestement par tous les moyens de me joindre. C'est une affaire à laquelle j'étais confronté depuis plusieurs semaines, et pourtant, c'est ce soir-là qu'elle a essayé de me joindre. Et elle avait l'air pour le moins fébrile. Ce qui pourrait indiquer qu'elle se sentait menacée. »

Harry posa un index sur la table du salon.

« L'une des personnes qui faisait partie de ta liste, Hallgrim Dale, a été occis cet automne. Sous le porche où on l'a retrouvé, on a aussi retrouvé des restes de vomi, entre autres. On n'a pas fait le lien direct avec le meurtre puisque le groupe sanguin du vomi ne concor-

---

* Écrivain et journaliste, célèbre pour ses courts articles humoristiques et polémiques, arrêté et emprisonné à Bærum près d'Oslo, de septembre 1941 à 1945 (donc durant l'Occupation et le gouvernement de collaboration de Quisling).

dait pas avec celui de la victime, et l'image d'un tueur de sang froid et faisant preuve d'un grand professionnalisme ne cadre pas avec une personne qui vomit sur les lieux du crime. Mais KRIPOS n'a bien évidemment pas exclu que ce puisse être celui du meurtrier, et a envoyé des prélèvements en analyses ADN. Un peu plus tôt aujourd'hui, un de mes collègues a comparé le résultat de ces analyses avec les échantillons retrouvés sur la casquette, à l'endroit où cette femme policier a été tuée. Ils sont identiques. »

Harry marqua une pause et regarda l'autre.

« Je comprends, dit Fauke. Tu crois peut-être qu'il n'y qu'un seul et unique tueur.

— Non, ce n'est pas ce que je crois. Je crois juste qu'il y a un lien entre les meurtres, et que ce n'est pas un hasard si Sverre Olsen se trouvait à chaque fois dans les parages.

— Comment ne peut-il pas les avoir tués tous les deux ?

— Bien sûr, il peut l'avoir fait, mais il y a une différence fondamentale entre les voies de fait auxquelles s'est livré Sverre Olsen ces derniers temps et le meurtre de Hallgrim Dale. Est-ce que tu as déjà vu le genre de dommages que fait une batte de base-ball sur quelqu'un ? Le bois tout lisse brise les os et fait éclater les organes internes tels que le foie ou les reins. Mais la peau est souvent intacte, et la victime meurt en règle générale d'hémorragies internes. Pour le meurtre de Hallgrim Dale, la carotide a été sectionnée. Avec une méthode pareille, le sang gicle. Tu comprends ?

— Oui, mais je ne vois pas où tu veux en venir.

— La mère de Sverre Olsen a dit à l'un de nos agents que Sverre ne supportait pas la vue du sang. »

La tasse de Fauke s'immobilisa avant d'arriver à ses lèvres. Il la reposa.

« Oui, mais…

— Je sais à quoi tu penses… qu'il a quand même pu le faire, et le fait qu'il ne supporte pas le sang peut justement expliquer qu'il ait vomi. Mais l'important, c'est que le meurtrier n'était pas quelqu'un qui utilisait un couteau pour la première fois. D'après le rapport du pathologiste, c'était un coup parfait, chirurgical, comme ne peut en donner que celui qui sait exactement ce qu'il fait. »

Fauke hocha lentement la tête.

« Je vois ce que tu veux dire, dit-il.

— Tu as l'air pensif…

— Je crois savoir pourquoi tu es venu. Tu te demandes si l'un des engagés présents à Sennheim pourrait avoir commis un meurtre pareil.

— Bon. Alors ?

— Oui, c'est possible. » Fauke entoura sa tasse de ses deux mains, et son regard se perdit devant lui. « Celui que tu n'as pas retrouvé. Gudbrand Johansen. Je t'ai raconté pourquoi on l'appelait Rouge-Gorge.

— Tu peux m'en dire un peu plus sur lui ?

— Oui. Mais avant, il nous faut davantage de café. »

69

Irisveien, 8 mai 2000

« Qui est-ce ? » cria-t-on depuis l'intérieur. La voix était faible et apeurée. Harry pouvait distinguer les contours de la femme à travers la vitre dépolie.

« Hole. J'ai téléphoné. »

La porte s'entrouvrit.

« Désolée. Je…

— Ce n'est rien, je comprends. »

Signe Juul ouvrit et Harry entra.

« Even est sorti, dit-elle avec un sourire d'excuse.

— Oui, c'est ce que vous m'avez dit au téléphone, dit Harry. C'est à vous, que je voulais parler.

— Moi ?

— Si ça ne pose pas de problème, madame Juul. »

La vieille dame ouvrit la marche. Ses épais cheveux gris acier étaient remontés en un chignon tressé et maintenus par une épingle à cheveux à l'ancienne. Et son corps rond qui se dandinait était de ceux qui font penser à un gros câlin et à de la bonne cuisine.

Burre leva la tête lorsqu'ils entrèrent au salon.

« Votre mari est donc sorti seul ?

— Oui, il ne peut pas emmener Burre quand il va au café, dit-elle. Je vous en prie, asseyez-vous.

— Au café ?

— C'est quelque chose qui l'a pris il n'y a pas long-temps, répondit-elle avec un sourire. Pour lire les jour-naux. Il pense mieux quand il ne se contente pas de rester à la maison, dit-il.

— Ce n'est sûrement pas dénué de fondement.

— Sûrement pas. Et puis, on peut aussi rêver un peu, à ce moment-là, je suppose.

— Comment ça, rêver ?

— Oh, qu'est-ce que j'en sais ? Mais on peut bien penser qu'on est de nouveau jeune, et qu'on est attablé devant un café à Paris, ou à Vienne. » Derechef ce rapide sourire d'excuse. « À propos de café…

— Oui, volontiers. »

Harry étudia les murs pendant que Signe Juul était à la cuisine. Le portrait d'un homme en manteau noir ornait le dessus de la cheminée. Harry n'avait pas remarqué ce tableau lors de sa dernière visite. L'homme se tenait dans une posture un peu théâtrale, visiblement à l'affût, tourné vers des horizons lointains, hors du champ de vision du peintre. Harry alla examiner la toile de plus près. Une petite plaque de cuivre fixée sur le cadre indiquait *Médecin chef Kornelius Juul 1885-1959.*

« C'est le grand-père d'Even, dit Signe Juul qui entrait avec un plateau dans les mains.

— Je vois. Vous avez beaucoup de portraits, ici.

— Oui, répondit-elle en posant son plateau. Celui d'à côté représente le grand-père maternel d'Even, le docteur Werner Schumann. Il a été l'un des initiateurs de l'hôpital d'Ulleval, en 1885.

— Et ça ?

— Jonas Schuman. Médecin chef à l'Hôpital Civil.

— Et votre famille ? »

Elle le regarda, déboussolée.

« Que voulez-vous dire ?

— Lesquels de ces tableaux sont ceux de votre famille ?

— Ils… sont accrochés ailleurs. De la crème, avec le café ?

— Non merci. »

Harry s'assit.

« Je voulais parler de la guerre, avec vous.

— Oh ça, non, fit-elle malgré elle.

— Je comprends, mais c'est important. Ça va aller ?

— On va voir, dit-elle en se servant en café.

— Vous étiez infirmière, pendant la guerre…

— Dans le corps de santé de l'armée allemande, oui. Traîtresse à la patrie. »

Harry leva les yeux. Elle le regarda calmement.

« En tout, nous étions environ quatre cents. Nous avons toutes écopé de peines de prisons, après la guerre. Même si la Croix Rouge Internationale avait adressé une requête aux pouvoirs publics norvégiens pour leur demander d'abandonner toute poursuite. La Croix Rouge Norvégienne ne nous a demandé pardon qu'en 1990. Le père d'Even, qui est représenté là-bas, avait des relations et a pu obtenir une réduction de ma peine... entre autres parce que j'avais aidé deux blessés dans la Résistance, au printemps 1945. Et parce que je n'ai jamais été membre de l'Alliance Nationale. Y a-t-il autre chose que vous souhaitiez savoir ? »

Harry plongea le regard dans sa tasse. Il fut frappé par le calme qui régnait dans certains quartiers résidentiels d'Oslo.

« Ce n'est pas votre histoire, que je veux connaître, madame Juul. Vous souvenez-vous d'un soldat qui s'appelait Gudbrand Johansen ? »

Signe Juul sursauta, et Harry sentit qu'il avait touché quelque chose.

« Dites-moi, que cherchez-vous, en réalité ? » demanda-t-elle. Son visage s'était fermé.

— Votre mari ne vous en a pas parlé ?

— Even ne me parle jamais de rien.

— Bon. J'essaie de recenser les Norvégiens qui se sont engagés dans les troupes allemandes et qui sont passés par Sennheim avant de partir au front.

— Sennheim, répéta-t-elle à voix basse. Daniel y était.

— Oui, je sais que vous étiez amoureuse de Daniel Gudeson. Sindre Fauke me l'a dit.

— Qui est-ce ?

— Un ancien volontaire dans l'armée allemande et un Résistant que connaît votre mari. C'est Fauke qui m'a proposé de venir vous voir pour parler de Gudbrand Johansen. Fauke a déserté, lui, et il ne sait donc pas ce qu'il est advenu de Gudbrand par la suite. Mais un autre de ces soldats, Edvard Mosken, m'a parlé d'une grenade qui avait explosé dans la tranchée. Mosken n'a pas pu me faire un compte rendu précis de ce qui s'était passé après, mais si Johansen a survécu, on peut naturellement penser qu'il s'est retrouvé à l'hôpital de campagne. »

Signe Juul émit un petit claquement de langue, et Burre arriva à pas feutrés. Elle enfouit sa main dans l'épaisse fourrure rêche.

« Oui, je me souviens de Gudbrand Johansen, dit-elle. Daniel me parlait de lui, de temps en temps, que ce soit dans ses lettres de Sennheim où sur les bouts de papiers que je recevais de lui à l'hôpital de campagne. Ils étaient très différents. Je crois que Gudbrand Johansen avait fini par devenir comme un petit frère, pour lui. » Elle sourit. « La plupart devenaient facilement des petits frères autour de Daniel.

— Est-ce que vous savez ce qui est arrivé à Gudbrand ?

— Il s'est retrouvé à l'hôpital militaire, chez nous, comme vous venez de le dire. À ce moment-là le secteur militaire du front était en train de tomber entre les mains des Russes, et c'était la retraite générale. Nous n'arrivions pas à faire parvenir des médicaments sur le front, parce que toutes les routes étaient bloquées par les véhicules qui allaient dans l'autre sens. Johansen était sérieusement blessé, entre autres par un éclat de grenade qui s'était fiché dans sa cuisse, juste au-dessus du genou. La gangrène menaçait son pied, et il y avait des risques d'amputation. Donc, plutôt que d'attendre des médicaments qui n'arrivaient pas, il a été envoyé avec le courant qui partait vers l'ouest. La dernière chose que j'ai vue de lui, ça a été un visage barbu qui dépassait de sous une couverture, sur la plate-forme d'un camion. Le camion enfonçait dans la boue printanière jusqu'à mi-roue, et il leur a fallu plus d'une heure pour passer le premier virage et disparaître. »

Le chien posa sa tête sur les genoux de sa maîtresse et leva vers elle deux yeux tristes.

« Et ça a été la dernière fois que vous l'avez vu ou que vous avez entendu parler de lui ? »

Elle leva lentement la fine tasse de porcelaine à ses lèvres, but une minuscule gorgée et reposa la tasse. Sa main ne tremblait pas beaucoup, mais elle tremblait.

« J'ai reçu une carte de lui quelques mois plus tard, dit-elle. Il écrivait qu'il avait quelques effets personnels de Daniel, dont une casquette d'uniforme russe, une espèce de trophée, à ce que j'ai compris. Ça avait l'air un peu spécial, mais ce n'était pas si inhabituel, les premiers temps, chez ceux qui avaient été blessés à la guerre.

— La carte, l'avez-vous… ? »

Elle secoua la tête.

« Vous vous souvenez d'où elle venait ?

— Non. Je me rappelle juste que le nom m'avait fait penser que c'était vert et champêtre, qu'il allait bien. »

Harry se leva.

« Comment se fait-il que ce Fauke connaisse mon existence ? demanda-t-elle.

— Eh bien… » Harry ne savait pas exactement comment le lui dire, mais elle lui coupa l'herbe sous le pied.

« Tous ces soldats ont entendu parler de moi, dit-elle avec un sourire que seule sa bouche exprimait. La femme qui a vendu son âme au diable contre une réduction de peine. C'est ça qu'ils croient ?

— Je ne sais pas », dit Harry. Il sentit qu'il devait s'en aller. Ils ne se trouvaient qu'à deux pâtés de maison de Ringveien, mais ils auraient aussi bien pu se trouver au bord d'un lac de montagne, à en juger par le calme alentour.

« Vous savez, je ne l'ai jamais revu, dit-elle. Daniel. Après avoir appris qu'il était mort. »

Son regard était braqué sur un point imaginaire, devant elle.

« J'ai reçu un petit mot de sa part pour le nouvel an, par un des officiers du service de santé, et trois jours plus tard, j'ai vu le nom de Daniel dans la liste de ceux qui étaient tombés. J'ai cru que ce n'était pas vrai, j'ai dit que je refuserais de le croire tant qu'on ne m'aurait pas montré le corps. Ils m'ont donc emmenée à la fosse commune de la section Nord, où ils brûlaient les morts. Je suis descendue dans la fosse, en piétinant les cadavres pendant que je cherchais, en allant d'un corps calciné au suivant et en regardant dans ces yeux vides et carbonisés. Mais aucun d'entre eux n'était Daniel. Ils m'ont dit qu'il était impossible que je le reconnaisse, mais je leur ai dit qu'ils se trompaient. Ils m'ont alors dit qu'il avait peut-être été enterré dans une des fosses qu'ils avaient déjà rebouchées. Je ne sais pas, mais je n'ai jamais pu le voir. »

Elle sursauta quand Harry se racla la gorge.

« Merci pour le café, madame Juul. »

Elle le suivit dans l'entrée. Tout en reboutonnant son manteau, il ne put s'empêcher de chercher ses traits dans les tableaux au mur, mais en vain.

« Devons-nous dire quelque chose à Even ? » demanda-t-elle en lui ouvrant la porte.

Harry la regarda avec surprise.

« Je veux dire, est-ce qu'il a besoin de savoir que nous avons parlé de ça ? ajouta-t-elle rapidement. De la guerre et… de Daniel ?

— Eh bien… Pas si vous ne le voulez pas. Naturellement.

— Bien sûr, il va remarquer que vous êtes venu. Mais ne pouvons-nous pas simplement dire que vous l'avez attendu, mais que vous avez dû partir pour autre chose d'important ? »

Son regard était implorant, mais il y avait aussi autre chose.

Harry ne comprit pas ce que c'était avant d'être arrivé sur Ringveien et d'avoir ouvert son carreau pour emmagasiner le rugissement assourdissant et libérateur des voitures, qui évacua toute la tranquillité qu'il avait dans la tête. C'était de la peur. Signe Juul avait peur de quelque chose.

70

Domicile de Brandhaug, Nordberg, 9 mai 2000

Bernt Brandhaug donna de légers coups de couteau contre son verre en cristal, repoussa sa chaise et porta sa serviette à ses lèvres avant de toussoter discrètement. Un tout petit sourire rida ses lèvres, comme s'il s'amusait déjà des points qu'il allait développer dans le discours à ses invités : la chef de la police Størksen et son mari, et Kurt Meirik et sa femme.

« Chers amis et collègues. »

Du coin de l'œil, il vit sa femme faire un sourire crispé aux autres, comme pour dire : *Désolée que nous devions en passer par là, mais je n'y peux rien.*

Ce soir-là, Brandhaug parla d'amitié et de collégialité. De l'importance de la loyauté et de rassembler les forces positives qui protégeaient contre la place que la démocratie s'obstinait à faire à la médiocrité, au dynamitage des responsabilités et à l'incompétence des dirigeants. On ne pouvait évidemment pas s'attendre à ce que des mères au foyer et des paysans entrant en politique puissent comprendre la complexité des domaines qu'il leur était donné de gérer.

« La démocratie est sa propre récompense », dit Brandhaug, une formule qu'il avait chipée et qu'il s'était appropriée. « Mais ça ne veut pas dire que la démocratie n'a pas un coût. Quand nous faisons de travailleurs du disque des ministres de l'Économie...[*] »

Il vérifiait régulièrement que la chef de la police écoutait, glissait un bon mot sur le processus de démocratisation dans certaines ex-colonies africaines où il avait lui-même été ambassadeur. Mais le discours, qu'il avait déjà prononcé plusieurs fois devant d'autres publics, ne le captivait pas, ce soir-là. Ses pensées étaient ailleurs, là où elles avaient été à peu près en permanence durant ces dernières semaines : chez Rakel Fauke.

Elle était devenue une obsession, et ces derniers temps, il avait de temps à autre pensé qu'il devait essayer de l'oublier, qu'il allait trop loin pour l'avoir.

Il repensa aux manœuvres de ces derniers jours. Si Meirik n'avait pas été chef du SSP, ça n'aurait jamais marché. La première chose à faire, ça avait été d'exclure ce Harry Hole du tableau, hors de vue, hors de la ville, à un endroit où il ne pourrait voir ni Rakel ni personne d'autre.

Brandhaug avait appelé Kurt pour lui dire que son contact au *Dagbladet* lui avait fait savoir que des rumeurs couraient dans le milieu de la presse, rumeurs qui prétendaient que « quelque chose » s'était passé en rapport avec la visite du président cet automne. Ils de-

---

[*] Allusion à Gunnar Berge (1940-) représentant au Storting (1969-1993) et leader parlementaire de l'arbeiderparti (1990-1992), ministre de l'Intérieur et du Travail (1992-1996), ministre des Finances et chef de la Direction Générale des Pétroles (depuis 1997).

vaient agir avant qu'il ne soit trop tard, planquer Hole à un endroit où la presse ne pourrait pas lui mettre la main dessus, ne trouvait-il pas aussi, Kurt ?

Kurt avait Hmm-é et dit moui et mouais. En tout cas jusqu'à ce que ça se calme, avait insisté Brandhaug. À vrai dire, ce dernier doutait que Meirik ait cru un traître mot de ce qu'il lui disait. Sans que ça l'inquiète outre mesure. Quelques jours plus tard, Kurt l'avait rappelé pour lui dire que Harry Hole avait été désigné pour partir au front, dans un patelin reculé de Suède. Brandhaug s'était littéralement frotté les mains. Plus rien ne pourrait perturber les plans qu'il avait pour lui-même et Rakel.

« Notre démocratie est comme une fille belle et souriante, mais un peu naïve. Le fait que les forces positives de la société fassent bloc ne repose pas sur l'élitisme ou un jeu de pouvoir, c'est purement et simplement notre seule garantie que notre fille, la démocratie, ne sera pas violée et que la direction ne sera pas confiée à des forces indésirables. C'est pour cette raison que la loyauté, cette vertu presque oubliée, entre des gens comme nous, non seulement souhaitable mais aussi tout à fait indispensable, oui, c'est un devoir qui... »

Ils avaient pris d'assaut les profonds fauteuils du salon et Brandhaug avait fait circuler son étui de cigares cubains, cadeau du consul général de Norvège à la Havane.

« Roulé contre l'intérieur des cuisses des Cubaines, avait-il glissé à l'oreille du mari d'Anne Størksen en lui faisant un clin d'œil, mais il n'avait pas eu l'air de bien comprendre. Il avait l'air un peu sec et rigide, son mari, comment s'appelait-il, déjà ? Un nom composé... Seigneur, l'avait-il déjà oublié ? Tor Erik ! C'était Tor Erik.

« Encore un peu de cognac, Tor Erik ? »

Les lèvres minces et serrées de ce dernier esquissèrent un sourire, mais il secoua la tête. Sûrement le genre athlétique qui court ses cinquante kilomètres dans la semaine, se dit Brandhaug. Tout était maigre chez cet homme... le corps, le visage, la chevelure. Il avait vu le regard que s'étaient échangé Tor Erik et sa femme pendant son discours, comme s'il leur rappelait une blague connue seulement d'eux deux. Ça n'avait pas nécessairement de lien avec le discours.

« Sensé, dit Brandhaug d'un ton aigre. Mais à chaque jour suffit sa peine, n'est-ce pas ? »

Elsa apparut soudain à la porte du salon.

« Téléphone pour toi, Bernt.

— Nous avons des invités, Elsa.

— C'est *Dagbladet*.

— Je prends dans le bureau. »

C'était le service d'information, une bonne femme dont il ne connaissait pas le nom. Elle avait l'air jeune, et il essaya de se la représenter. Il était question de la manifestation de ce soir-là devant l'ambassade d'Autriche, dans Thomas Heftyes gâte, contre Jörg Haider et son Parti de la Liberté qui entrait au gouvernement. Elle était simplement chargée de recueillir quelques courts commentaires pour l'édition du lendemain.

« Pensez-vous qu'il puisse être question de revoir les relations diplomatiques qu'entretient la Norvège avec l'Autriche, M. Brandhaug ? »

Il ferma les yeux. Ils allaient à la pêche, comme ils le faisaient de temps en temps, Mais ils savaient aussi bien que lui que la pêche serait mauvaise, il avait trop d'expérience. Il ressentit les effets de la boisson, sa tête était légère et des taches dansaient dans l'obscurité quand il fermait les yeux, mais il n'y avait aucun problème.

« C'est une appréciation politique, et pas quelque chose qui soit du ressort de l'administration du ministère des Affaires étrangères », dit-il.

Il y eut une pause. Il aimait bien la voix de cette fille. Elle était blonde, il le sentait en lui.

« Mais si, avec votre grande expérience des Affaires étrangères, vous deviez prédire ce que va faire le gouvernement norvégien... »

Il savait ce qu'il aurait dû répondre, c'était simple comme bonjour :

Je ne prédis pas ce genre de choses.

Ni plus, ni moins. C'était amusant, au fond, il n'était pas nécessaire d'occuper très longtemps un poste comme le sien pour avoir l'impression qu'on a déjà répondu à toutes les questions. Les jeunes journalistes pensaient généralement être les premiers à lui poser la question particulière à laquelle ils avaient réfléchi la moitié de la nuit. Et ils étaient tous impressionnés quand il semblait réfléchir avant de répondre quelque chose qu'il avait vraisemblablement déjà répondu une douzaine de fois.

Je ne prédis pas ce genre de choses.

Il fut étonné de ne pas encore lui avoir dit ces mots. Mais il y avait quelque chose dans sa voix, quelque chose qui lui donnait envie d'être un rien plus accueillant. *Votre grande expérience*, avait-elle dit. Il eut envie de lui demander si c'était elle en particulier qui avait eu l'idée de lui téléphoner à lui, Bernt Brandhaug.

« En tant que plus haut fonctionnaire du ministère des Affaires étrangères, je considère que nous avons des relations diplomatiques normales avec l'Autriche, dit-il. Mais il est clair... Nous remarquons bien que d'autres pays réagissent à ce qui se passe en ce moment en Autriche. Mais que nous ayons des relations diplomatiques avec un pays ne signifie pas que nous apprécions tout ce qui s'y passe.

— Non, nous entretenons des relations diplomatiques avec plusieurs régimes militaires, répondit la voix. Alors pourquoi réagit-on aussi violemment sur ce cas précis, à votre avis ?

— La raison se trouve certainement dans le passé récent de l'Autriche. » Il aurait dû s'en tenir là. S'arrêter. « On ne peut pas faire abstraction des liens avec le nazisme. La plupart des historiens sont tombés d'accord pour dire que pendant la Deuxième Guerre mondiale, l'Autriche était en réalité un allié de l'Allemagne d'Hitler.

— L'Autriche n'a-t-elle pas été occupée, comme la Norvège ? »

Il lui vint brusquement à l'esprit qu'il n'avait pas la moindre idée de ce qu'ils apprenaient maintenant à l'école concernant la Deuxième Guerre mondiale. Très peu de choses, manifestement.

« Comment avez-vous dit que vous vous appeliez ? » demanda-t-il. Il avait peut-être malgré tout bu un verre de trop. Elle lui dit son nom.

« Bien, Natacha, laissez-moi vous aider un peu avant que vous ne continuiez votre tournée d'appels. Avez-vous entendu parler de *l'Anschluß* ? Ça veut dire que l'Autriche n'a pas été occupée au sens courant du terme. Les Allemands sont entrés facilement en mars 1938, il n'y a eu pratiquement aucune résistance, et les choses sont restées ainsi jusqu'à la fin de la guerre.

— À peu près comme en Norvège, donc ? »

Brandhaug fut outré. Elle avait dit ça d'un ton sérieux, sans trace de honte devant sa propre inculture.

« Non, dit-il calmement, comme s'il s'adressait à un enfant bouché. Pas comme en Norvège. En Norvège,

nous nous sommes défendus, nous avions le gouvernement norvégien et le roi, à Londres, qui tenaient bon,
qui faisaient des émissions de radio et… qui encoura-
geaient ceux qui étaient restés au pays. »

Il entendit que la formulation était malheureuse, et il
ajouta :

« En Norvège, le peuple entier s'était rassemblé contre l'occupant. Le peu de traîtres norvégiens qui ont re-
vêtu l'uniforme allemand et qui se sont battus pour
l'Allemagne ont été abattus comme on peut s'y attendre dans n'importe quel pays. Mais en Norvège, les forces positives se sont unies, les hommes pleins de
compétences et d'initiative qui dirigeaient le combat de
la Résistance ont créé un noyau dur qui a montré le
chemin de la démocratie. Ces individus étaient loyaux
les uns envers les autres, et en fin de compte, c'est ce
qui a sauvé la Norvège. La démocratie est sa propre récompense. Rayez ce que j'ai dit sur le roi, Natacha.

— Donc, selon vous, tous ceux qui se sont battus
pour les Allemands ont été abattus ? »

Qu'est-ce qu'elle cherchait, en fait ? Brandhaug décida de couper court à la conversation.

« Je veux simplement dire que ceux qui ont trahi la
patrie pendant la guerre peuvent s'estimer heureux
d'avoir échappé à la prison. J'ai été ambassadeur dans
des pays où des gens comme ça seraient abattus
jusqu'au dernier, et je ne suis vraiment, mais vraiment
pas sûr que ça n'aurait pas été une bonne idée de faire
la même chose en Norvège. Mais revenons-en au commentaire que vous désiriez, Natacha. Le ministère des
Affaires étrangères n'a donc aucun commentaire concernant cette manifestation ou les membres du nouveau gouvernement autrichien. Je reçois, donc si vous
voulez bien m'excuser, Natacha… »

Natacha l'excusa, et il raccrocha.

Lorsqu'il fut de retour dans le salon, l'ambiance était au départ.

« Déjà ? » dit-il en faisant un grand sourire, mais s'en tint là pour les objections. Il était fatigué.

Il raccompagna ses invités à la porte, serra de façon plus appuyée la main de la chef de la police en lui disant qu'elle ne devait surtout pas hésiter s'il y avait quelque chose qu'il pouvait faire pour elle, que la voie hiérarchique, c'était bien joli, mais...

La dernière chose à laquelle il pensa avant de s'endormir, ce fut Rakel Fauke. Et son policier qu'on avait fait disparaître de la circulation. Il s'endormit le sourire aux lèvres, mais se réveilla avec une migraine carabinée.

71

Fredrikstad — Halden, 10 mai 2000

Le train était à peine à moitié plein, et Harry s'était installé près d'une fenêtre.

La fille assise juste derrière lui avait enlevé les écouteurs de son walkman et il pouvait tout juste entendre le chanteur, mais aucun des instruments. L'expert en écoutes à qui ils avaient fait appel à Sydney avait expliqué à Harry qu'à faible niveau, l'oreille humaine amplifie les fréquences correspondant à la voix humaine.

Il y avait quelque chose de rassérénant, pensa Harry, dans le fait que la dernière chose que vous entendiez avant que le silence ne fût total, c'étaient des voix humaines.

Des rais de pluie se déchiraient en tremblant en travers des vitres. Harry regarda les terres plates et mouillées et les câbles qui montaient et descendaient entre les pylônes le long de la voie ferrée.

Une fanfare avait joué sur le quai de Fredrikstad. Le contrôleur avait expliqué qu'ils avaient l'habitude de venir jouer là quand ils s'entraînaient pour le 17 mai.

« Chaque année, tous les mardis, à cette période, dit-il. Le chef d'orchestre pense que les répétitions sont plus réalistes quand il y a des gens autour d'eux. »

Harry avait empaqueté quelques vêtements. L'appartement de Klippan devait être simple, mais bien équipé. Une télé, une chaîne hi-fi, même quelques livres.

« *Mein Kampf* et des trucs du genre », avait dit Meirik avec un sourire.

Il n'avait pas appelé Rakel. Même en proie au besoin d'entendre sa voix. Une dernière voix humaine.

« Prochain arrêt : Halden », crachota une voix nasillarde dans les haut-parleurs avant d'être interrompue par une note hurlante et fausse.

Harry passa un doigt sur la vitre en retournant la phrase dans sa tête. Une note hurlante et fausse. Une note fausse et hurlante. Une fausse note hurlante…

Une note n'est pas fausse, se dit-il. Une note ne peut pas être fausse sans être placée au milieu d'autres notes. Même Ellen, la personne la plus douée en musique qu'il connaisse, avait besoin de plusieurs éléments, de plusieurs notes pour entendre la musique. Même elle n'arrivait pas à pointer un instant particulier avec la certitude absolue que c'était celui-là qui était faux, que c'était une faute, que c'était un mensonge.

Et cette note résonnait pourtant dans son oreille, aiguë et douloureusement fausse : qu'il allait à Klippan pour pister l'expéditeur supposé d'un fax qui, pour l'heure, n'avait suscité que quelques manchettes dans les journaux. Il avait examiné ceux du jour sous toutes leurs coutures, et il était manifeste qu'ils avaient déjà oublié l'affaire des menaces de mort qui avait fait tant de bruit seulement quatre jours auparavant. Au lieu de ça, *Dagbladet* parlait de Lasse Kjus qui détestait la Norvège et du conseiller aux Affaires étrangères Bernt Brandhaug qui, s'ils le citaient comme il fallait, avait dit que les traîtres à la patrie devaient être condamnés à mort.

Il y avait une autre fausse note. Mais c'était peut-être parce qu'il voulait qu'elle le fût. Les adieux de Rakel, au Dinner, exprimés dans ses yeux, la demi-déclaration d'amour avant qu'elle n'expédie la chose et ne l'abandonne avec une sensation de chute libre et une addition de huit cents couronnes *qu'elle* avait déclaré en plastronnant vouloir payer. Ça clochait. Ou bien ? Rakel était venue voir Harry chez lui, elle l'avait vu boire, l'avait entendu parler d'une voix noyée par les larmes d'une collègue morte qu'il connaissait depuis à peine deux ans, comme si c'était la seule personne au monde avec qui il avait jamais eu une relation proche. Pathétique. Les gens devraient pouvoir éviter de se voir aussi nus les uns les autres. Alors pourquoi n'avait-elle pas dit stop à ce moment-là, pourquoi ne s'était-elle pas fait la remarque que cet homme représentait plus d'ennuis qu'elle n'en avait besoin ?

Comme à son habitude quand sa vie privée devenait trop oppressante, il s'était réfugié dans le travail. C'était courant chez un certain type d'hommes, avait-il lu. Ce devait être pour ça qu'il avait passé son week-end à échafauder des théories de conspiration et des associations d'idées qui lui permettaient de mettre tous les éléments — le fusil Märklin, le meurtre d'Ellen, le meurtre de Hallgrim Dale — dans une grande marmite et de pouvoir mixer le tout en une soupe nauséabonde. Pathétique, ça aussi.

Il regarda le journal ouvert sur la table pliante devant lui et la photo du chef des AE. Son visage lui rappelait quelque chose.

Il se passa une main sur la figure. Il savait d'expérience que le cerveau commençait à élaborer ses propres connexions quand l'enquête n'avançait plus. Et l'enquête sur le fusil Märklin était un chapitre clos, Meirik avait été clair là-dessus. Il avait appelé ça une *non*-affaire. Meirik préférait que Harry lui écrive des rapports sur les néo-nazis et qu'il joue les taupes au milieu de jeunes déracinés en Suède. Et merde !

« … descente à droite. »

Et s'il descendait, tout simplement ? Que pouvait-il arriver, en voyant les choses au pire ? Aussi longtemps que les AE et le SSP craignaient une fuite concernant l'épisode de la fusillade du péage, l'an passé, Meirik ne pouvait pas le virer. Quant à Rakel… Quant à Rakel, il ne savait pas.

Le train s'arrêta avec un dernier gémissement et un silence de mort s'abattit dans le wagon. Des portes claquèrent dans le couloir. Harry resta assis. Il entendait plus distinctement la chanson que jouait le walkman. C'était quelque chose qu'il avait entendu à de nombreuses reprises, il n'arrivait simplement pas à savoir où.

72

Nordberg et Hôtel Continental, 10 mai 2000

Le vieil homme ne s'y attendait pas du tout, et les douleurs qui l'assaillirent subitement lui coupèrent la respiration. Il se recroquevilla sur le sol où il était étendu et mordit un de ses poings pour ne pas crier. Il resta étendu en essayant de ne pas perdre connaissance, pendant que des vagues de lumière et d'obscurité déferlaient en lui. Il ouvrit puis ferma les yeux. Le ciel roula au-dessus de lui, ce fut comme si le temps s'accélérait, les nuages parcoururent le ciel à toute vitesse, les étoiles scintillèrent dans l'azur, il fit nuit, jour, nuit, jour et à nouveau nuit. Puis ce fut passé et il sentit l'odeur de la terre humide sous lui, et sut qu'il était encore en vie.

Il lui fallut un moment pour reprendre son souffle. La sueur lui collait la chemise au corps. Puis il roula sur le ventre et regarda de nouveau vers la maison en contrebas.

C'était une grosse maison de rondins noirs. Il avait été étendu là depuis la matinée, et savait que seule la femme était à la maison. Les fenêtres étaient pourtant toutes illuminées, aussi bien au rez-de-chaussée qu'au premier étage. Il l'avait vue faire le tour de la maison en allumant toutes les lumières dès les premiers signes avant-coureurs du crépuscule, et en avait donc déduit qu'elle avait peur de l'obscurité.

Lui-même avait peur. Pas de l'obscurité, il n'en avait jamais eu peur. Il avait peur du temps qui s'accélérait.

Et des douleurs. C'étaient de nouvelles connaissances, il n'avait pas encore appris à les maîtriser. Et il ne savait pas s'il le pourrait. Et le temps ? Il essaya de ne pas penser aux cellules qui se scindaient, se scindaient et se scindaient encore.

Une lune pâle apparut dans le ciel. Il regarda l'heure. Sept heures et demie. Il ferait bientôt trop sombre, et il lui faudrait attendre le lendemain. Le cas échéant, ça voulait dire qu'il allait devoir passer toute la nuit dans cet abri. Il regarda la construction qu'il avait créée. Elle se composait de deux branches en Y qu'il avait enfoncées dans le sol de telle sorte qu'elles émergent de cinquante centimètres. Entre elles, dans la fourche des Y, il avait posé une branche de pin. Puis il avait coupé trois branches d'égale longueur qu'il avait posées au sol en les appuyant sur la branche centrale. Il avait recouvert le tout d'une épaisse couche de sapin. Il disposait ainsi d'une sorte de faîtage qui le protégeait de la pluie en même temps qu'il retenait un peu de chaleur et le dissimulait aux yeux des promeneurs si ceux-ci devaient s'éloigner du sentier, contrairement à ses prévisions. Il lui avait fallu moins d'une demi-heure pour se construire cet abri.

Il considérait que le risque d'être découvert depuis la route ou depuis l'une des maisons voisines était minime. Il fallait de bons yeux pour pouvoir distinguer l'abri au milieu des troncs de sapins, dans une forêt dense, à presque trois cents mètres de distance. Par acquit de conscience, il avait également recouvert la quasi-totalité de l'ouverture avec du sapin, et ficelé des chiffons autour du canon du fusil pour que le soleil bas de l'après-midi ne puisse pas se refléter dans l'acier.

Il regarda de nouveau l'heure. Que fabriquait-il, au nom du ciel ?

Bernt Brandhaug fit tourner son verre dans sa main et regarda de nouveau l'heure. Que fabriquait-elle, au nom du ciel ?

Ils avaient dit sept heures et demie, et il était bientôt huit heures moins le quart. Il engloutit le restant de son verre et s'en servit un autre, entamant une nouvelle bouteille de whisky que la réception avait fait monter à la chambre. Jameson. La seule chose de bien qui soit jamais venue d'Irlande. Il s'en versa un nouveau. La journée avait été infernale. Les manchettes de *Dagbladet* avaient eu pour effet que le téléphone n'avait pas cessé de sonner. Il est vrai que plusieurs personnes le soutenaient, mais il avait fini par appeler le directeur de l'information de *Dagbladet*, un vieux camarade d'université, en disant clairement qu'il n'avait pas été rigoureusement cité. Il avait suffi qu'il leur promette des renseignements confidentiels concernant la gaffe maousse du ministre des Affaires étrangères lors de la dernière réunion de l'Espace Économique Européen. Le rédacteur en chef lui avait demandé un délai de réflexion. Il avait rappelé au bout d'une heure. Il était apparu que cette Natacha était une nouvelle recrue, et elle avait admis avoir pu interpréter de travers les propos de Brandhaug. Ils ne voulaient pas démentir, mais ne voulaient pas non plus suivre l'affaire. Les meubles étaient sauvés.

Brandhaug prit une bonne gorgée, fit rouler le whisky dans sa bouche, sentit son arôme à la fois brut et doux autour de sa luette. Il regarda autour de lui. Combien de nuit avait-il passées ici ? Combien de fois s'était-il éveillé dans ce lit extra-large un peu trop mou, avec une légère céphalée consécutive à un peu trop de verres ? Et demandé à la femme, à côté de lui, si elle était toujours là, de descendre en ascenseur à la salle de petit déjeuner et de descendre ensuite à pied à la réception, de sorte qu'elle paraisse sortir d'un petit déjeuner et pas d'une des chambres. Juste comme ça, pour plus de sûreté.

Il se versa un autre verre.

Ce serait différent avec Rakel. Il ne l'enverrait pas à la salle de petit déjeuner.

On frappa légèrement à la porte. Il se leva, jeta un dernier coup d'œil au couvre-lit de luxe doré et jaune, ressentit une petite poussée d'angoisse qu'il rejeta instantanément et parcourut les quatre pas qui le séparaient de la porte. Il se regarda dans le miroir de l'entrée, passa sa langue sur ses incisives blanches, humecta un doigt qu'il passa sur ses sourcils et ouvrit la porte.

Elle était appuyée au mur, son manteau déboutonné. En dessous, elle portait une robe de laine rouge. Il lui avait demandé de mettre quelque chose de rouge. Ses paupières étaient lourdes, et elle avait un demi-sourire ironique. Brandhaug fut étonné, il ne l'avait jamais vue comme ça. On aurait presque dit qu'elle avait bu ou avalé des cachets douteux... Son regard était voilé, et ce fut tout juste s'il reconnut sa voix lorsqu'elle murmura indistinctement qu'elle avait failli se tromper. Il la prit sous le bras, mais elle se libéra, et il la fit entrer dans la chambre, une main contre sa colonne vertébrale. Elle s'effondra dans le canapé.

« Un verre ? demanda-t-il.

— Bien sûr, bredouilla-t-elle. Ou bien tu veux que je me déshabille tout de suite ? »

Brandhaug lui versa un verre sans répondre. Il comprenait ce qu'elle essayait de faire. Mais si elle croyait pouvoir lui gâcher le plaisir en jouant le rôle « achetée et payée », elle se trompait. Certes, il aurait peut-être préféré qu'elle choisît le rôle favori de ses conquêtes des AE — la fille innocente qui craque pour le charme irrésistible du chef et sa sensualité assurée, toute masculine. Mais le plus important, c'est qu'elle cédait à ses désirs. Il était trop âgé pour croire que les gens puissent être motivés par le romantisme. La seule chose qui les distinguait, c'est ce qu'ils cherchaient à obtenir : le pouvoir, la carrière ou le droit parental sur un fils.

Que ce soit le chef, par qui les femmes se laissaient aveugler, c'était quelque chose qui ne l'avait jamais tourmenté. Parce qu'il l'était, aussi. Il était le conseiller aux Affaires étrangères Bernt Brandhaug. Il lui avait fallu la moitié d'une vie pour le devenir, nom de Dieu. Que Rakel se soit shootée et qu'elle s'offre comme une catin ne changeait rien.

« Je regrette, mais je dois t'avoir, dit-il en lâchant deux glaçons dans le verre de son interlocutrice. Quand tu apprendras à me connaître, tu comprendras un peu mieux tout ça. Mais laisse-moi quand même te donner une espèce de première leçon, une idée de la façon dont je fonctionne. »

Il lui tendit son verre.

« Certains hommes rampent toute leur vie, le nez au ras du sol, en se contentant des miettes. Nous autres, nous marchons sur deux jambes, nous allons à la table et nous trouvons la place qui nous revient. Nous sommes en minorité parce que notre choix de vie nous impose parfois d'être brutaux, et cette brutalité exige la force de s'arracher à notre éducation socio-démocratique et égalitaire. Mais à choisir entre ça et ramper, je préfère aller à l'encontre d'un moralisme myope incapable de mettre les actions individuelles en perspective. Et je crois qu'au fond de toi, tu vas me respecter pour ça. »

Elle ne répondit pas, mais éclusa simplement son verre.

« Hole n'a jamais représenté de problème pour toi, dit-elle. Lui et moi sommes simplement bons amis.

— Je crois que tu mens, dit-il en remplissant avec une légère hésitation le verre qu'elle lui tendait. Et je veux t'avoir à moi tout seul. Ne te méprends pas : quand j'ai posé la condition que tu devais sans tarder rompre tout contact avec Hole, c'était moins par jalousie que par respect du principe de propreté. Quoi qu'il en soit, un petit séjour en Suède, ou Dieu sait où Meirik l'a envoyé, ça ne lui fera pas de mal. »

Il partit d'un petit rire.

« Pourquoi tu me regardes comme ça, Rakel ? Je ne suis pas le roi David, et Hole... Comment as-tu dit qu'il s'appelait, déjà, celui que le Roi David avait fait envoyer en première ligne par ses généraux ?

— Urias, murmura-t-elle.

— C'est ça. Il est mort au front, c'est bien ça ?

— Sinon, ça n'aurait pas été une bonne histoire, dit-elle à son verre.

— Bien. Mais personne n'est censé mourir, dans le cas présent. Et si ma mémoire est bonne, le Roi David et Bethsabée ont vécu relativement heureux, par la suite. »

Brandhaug s'assit à côté d'elle dans le canapé et lui leva le menton d'un doigt.

« Dis-moi, Rakel, comment se fait-il que tu connaisses tant d'histoires bibliques ?

— Bonne éducation », dit-elle en se dégageant et en faisant passer sa robe par-dessus sa tête.

Il avala et la regarda. Elle était délicieuse. Elle portait des sous-vêtements blancs. Il lui avait expressément demandé de porter des sous-vêtements blancs. Ils mettaient en valeur le reflet doré de sa peau. Il était impossible de voir qu'elle avait déjà enfanté. Mais qu'elle l'ait fait, qu'elle soit manifestement fertile, qu'elle ait nourri un enfant au sein, ne faisait que la rendre plus attirante aux yeux de Brandhaug. Elle était parfaite.

« Nous avons tout notre temps », dit-il en posant une main sur le genoux de la femme. Son visage ne trahit rien, mais il sentit qu'elle se raidissait.

« Fais comme tu veux, dit-elle en haussant les épaules.

— Tu ne veux pas voir la lettre, d'abord ? »

Il fit un signe de tête vers l'enveloppe brune portant le sceau de l'ambassade de Russie qui occupait le milieu de la table. Dans sa courte lettre, l'ambassadeur Vladimir Aleksandrov notifiait à Rakel Fauke que les pouvoirs publics russes lui demandaient de faire abstraction des convocations précédentes concernant l'affaire de la responsabilité parentale envers Oleg Fauke Gosev. L'affaire était renvoyée à une date indéterminée en raison du nombre important de dossiers en attente de jugement. Ça n'avait pas été facile. Il avait dû rappeler à Aleksandrov les quelques services que l'ambassade de Russie devait à Brandhaug. Et lui promettre en outre quelques autres services. Certains d'entre eux étaient à l'extrême limite de ce que pouvait se permettre un chef des AE norvégien.

« Je te fais confiance, dit-elle. On peut régler ça ? »

Elle cilla à peine lorsque la main se posa sur sa joue, mais sa tête dansa comme celle d'une poupée.

Brandhaug frotta sa main tout en l'observant pensivement.

« Tu n'es pas idiote, Rakel, dit-il. Je suppose donc que tu comprends qu'il s'agit là de quelque chose de temporaire, et qu'il reste six mois avant qu'il n'y ait prescription. Une nouvelle convocation peut survenir n'importe quand, ça ne me coûte qu'un coup de téléphone. »

Elle le regarda, et il vit enfin un signe de vie dans ses yeux morts.

« Je crois que des excuses s'imposent », dit-il.

La poitrine de la femme se souleva et redescendit, les ailes de son nez frémirent. Ses yeux s'emplirent lentement d'eau.

« Alors ? fit-il.

— Excuse-moi. » Sa voix était à peine audible.

« Tu dois parler plus fort.

— Excuse-moi. »

Brandhaug sourit.

« Là, là, Rakel. » Il essuya une larme de sa joue. « Ça va bien se passer. Il faut juste que tu apprennes à me connaître. Je le veux vraiment, que nous devenions amis. Tu comprends, ça, Rakel ? »

Elle acquiesça.

« C'est sûr ? »

Elle renifla et acquiesça de nouveau.

« Bien. »

Il se leva et dégrafa sa ceinture.

La nuit était exceptionnellement froide, et le vieux s'était glissé sous son sac de couchage. Bien qu'il fût étendu sur une épaisse couche de branches de sapin, le froid du sol lui attaquait le dos. Ses jambes étaient raides, et il devait à intervalle régulier se rouler d'un côté et de l'autre pour ne pas perdre aussi toute sensibilité dans le haut du corps.

Toutes les fenêtres étaient encore allumées, mais l'obscurité s'était faite si totale au-dehors qu'il ne voyait plus grand-chose à travers la lunette de son fusil. Mais tout espoir n'était pas perdu. Si l'homme rentrait chez lui ce soir, il arriverait en voiture, et la lampe au-dessus de la porte du garage, qui donnait vers le bois, était allumée. Le vieil homme regarda dans sa lunette. Même si cette lampe n'éclairait pas beaucoup, la porte du garage était suffisamment éclairée pour qu'il se détache nettement dessus.

Le vieux se tourna sur le dos. Tout était calme, il entendrait arriver la voiture. À condition de ne pas s'endormir. Les crises de douleurs l'avaient vidé de ses forces. Mais il ne s'endormirait pas. Il ne s'était jamais endormi au cours d'une garde. Jamais. Il ressentit la haine et essaya de se réchauffer avec. Celle-ci était différente, elle n'était pas comme l'autre, qui brûlait en flammes basses et constantes, qui avait été présente pendant des années et des années, qui dévorait et nettoyait le sous-bois des petites idées, qui offrait une vue d'ensemble et permettait de voir les choses plus distinctement. Cette nouvelle haine brûlait si violemment qu'il ne savait pas avec certitude si c'était lui qui contrôlait cette haine ou si c'était elle qui le contrôlait. Il savait qu'il ne devait pas se laisser emporter, qu'il devait garder la tête froide.

Il regarda le ciel étoilé entre les sapins au-dessus de lui. Tout était silencieux. Si silencieux et si froid. Il allait mourir. Ils allaient tous mourir. C'était une idée agréable, et il essaya de la retenir. Puis il ferma les yeux.

Brandhaug regardait fixement le lustre de cristal, au plafond. Une bande de lumière bleue de la publicité Blaupunkt se reflétait dans les cristaux. Si silencieux. Si froid.

« Tu peux y aller, maintenant », dit-il.

Il ne la regarda pas, il entendit juste le bruit de la couette qu'on rejetait et sentit le lit rebondir. Puis il entendit le bruit de vêtements qu'on enfilait. Elle n'avait pas dit un mot. Ni quand il l'avait caressée, ni quand il lui avait ordonné de le caresser. Elle avait juste eu ces yeux noirs grand ouverts. Noirs de peur. Ou de haine. C'est ce qui l'avait indisposé au point qu'il n'avait...

Il avait d'abord fait comme si de rien n'était, en attendant la sensation. Pensé à toutes les femmes qu'il avait possédées, à toutes les fois où ça avait marché. Mais la sensation ne venait pas, et au bout d'un moment, il lui avait demandé de cesser de le caresser, il n'y avait aucune raison qu'elle puisse l'humilier.

Elle obéissait comme un robot. Elle veillait à respecter sa part du marché, ni plus, ni moins. Il restait six mois avant que le délai concernant Oleg n'expire. Il avait bien le temps. Aucune raison de se laisser stresser, il y aurait d'autres jours, d'autres nuits.

Il avait recommencé à zéro, mais il n'aurait manifestement pas dû boire tant de verres, ils l'avaient rendu insensible et imperméable à ses propres caresses aussi bien qu'à celles de sa partenaire.

Il lui avait ordonné d'aller dans la baignoire et leur avait servi un verre. De l'eau chaude, du savon. Il avait tenu de longs monologues sur sa grande beauté. Elle n'avait pas prononcé un mot. Si silencieuse. Si froide. L'eau aussi avait fini par refroidir, et il l'avait essuyée avant de la porter dans le lit. Sa peau, après coup, rugueuse et sèche. Elle s'était mise à frémir, et il avait compris qu'elle commençait à réagir. Enfin. Les mains de Brandhaug étaient parties à l'aventure, vers le bas, plus bas. Puis il avait de nouveau vu ses yeux. Grands, noirs, morts. Ce regard fixé sur un point du plafond. Et la magie disparut à nouveau. Il eut envie de la frapper, de faire revenir à force de coups la vie dans ces yeux morts, de frapper avec le plat de la main, de voir la peau s'allumer, enflammée et rougie.

Il l'entendit prendre la lettre sur la table, et elle ouvrit son sac avec un petit bruit sec.

« Il faudra moins boire, la prochaine fois, dit-il. Ça te concerne aussi. »

Elle ne répondit pas.

« La semaine prochaine, Rakel. Même endroit, même heure. Tu n'oublieras pas ?

— Comment le pourrais-je ? » demanda-t-elle.

La porte s'ouvrit, et elle fut partie.

Il se leva et se servit un autre verre. Eau et Jameson, la seule chose de bien qui... Il but lentement. Puis il se recoucha.

Il était bientôt minuit. Il ferma les yeux, mais le sommeil ne viendrait pas. Il entendait tout juste que quelqu'un regardait une chaîne payante dans la chambre voisine. Si c'était la télé, bien sûr. Les gémissements avaient l'air assez vivants. Une sirène de police déchira la nuit. Merde ! Il se rejeta sur le côté, la mollesse du lit lui avait déjà paralysé tout le dos. Il éprouvait toujours des difficultés à s'endormir ici, pas seulement à cause du lit, la chambre jaune était et demeurait une chambre d'hôtel, un endroit étranger.

Réunion à Larvik, avait-il dit à sa femme. Et comme d'habitude — quand elle posait la question — il ne se souvenait pas dans quel hôtel il passerait la nuit, n'était-ce pas Rica, par hasard ? Il l'appellerait plutôt, s'il n'était pas trop tard, avait-il dit. Mais tu sais ce que c'est, ces dîners tardifs, chérie...

Oh, elle n'avait pas à se plaindre, il lui avait offert une vie au-dessus de ce qu'elle pouvait espérer avec son éducation. Il l'avait laissée voir le monde, habiter dans des logements luxueux d'ambassade, avec maints domestiques, dans quelques-unes des plus belles villes au monde, apprendre des langues étrangères, rencontrer des gens passionnants. Elle n'avait jamais eu be-

soin d'en foutre une rame, de toute sa vie. Que ferait-
elle si elle se retrouvait seule, elle qui n'avait jamais
travaillé ? Il était le fondement de la vie, la famille, en
bref tout ce qu'elle possédait. Non, il ne s'en faisait pas
trop quant à ce qu'Elsa croirait ou ne croirait pas.

Et pourtant. C'était à elle qu'il pensait, à cet instant
précis. Qu'il aurait bien aimé être là, avec elle. Un
corps chaud, connu, un bras autour de lui. Oui, un peu
de chaleur après tout ce froid.

Il regarda de nouveau l'heure. Il pouvait dire que le
dîner s'était terminé tôt et qu'il avait décidé de rentrer.
Elle serait même contente, elle détestait en effet passer
des nuits seule dans cette grande maison.

Il resta encore un moment allongé à écouter les
bruits de la chambre voisine.

Puis il se leva et commença à se rhabiller.

Le vieil homme n'est plus vieux. Et il danse. C'est
une valse lente, et elle a posé sa joue contre son cou. Il
ont dansé longtemps, ils sont en nage, et la peau de sa
cavalière est si chaude qu'elle brûle contre la sienne. Il
sent qu'elle sourit. Il a envie de continuer à danser, de
danser comme ça, la tenir simplement jusqu'à ce que la
maison se consume entièrement, jusqu'à l'aube, jusqu'à
ce qu'ils puissent ouvrir les yeux et voir qu'ils sont arrivés ailleurs.

Elle murmure quelque chose, mais la musique est
trop forte.

« Quoi ? » dit-il en se penchant vers l'avant. Elle
pose ses lèvres contre son oreille.

« Il faut te réveiller », dit-elle.

Il ouvrit les yeux. Cilla dans le noir avant de voir sa
respiration flotter en un nuage blanc et immobile devant lui. Il n'avait pas entendu arriver la voiture. Il se

rejeta sur le côté, gémit faiblement et essaya de libérer son bras sous lui. C'était le claquement de la porte du garage qui l'avait réveillé. Il entendit la voiture accélérer et eut le temps de voir une Volvo bleue se faire avaler dans les ténèbres du garage. Son bras droit s'était engourdi. Dans quelques petites secondes, l'homme ressortirait, passerait dans la lumière, fermerait la porte du garage, et puis... il serait trop tard.

Le vieux se débattit désespérément avec la glissière de son sac de couchage, sortit son bras gauche. L'adrénaline ruisselait dans ses veines, mais le sommeil y flottait toujours, comme une couche d'ouate qui assourdissait tous les bruits et l'empêchait de bien voir. Il entendit le bruit d'une portière qui claquait.

Il avait sorti ses deux bras du sac de couchage, et le ciel étoilé lui procura heureusement assez de lumière pour qu'il trouve rapidement son arme et la mette en position. Vite, vite ! Il appuya sa joue contre la crosse glacée. Il regarda dans la lunette. Il cligna de l'œil, ne vit rien. Les doigts tremblants, il dénoua le chiffon qu'il avait entortillé autour de la lunette pour éviter que le givre ne se dépose sur les lentilles. Là ! Il appuya de nouveau sa joue contre la crosse. Et maintenant ? Le garage était flou, il avait dû heurter le réglage de mise au point. Il entendit le claquement de la porte du garage qui se refermait. Il tourna la bague de mise au point, et l'homme en contrebas devint net. C'était un grand type baraqué vêtu d'un manteau de laine noir. Il lui tournait le dos. Le vieil homme cligna deux fois de suite de l'œil. Le rêve flottait toujours comme une brume légère devant ses yeux.

Il voulait attendre que l'homme se retourne, pouvoir affirmer avec cent pour cent de certitude que c'était bien le bon. Son doigt se crispa sur la gâchette et la pressa doucement. Ça aurait été plus facile avec une

arme avec laquelle il s'était entraîné pendant des années, quand il avait eu le point de détente dans le sang
et quand tous ses mouvements avaient été automati-
ques. Il se concentra sur sa respiration. Ce n'est pas difficile de tuer un homme. Pas si on s'y est entraîné. Au
début de la bataille de Gettysburg en 1863, deux compagnies de jeunes recrues s'étaient trouvées à cinquante mètres l'une de l'autre et avaient fait feu l'une
contre l'autre, reprise après reprise, sans que personne
ne fût touché — pas parce qu'ils visaient mal, mais
parce qu'ils tiraient au-dessus des têtes de leurs adver-
saires. Ils n'avaient tout simplement pas réussi à franchir le seuil que représente le meurtre d'une personne.
Mais quand ils l'eurent fait une première fois...

Devant le garage, l'homme se retourna. La lunette
donna l'impression qu'il regardait le vieux droit dans
les yeux. C'était lui, aucun doute là-dessus. Le haut de
son corps emplissait presque toute la croix du viseur.
La brume que le vieux avait dans la tête était en train
de se dissiper. Il bloqua sa respiration et pressa la détente, lentement, tranquillement. Il fallait qu'il fasse
mouche du premier coup, car en dehors du cercle lumineux près du garage, il faisait un noir d'encre. Le
temps se figea. Bernt Brandhaug était un homme
mort. Le cerveau du vieil homme était à présent tout
à fait clair.

Ce fut pour cette raison que la sensation d'avoir fait
quelque chose de travers apparut un millième de seconde avant qu'il comprît ce que c'était. La détente
s'immobilisa. Le vieux pressa davantage, mais la détente ne voulait plus avancer. La sécurité. Le vieux sut
qu'il était trop tard. Il trouva le cran de sécurité avec le
pouce, le releva. Puis il regarda à travers la lunette vers
la zone éclairée et vide. Brandhaug était parti, vers la
porte d'entrée, de l'autre côté de la maison, côté route.

Le vieux cligna des yeux. Son cœur battait comme un marteau contre l'intérieur de ses côtes. Il expulsa l'air de ses poumons douloureux. Il s'était endormi. Il cligna de nouveau des yeux. Les événements semblaient flotter dans une sorte de brume. Il avait trahi. Il abattit son poing nu sur le sol. Ce ne fut que lorsque la première larme chaude atteignit le dos de sa main qu'il s'aperçut qu'il pleurait.

73

Klippan, Suède, 11 mai 2000

Harry s'éveilla.

Il lui fallut une seconde pour comprendre où il était. Quand il était entré dans l'appartement, l'après-midi précédent, la première chose qui lui était venue à l'esprit avait été qu'il lui serait impossible de dormir. Seuls un mur mince et un simple vitrage séparaient la chambre de la route surfréquentée au-dehors. Mais aussitôt que le magasin ICA, de l'autre côté de la route, eut fermé pour la soirée, ce fut comme si l'endroit passait de vie à trépas. Il n'avait vu presque aucune voiture, et les gens avaient été balayés.

Harry avait acheté une grandiosa chez ICA et l'avait fait réchauffer au four. Il avait pensé que c'était curieux de se trouver en Suède, à manger de la nourriture italienne faite en Norvège. Il avait ensuite allumé la télé poussiéreuse qui trônait dans un coin de la pièce, sur une caisse de bière. Il devait y avoir un problème avec l'écran, car tous ceux qu'il y voyait avaient un reflet vert sur le visage. Il avait regardé un documentaire, le récit d'une fille qui avait écrit sur son frère : dans les années soixante-dix, pendant qu'elle grandissait, il avait fait le tour du monde en lui envoyant des lettres. Du milieu des clochards parisiens, d'un kibboutz en Israël, d'un train en Inde, au bord du désespoir à Copenhague. Ça avait été fait simplement. Quelques extraits de films, mais essentiellement des photos, une voix off et un récit étrangement triste et mélancolique. Il avait dû en rêver, car il s'était réveillé avec les mêmes personnes et les mêmes lieux sur la rétine.

Le bruit qui l'avait réveillé venait du manteau qu'il avait posé sur la chaise de la cuisine. Les bips aigus résonnaient entre les murs de cette pièce nue. Il avait réglé au maximum le petit convecteur, mais grelottait sous la fine couette. Il posa les pieds sur le lino froid et prit son mobile dans la poche intérieure du manteau.

« Allô ? »

Pas de réponse.

« Allô ? »

Il n'entendait qu'une respiration, à l'autre bout du fil.

« C'est toi, Frangine ? » Elle était a priori la seule personne qui ait son numéro de mobile et qui soit susceptible de l'appeler au milieu de la nuit.

« Quelque chose ne va pas ? Avec Helge ? »

Il avait eu certains doutes quand il avait confié l'oiseau à la Frangine, mais elle s'était montrée très heureuse et avait promis de bien s'en occuper. Mais ce n'était pas la Frangine. Elle ne respirait pas comme ça. Et elle lui aurait répondu.

« Qui est-ce ? »

Toujours pas de réponse.

Il allait raccrocher lorsqu'il entendit un petit déclic. La respiration se fit haletante, c'était comme si la personne à l'autre bout du fil allait se mettre à pleurer.

Harry s'assit sur le canapé qui faisait également office de lit. Dans la fente entre les fins rideaux bleus, il voyait le bandeau de néon d'ICA.

Harry attrapa une cigarette dans le paquet qui était sur la table, l'alluma et s'allongea. Il inspira profondément en écoutant la respiration haletante se changer en sanglots sourds.

« Là, là », dit-il.

Une voiture passa au-dehors. Certainement une Volvo, se dit Harry. Il tira la couette sur ses pieds. Puis il lui raconta l'histoire de cette fille et de son grand frère, à peu près comme il se la rappelait. Lorsqu'il eut terminé, elle ne pleurait plus, et juste après qu'il eut dit bonne nuit, la communication fut interrompue.

Quand le mobile sonna de nouveau, il était plus de huit heures et il faisait jour. Harry le retrouva sous la couette, entre ses jambes. C'était Meirik. Il avait l'air stressé.

« Ramène immédiatement ta fraise à Oslo, dit-il. On dirait que ton fusil Märklin a servi. »

SEPTIÈME PARTIE

COMPLÈTEMENT NOIR

74

Hôpital Civil, 11 mai 2000

Harry reconnut immédiatement Bernt Brandhaug. Il souriait de toutes ses dents et regardait Harry, les yeux grand ouverts.

« Pourquoi sourit-il ? demanda Harry.

— C'est la question à ne pas poser, répondit Klemetsen. Les muscles du visage se crispent et les gens prennent toutes sortes d'expressions cocasses. De temps en temps, on a ici des parents qui ne reconnaissent pas leurs propres enfants, tellement ils ont changé. »

La table d'opération sur laquelle était étendu le cadavre occupait le centre de la salle d'autopsie immaculée. Klemetsen enleva le drap pour qu'ils puissent voir le reste du corps. Halvorsen se détourna brusquement. Il avait décliné la crème que Harry lui avait proposée avant qu'ils n'entrent. Mais étant donné que la température de la salle d'autopsie numéro 4 de l'Institut Médico-légal était de douze degrés, l'odeur n'était pas ce qu'il y avait de pire. Halvorsen n'arrivait pas à sortir de sa quinte de toux.

« Je suis d'accord, dit Knut Klemetsen. Il n'est pas beau à voir. »

Harry acquiesça. Klemetsen était un bon patholo-giste et un homme prévenant. Il devait certainement comprendre que Halvorsen était fraîchement arrivé, et il ne voulait pas le mettre dans l'embarras. Car Brand-haug ne ressemblait pas à la plupart des cadavres. C'est-à-dire, il n'avait pas moins bon aspect que ces ju-meaux qui avaient passé une semaine sous l'eau, que ce jeune de dix-huit ans qui s'était crashé à deux cents en essayant d'échapper à la police, ou que la junkie vêtue d'une simple doudoune à laquelle elle avait mis le feu. Harry en avait vu des vertes et des pas mûres, et Brandhaug n'avait aucune chance de figurer dans son hit-parade des dix pires. Mais une chose était claire : pour n'avoir reçu qu'une seule et unique balle dans le dos, Brandhaug était vraiment dans un état lamentable. L'orifice de sortie qui béait sur sa poitrine était suffi-samment large pour y plonger le poing.

« La balle l'a donc atteint dans le dos ? demanda Harry.

— En plein entre les omoplates, légèrement par au-dessus. Elle a emporté la colonne vertébrale en entrant et le sternum en sortant. Comme tu peux voir, il man-que des bouts de sternum, et on en a retrouvé des frag-ments sur le siège.

— Sur le siège ?

— Oui, il venait d'ouvrir la porte du garage, il devait partir au boulot, et la balle l'a transpercé, tout comme le pare-brise et la lunette arrière avant d'aller finir sa course dans le mur du fond du garage. Et il s'en est fallu de peu qu'elle continue.

— De quel genre de balle peut-il s'agir ? demanda Halvorsen qui semblait avoir repris ses esprits.

— Ce sont les experts balistiques qui te répondront

là-dessus, dit Klemetsen. Mais elle s'est comportée comme un mélange de balle dum-dum et de balle à effet tunnel. Le seul endroit où j'ai vu quelque chose d'approchant, c'est en Croatie, quand j'étais au service des Nations-Unies, en 1991.

— Balle Singapour, dit Harry. Ils en ont trouvé les restes à un cinq millimètres de profondeur dans le mur de brique. La douille qu'ils ont trouvée dans le bois était du même type que celles que j'ai trouvées à Siljan cet hiver. C'est pour ça qu'ils m'ont appelé tout de suite. Que peux-tu nous dire d'autre, Klemetsen ? »

Ça ne faisait pas lourd. Il leur dit que l'autopsie avait déjà été effectuée, en la présence du KRIPOS, conformément au règlement. Les causes de la mort étaient manifestes et il n'avait par ailleurs trouvé que deux points méritant d'être mentionnés : des traces d'alcool dans le sang et des sécrétions vaginales sous l'ongle du majeur droit.

« De sa femme ? demanda Halvorsen.

— Ça, c'est à la Technique de le dire, répondit Klemetsen en regardant le jeune policier par-dessus ses lunettes. S'ils le veulent bien. À moins que vous ne pensiez que ça peut avoir un intérêt pour l'enquête, ce n'est peut-être pas la peine de lui poser ce genre de questions pour l'instant. »

Harry acquiesça.

Ils remontèrent Sognsveien et continuèrent dans Peder Ankers vei pour arriver au domicile de Brandhaug.

« Pas belle, la maison », dit Halvorsen.

Ils sonnèrent, et un bon moment s'écoula avant qu'une femme d'une cinquantaine d'années, outrageusement maquillée, ne vînt ouvrir.

« Elsa Brandhaug ?

— Je suis sa sœur. De quoi s'agit-il ? » Harry lui montra sa carte de policier.

« Encore des questions ? » demanda la sœur d'une voix dans laquelle la colère était manifeste.

Harry acquiesça, sachant déjà plus où moins ce qui allait se passer.

« Sérieusement ! Elle est complètement épuisée, et ça ne fera pas revenir son mari que vous...

— Excusez-moi, mais nous ne pensons pas à son mari, l'interrompit Harry d'une voix polie. Il est mort. Nous pensons à la prochaine victime. À éviter à quelqu'un de vivre ce que madame Brandhaug connaît en ce moment. »

La sœur le dévisagea, bouche bée, ne sachant plus exactement comment poursuivre sa phrase. Harry la tira d'embarras en lui demandant s'ils devaient quitter leurs chaussures avant d'entrer.

Madame Brandhaug n'avait pas l'air aussi abattue que sa sœur voulait bien le laisser entendre. Elle était assise dans le canapé, le regard perdu en l'air, mais Harry remarqua son tricot qui dépassait de sous le coussin. Non pas qu'il y ait eu quelque chose de choquant dans le fait de tricoter en dépit de la mort de son mari. En y réfléchissant, Harry trouva même que c'était plutôt normal. Quelque chose de connu à quoi se raccrocher quand le reste du monde s'écroulait.

« Je pars ce soir, dit-elle. Chez ma sœur.

— Dans ce cas la question des gardes policières est réglée jusqu'à nouvel ordre, dit Harry. Au cas où...

— Au cas où ils chercheraient aussi à m'atteindre, dit-elle en hochant la tête.

— Vous croyez que c'est possible ? demanda Halvorsen. Et le cas échéant, qui sont "ils" ? »

Elle haussa les épaules. Regarda par la fenêtre, vers la lumière pâle qui tombait dans le salon.

« Je sais que le KRIPOS est venu vous poser la même question, dit Harry, mais vous ne savez donc pas si votre mari avait reçu des menaces après cette manchette dans *Dagbladet*, hier ?

— Personne n'a appelé, dit-elle. Mais de toute façon il n'y a que mon nom dans l'annuaire, Bernt voulait que ce soit comme ça. Il faudrait demander aux AE, si quelqu'un les a appelés.

— Nous l'avons fait, dit Halvorsen en jetant un rapide coup d'œil à Harry. Nous allons examiner tous les appels qui sont arrivés au bureau de votre mari dans la journée d'hier. »

Halvorsen posa d'autres questions sur les ennemis potentiels, mais elle ne put guère le renseigner.

Harry écouta un moment et pensa brusquement à quelque chose :

« Il n'y a eu absolument aucun appel, hier ?

— Si, certainement, dit-elle. Deux ou trois, en tout cas.

— Qui a appelé ?

— Ma sœur. Bernt. Et un type pour je ne sais quel sondage, si ma mémoire est bonne.

— Qu'a-t-il demandé ?

— Je ne sais pas. Il voulait parler à Bernt. Vous savez, ils ont des listes de noms, avec le sexe et l'âge...

— Il a demandé à parler à Bernt Brandhaug ?

— Oui...

— Les instituts de sondage n'opèrent pas en fonction des noms. Est-ce que vous avez entendu du bruit, en arrière-plan ?

— C'est-à-dire ?

— La plupart du temps, ils sont dans des bureaux ouverts, au milieu d'autres personnes.

— Il y en avait, dit-elle. Mais...

— Mais ?

— Pas le genre auquel vous pensez. C'était... différent.

— Quand avez-vous reçu cet appel ?

— Vers midi, je crois. J'ai dit qu'il allait rentrer dans l'après-midi. J'avais oublié que Bernt devait aller à Larvik pour un dîner avec le conseil du commerce extérieur.

— Puisque Bernt ne figure pas dans l'annuaire, est-ce que vous vous êtes dit que ce pouvait être quelqu'un qui faisait le tour des Brandhaug du bottin pour découvrir où Bernt habitait ?

— Je ne vous suis plus...

— Les instituts de sondage n'appellent pas en plein milieu des horaires de bureau pour demander à parler à un homme qui a toutes les chances d'être au travail, compte tenu de son âge. »

Harry se tourna vers Halvorsen.

« Vois avec Telenor s'ils peuvent te donner le numéro d'appel.

— Excusez-moi, madame Brandhaug, dit Halvorsen. J'ai vu que vous aviez un nouveau téléphone Ascom ISDN, dans le couloir. J'ai le même. Les dix derniers appels restent en mémoire, avec le numéro et l'heure. Puis-je... »

Harry lança un regard approbateur et Halvorsen se leva. La sœur de madame Brandhaug le suivit dans le couloir.

« Bernt était vieux jeu, par certains côtés, dit madame Brandhaug avec un sourire en coin. Mais il aimait bien acheter des nouveautés, quand il en sortait. Des téléphones, ce genre de choses.

— À quel point était-il vieux jeu en ce qui concerne la fidélité conjugale, madame Brandhaug ? »

La tête de la femme fit un bond.

« Je pensais qu'on pourrait voir ça une fois en tête à

tête, dit Harry. Le KRIPOS a vérifié ce que vous leur avez dit plus tôt dans la journée. Votre mari n'était pas à Larvik avec le conseil du commerce extérieur, hier. Saviez-vous que les AE disposent d'une chambre à l'hôtel Continental ?

— Non.

— Mon supérieur au SSP me l'a indiqué ce matin. Il est apparu que votre mari y est descendu hier après-midi. Nous ne savons pas s'il y était seul ou accompagné, mais on se fait des idées, quand un homme ment à sa femme et se réserve une chambre d'hôtel. »

Harry l'étudia tandis que son visage se métamorphosait, et passait de la fureur au trouble, de la résignation... au rire. Un rire qui ressemblait à des sanglots étouffés.

« En fait, ça ne devrait pas me surprendre, dit-elle. Si vous tenez absolument à le savoir, il était... très *moderne* dans ce domaine aussi. Sans que je voie bien le lien avec ce qui vous amène.

— Ça a pu donner à un mari jaloux un motif pour le tuer, dit Harry.

— Ça m'en donne un à moi aussi, monsieur Hole. Y avez-vous pensé ? Quand nous habitions au Nigeria, un mercenaire prenait deux cents couronnes pour tuer quelqu'un. » Encore ce rire douloureux. « Je croyais que vous pensiez que c'étaient ses propos dans *Dagbladet*, le motif.

— Nous explorons toutes les pistes.

— C'étaient principalement des femmes qu'il rencontrait à travers son boulot, dit-elle. Bien entendu, je ne sais pas tout, mais une fois, je l'ai pris en flagrant délit. Et à ce moment-là, j'ai vu une logique, j'ai vu comment il avait procédé par le passé. Mais un meurtre ? » Elle secoua la tête. « On ne descend quand même pas quelqu'un pour ce genre de choses, de nos jours, si ? »

Elle leva un regard interrogateur sur Harry, qui ne sut trop que répondre.

À travers la porte vitrée donnant sur le couloir, ils entendirent la voix basse d'Halvorsen. Harry se racla la gorge.

« Savez-vous s'il avait une relation avec une femme, depuis peu ? »

Elle secoua la tête.

« Demandez aux AE. C'est un milieu étrange, vous savez. Vous y trouverez certainement quelqu'un qui sera plus disposé à vous donner des indications. »

Elle le dit sans amertume, mais comme une information objective.

Ils levèrent tous deux la tête quand Halvorsen revint dans le salon.

« Étonnant, dit-il. Vous avez reçu un appel à 12.24, madame Brandhaug. Mais pas hier, avant-hier.

— Ah oui, je ne me rappelle peut-être pas bien, dit-elle. Oui, oui, ça n'a rien à voir avec notre affaire.

— Peut-être pas, dit Halvorsen. J'ai quand même vérifié le numéro auprès des renseignements. L'appel venait d'un téléphone public. Chez Schrøder.

— Un restaurant ? dit-elle. Oui, ça pourrait expliquer le bruit de fond. Vous croyez que…

— Ça n'a pas nécessairement de lien avec le meurtre de votre mari, dit Harry en se levant. Il y a beaucoup de types bizarres, chez Schrøder. »

Elle les raccompagna sur les marches. Au-dehors, la journée était grise, et des nuages bas rasaient la crête de la colline derrière eux.

Madame Brandhaug avait croisé les bras, comme si elle avait froid.

« Il fait vraiment sombre, ici, dit-elle. Vous aviez remarqué ? »

Les TIC étaient toujours à l'œuvre, et ratissaient la zone autour de l'abri dans lequel ils avaient trouvé la douille quand Harry et Halvorsen s'approchèrent dans la bruyère.

« Hep, vous, là-bas ! cria une voix lorsqu'ils passèrent sous la tresse jaune.

— Police, répondit Harry.

— Veux pas le savoir ! cria la même voix. Vous attendrez qu'on ait fini. »

C'était Weber. Il portait de hautes bottes en caoutchouc et un drôle de manteau de pluie jaune. Harry et Halvorsen retournèrent en zone autorisée.

« Hé, Weber ! cria Harry.

— Je n'ai pas le temps, répondit l'autre en lui faisant signe de dégager.

— Ça prendra une minute. »

Weber approcha à grands pas, une expression d'agacement manifeste sur le visage.

« Qu'est-ce que tu veux ? cria-t-il lorsqu'il fut à une vingtaine de mètres.

— Combien de temps avait-il attendu ?

— Le mec, là-haut ? Aucune idée.

— Allez, Weber. Un indice.

— C'est le KRIPOS, ou c'est vous, qui bossez sur cette affaire ?

— Les deux. On n'a pas encore pu se coordonner correctement.

— Parce que tu essaies de me persuader que vous allez y arriver ? »

Harry sourit et attrapa une cigarette.

« Il t'est arrivé de deviner juste, Weber.

— Arrête les flatteries, Hole. Qui est ce môme ?

— Halvorsen, dit Harry avant que l'intéressé ait eut le temps de se présenter.

— Écoute, Halvorsen, dit Weber en observant Harry, sans essayer de cacher sa répulsion. Fumer, c'est une saloperie, et la preuve suprême que les gens ne recherchent qu'une seule chose ici-bas : le plaisir. Il restait huit mégots dans une demi-bouteille de Solo, derrière le mec qui est venu là. Des Teddy, sans filtre. Les mecs qui marchent aux Teddy ne s'en fument pas qu'une ou deux dans la journée, alors à moins qu'il soit tombé en panne sèche, je suppose qu'il n'a pas dû passer plus de vingt-quatre heures ici. Il avait coupé des branches de sapin, du bas de l'arbre, où la pluie n'arrive pas. Et pourtant, il y avait des gouttes d'eau sur les branches de sapin qui formaient le toit de l'abri. La dernière fois qu'il a plu, c'était à trois heures, hier après-midi.

— Il est donc arrivé là entre huit et quinze heures dans la journée d'hier ? demanda Halvorsen.

— Je crois qu'il ira loin, ce Halvorsen », dit Weber d'un ton laconique, les yeux toujours rivés sur Harry. « Surtout quand tu penses à la concurrence qu'il va rencontrer dans la maison. Putain, c'est de pire en pire. Tu as vu quelle faune ils prennent à l'école de police, maintenant ? Même les écoles normales recrutent des génies, en comparaison des déchets qu'on récupère, nous. »

Tout à coup Weber avait un peu plus de temps à leur accorder, et il se lança dans un rapport conséquent sur les faces de carême de la maison.

« Est-ce que quelqu'un dans le coin a vu quelque chose ? se hâta de demander Harry quand Weber dut reprendre son souffle.

— Quatre gars circulent et sonnent chez les gens, mais la plupart ne rentreront pas chez eux avant un moment. Ils ne trouveront rien.

— Pourquoi ça ?

— Je ne pense pas qu'il se soit montré dans le voisinage. On avait un chien, un peu plus tôt dans la journée, qui a suivi sa trace dans la forêt sur plus d'un kilomètre, jusqu'à un sentier. Mais ils l'ont perdue là-bas. Je parie qu'il est arrivé et reparti par le même chemin, par le réseau de sentiers entre Sognsvann et Maridalsvannet. Il a pu se garer sur au moins douze parkings pour promeneurs, dans cette zone. Et il y en a des douzaines chaque jour sur les sentiers, dont plus de la moitié ont un sac au dos. Vous pigez ?

— Pigé.

— Et maintenant, tu vas sûrement me demander si on retrouvera des empreintes digitales.

— Eh bien…

— Allez.

— Et la bouteille de Solo ? »

Weber secoua la tête.

« Aucune empreinte. Rien. Pour être resté aussi longtemps, il a laissé étonnamment peu de traces. On continue à chercher, mais je suis pas mal sûr que tout ce qu'on va trouver, c'est des empreintes de chaussures et des fibres de vêtements.

— Plus la douille.

— Il l'a laissée sciemment. Tout le reste est trop soigneusement effacé.

— Hmm. Comme un avertissement, peut-être. Qu'est-ce que tu en penses ?

— Ce que j'en pense ? Je croyais qu'il n'y avait qu'à vous, les jeunes, qu'on avait distribué des cerveaux ; c'est en tout cas l'impression qu'ils essaient de donner, dans la boutique, ces temps-ci.

— Bon. Merci de ton aide, Weber.

— Et arrête de fumer, Hole. »

« Un type sévère, dit Halvorsen dans la voiture qui les ramenait en centre-ville.

— Weber peut être un peu lourdingue, admit Harry.
Mais il connaît son boulot. »

Halvorsen battit la mesure d'une chanson silencieuse
sur le tableau de bord.

« Et maintenant ? demanda-t-il.

— Continental. »

Le KRIPOS avait appelé l'hôtel Continental un
quart d'heure après qu'ils avaient nettoyé et changé les
draps de la chambre de Brandhaug. Personne n'avait
remarqué que Brandhaug avait eu de la visite, simplement qu'il était reparti vers minuit.

À la réception, Harry tirait sur sa dernière cigarette
devant le chef d'accueil de la veille, qui se tordait les
mains d'un air malheureux.

« Vous savez, on n'a appris que tard dans la matinée
que c'était Brandhaug qui avait été tué, dit-il. Sinon,
nous aurions eu le bon sens de ne rien toucher dans sa
chambre. »

Harry acquiesça et tira une dernière bouffée sur sa
cigarette. Quoi qu'il en soit, ce n'était pas dans l'hôtel
que le meurtre avait eu lieu, mais il aurait juste été intéressant de savoir s'il y avait de longs cheveux blonds
sur l'oreiller et, le cas échéant, de pouvoir rencontrer la
dernière personne ayant parlé à Brandhaug.

« Oui, oui, ce doit être tout, alors », dit le chef d'accueil avec le même sourire que s'il allait se mettre à
pleurer.

Harry ne répondit pas. Il avait remarqué que moins
Halvorsen et lui en disaient, plus le chef d'accueil était
nerveux. Il ne dit donc rien, mais attendit en étudiant
l'extrémité incandescente de sa cigarette.

« Euh... » dit le chef d'accueil en passant une main
sur le col de sa veste.

Harry attendit. Halvorsen regarda par terre. Le chef d'accueil tint à peine quinze secondes avant de craquer.

« Mais il arrivait bien sûr qu'il reçoive de la visite, là-haut, c'est un fait.

— Qui ? demanda Harry sans quitter des yeux le bout de sa cigarette.

— Des hommes et des femmes...

— Qui ?

— Ça, je ne sais pas. Ça ne nous regarde pas, avec qui le conseiller aux Affaires étrangères choisit de passer son temps.

— Vraiment ? »

Pause.

« Il arrive bien sûr que si une femme se présente à l'accueil, et s'il est clair qu'elle ne fait pas partie de la clientèle, nous notons l'étage auquel elle monte.

— Vous la reconnaîtriez ?

— Oui. » La réponse vint vite, sans hésitation. « Elle était très belle. Et très saoule.

— Prostituée ?

— Si oui, de luxe. Mais elles sont généralement à jeun. Oui, pas que je m'y connaisse spécialement, vous savez que cet hôtel n'est pas...

— Merci », dit Harry.

Cet après-midi-là, le vent du sud apporta une brusque chaleur, et lorsque Harry sortit de l'Hôtel de Police à l'issue de sa réunion avec Meirik et la chef de la police, il sut que quelque chose était terminé, qu'une nouvelle saison avait commencé.

Meirik et la chef avaient tous deux connu Brand-haug. Mais juste sur le plan professionnel, avaient-ils trouvé bon de souligner. Il était évident que les deux dirigeants en avaient discuté entre eux, et Meirik ouvrit la réunion en tirant un trait définitif sur la mission de surveillance à Klippan. Il avait presque l'air soulagé, se dit Harry. La chef exposa sa proposition, et Harry comprit que ses prouesses à Sydney et Bangkok avaient malgré tout fait une certaine impression aux étages supérieurs de la police aussi.

« Un libero typique », avait dit la chef à propos de Harry. En expliquant que c'était en tant que tel qu'ils comptaient l'utiliser à cette occasion également.

Une nouvelle saison. Le fœhn donnait à Harry l'impression que sa tête était légère, et il s'offrit un taxi, puisqu'il trimballait encore son gros sac. La première chose qu'il fit en entrant dans son appartement de Sofies gate fut de jeter un œil au répondeur. L'œil rouge luisait en continu. Pas de clignotement. Pas de message.

Il avait demandé à Linda de lui faire une copie des papiers de l'affaire, et il passa le reste de la soirée à reprendre tout ce qui avait un lien avec les meurtres d'Ellen Gjelten et de Hallgrim Dale. Non qu'il crût découvrir quelque chose de nouveau, mais ça donnait un coup de pouce à son imagination. De temps à autre, il jetait un coup d'œil à son téléphone, en se demandant combien de temps il arriverait à tenir avant de lui passer un coup de fil. L'affaire Brandhaug faisait aussi l'ouverture des nouvelles du soir. Vers minuit, il se coucha. À une heure, il se leva, débrancha le téléphone et alla mettre l'appareil dans le réfrigérateur. À trois heures, il s'endormit.

75

Bureau de Møller, 12 mai 2000

« Alors ? » demanda Møller une fois que Harry et Halvorsen eurent bu leur première gorgée de café et que Harry eut dit ce qu'il en pensait.

« Je crois que la connexion entre la manchette dans le journal et l'attentat est une fausse piste, dit Harry.

— Pourquoi ça ? demanda Møller en se renversant sur sa chaise.

— Weber pense que le tueur était arrivé sur place tôt dans la journée, donc tout au plus quelques heures après la parution de *Dagbladet*. Et ceci n'était pas fait sur un coup de tête, c'était un attentat soigneusement préparé. La personne en question savait qu'elle allait tuer Brandhaug depuis plusieurs jours. Il a fait une reconnaissance, découvert quand Brandhaug entrait et sortait, quel endroit était le plus approprié pour tirer en ayant le moins de chances possible d'être découvert, comment il allait y arriver et en repartir, des centaines de petits détails.

— Tu penses donc que c'est pour cet attentat que le meurtrier s'est procuré le fusil Märklin ?

— Peut-être. Peut-être pas.

— Merci, ça nous fait une belle jambe, dit Møller d'un ton aigre-doux.

— Je pense seulement que c'est plausible. D'un autre côté, les proportions ne collent pas tout à fait, ça a quand même l'air un peu exagéré de faire venir en fraude le fusil d'attentat le plus cher au monde rien que pour tuer un bureaucrate haut placé, certes, mais malgré tout assez banal, qui n'a ni gardes du corps ni patrouille de sécurité autour de son domicile. Un tueur pouvait tout simplement sonner à sa porte et le descendre à bout portant d'un coup de pistolet. C'est un peu… un peu… »

Harry fit des moulinets avec une main.

« Écraser une mouche au marteau-pilon, dit Halvorsen.

— Exactement.

— Hmm. » Møller ferma les yeux. « Et comment imagines-tu ton rôle dans la poursuite de cette enquête, Harry ?

— Une sorte de libero, répondit Harry avec un sourire. Je suis ce type du SSP qui fonctionne en solo, mais qui a besoin de l'aide de tous les services en cas de besoin. Je suis celui qui n'en réfère qu'à Meirik, mais qui a accès à tous les documents concernant cette affaire. Celui qui pose des questions, mais de qui on ne peut pas exiger de réponses. Et ainsi de suite.

— Et pourquoi pas un permis de tuer, en prime ? demanda Møller. Et une voiture super-rapide ?

— En fait, l'idée n'est pas de moi, dit Harry. Meirik vient de discuter avec la chef.

— La chef ?

— Ouais. Tu vas sûrement recevoir un mail à ce sujet, dans le courant de la journée. L'affaire Brandhaug a la priorité absolue à partir de maintenant, la chef veut que tout soit tenté, sans exception. C'est une espèce de truc genre FBI, avec un certain nombre de petits groupes d'enquêteurs qui se chevauchent pour éviter l'endoctrinement du raisonnement comme on en trouve dans les grosses affaires. Tu as sûrement lu des choses là-dessus.

— Non.

— En résumé, même si on doit dupliquer quelques fonctions et si le même travail d'investigation est susceptible de se faire plusieurs fois à travers les groupes, c'est largement contrebalancé par les avantages qu'offrent des angles d'attaque et des cheminements différents.

— Merci, dit Møller. En quoi ça te concerne, pourquoi es-tu ici, aujourd'hui ?

— Parce qu'encore une fois, je peux avoir besoin de l'aide d'autres...

— ... services en cas de besoin. J'ai bien entendu. Accouche, Harry. »

Harry fit un signe de tête vers Halvorsen, qui fit un sourire un peu crétin à Møller. Celui-ci gémit.

« S'il te plaît, Harry ! Tu sais qu'on est sur les rotules, en matière de personnel, à la Criminelle.

— Je te promets que tu le récupéreras en bon état.

— Non, j'ai dit ! »

Harry ne dit rien. Il se contenta d'attendre en s'emmêlant les doigts et en étudiant la copie merdique de Soria Maria Slott qui était suspendue au mur, au-dessus des étagères.

« Quand est-ce que je le récupère ?

— Dès que l'affaire sera éclaircie.

— Dès que... C'est comme ça que répond un capitaine de police à un inspecteur principal, Harry. Pas l'inverse. »

Harry haussa les épaules.

« Désolé, chef. »

76

Irisveien, 12 mai 2000

Son cœur s'emballait déjà comme une machine à
coudre folle lorsqu'elle décrocha.

« Salut, Signe, dit la voix. C'est moi. »

Elle sentit immédiatement les larmes monter. « Arrête, chuchota-t-elle. S'il te plaît.

— Crois dans la mort. Tu l'as dit, Signe.

— Je vais chercher mon mari. » La voix rit doucement.

« Mais il n'est pas là, si ? »

Elle étreignait le combiné au point d'en avoir mal
dans la main. Comment pouvait-il savoir qu'Even
n'était pas à la maison ? Et comment était-ce possible
qu'il n'appelât que quand Even n'était pas là ?

L'idée suivante fit se nouer sa gorge, elle ne parvint
plus à respirer et tout s'obscurcit autour d'elle. Appelait-il d'un endroit d'où il pouvait voir leur maison,
d'où il pouvait voir quand Even sortait ? Non, non,
non. Au prix d'un gros effort sur elle-même, elle réussit
à se ressaisir et se concentra sur sa respiration. Pas trop
vite, profondément, calmement, se dit-elle. Comme elle
le disait aux soldats blessés qu'on leur amenait des
tranchées : en pleurs, pris de panique et en hyperventilation. Elle prit le contrôle de sa peur. Et elle entendit
au bruit de fond qu'il appelait d'un endroit où il y avait
beaucoup de monde. Dans le secteur, il n'y avait que
des pavillons.

« Tu étais si belle, dans ton uniforme d'infirmière, Signe, dit la voix. Si éblouissante, blanche et pure. Blanche, exactement comme Olav Lindvig dans sa tunique blanche, tu te souviens de lui ? Tu étais si pure que je croyais que tu ne pourrais pas nous trahir, que tu n'avais pas ça dans le cœur. Je croyais que tu étais comme Olaf Lindvig. Je t'ai vu le toucher, toucher ses cheveux, Signe. Une nuit, au clair de lune. Toi et lui, vous ressembliez à des anges, à des envoyés du Ciel. Mais je me suis trompé. D'ailleurs, on trouve des anges qui ne sont pas envoyés du Ciel, Signe, tu le savais ? »

Elle ne répondit pas. Les idées tourbillonnaient dans sa tête. C'étaient les paroles de l'homme qui avaient mis ce maelström en route. Sa voix. Elle l'entendait, à présent. Il déformait sa voix.

« Non, se força-t-elle à répondre.

— Non ? Tu devrais. Je suis un de ces anges.

— Daniel est mort », dit-elle.

Il y eut un moment de silence à l'autre bout du fil. Juste un souffle qui sifflait contre la membrane. Puis la voix reprit la parole.

« Je suis venu pour juger. Les vivants et les morts. »

Puis il raccrocha.

Signe ferma les yeux. Elle se leva et alla dans la chambre à coucher. Derrière ses rideaux tirés, elle se regarda un moment dans le miroir. Elle tremblait, comme en proie à une forte fièvre.

77

Ancien bureau, 12 mai 2000

Il fallut vingt minutes à Harry pour ré-emménager dans son ancien bureau. Les choses dont il avait eu besoin tenaient dans un sac de 7-eleven. La première chose qu'il fit fut de découper la photo de Bernt Brandhaug dans *Dagbladet*. Il la fixa alors sur son tableau, à côté des images d'archives d'Ellen, Sverre Olsen et Hallgrim Dale. Quatre éléments. Il avait envoyé Halvorsen au ministère des Affaires étrangères pour qu'il y pose des questions et essaie de découvrir qui pouvait bien être la femme de l'hôtel Continental. Quatre personnes. Quatre vies. Quatre histoires. Il s'assit dans son fauteuil détruit et les étudia, mais ils ne lui renvoyaient qu'un regard vide.

Il téléphona à la Frangine. Elle était tout à fait disposée à garder Helge, en tout cas pendant encore un moment. Ils étaient devenus si bons amis, dit-elle. Harry répondit que ça ne posait pas de problème, tant qu'elle pensait à le nourrir.

« C'est une femelle, dit-elle.

— Ah oui ? Comment le sais-tu ?

— On a vérifié, Henrik et moi. »

Il faillit demander comment ils avaient vérifié, mais se dit qu'il préférait ne pas le savoir.

« Tu as eu papa ? »

Oui. Elle lui demanda s'il devait revoir cette fille.

« Quelle fille ?

— Celle avec qui tu disais que tu t'étais promené, là. Celle qui a un gamin.

— Ah, elle. Non, je ne crois pas.

— C'est bête.

— Bête ? Mais tu ne l'as jamais rencontrée, Frangine.

— Je trouve que c'est bête, parce que tu es amoureux d'elle. »

De temps en temps, la Frangine disait des choses qui laissaient Harry sans voix. Ils se mirent d'accord pour aller au cinéma, un de ces jours. Harry se demandait s'il était prévu que Henrik vienne aussi. La Frangine répondit que ça l'était plus ou moins, que c'était comme ça quand on avait un petit copain.

Ils raccrochèrent, et Harry se mit à réfléchir. Rakel et lui ne s'étaient pas encore croisés dans les couloirs, mais il savait où était son bureau. Il se décida et se leva… Il fallait qu'il lui parle, maintenant, il ne pouvait plus attendre.

Linda lui sourit quand il entra au SSP.

« Déjà de retour, mon mignon ?

— Je passe juste voir Rakel.

— Juste, juste, Harry… Je vous ai bien vus, à la fête. »

Harry fut agacé de remarquer que le sourire espiègle de Linda lui chauffait les oreilles, et il entendit que le petit rire sec qu'il tenta ne convenait pas bien.

« Mais tu peux éviter de te déplacer, Harry, Rakel est chez elle, aujourd'hui. Malade. Un instant, Harry. » Elle décrocha. « SSP, j'écoute ? »

Harry se dirigeait vers la porte quand Linda cria derrière lui :

« Pour toi. Tu le prends ici ? » Elle lui tendit le combiné.

« Harry Hole ? » C'était une voix de femme. Elle avait l'air essoufflée. Ou effrayée.

« C'est moi.

— Ici Signe Juul. Il faut m'aider, Hole. Il va me tuer. » Il entendit des aboiements, dans le fond.

« Qui va vous tuer, madame Juul ?

— Il arrive. Je sais que c'est lui. Il… Il…

— Essayez de vous calmer, madame Juul. De quoi parlez-vous ?

— Il a changé sa voix, mais cette fois, je l'ai reconnu. Il savait que j'avais caressé les cheveux d'Olaf Lindvig, à l'hôpital militaire. C'est à ce moment-là que j'ai compris. Mon Dieu, qu'est-ce que je vais faire ?

« — Vous êtes seule ?

— Oui, dit-elle. Je suis seule. Je suis complètement, complètement seule, vous comprenez ? »

Les aboiements s'étaient fait frénétiques.

« Ne pouvez-vous pas courir vous réfugier chez le voisin et nous y attendre, madame Juul ? Qui est-ce...

— Il me retrouvera ! Il me retrouvera partout ! »

Elle était hystérique. Harry plaqua une main sur le combiné et demanda à Linda d'appeler la centrale d'alerte pour leur dire d'envoyer la voiture de patrouille la plus proche chez Juul, dans Irisveien, à Berg. Puis il s'adressa de nouveau à Signe Juul en espérant qu'elle ne remarquerait pas son excitation :

« Si vous ne sortez pas, verrouillez au moins la porte, madame Juul. Qui...

— Vous ne comprenez pas, dit-elle. Il... Il... » Il y eut un bip. La sonnerie occupée. La communication était coupée.

« Merde ! Excuse-moi, Linda. Dis-leur que ça urge, pour la voiture. Et qu'ils doivent faire attention, ça peut être un intrus armé. »

Harry appela les renseignements, obtint le numéro de Juul et le composa. Toujours occupé. Harry jeta le combiné à Linda.

« Si Meirik me demande, dis-lui que je suis parti chez Even Juul. »

78

Irisveien, 12 mai 2000

Quand Harry tourna dans Irisveien, il vit immédiatement la voiture de police devant la maison des Juul. La rue paisible avec ses maisons en bois, les flaques d'eau fondue, le gyrophare bleu qui tournait lentement, deux enfants curieux sur leur vélo… C'était comme une répétition de la scène qui avait eu lieu devant chez Sverre Olsen. Harry pria pour que toute ressemblance s'arrête là.

Il se gara, descendit de l'Escort et alla lentement vers le portail. Au moment où il le refermait, il entendit quelqu'un sortir sur les marches.

« Weber, dit-il, surpris. Nos chemins se croisent à nouveau ?

— On dirait.

— Je ne savais pas que tu conduisais aussi des voitures de patrouilles.

— Tu sais mieux que personne que ce n'est pas le cas. Mais il se trouve que Brandhaug habite juste en haut de ce chemin, et on venait de s'installer dans la voiture quand on a eu le message radio.

— Qu'est-ce qui se passe ?

— Je n'en sais pas plus que toi. Il n'y a personne à la maison. Mais la porte est ouverte.

— Vous avez fait le tour ?

— De la cave au grenier.

— Bizarre. Le chien n'est pas là non plus, à ce que je vois.

— Clébard et proprios, tout le monde est parti. Mais on peut penser qu'il y a eu quelqu'un à la cave, parce que la vitre de la porte de la cave est cassée.

— Bien », dit Harry en regardant plus loin dans Iris-veien. Entre les maisons, il distingua un court de tennis.

« Elle a pu aller chez un des voisins, dit Harry. C'est ce que je lui ai dit de faire. »

Weber suivit Harry dans l'entrée, où un jeune agent se regardait dans le miroir au-dessus de la console du téléphone.

« Alors, Moen, tu trouves des signes d'une vie douée d'intelligence ? » demanda Weber d'un ton aigre.

Moen se retourna et fit un petit signe de tête à Harry.

« Mouais, dit-il. Je ne sais pas si c'est intelligent ou juste étrange. »

Il montra le miroir du doigt, et les deux autres s'approchèrent.

« Mazette », dit Weber.

On eût dit que les grandes lettres rouges sur le miroir avaient été écrites au rouge à lèvres :

DIEU EST MON JUGE.

Harry eut l'impression que sa bouche était comme l'intérieur d'une peau d'orange.

La vitre de la porte d'entrée gronda au moment où celle-ci fut violemment ouverte.

« Qu'est-ce que vous faites là ? Et où est Burre ? »

C'était Even Juul.

Harry était assis à la table de la cuisine en compagnie d'un Even Juul manifestement inquiet. Moen faisait le tour des environs pour retrouver Signe Juul, et demandait si quelqu'un avait vu quelque chose. Weber avait des choses sur le feu dans l'affaire Brandhaug et devait repartir avec la voiture de patrouille, mais Harry promit à Moen de le reconduire.

« Elle le disait toujours, quand elle partait, dit Even Juul. Elle le *dit*, je veux dire…

— Est-ce que c'est son écriture, sur le miroir de l'entrée ?

— Non, dit-il. Je ne crois pas, en tout cas.

— Est-ce que c'est son rouge à lèvres ? » Juul regarda Harry sans répondre.

« Elle avait peur, quand je l'ai eue au téléphone, dit Harry. Elle prétendait que quelqu'un voulait la tuer. As-tu une idée de qui ça peut être ?

— La tuer ?

— C'est ce qu'elle a dit.

— Mais personne ne veut tuer Signe.

— Ah non ?

— Mais enfin, tu es fou ?

— Bon. Dans ce cas, tu comprendras que je doive te demander si ta femme pouvait être instable. Hystérique. » Harry ne fut pas sûr que Juul ait entendu ce qu'il avait dit jusqu'à ce qu'il secoue la tête.

« Bon, dit Harry en se levant. Tu verras si tu trouves quelque chose qui puisse nous aider. Et tu devrais appeler tous les parents et amis chez qui elle est susceptible de s'être réfugiée. J'ai envoyé un avis de recherche, et Moen et moi allons faire le tour du secteur. Pour l'instant, il n'y a pas grand-chose d'autre que nous puissions faire. »

Au moment où Harry fermait le portail derrière lui, Moen arrivait. Il secoua la tête.

« Les gens n'ont pas vu ne serait-ce qu'une voiture ? demanda Harry.

— À cette heure de la journée, il n'y a que des retraités et des mères d'enfants en bas âge qui sont chez eux.

— Tu sais, les retraités ont un certain talent pour remarquer certaines choses.

— Pas ceux-là, on dirait. Dans l'hypothèse où il se serait passé quelque chose qui vaille la peine d'être remarqué, bien sûr. »

Qui vaille la peine d'être remarqué. Harry ne savait pas pourquoi, mais ces mots sonnaient d'une façon qui trouvait un écho loin dans son cerveau. Les jeunes à vélo avaient disparu. Il soupira.

« Allons-nous-en. »

79

Hôtel de Police, 12 mai 2000

Halvorsen était au téléphone quand Harry entra dans le bureau. Il lui fit savoir par gestes qu'il discutait avec un mouchard. Harry considéra qu'il essayait toujours de retrouver la femme du Continental, ce qui ne pouvait que signifier qu'il avait fait chou blanc aux AE. Hormis une pile d'archives sur le bureau d'Halvorsen, la pièce était vide de papiers, tout ce qui ne concernait pas l'affaire Märklin avait été évacué.

« Non, bon, dit Halvorsen. Appelle-moi si tu entends parler de quelque chose, O.K. ? »

Il raccrocha.

« Tu as pu joindre Aune ? » demanda Harry en se laissant tomber dans son fauteuil.

Halvorsen acquiesça et montra deux doigts. Deux heures. Harry regarda l'heure. Aune serait là dans vingt minutes.

« Dégote-moi une photo d'Edvard Mosken », dit Harry en décrochant le téléphone. Il composa le numéro de Sindre Fauke, qui accepta de le rencontrer à trois heures. Puis il informa Halvorsen de la disparition de Signe Juul.

« Tu crois que ça a un rapport avec l'affaire Brand-haug ? demanda Halvorsen.

— Je ne sais pas, mais il devient d'autant plus crucial de parler à Aune.

— Pourquoi ?

— Parce que ça commence à ressembler de plus en plus à l'œuvre d'un fou. Et là, nous avons besoin d'un guide. »

Aune était un grand homme, de plusieurs manières. Obèse, mesurant presque deux mètres et considéré dans son domaine comme le meilleur psychologue du pays. Ce domaine ne concernait pas la psychologie anormale, mais Aune était un homme intelligent, et il avait déjà aidé Harry dans d'autres affaires.

Son visage était aimable et ouvert, et Harry s'était souvent fait la remarque qu'Aune semblait en fait trop humain, trop vulnérable, trop *all right* pour pouvoir opérer sur ce champ de bataille de l'âme humaine sans en être blessé. Quand il lui avait posé la question, Aune avait répondu que ça le blessait, naturellement, mais qui pouvait prétendre le contraire ?

Il écoutait à présent avec la plus grande attention et se concentrait sur le récit de Harry. À propos du meurtre au couteau de Hallgrim Dale, du meurtre d'Ellen Gjel-ten et de l'assassinat de Bernt Brandhaug. Harry parla d'Even Juul, qui pensait qu'il fallait chercher un engagé dans les troupes allemandes, une théorie qui était peut-être confirmée par le fait que Brandhaug avait été tué le jour qui avait suivi sa déclaration dans *Dagbladet*. Il parla enfin de la disparition de Signe Juul.

Aune réfléchit ensuite un moment. Il hocha et se-coua alternativement la tête, tout en grognant.

« Malheureusement, je ne sais pas si je vais pouvoir beaucoup vous aider, dit-il. La seule chose sur laquelle je puisse rebondir, c'est ce message, sur le miroir. On dirait une carte de visite, et c'est très courant chez les tueurs en série, en particulier après quelques meurtres, quand ils commencent à avoir une certaine assurance et veulent augmenter encore la tension en défiant la police.

— Est-ce un malade, Aune ?

— Malade, c'est relatif. Nous sommes tous des malades ; la question, c'est quelle part de fonctionnalité nous avons au regard des règles que la société pose pour les comportements souhaités. Aucun acte n'est en lui-même le symptôme d'une maladie, il faut voir dans quel contexte il s'inscrit. La plupart des gens sont par exemple dotés d'un contrôle des impulsions du diencéphale nous empêchant en principe de tuer nos congénères. Ce n'est qu'une des propriétés évolutionnistes caractéristiques que nous avons pour protéger notre originalité. Mais si on s'entraîne suffisamment pour outrepasser ce complexe, il s'affaiblit. Comme chez les soldats, par exemple. Si toi et moi, nous nous mettons tout à coup à tuer, il y a des chances pour que nous soyons tombés malades. Mais pas nécessairement si tu es un mercenaire ou un... policier, dans ce cas précis.

— Donc, si nous parlons d'un soldat... de quelqu'un qui s'est battu d'un côté ou de l'autre, pendant la guerre, par exemple, le seuil à franchir pour tuer est beaucoup plus bas que chez une autre personne, en partant du principe qu'ils sont tous les deux sains d'esprit ?

— Oui et non. Un soldat a l'habitude de tuer en situation de guerre, et pour que le complexe ne s'exprime pas, il faut qu'il sente que le meurtre se situe dans le même contexte.

— Il doit donc sentir qu'il est toujours en guerre ?

— Pour faire simple... Oui. Mais en supposant que ce soit le cas, il peut continuer à tuer encore et encore sans être fou au sens pathologique du terme. Pas plus qu'un soldat classique, en tout cas. On peut alors ne parler que d'une divergence dans la perception de la réalité, et on avance alors tous en terrain miné.

— Comment ça ?

— Qui va décider de ce qui est vrai et réel, de ce qui est moral ou de ce qui ne l'est pas ? Les psychologues ? Les juges ? Les politiques ?

— Eh bien... dit Harry. Ce sont eux qui le font, en tout cas.

— Tout juste, dit Aune. Mais si tu crois que ceux qui sont dépositaires de l'autorité te jugent de façon arbitraire ou injuste, ils perdent leur autorité morale à tes yeux. Si, par exemple, quelqu'un se retrouve en prison pour avoir été membre d'un parti tout ce qu'il y a de plus légal, il va chercher un autre juge. On fait appel devant une instance supérieure, en quelque sorte.

— Dieu est mon juge », dit Harry.

Aune acquiesça.

« Qu'est-ce que ça veut dire, selon toi, Aune ?

— Ça peut vouloir dire qu'il veut expliquer ses actes. Qu'il a malgré tout besoin d'être compris. C'est le cas de la plupart des gens, tu sais... »

En allant chez Fauke, Harry fit un détour chez Schrøder. Le calme de la matinée y régnait, et Maja était assise à la table sous la télé, avec une cigarette et un journal. Harry lui montra la photo d'Edvard Mosken qu'Halvorsen avait réussi à se procurer en un temps record, probablement auprès du service de contrôle des véhicules automobiles qui avait délivré à Mosken un permis international deux ans auparavant.

« Il me semble bien avoir aperçu cette tronche ridée,

oui, dit-elle. Mais de là à savoir où et quand ? Il a dû venir quelques fois, puisque je me souviens de lui, mais ce n'est pas ce qu'on peut appeler un client fidèle.

— Y a-t-il d'autres personnes ici à qui il aurait pu parler ?

— C'est une question chère, ça, Harry.

— Quelqu'un a téléphoné de ce poste public mercredi à midi et demi. Je ne pense pas que tu t'en souviennes, mais est-ce que ça *pourrait* être cette personne ? »

Maja haussa les épaules.

« Bien entendu. Mais ça *pourrait* aussi être le Père Noël. Tu sais ce que c'est, Harry. »

Sur la route de Vibes gate, Harry appela Halvorsen et lui demanda de mettre la main sur Edvard Mosken.

« Tu veux que je l'arrête ?

— Non, non. Vérifie juste son alibi pour le meurtre de Brandhaug et la disparition de Signe Juul, aujourd'hui. »

Sindre Fauke avait le visage gris lorsqu'il ouvrit à Harry.

« Un ami s'est pointé hier avec une bouteille de whisky, dit-il en faisant la grimace. Je n'ai plus la constitution physique pour ce genre de choses. Non, si seulement on avait à nouveau soixante ans... »

Il rit et alla éteindre sous la cafetière qui sifflait.

« J'ai lu quelque chose sur le meurtre de ce directeur du ministère des Affaires étrangères, cria-t-il depuis la cuisine. L'article disait que la police n'exclut pas qu'il puisse y avoir un rapport avec sa déclaration sur les anciens engagés dans l'armée allemande. *VG* dit que les néo-nazis sont derrière. Vous le croyez vraiment ?

— *VG* le croit peut-être. Nous, on ne croit rien, et on n'exclut donc rien. Comment se porte le livre ?

— Tout doux, pour l'instant. Mais si je le termine, il

ouvrira les yeux de pas mal de gens. C'est en tout cas ce que je me dis pour dissiper la brume qui flotte sur des jours comme celui-ci. »

Fauke posa la cafetière sur la table basse entre eux deux et se laissa tomber dans son fauteuil. Il avait enveloppé la cafetière dans un linge froid, un vieux truc du front, expliqua-t-il avec un sourire rusé. Il espérait manifestement que Harry lui demanderait comment ce truc fonctionnait, mais Harry n'avait pas le temps.

« La femme d'Even Juul a disparu, dit-il.

— Fichtre. Elle a fichu le camp ?

— Je ne crois pas. Tu la connais ?

— En fait, je ne l'ai jamais rencontrée, mais je me souviens bien des controverses qui sont apparues quand Juul s'est marié. Qu'elle était infirmière pour les Allemands, etc. Qu'est-ce qui s'est passé ? »

Harry lui parla du coup de téléphone et du numéro de disparition.

« Nous n'en savons pas plus. J'espérais que peut-être tu la connaîtrais, et que tu pourrais me donner une idée.

— Désolé, mais… »

Fauke s'arrêta pour boire une gorgée de café. Il semblait penser à quelque chose.

« Qu'as-tu dit qu'il y avait d'écrit sur le miroir ?

— Dieu est mon juge.

— Hmm.

— À quoi penses-tu ?

— À la vérité, je n'en suis pas si sûr moi-même… dit Fauke en frottant son menton pas rasé.

— Dis toujours.

— Tu as dit qu'il voulait peut-être s'expliquer, se faire comprendre ?

— Oui ? »

Fauke alla à la bibliothèque, en tira un gros livre et commença à le feuilleter.

« Et voilà, dit-il. Comme je le pensais. »

Il tendit le livre à Harry. C'était un dictionnaire de la Bible.

« Regarde à Daniel. »

Les yeux de Harry coururent sur la page jusqu'à ce qu'il trouve le nom. « *Daniel. Hébraïque. Dieu (El) est mon juge.* »

Il regarda Fauke qui avait levé la cafetière pour servir.

« C'est un revenant, que tu cherches, Hole. »

80

Parkveien, Uranienborg, 12 mai 2000

Johan Krohn reçut Harry dans son bureau. Les étagères derrière lui étaient pleines à craquer de revues juridiques classées par années dans des reliures de cuir brun. Elles formaient un contraste curieux avec le visage enfantin de l'avocat.

« Comment va, depuis la dernière fois ? demanda-t-il en invitant Harry à s'asseoir d'un geste de la main.

— Tu as bonne mémoire.

— Il n'y a pas de problème avec ma mémoire, non. Sverre Olsen. Vous aviez des atouts solides. Dommage que le tribunal n'ait pas su s'en tenir aux textes.

— Ce n'est pas ça qui m'amène, dit Harry. J'ai un service à te demander.

— Ça ne coûte rien de demander », dit Krohn en joignant le bout des doigts. Il rappela à Harry un enfant qui tient le rôle d'un adulte.

« Je cherche une arme importée frauduleusement, et

je crois que Sverre Olsen a pu être impliqué, d'une façon ou d'une autre. Puisque ton client est mort, tu n'es plus tenu au secret professionnel et tu peux donc nous répondre. Ça peut nous aider à éclaircir les circonstances du meurtre de Bernt Brandhaug, dont nous sommes pratiquement sûrs qu'il a été abattu avec cette même arme. »

Krohn eut un sourire sarcastique.

« Je préférerais que tu me laisses apprécier dans quelles limites s'étend mon devoir de réserve, officier. Il ne cesse pas automatiquement lorsque le client est mort. Et tu n'as manifestement pas pensé que je puisse trouver légèrement impertinent que vous veniez me demander des informations après avoir descendu mon client ?

— J'essaie d'oublier les sensations et de m'en tenir au plan professionnel, dit Harry.

— Alors essaie encore, officier ! » La voix de Krohn était encore plus sifflante quand il haussait le ton. « Ceci, en effet, n'est pas particulièrement professionnel. À peu près aussi peu que de tuer l'homme à son domicile.

— C'était de la légitime défense, dit Harry.

— Des formalités. C'était un policier expérimenté, il aurait dû savoir qu'Olsen était instable et il n'aurait pas dû débarquer comme ça. Le policier aurait bien sûr dû être prévenu. »

Harry ne put pas se retenir :

« Je suis d'accord avec toi : c'est toujours triste quand un criminel s'en sort grâce à des formalités. »

Johan Krohn cligna deux fois des yeux avant de comprendre ce que Harry voulait dire.

« Les formalités juridiques, c'est autre chose, officier, dit-il. Prêter serment dans une salle d'audience est peut-être un détail, mais sans garantie des libertés publiques...

— Le titre, c'est "inspecteur principal". » Harry se concentra pour parler lentement et doucement :

« Et cette garantie des libertés publiques, comme tu dis, a coûté la vie à une de mes collègues. Ellen Gjelten. Explique-le à ta mémoire, puisque tu en es si fier. Ellen Gjelten. Vingt-huit ans. Le plus grand talent d'investigation de la police d'Oslo. Crâne éclaté. Une mort immonde. »

Harry se leva et pencha ses cent quatre-vingt-dix centimètres par-dessus le bureau de Krohn. Il put voir la pomme d'Adam de Krohn faire un bond sur son cou de vautour, et pendant deux longues secondes, il se paya le luxe de jouir de la peur qu'il lisait dans les yeux du jeune avocat de la défense. Harry laissa alors atterrir une carte de visite sur son bureau.

« Appelle-moi quand tu auras déterminé combien de temps ton devoir de réserve tient », dit-il.

Il était pratiquement sorti quand la voix de Krohn le fit s'arrêter :

« Il m'a appelé juste avant de mourir. »

Harry se retourna. Krohn soupira.

« Il avait peur de quelque chose. Il avait tout le temps peur, Sverre Olsen. Solitaire et effrayé.

— Qui ne l'est pas ? murmura Harry. A-t-il dit de qui il avait peur ?

— Prinsen. Il ne l'appelait que comme ça. Prinsen.

— Est-ce qu'Olsen a dit pourquoi il avait peur ?

— Non. Il a juste dit que ce Prinsen était une espèce de supérieur, et qu'il lui avait donné l'ordre de commettre un crime. Il voulait donc savoir ce qu'il risquait en ne faisant que suivre un ordre. Pauvre imbécile.

— Quel genre d'ordre ?

— Il ne l'a pas dit.

— Il n'a rien dit d'autre ? »

Krohn secoua la tête.

« Appelle-moi à n'importe quelle heure du jour et de la nuit si tu penses à autre chose.

— Et encore une chose, inspecteur principal. Si tu crois que ça m'empêche de dormir d'avoir fait libérer l'homme qui a tué ta collègue, tu te trompes. »

Mais Harry était déjà parti.

81

Herbert's Pizza, 12 mai 2000

Harry appela Halvorsen et lui demanda de le rejoindre chez Herbert's. Ils avaient pratiquement la salle pour eux, et choisirent une table près de la fenêtre. Un type avec une petite moustache à la Hitler, portant un long manteau d'uniforme, était installé tout au fond, dans le coin, ses deux pieds bottés sur la chaise en face de lui. Il semblait essayer de battre le record du monde d'ennui.

Halvorsen avait eu Edvard Mosken, mais pas à Drammen.

« Il n'a pas répondu quand je l'ai appelé chez lui, alors j'ai obtenu un numéro de mobile auprès des renseignements. En fait, il est à Oslo. Il a un appartement dans Tromsøgata, à Rodeløkka, où il habite quand il est à Bjerke.

— Bjerke ?

— Le champ de courses. Il y est certainement tous les vendredis et tous les samedis. Il joue un peu, et il s'amuse, a-t-il dit. Et puis, il possède le quart d'un cheval. Je l'ai trouvé aux écuries, derrière le champ de course.

— Qu'est-ce qu'il a dit d'autre ?

— Qu'il va de temps en temps chez Schrøder, le matin, s'il est à Oslo. Qu'il n'a pas la moindre idée de qui est Bernt Brandhaug, et qu'il ne l'a en tout cas jamais appelé chez lui. Il savait qui était Signe Juul, il a dit qu'il se souvenait d'elle depuis la guerre.

— Et son alibi ? »

Halvorsen commanda une Hawaii Tropic avec pepperoni et ananas.

« Mosken est resté seul dans son appartement de Tromsøgata toute la semaine, hormis quand il était à Bjerke, à ce qu'il a dit. Il y était aussi le matin où Brandhaug a été tué. Et ce matin.

— Bien. Qu'est-ce que tu as pensé de ses réponses ?

— Qu'est-ce que tu veux dire ?

— Tu l'as cru, à ce moment-là ?

— Oui, non… cru, cru…

— Interroge-toi, Halvorsen, n'aie pas peur. Et contente-toi de dire ce que tu ressens, je ne m'en servirai pas contre toi. »

Halvorsen baissa les yeux sur la table et tripota son menu.

« Si Mosken ment, tout ce que je peux dire, c'est qu'il a une bonne dose de sang-froid. »

Harry soupira.

« Tu peux veiller à ce que Mosken soit placé sous surveillance ? Je veux qu'il y ait deux bonshommes devant son appartement, nuit et jour. »

Halvorsen acquiesça et composa un numéro sur son téléphone mobile. Harry entendit la voix de Møller, et plissa les yeux en direction du néo-nazi dans son coin. Ou Dieu sait comment ils se faisaient appeler. National-socialistes. National-démocrates. Il venait de mettre la main sur une copie d'un mémoire de sociologie qui concluait en disant qu'il y avait cinquante-sept néo-nazis en Norvège.

La pizza arriva sur la table, et Halvorsen leva un regard interrogateur sur Harry.

« Je t'en prie, dit Harry. La pizza, ce n'est pas trop mon truc. »

Le manteau dans le coin avait la visite d'une courte veste de treillis verte. Ils parlaient tête contre tête, et jetèrent un regard aux deux policiers.

« Encore une chose, dit Harry. Linda, du SSP, m'a parlé des archives des S.S. à Cologne ; elles ont partiellement brûlé dans les années soixante-dix, mais on y trouve parfois des informations sur les Norvégiens qui se sont battus du côté des Allemands. Commandements, distinctions, titres, ce genre de choses. Je voudrais que tu les appelles pour voir si tu trouves quelque chose sur Daniel Gudeson. Et sur Gudbrand Johansen.

— Yes, boss, dit Halvorsen, la bouche pleine de pizza. Quand j'aurai fini ce truc-là.

— Je vais discuter un peu avec les jeunes, en attendant. »

Dans le cadre de son boulot, Harry n'avait jamais eu de scrupule à utiliser sa carrure pour se constituer un avantage physique. Et même si la moustache d'Adolf semblait devoir faire un effort pour lever les yeux vers lui, Harry savait que derrière ce regard froid se cachait la même peur qu'il avait vue chez Krohn. Ce type avait simplement davantage d'entraînement pour le dissimuler. Harry chipa la chaise sur laquelle la moustache d'Adolf avait posé ses bottes, et ses pieds claquèrent au sol avant qu'il n'ait pu réagir.

« Excusez-moi, dit Harry. Je croyais que cette chaise était libre.

— Flic », dit la moustache d'Adolf. Le crâne rasé au sommet de la veste de treillis se tourna.

« Exact, dit Harry. Ou condé. Ou flicard. Ou poulet. Non, c'est un peu trop sympa, peut-être. Et *the man* ? C'est relativement international.

— On t'ennuie, ou... ?

— Oui, vous m'ennuyez, dit Harry. Ça fait long-temps, que vous m'ennuyez. Dites-le à Prinsen de ma part. Que Hole est venu pour l'ennuyer un peu à son tour. De Hole à Prinsen, vous avez saisi ? »

La veste de treillis cligna des yeux, bouche bée. Puis le manteau ouvrit un gouffre où les dents pointaient dans tous les sens et il rit au point que la salive gicla.

« C'est du Prince héritier, que tu parles ? » demanda-t-il. La veste de treillis finit par comprendre et rit avec lui.

« Eh bien, dit Harry, si vous êtes de simples soldats d'infanterie, vous ne savez évidemment pas qui est Prinsen. Vous n'aurez qu'à faire remonter la commis-sion à votre supérieur direct. J'espère que votre pizza vous botte, les jeunes. »

Harry retourna auprès d'Halvorsen, en sentant leur regard dans son dos.

« Finis de manger, dit Harry à Halvorsen dont une partie de la tête semblait émerger d'une énorme tran-che de pizza. Il faut qu'on se taille d'ici avant que mon casier judiciaire ne s'alourdisse encore. »

82

Holmenkollåsen, 12 mai 2000

C'était la plus chaude soirée de printemps jusqu'à présent. Harry roulait la vitre baissée, et un vent doux

lui caressait le visage et les cheveux. Depuis Holmenkollåsen, il pouvait voir le fjord d'Oslo et ses îles jetées
çà et là comme autant de coquillages brun-vert, et les
premières voiles blanches de la saison qui regagnaient
la côte pour la nuit. Quelques élèves de terminale pis-
saient dans le fossé près d'un bus peint en rouge dont
les haut-parleurs diffusaient de la musique à plein volume : « *Won't — you — be my lover...* »

Une dame d'âge mûr portant knickers et anorak attaché autour de la taille descendait calmement la route
avec un sourire bienheureux et fatigué.

Harry se gara devant la maison. Il ne voulait pas
monter jusqu'à la cour, il ne savait pas exactement
pourquoi... peut-être parce qu'il pensait que ça paraî-
trait moins envahissant s'il se garait en bas. Ridicule,
évidemment, puisqu'il venait sans avoir prévenu et sans
qu'on l'ait invité.

Il avait gravi la moitié de l'allée quand son mobile
sonna. C'était Halvorsen, qui appelait depuis les archives.

« Rien, dit-il. Si Daniel Gudeson est réellement vivant, il n'a en tout cas jamais été jugé pour trahison.

— Et Signe Juul ?

— Elle a pris un an.

— Mais a donc échappé à la prison. Autre chose
d'intéressant ?

— *Nix*... et maintenant, ils se préparent à me lourder
et à fermer.

— Rentre chez toi dormir... On trouvera peut-être
quelque chose demain. »

Harry était arrivé au pied des marches et allait les
prendre d'un bond quand la porte s'ouvrit. Il s'immobilisa. Rakel portait un pull en laine et un jean,
ses cheveux étaient en désordre et son visage encore
plus pâle qu'à l'accoutumée. Il chercha dans ses yeux

un signe de joie de le revoir, mais ne trouva rien. Pas plus que la politesse neutre qu'il avait le plus redoutée. En fait, ses yeux n'exprimaient rien, quoi que ça pût signifier.

« J'ai entendu quelqu'un parler dehors, dit-elle. Entre. »

Dans le salon, Oleg regardait la télé en pyjama.

« Salut, perdant, dit Harry. Tu ne devrais pas plutôt t'entraîner à Tetris ? »

Oleg renâcla sans lever les yeux.

« J'oubliais que les enfants ne comprennent pas l'ironie, dit Harry à Rakel.

— Où étais-tu ? demanda Oleg.

— Où j'étais ? » Harry perdit légèrement les pédales devant l'air accusateur d'Oleg. « Qu'est-ce que tu veux dire ? »

Oleg haussa les épaules.

« Café ? » demanda Rakel. Harry acquiesça. Oleg et Harry regardèrent en silence l'incroyable errance du gnou dans le désert du Kalahari pendant que Rakel s'affairait à la cuisine. Ça prit du temps, aussi bien pour le café que pour l'errance.

« Cinquante-six mille, dit finalement Oleg.

— Bobards.

— Je suis premier du Top 10.

— Cours chercher. »

Oleg sauta sur ses quilles et sortit en trombe du salon au moment où Rakel revenait avec le café et allait s'asseoir en face de Harry. Il attrapa la télécommande et coupa le martèlement des sabots. Ce fut Rakel qui finit par briser le silence.

« Que fais-tu, pour le 17 mai ?

— Je suis de garde. Mais si tu insinues une invitation pour quoi que ce soit, je remuerai ciel et terre… »

Elle rit et agita les mains devant elle.

« Excuse-moi, je fais juste la conversation. Parlons d'autre chose.

— Alors comme ça, tu es malade ?

— C'est une longue histoire.

— Tu dois en avoir quelques-unes.

— Pourquoi es-tu revenu ? demanda-t-elle.

— Brandhaug. Avec qui j'ai discuté à cet endroit précis, bizarrement.

— Oui, la vie est pleine de coïncidences absurdes.

— Absurdes au point qu'on n'y croirait jamais si on les rencontrait dans une fiction, en tout cas.

— Tu n'en sais pas la moitié, Harry.

— C'est-à-dire ? »

Elle soupira juste et remua son thé.

« Qu'est-ce que ça veut dire ? Est-ce que la famille entière n'envoie que des messages codés, ce soir ? »

Elle tenta de rire, mais ça tourna au reniflement. Rhume de printemps, pensa Harry.

« Je… Ça… »

Elle essaya de recommencer sa phrase plusieurs fois, mais ne réussit pas à y mettre bon ordre. La cuiller tournait sans arrêt dans la tasse. Par-dessus son épaule, Harry distingua un gnou qu'un crocodile traînait lentement et impitoyablement dans le fleuve.

« Ça a été épouvantable, dit-elle. Et tu m'as manqué. »

Elle fit face à Harry, et il se rendit compte qu'elle pleurait. Les larmes roulaient sur ses joues et se rejoignaient sous son menton. Elle ne faisait aucune tentative pour les arrêter.

« Eh bien… » commença Harry, et ce fut tout ce qu'il eut le temps de dire avant qu'ils ne se retrouvent dans les bras l'un de l'autre. Ils s'étreignirent mutuellement comme un naufragé étreint une bouée de sauvetage. Harry tremblait. Rien que ça, se dit-il. Rien que ça, c'est suffisant. De la tenir, comme ça.

« Maman ! » Le cri venait du premier. « Où est la Game Boy ?

— Dans un des tiroirs de la commode, cria-t-elle d'une voix chevrotante. Commence par ceux du haut. »

« Embrasse-moi, murmura-t-elle à Harry.

— Mais Oleg peut...

— Elle n'est pas dans la commode. »

Lorsque Oleg redescendit avec la Game Boy qu'il avait fini par trouver dans la caisse à jouets, il ne fit tout d'abord pas attention à l'ambiance qui régnait au salon et rit de Harry qui grogna avec inquiétude lorsqu'il vit le nouveau score. Mais au moment précis où Harry se lançait à l'assaut du record, il entendit la voix d'Oleg :

« Pourquoi vous tirez ces bobines ? »

Harry regarda Rakel qui arrivait tout juste à garder son sérieux.

« C'est parce qu'on s'apprécie beaucoup, répondit Harry en effaçant trois lignes d'un coup en glissant un long et mince complètement sur la droite. Et ton record ne tient qu'à un fil, perdant. »

Oleg éclata de rire et donna une tape sur l'épaule de Harry.

« Pas de danger. C'est toi, le perdant. »

83

Appartement de Harry, 12 mai 2000

Harry ne se sentait pas une âme de perdant lorsqu'il rentra chez lui juste avant minuit et vit clignoter l'œil rouge de son répondeur. Il avait couché

Oleg, Rakel et lui avaient bu du thé, et Rakel lui avait dit qu'un jour, elle lui raconterait une longue histoire. Quand elle ne serait pas fatiguée. Harry lui avait dit qu'elle méritait des vacances, et elle s'était déclarée d'accord.

« On pourrait partir tous les trois, avait-il dit. Quand cette histoire sera réglée. »

Elle lui avait caressé la tête.

« Tu n'as pas le droit de déconner avec ça, Hole.

— Qui parle de déconner ?

— De toute façon, je n'arriverai pas à en parler maintenant. Rentre chez toi, Hole. »

Ils s'étaient encore un peu embrassés dans le couloir, et Harry l'avait encore sur les lèvres.

En chaussettes, il se glissa dans le salon sans allumer et pressa la touche « lecture ». La voix de Sindre Fauke emplit les ténèbres :

« Fauke. J'ai réfléchi. Si Daniel Gudeson n'est pas juste un fantôme, il n'y a qu'une personne au monde qui peut résoudre cette énigme. C'est celui qui était de garde avec lui la nuit de la Saint-Sylvestre où Daniel a soi-disant été tué. Gudbrand Johansen. Il faut trouver Gudbrand Johansen, Hole. »

Il y eut ensuite le bruit d'un combiné qu'on raccrochait, un bip, et tandis que Harry s'attendait au clic, il y eut à la place un autre message :

« Halvorsen. Il est onze heures et demie. Une des taupes vient de m'appeler. Ils ont attendu devant l'appartement de Mosken, mais il n'est pas rentré. Ils ont alors essayé son numéro à Drammen, juste pour voir s'il décrochait. Mais il n'a pas répondu. L'un des gars est allé à Bjerke, mais tout était fermé et éteint. Je leur ai demandé de s'armer de patience et de diffuser un avis de recherche de la voiture de Mosken, via la radio. Voilà, tu sais tout. À demain. »

Nouveau bip. Nouveau message. Nouveau record pour le répondeur de Harry.

« Encore Halvorsen. La gâtouille me guette, j'avais oublié tout le reste. On dirait en fait qu'on a un peu de chance. Les archives des S.S. à Cologne n'avaient aucun renseignement, ni sur Gudeson, ni sur Johansen. Ils m'ont conseillé d'appeler les archives centrales de la Wehrmacht, à Berlin. Je suis tombé sur un bougon pur jus qui m'a dit qu'il n'y avait eu que très peu de Norvégiens dans l'armée régulière allemande. Mais quand je lui ai expliqué un peu plus en détail, il m'a dit qu'il allait quand même vérifier. Au bout d'un moment, il a rappelé pour dire que comme il s'y attendait, il n'avait rien trouvé sur Daniel Gudeson. Mais il avait trouvé des copies de documents concernant un certain Gudbrand Johansen, un Norvégien effectivement. Il en ressortait qu'en 1944, Johansen avait été transféré de la Wehrmacht dans les Waffen-S.S. Et il était mentionné que les originaux avaient été envoyés à Oslo durant l'été 1944, ce qui d'après notre homme ne peut signifier qu'une chose : Johansen y a été envoyé. Il a aussi retrouvé une correspondance avec un médecin qui avait signé les arrêts maladie de Johansen. À Vienne. »

Harry s'assit sur l'unique chaise du salon.

« Le docteur répondait au nom de Christopher Brockhard, de l'hôpital Rudolph II. J'ai vérifié avec la police viennoise, et il se trouve que l'hôpital est toujours parfaitement opérationnel. Ils m'ont même donné les noms et les numéros de téléphone d'une vingtaine de personnes qui y travaillaient pendant la guerre. »

Les Teutons se défendent, en matière d'archivage, se dit Harry.

« Alors, je me suis mis à passer des coups de fil. Putain, je ne touche vraiment pas ma bille, en allemand ! »

Le rire d'Halvorsen crachota dans le haut-parleur.

« J'en ai appelé huit avant de tomber sur une infirmière qui se souvenait de Gudbrand Johansen. C'était une bonne femme de soixante-quinze ans. Elle s'en souvenait très bien, m'a-t-elle dit. Je te donnerai son numéro de téléphone et son adresse demain. Sinon, elle s'appelle Mayer. Helena Mayer. »

Un silence assourdissant fut suivi d'un bip et du clic du magnétophone qui s'arrêtait.

Harry rêva de Rakel, de son visage qui s'enterrait dans le creux de son cou, de ses mains fortes et des briques de Tetris qui tombaient sans discontinuer. Mais ce fut la voix de Sindre Fauke qui l'éveilla au milieu de la nuit et qui lui fit chercher les contours d'une personne dans le noir :

« Il faut trouver Gudbrand Johansen. »

84

Forteresse d'Akershus, 13 mai 2000

Il était deux heures et demie du matin, et le vieil homme s'était garé près d'un petit entrepôt bas dans la rue qui s'appelle Akershusstranda. Cette rue avait par le passé été une artère par laquelle on traversait Oslo, mais après l'ouverture du tunnel Fjellinjen, Akershusstranda avait été fermée à l'une de ses extrémités et seuls ceux qui travaillaient sur le port y circulaient durant la journée. En plus des clients à putes qui voulaient un endroit assez protégé pour leur passe. Entre la rue et l'eau, on trouvait donc quelques entrepôts, en face de la muraille ouest de la forteresse d'Akershus. Mais bien sûr, si quelqu'un s'était placé sur Aker Brygge avec une lunette de visée amplifiant les sources lumineuses, il aurait certainement pu voir la même chose que le vieux : le dos d'un cache-poussière gris qui tressautait à chaque fois que l'homme qui le portait poussait les hanches vers l'avant, et le visage lourdement maquillé d'une femme au moins aussi lourdement droguée qui se faisait sauter contre le mur ouest de la forteresse, juste sous les canons. De part et d'autre, un projecteur éclairait la paroi et le mur au-dessus d'eux.

Kriegswehrmachtgefängnis Akershus. La partie intérieure de l'enceinte de la forteresse était fermée pour la nuit, et même s'il avait réussi à y pénétrer, le risque d'être découvert sur le lieu même de mise à mort était trop important. Personne ne savait exactement combien de personnes avaient été tuées là pendant la guerre, mais on y trouvait une plaque commémorative pour les Résistants norvégiens qui y avaient perdu la vie. Le vieux savait en tout cas que l'un d'entre eux était un simple malfaiteur qui avait mérité sa condamnation, de quelque côté qu'on le vît. Et c'était là qu'ils avaient fusillé Vidkun Quisling ainsi que ceux qui avaient été condamnés à mort durant le règlement de compte juridique. Quisling avait été enfermé dans la tour à poudre. Le vieux s'était souvent demandé si c'était de là que venait le nom du livre, celui dans lequel l'auteur décrit en détail les différentes méthodes d'exécution à travers les siècles. La description de la mise à mort par arquebusade, et donc par tout un peloton, était-elle réellement un compte rendu de l'exécution de Vidkun Quisling, ce jour d'octobre 1945, quand ils firent sortir le traître pour transpercer son corps de balles de fusil ? Avaient-ils, comme l'auteur le décrivait, passé un capuchon sur sa tête et fixé un petit bout de papier blanc sur son cœur pour leur servir de cible ? Avaient-ils crié quatre commandements avant que les coups ne claquent ? Et les tireurs assourdis avaient-ils si mal tiré que le médecin avec son stéthoscope avait dû leur faire savoir qu'il fallait exécuter à nouveau le condamné à mort — jusqu'à ce qu'ils aient tiré quatre ou cinq fois, et que la mort survienne par hémorragie consécutive aux nombreuses plaies superficielles ?

Le vieux avait enlevé la description du livre.

Le cache-poussière avait terminé et redescendait le raidillon en direction de sa voiture. La femme était toujours près de la muraille, elle avait baissé sa jupe et s'était allumé une cigarette qui luisait dans le noir quand elle tirait dessus. Le vieux attendit. Puis elle écrasa sa cigarette sous son talon et partit sur le sentier boueux qui contournait la forteresse en direction de son « bureau » dans les rues autour de la Banque Nationale de Norvège.

Le vieux se retourna vers la banquette arrière où la femme bâillonnée le fixait toujours de ces yeux terrorisés comme à chaque fois qu'elle était sortie de sa léthargie diéthylique. Il vit sa bouche qui bougeait sous le bâillon.

« N'aie pas peur, Signe », dit-il en se penchant vers elle pour fixer quelque chose sur le devant de son manteau. Elle essaya de baisser la tête pour voir ce qu'il faisait, mais il l'en empêcha.

« Allons faire un tour, dit-il. Comme on en avait l'habitude. »

Il descendit de voiture, ouvrit la porte arrière, fit sortir la femme et la poussa devant lui. Elle trébucha et tomba à genoux dans l'herbe à côté de la chaussée, mais il la releva en tirant sur la corde avec laquelle il lui avait attaché les mains dans le dos. Il la positionna juste devant l'un des projecteurs, de sorte qu'elle ait la lumière en pleine figure.

« Ne bouge surtout pas, j'ai oublié le vin, dit-il. Ribeiros rouge, tu t'en souviens, n'est-ce pas ? Ne bouge surtout pas, sinon… »

Elle était aveuglée par la lumière, et il dut lui mettre le couteau juste devant le nez pour qu'elle le voie. Et en dépit de la vive lumière, ses pupilles étaient tellement dilatées que ses yeux semblaient presque totalement noirs. Il redescendit à la voiture et regarda autour de lui. Pas un chat. Il écouta, et n'entendit que le bourdonnement régulier de la ville. Il ouvrit alors le haillon. Il repoussa le sac de plastique noir de côté et sentit que le cadavre canin qu'il contenait avait déjà commencé à se rigidifier. L'acier du Märklin renvoyait un reflet mat. Il prit l'arme et alla s'asseoir sur le siège du conducteur. Il descendit à moitié sa vitre et posa l'arme sur le carreau. En levant les yeux, il put voir la silhouette gigantesque de la femme danser contre le mur ocre du seizième siècle. L'ombre devait être visible depuis Nesodden. Superbe.

Il fit démarrer la voiture de la main droite et emballa le moteur. Il regarda une dernière fois autour de lui avant de coller son œil sur la lunette. Il se trouvait à peine à cinquante mètres, et le manteau emplissait la totalité du viseur rond. Il déplaça très légèrement la sécurité vers la droite, et la croix noire trouva ce qu'elle cherchait : le petit papier blanc. Puis il expira et recroquevilla le doigt sur la gâchette.

« Au suivant, s'il vous plaît. »

HUITIÈME PARTIE

LA RÉVÉLATION

85

Vienne, 14 mai 2000

Harry s'accorda juste trois secondes pour profiter de la sensation que procurait le cuir frais des sièges de la Tyrolean Air contre sa nuque et ses avant-bras. Puis il recommença à réfléchir.

Sous eux le paysage faisait comme une couverture en patchwork homogène dans les tons de vert et de brun, fendue par le Danube qui luisait au soleil comme une douloureuse plaie brune. L'hôtesse de l'air venait de faire savoir qu'ils étaient à l'approche de Schwechat, et Harry se prépara.

Il n'avait jamais été particulièrement fou de joie à l'idée de prendre l'avion, mais ces dernières années, il avait purement et simplement commencé à avoir peur. Ellen lui avait une fois demandé de quoi il avait peur. « De me casser la gueule et de mourir, de quoi d'autre pourrait-on avoir peur ? » avait-il répondu. Elle lui avait expliqué que la probabilité de mourir dans un accident d'avion lors d'un voyage ponctuel est d'un trente millionième. Il l'avait remerciée pour l'information et lui avait dit qu'il n'avait plus peur.

Harry inspirait et expirait en essayant de faire abstraction des changements dans le bruit des moteurs. Pourquoi l'angoisse de mourir s'intensifiait-elle avec l'âge, est-ce que ça ne devrait pas plutôt être le contraire ? Signe Juul, à soixante-dix-neuf ans, avait probablement dû être terrorisée. C'était l'un des gardiens de la forteresse d'Akershus qui l'avait retrouvée. Durant leur garde, ils avaient reçu l'appel téléphonique d'un millionnaire insomniaque bien connu ; il les informait qu'un des projecteurs du mur sud était hors service, et le responsable de garde avait envoyé l'un des jeunes gardiens sur place. Harry l'avait entendu deux heures plus tard, et le gardien lui avait dit qu'en arrivant, il avait vu une femme inanimée étendue sur l'un des projecteurs, dont elle empêchait la lumière de se diffuser. Il avait d'abord cru à une junkie, mais en approchant, il avait remarqué ses cheveux gris et ses vêtements démodés, et il avait compris que c'était une femme relativement âgée. Il avait ensuite pensé qu'elle avait pu faire un malaise, mais il avait alors découvert qu'elle avait les mains attachées dans le dos. Ce n'était qu'en arrivant tout près qu'il avait vu le trou béant dans son manteau.

« J'ai vu que la colonne vertébrale avait été arrachée, avait-il expliqué à Harry. Putain de merde, je l'ai *vu*. »

Il avait ensuite expliqué comment il s'était appuyé d'une main à la muraille au moment de vomir, et que ce n'était que plus tard, quand la police était venue et avait déplacé la bonne femme de sorte que le projecteur avait recommencé à éclairer le mur, qu'il avait compris ce qui poissait sur sa main. Il l'avait montrée à Harry, comme si c'était important.

Les TIC étaient venus, et Weber était allé voir Harry

tout en contemplant Signe Juul d'un œil endormi, avant de lui dire que ce n'était pas Dieu qui avait été le juge, mais le mec à l'étage inférieur.

Le seul témoin, c'était un veilleur qui surveillait les entrepôts. Il avait croisé une voiture en remontant Akershusstranda vers l'ouest, à trois heures moins le quart. Mais comme la voiture roulait pleins phares, il avait été aveuglé et n'avait pu en déterminer ni le modèle ni la couleur.

Ce fut comme si le pilote redonnait de la puissance. Harry se figura qu'ils essayaient de reprendre de l'altitude parce que le commandant de bord venait de découvrir les Alpes juste devant son cockpit. Puis ce fut comme si tout l'air qui se trouvait sous les ailes de l'avion de la Tyrolean Air avait disparu, et Harry sentit son estomac lui remonter sous les oreilles. Il gémit involontairement un instant après, lorsqu'ils furent renvoyés en l'air comme une balle en caoutchouc. On entendit le commandant de bord dire quelque chose en allemand et en anglais, où il était question de turbulences.

Aune avait souligné que si un individu n'avait pas la possibilité de ressentir la peur, il ne survivrait vraisemblablement pas vingt-quatre heures. Harry se cramponna aux accoudoirs en essayant de trouver du réconfort dans cette assertion.

C'était d'ailleurs Aune qui était indirectement à l'origine de la présence de Harry à bord du premier avion pour Vienne. Quand il avait eu les faits sur la table, il avait immédiatement dit que le facteur temps était capital.

« Si c'est un tueur en série, il est en train d'échapper à tout contrôle, avait dit Aune. Pas comme le tueur en série classique, qui est motivé par des pulsions sexuelles et qui cherche une satisfaction, mais qui est déçu à

chaque fois et accélère la cadence par pure frustration.
Ce meurtrier n'a manifestement pas des motivations
sexuelles, il suit un projet malsain qu'il doit exécuter, et
jusqu'ici, il a été prudent et a agi de façon rationnelle.
Que les meurtres se succèdent d'aussi près et qu'il
prenne de gros risques en soulignant ce que ses actions
ont de symbolique — comme le meurtre déguisé en
exécution le long de la forteresse d'Akershus — indique ou bien qu'il se sent invincible, ou bien qu'il est en
train de perdre les pédales, peut-être d'entrer dans une
psychose.

— Ou bien peut-être qu'il a encore un contrôle parfait des événements, avait dit Halvorsen. Il n'a pas fait
de gaffe. Nous n'avons toujours aucune piste. »

Et en ça, il avait sacrément raison, Halvorsen.
Aucune piste.

Mosken avait pu s'expliquer. Il avait répondu à
Drammen quand Halvorsen lui avait téléphoné le
matin même, puisque les taupes ne l'avaient absolument pas vu à Oslo. Ils ne pouvaient évidemment pas
savoir s'il disait vrai en expliquant qu'il était parti pour
Drammen après la fermeture de Bjerke, à dix heures et
demie, et qu'il était arrivé à destination à onze heures
et demie. Ou s'il y était arrivé à trois heures et demie
du matin, en ayant alors eu le temps d'assassiner Signe
Juul.

Harry avait demandé à Halvorsen de téléphoner aux
voisins et de leur demander s'ils avaient vu ou entendu
rentrer Mosken, sans se faire trop d'illusions. Et il avait
demandé à Møller d'aller discuter avec le procureur
d'un mandat de perquisition pour ses deux appartements. Harry savait que leurs arguments étaient vagues, et le procureur avait assez logiquement répondu
qu'il voulait en tout cas voir des choses qui ressemblaient à des indices avant de donner son feu vert.

Aucune piste. Il était temps de paniquer.

Harry ferma les yeux. Le visage d'Even Juul était toujours présent sur sa rétine. Gris, fermé. Il était recroquevillé dans son fauteuil, à Irisveien, la laisse du chien dans la main.

Puis les roues touchèrent l'asphalte, et Harry constata encore une fois qu'il faisait partie des trente millions de chanceux.

Le policier que le chef de la police de Vienne avait très gentiment mis à disposition comme chauffeur, guide et interprète, attendait dans le hall des arrivées, portant un costume sombre, des lunettes de soleil, une nuque de taureau et une feuille A4 sur laquelle on un avait écrit au gros feutre MR. HOLE.

La nuque de taureau se présenta comme « Fritz » (il faut bien qu'il y en ait, se dit Harry) et conduisit Harry jusqu'à une BMW bleu marine qui filait l'instant suivant vers le nord-ouest sur l'autoroute, en direction du centre-ville, en passant devant des usines à papier qui crachaient leur fumée blanche et des automobilistes bien élevés qui se rangeaient dans la file de droite quand Fritz appuyait sur le champignon.

« Tu vas habiter à l'hôtel des espions, dit Fritz.

— L'hôtel des espions ?

— Le vieil et honorable Imperial. C'est là que les agents russes et ceux des pays de l'ouest passaient pendant la guerre froide. Le chef de vos services doit avoir les moyens. »

Ils arrivèrent à Kärtner Ring, et Fritz pointa un doigt.

« C'est la tour de la cathédrale Saint-Stéphane, que tu vois au-dessus des toits, sur la droite, dit-il. Chouette, non ? Et voilà l'hôtel. J'attends ici pendant que tu vas signer leur registre. »

Le réceptionniste de l'Imperial sourit quand il vit Harry traverser le hall en écarquillant les yeux.

« Nous l'avons rénové pour quarante millions de schillings, pour qu'il soit exactement tel qu'il était avant la guerre. Il a été presque complètement détruit par les bombardements de 1944, et il était en assez mauvais état il y a encore quelques années. »

En sortant de l'ascenseur au deuxième étage, Harry eut l'impression d'avancer sur un fond de marécage mouvant, tant les tapis étaient épais et moelleux. La chambre n'était pas particulièrement grande, mais comptait un large lit à baldaquin qui avait également l'air d'avoir au moins cent ans. Lorsqu'il ouvrit la fenêtre, il inhala l'air chargé de l'odeur des viennoiseries du pâtissier installé de l'autre côté de la rue.

« Helena Mayer habite dans Lazarettsgaße* », informa Fritz lorsque Harry fut de retour à la voiture. Il donna un coup de klaxon à un automobiliste qui avait changé de file sans mettre son clignotant.

« Elle est veuve et a deux grands enfants. Elle a travaillé comme institutrice entre la fin de la guerre et son départ en retraite.

— Tu lui as parlé ?

— Non, mais j'ai lu son dossier. »

L'adresse dans Lazarettsgaße était celle d'un immeuble qui avait probablement dû être distingué, à une époque. Mais la peinture s'écaillait sur les murs de la vaste cage d'escalier, et l'écho de leurs pas traînants se mêla au bruit de l'eau qui tombait goutte à goutte.

Helena Mayer leur souriait dans l'ouverture de sa porte, au troisième étage. Ses yeux étaient marron et vivants, et elle s'excusa pour tous les escaliers.

---

* Rue de l'hôpital (militaire).

Son appartement était légèrement surmeublé et rempli de tous les bibelots que les gens collectent au cours d'une longue vie.

« Asseyez-vous, dit-elle. Je parle allemand, mais n'hésitez pas à me parler anglais, je ne comprends pas trop mal », dit-elle à Harry.

Elle alla chercher un plateau pour faire le service du café.

« *Strudel*, dit-elle en désignant le plat à gâteau.

— Miam, dit Fritz en se servant.

— Alors, vous connaissiez Gudbrand Johansen, dit Harry.

— Bien sûr. C'est-à-dire, nous l'appelions Urias, il avait insisté pour. Nous avons d'abord cru qu'il était un peu dérangé, que c'était dû à ses blessures.

— Quel genre de blessures ?

— À la tête. Et sa jambe, évidemment, c'était juste avant que le docteur Brockhard doive l'amputer.

— Mais il s'est remis et a été envoyé à Oslo durant l'été 1944, n'est-ce pas ?

— Oui, il était question qu'il y aille.

— Comment ça, il en était question ?

— Il a disparu, en fait. Et en tout cas, il n'est pas réapparu à Oslo, si ?

— Pas à ce qu'on en sait, non. Dites-moi, à quel point connaissiez-vous Gudbrand Johansen ?

— Bien. C'était un type extraverti et un conteur doué. Je crois que toutes les infirmières sont tombées amoureuses de lui, chacune à leur tour.

— Vous aussi ? »

Elle partit d'un rire clair plein de trilles.

« Moi aussi. Mais il n'a pas voulu de moi.

— Non ?

— Oh, j'étais jolie, je peux bien le dire… ce n'est pas à cause de ça. Mais c'était en fait une autre femme que voulait Urias.

— Ah oui ?

— Oui, elle s'appelait Helena, elle aussi.

— De quelle Helena s'agit-il ? »

La vieille femme plissa le front.

« Helena Lang, bien sûr. C'est en réalité le fait qu'ils se soient désirés l'un l'autre qui a été à l'origine de cette tragédie.

— Quelle tragédie ? »

Elle leva un regard étonné sur Harry, puis regarda Fritz et de nouveau Harry.

« Ce n'est pas pour ça que vous êtes là, alors ? dit-elle. À cause de ce meurtre ? »

86

Parc du Palais Royal, 14 mai 2000

C'était dimanche, les gens marchaient plus lentement que d'habitude, et le vieil homme avançait à la même allure qu'eux à travers le parc du Palais Royal. Près du poste de garde, il s'arrêta. Les arbres avaient cette teinte vert clair qu'il aimait par-dessus tout. Tous sauf un. Le grand chêne au milieu du parc ne verdirait jamais davantage. On pouvait déjà voir la différence. À mesure que l'arbre s'était éveillé de son sommeil hivernal, le liquide de vie avait commencé à circuler dans son tronc et à répandre le poison dans le réseau de vaisseaux. Il avait maintenant atteint chaque feuille et avait causé une hypertrophie qui les ferait flétrir, brunir et tomber en l'espace d'une semaine ou deux, et pour finir : qui ferait mourir l'arbre.

Mais ils ne l'avaient pas encore compris. Ils ne comprenaient certainement rien. Bernt Brandhaug n'avait pas fait partie du plan initial, et le vieux pouvait comprendre que cet attentat ait pu déstabiliser la police. Les propos de Brandhaug n'avaient été qu'une de ces coïncidences curieuses, et il avait bien ri en les lisant. Doux Jésus, il avait même été d'accord avec Brandhaug, on aurait dû pendre les perdants, c'est la loi de la guerre.

Mais qu'en était-il de toutes ces autres pistes qu'il leur avait données ? Ils n'avaient même pas réussi à mettre l'exécution près de la forteresse d'Akershus en rapport avec la grande trahison. Un déclic se ferait peut-être en eux la prochaine fois que les canons des remparts résonneraient.

Il chercha un banc des yeux. Les douleurs venaient à intervalles de plus en plus réduits, il n'avait pas besoin d'aller voir Buer pour qu'on lui dise que la maladie s'était étendue à tout son corps, il le sentait par lui-même. Ça ne tarderait plus.

Il s'appuya à un arbre. Le bouleau du roi*. Le gouvernement et le roi s'enfuient en Angleterre. « Les bombardiers allemands sont sur nous. » Le poème de Nordahl Grieg lui donnait la nausée. Il présentait la trahison du Roi comme un repli honorable, et le fait d'abandonner son peuple dans un instant de détresse comme un acte moral. Et en sécurité à Londres, le roi n'avait été qu'une de ces majestés en exil de plus, qui tenaient au cours de dîners diplomatiques des discours émouvants pour les bonnes femmes tout acquises de la classe supérieure, en s'accrochant à l'espoir que leur petit royaume voudrait un jour les voir revenir. Et une fois que tout fut fini, le bateau du prince héritier ac-

---

* Situé près de Glomstua, où le roi Haakon et le prince héritier Olav se réfugièrent pendant les bombardements de Molde (Møre og Romsdal) en avril 1940 ; aujourd'hui un des symboles de l'unité nationale.

costa et fut accueilli, toute l'assistance s'époumonant pour étouffer la honte, autant la sienne propre que celle du roi. Le vieux ferma les yeux face au soleil.

Des ordres criés, des bottes et des fusils AG3 claquèrent sur le gravier. Repos. Relève de la garde.

87

Vienne, 14 mai 2000

« Alors comme ça, vous ne le saviez pas ? » dit Helena Mayer.

Elle secoua la tête. Fritz était déjà occupé au téléphone à organiser une recherche dans les archives des affaires de meurtres frappées de prescription.

« On le retrouvera à coup sûr », murmura-t-il. Harry n'en doutait pas.

« Et donc, la police était sûre que Gudbrand Johansen avait tué son médecin ? demanda Harry à la vieille dame.

— Oh oui. Christopher Brockhard habitait seul dans l'un des logements de fonction de l'hôpital. La police a dit que Johansen avait cassé la vitre de la porte d'entrée et l'avait tué en plein sommeil, dans son lit.

— Comment... »

Madame Mayer passa un index sur sa gorge, en un geste théâtral.

« Je l'ai vu de mes propres yeux, ensuite. On était presque tenté de croire que le docteur l'avait fait lui-même, tant la coupure était impeccable.

— Hmm. Et comment la police pouvait-elle être aussi certaine que c'était Johansen ? »

Elle s'esclaffa.

« Oui, il faut que je vous raconte… parce que Johansen avait demandé au poste de garde où était l'appartement de Brockhard, et le garde l'avait vu aller se garer devant et passer la porte principale. Il était ensuite ressorti en courant et était parti à toute vitesse en voiture vers le centre-ville. Et le lendemain, il était parti, personne ne savait où, on savait simplement que conformément à son commandement, il devait être à Oslo dans les trois jours. La police norvégienne l'a attendu, mais il n'est jamais arrivé à destination.

— En dehors du témoignage du garde, vous souvenez-vous si la police a trouvé d'autres indices ?

— Si je m'en souviens ? Mais on a parlé de ce meurtre pendant des années ! Le sang retrouvé sur la vitre de la porte était du même groupe que le sien. Et la police a trouvé les mêmes empreintes digitales dans la chambre de Brockhard que sur la table de nuit et le lit d'Urias, à l'hôpital. En plus, ils avaient un motif…

— Oui ?

— Oui, ils se désiraient l'un l'autre, Gudbrand et Helena. Mais c'était Christopher qui devait avoir sa main.

— Ils étaient fiancés ?

— Non, non. Mais Christopher était fou d'Helena, tout le monde le savait. Helena venait d'une famille aisée qui avait été ruinée après que le père d'Helena avait été emprisonné, et une alliance avec la famille Brockhard leur permettait à elle et à sa mère de se remettre sur pied. Et puis, vous savez ce que c'est, une jeune femme a certaines obligations envers sa famille. En tout cas, elle en avait, à l'époque.

— Savez-vous où est Helena Lang aujourd'hui ?

— Mais vous n'avez pas touché au strudel, mon cher ! » s'exclama la veuve.

Harry s'en servit une grosse part, mâchonna et incita d'un signe de tête madame Mayer à continuer.

« Non, dit-elle. Je ne sais pas. Quand les gens ont su qu'elle était avec Johansen la nuit du meurtre, une enquête a été lancée pour la retrouver, elle aussi, mais ils n'ont rien trouvé. Elle a cessé de travailler à l'hôpital Rudolph II et a déménagé à Vienne. Elle a monté sa propre maison de couture, oui, c'était une femme forte et entreprenante, il m'arrivait de l'apercevoir dans la rue. Mais au milieu des années cinquante, elle a vendu la boutique, et je n'ai plus entendu parler d'elle ; d'aucuns disaient qu'elle était partie à l'étranger. Mais je sais à qui vous pouvez demander. Si elle est toujours en vie, soit dit en passant. Beatrice Hoffmann, elle était femme de chambre chez les Lang. Après le meurtre, la famille n'a plus eu les moyens de la garder, et elle a travaillé un temps à l'hôpital Rudolph II. »

Fritz était déjà de nouveau au téléphone.

Une mouche bourdonnait désespérément contre le cadre de la fenêtre. Elle ne suivait que son intelligence microscopique, et cognait encore et encore contre la vitre, sans comprendre grand-chose. Harry se leva.

« Strudel…

— La prochaine fois, madame Mayer, pour l'instant, le temps presse.

— Pourquoi ? demanda-t-elle. Tout ça s'est passé il y a plus d'un demi-siècle, vous avez tout votre temps.

— Eh bien… » commença Harry en observant la mouche noire, au soleil sous les rideaux de dentelle.

Fritz reçut un appel tandis qu'ils rentraient au commissariat, et effectua un demi-tour à ce point non réglementaire que les automobilistes qui les suivaient écrasèrent littéralement leur klaxon.

« Beatrice Hoffmann est encore vivante, dit-il en accélérant dans le carrefour. Elle est dans une maison de retraite sur Mauerbachstraße. C'est dans la forêt viennoise. »

Le turbo de la BMW hurla de plaisir. Les immeubles cédèrent la place à des maisons à colombages, des caves et finalement à la forêt verte de feuillus où la lumière de l'après-midi jouait dans les feuilles et composait une ambiance magique autour de l'allée de châtaigniers et de hêtres qu'ils remontaient à toute allure.

Une infirmière les conduisit dans le grand jardin.

Beatrice Hoffmann était assise sur un banc à l'ombre d'un grand chêne noueux. Un chapeau de paille trônait au-dessus de son minuscule visage ridé. Fritz s'adressa à elle en allemand et lui expliqua l'objet de leur visite. La vieille femme hocha la tête en souriant.

« J'ai quatre-vingt-dix ans, dit-elle d'une voix chevrotante. Et j'ai toujours les larmes aux yeux quand je pense à *Fräulein* Helena.

— Elle est vivante ? demanda Harry dans son allemand scolaire. Savez-vous où elle est ?

— Que dit-il ? demanda-t-elle en mettant une main en cornet derrière l'oreille, et Fritz le lui expliqua.

— Oui, dit-elle. Oui, je sais où est Helena. Elle est là-haut. »

Elle désigna la cime des arbres.

Et voilà, se dit Harry. Sénile. Mais l'ancêtre n'avait pas fini :

« Chez saint Pierre. De bons catholiques, les Lang, mais c'était Helena, l'ange de la famille. Comme je vous l'ai dit, j'en ai les larmes aux yeux, rien que d'y penser.

— Vous souvenez-vous de Gudbrand Johansen ? demanda Harry.

— Urias, dit Beatrice. Je ne l'ai rencontré qu'une fois. Un jeune homme charmant, beau, mais malade, malheureusement. Qui aurait cru qu'un garçon si poli et si gentil serait capable de tuer ? Les sentiments sont devenus trop forts, oui, pour Helena aussi, elle ne s'en est jamais remise, la pauvre. La police n'a jamais retrouvé Urias, et même si Helena n'a jamais été accusée de quoi que ce fût, André Brockhard a convaincu la direction de l'hôpital de la renvoyer. Elle a déménagé en ville et a travaillé un moment bénévolement pour le bureau de l'archevêque, jusqu'à ce que le manque d'argent l'oblige à trouver un travail rémunéré. Elle a alors créé sa maison de couture. En deux ans, elle avait employé quatorze femmes qui travaillaient à plein temps pour elle. Son père avait été relâché, mais il n'a trouvé de travail nulle part après ce scandale des banquiers juifs. Madame Lang a été celle pour qui la chute de la famille a été la plus pénible. Elle est morte en 1953, au terme d'une longue maladie, et monsieur Lang à l'automne de la même année, dans un accident de voiture. Helena a revendu la maison de couture en 1955, et sans rien dire à personne, elle a quitté le pays. Je me souviens du jour, c'était le 15 mai, le jour de la libération de l'Autriche. »

En voyant l'air surpris de Harry, Fritz lui donna l'explication :

« Le cas de l'Autriche est un peu à part. Ici, on ne fête pas la capitulation d'Hitler, mais le retrait des troupes alliées. »

Beatrice leur raconta dans quelles circonstances elle avait reçu l'avis de décès.

« Nous n'avions plus entendu parler d'elle pendant au moins vingt ans quand j'ai reçu une lettre envoyée de Paris. Elle écrivait qu'elle y passait des vacances avec son mari et sa fille. C'était une sorte d'ultime voyage, à ce que j'ai compris. Elle ne précisait pas où elle habitait, avec qui elle s'était mariée ou de quelle maladie elle souffrait. Juste qu'il ne lui restait pas long-temps et qu'elle voulait que j'aille allumer un cierge pour elle à la cathédrale Saint-Stéphane. C'était quelqu'un de peu commun, Helena. Elle avait sept ans quand un jour, elle est venue me trouver à la cuisine pour me dire en me regardant gravement que les hom-mes avaient été créés par Dieu pour aimer. »

Une larme coula le long de la joue ridée de la vieille.

« Je ne l'oublierai jamais. Sept ans. Je crois que c'est à ce moment-là qu'elle a pris la décision de vivre sa vie comme elle l'a fait ensuite. Et même si ça n'a très cer-tainement pas été ce qu'elle attendait et si les épreuves ont été aussi nombreuses que pénibles, je suis convain-cue qu'elle y a cru dur comme fer pendant toute sa vie… que les hommes ont été créés par Dieu pour aimer. Elle était comme ça, tout simplement.

— Avez-vous toujours cette lettre ? » demanda Harry.

Elle essuya une larme et acquiesça.

« Je l'ai dans ma chambre. Laissez-moi juste me sou-venir un peu d'elle, et on ira ensuite. C'est du reste la première nuit chaude de l'année. »

Ils se turent pour écouter le bruissement des bran-ches et les oiseaux qui chantaient pour le soleil qui des-cendait vers Sophienalpe, tandis que chacun pensait à sa propre mort. Les insectes sautaient et dansaient dans les rais de lumière, sous les arbres. Harry pensa à El-len. Il avait aperçu un oiseau dont il pouvait jurer que c'était le gobe-mouche qu'il avait vu en photo dans son guide ornithologique.

« Marchons un peu », dit Beatrice.

Sa chambre était petite et toute simple, mais gaie et agréable. Un lit bordait le mur le plus long, qui était couvert de photos et d'images de toutes tailles. Beatrice se mit à chercher dans les papiers que renfermait un grand tiroir de la commode.

« J'ai établi une logique, ce qui fait que je vais la retrouver », dit-elle. Bien sûr, se dit Harry.

Au même instant, il tomba par hasard sur une photo dans un cadre argenté.

« Voici la lettre », dit Beatrice.

Harry ne répondit pas. Il se contentait de regarder fixement la photo, et ne réagit que lorsqu'il entendit la voix de la femme, juste derrière lui :

« Cette photo a été prise pendant qu'Helena travaillait à l'hôpital. Elle était belle, vous ne trouvez pas ?

— Si, répondit Harry. Étrangement, j'ai l'impression de la connaître.

— Ce n'est pas si étonnant, dit Beatrice. Ça fait bientôt deux mille ans qu'elle sert de modèle pour les icônes. »

La nuit *fut* chaude. Chaude et étouffante. Harry se démenait dans son lit à baldaquin, il jeta la couverture par terre et arracha le drap tout en essayant de ne plus penser et de dormir. L'espace d'un instant, il avait pensé au minibar, mais il se souvint qu'il en avait ôté la clé du trousseau pour la laisser à la réception. Il entendit des voix dans le couloir, sentit quelqu'un près de la porte et bondit de son lit, mais personne n'entra. Puis les voix se firent entendre à l'intérieur, il sentit leur souffle chaud contre sa peau et entendit le bruit d'une étoffe qu'on déchire, mais lorsqu'il ouvrit les yeux, il vit des éclairs et comprit que c'était la foudre.

Il y eut un nouveau coup de tonnerre, qui résonna comme des explosions lointaines venant d'abord d'un endroit de la ville, puis d'un autre. Puis il se rendormit et l'embrassa, lui retira sa chemise de nuit claire, découvrant sa peau blanche et froide rendue rugueuse par la peur et la transpiration, et il la tint longtemps, très longtemps entre ses bras, jusqu'à ce qu'elle se réchauffe et se réveille à la vie, comme les images d'une fleur filmée durant un printemps entier et repassées à toute vitesse.

Il continua à l'embrasser, dans la nuque, sur l'intérieur des bras, sur le ventre, pas avec exigence, pas même pour la taquiner, juste mi-rassurant, mi-somnolent, comme s'il pouvait disparaître à n'importe quel moment. Et lorsqu'elle le suivit en hésitant, parce qu'elle pensait que l'endroit où ils allaient était sûr, il continua à ouvrir la marche jusqu'à ce qu'ils parviennent dans un paysage que lui non plus ne connaissait pas, et lorsqu'il se retourna, il était trop tard, et elle se jeta dans ses bras en le maudissant, en l'implorant et en le griffant jusqu'au sang de ses mains puissantes.

Ce fut sa propre respiration sifflante qui l'éveilla, et il dut se retourner dans le lit pour s'assurer qu'il était toujours seul. Tout s'était ensuite mélangé en un tourbillon de tonnerre, de sommeil et de rêves. Il fut réveillé au milieu de la nuit par la pluie qui tambourinait contre la fenêtre, et il se leva pour aller regarder la rue en contrebas, où l'eau débordait des caniveaux sur les trottoirs, charriant un chapeau perdu.

Lorsque le téléphone réveilla Harry, il faisait clair et les rues étaient sèches.

Il regarda l'heure sur la table de chevet. Il restait deux heures avant le décollage de l'avion pour Oslo.

88

Therese gate, 15 mai 2000

Le bureau de Ståle Aune était peint en jaune, et les murs étaient couverts de dessins d'Aukrust et d'étagères pleines de littérature spécialisée.

« Assieds-toi, Harry, dit le docteur Aune. Chaise, ou divan ? »

C'était son entrée en matière traditionnelle, et Harry répliqua en haussant le coin gauche de sa bouche, en un sourire c'est-drôle-mais-on-l'a-déjà-entendue. Quand Harry avait téléphoné depuis l'aéroport de Gardermoen, Aune lui avait répondu que bien sûr, il pouvait passer, mais qu'il avait peu de temps à lui consacrer puisqu'il devait partir pour un séminaire à Hamar dont il devait faire la conférence d'ouverture.

« Ça s'appelle *Problèmes liés au diagnostic de l'alcoolisme*, dit Aune. Ton nom ne sera pas mentionné.

— C'est pour ça que tu es costumé ? demanda Harry.

— Les vêtements font partie de nos émetteurs les plus puissants, répondit Aune en passant une main sur le revers de sa veste. Le tweed envoie un signal de masculinité et d'assurance.

— Et le nœud papillon ? demanda Harry en sortant un bloc-notes et un stylo.

— La facétie intellectuelle et l'arrogance. Le sérieux avec une pointe d'ironie, si tu veux. Plus qu'assez pour impressionner des collègues de second ordre, semble-t-il. »

Aune se renversa sur sa chaise avec une expression satisfaite, et croisa les mains sur son ventre prêt à éclater.

« Parle-moi plutôt du dédoublement de personnalité, dit Harry. Ou de la schizophrénie.

— En cinq minutes ? gémit Aune.

— Alors fais-moi un exposé.

— Pour commencer… Tu évoques la schizophrénie et le dédoublement de personnalité dans la foulée, c'est l'une des confusions ancrées chez les gens sans qu'on sache trop pourquoi. La schizophrénie est une appellation qui recouvre tout un tas d'affections mentales très variées, et n'a rien à voir avec le dédoublement de personnalité. C'est vrai que le grec *schizo* veut dire dédoublé, mais d'après le docteur Eugen Beuler, les fonctions psychologiques sont partagées dans le cerveau d'un schizophrène. Et si… »

Harry pointa un index vers la pendule.

« Oui, oui. Le dédoublement de personnalité dont tu parles est appelé MPD en américain. C'est un dérangement multiple de la personnalité défini par la présence en un seul individu de deux personnalités ou plus, et par le fait qu'elles sont dominantes à tour de rôle. Comme dans le cas du Dr. Jekyll et de Mr. Hyde.

— Alors ça existe ?

— Oh, oui. Mais c'est rare, bien plus rare que certains films hollywoodiens voudraient nous le faire croire. Dans toute ma carrière de psychologue longue de vingt-cinq ans, je n'ai jamais eu la chance de pouvoir observer ne serait-ce qu'un seul cas de MPD. Mais ça ne m'empêche pas d'en savoir un bout là-dessus.

— Comme quoi ?

— Comme par exemple qu'il est presque toujours associé à une perte de la mémoire. Ça veut dire que chez un patient atteint de MPD, l'une des personnalités peut se réveiller avec la gueule de bois en ignorant que c'est parce qu'elle cohabite avec un arsouille de première.

Oui, en fait, une personnalité peut être alcoolique, tandis que l'autre est ascétique.

— Pas au pied de la lettre, j'imagine…

— Si.

— Mais l'alcoolisme est une affection physique, que je sache…

— Oui, et ce sont ces choses qui rendent les MPD aussi fascinantes. J'ai un rapport sur un patient chez qui l'une des personnalités fumait énormément, tandis que l'autre ne touchait jamais une cigarette. Et quand on lui prenait la tension pendant que le fumeur était dominant, elle était plus élevée de vingt pour cent. Par ailleurs les rapports concernant des femmes atteintes de MPD mentionnent des règles plusieurs fois par mois, parce que chaque personnalité suit son propre cycle.

— Ces personnes peuvent donc modifier leur physique ?

— Jusqu'à un certain degré, oui. L'histoire du Dr. Jekyll et de Mr. Hyde n'est en réalité pas si éloignée de la réalité qu'on pourrait le croire. Dans une étude célèbre, le docteur Osherson décrivait un cas dont l'une des personnalités était hétérosexuelle, tandis que l'autre était homosexuelle.

— Est-ce que ces personnalités peuvent prendre plusieurs voix ?

— Oui, c'est d'ailleurs l'un des moyens les plus pratiques que nous ayons de constater les changements de personnalité.

— Assez différentes pour que quelqu'un qui connaît très bien la personne ne puisse pas reconnaître ses autres voix ? Au téléphone, par exemple ?

— Si la personne en question n'était pas au courant de son autre personnalité, oui. Pour une personne qui ne connaît le patient souffrant de MPD que superficiellement, le changement de mimiques et de langage corporel peut suffire à ce qu'il se trouve dans la même pièce sans reconnaître l'autre personne.

— Est-ce qu'il est concevable que la personne affectée de MPD puisse réussir à le dissimuler à ses proches ?

— On peut le penser, oui. La fréquence à laquelle la ou les autres personnalités surgissent relève du cas par cas, et certains peuvent même contrôler ces changements, dans une certaine mesure.

— Mais à ce moment-là, les deux personnalités doivent avoir connaissance l'une de l'autre ?

— Bien sûr, et ça non plus, ce n'est pas exceptionnel. Et exactement comme dans le roman *Dr. Jekyll & Mr. Hyde*, il peut survenir des conflits violents entre les deux personnalités, parce qu'elles ont des objectifs et des perceptions de la morale différents, des personnes de leur entourage qu'elles aiment ou qu'elles n'aiment pas, et ainsi de suite.

— En ce qui concerne l'écriture, est-ce qu'elles arrivent à tricher là-dessus aussi ?

— Il n'est pas question de tricherie, Harry. Toi non plus, tu n'es pas tout le temps rigoureusement une seule et même personne. Quand tu rentres chez toi après le boulot, il se passe tout un tas de petits changements imperceptibles, dans la façon dont tu parles, dans ce qu'exprime ton corps, etc. Et c'est curieux que tu mentionnes l'écriture, parce que j'ai ici, quelque part, un livre contenant la reproduction d'une lettre qu'un patient souffrant de MPD a écrite de dix-sept casses tout à fait différentes et cohérentes. Je peux essayer de le retrouver, un jour où j'aurai davantage de temps. »

Harry nota quelques mots-clés sur son bloc.

« Périodes de règles différentes, écritures différentes, c'est complètement dément.

— C'est toi qui le dis, Harry. J'espère que ça a pu t'aider, parce que maintenant, il faut que je me sauve. »

Aune se fit envoyer un taxi, et ils sortirent de concert dans la rue. Une fois sur le trottoir, Aune demanda à Harry si celui-ci avait des projets pour le 17 mai.

« Ma femme et moi recevons quelques amis pour le petit déjeuner. N'hésite surtout pas si tu veux venir.

— C'est très sympa de ta part, mais les néo-nazis ont prévu de "prendre" les Musulmans qui fêteront *eid* le 17, et on m'a chargé d'assurer la coordination de la surveillance à la mosquée de Grønland, dit Harry, à la fois heureux et confus de cette surprenante invitation. C'est toujours à nous autres célibataires qu'ils demandent de bosser pendant ce genre de fêtes familiales, tu comprends.

— Tu ne pourrais pas juste passer nous voir en vitesse ? La plupart de ceux qui viendront ont eux aussi d'autres choses de prévues pour la journée, tu sais…

— Merci. Je vais voir ce que je peux faire, et je te rappelle. Quel genre d'amis est-ce que tu as, d'ailleurs ? »

Aune vérifia que son nœud papillon était bien positionné.

« Rien que des gusses comme toi, dit-il. Mais ma femme connaît quelques gens bien. »

Au même instant, le taxi arriva le long du trottoir. Harry ouvrit la porte et Aune grimpa, mais au moment de refermer la portière, Harry pensa à quelque chose :

« C'est dû à quoi, les MPD ? »

Aune se pencha en avant et regarda Harry par en dessous.

« De quoi est-il question, en réalité, Harry ?

— Je n'en suis pas tout à fait sûr. Mais ça pourrait être important.

— Bon. Très souvent, les cas de MPD ont été victimes d'agression pendant leur enfance. Mais on peut également évoquer des causes traumatiques survenues plus tard. On se crée une nouvelle personne pour échapper à ses problèmes.

— De quel genre de causes traumatiques peut-il être question si on parle d'un adulte ?

— Il suffit d'avoir un peu d'imagination. Il peut avoir vécu une catastrophe naturelle, perdu quelqu'un qu'il aimait, avoir été exposé à la violence ou à la peur pendant un laps de temps assez long.

— Comme par exemple un soldat au cours d'une guerre ?

— La guerre pourrait sans aucun doute être un facteur déclenchant, oui.

— Ou une guérilla. »

Cette dernière réplique, Harry la dit pour lui-même, car le taxi d'Aune descendait déjà Therese gate.

« L'Écossais, dit Halvorsen.

— Tu vas passer le 17 mai au pub l'Écossais ? » demanda Harry avec une grimace, en posant son fourre-tout derrière le perroquet.

Halvorsen haussa les épaules.

« Une meilleure idée ?

— Si tu choisis un pub, choisis au moins quelque chose qui a un peu plus de classe que l'Écossais. Ou mieux, présente-toi aux pères de familles de la maison et reprends une de leurs gardes pendant le défilé des enfants. Gros bonus si tu travailles un jour férié, et pas de gueule de bois.

— Je vais y penser. »

Harry se laissa tomber dans son fauteuil.

« Tu ne veux pas le réparer ? Il a vraiment l'air *malade*.

— On ne peut pas le réparer, dit Harry d'un ton maussade.

— Sorry. Tu as trouvé quelque chose, à Vienne ?

— J'y viendrai. Toi d'abord.

— J'ai essayé de contrôler l'alibi d'Even Juul pour la disparition de sa femme. Il a prétendu qu'il se promenait en centre-ville, qu'il est passé à la brûlerie d'Ullevålsveien, mais qu'il n'a rencontré personne de sa connaissance susceptible de le confirmer. Les employés de la brûlerie disent qu'ils voient passer trop de monde pour pouvoir affirmer s'ils l'ont vu ou non.

— La brûlerie est pile en face de chez Schrøder, dit Harry.

— Et alors ?

— Oh, juste comme ça. Que dit Weber ?

— Ils n'ont rien trouvé. Weber a dit que si Signe Juul avait été emmenée à la forteresse dans la voiture que le gardien a vue, ils auraient dû trouver quelque chose sur ses vêtements, des fibres de la banquette arrière, de la terre ou de l'huile du coffre, n'importe quoi.

— Il avait étalé des sacs-poubelles dans le coffre, dit Harry.

— C'est aussi ce qu'a dit Weber.

— Est-ce que tu t'es intéressé aux brins d'herbe desséchés qu'on a retrouvés sur son manteau ?

— Ouaip. Ils *peuvent* correspondre à l'écurie de Mosken. Au milieu d'un million d'autres endroits.

— Du foin. Pas de la paille.

— Les brins d'herbe n'ont rien de particulier, Harry. Ce ne sont que… des brins d'herbe.

— Flûte. » Harry jeta un regard bougon autour de lui. « Et Vienne ?

— D'autres brins d'herbe. Tu t'y connais, en café, Halvorsen ?

— Hein ?

— Ellen faisait du vrai café. Elle l'achetait dans l'une des boutiques de Grønland. Peut-être...

— Non ! s'écria Halvorsen. Je ne te fais pas ton café.

— Qui ne tente rien n'a rien, dit Harry en se relevant. Je serai absent quelques heures.

— C'est tout ce que tu avais à me raconter sur Vienne ? Des brins d'herbe ? Même pas un brin de paille ? »

Harry secoua la tête.

« Désolé, une fausse piste, ça aussi. Tu t'y habitueras. »

Il s'était passé quelque chose. Harry remonta Grønlandsleiret en essayant de mettre le doigt sur ce que ça pouvait bien être. Il y avait quelque chose chez les gens dans la rue, il s'était passé quelque chose chez eux pendant qu'il était à Vienne. Il avait déjà bien progressé dans Karl Johans gate lorsqu'il comprit ce que c'était. L'été avait fait son entrée. Pour la première fois de l'année, Harry sentait l'odeur de l'asphalte, des gens qui le croisaient et des fleuristes de Grensen. Et quand il pénétra dans le parc du Palais Royal, l'odeur d'herbe coupée se fit si intense qu'il ne put s'empêcher de sourire. Un homme et une femme vêtus de l'uniforme des employés des lieux regardaient une cime et conversaient en secouant la tête. La fille avait déboutonné son haut d'uniforme pour le nouer autour de sa taille, et quand elle montra du doigt la cime de l'arbre, Harry remarqua que son collègue jetait plutôt un regard furtif sur son T-shirt moulant.

Dans Hegdehaugsveien, les boutiques de mode plus ou moins branchées lançaient leur dernière offensive commerciale visant à habiller les gens pour la fête du 17 mai. Les kiosques vendaient cocardes et drapeaux, et il entendait dans le lointain l'écho d'une fanfare qui peaufinait sa Gammel Jægermarsj. Ils avaient prévu des averses, mais il allait faire chaud.

Harry était en nage lorsqu'il sonna chez Sindre Fauke.

Fauke ne se réjouissait pas franchement à l'approche de la fête nationale.

« C'est gonflant. Et trop de drapeaux. Pas étonnant qu'Hitler se soit senti chez lui au milieu des Norvégiens, notre âme populaire est frénétiquement nationaliste. C'est juste qu'on n'ose pas l'admettre. »

Il les servit en café.

« Gudbrand Johansen a échoué à l'hôpital militaire de Vienne, dit Harry. La nuit qui a précédé son départ pour la Norvège, il a tué un médecin. Après ça, plus personne ne l'a vu.

— Voyez-vous ça, dit Fauke avant d'aspirer bruyamment le café bouillant. Je savais bien que ce gars-là ne tournait pas rond.

— Que peux-tu me dire d'Even Juul ?

— Beaucoup de choses. Si je le dois.

— Bon. Tu le dois. »

Fauke haussa un sourcil broussailleux.

« Es-tu sûr de ne pas être sur une fausse piste, Hole ?

— Je ne suis sûr de rien. »

Fauke souffla pensivement sur le contenu de sa tasse.

« O.K., si c'est vraiment nécessaire… Juul et moi étions liés d'une façon qui rappelle par bien des aspects celle dont Gudbrand Johansen était lié à Daniel Gudeson. J'étais le père de substitution d'Even. C'est sans doute dû au fait qu'il était orphelin. »

La tasse de Harry pila entre la table et ses lèvres.

« Il n'y a pas tant de monde que ça qui le savait, car Even fabulait assez librement, à l'époque. Son enfance imaginaire faisait intervenir plus de personnes, de détails, de lieux et de dates que dans la plupart des souvenirs d'une enfance réelle. La version officielle voulait qu'il ait grandi dans la famille Juul, qui possédait une ferme près de Grini. Mais la vérité, c'est qu'il a grandi chez différents parents adoptifs et dans des institutions aux quatre coins de la Norvège, avant de débarquer à douze ans chez les Juul, qui n'avaient pas d'enfant.

— Comment le sais-tu, il a peut-être menti là-dessus ?

— C'est une histoire un peu bizarre, mais une nuit qu'Even et moi étions de garde en même temps devant un cantonnement que nous avions établi dans les bois au nord de Harestua, ça a été exactement comme si quelque chose se passait en lui. Even et moi n'étions pas spécialement proches, à ce moment-là, et j'ai été très étonné quand il s'est mis tout à coup à me raconter qu'il avait été victime de maltraitance quand il était enfant, et que personne n'avait jamais voulu de lui. Il m'a révélé des détails très personnels sur sa vie, dont une partie étaient presque pénibles à entendre. Certains des adultes chez qui il était passé auraient mérité... » Fauke frissonna.

« Allons faire un tour, dit-il. La rumeur dit qu'il fait beau, dehors. »

Ils remontèrent Vibes gate jusqu'au Stensparken, où les premiers bikinis de l'année s'étaient installés et où un sniffeur s'était perdu après avoir quitté son domicile du haut de la butte et semblait avoir tout juste découvert la planète Terre.

« Je ne sais pas à quoi c'était dû, mais c'était comme si Even avait été quelqu'un d'autre, cette nuit-là, dit Fauke. Étrange. Mais le plus étrange, c'est que le lendemain, il a fait comme si de rien n'était, comme s'il avait oublié la conversation que nous avions eue.

— Tu dis que vous n'étiez pas proches l'un de l'autre, mais est-ce que tu lui as parlé de tes expériences sur le front de l'est ?

— Oui, bien sûr. Tu sais, il ne se passait pas grand-chose, dans la forêt, on devait juste se déplacer en approchant discrètement des Allemands. Et on se racontait donc des tas de longues histoires, pour patienter.

— Est-ce que tu as beaucoup parlé de Daniel Gudeson ? »

Fauke regarda longuement Harry. « Comme ça, tu as découvert qu'Even Juul est possédé par Daniel Gudeson ?

— Pour l'instant, je le devine, c'est tout.

— Oui, je lui ai beaucoup parlé de Daniel Gudeson, dit Fauke. C'était presque une légende, Daniel Gudeson. Ce n'est pas si souvent qu'on rencontre une âme aussi libre, forte et heureuse que la sienne. Et Even était fasciné par ces histoires, il fallait que je les lui raconte, encore et encore, en particulier celle de ce Russe que Daniel était allé enterrer.

— Savait-il que Daniel était passé par Sennheim, pendant la guerre ?

— Bien sûr. Tous les détails concernant Daniel, que j'oubliais petit à petit, Even s'en souvenait et me les rappelait. Pour une raison indéterminée, c'était comme s'il s'identifiait totalement à lui, bien que j'aie du mal à m'imaginer deux personnes plus différentes. Une fois, Even était beurré, il a proposé que je me mette à l'appeler Urias, exactement comme Daniel l'avait fait. Et si tu veux mon avis, ce n'est pas par hasard qu'il a jeté son dévolu sur la jeune Signe Alsaker, pendant le règlement de compte juridique.

— Ah ?

— Quand il a découvert que l'affaire de la fiancée de Daniel devait passer en jugement, il s'est pointé dans la salle d'audience et y a passé toute la journée, à la regarder. Exactement comme s'il avait décidé à l'avance qu'il la lui fallait.

— Parce qu'elle avait appartenu à Daniel ?

— Es-tu sûr que ce soit si important ? demanda Fauke en remontant si vite le chemin vers la butte que Harry dut allonger le pas pour ne pas se faire distancer.

— Plutôt.

— En fin de compte, je ne sais pas si je dois le dire, mais je crois pour ma part qu'Even Juul aimait le mythe de Daniel Gudeson plus fort qu'il a jamais aimé Signe Juul. L'admiration qu'il éprouvait pour Gudeson justifie selon moi d'une part qu'il n'ait pas repris ses études de médecine après la guerre et d'autre part qu'il se soit plutôt mis à étudier l'histoire. Parce qu'évidemment, c'est dans l'histoire de l'Occupation et des engagés dans l'armée allemande qu'il s'est spécialisé. »

Ils étaient arrivés au sommet, et Harry s'épongea. Fauke était à peine essoufflé.

« Ce n'est pas étonnant si Even Juul a si rapidement eu une position importante comme historien. En effet, en tant que résistant, il était l'instrument parfait, selon les pouvoirs publics, pour écrire l'histoire que la Norvège d'après-guerre méritait. Par l'omission de l'ample collaboration avec les Allemands et la mise en valeur du peu de résistance qu'il y avait eu. Par exemple, le naufrage du Blücher, dans la nuit du 9 avril, occupe cinq pages dans le livre de Juul, mais le fait qu'on ait envisagé de poursuivre près de cent mille Norvégiens durant le règlement de compte juridique est passé sous silence. Et ça a marché, le mythe d'un peuple uni contre le nazisme est bien vivant, à ce jour.

— Est-ce que c'est de ça que traite ton livre, Fauke ?

— J'essaie juste de rétablir la vérité. Even savait que ce qu'il écrivait était sinon des mensonges, au moins une déformation de la réalité. J'en ai parlé avec lui, un jour. Il s'est défendu en disant qu'à l'époque, ça servait à maintenir le peuple uni. La seule chose qu'il n'avait pas eu le cœur de représenter dans la lumière héroïque souhaitée, c'était la fuite du roi. Il n'est pas le seul résistant à s'être senti trahi en 1940, mais je n'ai jamais rencontré quelqu'un d'aussi partial dans sa réprobation qu'Even, même parmi les anciens engagés. N'oublie pas que toute sa vie, il a été abandonné par les personnes qu'il aimait et sur qui il comptait. Je crois qu'il haïssait tous ceux qui sont partis à Londres, sans exception, de tout son cœur. Réellement. »

Ils s'assirent sur un banc et regardèrent l'église de Fagerborg en contrebas, les toits de Pilestredet qui couraient vers la ville, et le fjord d'Oslo au loin, qui jetait des reflets bleus.

« C'est beau, dit Fauke. Si beau qu'il peut de temps à autre sembler valable de mourir pour ça. »

Harry tenta de tout assimiler, de tout faire concorder. Mais il manquait toujours un petit détail.

« Even a commencé à étudier la médecine en Allemagne, avant la guerre. Est-ce que tu sais où, en Allemagne ?

— Non, dit Fauke.

— Est-ce que tu sais s'il pensait se spécialiser ?

— Oui, il m'a raconté qu'à l'époque, il rêvait de marcher dans les traces de son célèbre père adoptif et celles de son père.

— Et ils étaient ?

— Tu n'as jamais entendu parler des médecins chefs Juul ? Ils étaient chirurgiens. »

89

Grønlandsleiret, 16 mai 2000

Bjarne Møller, Halvorsen et Harry descendaient côte à côte Motzfeldsgate. Ils étaient en plein centre du *Petit Karachi*, et les odeurs, les vêtements et les personnes faisaient autant penser à la Norvège que les kebabs qu'ils mâchonnaient faisaient penser aux saucisses Gilde. Un gamin en tenue de fête à la mode pakistanaise, mais portant une cocarde du 17 mai au revers doré de sa veste, arrivait en dansant sur le trottoir. Il avait un drôle de petit nez retroussé, et tenait un drapeau norvégien à la main. Harry avait lu dans le journal que les parents musulmans avaient organisé un 17 mai anticipé pour les enfants de façon à pouvoir se consacrer à *eid* le lendemain.

« Hourra ! »

Le gosse leur fit un grand sourire tout blanc en passant à toute vitesse à leur hauteur.

« Even Juul n'est pas n'importe qui, dit Møller. Il est peut-être notre historien de guerre le plus considéré. Si tout ça est vrai, ça va faire un schproum de tous les diables dans la presse. Sans parler de ce qui arrivera si on se plante. Si *tu* te plantes, Harry.

— Tout ce que je demande, c'est de pouvoir l'interroger en présence d'un psychologue. Et un mandat de perquisition pour sa baraque.

— Et tout ce que je demande, moi, c'est au minimum une preuve technique ou un témoin, dit Møller en gesticulant. Juul est quelqu'un de connu, et personne ne l'a vu à proximité des lieux des crimes. Pas une seule fois. Et ce coup de fil que la femme de Brandhaug a reçu de ton quartier général, par exemple ?

— J'ai montré la photo d'Even Juul à celle qui bosse chez Schrøder, dit Halvorsen.

— Maja, précisa Harry.

— Elle ne se souvenait pas l'avoir vu.

— C'est exactement ce que je dis, gémit Møller en essuyant la sauce qu'il avait autour de la bouche.

— Oui, mais j'ai montré la photo à quelques-uns des types qui étaient là, continua Halvorsen avec un rapide coup d'œil à Harry. Il y avait un vieux type en manteau qui a fait signe que oui, et qui m'a dit qu'il fallait qu'on le prenne.

— Manteau, dit Harry. C'est le Mohican. Konrad Åsnes, le marin. Un sacré bonhomme, mais plus un témoin fiable, j'en ai bien peur. Enfin bref. Juul a dit qu'il était passé à la brûlerie, en face dans la même rue. Il n'y a pas de téléphone à pièces, à cet endroit-là. Donc, s'il voulait appeler quelque part, il était tout naturel de traverser pour aller chez Schrøder. »

Møller fit la grimace et jeta un regard soupçonneux à son kebab. Après maintes hésitations il avait consenti à essayer le kebab burek dont Harry avait vanté les mérites par la formule « la Turquie rencontre la Bosnie qui rencontre le Pakistan qui rencontre Grønlandsleiret ».

« Tu crois sincèrement que c'est des trucs de dédoublement de personnalité, Harry ?

— Je trouve ça aussi incroyable que toi, chef, mais Aune dit que c'est une possibilité. Et il est tout à fait disposé à nous aider.

— Et tu crois donc qu'Aune peut hypnotiser Juul et invoquer ce Daniel Gudeson qui est en lui, et le faire passer aux aveux ?

— Il n'est même pas sûr qu'Even Juul sache ce qu'a fait Daniel Gudeson, ce qui rend absolument indispensable qu'on lui parle, dit Harry. D'après Aune, ceux qui souffrent de MPD sont heureusement parfaitement réceptifs à l'hypnose, puisque c'est exactement ce qu'ils font en permanence... de l'auto-hypnose.

— Super, dit Møller en levant les yeux au ciel. Et qu'est-ce que tu vas faire d'un mandat de perquisition ?

— Comme tu l'as dit toi-même, on n'a aucune preuve, pas de témoin, et on sait bien qu'on ne peut jamais être sûr que la cour marchera pour ce genre de trucs. Mais si on trouve le Märklin, c'est terminé, on pourra se passer de tout le reste.

— Hmm. » Møller s'arrêta sur le trottoir. « Le motif. » Harry le regarda, sans comprendre.

« Mon expérience me dit que même des personnes dérangées ont un motif dans leur folie. Et je ne vois pas celui de Juul.

— Pas celui de Juul, chef. Celui de Daniel Gudeson. Que Signe Juul soit d'une certaine façon passée à l'ennemi peut donner un motif de vengeance à Gudeson. Ce qu'il avait écrit sur le miroir — *Dieu est mon juge* — peut laisser supposer qu'il conçoit les meurtres comme la croisade d'un seul homme, qu'il mène un combat légitime même si les autres veulent le condamner.

— Et les autres meurtres ? Bernt Brandhaug, et si c'est effectivement le même meurtrier, comme tu le dis, Hallgrim Dale ?

— Je n'ai aucune idée de ce que peuvent être les motifs. Mais on sait que Brandhaug a été tué d'un coup de Märklin, et que Hallgrim Dale connaissait Daniel Gudeson. Et à en croire le rapport d'autopsie, Dale a eu la gorge ouverte à peu près comme si c'était un chirurgien qui était passé par là. Bien. Juul a commencé à étudier la médecine et rêvait de devenir chirurgien. Il a peut-être fallu que Dale meure parce qu'il avait découvert que Juul se faisait passer pour Daniel Gudeson. »

Halvorsen se racla la gorge.

« Qu'est-ce qu'il y a ? » demanda Harry d'un ton bourru. Il connaissait Halvorsen depuis suffisamment longtemps pour savoir qu'une remarque se profilait. Et selon toute probabilité une remarque bien fondée.

« D'après ce que tu as dit des MPD, il a fallu qu'il soit Even Juul à l'instant où il a tué Hallgrim Dale. Daniel Gudeson n'était pas chirurgien. »

Harry avala son dernier morceau de kebab, s'essuya la bouche avec sa serviette et chercha une poubelle dans les environs.

« Eh bien, dit-il. J'aurais pu proposer d'attendre avant de faire quoi que ce soit, jusqu'à ce que nous ayons les réponses à toutes nos questions. Je suis conscient que le procureur pourrait dire que nos indices sont minces. Mais ni nous ni lui ne pouvons ignorer que nous avons un suspect capable de tuer à nouveau. Tu as peur du barouf que ça fera dans les journaux si on interpelle Even Juul, chef, mais imagine le ramdam s'il en tuait d'autres. Et si les gens apprenaient qu'on le soupçonnait, mais qu'on ne l'a pas arrêté…

— Oui, oui, oui, je sais tout ça, dit Møller. Donc, toi, tu crois qu'il peut tuer à nouveau ?

— Il y a beaucoup de choses dont je ne suis pas sûr dans cette affaire, dit Harry. Mais s'il y a une chose dont je suis absolument convaincu, c'est qu'il n'a pas encore mené son projet à son terme.

— Et qu'est-ce qui te rend si sûr de ça ? »

Harry se donna une tape sur le ventre et fit un sourire en coin.

« Il y a quelqu'un, là-dedans, qui m'envoie des messages en morse, chef. Qu'il y a une raison pour qu'il se soit procuré le fusil à attentats le plus cher et le plus efficace au monde. Un des éléments qui a fait une légende de Daniel Gudeson, c'est qu'il était un tireur remarquable. Et à présent, on me communique qu'il a prévu de donner à cette croisade sa conclusion logique. Ça va être le couronnement de son œuvre, quelque chose qui va rendre immortelle la légende de Daniel Gudeson. »

La chaleur estivale disparut pendant un instant quand une dernière bouffée d'hiver balaya Motzfeldtsgate en soulevant poussière et détritus. Møller ferma les yeux, serra son manteau autour de lui et frissonna. Bergen, pensa-t-il. Bergen.

« Je vais voir ce que je peux faire, dit-il. Tenez-vous prêts. »

90

Hôtel de police, 16 mai 2000

Harry et Halvorsen se tenaient prêts. Tellement prêts qu'ils sursautèrent tous les deux quand le téléphone de Harry sonna. Il empoigna le combiné.

« Hole !

— Tu n'as pas besoin de crier, dit Rakel. C'est un peu pour ça qu'on a inventé le téléphone. Qu'est-ce que tu avais dit, déjà, à propos du 17 mai ?

— Quoi ? » Harry mit quelques secondes à percuter. « Que j'étais de garde ?

— L'autre chose, dit Rakel. Que tu remuerais ciel et terre.

— Tu es sérieuse ? » Harry sentit une drôle d'impression de chaleur dans le ventre. « Si je trouve quelqu'un pour me remplacer, vous voulez qu'on passe la journée ensemble ? »

Rakel s'esclaffa.

« Tu es tout mielleux, maintenant... Il faut que je t'informe que tu n'étais pas le premier sur la liste, mais puisque papa a décidé qu'il voulait être seul cette année, la réponse est oui, nous voulons être avec toi.

— Et qu'en pense Oleg ?

— C'était sa proposition.

— Ah oui ? Un mec marrant, cet Oleg. »

Harry était heureux. À tel point qu'il lui était difficile de parler d'une voix tout à fait normale. Et il se foutait d'Halvorsen et de son grand sourire, de l'autre côté du bureau.

« C'est d'accord ? » La voix de Rakel le chatouilla dans l'oreille.

« Si j'y arrive, oui. Je te rappelle.

— Oui, ou tu peux venir dîner ici ce soir. Si tu en as le temps, donc. Et envie. »

Ces mots venaient de façon si inconsidérée que Harry comprit qu'elle s'était entraînée à les manipuler avant d'appeler. Son rire bouillonnait en lui, sa tête était légère comme s'il avait inhalé une substance narcotique, et il était sur le point de dire oui lorsqu'il repensa à quelque chose qu'elle avait dit au Dinner : *Je sais que ça ne se limiterait pas à cette unique fois.* Ce n'était pas à dîner, qu'elle l'invitait.

Si tu en as le temps, donc. Et envie.

S'il devait paniquer, c'était le moment.

Un bip interrompit le cours de ses pensées.

« J'ai un appel sur l'autre ligne, Rakel, tu peux attendre un instant ?

— Bien sûr. »

Harry appuya sur la touche carrée, et entendit la voix de Møller :

« Le mandat d'arrêt est fin prêt. Le mandat de perquisition est en cours. Tom Waaler est prêt avec deux voitures et quatre hommes armés. J'espère au nom du

Ciel que le type que tu as dans le ventre est fiable, Harry.

— Il merde sur certaines lettres, mais jamais sur un message entier, dit Harry en faisant signe à Halvorsen d'enfiler sa veste. À plus tard. » Harry jeta le combiné en place.

Ils étaient dans l'ascenseur lorsque Harry se souvint que Rakel attendait toujours sur l'autre ligne. Il n'eut pas le courage d'essayer de découvrir ce que ça pouvait signifier.

91

Irisveien, Oslo, 16 mai 2000

La première journée de chaleur avait commencé à se rafraîchir quand la voiture de police arriva dans la zone pavillonnaire où régnait le calme de la soirée. Harry se sentait mal. Pas parce qu'il transpirait sous son gilet pare-balles, mais parce que c'était *trop* calme. Il regarda attentivement les rideaux derrière les haies soigneusement taillées, mais rien ne bougeait. Il avait l'impression d'être dans un western, à cheval, au moment de tomber dans une embuscade.

Harry avait tout d'abord refusé de mettre un gilet pare-balles, mais Tom Waaler, qui avait la responsabilité de l'opération, lui avait adressé un ultimatum simple : mettre son gilet ou rester chez lui. L'argument qu'une balle de Märklin transpercerait le panneau dorsal du gilet comme le célèbre couteau dans du beurre mou n'avait suscité qu'un haussement d'épaules indifférent de Waaler.

Ils se rendaient sur les lieux à deux voitures de police. L'autre, dans laquelle se trouvait Waaler, avait remonté Sognsveien pour prendre dans Ullevål Hageby de manière à arriver dans Irisveien du côté opposé, par l'ouest. Il entendit la voix de Waaler crachoter dans le talkie-walkie. Calme, assurée. Donner les instructions de placement, répéter les procédures et les mesures d'urgence, et demander à chaque policier de répéter ce qu'il devait faire.

« Si c'est un pro, il a pu connecter une alarme au portail, ce qui fait qu'on passe *par-dessus*, pas *au travers*. »

Il était doué, même Harry devait le reconnaître, et il était manifeste que les autres occupants de la voiture respectaient Waaler.

Harry pointa un doigt sur la maison de bois rouge :

« C'est ça.

— Alpha, dit dans le talkie-walkie la femme policier qui conduisait. Nous ne te voyons pas. »

Waaler : « On est juste au coin. Tenez-vous hors de vue de la maison jusqu'à ce que vous nous voyiez. Over.

— Trop tard, on y est. Over.

— O.K., mais restez dans la voiture jusqu'à ce que nous arrivions. Over and out. »

La seconde suivante, ils virent le nez de la voiture passer le virage. Ils parcoururent les cinquante derniers mètres et se garèrent de telle sorte qu'ils bloquèrent le chemin d'accès au garage. L'autre voiture s'arrêta juste devant le portail.

En sortant de voiture, Harry entendit l'écho sourd et paresseux d'une balle de tennis que frappait une raquette modérément tendue.

Le soleil était sur le retrait vers Ullernåsen, et une odeur de côtelettes de porc lui parvint d'une fenêtre de cuisine.

Puis le show commença. Deux des policiers sautèrent par-dessus la clôture en tenant leur pistolet automatique MP-5 prêt et contournèrent la maison à toute vitesse, un par la gauche et un par la droite.

La femme policier de la voiture dans laquelle se trouvait Harry resta assise ; elle était chargée du contact radio avec la centrale d'alerte et devait tenir d'éventuels spectateurs à distance. Waaler et le dernier policier attendirent que les deux autres soient en place, fixèrent leur talkie-walkie à leur poche de poitrine et sautèrent par-dessus le portail, leur pistolet de service brandi. Harry et Halvorsen étaient derrière la voiture, d'où ils observaient l'ensemble.

« Cigarette ? demanda Harry à la femme policier.

— Non merci, répondit-elle avec un sourire.

— Je me demandais si tu en *avais*... »

Elle cessa de sourire. Non-fumeuse typique, se dit Harry.

Waaler et le policier avaient pris position sur l'escalier, chacun d'un côté de la porte, quand le mobile de Harry sonna.

Harry vit la femme policier lever les yeux au ciel. Amateur typique, devait-elle se dire.

Harry voulut éteindre son mobile, mais vérifia juste si c'était le numéro de Rakel qui s'affichait sur l'écran. Le numéro lui disait quelque chose, mais ce n'était pas celui de Rakel. Waaler avait déjà levé la main pour donner le signal lorsque Harry réalisa qui l'appelait. Il arracha le talkie-walkie des mains de la femme policier qui le regardait, bouche bée.

« Alpha ! Stop ! Le suspect m'appelle sur mon portable à l'instant. Tu entends ? »

Harry jeta un coup d'œil vers l'escalier et vit Waaler hocher la tête. Il appuya sur le mobile et le colla à son oreille.

« Hole.

— Salut ! » À sa grande surprise, Harry entendit que ce n'était pas la voix d'Even Juul. « C'est Sindre Fauke. Désolé de te déranger, mais je suis chez Even Juul, et je crois que vous devriez venir par ici.

— Pourquoi ça ? Et que fais-tu là ?

— Parce que je crois qu'il a pu se fourrer une bêtise dans le crâne. Il m'a appelé il y a une heure pour me dire que je devais venir immédiatement, qu'il était en danger de mort. J'ai pris la voiture pour venir ici, j'ai trouvé la porte ouverte, mais pas d'Even. Et maintenant, j'ai peur qu'il se soit enfermé dans la chambre à coucher.

— Pourquoi penses-tu ça ?

— La porte de la chambre est fermée, et quand j'ai essayé de regarder par le trou de la serrure, la clé m'a empêché de voir de l'autre côté.

— O.K., dit Harry en contournant la voiture et en allant vers le portail. Écoute-moi bien. Reste exactement où tu es, si tu as quelque chose dans les mains, pose-le et lève les mains pour qu'on puisse bien les voir. On est là dans deux secondes. »

Harry passa le portail, monta les escaliers sous le regard éberlué de Waaler et de l'autre policier, puis abaissa la poignée de la porte et entra.

Fauke était dans l'entrée et tenait encore le combiné en les regardant d'un air ahuri.

« Ça alors, dit-il simplement en voyant Waaler avec son revolver en pogne. Vous avez fait vite…

— Où est la chambre à coucher ? » demanda Harry. Fauke désigna l'escalier sans piper.

« Montre-nous », dit Harry.

Fauke ouvrit la voie aux trois policiers.

« Ici. »

Harry éprouva la porte qui se révéla effectivement fermée. Il tourna une clé qui attendait dans la serrure, mais en vain.

« Je n'ai pas eu le temps de le dire, mais j'ai essayé d'ouvrir au moyen d'une des clés de l'autre chambre, dit Fauke. Il arrive que ça corresponde. »

Harry retira la clé et colla son œil au trou de serrure. De l'autre côté, il vit un lit et une table de nuit. Quelque chose qui ressemblait à un plafonnier démonté était posé sur le lit. Waaler parlait à voix basse dans son talkie-walkie. Harry sentit la sueur recommencer à ruisseler sous son gilet pare-balles. Le plafonnier ne lui disait rien qui vaille.

« Il me semblait que tu avais dit que la clé était de l'autre côté aussi.

— Oui, dit Fauke. Jusqu'à ce que je la pousse en voulant essayer l'autre clé.

— Alors comment allons-nous entrer ?

— C'est en cours », dit Waaler derrière lui, et au même moment, de lourds bruits de bottes se firent entendre dans l'escalier. C'était l'un des policiers qui avait pris position derrière la maison. Il portait une pince monseigneur rouge.

« Celle-là », indiqua Waaler.

Les échardes volèrent et la porte s'ouvrit.

Harry entra et entendit derrière lui que Waaler demandait à Halvorsen d'attendre à l'extérieur.

La première chose que Harry remarqua fut la laisse. Qu'Even Juul s'était pendu avec. Il était mort dans une chemise blanche, ouverte au cou, un pantalon noir et des chaussettes à carreaux. Une chaise était renversée contre la penderie derrière lui. Ses chaussures étaient soigneusement rangées sous la chaise, l'une à côté de l'autre. Harry leva les yeux au plafond. La laisse était effectivement attachée à un support de lampe. Harry essaya de l'éviter, mais ne put s'empêcher de regarder le visage d'Even Juul. Un œil regardait dans la pièce, l'autre était braqué sur Harry. Indépendants. Comme chez un troll bicéphale, avec un œil sur chaque tête. Il alla à la fenêtre qui donnait à l'ouest et vit les gamins arriver sur leurs bicyclettes dans Irisveien, attirés par les rumeurs de voitures de police qui se répandent toujours à une vitesse inexplicable dans ce genre de voisinage.

Harry ferma les yeux et réfléchit. *La première impression est importante, ta première pensée quand tu te retrouves confronté à quelque chose est souvent la plus juste.* Ellen le lui avait appris. Son élève lui avait appris à se concentrer sur la première chose qu'il ressentait en arrivant sur une scène de crime. C'est pour cette raison que Harry n'eut pas besoin de regarder derrière lui pour voir que la clé était par terre, qu'ils ne trouveraient aucune empreinte digitale d'une autre personne dans la pièce, que personne n'était entré par effraction. Tout simplement parce que la victime et son bourreau étaient suspendus au plafond. Le troll bicéphale avait éclaté.

« Appelle Weber, dit Harry à Halvorsen, qui était arrivé dans l'ouverture et regardait le pendu. Il avait peut-être prévu une autre façon de se ressourcer pour demain, mais console-le en disant que ce sera du gâteau, ici. Even Juul a démasqué le meurtrier et a dû payer de sa vie.

— Et qui est-ce ? demanda Waaler.

— Était. Lui aussi est mort. Il s'appelait Daniel Gudeson, et se trouvait dans la propre tête de Juul. »

En ressortant, Harry demanda à Halvorsen de dire à Weber qu'il devait appeler Harry s'il retrouvait le Märklin.

Harry s'arrêta sur les marches et regarda autour de

lui. Il fut stupéfait de voir la quantité de voisins qui avaient tout à coup des tas de choses à faire dans leur jardin en marchant sur la pointe des pieds pour pouvoir regarder de l'autre côté de la haie. Waaler sortit à son tour et s'arrêta à côté de Harry.

« Je n'ai pas bien compris ce que tu as dit, à l'intérieur, dit-il. Tu veux dire que le type s'est suicidé à cause de la culpabilité qu'il ressentait ? »

Harry secoua la tête.

« Non, je voulais dire ce que j'ai dit. Ils se sont tués l'un l'autre. Even a tué Daniel pour l'arrêter. Et Daniel a tué Even pour que celui-ci ne le démasque pas. Pour une fois, ils ont eu un intérêt commun. »

Waaler acquiesça, mais sans avoir l'air de mieux comprendre.

« J'ai l'impression de connaître le vieux, dit-il. Le vivant, je veux dire.

— Eh bien… C'est le père de Rakel Fauke, si tu…

— Bien sûr, ça a fait un sacré barouf au SSP. C'est ça.

— Tu as une clope ? demanda Harry.

— *Nix.* Ce qui va se passer ici par la suite te regarde, Hole. Je pensais m'en aller, alors dis-moi si tu as besoin d'aide pour autre chose. »

Harry secoua la tête, et Waaler alla vers le portail.

« Si, à propos, dit Harry. Si tu n'as rien de prévu pour demain, j'ai besoin d'un policier expérimenté pour prendre ma garde. »

Waaler continua de marcher en riant.

« Il s'agit juste de diriger la garde pendant l'office à la mosquée de Grønland, demain, cria Harry. Il me semble que tu as un certain talent pour ce genre de choses. Il faut juste qu'on veille à ce que les crânes rasés ne fassent pas leur fête aux Musulmans parce que ceux-ci fêtent *eid*. »

Arrivé au portail, Waaler pila.

« Et c'est toi qui es chargé de ça ? demanda-t-il par-dessus son épaule.

— C'est juste un petit truc, dit Harry. Deux voitures, quatre hommes.

— Combien de temps ?

— De huit à trois. »

Waaler se retourna avec un grand sourire.

« Tu sais quoi ? dit-il. En y réfléchissant, ce n'est pas plus que ce que je te dois. C'est bon, je la prends, ta garde. »

Waaler leva un index à son front, s'installa au volant, démarra et disparut.

Qu'il me doit pour quoi ? se demanda Harry en écoutant le claquement indolent qui venait du court de tennis. Mais l'instant d'après, il n'y pensait plus, car son mobile s'était remis à sonner, et cette fois, *c'était* le nu-méro de Rakel qui s'affichait sur l'écran.

92

Holmenkollveien, 16 mai 2000

« C'est pour moi ? »

Rakel battit des mains et prit le bouquet de margue-rites.

« Je n'ai pas eu le temps de passer chez le fleuriste, alors elles viennent de ton jardin, dit Harry en entrant. Mmm, ça sent le lait de coco. Thaïlandais ?

— Oui. Et mes compliments pour ton nouveau cos-tume.

— Ça se voit tant que ça ? »

Rakel éclata de rire et passa une main sur le revers de la veste.

« Belle qualité de laine.

— Super 110. »

Harry n'avait aucune idée de ce qu'était le super 110. Dans un accès de témérité, il avait lancé l'assaut contre une des boutiques branchées de Hegdehaugsveien à l'heure de la fermeture, et avait mis tous les employés à la recherche du seul costume dans lequel on puisse faire entrer son grand corps. Sept mille couronnes, la somme était bien supérieure à ce qu'il avait pensé payer, mais c'était ça ou ressembler à un mauvais numéro de music-hall, dans son vieux costume ; il avait donc fermé les yeux, passé sa carte dans le sabot et essayé de penser à autre chose.

Ils entrèrent dans la salle à manger, où la table était dressée pour deux.

« Oleg dort », dit-elle avant que Harry n'ait eu le temps de poser la question. Un ange passa.

« Je ne veux pas dire que…

— Ah non ? » répondit Harry avec un sourire. Il ne l'avait encore jamais vue rougir. Il l'attira vers lui, inhala l'odeur de ses cheveux lavés de frais et sentit qu'elle tremblait imperceptiblement.

« Le dîner… » murmura-t-elle.

Il la lâcha et elle disparut à la cuisine. La fenêtre était ouverte sur le grand jardin au-dessus duquel des oiseaux qui, la veille encore, n'étaient pas là voletaient comme des confettis dans le soleil couchant. Ça sentait le savon noir et le parquet humide. Harry ferma les yeux. Il savait qu'il lui faudrait de nombreuses autres journées comme celle-ci avant que l'image d'Even Juul dans sa laisse ne disparaisse complètement, mais ça s'estompait. Weber et ses subordonnés n'avaient pas trouvé le Märklin, mais ils avaient retrouvé Burre, le

chien. Dans un sac-poubelle au congélateur, la gorge
tranchée. Et dans une caisse à outils, ils avaient retrouvé trois couteaux, tous trois tachés de sang. Harry
paria que l'un d'eux avait tué Hallgrim Dale.

Rakel lui cria depuis la cuisine de venir l'aider à porter. Ça s'estompait déjà.

93

Holmenkollveien, 17 mai 2000

La musique de fanfare allait et venait au gré du vent.
Harry ouvrit les yeux. Tout était blanc. La lumière
blanche du soleil qui clignotait et envoyait des signaux
codés entre les rideaux blancs battant au vent, les murs
blancs, le plafond blanc et les draps blancs, doux et ra-
fraîchissants contre la peau brûlante. Il se retourna.
L'oreiller portait toujours l'empreinte d'une tête de
femme, mais le lit était vide. Il regarda sa montre. Huit
heures cinq. Oleg et elle étaient en chemin pour la forteresse, d'où le défilé des enfants devait partir. Ils
avaient prévu de se retrouver devant le poste de garde
du palais à onze heures.

Il ferma les yeux et se repassa encore une fois le film
de la nuit. Puis il se leva et alla en traînant les pieds
jusqu'à la salle de bains. Blanc, là aussi, carrelage
blanc, porcelaine blanche. Il se doucha à l'eau froide et
avant d'en avoir conscience, il s'entendit chanter un
vieux tube des The The :

« ... *a perfect day !* »

Rakel avait mis une serviette à sa disposition, blanche, et il se frictionna pour faire redémarrer la circula-

tion sanguine avec l'épaisse étoffe de coton, tout en étudiant son visage dans le miroir. Il était heureux, à présent, non ? À cet instant. Il sourit au visage devant lui. Celui-ci lui renvoya son sourire. Ekman et Friesen. Souris au monde…

Il éclata de rire, noua la serviette autour de ses reins et se glissa pieds nus à travers le couloir et dans la chambre, en laissant des flaques d'eau derrière lui. Il mit une seconde à s'apercevoir qu'il s'était trompé de chambre, car à nouveau, tout était blanc : les murs, le plafond, une commode garnie de portraits de famille et un lit soigneusement fait recouvert d'un dessus de lit ouvragé et vieillot.

Il se retourna pour partir et s'immobilisa en arrivant à la porte. Il resta ainsi, comme si une partie de son cerveau lui ordonnait d'oublier et de continuer, et une autre de revenir sur ses pas pour vérifier qu'il avait bien vu ce qu'il avait cru voir. Ou plus exactement : ce qu'il craignait d'avoir vu. Il ne savait pas ce qu'il redoutait en particulier, ni pourquoi il le craignait, il savait simplement que quand tout est parfait, ça ne peut plus s'améliorer et on ne veut rien changer, pas le moindre détail. Mais c'était trop tard. Évidemment, c'était trop tard.

Il inspira profondément, se retourna et revint sur ses pas.

La photo en noir et blanc se présentait dans un cadre doré tout simple. La femme qui y figurait avait un visage mince, haut, des pommettes saillantes et un regard sûr et enjoué qui fixait un point un peu au-delà de l'appareil, vraisemblablement le photographe. Elle avait l'air forte. Elle portait un simple chemisier par-dessus lequel pendait une croix d'argent.

Ça fait bientôt deux mille ans qu'elle sert de modèle pour les icônes.

Ce n'était pas pour ça qu'il avait eu l'impression de la connaître la première fois qu'il avait vue une photographie la représentant.

Il n'y avait aucun doute. C'était la femme qu'il avait vue en photo dans la chambre de Beatrice Hoffmann.

NEUVIÈME PARTIE

JUGEMENT DERNIER

94

Oslo, 17 mai 2000

J'écris ceci pour que celui qui le trouvera sache un peu comment j'ai choisi de faire ce que j'ai fait. Dans ma vie, il m'a souvent fallu choisir entre deux ou plusieurs maux, et c'est en fonction de cela que je dois être jugé. Mais il faut aussi prendre en considération le fait que je n'ai jamais fui ces choix, que je ne me suis jamais dérobé à mes obligations morales, que j'ai préféré prendre le risque d'un mauvais choix plutôt que de vivre lâchement, comme une personne de la majorité silencieuse, une personne qui cherche la sécurité du troupeau et qui le laisse décider pour lui. J'ai effectué ce dernier choix dans le but d'être prêt à retrouver le Seigneur et Helena.

« Merde ! »

Harry se jeta sur le frein au moment où le troupeau de personnes en robes et costumes traditionnels se mit à déferler sur le passage piéton du carrefour de Majorstua. On eût dit que toute la ville était déjà sur pieds. Et

que le feu ne repasserait jamais au vert. Il put finalement lâcher l'embrayage et accélérer. Il se gara en double file dans Vibes gate, trouva la sonnette de Fauke et
l'enfonça. Un marmot passa en courant dans ses belles
chaussures qui claquaient sur le pavé et le bêlement
puissant de sa trompette en plastique fit sursauter
Harry.

Fauke ne répondit pas. Harry retourna à sa voiture,
attrapa la pince monseigneur qu'il avait toujours à portée de main au pied de la banquette arrière en prévision des facéties de la serrure du hayon. Il fit demi-tour
et appuya ses deux avant-bras sur la double rangée de
sonnettes. Au bout de quelques secondes jaillit une cacophonie de voix énervées, visiblement pressées, avec
un fer à repasser et une boîte de cirage dans les mains.
Il dit qu'il était de la police, et quelqu'un dut le croire,
car un grésillement agacé résonna dans la serrure et il
put pousser la porte. Il grimpa les marches quatre à
quatre. Il arriva au troisième, le cœur battant encore un
peu plus fort qu'il ne l'avait fait sans discontinuer depuis qu'il avait vu la photo dans la chambre à coucher,
un quart d'heure plus tôt.

> *La mission que je me suis confiée a déjà coûté la vie
> à des innocents, et il y a toujours le risque que
> d'autres vies soient menacées. Il en sera toujours
> ainsi en situation de guerre. Alors jugez-moi
> comme un soldat qui n'a pas tellement eu le choix.
> Tel est mon désir. Mais si vous devez me juger sé-
> vèrement, sachez que vous non plus, vous n'êtes pas
> infaillibles, et il en sera toujours ainsi, aussi bien
> pour vous que pour moi. En fin de compte nous
> n'avons qu'un juge : Dieu. Voici mes mémoires.*

Harry abattit par deux fois son poing sur la porte de
Fauke en criant son nom. N'obtenant pas de réponse, il

glissa la pince monseigneur juste sous la serrure et se jeta dessus. À la troisième tentative, la porte céda avec fracas. Il passa le seuil. L'appartement était sombre et silencieux, et lui rappela étrangement la chambre qu'il venait de quitter ; ils avaient tous deux un côté vide et abandonné. Il comprit pourquoi en entrant au salon. Il *était* abandonné. Tous les papiers qui avaient traîné par terre, les livres sur les étagères de guingois et les tasses de café à moitié pleines, tout avait disparu. Les meubles avaient été repoussés dans un coin et recouverts de linges blancs. Un rai de soleil tombait depuis la fenêtre sur une pile de papiers entourée d'un élastique, qui gisait au beau milieu du salon vide.

> *Quand vous lirez ceci, espérons que je serai mort.*
> *Espérons que nous serons tous morts.*

Harry s'accroupit à côté de la pile de papiers.

La grande trahison figurait sur la première page, écrit à la machine. *Les mémoires d'un soldat.*

Harry ôta l'élastique.

Page suivante : *J'écris ceci pour que celui qui le trouvera sache un peu comment j'ai choisi de faire ce que j'ai fait.* Harry tourna quelques pages. Il devait y en avoir plusieurs centaines, recouvertes d'une écriture serrée. Il regarda l'heure. Huit heures et demie. Il retrouva le numéro de Fritz, à Vienne, dans son calepin, s'empara de son mobile et attrapa l'Autrichien au vol tandis qu'il rentrait chez lui après sa garde nocturne. Après avoir conversé pendant une minute avec Fritz, Harry appela les renseignements qui trouvèrent le numéro et le mirent en relation.

« Weber.

— Hole. Joyeuse fête, ce n'est pas ce qu'on dit ?

— Au diable. Qu'est-ce que tu veux ?

— Eh bien... tu as certainement des projets pour la journée...

— Oui. J'avais prévu de garder ma porte verrouillée, mes fenêtres fermées et de lire les journaux. Accouche.

— J'ai besoin qu'on prenne quelques empreintes digitales.

— Super. Quand ?

— Tout de suite. Prends ta valise pour pouvoir les envoyer d'ici. Et j'ai besoin d'un pistolet de service. »

Harry lui donna l'adresse. Puis il prit la pile de papiers, s'assit sur l'une des chaises recouvertes de leur suaire, et se mit à lire.

95

Leningrad, 12 décembre 1942

Les feux éclairent le ciel nocturne gris qui ressemble à une toile de tente sale tendue au-dessus de ce paysage lugubre et nu qui nous entoure de tous côtés. Les Russes ont peut-être lancé une offensive, peut-être font-ils juste semblant, c'est le genre de choses que l'on ne sait qu'après coup. Daniel s'est à nouveau révélé être un tireur fantastique. S'il n'était pas déjà une légende, il s'est assuré l'immortalité aujourd'hui. Il a tué un Russe à pratiquement cinq cents mètres de distance. Il s'est ensuite rendu sur le no man's land par ses propres moyens et a offert au défunt un enterrement chrétien. Je n'ai jamais entendu que quiconque ait fait ça auparavant. Il est revenu avec la casquette du soldat, en guise de trophée. Il était ensuite en grande forme, comme à son habitude, et a chanté et égayé tout le monde (à part quelques rabat-joie envieux). Je suis très fier de compter une personne aussi entière et courageuse parmi mes amis. Même si certains jours il me semble que cette guerre ne s'arrêtera jamais et que les sacrifices pour notre patrie sont bien grands, un homme tel que Daniel Gudeson nous donne l'espoir que nous arriverons à arrêter les bolcheviks et que nous pourrons rentrer dans une Norvège sûre et libre.

Harry regarda l'heure et tourna quelques pages.

96

Leningrad, nuit du 1ᵉʳ janvier 1943

quand j'ai vu la peur dans les yeux de Sindre Fauke, j'ai dû lui glisser quelques mots pour le tranquilliser et calmer sa vigilance. Il n'y avait que nous deux dans le nid de mitrailleuse, les autres étaient partis se recoucher, et le cadavre de Daniel se raidissait sur les caisses de munitions. J'ai alors fait sortir un peu plus du sang de Daniel de sa cartouchière. La lune était bien visible, et il neigeait en même temps, une nuit étrange, et je me suis dit : « Je réunis à présent les morceaux détruits de Daniel et je les ré-assemble, je le recompose en entier pour qu'il puisse se lever et nous diriger. » Sindre Fauke ne comprenait pas, c'était un collaborateur, un opportuniste et un donneur qui ne suivait que celui qui à ses yeux serait le vainqueur. Et ce jour où tout semblait si sombre, pour nous, pour Daniel, il a voulu nous trahir à son tour. Je me suis rapidement avancé pour me retrouver juste derrière lui, je lui ai posé doucement la main sur le front et j'ai fait tourner la baïon-

nette. Il faut un geste assez rapide pour obtenir une coupure à la fois profonde et nette. Je l'ai lâché aussitôt l'entaille faite, car je savais que le travail était accompli. Il a fait quelques pas lents en me regardant de ses petits yeux de porc et a semblé vouloir crier, mais la baïonnette avait sectionné la trachée et la plaie béante n'a émis qu'un sifflement faible. Et du sang. Il a posé les deux mains autour de son cou pour empêcher la vie de s'échapper, avec pour seul résultat de faire gicler le sang en minces jets entre ses doigts. Je suis tombé, et j'ai dû me traîner à reculons dans la neige pour ne pas en avoir sur mon uniforme. Des taches de sang fraîches ne feraient pas bonne impression s'ils se mettaient dans le crâne d'enquêter sur la « désertion » de Sindre Fauke.

Quand il n'a plus bougé, je l'ai retourné sur le dos et je l'ai traîné jusqu'aux caisses de munitions sur lesquelles on avait étendu Daniel. Heureusement, ils étaient de constitution assez semblable. J'ai trouvé les papiers de Sindre Fauke. Nous les avons toujours sur nous, de jour comme de nuit, car si on nous arrête sans papier précisant qui on est et autres détails d'affectation (infanterie, division Nord, date, timbre, etc.), on risque d'être fusillé sur-le-champ pour désertion. J'ai fait un rouleau des papiers de Sindre et je les ai glissés dans la gourde qui pendait à ma bandoulière. Puis j'ai retiré le sac de la tête de Daniel et je l'ai enroulé autour de celle de Sindre. J'ai ensuite pris Daniel sur mon dos et je l'ai porté dans le no man's land. Et là, je l'ai enterré dans la neige, tout comme Daniel avait enterré Urias, le Russe. J'ai gardé la casquette d'uniforme russe de Daniel. Chanté un psaume. « Notre Dieu est aussi solide qu'un château ». Et « Viens dans le cercle autour du feu ».

97

Leningrad, 3 janvier 1943

Un hiver doux. Tout s'est passé comme prévu. Tôt dans la matinée du 1ᵉʳ janvier, les brancardiers sont venus chercher le cadavre qui gisait sur les caisses de munitions, comme ils en avaient reçu la consigne, et ils ont évidemment cru que c'était Daniel Gudeson qu'ils emportaient sur le traîneau, à la division Nord. J'ai toujours envie de rire quand j'y pense. Je ne sais pas s'ils ont retiré le sac qu'il avait autour de la tête avant de le balancer dans la fosse commune, et ça ne m'a d'ailleurs pas inquiété, puisque les brancardiers ne connaissaient ni Daniel ni Sindre.

La seule chose qui m'inquiète, c'est qu'on dirait qu'Edvard Mosken s'est mis à soupçonner que Sindre Fauke n'a pas déserté, mais que je l'ai tué. Il n'y a pourtant pas grand-chose qu'il puisse faire, le corps de Sindre Fauke est complètement calciné (puisse son âme brûler éternellement) et méconnaissable au milieu de cent autres.

Mais cette nuit, pendant la relève, il m'a fallu effectuer l'opération la plus audacieuse de toutes. J'avais petit à petit compris que je ne pouvais pas laisser Daniel dans la neige. Avec l'hiver doux qui approchait, le risque était que le cadavre réapparaisse à n'importe quel moment, dévoilant la substitution. Et quand j'ai commencé à rêver de ce que les renards et les putois pourraient faire quand au printemps la neige disparaîtrait, j'ai décidé d'exhumer le cadavre et de le mettre dans la tranchée… c'est en tout état de cause de la terre consacrée par l'aumônier militaire.

J'avais bien sûr plus peur de nos propres postes de garde que des Russes, mais c'était heureusement Hallgrim Dale, le copain taré de Fauke, qui était à la mitrailleuse. C'était en outre une nuit couverte, et qui plus est : je sentais que Daniel était avec moi, oui, qu'il était en moi. D'ailleurs quand j'ai eu ramené le cadavre sur les caisses, au moment final de nouer le sac autour de sa tête, il souriait. Je sais que le manque de sommeil et la faim peuvent jouer certains tours, mais j'ai vu son expression figée dans la mort se transformer sous mes yeux. La chose étrange, c'est qu'au lieu de m'effrayer, ça m'a rassuré et rendu heureux. Je me suis ensuite glissé dans le bunker où j'ai dormi comme un bébé.

Quand Edvard Mosken m'a réveillé à peine une heure plus tard, c'était comme si tout ça n'avait été qu'un rêve, et je crois que j'ai réussi à avoir l'air sincèrement surpris de voir que le cadavre de Daniel avait refait surface. Mais ce n'était pas assez pour convaincre Mosken. Il était persuadé que c'était Fauke qui se trouvait là, que je l'avais tué et que je l'avais mis là pour faire croire aux brancardiers qu'ils l'avaient oublié à leur premier passage. Quand Dale a enlevé le sac et quand Mosken s'est aperçu que c'était bien Daniel qui était là, ils ont tous les deux ouvert grand la bouche, et il a fallu que je me retienne de peur que ce nouvel éclat de rire ne nous trahisse, Daniel et moi.

98

Hôpital militaire, Leningrad,
17 janvier 1944

*La grenade qui a été jetée de l'avion russe a touché
le casque de Dale et s'est mise à tournoyer sur la
glace pendant que nous essayions de nous mettre à
l'abri. C'est moi qui étais le plus près, et j'étais sûr
que nous allions mourir tous les trois : Mosken,
Dale et moi. C'est curieux, mais ma dernière pensée
a été que j'avais moi-même sauvé Edvard Mosken
d'une balle de Hallgrim Dale, le pauvre, et que tout
ce que j'avais réussi à faire, c'était de prolonger la
vie de notre chef d'équipe d'exactement deux minutes. Mais les Russes fabriquent heureusement des
grenades déplorables, et nous avons tous les trois eu
la vie sauve. Bien que pour ma part je me sois retrouvé avec un pied gravement touché et un éclat de
grenade dans le front malgré le casque.*

*Par une coïncidence étrange, j'ai atterri dans la salle
de sœur Signe Alsaker, la fiancée de Daniel. Pour
commencer, elle ne m'a pas reconnu, mais au moment du souper, elle est venue me voir et m'a parlé
en norvégien. Elle est très belle et je comprends bien
pourquoi je voulais me fiancer avec elle.*

*Olaf Lindvig aussi est soigné dans cette salle. Sa tu-
nique blanche est suspendue à une patère près du
lit, je ne sais pas pourquoi, peut-être pour qu'il
puisse partir directement d'ici et retourner à ses devoirs aussitôt sa blessure guérie. On a besoin
d'hommes de sa trempe, en ce moment, j'entends les
tirs d'artillerie des Russes qui se rapprochent. Une
nuit, je crois qu'il a fait un cauchemar, car il a crié,
et sœur Signe est venue. Elle lui a fait une piqûre de*

*je ne sais quoi, peut-être de la morphine. Quand il
s'est rendormi, j'ai remarqué qu'elle lui caressait les
cheveux. Elle était si belle que j'ai eu envie de lui
crier de venir à moi pour lui dire qui j'étais, mais je
n'ai pas voulu lui faire peur.*

*Aujourd'hui, ils ont dit que je devais être envoyé
vers l'ouest, parce que les médicaments n'arrivent
pas. Personne ne l'a dit, mais mon pied me fait mal,
les Russes approchent et je sais que c'est le seul
salut possible.*

99

Forêt viennoise, 29 mai 1944

*La femme la plus belle et la plus intelligente que j'ai
rencontrée dans ma vie. Peut-on aimer deux femmes en même temps ? Oui, ça doit pouvoir se faire.
Gudbrand a changé. C'est pour ça que j'ai pris le
surnom de Daniel — Urias. Helena préfère, Gudbrand est un nom bizarre, trouve-t-elle.*

*J'écris des poèmes quand les autres dorment, mais je
ne suis pas vraiment poète. Mon cœur s'emballe dès
qu'elle apparaît à la porte, mais Daniel dit qu'il faut se
comporter calmement, oui, presque froidement si l'on
veut conquérir le cœur d'une femme, que c'est comme
pour attraper des mouches. Il faut rester tout à fait
calme, et regarder de préférence ailleurs. Et puis,
quand la mouche a commencé à vous faire confiance,
quand elle se pose juste devant vous sur la table, s'approche et finit presque par vous implorer de la prendre... c'est à ce moment-là que vous frappez à la
vitesse de l'éclair ; décidé, et sûr dans votre foi. Ce der-*

nier point est important. Parce que ce n'est pas la rapidité, mais la foi qui attrape les mouches. Vous n'avez qu'un seul essai... et il vaut mieux avoir préparé le terrain. C'est ce que dit Daniel.

100

Vienne, 29 juin 1944

Dormi comme un bébé quand je me suis libéré de l'étreinte de mon Helena chérie. Le bombardement était fini depuis longtemps, mais on était au milieu de la nuit et les rues étaient toujours désertes. J'ai retrouvé la voiture là où nous l'avions garée, près du restaurant Les trois hussards. *La lunette arrière était brisée et une brique avait fait un gros gnon dans le toit, mais heureusement, elle était par ailleurs intacte. Je suis rentré aussi vite que j'ai pu à l'hôpital.*

Je savais qu'il était trop tard pour agir pour Helena et moi, nous n'étions que deux personnes prises dans un tourbillon d'événements sur lesquels nous n'avions aucune emprise. Sa sollicitude envers sa famille la destinait à épouser ce médecin, Christopher Brockhard, cet individu corrompu qui dans son égoïsme infini — qu'il appelle de l'amour ! — offensait l'amour dans son essence même. N'a-t-il pas vu que l'amour qui l'animait était aux antipodes de celui qui l'animait elle ? C'était à moi maintenant de sacrifier mes rêves d'une vie partagée avec Helena et de lui offrir une existence sinon heureuse, en tout cas convenable, libérée de l'humiliation dans laquelle Brockhard voulait la plonger.

*Les idées se bousculaient dans ma tête à la même
vitesse que je traversais la nuit, dans des rues aussi
tortueuses que la vie elle-même. Mais Daniel a
guidé ma main et mon pied.*

*… découvert que j'étais assis sur le coin de son lit et
qu'il me regardait, incrédule.*

« Qu'est-ce que tu fais là ? a-t-il demandé.

*— Christopher Brockhard, tu es un traître, ai-je
murmuré. Et je te condamne à mort. Tu es prêt ? »*

*Je ne crois pas qu'il était prêt. Les gens ne sont jamais
prêts à mourir, ils pensent qu'ils vivront éternellement.
J'espère qu'il a eu le temps de voir la fontaine de sang
qui jaillissait vers le plafond, j'espère qu'il a eu le
temps d'entendre le claquement contre la literie quand
elle est retombée. Mais avant tout, j'espère qu'il a eu le
temps de comprendre qu'il mourait.*

*Dans sa penderie, j'ai trouvé un costume, une paire
de chaussures et une chemise que j'ai roulés en
toute hâte pour les prendre sous le bras. Puis j'ai
couru à la voiture, j'ai démarré*

*… dormait toujours. J'étais trempé et frigorifié par
cette averse soudaine, et je me suis glissé sous le
drap pour la rejoindre. Elle était chaude comme un
poêle et a poussé un petit gémissement dans son
sommeil quand je me suis collé contre elle. J'ai essayé de couvrir chaque centimètre de sa peau, de
me figurer que ce serait éternel, de ne plus regarder
l'heure. Il ne restait que quelques heures avant que
mon train ne parte. Et que quelques heures avant
que je ne devienne un meurtrier recherché dans
l'Autriche tout entière. Ils ne savaient pas quand
j'allais partir ni quel itinéraire j'allais suivre, mais
ils savaient où j'allais… et ils se tiendraient prêts
pour mon arrivée à Oslo. J'ai essayé de la serrer
suffisamment fort pour qu'il y ait une vie.*

Harry entendit sonner. Avait-on déjà sonné ? Il déni-
cha l'interphone et ouvrit à Weber.

« Juste après le sport à la télé, c'est ce que je déteste le plus », dit Weber en entrant à pas lourds et mécontents et en posant à terre une *flight-case* de la taille d'une valise de voyage. « Le 17 mai, le pays dans une ivresse de nationalisme et les rues barrées qui t'obligent à contourner tout le centre-ville pour arriver quelque part. Mon Dieu ! Par où est-ce que je commence ?

— Tu trouveras certainement quelques bonnes empreintes sur la cafetière, dans la cuisine, dit Harry. J'ai discuté avec un collègue viennois qui s'emploie à trouver une série d'empreintes digitales datant de 1944. Tu as pris ton scanner et le PC ? »

Weber tapota sa valise.

« Bien. Quand tu auras fini de scanner les empreintes digitales que tu trouveras ici, tu peux connecter ton PC à mon téléphone mobile et envoyer le tout à l'adresse internet qui correspond à "Fritz, Vienne". Il est prêt à comparer les deux jeux d'empreintes et à nous donner la réponse sans délai. Voilà, c'est à peu près tout, maintenant, il faut que j'aille lire quelques papiers au salon.

— Qu'est-ce que…

— Des trucs du SSP, dit Harry. Confidentiel.

— Ah oui ? » Weber se mordit la lèvre et scruta Harry des yeux. Ce dernier attendit en le regardant bien en face.

« Tu sais quoi, Hole ? dit-il finalement. Ça fait du bien de voir qu'il y a quelqu'un dans la maison qui agit encore en professionnel. »

101

Hambourg, 30 juin 1944

*Après avoir écrit à Helena, j'ai ouvert la gourde,
j'en ai fait sortir les papiers roulés de Sindre Fauke
et je les ai remplacés par la lettre. J'ai ensuite gravé
son nom et son adresse dans le métal au moyen de
ma baïonnette, et je suis sorti dans la nuit. Aussitôt
la porte passée, j'ai senti la chaleur. Le vent secouait mon uniforme, le ciel formait une voûte jau-
nasse au-dessus de moi, et tout ce qu'on entendait
par-dessus le rugissement lointain des flammes,
c'était le verre qui éclatait et les cris de ceux qui
n'avaient plus nulle part où fuir. Ça correspondait à
peu près à l'idée que je me faisais de l'enfer. Les
bombes avaient cessé de tomber. J'ai longé une rue
qui n'était plus une rue, juste une bande d'asphalte
traversant un espace ouvert jonché de tas de ruines.
Dans cette « rue », il ne restait que des arbres carbonisés qui pointaient leurs doigts de sorcières vers le
ciel. Et des maisons en flammes. C'était de là que
les cris venaient. Quand j'ai été assez près pour sentir la chaleur brûler mes poumons, je me suis retourné pour aller vers le port. C'est à ce moment-là
que je l'ai vue, cette petite fille au regard noir et effrayé. Elle tirait ma veste d'uniforme et criait sans
arrêt dans mon dos.*

« Ma mère ! Ma mère ! »

*J'ai continué à avancer, il n'y avait rien que je
puisse faire, j'avais déjà vu le squelette d'une personne qui brûlait au dernier étage, un pied de part
et d'autre de la fenêtre. Mais la petite fille continuait
à me suivre en criant sa prière désespérée me sup-
pliant d'aider sa mère. J'ai essayé d'aller plus vite,*

mais quand elle m'a entouré de ses bras d'enfant pour ne plus me lâcher, je l'ai péniblement entraînée vers le grand océan de flammes, en contrebas. Et nous avons marché ainsi, un étrange cortège, deux personnes liées en route vers la destruction.

Je pleurais, oui, je pleurais, mais les larmes s'évaporaient aussitôt sorties. Je ne sais lequel d'entre nous l'a arrêtée et remise sur ses jambes, mais je me suis retourné, je l'ai portée dans le dortoir et j'ai étendu ma couverture sur elle. Puis j'ai pris les matelas des autres lits et je me suis couché par terre, à côté d'elle.

Je n'ai jamais su comment elle s'appelait, ou ce qui lui était arrivé, parce qu'elle a disparu pendant la nuit. Mais je sais qu'elle m'a sauvé la vie. Car j'ai décidé d'espérer.

Je me suis réveillé dans une ville moribonde. Plusieurs incendies étaient encore en pleine activité, le port était complètement rasé et les bateaux qui apportaient le ravitaillement ou qui étaient venus chercher les blessés restaient dans l'Aussenalster, n'ayant nulle part où accoster.

*Les équipages ne sont parvenus que dans la soirée à déblayer un endroit où les bateaux pouvaient charger et décharger, et je me suis dépêché d'y aller. Je suis passé de bateau en bateau jusqu'à ce que je trouve ce que je cherchais : un bateau pour la Norvège. Il s'appelait l'*Anna *et emportait du ciment à Trondheim. La destination me convenait bien, puisque je pensais que les recherches dont je faisais l'objet n'iraient pas jusque-là. Le chaos avait remplacé l'habituel ordre allemand, et sur le front, c'était le foutoir, c'est le moins qu'on puisse dire. Les deux S que j'avais sur le col de mon uniforme ont semblé faire leur effet et je n'ai eu aucune difficulté à monter à bord et à persuader le capitaine que le bulletin d'affectation que je lui montrais impliquait que je devais me rendre à Oslo le plus rapi-*

dement possible, en l'occurrence avec l'Anna jusqu'à Trondheim et ensuite par le train jusqu'à Oslo.

Le voyage a duré trois jours, puis je suis descendu du bateau ; j'ai montré mes papiers, et on m'a fait signe de poursuivre mon chemin. J'ai alors pris le train d'Oslo. Le voyage entier a pris quatre jours. Avant de descendre à Oslo, je suis allé aux toilettes et j'ai enfilé les vêtements que j'avais pris chez Christopher Brockhard. J'étais prêt pour le premier test. En remontant Karl Johans gate dans la bruine et la chaleur j'ai croisé deux filles qui avançaient bras dessus, bras dessous, et qui ont gloussé tout fort en me croisant. L'enfer de Hambourg semblait à des années-lumière. Mon cœur débordait de joie. J'étais de retour dans ma patrie bien-aimée, et je venais de renaître.

Le réceptionniste de l'hôtel Continental a étudié attentivement les papiers que je lui avais présentés et m'a regardé par-dessus ses lunettes :

« Bienvenue dans notre hôtel, monsieur Sindre Fauke. »

Étendu sur mon lit dans cette chambre jaune, en regardant le plafond et en écoutant les bruits de la ville, j'ai goûté notre nouveau nom. Sindre Fauke. C'était inhabituel, mais j'ai su que ça pouvait marcher. Ça pouvait marcher.

102

Nordmarka, 12 juillet 1944

… un type qui s'appelle Even Juul. Comme les autres résistants, il a l'air d'avoir avalé mon histoire

sans sourciller. Et d'ailleurs, pourquoi ne le fe-
raient-ils pas ? La vérité, que je suis un engagé re-
cherché pour meurtre, aurait sûrement été plus dure
à avaler que la version me présentant comme un dé-
serteur du front de l'Est arrivé en Norvège en pas-
sant par la Suède. En plus, ils ont vérifié auprès de
leurs informateurs du bureau de recrutement et ont
eu la confirmation qu'une personne répondant au
nom de Sindre Fauke est portée disparue, et qu'elle
est vraisemblablement passée chez les Russes. Les
Allemands ne laissent vraiment rien au hasard.

Je parle un norvégien relativement neutre, qui ré-
sulte de mon éducation en Amérique, je crois, mais
personne ne s'étonne qu'en tant que Sindre Fauke
j'aie réussi à me débarrasser si rapidement de mon
dialecte du Gudbrandsdal. Je viens d'un tout petit
patelin norvégien, mais même si quelqu'un que j'ai
connu pendant mon enfance (L'enfance ! Seigneur,
je n'en suis sorti que depuis trois ans, et pourtant on
dirait qu'une vie entière m'en sépare !) réapparais-
sait, je suis sûr qu'il ne me reconnaîtrait pas, telle-
ment je me sens changé !

J'ai en fait plus peur de tomber sur quelqu'un qui a
connu le véritable Sindre Fauke. Heureusement, il
venait d'un endroit encore plus reculé que moi, si
c'est possible, mais c'est vrai qu'il a des proches
susceptibles de l'identifier.

Je ruminais donc ces idées, et quelle n'a pas été ma
surprise quand ils m'ont donné l'ordre de liquider
l'un des mes frères (l'un des Fauke) de l'Alliance
Nationale. C'est supposé être un test prouvant que
j'ai réellement changé de camp et que je ne suis pas
quelqu'un qui cherche à s'infiltrer. Daniel et moi
avons failli éclater de rire… c'est comme si c'était
nous qui avions eu cette idée, ils m'ont tout bonne-
ment demandé de faire disparaître de la circulation
ceux qui pouvaient révéler la supercherie ! Je com-
prends bien que les chefs de ces pseudo-soldats pen-

*sent que le fratricide est assez grave, peu habitués
qu'ils sont à la cruauté de la guerre, bien à l'abri
dans leur forêt. Mais j'ai prévu de les prendre au
mot avant qu'ils ne changent d'avis. Dès qu'il fera
sombre, j'irai en ville chercher mon pistolet de service qui attend avec l'uniforme à la consigne de la
gare et je prendrai le train par lequel je suis arrivé,
vers le nord cette fois-ci. Il se trouve que je connais
le nom de l'agglomération qui se trouve près de la
ferme des Fauke, je n'ai donc qu'à me demander*

103

Oslo, 13 mai 1945

*Encore une journée bizarre. Le pays est encore
sous le coup de l'ivresse de la liberté, et
aujourd'hui, le prince héritier Olav est venu à Oslo
avec une délégation du gouvernement. Je n'ai pas
eu la force de descendre jusqu'au port pour voir ça,
mais j'ai entendu que « la moitié » d'Oslo s'y était
rassemblée. J'ai remonté Karl Johans gate en civil,
même si mes « amis soldats » ne comprennent pas
pourquoi je ne veux pas comme eux me pavaner en
« uniforme » de résistant et être acclamé en héros.
C'est ce qui doit pour le moment fonctionner le
mieux comme buvard à jeunes femmes. Les nanas
et les uniformes... Si ma mémoire est bonne, elles
couraient avec autant d'enthousiasme derrière ceux
en vert en 1940.*
*Je suis monté au Palais Royal pour voir si le prince
héritier allait se montrer au balcon et dire quelques
mots. Quelques autres personnes s'étaient égale-*

*ment rassemblées là. Je suis arrivé au moment de la
relève de la garde. Un spectacle plutôt miteux après
le modèle allemand, mais les gens applaudissaient.*

*J'ai l'espoir que le prince héritier douche l'enthou-
siasme de tous ces soi-disant bons Norvégiens qui
sont restés pendant cinq ans des spectateurs passifs
sans lever le petit doigt, que ce soit pour un camp
ou pour l'autre, et qui crient maintenant vengeance
contre les traîtres à la patrie. Je crois en effet que le
prince héritier Olaf peut nous comprendre, car si les
rumeurs sont fondées, il a été le seul, entre le roi et
le gouvernement, à montrer un tant soit peu d'hon-
nêteté lors de la capitulation, en proposant de rester
au milieu de son peuple et de partager son sort.
Mais le gouvernement le lui a déconseillé, ils ont
certainement compris qu'il allait les placer, eux et le
roi, dans une situation délicate quand ils mettraient
les bouts alors que lui restait.*

*Oui, j'ai l'espoir que ce jeune prince héritier (qui, à
l'inverse des « saints des derniers jours », sait comment porter un uniforme !) puisse expliquer à la nation quelle a été la contribution des engagés dans
l'armée allemande, en particulier puisqu'il aura vu
quel danger représentaient (et représentent encore !)
les bolcheviks pour notre nation. Dès le début de
l'année 42, pendant que nous autres engagés nous
préparions à nous retirer du front de l'Est, le prince
héritier est censé avoir discuté avec Roosevelt et lui
avoir exposé ses inquiétudes concernant les projets
des Russes pour la Norvège.*

*On agita des drapeaux, quelques personnes chantè-
rent, et je n'ai jamais vu les vieux arbres du parc
aussi verts. Mais le prince héritier n'est pas sorti sur
son balcon, aujourd'hui. Il ne me reste plus qu'à
m'armer de patience.*

« Ils viennent d'appeler de Vienne. Les empreintes
sont identiques. »

Weber était à la porte du salon.

« Bien, dit Harry en hochant la tête d'un air absent et en continuant à lire.

— Quelqu'un a vomi dans la poubelle. Quelqu'un qui est très malade, il y avait davantage de sang que de vomi. »

Harry s'humecta le pouce et passa à la page suivante.

« Bon. »

Pause.

« S'il y a autre chose que je puisse faire…

— Merci, Weber, mais ce sera tout. » Weber acquiesça, mais ne partit pas.

« Tu ne vas pas lancer un avis de recherche ? » finit-il par demander.

Harry leva la tête et posa un regard vide sur Weber. « Pourquoi ça ?

— Oh, ça, je n'en sais foutre rien, répondit Weber. Et d'ailleurs, c'est *confidentiel*. »

Harry sourit, peut-être du commentaire que venait de faire son aîné.

« Non, tu l'as dit. »

Weber attendit le reste, qui ne vint pas.

« Comme tu voudras, Hole. J'ai apporté un Smith & Wesson. Il est chargé et il y a un autre chargeur là-dedans. Attrape ! »

Harry leva la tête juste à temps pour attraper le holster noir que Weber lui avait envoyé. Il l'ouvrit et en sortit le revolver. Il était graissé et l'acier bien fourbi jetait des reflets mats. Bien entendu. C'était l'arme personnelle de Weber.

« Merci de ton aide, Weber, dit Harry.

— Essaie de limiter les dégâts.

— Je vais essayer. Bonne… journée. »

Weber renâcla à cette évocation. Lorsqu'il sortit à pas lourd de l'appartement, Harry s'était depuis longtemps replongé dans ses lectures.

104

Oslo, 27 août 1945

*Trahison-trahison-trahison ! J'étais comme pétrifié,
bien dissimulé sur le banc du fond, quand ils ont fait
entrer ma bonne femme, quand elle s'est assise sur le
banc des accusés et c'est à lui, à Even Juul, qu'elle a
adressé ce sourire rapide mais univoque. Ce petit
sourire a suffi à tout me révéler, mais j'étais comme
cloué, incapable faire autre chose que regarder, écouter. Et souffrir. La sale menteuse ! Even Juul sait
pertinemment qui est Signe Alsaker, c'est moi qui lui
ai parlé d'elle. On ne peut pas vraiment lui reprocher
quoi que ce soit, il croit que Daniel Gudeson est
mort, mais elle, elle a juré de croire dans la mort !
Oui, je le répète : trahison ! Et le prince héritier n'a
pas dit un seul mot. Personne n'a dit un mot. Ils fu-
sillent des hommes qui ont risqué leur vie pour la
Norvège, à la forteresse d'Akershus. L'écho des
coups de feu flotte pendant une seconde sur la ville,
puis disparaît, et tout est encore plus silencieux
qu'avant. Comme si rien ne s'était passé.*

*La semaine dernière, on m'a appris que mon affaire
est classée, que mes actes d'héroïsme l'emportent
sur les crimes que j'ai commis. J'ai ri aux larmes en
lisant cette lettre. Ils pensent donc que l'exécution de
quatre paysans sans défense du Gudbrandsdal est
un acte d'héroïsme qui l'emporte sur la défense criminelle de ma patrie près de Leningrad ! J'ai envoyé une chaise contre le mur, la serveuse s'est
pointée et il a fallu que je m'excuse. C'est à devenir
fou.*

*La nuit, je rêve d'Helena. Rien que d'Helena. Je
dois essayer d'oublier. Et le prince héritier n'a pas
dit un mot. C'est insupportable, je pense*

Harry regarda de nouveau l'heure. Il passa rapidement quelques pages jusqu'à ce que son regard tombe
sur un nom connu.

105

Restaurant Schrøder, 23 septembre 1948

*... activité commerciale ayant de bonnes perspecti-
ves. Mais aujourd'hui, il s'est passé ce que je redou-
tais depuis longtemps.*
*Je lisais le journal quand j'ai senti que quelqu'un se
tenait près de ma table et me regardait. J'ai levé les
yeux, et le sang s'est figé dans mes veines ! Il avait
l'air un peu usé. Les vêtements légèrement élimés, il
n'a plus le maintien droit et plein de rigueur que je
lui connaissais, c'était comme si une partie de lui
avait disparu. Mais j'ai reconnu immédiatement
notre ancien chef d'équipe, l'homme à l'œil de cyclope.*
*« Gudbrand Johansen, a dit Edvard Mosken. On te
dit mort. À Hambourg, à en croire les rumeurs. »*
*Je ne savais pas ce que je devais dire ou faire. Je sa-
vais seulement que l'homme qui s'asseyait devant
moi pouvait me faire condamner pour trahison à la
patrie, ou pire, pour meurtre !*
*J'avais la bouche complètement sèche quand j'ai fi-
nalement réussi à parler. J'ai dit que oui, bien sûr,*

*j'étais vivant, et pour gagner du temps, je lui ai ra-
conté que je m'étais retrouvé à l'hôpital militaire de
Vienne avec une blessure à la tête et un pied estro-
pié, et lui, que lui était-il arrivé ? Il m'a raconté
qu'il avait été rapatrié et qu'il était arrivé à l'hôpital
militaire de Sinsen, celui où on m'avait affecté, curieusement. Comme la plupart des autres, il avait
écopé de trois ans pour trahison et on l'avait laissé
sortir au bout de deux ans et demi.*

*Nous avons un peu parlé de tout et de rien, et au
bout d'un moment, je me suis détendu. Je lui ai
payé une bière et je lui ai parlé du secteur des matériaux de constructions dans lequel j'évoluais. Je lui
ai donné mon point de vue : qu'il valait mieux que
des gens comme nous créent quelque chose par
leurs propres moyens, puisque la plupart des entreprises refusaient d'employer d'anciens volontaires
de l'armée allemande (en particulier les entreprises
qui avaient collaboré avec les Allemands pendant la
guerre).*

« Toi aussi ? » m'a-t-il demandé.

*J'ai alors dû lui expliquer que ça ne m'avait pas
servi à grand-chose de passer du « bon » côté par la
suite, étant donné que j'avais porté l'uniforme allemand.*

*Mosken avait en permanence ce demi-sourire sur
les lèvres, et il a fini par ne plus pouvoir se contenir.
Il m'a dit qu'il avait longtemps essayé de me retrouver, mais que la piste s'était arrêtée à Hambourg. Il
avait pratiquement abandonné quand il avait vu un
jour le nom de Sindre Fauke dans un article de
presse sur les Résistants. Son intérêt s'était réveillé,
il avait découvert où Fauke travaillait et avait téléphoné. Quelqu'un de la boîte lui avait dit que j'étais
peut-être chez Schrøder.*

*Je me suis de nouveau crispé, et je me suis dit que
ça y était. Mais il est parti sur un tout autre terrain
que celui auquel je m'étais attendu :*

« *Je n'ai jamais pu te remercier convenablement d'avoir empêché Hallgrim Dale de me tirer dessus, ce jour-là. Tu m'as sauvé la vie, Johansen.* »

J'ai haussé les épaules, bouche bée, ne parvenant à rien faire d'autre.

Mosken pensait que je m'étais posé en personne douée de morale quand je l'avais sauvé. Parce que j'aurais pu avoir des raisons d'espérer le voir mort. Si par hasard on avait découvert le cadavre de Sindre Fauke, Mosken aurait pu témoigner de ce que j'étais probablement son meurtrier ! Je me suis contenté d'acquiescer. Puis il m'a regardé et m'a demandé si j'avais peur de lui. Il m'est alors apparu que je n'avais rien à perdre à lui raconter les choses telles qu'elles étaient.

Mosken a écouté, a posé à deux ou trois reprises son œil de cyclope sur moi, pour voir si je mentais, et il a secoué deux ou trois fois la tête, mais il a dû comprendre que la majeure partie était vraie.

Quand j'ai eu fini, je nous ai payé d'autres bières, et il m'a parlé de lui, de sa femme qui s'était trouvé un autre gonze pour s'occuper d'elle et des enfants pendant que lui purgeait sa peine. Il la comprenait, c'était peut-être le mieux pour Edvard junior aussi, de ne pas grandir avec un père qui avait trahi sa patrie. Mosken avait l'air résigné. Il m'a dit qu'il voulait tenter sa chance dans les transports, mais qu'il n'avait décroché aucun des boulots de chauffeurs auxquels il avait postulé.

« *Achète-toi ton propre camion, lui ai-je dit. Mets-toi à ton compte, toi aussi.*

— *Je n'en ai pas les moyens* », *m'a-t-il répondu en me lançant un regard rapide. Je commençais vaguement à saisir.* « *Et les banques non plus n'aiment pas trop les anciens engagés, ils pensent qu'on est des escrocs, tous autant qu'on est.*

— *J'ai mis un peu d'argent de côté. Je t'en prêterai.* »

*Il a refusé, mais j'ai compris que la cause était en-
tendue.*

*« Oh, je te prendrai des intérêts, ne t'en fais pas ! »,
ai-je dit, et son visage s'est éclairé. Mais il est rede-
venu sérieux et m'a dit qu'il pourrait lui en coûter
avant qu'il ne se remette convenablement sur pieds.
J'ai alors dû lui dire que les intérêts ne seraient pas
importants, mais plutôt symboliques. Je nous ai
alors payé d'autres bières, et quand nous avons eu
fini, au moment de regagner nos pénates, nous nous
sommes tendu la main, signe que nous étions liés
par un marché.*

106

Oslo, 3 août 1950

*… lettre postée à Vienne dans la boîte aux lettres. Je
l'ai posée devant moi, sur la table de la cuisine, et je
me suis contenté de la regarder. Son nom et son
adresse figuraient au dos. J'avais envoyé une lettre à
l'hôpital Rudolph II, en mai, dans l'espoir que
quelqu'un saurait où se trouvait Helena et lui trans-
mettrait le courrier. Au cas où quelqu'un d'autre
que la destinataire ouvrirait, je n'avais pas écrit
quoi que ce soit qui puisse nous être préjudiciable à
l'un comme à l'autre, et je n'avais bien entendu pas
utilisé mon vrai nom. Malgré tout, je n'avais pas
osé attendre une réponse. Oui, je ne sais même pas
si au fond de moi, j'espérais une réponse, en tout
cas pas la réponse à laquelle on pouvait s'attendre.
Mariée et mère. Non, je ne voulais pas. Même si*

c'est ce que j'avais désiré pour elle, ce que je lui avais proposé.

Seigneur, nous étions si jeunes, seulement dix-neuf ans ! Et au moment où j'ai eu sa lettre dans la main, tout m'a semblé soudain si irréel, comme si l'écriture soignée qui figurait sur l'enveloppe n'avait rien à voir avec l'Helena à laquelle j'avais rêvé pendant six ans. J'ai ouvert la lettre d'une main tremblante, me forçant à m'attendre au pire. C'était une longue lettre, et il n'y a que quelques heures que je l'ai lue pour la première fois, mais je la connais déjà par cœur.

Cher Urias

Je t'aime. Il est aisé de deviner que ce sera le cas pour le restant de mes jours, mais ce qu'il y a d'étrange, c'est que j'ai l'impression que ça a toujours été le cas. Quand j'ai reçu ta lettre, j'ai pleuré de bonheur, ça

Harry alla dans la cuisine sans lâcher ses feuilles, trouva du café dans le placard au-dessus de l'évier et alluma sous la cafetière, tout en continuant à lire. Des retrouvailles heureuses, mais aussi des retrouvailles douloureuses et presque pénibles dans un hôtel parisien. Ils se fiancent le lendemain.

À partir de là, Gudbrand mentionnait de moins en moins Daniel, et au bout d'un moment, ce fut comme s'il avait complètement disparu.

Au lieu de cela, il parlait d'un jeune couple d'amoureux qui, à cause du meurtre de Christopher Brockhard, sentent encore sur leur nuque le souffle de leurs poursuivants. Ils ont des lieux de rendez-vous secrets à Copenhague, Amsterdam et Hambourg. Helena con-

naît la nouvelle identité de Gudbrand, mais connaît-
elle toute la vérité, sur le meurtre près du front, sur la
liquidation à la ferme des Fauke ? Ce n'était pas l'impression que ça donnait.

Ils se fiancent après le retrait des troupes alliées,
et en 1955, elle quitte une Autriche dont elle est sûre
qu'elle va tomber aux mains des « criminels de
guerre, des antisémites et des fanatiques qui n'ont
rien appris de leurs erreurs ». Ils s'installent à Oslo,
où Gudbrand, toujours sous le nom de Sindre Fauke,
continue à diriger sa petite entreprise. La même année, un prêtre catholique les marie au cours d'une
cérémonie privée dans le jardin d'Holmenkollveien,
où ils viennent d'acheter une grande villa avec l'argent qu'Helena avait tiré de la revente de sa maison
de couture viennoise. Ils sont heureux, écrit Gudbrand.

Harry entendit frémir dans la cafetière et vit avec
surprise que le café avait cuit.

107

Hôpital Civil, 1956

*… Helena a perdu tant de sang que pendant un mo-
ment, sa vie a été en danger, mais heureusement, ils
sont intervenus à temps. Nous avons perdu le bébé.
Helena était inconsolable, naturellement, même si je
ne cessais de répéter qu'elle est jeune, et que nous
aurons encore bien d'autres chances. Malheureuse-*

ment, le médecin n'était pas optimiste. Il a dit que l'utérus

108

Hôpital Civil, 12 mars 1967

... Une fille. Elle s'appellera Rakel. Je pleurais sans arrêt, et Helena me caressait la joue en me disant que les voies du Seigneur sont

Harry était retourné au salon. Il se passa une main sur les yeux. Pourquoi n'avait-il pas immédiatement percuté quand il avait vu la photo d'Helena dans la chambre de Beatrice ? Mère et fille. Il fallait vraiment qu'il ait été à côté de ses pompes. C'était vraisemblablement ça, la réponse... à côté. Il voyait pourtant Rakel partout : dans la rue, sur les visages des femmes qu'il croisait, sur dix chaînes de télé quand il zappait, derrière le comptoir d'un café. Alors pourquoi aurait-il dû remarquer spécialement qu'il voyait aussi son visage sur un mur, dans le portrait d'une jolie femme ?

Devait-il appeler Mosken et lui demander confirmation de ce que Gudbrand Johansen, alias Sindre Fauke, avait écrit ? En avait-il besoin ? Pas pour l'instant.

Il regarda de nouveau l'heure. Pourquoi le faisait-il, qu'est-ce qui pressait, en dehors du fait qu'il était convenu de retrouver Rakel à onze heures ? Ellen aurait certainement pu répondre à ça, mais elle n'était pas là, et il n'avait pas le temps de chercher la réponse pour l'instant. C'est ça, pas le temps.

Il tourna les pages jusqu'à ce qu'il arrive en 1999. 7 octobre. Il ne restait que quelques pages de manuscrit. Harry sentit que ses paumes transpiraient. Il ressentit un soupçon de ce que le père de Rakel décrivait quand il avait reçu la lettre d'Helena... Une réticence à être finalement confronté à l'inévitable.

109

Oslo, 7 octobre 1999

Je vais mourir. Après tout ce qu'on a traversé, combien il est étrange d'apprendre qu'on va, comme la plupart des gens, être terrassé par une maladie courante. Comment vais-je apprendre ça à Rakel et Oleg ? En remontant Karl Johans gate, je me disais que cette vie, que je ressens comme dénuée de valeur depuis le jour où Helena est morte, est subitement devenue un objet de valeur à mes yeux. Pas parce que je n'attends pas avec impatience de te retrouver, Helena, mais parce que mon travail ici-bas a été négligé, et qu'il ne me reste que très peu de temps. J'ai gravi la même butte de graviers que le 13 mai 1945. Le prince héritier n'est toujours pas apparu au balcon pour dire qu'il comprend. Il ne comprend que ceux pour qui la vie est difficile. Je ne crois pas qu'il viendra, je crois qu'il a trahi.
Je me suis ensuite endormi contre un arbre et j'ai fait un long rêve étrange, comme une révélation. Et quand je me suis réveillé, mon vieux compagnon

*s'était aussi réveillé. Daniel est de retour. Et je sais
ce qu'il veut.*

L'Escort poussa un gros gémissement quand Harry
tordit brutalement le levier de vitesse, successivement
en marche arrière, première et seconde. Et elle rugit
comme un animal blessé quand il écrasa l'accélérateur
et le maintint collé au plancher. Un type portant un
costume folklorique de l'Østerdal bondit du passage
piéton au croisement de Vibes gate et de Bogstadveien,
et échappa de justesse à une trace pratiquement informe de pneu le long de sa chaussette. Les voitures
constituaient une file en direction du centre-ville dans
Hegdehaugsveien, et Harry prit la corde en appuyant
une main sur l'avertisseur et en espérant que les voitures qui venaient en sens inverse auraient la présence
d'esprit de s'écarter. Il venait de se faufiler sur la partie
gauche de l'accotement devant Lorry Kafé quand un
mur bleu ciel boucha subitement la totalité de son
champ de vision. Le tramway !

Il était trop tard pour s'arrêter, et Harry tourna complètement son volant, donna un petit coup sur la pédale
de frein pour faire partir l'arrière du véhicule et glissa
sur le pavé jusqu'à ce qu'il heurte le tramway, côté gauche contre côté gauche. Le rétroviseur latéral disparut
avec un bruit sec, tandis que la poignée raclait le flanc
du tramway dans un long cri déchirant.

« Merde, merde ! »

Puis il se libéra et les roues jaillirent des rails du
tramway, mordirent sur l'asphalte et l'envoyèrent vers
l'avant, vers le feu suivant.

Vert, vert, orange.

Il écrasa le champignon, la main toujours collée au
centre de son volant dans l'espoir vain qu'un klaxon
dérisoire éveillerait suffisamment l'attention un 17 mai

à dix heures et quart, en plein centre d'Oslo. Il poussa un cri, aplatit sa pédale de frein, et tandis que l'Escort essayait désespérément de se cramponner à la terre-mère, des boîtiers vides de cassettes, des paquets de cigarettes et Harry Hole furent puissamment projetés en avant. Il se cogna au pare-brise alors que la voiture s'immobilisait de nouveau. Un groupe de jeunes en liesse agitant des drapeaux avait commencé à déferler sur le passage piéton devant lui. Harry se frotta le front. Il avait le parc du Palais Royal juste devant lui, et l'allée qui montait au Palais était noire de monde. Il entendit l'autoradio du cabriolet qui se trouvait dans la file voisine, et l'annonce de direct bien connue qui ne changeait pas d'année en année :

« La famille royale est à présent sur le balcon, d'où elle salue le défilé des enfants et la foule qui s'est rassemblée sur la place du Palais. Les gens acclament en particulier le prince héritier, si populaire, qui est rentré des USA, il est si... »

Harry enfonça l'embrayage, accéléra et visa le bord du trottoir devant l'allée.

110

Oslo, 16 octobre 1999

J'ai recommencé à rire. C'est Daniel qui rit, bien sûr. Je n'ai pas raconté que l'une des premières choses qu'il a faites juste après son réveil a été de téléphoner à Signe. Nous avons utilisé le téléphone à pièces de chez Schrøder. Et c'était si atrocement drôle que les larmes jaillissaient.

*D'autres projets à élaborer cette nuit. Le problème,
c'est toujours de savoir comment je vais me procurer l'arme dont j'ai besoin.*

111

Oslo, 15 novembre 1999

*… le problème avait finalement l'air d'être résolu, il
est réapparu : Hallgrim Dale. Comme on pouvait
s'y attendre, il était tombé plus bas que terre. J'espérais que le temps aidant, il ne me reconnaîtrait pas.
Il avait manifestement entendu des rumeurs disant
que j'avais péri durant les bombardements de Hambourg, car il m'a pris pour un revenant. Il a compris qu'il y avait anguille sous roche, et il voulait de
l'argent pour la fermer. Mais le Dale que je connais
n'aurait pas réussi à garder un secret pour tout l'or
du monde. Je me suis donc juré que je serais le dernier homme à qui il aurait parlé. Je n'en tire aucune
joie, mais je dois avouer que j'ai ressenti une certaine satisfaction de constater que je n'ai pas totalement perdu la main.*

112

Oslo, 6 février 2000

*Pendant plus de cinquante ans, Edvard et moi,
nous nous sommes vus chez Schrøder six fois par
an. Le premier mardi de chaque mois pair. Nous
appelons toujours ça des réunions d'état-major,
ainsi que nous le faisions quand le restaurant se
trouvait encore sur Youngstorget. Je me suis souvent demandé ce qui nous lie, Edvard et moi, tellement nous sommes différents. Peut-être n'est-ce
qu'un destin commun. Le fait que nous étions marqués des mêmes aléas du sort. Nous étions tous
deux sur le front de l'est, nous avons tous deux
perdu notre femme, et nos enfants sont adultes. Je
ne sais pas, mais pourquoi pas ? Le plus important
pour moi, c'est la certitude qu'Edvard est pleinement loyal envers moi. Il n'oublie bien sûr jamais
que je l'ai aidé après la guerre, mais je lui ai aussi
donné un coup de main de temps à autre, par la
suite. Comme à la fin des années soixante quand il
n'a plus pu se contrôler sur la boisson et les courses
de chevaux et qu'il aurait pu perdre toute son entreprise de transports si je n'avais pas payé ses dettes
de jeu.*

*Non, il ne reste pas grand-chose de ce beau soldat
dont je me souvenais depuis Leningrad, mais ces
dernières années, Edvard s'est résigné à ce que la
vie n'ait pas été exactement comme il l'avait prévu,
et il essaie de s'en accommoder au mieux. Il se foca-
lise sur son cheval, il ne boit plus et ne joue plus, et
se contente de me filer quelques tuyaux.*

*Et à propos de tuyaux, il m'a dit lui-même qu'Even
Juul lui avait demandé s'il se pouvait que Daniel*

*Gudeson soit malgré tout encore en vie. Le soir
même, j'ai appelé Even et je lui ai demandé s'il était
devenu sénile. Mais Even m'a dit que quelques
jours plus tôt, il avait décroché le téléphone de la
chambre, et entendu un homme qui se faisait passer
pour Daniel et qui terrorisait sa femme. L'homme
lui avait dit qu'elle aurait à nouveau de ses nouvelles un autre mardi. Even pensait avoir entendu des
bruits rappelant ceux d'un café, et il s'était mis dans
le crâne qu'il allait écumer tous les cafés d'Oslo,
chaque mardi, jusqu'à ce qu'il trouve le terroriste
du téléphone. Il savait que la police ne se soucierait
pas d'une brouille pareille, et il n'avait rien dit à
Signe dans l'éventualité où elle aurait tenté de le dissuader. J'ai dû me mordre le dos de la main pour
ne pas éclater de rire et je lui ai souhaité bonne
chance, à ce vieil idiot.*

*Depuis que j'ai emménagé dans l'appartement de
Majorstua, je n'ai pas vu Rakel, mais je l'ai eue au
téléphone. On dirait que nous sommes tous deux fa-
tigués de nous faire la guerre. J'ai abandonné l'idée
de lui expliquer ce qu'elle nous a fait, à sa mère et à
moi, quand elle s'est mariée avec ce Russe de la
vieille famille des bolcheviks.*

*« Je sais que tu le vis comme une trahison, dit-elle.
Mais c'est de l'histoire ancienne, maintenant, n'en
parlons plus. »*

*Ce n'est pas de l'histoire ancienne. Plus rien n'est de
l'histoire ancienne.*

*Oleg a demandé où j'étais. C'est un gosse bien,
Oleg. J'espère seulement qu'il ne deviendra pas
aussi difficile et entêté que sa mère. Elle tient ça
d'Helena. Elles sont si semblables que j'ai les larmes aux yeux en écrivant ces lignes.*

*J'ai pu emprunter la cabane d'Edvard, la semaine
prochaine. J'essaierai le fusil à ce moment-là. Daniel s'en réjouit.*

Le feu passa au vert et Harry écrasa l'accélérateur. Une secousse parcourut la voiture quand le bord du trottoir s'enfonça dans les roues avant. L'Escort effectua un bond inélégant et se retrouva subitement sur le tapis de verdure. Il y avait trop de monde dans l'allée piétonne, et Harry continua donc sur l'herbe. Il dérapa entre l'étang et quatre jeunes qui n'avaient rien trouvé de mieux à faire que de prendre le petit déjeuner sur une couverture, dans le parc. Dans son rétroviseur, il vit clignoter un gyrophare. Même près de la salle de garde, la foule était compacte, et Harry s'arrêta, sauta de voiture et courut vers les tresses qui entouraient la place du Palais.

« Police ! » cria-t-il en se frayant un chemin à travers la foule. Ceux qui se trouvaient au premier rang s'étaient levés dès l'aube pour s'assurer les fauteuils d'orchestre et ne se poussèrent qu'à contrecœur. Un soldat de la garde royale essaya de l'arrêter lorsqu'il bondit par-dessus la tresse, mais Harry repoussa son bras de côté, lui planta sa carte sous le nez et partit en titubant sur la place déserte. Le gravier crissa sous ses talons. Il tourna le dos au défilé des enfants, à l'école primaire de Slemdal et à la fanfare des jeunes de Vålerenga qui passaient au même instant sous le balcon d'où la famille royale agitait la main en cadence avec les fausses notes de « I'm just a gigolo ». Il plongea son regard sur un mur de visages resplendissants et de drapeaux bleu, blanc et rouge. Ses yeux parcoururent rapidement la rangée : des retraités, des flics armés d'appareils photos crépitants, des pères de famille portant leurs marmots sur les épaules, mais pas de Sindre Fauke. Gudbrand Johansen. Daniel Gudeson.

« Merde, merde ! »

Il criait plus de panique que d'autre chose.

Mais là, devant la tresse, il vit au moins un visage

connu. Au travail en civil, équipé de son talkie-walkie et de lunettes de soleil à verres miroirs. Il avait donc suivi le conseil de Harry de venir soutenir les pères des membres de la fanfare au détriment de l'Écossais.

« Halvorsen ! »

113

Oslo, 17 mai 2000

Signe est morte. Elle a été exécutée comme une traîtresse il y a trois jours, d'une balle à travers son cœur infidèle. Après avoir été si ferme aussi longtemps, j'ai vacillé quand Daniel m'a abandonné, après le coup de feu. Il m'a abandonné dans un état de trouble solitaire, j'ai laissé le doute s'installer et j'ai passé une nuit épouvantable. La maladie n'arrange rien. J'ai pris trois des comprimés que le docteur Buer m'avait donnés en me disant de n'en prendre qu'un à la fois, et pourtant la douleur était intolérable. Mais j'ai fini par m'endormir, et je me suis réveillé le lendemain avec Daniel à son poste et un courage renouvelé. C'était l'avant-dernière étape, et on continue hardiment.

Viens dans le cercle du feu de camp, regarde les flammes de sang et d'or.

Qui nous exhortent à la victoire, exigent la foi dans la vie et la mort.

Il se rapproche, le jour où la Grande Trahison sera vengée. Je n'ai pas peur.

Le plus important, c'est bien sûr que la Trahison soit rendue publique. Si ces mémoires sont découvertes par la mauvaise personne, elles risquent d'être détruites ou tenues au secret, eu égard aux réactions des classes populaires. Pour plus de sécurité, j'ai en outre donné les pistes nécessaires à un jeune policier de la Surveillance de la Police. Reste à voir à quel point il est intelligent, mais quelque chose me dit qu'en tout cas, c'est quelqu'un d'intègre.

Ces derniers jours ont été dramatiques.

Ça a commencé le jour où j'avais décidé d'en finir avec Signe. Je venais de l'appeler pour lui dire que je venais la prendre et je sortais de chez Schrøder quand j'ai aperçu le visage d'Even Juul à travers la vitre qui court tout le long du mur de ce café, de l'autre côté de la rue. J'ai fait comme si je ne l'avais pas vu et j'ai continué à marcher, mais je savais bien qu'il comprendrait deux ou trois trucs s'il voulait bien se donner la peine de réfléchir correctement.

Hier, le policier est venu me voir. Je pensais que les pistes que je lui avais soumises ne lui permettraient d'y voir clair qu'une fois ma mission accomplie. Mais il est apparu qu'il avait retrouvé la piste de Gudbrand Johansen à Vienne. J'ai compris que je devais gagner du temps, au moins quarante-huit heures. Alors, je lui ai raconté une histoire sur Even Juul que j'avais justement imaginée pour le cas où une situation dans ce genre se présenterait. Je lui ai dit qu'Even était une pauvre âme meurtrie et que Daniel l'avait investi. En premier lieu, cette histoire donnerait l'impression que c'était Even Juul qui était derrière tout ça, y compris le meurtre de Signe. En second lieu, ça rendrait le suicide de Juul — que j'avais prévu entre temps — plus crédible.

Quand le policier est parti, je me suis mis sans tarder à l'œuvre. Even Juul n'a pas eu l'air spéciale-

*ment surpris quand il a ouvert la porte et m'a vu sur
les marches au-dehors. Je ne sais pas si c'est parce
qu'il avait pu réfléchir comme il faut ou bien parce
qu'il n'était plus en état de s'étonner. En fait, il avait
déjà l'air mort. J'ai pointé un couteau sur sa gorge
en l'assurant que je la lui ouvrirais aussi facilement
que celle de son clébard s'il bougeait. Pour m'assurer qu'il avait bien compris, j'ai ouvert le sac-poubelle que j'avais apporté et je lui ai montré la bête.
On est montés dans la chambre, et il s'est docilement laissé guider sur la chaise et a attaché la laisse
au crochet du plafond.*

*« Je ne veux pas que la police ait d'autres pistes
avant que tout soit fini, et il faut donc que ça ressemble à un suicide », lui ai-je dit. Mais il n'a pas
réagi, il avait l'air complètement indifférent. Qui
sait, je n'ai peut-être fait que lui rendre service ?*

*J'ai ensuite effacé les empreintes digitales, j'ai mis le
sac qui contenait le clebs dans le congélateur et les
couteaux à la cave. Tout était fin prêt, et je faisais
un dernier tour de vérification dans la chambre
quand j'ai entendu crisser le gravier et vu une voiture de police devant le jardin. Elle était arrêtée,
comme si elle attendait quelqu'un, mais j'ai compris
que j'étais dans une situation délicate. Naturellement, Gudbrand a paniqué, mais Daniel a pris les
choses en main et a réagi rapidement.*

*Je suis allé chercher les clés des deux autres cham-
bres, et l'une d'entre elles convenait pour celle où
Even était pendu. Je l'ai posée par terre à l'intérieur
de la porte, j'ai enlevé l'original à l'intérieur et je
m'en suis servi pour fermer de l'extérieur. Puis j'ai
fait l'échange avec celle qui ne convenait pas, en la
laissant dans la serrure, côté couloir. Pour finir, j'ai
mis l'original dans la serrure de l'autre chambre. Ça
a pris quelques secondes, et je suis ensuite descendu
tranquillement au rez-de-chaussée pour appeler
Harry Hole sur son téléphone mobile.*

Et une seconde plus tard, il est entré.
Même si je sentais le rire bouillonner en moi, je
crois que j'ai réussi à me composer un visage sur-
pris. Probablement parce que j'étais un poil surpris.
Et pour cause : j'avais déjà vu l'un des policiers.
Cette nuit-là, dans le parc du Palais. Mais je ne
pense pas qu'il m'ait reconnu. Peut-être parce que
c'est Daniel, qu'il a vu aujourd'hui. Et, OUI, j'ai
pensé à effacer les empreintes digitales des clés.

« Harry ! Qu'est-ce que tu fais là ? Il y a un problème ?

— Écoute, préviens par talkie-walkie que…

— Hein ? »

La fanfare scolaire de Bolteløkka passa à cet instant,
et leurs caisses claires semblaient vouloir perforer l'air.
« Je dis que… cria Harry.

— Hein ? » cria Halvorsen en retour.

Harry attrapa le talkie-walkie :

« Écoutez-moi bien, maintenant, tous autant que
vous êtes. Restez à l'affût d'un homme, soixante-dix-
neuf ans, taille un mètre soixante-quinze, yeux bleus,
cheveux blancs. Il est vraisemblablement armé, je répète : armé et extrêmement dangereux. Il est soupçonné de préparer un attentat, passez par conséquent
au crible les fenêtres ouvertes et les toits du secteur. Je
répète… »

Harry répéta le message, devant Halvorsen qui le regardait fixement, la bouche à moitié ouverte. Quand il
eut fini, Harry lui refila son talkie-walkie.

« Tu vas t'occuper de faire annuler le 17 mai, Halvorsen.

— Qu'est-ce que tu dis ?

— Tu bosses, et moi, on dirait que… je me suis soûlé.
Ils ne m'écouteront pas. »

Halvorsen regarda Harry depuis son menton pas

rasé, sa chemise froissée et boutonnée de travers, jusqu'à ses chaussures, qu'il portait sans chaussettes.

« Qui ça, "ils" ?

— Tu n'as donc vraiment pas compris de quoi je parle ? » gueula Harry en pointant un doigt tremblant.

114

Oslo, 17 mai 2000

Demain. Quatre cents mètres de distance. Je l'ai déjà fait. Le parc sera couvert de feuilles toutes neuves, si plein de vie, si vide de mort. Mais j'ai déblayé la voie pour la balle. UN arbre mort, sans feuilles. La balle viendra du ciel, comme le doigt de Dieu, elle désignera la progéniture du traître, et tous verront ce qu'Il fait à ceux qui n'ont pas le cœur pur. Le traître a dit qu'il aimait son pays, mais il l'a abandonné, il nous a demandé de le sauver des envahisseurs venus de l'est, mais il nous a ensuite marqués du sceau des traîtres.

Halvorsen courut vers l'entrée du Palais Royal tandis que Harry marchait en rond sur la place déserte, comme un homme ivre. Il faudrait quelques minutes pour que le balcon du Palais soit vidé, les gens importants devaient d'abord décider de ce qu'ils devraient dire par la suite, on n'annule pas le 17 mai comme ça, juste parce qu'un agent du lensmann a parlé avec un collègue douteux. Son regard balayait la foule, dans tous les sens, sans bien savoir ce qu'il cherchait.

Ça allait venir du ciel.

Il leva les yeux. Les arbres verts. Si vides de mort. Ils montaient si haut et leur feuillage était si dense que même avec une bonne lunette, il serait impossible de tirer depuis l'un des bâtiments à proximité.

Harry ferma les yeux. Ses lèvres remuèrent. Aide-moi, Ellen.

J'ai déblayé la voie.

Pourquoi avaient-ils eu l'air aussi surpris, les deux employés du parc, quand il était passé là la veille ? L'arbre. Il n'avait pas une feuille. Il rouvrit les yeux, son regard fila par-dessus les cimes et il le vit : le chêne mort et brun. Harry sentit que son cœur se mettait à tambouriner. Il se retourna, manqua de piétiner un tambour-major et remonta en courant vers le Palais. Lorsqu'il fut arrivé dans l'alignement de l'arbre et du balcon, il s'arrêta. Il regarda vers l'arbre. Derrière les branches nues se dressait un géant de verre, comme pris dans les glaces. L'hôtel SAS. Évidemment. Quelle facilité. Une seule balle. Personne ne réagit à une déto-nation, le 17 mai. Puis il descend tranquillement et tra-verse un hall agité vers les rues bondées dans lesquelles il pourra disparaître. Et puis ? Et après ?

Il ne pouvait pas y penser pour l'instant, il fallait agir. Agir. Mais il était si fatigué. Plutôt que de l'excita-tion, Harry ressentit un besoin impérieux de s'en aller, de rentrer chez lui, de se coucher et de s'endormir pour se réveiller un autre jour où rien de tout ça ne serait ar-rivé, où ça aurait juste été un rêve. La sirène d'une am-bulance passant sur Drammensveien le réveilla. Le son déchira la couverture des cuivres.

« Merde, merde ! »

Puis il se mit à courir.

115

Radisson SAS, 17 mai 2000

Le vieil homme se pencha vers la fenêtre, les jambes groupées sous lui, tint son fusil des deux mains et écouta la sirène de l'ambulance qui s'éloignait lentement. Elle est en retard, pensa-t-il. Tout le monde meurt.

Il avait de nouveau vomi. Essentiellement du sang. Les douleurs lui avaient presque fait perdre connaissance, et il était resté recroquevillé sur le carrelage de la salle de bains en attendant que les comprimés fassent effet. Quatre. Les douleurs s'étaient estompées en lui donnant juste un petit coup de poignard, comme le rappel qu'elles reviendraient bientôt, et la salle de bains avait repris un aspect normal. L'une des deux salles de bains. Avec bains à remous. Ou bien était-ce des bains de vapeur ? En tout cas, il y avait la télé, et il l'avait allumée pour entendre les hymnes nationaux et royaux, et des reporters endimanchés qui commentaient le défilé des enfants sur toutes les chaînes.

Il se trouvait dans le salon, et le soleil faisait dans le ciel comme un énorme feu de détresse qui illuminait tout. Il savait qu'il ne devait pas regarder cette lueur en face, car on est aveuglé et on ne voit pas les tireurs d'élite russes qui se glissent dans la neige, sur le no man's land.

« Je le vois, chuchota Daniel. À une heure, sur le balcon, juste derrière l'arbre mort. »

Des arbres ? Il ne doit pas y avoir d'arbres dans ce paysage ravagé par les bombes.

Le prince héritier est sorti sur le balcon, mais il ne dit rien.

« Il s'échappe ! cria une voix qui ressemblait à celle de Sindre.

— Oh, non, dit Daniel. Aucun enfoiré de bolchevik ne s'échappera.

— Il a compris que nous l'avions vu, il va descendre dans le creux.

— Mais non », dit Daniel.

Le vieil homme appuya le fusil sur le bord de la fenêtre. Il s'était servi d'un tournevis pour déposer la fenêtre qui ne se laissait que tout juste ouvrir. Qu'est-ce qu'elle lui avait dit, à ce moment-là, la fille de la réception ? Que c'était pour que les clients « ne fassent pas de bêtises » ? Il regarda dans sa lunette. Les gens étaient si petits, en bas. Il régla les paramètres de distance. Quatre cents mètres. Quand on tire de dessus, il faut prendre en compte l'effet de la pesanteur qui influence différemment la balle et qui lui fait décrire une autre courbe que lorsqu'on tire au même niveau. Mais Daniel le savait, Daniel savait tout.

Le vieux regarda l'heure. Onze heures moins le quart. Il était temps de laisser les choses suivre leur cours. Il appuya sa joue contre la crosse lourde et froide, posa sa main gauche un peu plus loin sous le canon. Referma un peu l'œil gauche. La balustrade du balcon emplit son viseur. Puis des manteaux sombres et des chapeaux haut-de-forme. Il vit le visage qu'il cherchait. C'est vrai, qu'il y ressemblait. Le même visage jeune qu'en 1945.

Daniel était encore plus calme, et visait, visait encore. On ne voyait presque plus de vapeur s'échapper de sa bouche.

Devant le balcon, flou, le vieux chêne dressait ses doigts noirs de sorcière vers le ciel. Un oiseau s'était posé sur l'une des branches. En plein dans la ligne de mire. Agacé, le vieil homme bougea légèrement. Il n'était pas là tout à l'heure. Il s'envolerait probablement bientôt. Il laissa tomber l'arme et renouvela l'air dans ses poumons douloureux.

Oink — oink.

Harry frappa sur le volant et tourna la clé de contact encore une fois.

Oink — oink.

« Démarre, saloperie de voiture ! Ou je te débite en tronçons dès demain ! »

L'Escort démarra en rugissant et partit en avant dans une gerbe d'herbe et de terre. Il prit un virage serré vers la droite, près de l'étang. Les jeunes qui lézardaient sur leur couverture levèrent leurs canettes de bière en criant « Hourra, hourra ! » tandis que Harry partait en dérapant vers l'hôtel SAS. Le moteur rugissant en première et une main sur le klaxon lui permirent de s'extraire efficacement de l'allée noire de monde, mais un landau jaillit subitement de derrière un arbre près du jardin d'enfants au pied du parc, et il jeta sa voiture sur la gauche, tourna le volant dans l'autre sens, dérapa et évita de justesse la clôture devant les serres. La voiture se retrouva en travers de Wergelandsveien et obligea un taxi orné du drapeau norvégien et de feuilles de bouleau sur la calandre à piler, mais Harry put accélérer et se faufiler devant les voitures qui arrivaient en sens inverse pour prendre Holbergs gate.

Il s'arrêta devant la porte à tambour de l'hôtel et sauta de voiture. Lorsqu'il entra en trombe dans le hall, il se produisit cette seconde de silence absolu pendant laquelle chacun se demande s'il va vivre quelque chose d'unique. Mais ce n'était qu'un type complètement bourré pour fêter le 17 mai, ils avaient déjà vu ça, et le bouton de volume fut de nouveau tourné à son niveau initial. Harry se précipita vers l'un de ces stupides « îlots ».

« Bonjour », dit une voix. Une paire de sourcils haussés sous une chevelure blonde et bouclée qui ressemblait à une perruque toisèrent Harry de pied en cap. Harry regarda la plaque nominative qu'elle portait.

« Betty Andresen, ce que je vais dire n'est absolument pas une mauvaise plaisanterie, alors écoute-moi bien. Je suis policier, et vous avez un terroriste dans l'hôtel. »

Betty Andresen regarda ce grand type à moitié habillé et aux yeux injectés de sang, dont elle avait d'abord effectivement pensé qu'il était ivre, ou fou, ou les deux. Elle étudia la carte qu'il lui tendait et le regarda. Longuement.

« Quel nom ? demanda-t-elle.

— Il s'appelle Sindre Fauke. »

Ses doigts se mirent à courir sur le clavier.

« Désolée, nous n'avons aucun client de ce nom.

— Merde ! Essaie avec Gudbrand Johansen.

— Pas de Gudbrand Johansen non plus, monsieur Hole. Ce n'est peut-être pas le bon hôtel ?

— Si ! Il est là, il est dans sa chambre en ce moment même.

— Vous lui avez donc parlé ?

— Non, non, je… ça serait trop long à vous expliquer. »

Harry se passa une main sur le visage. « Voyons voir, il faut que je réfléchisse. Il doit avoir une chambre en hauteur. Combien d'étages y a-t-il ici ?

— Vingt et un.

— Et combien de personnes ont une chambre au-dessus du dixième étage, et n'ont pas rendu leur clé ?

— Un certain nombre, j'en ai peur. »

Harry leva les deux mains en l'air et la regarda bien en face :

« Bien sûr, murmura-t-il. C'est le boulot de Daniel.

— Plaît-il ?

— Essayez avec Daniel Gudeson. »

Que se passerait-il ensuite ? Le vieil homme ne le savait pas, il n'y avait rien ensuite. Il n'y avait en tout cas rien eu jusqu'à présent. Il avait placé quatre cartouches sur la fenêtre. Le métal mat ocre brun des douilles reflétait les rayons du soleil.

Il regarda de nouveau dans sa lunette. L'oiseau était toujours là. Il le reconnaissait. Ils avaient le même nom. Il braqua sa lunette sur la foule. Laissa son regard parcourir la rangée de personnes qui attendaient le long de la tresse. Puis l'arrêta sur quelque chose de connu. Pouvait-ce réellement être… ? Il peaufina sa mise au point. Oui, il n'y avait aucun doute, c'était bien Rakel. Que faisait-elle sur la place du Palais Royal ? Et Oleg était là aussi. On eût dit qu'il venait en courant du défilé des enfants. Rakel le fit passer à bout de bras par-dessus la tresse. Elle était forte, Rakel. Des mains fortes. Comme sa mère. Ils remontaient vers le poste de garde. Rakel jeta un coup d'œil à sa montre, comme si elle attendait quelqu'un. Oleg portait la veste qu'il lui avait offerte à Noël. La veste du grand-père, comme l'appelait Oleg, aux dires de Rakel. Elle avait déjà l'air d'être un peu juste.

Le vieux pouffa de rire. Il lui en paierait une autre à l'automne.

Les douleurs revinrent, à l'improviste cette fois-ci, et il chercha désespérément son souffle.

Les feux diminuaient et leurs ombres rampaient vers lui, recroquevillées le long des parois de la tranchée.

Tout s'obscurcit, mais au moment où il sentait qu'il allait glisser dans les ténèbres, les douleurs lâchèrent prise. Le fusil avait glissé au sol, et la sueur lui collait la chemise à la peau.

Il se redressa et repositionna le fusil sur le bord de la fenêtre. L'oiseau s'était envolé. La ligne de mire était dégagée.

Le visage jeune et pur emplit de nouveau la lunette. Ce gamin avait étudié. Oleg devrait étudier. C'est la dernière chose qu'il avait dite à Rakel. C'était la dernière chose qu'il s'était dite avant de tirer sur Brandhaug. Rakel n'était pas à la maison le jour où il était passé à Holmenkollveien chercher quelques livres, il était donc entré avec ses clés, et c'était tout à fait par hasard qu'il avait aperçu l'enveloppe sur le bureau. Portant l'en-tête de l'ambassade de Russie. Il avait lu la lettre, l'avait remise en place, et son regard s'était perdu sur le jardin de l'autre côté de la fenêtre, sur les taches de neige qui restaient après cette averse, le dernier soubresaut d'hiver. Il avait ensuite fouillé dans les tiroirs du bureau. Et il avait trouvé les autres lettres, celles portant l'en-tête de l'ambassade de Norvège, et aussi celles dépourvues d'en-tête, écrites sur des serviettes en papier ou des feuilles de bloc-notes, signées de Bernt Brandhaug. Et il avait pensé à Christopher Brockhard.

Aucun salaud de Russe ne dégommera notre garde ce soir.

Le vieil homme ôta la sécurité. Il se sentait étrangement calme. Il venait de se rendre compte à quel point il avait été facile de trancher la gorge de Brockhard. Et de descendre Bernt Brandhaug. Veste du grand-père, nouvelle veste du grand-père. Il expira et courba le doigt sur la gâchette.

Un passe magnétique ouvrant toutes les chambres de l'hôtel dans la main, Harry arriva en glissant à l'ascenseur et posa un pied entre les portes qui se refermaient. Elles se rouvrirent. Des visages interloqués le regardaient.

« Police ! cria Harry. Tout le monde dehors ! »

Ce fut comme si la cloche venait de sonner les grandes vacances, mais un homme d'une cinquantaine d'années portant une barbiche noire, un costume à rayures bleues, une énorme cocarde du 17 mai sur la poitrine et une fine couche de pellicules sur les épaules resta immobile :

« Mon bon monsieur, nous sommes des citoyens norvégiens, et ce n'est pas un État policier ! »

Harry contourna l'homme, entra dans l'ascenseur et appuya sur le bouton du vingt et unième étage. Mais la barbiche n'avait pas terminé :

« Donnez-moi un seul argument pour qu'un contribuable comme moi se trouve dans... »

Harry sortit le revolver de service de Weber de son holster :

« J'ai six arguments là-dedans, contribuable. Dehors ! »

Le temps passe, passe, et un nouveau jour sera bientôt passé. Dans la lumière du matin, on le verra mieux, si c'est un ami ou un ennemi.

Ennemi, ennemi. Tôt ou pas tôt, je l'aurai quand même.

Veste du grand-père.

Ta gueule, il n'y a rien ensuite !

Le visage dans la lunette a l'air sombre. Souris, gamin.

Trahison, trahison, trahison !

La détente a tant reculé qu'il n'y a plus aucune résistance, un no man's land où se trouve le point de tir, quelque part. Ne pense pas à la détonation et au recul, continue à presser, laisse-le venir quand ça doit venir.

Le grondement le prit totalement au dépourvu. Pendant une fraction de seconde, tout fut parfaitement, parfaitement silencieux. Puis l'écho se mit à rouler et la vague sonore s'étendit sur la ville et sur le silence subit de milliers de bruits qui disparaissaient à la même seconde.

Harry partit en courant dans le couloir quand il entendit la détonation.

« Merde ! » feula-t-il.

Les murs qui venaient à sa rencontre et le contournaient de part et d'autre lui donnèrent l'impression d'avancer dans un entonnoir. Des portes. Des images, des motifs de cubes bleus. Ses pas ne rendaient pratiquement aucun son sur l'épaisse moquette. Bien. Les bons hôtels pensent à l'insonorisation. Et les bons policiers pensent à ce qu'ils vont faire. Merde, merde, du petit lait dans le cerveau. Une sorbetière. Chambre 2154, chambre 2156. Un nouveau grondement. La suite Palace.

Son cœur jouait un roulement de tambour à l'intérieur de sa cage thoracique. Harry se plaça à côté de la porte et inséra le passe dans la serrure, qui bourdonna faiblement. Puis il y eut un déclic sourd, et le voyant passa au vert. Harry appuya doucement sur la poignée.

La police imposait des procédures strictes pour ce genre de situations. Harry les avait apprises en formation. Il n'avait pas prévu d'en suivre une seule.

Il ouvrit tout grand la porte, fit irruption à l'intérieur en tenant des deux mains son pistolet devant lui et se laissa tomber à genoux dans l'ouverture de la porte du salon. La lumière qui déferlait dans la pièce l'aveugla et lui piqua les yeux. Une fenêtre ouverte. Le soleil flottait comme une auréole derrière le carreau que le personnage chenu avait au-dessus de la tête. Il se retourna lentement.

« Police ! Lâche ton arme ! » cria Harry.

Les pupilles de Harry se rétractèrent, et la silhouette du fusil braqué droit sur lui sortit de la lumière.

« Lâche ton arme, répéta-t-il. Tu as fait ce que tu étais venu faire, Fauke. Mission accomplie. C'est fini, maintenant. »

C'était étrange, mais les fanfares continuaient à jouer au-dehors, comme si rien ne s'était passé. Le vieil homme leva son arme et plaqua sa joue contre la crosse. Les yeux de Harry s'étaient habitués à la lumière, et plongeaient dans la gueule d'un fusil qu'il n'avait jusqu'alors vu qu'en photo.

Fauke murmura quelque chose, mais sa voix fut couverte par un nouveau grondement, plus sec et plus aigu cette fois-ci.

« Bor... » chuchota Harry.

Au-dehors, derrière Fauke, il vit un petit nuage de fumée s'élever en l'air comme une bulle de dialogue devant les canons sur les remparts de la forteresse d'Akershus. Le salut du 17 mai. C'était le salut du 17 mai, qu'il avait entendu ! Harry entendit les « Hourra ! » Il inspira par les narines. La pièce ne sentait pas la poudre. Il réalisa que Fauke n'avait pas fait feu. Pas encore. Il étreignit la crosse de son revolver et fixa le visage ridé qui le regardait avec indifférence de l'autre côté du guidon. Il n'était pas seulement question de sa vie et de celle du vieux. Les instructions étaient claires.

« Je viens de Vibes gate, j'ai lu ton journal, dit Harry. Gudbrand Johansen. Est-ce que c'est à Daniel que je parle, en ce moment ? »

Harry serra les dents et essaya de courber le doigt qui pressait la gâchette.

Le vieux murmura de nouveau.

« Qu'est-ce que tu dis ?

— *Paßwort* », dit le vieux. Sa voix était rauque et presque méconnaissable par rapport à celle que Harry avait déjà entendue.

« Ne fais pas ça, dit Harry. Ne me force pas. »

Une goutte de sueur roula sur le front de Harry, continua sa descente sur l'aile de son nez, et finit par s'immobiliser sous le bout de son nez où elle sembla hésiter sur la décision à prendre. Harry changea de prise sur son arme.

« *Paßwort* », répéta le vieux.

Harry vit que l'autre crispait le doigt sur la détente. Il sentit la peur de la mort s'enrouler autour de son cœur.

« Non, dit Harry. Il n'est pas trop tard. »

Mais il savait que ce n'était pas vrai. Il était trop tard. Le vieux était par-delà le bon sens, par-delà ce monde, cette vie.

« *Paßwort.* »

Ce serait bientôt fini pour eux deux, encore un peu de ce temps ralenti, comme pendant la veille de Noël avant…

« Oleg », dit Harry.

Le fusil pointait toujours droit sur sa tête. Un coup de klaxon résonna dans le lointain. Un tiraillement parcourut le visage du vieux.

« Le mot de passe, c'est Oleg », dit Harry.

Le doigt qui pressait la gâchette avait interrompu sa course.

Le vieux ouvrit la bouche pour dire quelque chose.

Harry retint son souffle.

« Oleg », dit le vieux. On eût dit du vent sur ses lèvres desséchées.

Harry ne put pas bien l'expliquer par la suite, mais il le vit : le vieux mourut à la seconde même. Et l'instant suivant, c'était le visage d'un enfant qui regardait Harry de derrière les rides. Le fusil n'était plus braqué sur lui, et Harry baissa son revolver. Puis il tendit précautionneusement une main et la posa sur l'épaule du vieux.

« Tu me promets ? » La voix du vieux était à peine audible. « Qu'ils ne…

— Je te le promets, dit Harry. Je veillerai personnellement à ce qu'aucun nom ne soit cité. Oleg et Rakel ne seront pas inquiétés. »

Le vieux regarda longuement Harry. Le fusil heurta le sol avec un bruit sourd, et il s'effondra.

Harry retira le chargeur du fusil et posa l'arme sur le canapé avant de composer le numéro de la réception pour demander à Betty d'appeler une ambulance. Puis il appela Halvorsen sur son mobile et l'informa qu'il n'y avait plus de danger. Il porta ensuite le vieux dans le canapé et s'assit sur une chaise pour attendre.

« J'ai fini par l'avoir, murmura le vieux. Il allait s'échapper, tu sais. Dans le creux.

— Qui as-tu eu ? demanda Harry en tirant énergiquement sur sa cigarette.

— Daniel, tiens. J'ai fini par le prendre. Helena avait raison. J'ai toujours été le plus fort. »

Harry écrasa sa cigarette et alla près de la fenêtre. « Je vais mourir, maintenant, murmura le vieux.

— Je sais, dit Harry.

— Il est sur ma poitrine. Tu le vois ?

— Si je vois quoi ?

— Le putois. »

Mais Harry ne vit pas de putois. Il vit un nuage passer à la vitesse d'un doute fugace dans le ciel, il vit les drapeaux norvégiens qui flottaient dans le soleil à tous les mâts de la ville, et il vit un oiseau gris passer devant la fenêtre dans un battement d'ailes. Mais pas de putois.

DIXIÈME PARTIE

RENAÎTRE

116

Hôpital d'Ullevål, 19 mai 2000

Bjarne Møller retrouva Harry dans la salle d'attente du service de cancérologie.

Le CdP s'assit à côté de Harry et fit un clin d'œil à une jeune fille qui fronça les sourcils avant de se détourner.

« On m'a appris que c'était fini, dit-il.

— Cette nuit à quatre heures, acquiesça Harry. Rakel est là depuis le début. Oleg y est, en ce moment. Qu'est-ce que tu fais là ?

— Je voulais juste te parler un peu.

— Il faut que je m'en fume une, dit Harry. Sortons. » Ils trouvèrent un banc sous un arbre. Des nuages légers passaient rapidement dans le ciel au-dessus d'eux. La journée promettait d'être chaude, elle aussi. « Alors comme ça, Rakel ne sait rien ?

— Rien du tout.

— Les seuls à être au courant, c'est donc moi, Meirik, la chef, le garde des sceaux et le Premier ministre. Et toi, bien sûr.

— Tu sais mieux que moi qui sait quoi, chef.

— Oui. Bien sûr. Je réfléchissais juste à voix haute.

— Alors qu'est-ce que tu voulais me dire ?

— Tu sais, Harry, certains jours, je souhaiterais presque travailler ailleurs. À un endroit où il y a moins de politique et plus de travail de police. À Bergen, par exemple. Et puis tu te réveilles par une journée comme celle-ci, tu vas à la fenêtre de la chambre et tu regardes le fjord et Hovedøya, tu entends les oiseaux chanter, et… tu comprends ? Et tu ne veux soudain plus aller nulle part. »

Møller observa une coccinelle qui grimpait le long de sa cuisse.

« Ce que je voulais te dire, c'est que nous souhaitons que les choses puissent rester telles qu'elles sont, Harry.

— De quelles *choses* parle-t-on ?

— Tu savais que sur ces vingt dernières années, aucun Président américain n'est arrivé au terme de son mandat sans qu'au moins dix attentats ne soient déjoués ? Et que leurs commanditaires sont pris sans que les médias n'en sachent jamais rien ? Personne n'y gagne, à ce qu'on apprenne qu'un attentat était prévu contre un chef d'État, Harry. Et surtout pas un qui en théorie aurait pu aboutir.

— En *théorie*, chef ?

— Ce n'est pas moi qui le dis. Mais la conclusion, c'est malgré tout qu'on va la fermer sur cette histoire. Pour ne pas diffuser un sentiment d'insécurité. Ou dévoiler des faiblesses dans le dispositif de sécurité. Ça non plus, ce n'est pas moi qui le dis. Les attentats sont aussi contagieux que…

— Je vois ce que tu veux dire, dit Harry en expulsant la fumée par le nez. Mais en premier lieu, on fait ça eu égard aux responsables, non ? Ceux qui auraient pu et dû sonner le tocsin plus tôt.

— Encore une fois... dit Møller. Certains jours, Bergen apparaît comme une sacrément bonne alternative. »

Ils se turent un moment. Un oiseau passa d'un pas digne devant eux, donna un coup de queue, piocha dans l'herbe et regarda attentivement autour de lui.

« Bergeronnette grise, dit Harry. *Motacilla alba*. Une bestiole prudente.

— Quoi ?

— *Manuel de l'ornithophile*. Que fait-on des meurtres que Gudbrand Johansen a commis ?

— On avait déjà des réponses satisfaisantes pour ces meurtres, non ?

— Qu'est-ce que tu veux dire ? »

Møller se tortilla.

« Tout ce qu'on obtiendra en commençant à farfouiner là-dedans, c'est la rouvrir de vieilles blessures chez les proches, et risquer que quelqu'un se mette à remonter toute l'histoire. L'affaire était classée, que je sache.

— C'est ça. Even Juul. Et Sverre Olsen. Et pour le meurtre d'Hallgrim Dale ?

— Personne ne fera d'histoires avec. En fin de compte, Dale était... euh...

— Juste un vieil ivrogne dont personne ne se souciait ?

— S'il te plaît, Harry, ne rends pas les choses plus difficiles. Tu sais que ça me déplaît, à moi aussi. »

Harry écrasa sa cigarette contre l'accoudoir du banc et mit le mégot dans son paquet.

« Il faut que je rentre, chef.

— On peut donc considérer que tu garderas ça pour toi ? »

Harry fit un sourire laconique.

« Est-ce que c'est vrai, ce que j'ai entendu, sur la personne qui va me remplacer au SSP ?

— Bien sûr, dit Møller. Tom Waaler a dit qu'il voulait postuler. Meirik va sûrement mettre tout le service néo-nazi sous ce poste, et ça va donc être un sacré tremplin pour les postes réellement importants. D'ailleurs, je vais le lui recommander. Tu dois être plutôt content qu'il disparaisse, maintenant que tu es de retour à la Criminelle ? Et maintenant, ce poste d'inspecteur principal est libre, chez nous.

— Alors c'est comme une récompense pour la fermer, donc ?

— Mais qu'est-ce qui te fait croire ça, Harry ? C'est parce que tu es le meilleur. Tu l'as à nouveau prouvé. Je me demandais juste si on pouvait compter sur toi ?

— Tu sais sur quelle affaire je veux travailler ? » Møller haussa les épaules.

« Le meurtre d'Ellen est une affaire classée, Harry.

— Pas complètement. Il y a deux ou trois trucs qu'on ne sait pas encore. Entre autres ce que sont devenues ces deux cent mille couronnes, pour l'achat de l'arme. Il y avait peut-être plusieurs intermédiaires. »

Møller acquiesça.

« O.K. Halvorsen et toi avez deux mois. Si vous ne trouvez rien d'ici là, on clôt le chapitre.

— Ça ira. »

Møller se leva pour partir.

« Il y a encore une chose que je me suis demandée, Harry. Comment as-tu deviné que le mot de passe était Oleg ?

— Eh bien... Ellen m'a toujours dit que la première chose qui lui venait à l'esprit était presque toujours la plus juste.

— Impressionnant. » Møller hocha la tête d'un air absent. « Et la première chose qui t'est venue à l'esprit, ça a donc été le nom de son petit-fils ?

— Non.

— Non ?

— Je ne suis pas Ellen. Il a fallu que je réfléchisse. » Møller posa sur lui un regard acéré.

« Tu ne te paierais pas ma tête, par hasard, Hole ? » Harry sourit. Puis il fit un signe de tête en direction de la bergeronnette.

« J'ai lu dans ce guide sur les oiseaux que personne ne sait pourquoi la bergeronnette donne des coups de queue quand elle est au repos. C'est un mystère. Tout ce qu'on sait, c'est qu'elle ne peut pas s'en empêcher... »

117

Hôtel de police, 19 mai 2000

Harry avait à peine eu le temps de mettre ses pieds sur son bureau et de trouver la meilleure position assise quand le téléphone sonna. Pour éviter d'avoir à la chercher, Harry s'étira vers l'avant en faisant travailler ses fessiers pour basculer dans son nouveau fauteuil de bureau aux roues traîtreusement bien graissées. Il attrapa tout juste le combiné du bout des doigts.

« Hole.

— *Harry ? Ici Esaias Burne. Comment va ?*

— *Esaias ? C'est une surprise.*

— Ah oui ? J'appelle juste pour te remercier, Harry.

— Pour me remercier de quoi ?

— De ne rien avoir mis en marche.

— Qu'est-ce que je n'ai pas mis en marche ?

— Tu sais de quoi je parle, Harry. Qu'il n'y a eu aucune initiative diplomatique pour demander une grâce, ou quelque chose de ce genre. »

Harry ne répondit pas. Pendant un temps, il s'était à moitié attendu à recevoir ce coup de téléphone. Sa position sur son siège n'était plus agréable. Les yeux implorants d'Andreas Hochner réapparurent instantanément. Et la voix suppliante de Constance Hochner : *Me promettez-vous de faire tout votre possible, monsieur Hole ?*

« Harry ?

— Je suis là.

— Le jugement a été rendu hier. »

Harry se mit à regarder fixement la photo de la Frangine, au mur. Cet été avait été particulièrement chaud, non ? Ils s'étaient baignés même sous la pluie. Il sentit une tristesse indescriptible s'emparer de lui.

« Peine de mort ? s'entendit-il demander.

— Sans possibilité de recours. »

118

Restaurant Schrøder, 1er juin 2000

« Qu'est-ce que tu vas faire, cet été, Harry ? demanda Maja en recomptant la monnaie.

— Je ne sais pas. On a parlé de louer un chalet quelque part en Norvège. Apprendre à nager au gosse, des trucs du genre.

— Je ne savais pas que tu avais des enfants.

— Non. C'est une longue histoire.

— Ah oui ? J'espère que je l'entendrai, un jour.

— On verra, Maja. Garde la monnaie. »

Maja fit une profonde révérence et disparut avec un sourire en coin. Les lieux étaient peu fréquentés, bien qu'on fût vendredi après-midi. La chaleur chassait certainement la plupart des gens vers les restaurants en extérieur, sur St. Hanshaugen.

« Alors ? » dit Harry.

Le vieil homme braqua les yeux au fond de sa pinte, sans répondre.

« Il est mort. Tu n'es pas content, Åsnes ? »

Le Mohican leva la tête et regarda Harry.

« Qui est mort ? dit-il. Personne n'est mort. À part moi. Je suis le dernier des morts. »

Harry soupira, coinça son journal sous le bras et sortit dans la chaleur tremblante de l'après-midi.

DU MÊME AUTEUR

Composition Nord Compo
Impression Novoprint
le 10 février 2011
Dépôt légal : février 2011
1ᵉʳ dépôt légal dans la collection : février 2007

ISBN 978-2-07-030674-9/Imprimé en Espagne.

183273